The Classical Collections of Sherlock Holmes

Edited by Naohiko Kitahara

論創海外ミステリ
Ronso Kaigai MYSTERY
200

シャーロック・ホームズの古典事件帖

アーサー・コナン・ドイル

北原尚彦◎編

論創社

The Classical Collections of Sherlock Holmes
2018
Edited by Naohiko Kitahara

目次

シャーロック・ホームズの古典事件帖

凡　例

一、「仮名づかい」は、「現代仮名遣い」（昭和六一年七月一日内閣告示第一号）にあらためた。

一、漢字の表記については、原則として「常用漢字表」に従って底本の表記をあらため、表外漢字は、底本の表記を尊重した。ただし人名漢字については適宜慣例に従った。

一、難読漢字については、現代仮名遣いでルビを付した。

一、指示語、副詞、接続詞等は適宜仮名に改めた。

一、あきらかな誤植は訂正した。

一、今日の人権意識に照らして不当・不適切と思われる語句や表現がみられる箇所もあるが、時代的背景と作品の価値に鑑み、修正・削除はおこなわなかった。

乞食道楽（訳者不詳）

（一）

セントゼォーヂ大学にて地質学に名を得しヱリァスホイトニイの兄弟にてアイサホイトニイといいしは甚しく阿片烟に耽り家をも身をも忘るるに到れり。かかる慣習を生ぜしももとはわけもなき戯《たわむれ》よりのことにてかのクィンシイの人種談を読みてタバコをラウダニュムに取換て試みしに初《はじま》り今はその嗜好は益《ますます》つのり実際これをやむることはかたくこれを遂《すすむ》るはやすしというべき場合に陥りその朋友親族の畏懼《いく》と悲哀との中にありてこの毒物の奴隷となり果《はて》たり。その顔色は黄ばみて板目紙のごとく瞼は眼を掩《おお》いて僅かに針のごとき眸子《ぼうし》常に椅子にのみもたれて貴人の風症に中《あた》れるごとし。

頃は八十九年七月の夜のことなり。表に鈴のなる音して人の入来《いりきた》るけはいす。予は第一に欠《あくび》しながら時計に目を属《しょく》するに早十時を過たり。妻は傍にありていまだ針仕事をやめず。

暫くして戸の開くを見たり。人をおそるるがごとき物いいはしかと聞とれず。見れば雲雀色の服を装い黒き覆面したる一婦人部屋に入来れり。

「晩《おそ》く上りましてすみません」といい初《そめ》し。もはや我まんならずと見え進《すすみ》てわが妻の頸に手をかけ肩に頭をもたせて「どんなに心配でしょう。たすけて」とゆきなりに泣出す。妻はその覆面をとりて

「オオ、ケートさんびっくりしました。今頃御出《おいで》」

「わたしはモウどうしてよいかわからないから一目《いちもく》さんにおまえのとこへ来たの」とはいつものこと

にて困《くる》しいときは我妻を燈明台としてとまる海の鷗。

「そうですか。マァそのコップに葡萄酒へ水でも入れて御上り。そして気を落付てから御相談の事はどうとかまたどうしようとか御はなしをしましょう。やどが寐ましてからでも。わたしはこのゼームズを寐かして来ますからすこし」

「イエイエわたしはおまえよりかきょうは先生の御知恵が拝借したくまた御助けをも願うのです。それはいつもの通りイサの事です。モウ今晩で丸二日かえりませぬ」

この婦人のその夫のことにて我々夫婦に訴えることは今に始りしならず。つねに予を先生と称し我妻はそのむかし学校友達なれば心やすくはなしあうなかなり。予はさてはと見てとり只管《ひたすら》これを慰めてその心を安んぜしめんとせしは夫の居所のわからざればそれを連帰りてかの手に渡さんすべもなし。しかし彼たしかにしかいいし事あり。下町の東のはてにて阿片を用ゆるための一ツの穴ありていつもそこに終日閉籠りて気ぬけのした体にて夕方帰りなりとて立よれることあり。いずれその穴にちがいなし。

そのはなしの通りその穢《きたな》き内に今毒を呼吸して眠こけて四十八時間かしこにあるならんといえばその妻もしかあるべしという。そは上シツンダンレーンの黄金亭という所なり。されどその妻のまだうらわかき身を以てかかる無頼漢の寄合う席に踏込でその夫を引出し来ることの出来べきや。

無論予一人にて赴くべし。妻を伴わざらんには彼もし帰ることを肯《がえ》んぜざるようの事あるまじきか。イヤあるまじ。かれは健康上予を頼むものなり。かれが身の上には予頗《すこぶ》る勢力ありとおもい直してホイトニー夫人には「家に帰りて御待あるべし。今より二時の内にきっとその夫を送り帰すべし」と約して予はこの安楽なる家を立出《たちいで》てこの迷惑なる使命を帯び東の町はずれ不測の地に赴きぬ。名にしおう場所なれば定めて思の外の事もあるべしとおもえば心やすからず馬車を駆りぬ。

予が勇往せし一路何の故障もなくスウァンタンランの上手龍動《ロンドン》橋の東方川の北側にて高き物揚場あるうしろ陋《いや》しき小巷。出来合衣服の舗《みせ》とヂン酒屋の間の往《ゆき》あたりに往古穴居の名残りともあやしまる る穴のごとき戸口よりだらだら下りの石段。これ予が捜索を要する所なり。即大胆にも馬車を表にまたせおきて踏くぼめたる石段を酔人の歩むがごとく一歩一歩に身の中心を保ちながら踏しめ踏しめ下り行《いき》戸口の上にある油燈の閃く先をたよりに奥深く入込《いりこみ》て見れば低き坐敷の一間阿片の烟深くこめて移住民を運搬する船の甲板のごとく板にて張たるのみにて地氈《ちせん》の布《し》きあるも見ず。その幽暗なる所に己《おの》がじし肩を枉《ま》げ臂《ひじ》を彎《ひき》し頭を下に顋《あご》を上に様々のなりして臥しおる人々の前に小さき紅の輪をなせるる火光の間より今来れる我をすかし見て怪しめるもののごとし。これなんかの毒物を金属の管の雁首に燃す料《しろ》に具《そなえ》る燈なりけり。渠等《かれら》は何事かささやくあるもことの外に声低くはなしに尻声なくてきく能《あた》はざりしか。その行づまりの所には木炭を熾《おこ》しある銅器ありて三叉をなせる木もてこれを支えたり。そこには背高く瘠《やせ》ほうけたる老人のその顋《あご》を膝の上に曲たる双の手の上に安じこれに向い居たるもあり。われに見ゆ。

予がここに入るや淡黄色なる番頭マレイ人と覚しきが急ぎ烟管《きせる》を手に渡してあきたる椅子の方に案内す。

「ありがとう。わしはわしが友達でイサホイトニーというものが来ているはずだからそれをさがしに来たのだ」

この声をきてか予の右の脇に蠢くものあり。これぞかのホイトニーにてその色は蒼白く気ぬけしたるもののごとくその神経は痙攣せるかとおもわるる状《さま》なり。

「ワットソン先生か」と叫《さけび》かけまた「先生何時でしょう」といえり。

「かれこれ十一時」

「今日は幾日」

「火曜日で七月の十九日」

「ハア水曜かとおもった。一日ひろった。ありがたし」というたその手を顔にあてて啜泣《すすりなき》するがごとし。

「御はなし申すが今日は火曜日サ。君が細君は二日も君が帰りを待《まち》て心配している。君は面目ないとはおもわないか」

「そうですか。しかし君は間違えている。わしがここへ来てからまだ幾時間とは立《たた》ぬ。三服か四服アアそれからさきはいくらやったかから忘れてしまった。なるほどその内が二日か。君どうかわしと一所に帰って下さい。ナニ、ケーテがこわいではない。かあいそうに二日二晩。アア、ケーテや手をおくれ」

そのいうこともたあいなし。

「よろしい丁度馬車が待せてある」

「では行ましょう。しかしきっと借《かし》になっている。いくらなるかわしは皆無だワットソン先生」

予は打重《うちかさな》り睡り居る人々の間をたどり気息の塞るばかりに打こめたる烟気に呼吸をこらえて通り過《すぎ》かの炭火を盛れる銅器の傍に行たればそこにある背高き老人は予が裾を引てわしにかまわずというがごとくきこえたれども声低ければよくもわからず。されど正しくかの老人より来れる声なり。かれはそのままにわき目もふらず坐しいたり。見ればその体はやせつらはいて皺だらけの顔いかにも年高く見ゆ。阿片の煙管はその指先のつかれたるためか半ば落かかりてその膝の間にあぶなく挟《はさま》りあり。予は更に歩を進めてよくこれを見て驚きの余りに声立んとせしがようあるべしとおもえば漸くにこれを忍びたり。かれはふりかえり見てその傍にだれも居らずただ予のみなりしに安心して聊《いささ》かその向き歯を露《あらわ》したりし時は予が目には既にその皺もその瘠たる姿もなく全く我友シヤロックホームス君なるを見たり。予は再びあたりを見て

「ホームス君。君は何の用ありてここに」といえば声高しと制して

「君あの正体なしの君の友達と同車して帰るか。しかしわしに親切があるなら一足残り給え。頼みがある」

「表に馬車があるから」

「知っているよ。何ならその馬車であの男だけ送らしてしまえ。帰りにあぶなげがないとおもうなら。そして君はいよいよわしと事を与《とも》にすることならばこれから君の細君へ一筆その馬車でおくるがよい。今夜は帰れまいから。わしの馬車も表にある。五分時間ばかりあるけば」

予はホームスのこの請《こい》を却《しりぞ》け能わず。その故はかのホイトニーはこれをこの窟より出してこれを車中に閉込《とじこめ》その家に送らしめば予が使命は完全を告ぐるものなり。しかして生来肝胆相《あい》許せしホームスがこの奇物に勇敢なる所業はその何事を知らざれどもこのまま見殺しになし帰られず。予は直にそのいう所を黙諾して帳場に行きホイトニーの勘定を済しその序《ついで》を以て紙筆をかり受《うけ》一筆我妻に書送りかの病者を馬車に扶け乗せてかの暗夜中を馳行《はせゆく》を見とどけ再び窟の口の方に戻れば果して老ぼれたる人物の出来《いできた》るあり。共に町の方へ二三町行ける間は腰をまげ足もともたしかならぬ体を装うたるもやがてあたりを見まわしてその窮屈なる界を脱し大笑の域に突入せり。

「どうだ。君は医者だが僕は阿片の毒コカインのために衰弱した人間とたしかに診察が出来るか。いよいよそうなら一服もらいたい。アハハ」

「実に君にあそこで逢たには驚いた」

「しかし僕が君に遇た方が驚きはつよかろう」

「僕は友達をさがしに」

「ソウきいていた。君は友達だが僕は敵をさがしに」

「エ敵とは」

「敵も敵だが僕が天性の敵。いわば天性の物ずきからの敵とねらう人。ざっといえばあの馬鹿ものがのらくらしている中でその敵を見付る望であった。そこがわたしのあんな真似をしていたのだがしかしその甲斐もなく一時間はむだにつぶしてしまった。全体あの狡猾者のラスカル（東印度人を卑しむ名目）めが僕が敵とねらう奴だが風をくらって逃てしまった。一体あの内には後ろにタラップドールがある。彼奴《きやつ》そこからこの暗夜をたよりて逃出したのだ」

「君が助けるという人物は」

「ソウ先《まず》ここに一の金持があってそれが千ポンドの金を持てあの貧乏神どもにとられておまけに殺されたのだが中々巧なころし方でうまくわなにかけた物と考えるが僕が方にもわながある」といいつつ両指を前歯にあてて清亮なる口笛を吹けばいずくにかまた同じ口笛の合図をあわせた。ほどもなく車の輪の音馬の蹄の音暗中に響けり。

「アレ御覧」とホームスが詞《ことば》につづきてドグカートは暗中より突来して公園を通りて黄色なる街燈の傍に止れり。

「君はいよいよ僕につき合《あう》か」

「御用になるならば」

「筆記者はなくてはならぬ。殊に君のごとき親友ならば申分なしサ。僕は今セターに居る。丁度部屋には両人前の寐床かあるから妙だ」

「セターとは」

「それがノイククライアの家サ。僕が探偵の用はその家のためにするのだ」

「どこ」

「レイに近い処でケントの部内だ。七里が間はこれから乗て行《ゆくの》ダ」

「すべて真暗だナ」

「勿論の事これから道々はなしをすればわかるヨ。オイ、シヨンや貴様はもう用はない。ソレ半コローン。そこであした十一時頃遇ましょう」

（二）

シヨンは礼を述てさようならばと立去れり。ホームスはその鞭をあげ馬を駆りて人なき市街を通り越して濁りたる水流の上に架せる広き欄干ある橋を乗越《のりこす》までに目にさえぎるものはただ巡査のきまりなき沓《くつ》音と夜更しする酔客や好蕩子が叫びと鼻歌のみなり。

朦朧たる樹影は煙霧の中に隠現して二三の星は雲間よりあちこちに浅光をもらせり。ホームスはその頭を胸の所に垂れて一心に馬を駆り男子の気象は心中になきもののごとし。予はその傍に坐し一語をも発せず。これこの新なる一案は如何にかれが心を痛ましめたるやを試みんとの好奇心と彼が思想の流動するを支えん事考の邪魔せんを恐るるとによれり。我等は幾里を乗越して帯郭の辺に至りし頃かれは初てその眉を聳して男子の気象を露しその烟管に火を点し独りその意を得たるもののごとし。

「君が黙ていてくれたはいかい賜《たまもの》であった。君は朋友として実に無価の玉だ。全体人が不快の念ある時にかれこれと人からはなしかけられるほど難儀なものはない。僕はこれから行末で戸の前に立て我輩を迎える婦人に対して何といおうかと胸のみおどらしていた」

「僕にはまだそのはなしはなかった」

「イヤ僕は丁度その事情をこれからレイまで行《ゆく》間に物語ろうとおもうていた。一体が馬鹿気た事でわけもないように見えるが僕はまだ何ほどの事も運ばせてない。それは多少の針線があるにはちがいないがその端は手に入らない。僕はこの事を極《ごく》手軽に明白に取扱て君に見せようとおもうが多分は今にこの真暗闇の中に花火の火ばなをちらつかせることが出来よう」

「なるほどそこで」

「幾年か前の事。委《くわ》しくいえば千八百八十四年の五月にこのレイの土地に一人の紳士が来た。その名はネビルシントクライアという。頗《すこぶ》るの財産家と見えて大きな別荘を構え辺りの旧地をも買取て立派なくらしをしていたようで近所のものにもたてられるようになって八十七年にはその地方の造酒家の娘を娶《めとっ》て今では二人の子持サ。だがこれという職業はないが毎日市中へ行くときは極まりよく朝早く出て大砲《カノン》町の車站《しゃたん》から帰ってくるのが五時十四分。かかしたことがない。クライアは今とし三十七。至て温和の生《うまれ》つきで夫としては良夫父としては慈父。つき合《あう》ほどの人はだれも愛さないものはないという位の男だからなにも憎まれるようなことはあるまい。ただ僕が気にかかるのはその負債だがこれはただの八十八ポンドと十シルリングというのがこの頃俄《にわか》に二百二十ポンドという数に上ってそれが銀行で受取越になっているというだけだがそこの捫着《もんちゃく》から心が狂ったかも知れぬテ。この間の日曜日にそのクライアは市中へ行た。そして市中で是非せんければならぬ用が一ツある。それは小さい男の児に鉄葉《ブリキ》箱の玩具を土産に買うてかえるべき約束があった。そのためにいつもよりはすこし早く出かけた位の事であったがかれが出かけた直《すぐ》跡でその細君は電信を落手した。それはアペルデイン船積会社で細君の来るのを待ているという趣だ。その事は中々大切な小荷物の渡し引の事だから夫人は午飯《ひるめし》をしまうと直に龍動へ出かけた。その会社の事務所はフレスノ町にあることは君も承知だろう。即《すなわち》上スウァンダムラン。今夜君に逢た所サ。夫人はその日に方々の見世をひやかして後にその小荷物を受取に会社の事務所にゆく所で丁度四時三十五分。あのスウァンダムランを通りかけるとステイションの後ソレ君が僕について来たあそこで」

「なるほど」

「君も覚えているだろう。月曜日はえらい暑さであったからクライア夫人はそれから車に乗ろうと静に歩行して何気なく見上る。とたんその夫のこなたを見ていたのを見て思わずぞっとした。或家の二階目の窓から自己を手招でもするかとおもえば却てわれを招きたるかとおもわれるようすにて何か手をふりたようにも見えたが何でもひどく後から引ぱるものでもあるようで忽ちその窓も閉たが夫人は眼が早い。その眼は今朝出立した時のままの黒き服を着ていたまでは分らんがその袖口と襟とはなかったのはたしかに見たということだ。てっきり夫の身の上に何事か間違がおこったことと悟ってみれば中々すておかれず直にいそいでその家の入口の方へ行た。それが今夜君に出くわせたあの阿片窟だ。そこで夫人はその第一階の入口の方へゆくとかの悪者ラスカル。それ僕が目星をつけているあやつに出っくわした。やつはうまく夫人を扶けるような真似をして無理に外へおし出した。夫人は疑《うたがい》と恐れとに物くるわしくまでなりて押出されながら路じの方へ進もうとした所で運よく巡査に出会たから直にその巡査と共に立帰りて家宅捜索をはじめた所がその夫が顔を出していた二階の間にはただ一人のむさくろしきちんばの男がいしのみにて外に一人もおらず。ラスカルはこの坐敷にはこの外誰もおるものなしと強く誓ったがいかにも誠らしく見えて巡査も夫人も今はさきに夫と見しは心の迷《まよい》ではないかと疑うほどであったがそこにそうでないという証拠が出来てきたのは小さい鉄葉の玩具の箱だ。それは夫が小供の見やげにといったものでそれが現在卓の上にあった。夫人は見るから涙であった。これが見つかったのでかの跛《びっこ》はひどく狽狽したように見えた。巡査は油断ならずとやがて気を付て見るとサァいろいろあやしい事が見えて来た。一体その坐敷というは全く客間ともいうべきものでその次に小さい寝間がある。丁度波止場《あげ》の後の所でこの間と揚場《あげば》との間には極窄《ごくせま》い通りがあってこれは退潮の時は乾ているが潮がさすと河水四五寸からは水をかぶるにてそこに向って狭い窓があるがその時は明《あい》ていたがその閾にはいささか血が付ていいてまた寝間の張板にもすこし血のこぼれた所も見えた。それから寝間から座敷へ通る処にかけてある帳《とばり》のうしろからクライアの衣服上着の外はかくしてある。また長沓《ながぐつ》もあり沓韈《くつたび》もあり帽子もあり時計もある。しかしこんなものには血などのけがれは見えない。外になにもこれというつかまえ所もないが先《まず》窓のようすから見るとクライアはここで何かひどい目にあわされて這々《ほうほう》の体で窓から逃出《にげだ》し丁度満潮の時だから泳《およい》ででも逃たかという工合だけはわかる。

そこで誰がクライアをひどい目にあわしたろうというにその人がない。かのラスカルがやったかというに夫人がクライアの姿を窓で見直《すぐ》にこの内に来たってその間は一分時とはたたぬのに奴は既に出入口の階の下にいた。その間合が決してない。先その階下に張番をして人の入ることを拒んだが加工従犯とも見られようがどうもそれもたしかでない。とにかくクライアをやっつけた人物は外《ほか》にあるに違いないがあとかたもない。奴はまたかの紳士の衣服のことについて辻褄があわぬ間違だろうと抗弁するに無理ともおもえぬ。第一に人の衣服を着るに股引直着を後にして上着だけというわけがない。今上着を着てその人が逃たということはどうしてもない事実だ。さればかのちんばはどうかというにこれは二階にいてかのクライアが顔を出していたという窓のところにいるのでただして見ればその紳士は一寸《ちょっと》見たが何も知らぬという。これもそうではなさそうだ。その名はフーボーンというとかでそれはそれはきたならしい垢つきて顔にひっつりもありどうしても乞食の仲間としかおもわれない。果して乞食渡世をする奴でただ警察の咎を避るために見せかけだけ小さなメッチを売ている。君も知っているだろう。糸針町《フレートニータ》をすこし下る所の左側で天使を垣に彫つけてある前に一の動物が毎日坐を占めて小さいメッチの箱を膝の上に置てあぐらをかき世の憐むべき見せ物となっていささかの恵の露を垢じみた帽子に受て世を渡るのがあろう。あれだ全くあれだ。人はしかと目を留るものはないが僕は例の物ずきで通る度によくも顔を見てやったが顔色の蒼白くて死人のようにいかにも苦艱のほどがおもわれて黄赤な髪は逆だちて捲上りいつ櫛をいれたかという体で唇からひっつりがあって腫物《はれもの》か或は切《きり》疵《きず》かもしれぬ。そして猫背で見るもいやな男だがその眼だけは髪の色にはつり合ない黒い瞳子。しかも鋭どく怜悧の性を表している。そして彼奴は如才ないのはどんな塵芥のようなものでもくれるものには丁寧に挨拶する。そこが彼奴《かやつ》の身上で僕が少し立て見ている内に彼奴中々のものをもろうた。これは今いう阿片窟の下宿人で外にだれもない」

「しかし僕には分らぬ。君がいう所では先《まず》その男があやしいというようだが跛というのにどうして死物狂の人に立合てそれがにげ出すまでにやれるだろうか」

「それはちんばに相違ない。しかし体格はしっかりして力もありそうに見た。そこらは君が医術上から考えの出来る事だろう。たとえ足はちんばにてもいざといったら外の力で人の一人位は殺しかねまい」

「なるほど。それからのはなしは」

「クライア夫人は血を見たので驚いて気絶したから巡査も詮鑿《せんさく》はあとにして先《まず》夫人を車で内まで送り届けた。それが先第一の失錯さ。その跡で直にかのボーンをつらまえなかったからその間にはラスカルとはどんな打合をでも出来るわけだからだがたいしたさわりにもなるまい。ボーンは直に召捕られて今糾問中だが服罪させる事実がわからない。血の跡は奴の襦袢の袖にもあるがそれはその指環《くすり》の指にひどく釘でひきかいた痕があった。血はそれから出たと言立る。これもうそらしくない。というのは奴が直前に窓の所にいたという所から推量される。吟味方のバートンさんの引受て調《しらべ》ているが勿論あの人のことだからよく行届ているけれどまだ手がかりがない。不服の事もそのちぐはぐなのは何か秘密の策があっての事だろうとの申立て。自分にはわからぬという。夫人が実際にその夫を見たというのは狂気したか但《ただし》は夢でも見たであろうとまでいい張た。警察署でも潮の退たあとでは何か手がかりが出来るだろうと先斜方《ただしかた》はそれだけでやめた。

すべて泥海の底というような事になったが先一番に奴等が恐れていると思うのは潮の退た跡で見出した上着だ。それがいよいよクライアのものかものでないかがせとだ。そこでまたその上着のかくしから出たものがあるが君何だとおもう」

「考がつかぬナ」

「君に考られようともおもわない。そのかくしにはペニーや半ペニーが一ぱいあった。ペニーは四百二十一枚。半ペニーは二百七十枚。何んと驚たものだろう。その重みで潮に引かれないであの窓の下細い通りに残っていた。しかし屍骸は見えない。一体揚場と窓との間はひどくさかになっているから裸にした屍骸を河に投こんでも衣服ダケはその重みで残たということはたしかにそうらしい」

「だが外の服は皆室中に残っていた。その体には上着だけきていたのか」

「イヤサきていたのでない。そこで事実が出合て来る。ボーンめがクライアをやっつけてその屍骸を窓から河の中へほうり込で勿論その迹《あと》をくらますには衣服は脱せねばならぬであろう。そこで皆んな脱がして裸で投込だものと考える。しかしその衣服が残ていれば露顕のはしと心附たからそれを始《し》まつせねばならぬとは直《す》ぐ跡で気のつく所だ。所へ夫人が玄関の口から上ってくるという騒ぎ。巡査まで連て来るという事になってては早く衣服を片付ねばなるまい。しかしそのまま河へ入れる。浮て流れる。

人目につく。そこは奴もぬからぬ。自分の貰い溜めの銅銭をかくしへ入れた。これなら沈むにちがいないとおもって先上着だけ投込んだ。もしその時下から人の来る足音が聞えなかったらあとの服もそうする積りであったにちがいない。ところが巡査はやがて来るようすがしたからその間がない。窓さえも〆る間がなかったものとおもわれるではないか。ここか吟味所だろうとおもう。一体ボーンは二年から乞食をして人にも知られ無邪気な穏当な男とおもわれていたのに今日の事件はおそろしい人殺沙汰《ひとごろし》。第一人物の平生に相応しない。そして警察署でもぬけめなくただすだけはただしたろうとおもうが分らないということだ。僕も白状するがこれまでいろいろな事にかかりあったがどうもあてがつかない。ちょっと見るとわけもないようだがよくよく考えると中々六《むつ》かしい」

ホームスは委細話の了る時には馬車は既に町はずれを出はなれた。家屋もまばらになりてちらほらと窓よりもるる燈火の影も淋し。

「君見給え。あそこがモウレイの外郭。少し間に英国の三部落を通り越した。ミッドレヤクスからシユアレイそしてケント。そらあの樹木の中のあかりを見給え。僕がいうセターであのラムプの下で耳を引立て婦人がこの馬車の蹄の音を心配して待っているかとおもうとかあいそうだ」

「しかし僕には分らない。なぜ君はこの事をいつもの通りベーカ町の事務所で取扱わないでこんな遠くまで出かけるのか」

「あそこでは来客も多し。そして一々この遠路を往来するも大儀だ。それにクライア夫人は親切に僕に二間の座敷を用意してくれて極懇《ねんごろ》に待遇してくれるから暫時寄宿する事にした。君も僕の朋友だといって夫人に引あわせれば双手を挙て歓迎する。しかし今夜は夫人に遇《あう》のはいやだ。今日一日何も探り得た事がないから夫人に見やげがないのが気の毒だ。サァここだ。ドウドウ」

（三）

我等は大なる別荘の前に車を駐めぬ。この家の馬丁は蹄の音をききて駈出し来り直に馬の轡《くつわ》づらを取り玄関の前の砂利の布《し》きある所を引廻し家に導きたり。見ればその戸は僅に開きありて内に婦人の彳《たたず》むあり。絹の薄きモスリン種類の衣服に淡紅色のふさつけたる襟袖のかざり。その美なる顔にうつりあいて派出やかなり。その腰をかがめてその唇は淋しく動き何事か問たげなりしがホームスは婦人を見るや否やその頭をふりその眉を聳かすさまに頸廻の叫びも沈吟の底に沈めるがごとし。

「何んぞよきおはなしか」

「イイエ」

「わるいこと」

「イイエ」

「先《まず》あちらへ」と案内すればホームスは

「夫人これは私の友達でワットソン先生。わたくしの仕事にはいつも手伝てくれます。生死の堺にまでも共にやってくれます」

「初めてお目にかかり御嬉しく存じます」と夫人は温かに我手を握り

「先生のまた御見込の処で何なりと御入用でもあるならばいかようにもいたします。ただこのたびの災難について御ただし方の出来ます事ならば」

「夫人私はこのホームスの友人です。そう御丁寧に仰《おっし》あってはこまります。私は力一ぱい働く積りですがそれが夫人の御為またこの友人の助けになりさえいたせば悦びます」

夫人はいざと我々両人を燈火燦爛《さんらん》たる一間に導き入たり。夫人の行届きたるそこにはすでに冷食の小夜食の支度ありて卓上膳立《たて》しあり。夫人はホームスに向い
「私は極《ご》平たくあなたに御尋申すことがありますがあなたも平たく御答下さい。御見込の所はつつまず」

「勿論です」

「わたくしはあなたのお話しがどうございましても決して余斗《よけい》な心配をいたしたり気を失ったりなどはいたしませんから本当の所を伺いとうございます」

「本当とは」

「あなたの御心中あなた方の御心中ではおっとネビルは生ているとは思いますまいか」

「そうでス。平たく申せばマアそうとは存ぜられません」

「では死んだという御考ですか」

「先《まず》さよう」

「殺されて」

「そこはしっかり申上かねますが恐《おそら》くは」

「そんならいつ死ました」

「月曜日」

「ではございましょうが私にはわからない事がございます。ホームスさんどうぞ御遠慮なく御見込を仰って下さい。わたくしは今日夫からの書状を受取ました」

ホームスは電気に触たるごとく椅子より飛上りて
「何ですと」

夫人は一枚の紙を手に持て
「ハイ今日これを」

「見せていただけますか」

「勿論御覧にいれんでは」

いうをもまたずかれはそれを引たくりて熱心に卓上に打ひろげラムプの心をまきあげて検査に取かかりたり。予は椅子より立上りその肩の上より見ればその封筒は極粗末なるものにてグラベスンドの郵便局のけし印あり。その日の日附にて夜半すぎのものと考えはむしろ前日の消印ならん。

「どうも字がまずい」とホームスはつぶやき
「これはあなたの御つれあいの御手とはおもわれませぬ奥様」という。

「イイエ上封はなんともいえませんが中の手紙は全く」

「なんでそうまで被仰《おっしゃ》られます。第一肝心の記名のところを御覧なされ。全く黒色の墨でかいて自然と乾《かわ》いたもの。押紙にかけなかったということが分ります。もしずっとかいて来てそして押紙におしたなら決してこの黒い濃いかたまったような影は出来ませぬ。これはきっとその充名《あてな》まで書上げてまずよしと一ト息ついたもの。これが心に何かわだかまりがあっておちつきのなかった証拠で夫から妻にやる文《ふみ》にそういう心配があろうはずがないとおもいます。勿論これは瑣細ナ事。しかし瑣細ナ事ほど物の手がかりには要用《いりよう》なものでござります。どれ中を拝見しましょう。ナル中に指環がおし込でありますす」

「ハイ指環があります。それが証拠の指環」

「よろしい。それとお手風はきっとおつれあいのお手風と御請合が出来ますか」

「先ズはそうおもいます」

「先ズはとは」とホームスはすかさず。

「夫は取急ぎます時はとんと平生に似ませぬ手風になりますくせはわたくしもよく存じておりますから」といかにも信じおるもののごとし。ホームスは眼をねぶりしばし頭を傾けていたく思に沈るさまありしか。

「奥様どうも腑に落かねます。しかし御力をおとしなさるナ。そこによほどのあやのあることと存じますからなおモウ少し事実を伺いたい。この手紙は御覧の通り罫のない八ツ折の帳面のフライリーフ（書冊の首尾にある紙）に鉛筆で書たものですから書風の吟味などは随分と六かしゅうござります。この封筒の上のよごれを見るとこれを郵便に出した男はたしかに嚙烟草をかんでいたその口で封じ目のゴムをなめたものとしれますがするとどうも下品な人物としかおもわれませぬ。くどいようですが奥様きっと御つれあいの御手と御疑はござりませぬか」

「ありませぬ。手風だけではなく手紙の文句にも夫のくせが見えております」

「嚙烟草をかんだ口でどうも紳士の所業ではない。イエよろしい。私はまだ大丈夫とはいいきれませぬが」

「生ているにはちがいありますまいネ」

「そこでス。贋筆で我々を迷わしておいて罪を逃れるさんだんするなんどは得てあることですから指環はつまりあてになりませぬ。はずして来られるものですものネー奥様」

「わたくしにはどうしても夫の手だと存じます」

「第一かいたのが月曜日即ち事のあった当日で今日郵便に出したというのも」

「それはありがちのことでス」

「そうとしたところでこの二三日の間にはなんでもいろいろな事があったにちがいない」

「でそうでスかホームスさん。そう先をからしてわたくしの気をおとさせるようなことをいって下さりますナ。それは私の留守の心配をおもひやってよこしたことにちがいござりませぬ。私があの日に夫の顔を窓の内に見ましてから食堂の前入口の所にはいろうとしたとたんに何んでも災難が出来たこととおもいますがまだ死んだとまではおもわれませぬ。それにあなたはいろいろと証拠立をなさってわたくしに死んだものとあきらめさせる御気ですか」

いかなる論理学者の論弁も説破すべきホームスもこの詞には勝を制されたかホームスはなお暫く思案の体なりしがまた口を開きて
「奥様あなたが御信じなさる所はただこの手紙を書たという一点でスがそれは月曜日の日附であなたが御遇になった日です。手紙は今朝に出た郵便とするとどうモわかりませぬ。そしてなぜまた今日まで御帰りがないのでしょう」

「そこは想像がとどきませぬ。考えがつきませぬ」

「私も御同様でス。しつこいようでスがなお奥様に伺いたい事があります。はじめに月曜日に御出かけの時何もこれがというような事はありませんでしたか」

「少しもありませぬ」

「そこでスワンタムランで御見かけの時は言て御驚きなされましたろう」

「実に驚きました」

「その時窓は〆てありましたか」

「開ていました」

「なればあなたをよぶことか出来るはずでス」

「出来ます」

「それに伺いますればよびもなされずただあッと被仰ただけですか」

「さよう」

「そのあッという顔をなさったは助を求める意味でしたろうか」

「そうかともおもいます。なんでも手を揮《ふっ》たように覚えました」

「助けを求めるというわけばかりでもなく思いがけない処であなたを見た驚きかくも手を揮ことがあろうともおもいます。いかが」

「それもそうかもしれませぬ」

「そこであなたの御考えでは誰か後に人があって引張こまれてあとの言葉なり手様なりさせまいとしたのでしょうか」

「忽ちに形をかくしましたから大方そんなことかと存じます」

「窓が開ていましたならいよいよ迫ったときはそれから跳出すことも出来そうなもの。そしてまたあなたはその引張込だろうともおもう人が目にとまりましたか」

「外に人は見えないようでス。わたくしが表へ廻った時にモウ、ラスカルは階下に立っていました」

「左様。そしてあなたの御覧の時におつれあいはいつもの衣服を召して御出《おいで》でござりましたか」

「袖も見えず襟も見えずどうも裸であったかとおもいますハイ。喉の所は全く襟のなかったのはたしかに見ました」

「これまでスワンダムランの御はなしはござりませぬか」

「とんと」

「また阿片烟を御好みでござりましたか」

「とんと」

「ありがとう。大概のみこめました。先伺うこともこれきりでス。決して御案事なされますナ。そこで御馳走は自由にいただきます。御かまいなく御寝下さい」


巾広く工合よき両人前の寝室ある坐敷は予等二人の爲に用意されあり。予は夜明れば中々になすべきこと多しとおもいたれば直に蒲団の間にもぐり込み眠らんとせり。ホームスは一人の丈夫なり。その心中に解せざることあるときは一日でも一週でもその本《もと》の本末の末までくりかえし様々の事から観察した。これをあきらめ得ずかまたはとても及ばぬとまで悟り得るかどちらかの境までゆかねば打棄おかぬ性質なり。されば今夜一夜は寝ずして思考を尽すべき用意と見えてその上衣と胸衣とを脱し更に緑色の寝巻を着し室中を歩行廻りて旧台からは枕ソーファよりは蒲団それこれと取あつめて一ツの都児格《トルコ》座敷をこしらえ出し身はその中にあぐらかきて一オンスの粗切煙艸《たばこ》と一箱のメッチとは前に置たり。ランプの薄あかるき光にて見れば古き粗末なる烟管は既にその唇にありその眼は天井の隅を睨みて綿の煙はその口より捲上れり。物いわず身動きせず。予は覚えず一眠してふと目の覚たるときかの烟管は依然としてかれが唇にあり。室中は烟草の烟充満《みちみち》て雲の中にあるがごとし。宜《むべ》なり。かの畳紙にありし烟草は既に余すところ少し。
「ワットソン君目が覚めたか」
「アイ」
「今朝は一所にゆくか」
「勿論」
「なら急《いそい》で衣《き》かえ給え。しかし誰もまだおきまい。馬丁も寝ているだろう。しかし是非モウ出かけずばなるまい」といいつつ元気よく高笑せしさまは夜一夜思いに沈みし影もとどめず。
予は衣服を着け了りて時計を見しに誰もまだ起出《おきいで》ざるは驚くに足らず。四時を僅に二十五分過たるのみなり。この時あたかもホームスが馬丁の支度宜《よろ》しと報せし時なりき。
ホームスはその靴をはきながら
「わしは一寸思い付た所がある。ワットソン君、君は欧羅巴《ヨーロッパ》中この上もない馬鹿というだろうがわしはこれから直にチャリンコロスまでかけつけるにはこれ位早くて相当だろうとおもう。あそこでこの一件の鑰《かぎ》はわしが手に入れる積《つもり》だ」予は微笑して
「どうして」と問えば
どうしてといいしがなお予が不信の色あるを見てとり
「常談ではない。わしはこのクラットストンカバンの中から取出すものがある。だがその鑰がしっくり錠前にはまるかはまらぬか見給え」
我等は速に階を下りまだほの暗き朝日の影に立出《たちいで》たれば既に玄関前には半母衣《ほろ》の馬車用意しあり。

両人は直様《すぐさま》その内に飛入り龍動さして赴きぬ。田舎より二三の荷車の青物を戴て市にゆくあるのみ。町並の家居はまだ戸をとざして寝居たり。

（四）

ホームスは車を馳ながら「わしは奇異の考《かんがえ》であるが一体今度の一件は実に訝《めしい》同様すこしも当《あたり》はつかぬがマアやって見たほうがやらんよりはましかとおもう」

龍動の町ちかく来《きた》れば早起の人は眠たげなる目つきして窓から我等の車の通を見てあり。ウォートルロウ橋を渡りウエルリングトン町に入り右手におれた弓《ボー》町に到れり。ホームスは警卒にはよく顔がうれてあれば行遇うものごとに挨拶を受け警署に到ればその内の一人は馬の口をとり一人は先に立て案内す。

「御当番は誰殿」

「ハイ探偵方のブラッドストリー殿」

というより早く出来《いできた》る一人。

「オオ、ブラッドストリー殿は貴殿でござるか。ゆっくり御話があります」

その男は眉びさしある制帽はいただけどもまだ身はヂャケットを着たり。

「左様でござりますか。ここが拙者の詰所」

と石の敷ある廊下のつき当りの扉をあけて

「御入り下さい」

室中は狭けれども卓上には堆《うずたか》く書類を積上《つみあげ》後の壁には伝話機の仕かけあり。その人は静に坐を占め

「ホームス君でしたか。御用は」

「レイのネビルシントクライアという此頃見えなくなったという人の一件でその嫌疑でこの役所に御拘留になって居る乞食ボーンの事で来ました」

「かれは第二の予審にかけるためまだ留てあります」

「左様聞ました。でここにおりますか」

「檻裏に」

「静かにしていますか」

「世話はやけません。しかし極きたなくて」

「きたない」

「その顔や手はまるで鍛冶屋のように真黒によごれておりますから洗うように水はあてがって置きました。もっとも予審は済《すみ》ませば尋常の囚人同様談《はなし》もさせますがもし君かれを御覧なさったらばその前でもちょっと談をさせましょうか」

「何そのままで大事ござらぬ。拙者は早く逢たくなります」

「お安い事。こう入らっしゃい。だがその手提はここへ置給え」

「イヤこれは必用です持たまま参りとうござる」

「なればその道を」

と案内して廊下を下り貫《かん》ぬきせし扉を開きまた階を上り白く塗たる戸の幾つも並びある廻廊までと

もない来り。右側の三番目の戸の傍にある切接《きりつぎ》からのぞきて
「寝ています」
見ればかれは表のかたに顔を向けて気息静に眠《ねむり》いたり。背は高からず低からず。その衣服は染色ある襦袢のみ。しかも垢つきむさくろしきが中より自慢気に顔出しいたり。その顔もいかにも垢つき夥《おびただ》しき吹出ものは目の下から頤の辺へかけて一面に生じそのためにや唇は少し上につり上りかつ久しく病《やむ》る証として三本の前歯を露したるに痩を見せたり。そして艶ある赤き髪は前額を掩い少しく縮れを帯びたり。探偵は
「どうでス中々の美男でしょう」
とほほ笑む。ホームスも笑を含み
「さればです」
本真《ほんとう》に美男かも知れぬ。一ツ洗って見たらばとて手提の内より大なる浴遣いの海綿を取出し
「君どうかこの戸をそっと明《あけ》て下さい」
「お安いこと」
との挨拶。ホームスはこれかの所にていかに尊敬されいるや知るべし。かれが錠をあくると共に我々は静に監中に入りしがかれはいまだ知らざるがごとくなり。ホームスは用意の海綿を水桶に入れて充分に水をふくませ盗むがごとく両度まで囚人の顔を拭い
「ケント郡内レイ村住居《すまい》の紳士ネビルシントクライア殿を御見知りなされ」
とよばわりたり。
予は驚き見ればその顔の皮は木の葉のごとく海綿に拭われて洗落《あらいおと》せり。全く褐色の染料を用いたる

ものにしてかの唇のつりもともに跡なくその赤き毛まで手はしかくむしり取ればこの下には黒き髪の毛あり。なるほど皮膚細かなる三十有余の美男子。と驚き醒たる目をパチクリしてやにわにその面《おもて》を枕におしあて人を見るを愧《はじ》るもののごとし。ホームスは
「ありがたいクライア君だ。写真の通りだ」
と叫ぶ。囚人は最早《もはや》覚悟をきめたるがごとく起直りて無頓着に
「でもござろう。しかしこれからいかにしなさる」
「これからはいふまでもない。ネビルクライア君の名前で埒《らち》をあけるでござろう」
とホームスのいうを探偵は引とり
「クライア君とした所が何故に身をやつしたか。これは一吟味ものでござろう」
と歯をむき出す。ホームスは
「そうでない」
といわせも果てず。
「わしは二十七年来この勤《つとめ》をしている。罪のないものがこのざまをするものか」
「もっともだ。だがわしはこの人の心中を察している。ナニサ夫が女房のためにするということならどんなことをしても無罪だ。判事が罪を宣告しても陪審は承知しない。是非無罪になる。すればわしがクライア君なら君を相手取て無法の拘留をしたという反訴を起すぞ」
というをききし囚人は
「ナニ女房でない子供のためだ。アア子供にこの恥辱を」と手もて顔を掩いぬ。ホームスはその側により親切に手もてその肩を軽く打《うち》て

「案じなさんナ。よしんば君が法廷で立派に申開きが立て無罪の宣告を受たにせよ無論世界にこの始末がぱっとするは免がれがたい。それより今ここでこの探偵官の前で罪状のないことを明かにのべて警察の長官にいい解てもらったら決して新聞紙にのることはあるまい。だからこのブラットストーリー君独りに呑込でもらうことはわしが受合ますからどのようないいにくいことでも何もかも打明てわしの前で話してそれを書面にして長官へ出す都合にすればこの一件はこの役所きりどこにも知れずにすむことが出来よう」

「御親切にありがとう存じます。わたくしは入牢をするも刑に行われるもいといませぬがこの浅間しい秘密の露われまして子供までの顔をよごしますのはいかにもなげかわしゅう存じます」

「左様でござりましょう。だから正直に仰しゃれ」

「申ますが皆様にはさぞ馬鹿らしゅうもあやしくもおききでしょう。わたくしの父はチェスターヒールドの学校の教師をして居りましてわたくしもそこで立派に教育を受けたものですが青年の時に旅に出まして風《ふ》と劇場の事にかかりあい竟《つい》に龍動の毎夕新聞の報告者になりましたが或時作者は乞食の一狂言を書ましてわたくしは自から好んでその乞食を勤めましたがそもそもでとうとうこんな大胆な事を思い立種《たち》になりました。わたくしがその乞食を勤めました時は大出来でござりましてこの伎は独得だ本元だと三階《グリーンルーム》での賞《ホメ》ものになりました。その下稽古に私は胆《きも》ふとくもわたくしの顔をぬり憐ッぽい姿また顔に疵をこしらえまた石膏に絵の具をまぜて唇をつらせ髪の毛を赤くして誂《あつらえ》のぼろぼろの衣服をつけこの市中の閑静な処で表向はマッチ売その実乞食となってみましたがただの七時間夕方に家に帰りもらいを数えて見ましたら二十六シルリンクと四ペンスありましたに驚きました。それより舞台へ出て益《ますます》修業をつみ益その妙を得た積りでス。皆様御考え下さい。わたくしが毎夕新聞で社説を書たとて二十六シルリンクという高より多くは得られますまい。それからこれはよい商売だと心つきました折柄友達の借金を引受て二十五ポンドを払わなければならぬ始末になりましたが急にその工面が出来ませぬ。そこでまたやって見る気になり債主に二週間の延期をたのみ社主には休暇をもらいかのやつし姿で市中をもらって歩行《あるきゆき》ましたがどうでしょう十日の内に見事二十五ポンドの借金を済して仕舞ました。皆様にも御考えがつきましょう。二週間に二十五ポンドという金が大概な骨折でとれるものではござりませぬ。それが少しの絵の具で顔をぬりけがしきたない帽子を身の側に置て一日静かに坐ているばかりでとれるという味を覚えましてはモウ骨を折《おる》気にはなれませぬ。しかしあまり浅ましいとはじめて思って自尊の心と金ほしいという心とが戦っていましたがとうとうドルラルに勝を制せられまして断然報告者を辞して兼て目を着《つけ》ておきましたあの町の角に毎日毎日坐して幽霊のような顔をしていますとわたくしの財布には銅貨が一杯はいって来ます。この秘密を知っているものは世界に只一人即《すなわち》かの阿片窟の主人ラスカルでス。あそこが私の毎朝きたない乞食になりまた毎夕美服を着た紳士となりかわる楽屋です。ラスカルはそのために私からは並よりよく部屋代を取て居ります。そういたして一年の間に七百ポンドという大金を得ました。こんな商売は先《まず》ありますまい。この私の一風かわった山仕事も愈《いよいよ》あたりまして世に広まり市中に知らぬもののないような一ヶ有名の乞食となりました。するとまた取前《とりまえ》も多くなります。終日流れ込だペニーは銀とかわりましては私の財布にたまって来ます。極運の悪いという日でも二ポンドの取前ではつまらなかったとこぼす位の事でした。こう金持になりましてはわたくしを知らない田舎で妻も持《もち》所帯も持ってという野心も起ります。幸とその都合になったのでス。私《わたしの》妻は私《わたしの》商売はこの龍動の市中にあるとは知ておりますが何ということは心得ませぬ。ところがこの間月曜日に一日のかせぎ何かかせぎではござりませぬ一日坐り仕事をやって仕舞例の通《とおり》阿片窟の部屋で宿がえをしている時に窓の下に妻の居ましたには驚きもしました。おそれもしました。おもわず声をあげて自分の手で自分の顔をかくし直に腹心のラスカルに誰でもここへ来るものがあったら防でくれと頼みました。その時妻の声が階の下に聞えましたがラスカルがあがらせはしまいとは存じましたが速《すみやか》にまた元の乞食姿にかえり何くわぬ体でいました。よし多年つれそいました女房でも上って来た時に私を見ましても決して見分《みわけ》がつきませぬとは信じましたがもし室中捜索と出かけられるとさし向《むかい》この衣服が裏切をする露見の本とおもいましたから窓を開てところが古い普請でぎしかたしていますからあわてて明けたので怪我をしましたがそれどこでございませぬ。行なりともらいためた今革の財布に入ようというやつを私の上衣のかくしにおし込《こみ》重しにして窓から川の中へ投込あとの衣服もつづけてとおもう所にモウ間に合ません。巡査が二階の上に現れて来ました。不思議にもネビルシントクライアはネビルシントクライアを殺した罪人として召捕になりました。この外に私の申立ることはござりませぬ。私はなるタケ私しの身なりをかえて浅間しい生業をいたした事はかくしたく以後も乞食のボーンでいたいとは存じましたが私の行衛が分りませんでは妻が心配もおもいやられます。そこで私の指環をはずしまして内証でラスカルに頼み巡査の目を盗みまして手帳の端をひきさき一筆認めましてこれもラスカルに頼んで郵便に出してもらいました」

「その御手紙は昨日夫人の方にとどきました」

「届きましたか。ありがたい。それで落付ましたろう。さぞ弱っていたろうとおもいます」

探偵は

「よく分った。罪となるところもないネ。ホームス先生昨日手紙がとどいたのというのは巡査が番をしているものだからかのラスカルも郵便に出しにくい。そこでまた自分の友達か水夫仲間に頼んで出させたので延引したものと見える」
ホームスはさもあらんとうなずき
「わしも疑わない。そこでクライア君どうだね君はモウ乞食を思い切ることが出来るかネ」
「思い切ますがどうしてこの恥辱を掩《おおう》て下《くださ》ります」
ブラットストーリーは
「わし等が黙てさえいるならばモウ、フーボーンという人物はないはずだ」
ホームスは笑いながら
「その通りだがいよいよ乞食は」
「どういたしましてモウ決して再びとはいたしませぬ。神かけていたしませぬ」
「ブラットストーリー君今御聞の通りでモウこれでゆるしておやりなさい。わしもここに用はない。出かけましょう先生。実にわしも考えは考えたがこううまく行うとはおもわぬ。先生も心配したろう」
「さようサ」五ツの枕の中で一玉の煙草をふかし
「そうそう先生行ましょう。これからベーカ町まで行《いく》と丁度昼飯時だ」

暗殺党の船長（南陽外史訳）

（一）

或暴風雨《あらし》の夜大探偵と私は客間に居て、今夜のような暴風雨《しけ》の晩には、よもや探偵の依頼者もあるまいから、大《おおい》に落着て談話《はなし》が出来ると云うていると、どうも門口の呼鈴《りん》が鳴るようだから「ヤ大探偵誰か来ましたぜ、お友達ですかナ依頼者ですかナ」「こんな夜のこんな時に来る依頼者なら、随分切迫の事件に相違あるまい」この時早くも慌ただしい足音が聴えて、客間の入口の戸を叩くものがある、大探偵は手早く洋燈《らんぷ》を机の上から、マントルピースの棚に載せ、その燈《あかり》がスッカリ空《あい》た一脚の椅子を照すようにして、お這入りと言葉をかけた。

声に応じて客間に這入ったのが、二十四五歳の品の好い幹《せ》の高い髯のない男、上に羽織った防水布の外套がズブ濡で、手に持った蝙蝠傘から滴が垂れて、穿《はい》ている長靴が泥塗《まみ》れになっているのを見ると、外の暴風雨《あらし》は思ったよりも酷いと見える、客の男は大探偵から空椅子に招ぜられて、マブシイという思入《おもいいれ》で、ジッと洋燈の方を見ていたが、その顔は蒼白くて、眼がドンヨリと重くるしくて、何でもよほどの心配があるものらしく察せられた。

「イヤ大探偵どうもこんな風で、客間に這入って詣《まい》りまして、実《まこと》に恐れ入ります」「ナアニ貴下《あなた》決してお構いなさいますナ、がその傘と外套をこっちへお寄越しなさい、ここに広げて少でも乾かしましょう、ヤ貴下は西南の方からいらッしたナ」「ハイ富田《とみた》村の方から詣りました」「そうでしょう貴下の靴の先についている、その泥の中に白いチョークの混っているのは、どうもあの辺に限るようですな、して貴下の御用は」「まず第一に貴下のお説を承り……」「それは実にお易い御用」「それから貴下のお助けを願うのです」「それはそう容易《たやす》い事ではありませんが、とにかく事件の来歴を承わって、不審の所を質問して、それから後に極めましょう」

客は少しく膝を進ませ「私の名は奥野庄三郎と申しますが、私の祖父《じじい》に二人の男子《おとこのこ》が御座いまして兄は永三郎弟が与四郎で、与四郎は即ち私の父で御座います、叔父の永三郎は若い時から亜米利加《あめりか》に移住しまして、南北戦争の時南軍に馳せ加わり数度北軍の要所を占領しましたがため、その功に依って陸軍歩兵大佐まで昇進致しましたが、南軍遂に利を失い、叔父は再び商人となって、相当の財産《しんだい》を拵えましたが、黒人《くろんぼ》の奴隷は遂に解放せられて、選挙権まで得ようというの勢いになりましたから、兼て黒人には大反対の叔父ですから、それが癪に障ると云って亜米利加を逃出し、故郷に帰って富田村の地所と邸宅《やしき》を買い入れましたのが、殆んど十二三年以前《まえ》でした。

叔父は全体酒と煙草が大好きで、友達と交際が大嫌いで、兄弟の父さえも余り親しくしませんでしたが、何故か私を可愛がってくれまして……初めて私が叔父に逢いましたのが十二位の時でしたが……父にそう云って私を富田村の家に連て帰り、数年来私に一切の家事その他を任していますが、二階にある自分の室《へや》だけは、私も他の人も這入る事が出来ませんでした、ズット前に私は鍵穴からこの室を覗き込んだ事がありましたが、ただモウ古い鞄や何かで室一杯になっていたようです。

ある日珍らしくも前亜米利加南軍の陸軍大佐などと肩書して、叔父に宛てた一封の書面が詣りました、叔父はこれを手に執上《とりあ》げて『ヤこれは珍らしい印度孟買《ぼんべい》の港から来たナ、誰からで何の用だろう』と云いながら、急いでこれを開封すると、蜜柑の皮を細長く切って、干涸びさせた陳皮《ちんぴ》が五つばかりバラバラッと落ちた、私はこれを見て吹出したが、叔父の顔が青褪めて、総身が震えているのを見たから、私の吹出した笑いの声が内訌《ないこう》してしまった。

『ヤこれはア、サ、トと書てある、到頭己《おれ》にも寄越しやがったナ、モウ駄目だモウ駄目だ』『叔父さんそれは何でしょう』『己の死際が近付たという報知《しらせ》だ』云い捨て二階の室に去ったから、私は封筒を執上げて見ると、陳皮の外《ほか》には何にもなくて、裏に例のア、サ、トと書た三字がある。

叔父はこの時から少し気が違ったようになって、弁護士を呼び父を呼び寄せ、そして正当の財産相続の遺言状《かきおき》を書て、その後私にくれぐれも、いずれこの財産は父からお前の手に渡るだろうが、好く住けば持っておれ、悪けりゃ不倶戴天の敵にこれを遣ってしまえと二三度ばかり云いました。

暫くの間は何事もなかったが、或夜叔父がちょっと散歩に出たと思うと、幾ら待っても帰って来ない、翌日《あくるひ》近辺を捜索すると、二尺ばかりの水溜の中に、俯伏しになったまま死んでいました、検死の時にこれという傷も何もなかったので、叔父の気がフレている事は誰も知っていましたから、陳皮の話しなどに耳を傾けるものがない、自殺したか誤って死んだものだろうという事になって、法《かた》の通りに葬式を済ませ、父がこの邸宅《やしき》の二代の主人《あるじ》となりました」

（二）

大探偵は手もて客の言葉を遮り「ちょっと待ってください、その叔父さんの手紙を受取った日はいつで、死なれたのがどれほど後《のち》の事でしたか」「手紙を受取りましたのが、丁度一昨年の三月十日で、死んだのは七週間の後、五月二日の夜でございました」「宜しい解りました、サアどうかその次をお話しください」「それから父が富田村の邸宅に移りますと共に、私が父に勧めまして、二階の叔父の室を調べさせますと、鞄やその他の箱などは皆開けてある内に、一つ奇妙に頑丈な小箱があって、その蓋《ふた》の裏にア、サ、トという三字の印がありました、これらの箱から種々の書類が沢山出ましたが、大切なのは皆焼棄《やきすて》でもしたものか、剰余《あと》は普通反古同様の手紙ばかりで、これぞという書類も見当らぬようでございました、それでもう叔父の変死の事は忘れてしまいまして、親子至極幸福に暮していますと、忘れもせぬ昨年正月五日の朝、私が食堂の入口に往きますと、父が不思議に唸っていますから、慌てて食堂に這入って見ると、父は食卓に就きながら、右の手に開封した状袋を持って、左の掌に五切《いつきれ》の陳皮を載せて、頻りにウンウン唸っている、叔父の時には、父も私の談話《はなし》を信用してくれなかった一人であるに。

　父は私の顔を見ると共に『庄三郎ナナ何故だろう、己にも五切の陳皮が来た』私は総身冷汗《ひやあせ》に浸って『その裏にア、サ、トという三字の印がございませぬか』父は状袋を打返し見て『いかにもそうある』『ジャア父上早く御要心をなさらぬといけませぬ、叔父さんのも丁度その通りでございましたから』父は暫く腕を拱《こまぬ》いて考えていましたが、やがてその状袋と陳皮を私の方に投出して、悉皆《すっかり》打って変ったように『この開明の世に馬鹿な事をする奴もあったものだ、しかしその手紙は一体どこから来ている』『円山《まるやま》という消印がありますから、円山の港から来たのでしょう』『悪戯《わるふざけ》にも程のあったものだ、この五切の陳皮は何だ馬鹿馬鹿しい、こんなものにビクついていて仕方があるものか』『でも始めてではございませんから、ちょっと警察に知らしておくが宜しうございましょう』『警察に知らして、馬鹿馬鹿しい事にまで取越苦労をするといって笑われるのか、打遣《うちやっ》ておけ打遣ておけ』

父は随分頑固一徹の質《たち》でございましたから、今ここで云い争うとますます感情を悪くするばかりで、少しも益する所がないという事を私は固く信じていました、それよりは二三日経って父の機嫌の良い時に、よくこの事を相談しようと思っていますと、ちょうど手紙が来てから三日目になりまして、梅田村の親友の許へ往って、四五日遊んで来ると云い出しましたので、私は心の内に大《おおい》に喜び、父が梅田の方へ往けば、少くもその間は安全であろう、その間に私が父の親友に詳しい手紙を書て、この人からよく父に勧めてもらおうと考えて、父の梅田往きに賛成しましたが、父が往って二日目に、親友から大至急の電報が掛りまして、取るものも取敢えず往ってみますと、父はその前の夕方この辺に沢山ある、チョークを掘出す穴の中へ落込んで、頭脳を砕き絶息していました。

無論警察で種々《いろいろ》の取調べがございましたが、父の屍骸について殴打の跡もなければ、屍骸のあった近傍に怪しいと思われる足跡もなし、追剝ぎという様子も、暗殺という嫌疑もございませんでしたから、無論怪我の横死という事になって、私が陳皮の事を親友に話すと、何だか作り譚《ばなし》でも聴ように、頭から信用してくれませぬ、デこの時もまた全く怪我の横死になってしまいました。

私もモウここらで諦めてしまえば好かったのですが、また考え直してみると、何でも叔父が原因《もと》で父は全くマキゾエを喰ったものに相違あるまい、さすればヨモヤその子までに禍《わざわい》の及ぶ事もあるまいかと、不安心ながら三代の主人《あるじ》に直りまして、一年余り何事もなく幸福に暮した後、昨日伯林《べるりん》の繋船所《ふなつきば》から私に宛てて詣ったのが、即ちこれです」と顔色変えて、ポッケットから執出したのが、例のア、サ、トの状袋と、五切の陳皮であった。

（三）

奥野庄三郎は顔色変えて身を震わし「これがその不思議の手紙で、裏にはやはりア、サ、トという三字が書てございます」「貴下がその手紙を受取ってからどうしました」「私はモウとても助かるまいとは思いましたが、まず警察に往ってみました」「ウム」「すると警察では私の訴えを聴いて笑っているばかり、今まで通り陳皮は誰かの悪戯で、叔父の変死も父の横死も、それは警察で調べた通り裁判官の認めた通り、確かに自殺と怪我に相違ないと云って、取合ってくれませぬ。

それをマア段々と嘆願いたしますと、漸く一人の巡査を出して、私の邸宅《やしき》を護衛さしてくれる事になりました」「その巡査は今晩貴下と一所に詣りましたか」「否《いや》警察署の命令は、私の邸宅を護衛するというのですから、私についてここへは詣られないのです」「ウム何故貴下は手紙を受取ると同時に、拙者《わたし》の所へ駆付けてこない、がそれを今云っても仕方がない、サァ貴下はこれから直《すぐ》に邸宅へ引返して、よほど機敏に立廻らねばならない」「どう致せば宜しうございましょう」「まず第一に前亜米利加南軍の陸軍大佐奥野永三郎は、その横死の数日前悉皆《ぜんしっかい》秘密の書類を焼払い、今は一切肝要の書類なしという意味の張札を、貴下の邸宅の周囲《ぐるり》から、近所の人の目に着くような所へ張出すのだ、それはなるべく早く多い方が宜しい、その内に拙者が充分の探偵をいたしましょう」聴くより修三郎は差迫る危難の内より、救い出されたるもののように勇み立ち「有難うございます、早速帰宅してお指図の通りにいたします、お蔭で私も生返ったような心地になりました」

庄三郎が外套と傘を受取って、まさに客間を出ようとした時、大探偵は起上《たちあが》り「帰宅はなるべくお急ぎなさい、また貴下の身体にちょっとの油断もなりませぬが、全体どうお帰りになりますか」「水《みず》町《まち》の停車場から、出発の汽車のあり次第早速これに乗組みます」「ジャアなるべく人通りの多い街路《みち》を選んで、充分警戒を加えてお帰りなさい、明早朝から拙者が探偵を始めますから」「それでは明日《みょうにち》富田の宅でお目にかかれましょうか」「ナアニ貴下の敵はこの伯林に本陣を控えているのですよ」

庄三郎は来た時と別人のようになって、勇んで客間を出で去《い》ったが、後で大探偵は暫く眼を眠って考え込んでいた、暫く経って目を見開いたから、私はここぞと大探偵に問おうとすると、大探偵の方から先に私に問い掛た「医学士君《きみ》はこの三通の手紙について、よく気を付てその出所《でどころ》を聴ていたか」「左様始めが印度孟買《ぼんべい》の港で、その次が円山の港、終りが伯林の繋船場とかいう事でした」「それから君はどういう事を考え出すか」「三ヶ所共に海港《みなと》ですから、この手紙を贈った者が、船乗ではなかろうかと思うのです」「ヤ、エライエライ、医学士君も中々上達したぜ。それではモ一つお尋ねするが、孟買からの手紙を受取ったのと、叔父が横死を遂げた間は、七週間も日が経っている、それに円山の港からの手紙が着くと、父は三四日の後に変死をしている、これは一体どう思う」「そりゃ孟買の方は中々海路《みち》が遠いからでしょう」「海路が遠いといや、手紙だとてその遠い海路を通って来るのじゃないか」「そうですネー、そう言われてみるとどうも私には解りません」大探偵は軽く微笑み「そうだろう拙者の考えでは手紙を贈った奴の乗っているのは、確に帆前船《ほまえせん》だと思う、何でも彼奴《きゃつ》等は実行の前に陳皮を贈るのだから、見たまえ円山の港に来ると直ぐ実行しているじゃないか、もし彼奴等が汽船で印度から来たとすれば、殆んど手紙と同時にこの国に着て、直にも実行に掛らなければならぬはずだ、それに七週間も郵船の手紙より遅れたのは、どうしても帆前船であろうと睨んだ」「なるほどなるほどそれは実《まこと》によく解りましたが、全体このア、サ、トというのは何でしょう」云うと大探偵は奥の方の書棚を指して「医学士あの内から、亜米利加字典のアの部を持ってきてくれたまえ」

大探偵は亜米利加字典のアの部を調べて、見当った所を私の前に差出したから、受取ってこれを見ると、暗殺党という標題《みだし》があって、その下にこの記事がある。

暗殺党は南北内乱の後、黒人の首領株に依って組織せられ、黒人反対の男女を暗殺し尽すの目的を以て蔓延し、その暗殺の報知《しらせ》ある五切の陳皮を受けしもの、決して危難を免れ得ざりしかば一時大に勢力を得て、世界有数の秘密党中に数えられしが、今より十数年前《ぜん》亜米利加政府が、秘密に執行したる或方法に依り、暗殺党必要書類の紛失せしより、全党瓦解し今は殆んどその影を留めざるまでに衰えたり云々。

大探偵は私の読終るを待兼て「奥野永三郎が黒人《くろんぼ》に反対だとて、快活で望みのある亜米利加を逃出して、面白くもない故郷に帰り、閑静な所に退隠して人と交際を求めなかったは、何か訳がなければなるまい、彼が亜米利加を逃出したのが十数年前で、暗殺党が秘密書類を失うたも、十数年前だろう、永三郎の二階の室にア、サ、トと印のついた箱があったのと、秘密書類（以下、6字分不明）というのは、正しく彼が亜米利加（以下、16字分不明）黒人《くろんぼ》仲間の大秘密を（以下、13字分不明）余年後の今日に、（以下、14字分不明）前の怨恨《うらみ》を報い（以下、15字分不明）るのが、即ちこ（以下、15字分不明）探偵はさも眠（以下、16字分不明）ぬ、医学士（以下、17字分不明）

（四）

翌朝《あくるあさ》早く起出てみると、昨夜《ゆうべ》の暴風雨《しけ》で天《そら》は晴れて、太陽《ひ》は東天に輝いていた、私が朝餐《あさげ》の食卓に就くと、大探偵は大方食事を仕舞う所で「医学士どうもお先へ失礼をした、今日は奥野の事件で忙《せわ》しいからネ」「どういう風に貴下は彼をお調べになります」「それは最初の調べ次第だ、事に依ると富田村へ往くかも知れない」「無論直ぐ始めからはお出でにならないでしょう」「無論の話サ、まず伯林の方から始めてゆくのだ」

私は呼鈴《りん》を鳴らして、朝餐の来るのを待っている間に、食卓《つくえ》の上の新聞を執上げて、一ト通り目を通そうとすると、ビクリとした事を見付けだした。「ヤ大探偵手遅れました手遅れました」云うと大探偵はさほどに驚かない。「事に依るとそんな事かとも思っていたが、一体どうしたと云うのだ」

第一に私の目に触れたのは、奥野庄三郎と言う名で、その雑報の標題《みだし》には、水町橋の横死とある、大探偵の望みに任せて、私はこの雑報を高声で読み上げた。

昨夜十一時頃、水町橋付近に当直せし加来巡査《かく》は、叫びの声と人の河中《かちゅう》に落込める水音を聴付けて、声ある方《かた》に馳せ付けしも、いつになき大暴風雨《おおしけ》にて、数人の補助《たすけ》を得たるも、入水者を救う能《あた》わず、暫くしてこの警報水上警察に伝わりしかば、水上巡査が必死の尽力によって、漸く屍体を引揚ぐる事を得たり、溺死の若紳士は、そのポッケット内の状袋の宛名に依って、富田村に居住せる奥野庄三郎氏ならんと察せらる、氏は昨夜水町停車場《すていしょん》よりの最終列車に乗組まんため、大急ぎにて水町橋にかかりしが、闇夜《あんや》の暴風雨と云い、心非常に急ぎしため、橋の袂を踏外して、全く不慮の溺死を遂げしものならんと云えり。

大探偵がこの時ほど失望した顔は、私は余り見受けなかった、腕を拱き眼《まなこ》を見張って暫く空を睨んでいたが、やがて私に向って嘆息の声を洩しながら云うた。「医学士拙者《わたし》は実に失錯した、よほど庄三郎の身の上を気遣れたものの、かくまで早くやられようとは思わなかった、可愛想に昨夜此家《ゆうべここ》に泊めてやれば好かったに、サアこれからは拙者が讐敵《かたき》だ、草の根木の根を分ってまでも、私は敵《かたき》を捜索して、庄三郎の仇を酬《むく》いてやらなければならぬ」云いつつ椅子から飛上って「医学士今日は急ぐから独りで往くよ」「どこへですか警察へでもいらっしゃるのですか」「ナアニ警察などへ往くものか、君もよく知っている通り、拙者がいつも蜘蛛の網《す》を張って、警察がいつも罹《かか》った蝿《はい》を取っているじゃないか」云い捨て飛ぶが如くに室を出た。

この夜大探偵の家に帰ったのは、十時過ぎた頃であって、顔は青褪め肢体《からだ》は疲れ切っている、室に這入るなり呼鈴《りん》の紐を曳て、麺麭《ぱん》と茶を命じ、イキナリ固い麺麭をさも旨そうにカジっている。「貴下はよほどお腹がスキましたろう」「空腹も空腹と、朝飯から未だに何にも食わないから、殆んど餓えているほどだ」「朝飯から今まで何にも召上らない」「ソウサ飯の事などを考えている暇がなかった」「それほどお骨折になったらば、定めて庄三郎の敵《かたき》が討てたでございましょう」

大探偵はポッケットから一箇《ひとつ》の状袋を執出して、これを私の前に差出すから、受取って見ると、その表面《おもて》に。

北亜米利加ジョージア洲サヴンナ港碇泊帆船白星号船内

ア、サ、トの首領白星号船長
　刈藻善助殿
と宛名し状袋の中には生々しい蜜柑の皮が、丁度五切這入っている。「この刈藻《かりも》善助というのは何者ですか」「それが暗殺党の今の首領《かしら》で、黒人中の最も教育ある大胆の船乗サ」「どうして貴下がそれをお調べになりました」「拙者《わたし》は一日かかって調べ上げた、その方法は諸国船舶出入港表を基礎《もと》として、第一に一昨年一二三の三ケ月間に、印度孟買の港に這入った船名を調べた、これが百三十六艘あった中で、亜米利加の船籍に属している、白星号という帆前船が一番拙者の注意を惹た。それから拙者は一昨年十二月から昨年一月にかけ、円山港に碇泊した船名を調べると、白星号が第一に目について、百三十六艘の孟買に這入った船の中、丁度円山港に来合わせたのが一二艘あったが、これは皆汽船である、それから伯林の繋船場を取調べると、白星号が丁度前週に這入っている、急いで繋船場に馳付《かけつ》けると、残念残念白星号は今朝亜米利加のサヴァンナ港に向って出港した、がしかし昨夜上陸したのが、船長の刈藻と二人の士官だから、彼奴《きやつ》等がサヴァンナで五切の陳皮を見る時は、モウ亜米利加政府の手で捕縛せられる時だ」
　この日からして大探偵と私は、白星号の行衛を頻りに注意しておった、一月《ひとつき》待ち二月待ち半年待ち二年待って便りがない、聴けば白星号が出帆当時に、大西洋に暴風雨があって、二月ばかり後《の》ちサヴァンナ港の岸に、破船の帆前についていたらしい木材が、続々漂着したそうである、それかあらぬか再び白星号の船名も見当らねば、ア、サ、トの恐ろしい暗殺の噂も全く世間に跡を絶った。

新陰陽博士（原抱一庵訳）

第一回　緒　言

倫敦《ロンドン》より啓上。

世も二十世紀と相成り候ては、駭絶奇絶の学者博士の続々輩出して、新世紀の人文を開発すること ならんが、吾がホルムス博士の如き、その名未《いま》だ甚だ世上に喧伝せずと雖《いえど》も、確かに新世紀の劈頭を 飾るに足るの大博士と信じ申候

博士の平生揚言致し候には「一滴の水、突然前に齎《もた》らさるるも、真正の論理学者は、これナイヤガラの水、これアトランチックの水と即座に識別し得るが当然なり、抑《そもそ》も精密なる観察、敏明なる判断の前には『虚偽』という類いのものは断じて存在し得られまじきはずにして、もと観察、推理、二能の開発は、道徳宗教の開明以前、人世まさに研瑳し果しおくべきの大科学なるに、前世紀までの学者が本を棄てて末にのみ走りしぞ愚かなる、勿論、斯学《しがく》の研究は他のモロモロの科学の研究にも増して忍耐の長時月を要し、或は人の一生を没却してなお足れりとせざるもの、ただ登高自卑の道理に服し、一見の下に人の身分職業を鑑定するなどのことより初学者はまず足を斯門《しもん》に投ずべし、人の身分職業を鑑定するという如きは、寔《まこ》とに児戯に似たるの業なりと雖も、因《よっ》て観察の官能を鋭敏ならしめ、どこに着眼し、何を看取すべきかに慣れしむるに著るしき効験あり、指の爪、上衣の袖、靴の形《かた》ち、袴《ズボン》の膝、食指《ひとさしゆび》および拇指《おやゆび》の硬き肉、容姿、シャツの襟、凡《およ》そこれらいずれか一点の示現《あらわし》に因て

人の職業大概は判断せらるべし、もしこれら三点四点の示現を綜合して推断を下し、なお鑑定を謬つ如きあらば、これを不思議の一に数えて可なり、這般《このたび》卑近の練習鑑定より始め、漸次階段を歴登し尽し、竟《つい》に乃《すなわ》ち推理の極致玄妙の域に達し得らるるなり」云々

博士はかく揚言して得々たるのみならず、現に今《い》ま全心全力を斯学の研瑳に注ぎおる事に有之《これあり》、博士の推理力の発達、従来の速力を以て爾後《じご》数年を閲《けみ》するにおいては、その進境真に想像の外に可有之候《これあるべくそうろう》

拙者は昨年末南亜の戦争に従軍しレデースミッスの陣地において病を得て已《や》むなく英国に帰来してより、偶然にもホルムス博士と長らく同居する次第となり、日夕《にちせき》博士の言行を耳聞目睹《じぶんもくと》せることとなるが、現在において、その眼前に去来する百事物に対して、快直に下す博士の推断の的確玄妙なる、一々に舌を捲きて驚かるるばかりに候

予《かね》て珍聞もあらば速かに報道せよとの貴下《きか》の依嘱も有之候《これありそうろう》まま、拙者がホルムス博士に初対面の有様より、このほど博士が遂げたる大探偵の顚末まで記録して冊を成せるもの、この度御送附申上候、御一読の上、文章の蕪雑なる辺は充分に刪潤《さくじゅん》を施され、翻訳して貴邦有力の新聞なり雑誌なりに御登載被遊候《あさばされそうら》わば、唯《ひと》り興味饒《おお》き読ものとして一時の喝采を博せらるる結果にのみ止まらざる義と

奉存候《ぞんじたてまつりそうろう》、

右得貴意度《きいをえたく》如此《かくのごとく》に御坐候、頓首。貴下の従順なる僕《しもべ》、H、W、より

これ余が年来の知友なる英国の医家エッチ、和杜遜《ワットソン》氏より一冊の筆記に添て新春早々寄せ到れる一翰《かん》なり、寄到の筆記録を一閲せるに実《げ》に和《ワ》氏の言の如く、これを江湖に披露するの結果は唯《ひと》り好箇の読ものとして喝采を博するのみに止《とど》まらざるものと信じたるより、原本に聊かの刪潤を施し、翻訳して、乃ちこれを本邦有力の新誌に寄するものなり、明治三十三年春、訳者識《しる》す

第二回　邂逅

　昨一千八百九十九年第十月杜国《トこく》戦争の開始するや、余はチャームサイド将軍の率ゆる第十四旅団衛生隊の臨時傭《やとい》医員として戦地に赴けるが、ボーア兵予想の外に強武にて吾軍しばしば利あらず、コレンソウの役《えき》において吾兵の戦死者八十二人、負傷者六百六十七人、行方不明のもの三百四十八人に及び、余も同役において右肩に負傷し、他を治療すべき身の却りてレデースミッスの本拠病院に他の治療を受くることとはなりぬ、傷は案外に浅くして間もなく癒え、まさに出院せんとするばかりになりし頃より今度《このたび》は激しき熱病に罹り、人事を弁えざるもの三昼夜、漸く熱の退きては心身の疲労甚しく、医官会議は、一朝の療養にては到底旧《もと》の健康に復し難きものとし、九ケ月間休養を命じ、他の負傷兵と共に、運送船「オロンテ」号に乗せて余を英国に送還せり
　余の郷里は倫敦を距《さ》る二十マイルばかりの田舎なるが、名誉にもあらぬ帰休の身を以て、家郷《かきょう》に足踏入るるも面白からず覚えしものから、暫くはストランド街《まち》の旅館《ホテル》に宿寓しおりしものの、限りある休養賜金《しきん》は到底永く旅館の滞在を許すべくもあらず、進まぬながらも郷里に立還るか、左なくば恰好なるしろうと家《や》の二階にても借りねばなるまじなど、これかれ打案じつつ一日《あるひ》の午後ストランドの街通《まちどおり》を散歩しおる折り、後背《うしろ》よりハタと余の肩を敲くものあり、振返り見れば、これ別れて久しき医学校朋友《ともだち》のスタムホルドなり

交際乏しき身に取りては繁華なる倫敦の市《まち》ほど淋しき所はなし、この淋しき中にて図らず旧友に出会いしことなれば、嬉しさも一《ひ》トしおにて、相携えて程近きホルボーン亭に入りて晩餐を喫しながら、彼れ一句吾れ一句一別以来の身上話に刻《とき》を移し、終りに、余は休養賜金の範囲内より衣食の費を去りその剰《あまり》にて借入れらるる貸間もがなと捜がしおるところなりと語るに及び、渠《かれ》は「さても不思議のこともあるものかな、右様《みぎよう》のことを余に語るもの御身が今日《こんにち》二人目なり」と云うに、余「最初の人は何《なに》様《よう》の人なりしや」渠「当時余が通勤しいる中央病院《セントラル、ホスピタル》附属の化学室に入場の許可を乞受けいて、折々ソコに来りて自修する一人物なるが、近頃好ましき二間の貸二階を見出せるも自分だけにては間代の負担に堪えず、しかるべき同居人もと思えど急に心当りの人のなきには困却せりと今朝《こんちょう》余に口説けるなり」余「これこそ願うてもなき好都合、余は早速同居を頼み入れたきなり、シテ病院に来りて自修すとありてはその人は疑もなく医術修業者なるべし」渠「それが疑問なり、渠は化学に明らかに、解剖術も頗る得意とする所なるが、その勉強の方法《しかた》はいかにも不規則不定にして、未熟なる薬剤生すら暗《そら》んずる薬名に昧《くら》きことあれば、時には医科大学の教頭をして舌を捲きて驚かしむる深奥なる医学上の発明を講説することあり、例えば中年者の頭髪は一インチ平均幾茎《いくけい》あるかなど云うことを一心不乱に攻究しおり、種々の点より推して渠を尋常一様の医術修業者とはいかにしても受取れぬなり」余「好しその人の目的が何にもせよ、病気上りの身に取りては、静粛なる勉学者こそ望む所の同居人なれ、早速余をその人に紹介してくれんことを御身に望むなり」渠「易きことなり、渠は幾週間も更《さ》らに姿を見せぬことあれど、また来始めては日出《ひので》より日没まで化学室に籠りおるが渠の習慣なり、日暮にはまだ間もあり、御身の望みならば、これより中央病院に同道するも余は差支なし」

かくて少時《しばらく》余談に移り、やがてホルボーン亭を立出で、辻馬車を雇うて中央病院を指して行けり、車上にてスタムホルドは何か打案ずる体なりしが、やがて余に語るようは「後《のち》になりて由なき人を紹介したりと云うて余を非難することなかれ、ホルムス、これ即ち渠の名なり、ホルムス氏は学業に心を褫《うば》われいるためにもあらんが極めて無愛嬌、或は寧ろ冷酷とも云うべき質の人物にて、場合によりては己の友人に麻薬を嗅がしめもしくは微《わず》かながらも毒を塗りたる針を刺すなどのことも随分しかねまじく、もっとも物を試験の熱心より起ることにてその証拠には、己の皮膚に毒を刺すなどのことは平生渠の平気とする所なり。面会後不快を覚ゆることのあればとて紹介者たる余を非難することなかれ、これは予《あらか》じめ確《しか》と御身に断わりおくなり」余「勿論々々気性合わねば手を分《わか》てばそれまでのことなり、ともかくさる一種異様の人物と懇意《ちかづき》になりて、珍説を耳にするを得んには、用事なき吾身に取りてこの上もなき慰《なぐさみ》なるべき」

かかる話の間に吾々を乗せたる馬車は、早くも中央病院の門前に到着せり

第三回　化学室《ラボレトリー》

案内知ったる中央病院のことなれば取次を頼むまでもなく、幾棟かの建物の間々を足急《あしばや》に迂《めぐ》り回《めぐ》り、最も裏手に建《た》てたる化学室の前に到り、直ちに扉を排《ひら》きて裡に入れば、広々とせる室内のソコ、ココには大小幾つとなき長方形の卓子《テーブル》の並べ散らされ、そが上には彎頸器《レトーツ》、試臭器《テスト、チューブ》、その他種々の形ちせる玻璃《はり》器の参差《しんし》として置かれ、アルコホル燈具《ランプ》よりは藍色の焰の燃え立てり、室の最も彼方の隅に、卓子に寄り僂《かが》みて熱心に何か試験しおる一個の人物あり、余等の跫音を聞つけて此方《こなた》に振向けるが「今ぞ竟《つい》に発見せり、発見せり」と、足踏立てて叫び呼わり、玻璃管を手にせるまま余等の前に駈け来り「人類の血液を以ての外は、その他何ものを以てしても沈殿せざる一反応薬《レアゼント》を、余は今ぞ竟に発見せるなり」と呼われるが、大金坑を発見するともヨモこれより以上の喜びの色を渠は現し得まじとこそ見られたり、スタムホルドは余を紹介し「ホルムス氏。これは余の友人エッチ、和杜遜氏なり」と云われてホルムス氏は余を見上げ見下せるが、やがて慇懃に握手の礼を施し「オオ、御身はトランスボールより帰来せるばかりよな」余は愕然とせざるを得ず「御身はいかにしてそれを知れるや」渠は輾然《からから》と打笑い「そのようのことは後にして宜し、目下の問題は血液問題なり、人類の血液を以ての外は、その他何ものを以てしても沈殿せざる一反応楽を発見せりということは、いかに偉大なる発明なるぞや」余「然り、化学上実に偉大の――」渠「化学上即ち、人事上、即ち裁判上、実に広大無辺の発明とこそいうべけれ、今より後は裁判医学上唯一の困難は除き去られて、曖昧の裡に裁判の局を結ぶ如き不面目は世にまた無きこととなるべきなり、来れ、余の試験の実際を見よ」渠は世の腕を把りて、渠が今まで寄り居たる卓子の傍《かたわら》に連れ行き「まず最初少許《しょうきょ》の生血《せいけつ》を取るべし」かくて錐ようのものを己《おの》が指端《ゆびさき》に刺し、纎《ほそ》き管に些《わず》かの血を滴《したた》らし、これを撑《ささ》げながら、「この少許の生血を清水の中に投ずべし」やがて水を半ばほど盛りたる楕円形の玻璃壺に、管を逆《さかし》まにして血を注ぎ入れ、軽くこれを振り揺《うご》かし「この、血と水との混合物はやはり真水としか見えざるべし、血の分量比例は水の万分一にも当らざる故、聊かも色つかざるなり、しかしながら御身は倏《たちま》ち著るしき反抗を見るべきなり」云いつつ純白の結晶物を壺に投じ更に透明なる液体を注ぎ入るると見えしが、不思議や壺の中の白色の液体は薄き桃花心木《マホガニー》色に変じ、茶褐色の水埃《みずほこり》見る見る玻璃壺の底に沈殿せり、

ホルムス氏は宛《さなが》ら小児《こども》が新しき独楽を得たる折かなんぞのように手を拍《う》て打喜び「オオ、御身等はこれを見事と思わずや」余「いかにも精妙なる試験とこそ見受けらる」ホ氏「精妙！　精妙！　近頃稀有の精妙試験を申すべし、従来《これまで》血の分子の試験とては顕微鏡に拠《よ》の外はあらざりし、しかしながら時間を経たる血に対しては顕微鏡は何の用をも為さぬなり。もしそれ余が発明の試験法に至ては血の生《なま》と古《ふるき》とを問わざるなり、余がこの試験法の疾くに発明せられありしならんには、今日大手を揮《ふ》って街を歩く者のうち、疾《とく》の昔刑場の露と消ゆるべかりしはずの者、その幾百人なるかを知らざるなり」かく渠は更に厳然たる声を発し「そもそも殺人犯審判の困難は種々なれども重《おも》なる困難は一点に帰す、犯罪後数週間もしくは数ケ月にして一個の嫌疑者の縛に就けりとせよ、仔細に点検の結果衣類の端に褐色の斑痕の発見せられたりとせよ、その斑痕は血痕なるか、泥の痕なるか、埃の汚点《しみ》なるか、果物の染《しみ》なるか、そも何の痕なるかこれが疑問なり、裁判官、検察官、裁判医をして頭を悩まさしむる所

の疑問なり、何のためか、ただただ確実なる試験法の存せざるを以てなり、今やホルムス試験法は発明せられたり、以往《いおう》はこの点につきての困難は除かれたるものと謂うべし」語り畢《おわ》りて渠の眼は爛《かがや》き渡り、あたかも数千の聴衆の粛然として渠の講話を傾聴せるに答礼するかの如く、胸に手を当て恭やしく腰をかがめ、余等の方を向きて一敬礼を施せり、ややありてスタムホルドは「貴下の発明はいつもながら驚嘆敬服の外なく、なお緩々《ゆるゆる》高説を承わりたくは存ずれども、今日は友人和杜遜氏を紹介のため態々《わざわざ》貴下を訪問致せし次第にして、同氏が貴下に御面会を求むる次第と申すは、今朝ほど御話の貸二階に同居の承諾を貴下より得たしと望む義に有之候《これありそうろう》」かくても血液試験者はヤヤ暫く口を開かざりしが、漸くにして「それは此方《このほう》よりも至極望む所ろ」

第四回　同居の申入れ

余が同居所望の由をスタムホルドが打語るを、ホルムス氏は満足の体にて聴きおりしが、ややありて口を開き「和杜遜氏、御身は煙草を嫌わざるか」余「余は至極の喫烟家《きついん》なり」ホ氏「それは結構、それに余は化学研究が大好物《だいすき》にて、平生卓子の周囲に数多き薬品を蓄え置かねば気が澄まず、御身は薬品の臭いを苦にせざるか」余「余は医家なれば薬品の臭気を嫌いおらるべきはずもなし」ホ氏「それに余は心の向き工合によりて幾日《いくじつ》の間も口を開くを好まぬことあり、しかるを余が何か御身に快からぬことあるがためなりなどと誤解して御身は気に懸くることなかれ、さる折にはただ打棄て置きくるれば可《よ》し、そのうちに余はまた平生の吾に復《かえ》るべきなり、シテ御身は余に語りおくべきことはなきか、人が共に一つ家に住むという前に際《あた》りて互々《たがいたがい》に欠点を打明《あか》しおくことは尤も肝要なることぞかし」余は彼が物々しき対詰《たいきつ》に覚えずも莞爾として「余の健康は痛く害《そこな》われおれば噪々《そうぞう》しきが何よりの禁物なり、余の欠点としては身体の壮健の折ならば随分数多きことならんが、現在の所にては先ず懶《らい》惰《だ》と云ものただ一つを数うべし」ホ氏「噪々しという中に御身はバイオリンの弾奏をも数へ込むか」余「それは弾手に依てなり、妙手に依て奏せらるるバイオリンの音を耳にするは余の尤も好む処、ただし拙き弾奏は――」ホルムス氏は心地好げに打笑い「了解せり、領解せり、これにてまず、貸間が御身の気に投《い》るや否やというの外は、一切の相談は纏まりたるものと謂うべきなり」余「イツ余は貸間を見るを得べきや」ホ氏「明日正午《みょうにち》余をココに訪ねられよ、余は御身をその家《や》に同道すべきなり」余は渠の手を握りながら「明日正午十二時、慥《たし》かに、さらば、これにてお暇《いとま》とすべし」直にまた何かの研究に取かかるホルムス氏を独り化学堂に残して、余とスタムホルドは相携て匆々《そこそこ》に中央病院の門を出でぬ

道すがら余は不意に立止まりてスタムホルドに向い「余がトランスボールより帰来せるばかりということを渠はいかにして知れるにや」スタムホルド「そ、それが渠の人物の奇《あや》しき所なり、見ざるもの聞かざるものを渠が能《よ》く判じ語り出《いだ》すこと殆んど魔法者の如きものあるなり」余「奇怪、奇怪、いかにも奇怪千万なり、渠と同居の身とならば余は閑に任せて渠の人物の本性を吟味し見るべきなり」スタムホルドはカラカラと打笑い「御身が充分渠を吟味するに先《さきだ》ちて、渠が充分御身を吟味し了《おわ》るべきを余は信じて疑わず、好別《グードバイ》。和杜遜、何れ重ねて」余「好別《グードバイ》。スタンホルド」中央病院を出でて四五丁ばかりのところにて余はスタンホルドと立別れ、奇異なる新知己の上に甚《いた》く心を動かしつつ、ストランド街の吾が旅館にと歩《あゆみ》を向けぬ

第五回　世間無類の商売

約の如く余は翌日正午中央病院の化学室にホルムス氏を訪ね同道して貸二階を見に行きぬ、場所はベーカー通り二十二番地にして家は老寡婦の所有に係り、一個《ひとり》の孫娘と一個《ひとり》の下婢と都合三人暮しにして家内《やうち》は至て閑静なり、貸さんという二階はいかにもホルムス氏の話の如く二間ありて、一間には清浄《さっぱり》とせる二つの臥床《がしょう》の備えあり、一間は以て読書室にも応接所にも充《あ》つべし、両間とも二つずつの窓ありて陽当りも極めて宜く、室内の装飾も一ト通りは備わりあり、二人住《すみ》にはいかにも恰好なるに、間代もこれを二つに分配すれば丁度余の予算通りなりしかば、余は考を費すまでもなく即坐に借入れの約束を済し、当日の夕《ゆうべ》ストランドの旅館より、多くもあらぬ荷物を運び、ホルムス氏はその翌朝化学試験の器械、薬品、および種々《くさぐさ》の書籍を堆《うずた》かきまでに荷車に積み運び来りて移り住みぬ

ホルムス氏は偕《とも》に棲み難き性質《たち》の人にはあらざりき、挙動《ふるまい》は至て静穏、起臥《おきふし》はいかにも規則正しく、夜の十時過には起きいることなく、朝は必らず余の起出づる前に朝餐《あさはん》にと出て行くなり、時としては中央病院の化学室に日を暮し、時としては解剖室に、時としてはまた寂しき田舎近くの町々に遠足を試むることあり、勉強熱の興奮する時は何ものも氏の精力を抑え難けれど、その反動としては、折節応接室の長椅子に身を横《よこた》え朝より暮に至るまでウツラウツラとし、氏自からも余に語《つ》げしが如く三日も四日も一語を発せざることあり

氏の容貌風采は一見人を動かすべし、身の丈《た》けは六ヒート余りにして痩姿《やせがた》なれば更に著るしく高く見ゆ、眼は鋭くして射る如く、細く尖りて鷹の如き鼻は一体の貌《かお》だちをして敏捷に見えしめ、角に秀でたる頤《おとがい》は決断に富める人物なるを現《しめ》せり、手は平生《いつ》も種々の薬品のために染まりあれども、壊れ易さ長き玻璃管、細き検温器などを自由自在に扱う嫋《しな》やかさは殆んど一の戯術《てづま》を見るが如し

余の健康はよほど麗かなる天気ならでは戸外に出るを許さず、また朋友に乏しき身の、来りて吾が寂莫《せきばく》を破るものもなければ、考は自然奇異なる新知己の上にのみ注ぎ、ホルムス氏に対する余の好奇心は日々にますます深くなり行けり

最初の一二週間は余等の借二階に一個《にん》の訪問者もなかりければ、ホルムス氏も余と同じく朋友に乏しきにやと思われしが、間もなく種々なる人の続々と氏の許に来始めぬ、レストレード氏として余に紹介されたる一個身材《たけ》低く頭髪赤《あ》かく黒瞳《くろめ》勝なる人物の一日三度まで折返して訪ね来れるを始めとして、その翌日は妙齢なる娘の華やかに装《よそ》うたるが二時間余りもホルムス氏と密談を遂げて帰り、引違いに猶太《ユダヤ》の行商とも見ゆる賤《いや》しき服装せる半白の老爺のいと慌しく来りて二分間ばかりホルムス氏と会唔してまた慌しく返り去りつ、また或日はいかにも温厚に見ゆる老翁の尋ね来り、また或日は綿《めん》剪絨《びろうど》の制服着けたる鉄道役員の五人まで連れ立ちて来れることあり、およそこれらの来訪者あれば例の一間は応接処として塞がれつ、余は臥床附の部屋に退くなり

一日《あるひ》ホルムス氏は余に謝して云うよう「このごろは商売聊か繁昌にて部屋を塞ぐこと多きは御身に対していかにも気毒千万なり、しかし来訪者はいずれも余の客人なれば粗末の扱も叶わず、寔《まこ》とに余儀なき次第なり、ただしそのうちには余の商売のガラリと閑になることもあれば、御身に迷惑をかけ通しにもあるまじきなり」

アア竟《つい》に糸口はつきたり、この糸口を辿らばホルムス氏の本性を明かにするを得べしと思いたれば、余はスカさず「来訪者がいずれも御身の客人とは」と詰《なじ》れるに、ホ氏「御身は余の身上《みのうえ》に不審を打てるなるべし、尤ものことなり、何も御身に隠し立するの要もなければ、緩々余の上一切を語るべし、余の商売は実《まこ》とに世間無類のものなるぞかし」

第六回　「直覚力」

端なくもホルムス氏は自から本音を吐き出《いだ》せり「余は広大無辺の大科学《グレート、サイエンス》の開発に志しおるものなり、広大無辺の科学の開発とは何ぞ、推理、観察、二能の開発これなり、しかれども生命《いのち》あっての研究なり、資産とてもあらぬ身の余は自ら働きて衣食を支えざるべからず、余は竟に吾が志業に縁故ある商売を撰び出せり、有体《ありてい》に云えば余の商売というは探偵顧問なり、倫敦には公私併せて幾百或は幾千の本職探偵あり、これらの本職探偵が思案に余る事件に遇えば輒《すなわ》ち余の所に馳せつけ来《きた》るなり、渠等が余の前に語り並ぶる事実を聴取りて余は当りをつけ遣るなり、犯罪事跡には著るしき類似あり、余は一生の大目的を研瑳する必要より世界の犯罪史を取調べその賜《たまもの》としてあらゆる犯罪の事跡に通暁せり、千の事例を一事件に宛はめ見るときは大概その筋道の見当のつかざることとなし、本職探偵等も皆な余の推断推理を貴きものとなしおるなり、先日御身に紹介せるレストレードと呼ぶ男子《おとこ》は倫敦にても有名なる探偵なり、近日渠は込入《こみい》りたる一事件に立触《たずさわ》りて己の思案に余るものあり、一日三度までも余に相談に来れるなり」余「本職探偵とも見えざるかの少女、老翁の類いの人々は」ホ氏「渠等は本職探偵の手にかけて世に公けにさるるを欲せざる一家の秘密事件ありて、窃《ひそ》かに余の許に来りて顧問を依頼するなり、渠等は事実を余の前に語り並べ、余は見当をつけ遣り、しかして若干の顧問料は余の手に落つ、渠等も同じく余の『客人』なるなり」余「他の人々が親しく事件に立《たず》さわり、百方探索し思案してもなお見当のつかざることを、御身はこの二階に晏居《あんきょ》して手もなくあらゆることを看破し得ると云うか」ホ氏「しかり多年練習修業の結果、余が直覚の官能は他に優《まさ》りて著しく発達せるなり、勿論、時には自身立働きて捜索せねばならぬ必要を見て、家を出でて取調ぶることもあれど大概は卓子の上にて足れるなり、自慢にはあらねど余がもろもろの事物に対して推断判断の鋭敏は、殆んど余が第二の天性とも云うべきまでの域に発達しあるなり、御身は、御身と初対面の折、トランスボールより御身は帰来せるばかりなりと云える余の言を聞きて甚《いた》く驚ける様子なりき」余「しかり、真に余は驚きたり」ホ氏「なんぞ驚くを須《もち》いん、余は真とにしか知れるなり、余が多年思案練習の結果は、『そを知りたし』或は『かくかくの示現《あらわし》あるが故にしかなるべし』などいう考の心の中《うち》を過ぐる間もなく、一瞬時にただただ直感直覚するなり、しかしながら直覚というも実は思索の迅速なるの謂《いい》にして、結局の断案までにはそれぞれの順序なくんばあらず、試みにこれを言わんか。ココに医者風の一紳士あり、しかしながらその態度に軍人めきたる所あり。慥かにこれ軍医。しかしてこの軍医の安閑と病院内の治療に従事せるにあらず、風雨に曝されながら難義の旅せることは手腕《うで》の辺の白きには似ず、露《あら》われたる皮膚の部分のみ、天然の色にあらぬによりて明かなり、この人右肩《うけん》に微傷を負えり。そは繃帯を施しおるが故に服の高まりおるによりて著るし。右肩の創《きず》は十に九つまでは鉄砲創なり。この人の貌の窶《やつ》れ工合は近ごろ熱を病めるに相違なし、思うにこれ負傷より起因せる熱病、この人の衰弱は一朝の治療にて回復覚束なし。故に帰休を命ぜられたり。今《い》ま身英国の軍医にして、風雨に曝されて長征し、肩上に鉄砲創を負い、その結果熱を病み、帰休を命ぜられて本国に帰来するもの、目下最中の、トランスボールの戦争より帰来せるものにあらずしてまた何ぞや、故に余は御身はトランスボールより帰来せるばかりなりと云えり、しかして御身は驚けり、かく長たらしき演繹帰納も余の思索力を以てすれば真に一瞬間も費やさざるなり、いかに和杜遜氏、余の推理に不自然の点あるか」余「イワレを聞けば御身の推理はいかにも簡単明白なり」

かく口にせるのみならず、いかにも余は渠の推断の迅快明白なるに服し、好奇の心の頗る動かざるにあらず、しかしながらこの位の判断の一つ位に偶《たまた》ま中《あた》ることも普通の人に絶無ならず、何か困難なる問題を出して、かくまでに自慢のホルムス氏の推理の力を試し見んと余は胸にかけたる懐中時計を外し、「御身はこの時計の履歴を語るを得べきか」と云いつつ渠に手渡しせり

第七回　時計の履歴。上。

ホルムス氏は余が渡せる時計を手に乗せて量目《めかた》を量りおりしが、やがて表面《おもて》を見、裏面《うら》を返し、最初のほどは肉眼をもて眺めおり、後には高度の凸鏡《なかだかめがね》を取出《いだ》して仔細らしく中の器械を検査しながら口を曲げ眼をパチツカせるその状《さま》、可笑さ云うばかりなし

篤《とく》と検畢《みおわ》りて、蓋《ふた》を閉じ、叮嚀に時計を余に戻しながら、「この時計は余の考を惹出す表示《あらわし》に寔《まこと》に乏し、この時計は近ごろ掃除せられたり、鑑定に必要なる跡は綺麗に拭われあり」余「しかり、三ヶ月前《ぜん》余がトランスボールに出征の際、磨かせたるなり」かく答えながら、余は心のうちに、推量を誤りたる折の逃口上《にげ》を渠が言いおるにもやなど思いおるうち、顔を仰向けにし半眼を閉じおれる渠は「しかし不満足ながら聊かの鑑定のつかざるにもあらず、余の鑑定を以てすれば、御身はこの時計を御身の長兄より譲り受け、長兄はこれを父より譲り受けたり」余「御身は蓋に刻しあるH、W二字の氏名を見てさる考を起せしなるべし」渠「全く然りW、は即ち御身和杜遜 Watson の氏名なり、製造年月は一千八百四十年とあり、即ち今より六十年前のものなり、しかして氏名の刻印も同じき頃に捺刻《なっこく》されたるを見る、六十年前に刻印せるもの疑もなく御身の父なり、宝物《ほうぶつ》は長子に譲らるるが習慣なり、しかして長子は多く父の氏名を襲うものなり、余の推断を以てすれば御身等の父は疾《とく》に死せり、故にこの時計はシバラク御身の長兄の手に帰しおれり」余「寔に御身の言の如し、その他御身は何か

言い得る所のものあるか」渠「その他余が云い得る所のものは、御身の長兄は品行修《おさま》らず頗る不締《ふしまり》の人なりし、渠は父の没する際は多福の人なりしが己が不検束より機会を失し、多く金銭に不自由して生活せり、しかしその不自由の中にも邂逅《たまさ》か運の向きたる折もあり、渠は頗る酒を嗜み、遂に酒のために死せり、以上は余の語り得る所なり」余は起ち上れり、「御身は紳士の体面を汚さずや、余は御身の言が御身の推理の結果より来れるものとは信ずるあたわず、御身は不幸なる余の長兄の履歴を予《あらかじ》め探り置き、白々しくも推理の結果なりと云うに余を驚かさんと欲せるなるべし、御身は、この一箇の古時計より御身が今云う如き一切を御身が全く推断するをよくすと余が承知し得べしと思えるか、御身はいかにも不親切の人なり、いかにも紳士らしからぬ人なり」

余が荒々しき言葉に、ホルムス氏はいと迷惑なる面色《おももち》して「余はただ一問題を解説したる積りなりしに、端なく御身の意を損せるぞ憂《う》てき、なるほど肉親としてはさもあるべし、余の不注意は重々謝する所なり、しかしながら和杜遜氏、余は断言す、余はこの時計を見るまでは御身に兄弟ありとは全く以て知らざりしなり」余「しからばいかにして御身は余の長兄の性行を知れるや、御身の言は一々当れり、当推量としては余りに的確なるを」、渠「ソは余においては望外なり、余は大凡そ類似《によ》のことを言い得るのみ、しかく精密に的中するとは思いがけざりき」余「御身が何程弁解するとも、余は御身の言うところが全然《まるで》推量ばかりなりとは信ずるあたわず」渠「全く以て推理の結果のみ、御身がしかく不思議と思うは、小さき事実《ファクト》、その小さき事実《ファクト》の上に大《だい》なる関係の現われあるを御身は認めず、余は認め、御身は考えずして、余は考うるためなるのみ、乞う余は、余が御身の長兄の性行を言明するに及べる推理の筋道を語らんか」、余「乞う聴かん」余は渠の面《おもて》を打瞻《うちまも》りぬ

第八回　時計の履歴。下。

ホルムス氏は推理の筋を説きて曰く、「御身が余の言を不思議とするは、小さき事実《ファクト》、その小さき事実《ファクト》の上に大なる関係の呈《あら》われあるを御身は等閑《なおざり》に看流《みなが》し、余は注意し、御身は何の考もすることなきに余は精慮するがためなるのみ、余は御身の長兄を不締《ふしまり》の人と云えり、見よ、この時計の上蓋の下部に大《だい》なる二つの凹み疵瑕《きず》のあるのみならず、蓋側一体に数限りもなく微《ほそ》き疵あり、これ鍵や貨幣と共に一つポッケットに不注意に入れ置けるより生ぜる疵なり、今ま八十ギネア（一ギネアは吾が五円拾弐銭余にして、八十ギネアと云えば約《およ》そ吾が四百円余りなり）以上の価格の金時計をかく不注意に取扱かう、人を不締の人と云うに無理あるか、はたかかる貴き遺物《かたみ》を受くる人の、他の関係においても多福なりしと推測するにこれまた何の不條理やある」

余は渠の推理を是認して一点頭せり、渠は継ぎ語るらく、「御身は知るや知らずや、倫敦の小質商はかかる高価の時計を質取《しちとり》するときは必らず内側の眼のつかざる所に針の先にて印しおくを例《つね》とす、これ融通のため他の大質屋に転質《かえしち》するなどする時に他品《たのしな》と間違うか或は騙換《すりかえ》らるることなどの虞《おそれ》を防がんがためなり、今ま余の凸鏡を以て細査するにこの時計の内側にその質屋の針の痕四つまであり、以て御身の長兄の質屋通いの頻繁なりしを知るべく、その平生《つね》に金銭に不自由せる察すべし、しかれども時折、大金の手に入ることありしを察すべきは、大金を出《いだ》して質物《しちもつ》を引出し得たるを見て明かなり、最後に御身は内蓋の鍵穴を注意し見よ、いかに多くの鍵の摩《す》り掻き疵の穴の周囲《まわり》にありとするぞ、厳格なる人の肯《いか》で鍵を捲くにかくまでに鍵穴を取外すことのあるべきぞ、しかして飲酒家所持の鍵捲時計には必らずこの痕を見ざることなし、飲酒家の何事にかけても不法意なる夜中《やちゅう》に鍵を捲くこと多く、かつアルコール中毒のため手先の顫《ふる》いて一度にて鍵を鍵穴に宛がうあたわず、さてこそ多くの摩り疵をこしらゆるなり、余の御身の長兄を飲酒家なりとせるはこれがためなり、余はまた御身の父兄は既に死せりと云えり、遥々遠征より帰りし身の、いかに名誉にあらぬ帰省なればとて、取敢えず父兄の許に馳せ行くべきはずなるに、安閑として貸二階などに籠居するは、これ御身に近き親族の乏しき証拠にあらずして何ぞや、余の推理の筋道はかくの如し、いかに和杜遜氏、御身は余の推量を不道理なりとするか、不條理なりとするか、いかに」余は今はホルムス氏の推断の精妙、自然なるに敬服心折《しんせつ》せざらんと欲するも得ざるなり、余「御身の推理は太陽の明かなるよりも明らかなり、一時御身に疑心を挾《さしは》さめる余の浅墓さはいかにも慚《は》じ入りたる次第なり、オオ、ホルムス氏、オオ、ホルムス先生、近ごろ何か珍件の御身の明判断を煩わせるものは無きか、有らば願くは後生に語るを吝《おし》まるる勿《なか》れ、御身の推理力の発達は実以て不肖の敬嘆《きょうたん》に禁《た》えざる所なり」ホルムス氏は莞爾として「随分近ごろは珍件の余の考を費さしむるもの多し、御身の所望とあらば緩々語りもすべし、が、待て、誰か来りしようなり」、「入り来れ《カムイン》」というホルムス氏の声に応じて部屋の扉は彼方より披《ひら》けて、一個《ひとり》の使《つかい》ようの漢子《おとこ》入り来り、「呉礼具遜《グレグソン》氏より、ホルムス先生へ」と云いつつ一封の書をホルムス氏に手渡しせり、ホルムス氏は書状を展《の》べて一読し畢り、開きたるままその書を余に渡しながら、「またもかかる新件の余の商量を需《もと》め来れり、御身試みにその書を一読し見よ」

第九回　英蘇《えいそ》二国の二大探偵

御身試みに一読せよと、ホルムス氏が余に渡せるを取て読下せる書状の文言は下の如くなりき

「敬愛する、シヤーロック、ホルムス先生、玉案の下に

夜前、ブリックストン通りの彼方なるローリストン園三番地に最《い》とも奇異なる殺傷事件のこれありたり

夜前二時の頃《ころお》い吾が密行巡査が右三番地の家の前を巡行せる折端《はし》なくその家《や》に火光あるを認めたり、右の家は数月来空屋となりおりしものなれば、何か変りたることあるものと考え、その家に近寄り見れば、入口の扉は明放しになりており、そのままズット家に這入れば、玄関右手の一室に立派なる服装せる一個の紳士の絶息して斃れており

紳士のポッケットを捜りて『亜米利加合衆国、オハイオ州、クレヴランド市、エノック、ゼー、ドレッバー Enoch J. Drebber, Cleveland, Ohio, U.S.A.』なる名刺を得たり

紳士のポッケットに高価なるくさぐさの品物の残りあるより推すに紳士が盗賊の手に斃れたるにあらざることは明《あきら》けし、しかして紳士がいかにして死に至れるかは尤も明らかにし難き所なり

死骸の周囲《まわり》に血痕あるを認めたり、しかしながら死骸には些さかの傷痕もなし

紳士はいかにしてこの家には入り来れる、一切の事情、全く五里霧中にあり

本日十一時前《ぜん》ならばイッにても御身は余を当家に見給うべし、御身の御返事を得るまでは何ものにも手を着けず、そのままになし置けり、もし御身に御差支えありて御来駕六《む》つかしくば、更らに詳しき書状を差出し申すべし、例に因《よっ》て高説を吝《おし》まることなくば珍重この事なり
御身の従順なる僕《しもべ》、トブラス、呉礼具遜《グレグソン》より」
余の読了るを俟《ま》ちてホルムス氏は傍《かたわら》の使を顧み「別に返事はなし」使の還り去るを見送りつ、ホ氏「呉礼具遜はグラスゴー第一等の探偵なり、しかして前日御身に紹介せるレストレードは倫敦第一等の探偵なり、もし呉礼具遜と共にレストレードも本件に関係するならば余等は面白き競争を見るを得べし、両個《りょうにん》は両個《ふたり》の美人が互の美貌を妬み合う如くに、互の技倆を妬み合いおれるなり」、余はホルムス氏の悠長なる閑話《むだばなし》にモドカシく「余は走り行きて辻馬車を雇い来るべきか、御身は直ぐに出張するなるべし」、ホ氏「余は行くとも行かぬとも未だ心の決まらぬなり、余は余のポッケットの重き間は左までに商売に勉強せずともよし」、余「かく熱心に御身の高教を仰ぎたしと云うものを」、ホ氏「しかり、呉礼具遜もレストレードも平生《いっ》も余の説を聞かんと熱望しおれども、さて余の説に従うて首尾よく探偵し果《おお》せたる暁となれば、余の説を聞きたることは全く隠し、自身々々の手柄とのみするなり、勿論、余はかかる些細の名誉を冀《ねが》うものにあらざれども、自分の技倆にもあらぬことを自分の技倆として誇り貌する渠等を、余は時折面憎く覚ゆることあり、好し、好し、この度の事件はちょっと面白そうに思わるれば、呉礼具遜とレストレード両個《りょうにん》――レストレードももし関係するならば――を競争せしめ、余は渠等と即《つ》かず離れざる体に装い、窃《ひそ》かに独力もて本件を探偵し果《おお》せ、両個《ふたり》に鼻を明かさせくるべし、これも時に取ての一興ならずや、和杜遜氏、帽を被れ」、余「余にも同道せよと云わるるか」、ホ氏「御身が他に為すべき用事なくば」

余等は辻馬車を雇うてローリントン園を指し行けり

第十回　ローリントン園三番地

当日は霧深くいと曇れる天気にして、地上の泥濘に反射して色つけるかの如き鳶色の雲は、家々《かか》の屋根を包めり

余の気分は曇天のために勝れざるのみならず、これよりまさに触れんとする惨澹たる事件の上を思うて頗ぶる沈み勝なるには引替え、ホルムス氏は甚《いた》く上機嫌にして血液談、音楽の講釈などに口を絶たず、余「御身は目前の事件については何も考慮しおらぬが如く見ゆるなり」、渠「未だ事実に触れねばなり、証跡を見ざるうちに判断を下し試むるは大《おおい》なる過失なり、先入主となり、イツまでも誤謬の筋道を辿る失敗は当初の速断に原因《もとい》すること多し」、余等を乗せたる馬車は多くの時を費やさずしてローリントン園に近づけり

ローリントン園に近《ちかづ》くや、三番地のよほど手前よりホルムス氏は馬車より下り立ち、徒歩してその家《や》に近《ちかづ》けり

三番地の家は打見にも何となく淋しき家なりき、その家は通りよりヤヤ引込みたる四軒並びの家の一つにして、他の三軒は塞がりおり、この家にのみ「貸家」札の二階の窓に張られあり、四軒とも前に低き樹木を植えたる庭ありて、樹木の間々《あいだ》に泥と礫《こいし》と交《まじ》りのヤヤ黄色を呈する隘き路の縦横せり、場処は一体に湿りて見えたり、夜前一時の頃より大雨の降りたればなり、庭と通りとの間には、上に

生垣を結いたる高さ四尺ばかりの煉化《れんが》の腰壁ありて界《さかい》せり

三番地の家の門の前に逞ましげなる一個《ひとり》の警官の立ちて見張りをなしおり、門外には五人八人の通行人の何事の起れるやと立止まり、延《のび》上りて庭の内を眺めており

急ぎ家の内に走り入るべしと余の思えるには反して、ホルムス氏は入口の門のところにて立止り、頸を上下左右に掉《ふ》り回《めぐ》らし、或は門前の地上を凝《じっ》と睨みつむるかとすれば、倏《たちま》ち仰ぎて空を眺め、また頸を返して向側の建家《たてや》を見遣り、または腰壁の生垣を端より端まで見通してはまた見返しなどするものやや暫らくして漸くにソロソロ門内に歩み入り、隘き路の上に足《あし》を投ずるを避け縁《へり》の芝草の上を徐《しず》かに歩み、眼を路の上に投げつつ行けるが、二度までも歩を止め、一度はニコリと笑を浮べ満足の色を露わせるを余は認めぬ、湿りたる泥土の路の上には多くの足痕あり、思うにこれ警官等の蹂躙せるものにして、この狼藉の中よりホルムス氏が何か学ぶ所あるべしとは余は覚えず、しかしながら観察力の敏鋭たる氏のことなれば、迂濶なる余等には隠れて横《よこた》わる所の何等か肝要なるものをこの狼藉せる足跡の中より発見するならんか

余等が竟に玄関の所に達せるとき、開きたる手帳《ノートブック》を手にせる、身材《たけ》高く色白く若白髪多き一個《ひとり》の漢子《おとこ》の裡より駈け出で来りて、ホルムス氏の手を脱けるばかりに握り振りつ「早速の御来駕はいかにも辱《かたじ》けなし、書面にも申上げおきし通り、御身の来着までは何ものにも手を触れずそのままになし置けり」、ホルムス氏は地上を指《ゆびさ》しながら「これにてもか、水牛《バッフハロー》が踏躙《ふみにじ》るともかまでの狼藉はあるまじ、しかしながらこの狼藉を許すからは、疑いもなく御身は仔細に観察を遂げて既に得る所ありたればなるべし、しかなるべし呉礼具遜」、呉「否《い》な、余は家のうちの方を担当せり、戸外のことはレストレード氏が受持てり」、ホ「レストレード氏が既に本件探偵に関係せりと云うか」、呉「しかり」

第十一回　天下先例なきものはなし

レストレード氏も本件探偵に関係せりというを聞きて、ホルムス氏「倫敦探偵第一等の御身と、蘇格蘭《スコットランド》第一等の探偵レストレード氏とが本件に指を染めたるからは、第三者の説を聞くの要もあるまじきなり」、呉礼具遜「戯れ給うな、が、先生、拙者も幾百件となく殺害事件にも立触《たずさわ》れるが、些かの手がかりをも得るに由なき本件の如きに接するは稀れなり、敢て先生の高教を仰ぐ所以《ゆえん》なり」、ホ「御身は一頭立の馬車にてここに来れるか」、呉「否な」、ホ「レストレード氏は」、呉「渠も徒歩して来れり」

かかる突然なる質問を試みたる後《の》ち、ホ「サ、部屋に入り見るべし」、余と呉礼具遜とを後に立ててホルムス氏は家の内に進み入りぬ

何の敷物もなく、塵埃紛々《じんあいふんぷん》たる板床の細廊下を玄関より進み入れば、直ぐに右と左に部屋に入るの口あり、右の部屋が即ち秘密なる本事件の生じたる所なり、ホルムス氏はズット部屋に入りぬ、余も恐る恐る跟《つ》き従えり

さなきだに広き真四角の部屋なるに、一品《ひとしな》の器具もなければ更に広く眺められぬ、下品なる金ピカ紙の壁に貼られあるが所々汚点《しみ》を生じ、かつ條板《すじいた》の裂けて露われたる所もありてその下の床の上には壁漆喰の飜《こぼ》れおれり、入口より正面のところに派手なる火炉《ファイアプレース》の設けありて、マワリは白の擬《まが》い

大理石《マーブル》を以て飾られ、そが火炉の棚の上に、赤蠟燭の半ば余りもトボれるが粘《ねば》し立てられあり、淋しげなる窓のガラスは塵埃に曇りて差込む日光もいと暗し

およそ以上の部屋の様子は後になりて気付きたるものにして、部屋に入りたる当時は、空しき眸子《ひとみ》をもて変色せる天井を睨みつつ板床の上に斃れ横われる一個の恐ろしき形骸に余の全心を褫《うば》われて、他を顧みるに遑《いとま》あらざりしなり

斃れ死せるその人物は年頃三十三四にもあらんか、中身材《ちゅうぜい》にして、肩広く、頭髪は縮れ、鬚は短かし、身には重き太羅紗《ふとらしゃ》の上衣《うわぎ》に同じ胴衣《どうぎ》を着け、薄色の袴《ずぼん》を穿《うが》ち、カラーもカッフスも全く新しくして微《すこし》の汚れもなし、叮嚀に払拭されたる上等の山高帽子は渠の頭の前《さき》に投げられありき

腕は左右に拗けて投げられ、緊く拳を握れり、脚もまた無様にクネリ曲り、死際の尋常ならぬ苦痛を現し、顔には痛く恐怖の色を露せり、額隘く、鼻は低く円く、頤《おとがい》突き出で、歯は不揃にして、口は大に、装うたる衣装には不似合に貌立《かおだち》は品悪《ひんあし》く賤しかり

余等が黙して死骸を眺めおるうち、例の鷹に似たる鼻の持主なるレストレードも入り来りてホルムス氏と余とに挨拶せり

レストレード氏はホルムス氏に打向い「本件は忽ち世間の大評判となるべきなり、この死ざまは決して尋常のものにあらず」、ホ「御身は未だ何等の手がかりも――」レ「得ず」、ホルムス氏は俯して死骸を熟視するものやや久しくせるが、死骸のまわりに散点せる血痕を指《ゆびさ》しながら「死骸には全く些かの疵もなきか」、両探偵同音に「全く些かも」、ホ「しからばこの血は加害者のものなるべし、余は今まで端なく五十年前《ぜん》のバンシャンの惨死事件を憶《おも》い起すなり、呉礼具遜、御身はかの事件の顚末を知りおるべし、否か」、呉「更に知らず」、ホ「勉強せよ、勉強せよ、勉強して過去の犯罪記録を精読し

おけ、およそ天《あめ》が下に新たらしきものとては多からず、多くのもの皆な前に為されたり」

第十二回　品物

「過去の犯罪記録を精読しておけ、天が下に新らしきものとては多からず、多くのもの皆な前に為《な》されたり」と、奨励の語とも嘲弄の語とも聞ゆる言葉をホルムス氏は呉礼具遜にかけつ、やがて跪《ひざま》づきて、死人の衣服の扣鈕《ボタン》を外し、身体《みのうち》残る隈なく押しつ摩《さす》りつ撫でつ篤《とく》と検《しら》べたるが、その手際の速かなる、氏の嫋《しなや》かなる手はさながら飛ぶが如くに見えたり、最後に死人の鼻を嗅ぎ、うがてる専売特別の上等の靴の底を視《み》つ

かくて立上りて呉礼具遜を顧み「モハヤ警察に搬び去りてもよし、死体より学ぶべきものは尽きたり」

呉礼具遜には舁床《かきどこ》と舁夫《かるこ》の準備あり、渠の呼声に応じて四個《にん》の舁夫、部屋に入り来り、早くも死骸を廊下に担《か》き去れるが、渠等が死骸を持上ぐるとき、鏘然《チャリン》と音して一箇の純金の指輪の床の上に転ぐるをホルムス氏は手に取り上げ、熟視しつ「これは婦人の結婚指輪なり、これも手がかりの一つ、叮嚀に保存せよ」と云いつつこれを呉礼具遜に渡し、「呉礼具遜、紳士の衣嚢《ポッケット》にありし品々は」、呉「こなたにあつめ置けり」

呉礼具遜はホルムス氏を引きて、廊下より二階に上《のぼ》る梯子段の下に連れ行き、下より二つ目の段の上に陳《なら》べ置ける品物を指《ゆびさ》し「衣嚢《ポッケット》にありし品々はこれなり、便宜のため余は番号を附け置けり

一、一号　金時計　97,163 の番号あり、倫敦バーロード会社の製造に係る。
二、二号　鎖　重量あり、純金なり。
三、三号　指輪　金製男子用のもの、有名なるホール美術店の製なり。同店の刻印あり。
四、四号　留針　同じく金製にして、宝石の嵌められあり。
五、五号　名刺入れ　露西亜《ロシア》皮を以て製されたるものにして、「亜米利加合衆国、オハイヲ州、クレブランド市、イノック、ゼー、ドレッバー　Enoch J. Drebber, of Cleveland, U.S.A.」の文字《もんじ》ある数葉の名刺入れあり。イノック、ゼー、ドレッバーなる氏名は死骸のシャツの端の印の E.J.D. 略氏名と一致す。
六、六号　貨幣　財布はなし、ただザラにて七磅《ポンド》（一磅は約《およ》そ吾《わが》四円八十八銭余）十三志《シルリング》（一志は約そ吾二十四銭余）あり。
七、七号　書籍一冊　ボツカシヲの「十日物語《デカメロン》」にして、表紙の見返しに鉛筆もてジョセフ、スタンガーソン Joseph Stangerson　なる名氏《めいし》の記されあり。
八、八号　書状二通　一通はイノック、ゼー、ドレッバー　Enoch J. Drebber　に宛てたるもの、一通はジョセフ、スタンガーソン Joseph Stangerson　に宛てたるもの。
これだけが死骸のポッケットにありし品々の総てなり、ホルムス「書状の宛先地は」、呉「ストランド街『アメリカ貿易店』に宛てあり、しかして同店留置《とめおき》のものになしあり、即ち記名の紳士が同店に立寄る際渡すべき手続なり、二通とも『ギヲン汽船会社』より差出されたるものにして、文言も二通同様にして『リバープールより米国紐育《ニューヨーク》行汽船の出帆日及び乗込みに必要なる注意』の件などの認《した》ためあり、これに因て見れば惨死の人物は亜米利加に帰国するばかりなりしと見えたり」、ホルムス「御身が施せる聞当りの手続は」、呉「余は数種の新聞紙に広告せるのみならず、一人をストランド街の『亜米利加貿易店』に遣《つかわ》せり、しかしその者は未だ帰り来らず」、ホルムス「米国へは」、呉「クレブランドにも既に発電せり」、ホルムス「何の件々《かどかど》を問合せに」、呉「ドレッバーなる人物に関しての事ならば何にても報じ越せよと」、ホルムス「御身が施せる聞当りの手続はそれだけなるか」、呉「これだけなり」、ホルムス「御身が施せる手続は充分とも云うべし、また不充分とも云うべし」

かく云いつつ足をモトの部屋に向けながら「余になお仕事残れり、余は未だかの部屋を検べざりき」

かくて渠は再び死骸の横わりおりし部屋に駈け入り、余等また渠に追随せり

第十三回　"Rache"

死体の横わりありし部屋に再び駈け入りしホルムス氏は、ポッケットより革紐の尺度《ものさし》と例の凸《なかだか》の顕微鏡とを取出《いだ》し、この二つの器械を使用しつつ、或は傴《かが》み或は面《かお》を床に摩りつくるばかりになどしつ、足音もさせず部屋中を歩き廻れり、渠は仕事に魂入《みい》れる余り、余等の傍《かたわら》にあるをすら忘れしと見えたり、絶えず何か口のうちにてブツブツ云い、時折り何かに驚きては異様の叫声を挙ぐるかとすれば、また痛く失望せるものの如くに唸り、或は調子に乗りて鼻謡《はなうた》などを歌い出し、或は忌々しそうに叱声《しかりごえ》を挙ぐるなど、知らぬ人の眼には狂人とか見ゆるなるべし、渠は部屋中をグルグル廻《めぐ》り舞《まわ》ること二十度《たび》以上にも及び、余等の眼には映らざる床の上の何かの痕と痕との間を革尺度を以て度《はか》り、同じ様《さま》にて壁の上をも度り、また或る箇処にては床の上より灰色せる埃《ごみ》を叮嚀に紙に包みてポッケットに蔵《おさ》めつ、かくて思う通りの検査を終れるかの如くホット吐息して身を伸ばせるが、這回《こたび》は燧木《マッチ》を摩りてかの火炉の棚の上に粘《ね》ばし立てられありし赤蠟燭に火を点し、これを高く掲げつつ壁の薄暗き部分を眺め廻れり、かく眺め廻るものヤヤ暫らくせるが、あたかも火炉と反対の壁のところに到るに及び、足を停《とど》めて眺めおりしが、やがて余等を手まねきし「見よ」と云いつつ壁の上を指《ゆびさ》し示せり

　ホルムス氏が指す壁の面《おもて》を見れば、ココは壁紙の方一尺ばかり破り剥れて、白色《はくしょく》の漆喰見え、その漆喰の上に赤き色の粘気《ねばりけ》ある汁——恐くはこれ血なるべし——を以て

“RACHE《ラッチ》”なる語の書《かか》れあり

ホルムス「この“Rache”なる語は独逸《ドイツ》語にして『復讎』というを意味す、この字は確かに凶行者が部屋を立去る際に書けるものなり、ただしこの字を書けるものは決して独逸人ならず、筆鋒が独逸人の筆鋒にあらざるなり、態々《わざわざ》かかる独逸語などを書置きて立去れるは、御身等探偵をして、探索の方針を攪乱せしめんがための凶行者の計《はかりごと》なり」、呉「この字が凶行者によりて書かれたりとは御身はいかにして知れる、はた探索の方針を乱さんがために書置けるなりとすれば、何とて態々この眼に着き難き所を択べるや」、ホルムス「余が断言する上には必らずタシカなる拠《よりどころ》あり」

第十四回　毒　殺

ホルムス氏が「余が断言する上には必らずタシカなる拠あり」と云う尾に附きて、呉礼具遜、レストレード同音に「その拠を語り聞かされよ」と云えば、ホルムス氏は莞爾として「かかる些細の事まで余より聞かれては呉礼具遜、レストレードともある人の名誉にも拘わるべし、御身呉礼具遜《グレグソン》が米国及び『亜米利加貿易商会』に問合せ遣りたる返事来らば余の許を尋ねられよ、余はまた聊か助言申すこともあらん、余はこれより、夜前《やぜん》ココに死体を発見せる密行巡査の許を尋ねて一応聞取りおきたきことあり、その巡査の氏名番地を聞かされよ」、呉礼具遜は手帳に一瞥を投げ「渠の名はジヨン、蘭西《ランス》。夜前勤務なれば今日はタシカ非番なるべし、ケンニントン公園前オードレー町四十六番地巡査合宿所に赴かれなば面会するを得給うべし」

ホルムス氏は手帳に手早く番地を書きつけ、かくて余の方に向き返り、「和杜遜氏、サ、出懸くべし」

氏は部屋を出でんとせるが、また立止りて両探偵を顧み、「せっかくお尋問《たずね》のことなれば、些細の事ながら参考のため、余の推断三四点を語りおくべし

第一。確かにこの部屋にて殺人犯罪行われたり、しかして犯罪者は男子なり。

第二。犯罪者は身材《みのたけ》六尺壮齢倔強の漢子《おとこ》なるが、身材《たけ》の割には短かき脚を有《も》てり。渠は褄先《つまさき》の角な

る粗末なる靴を穿《うが》てり、しかしてこの部屋にてリッチモンド煙草を喫めり。

第三。犯罪者は一頭立て四輪附の馬車にて己の犠牲《いけにえ》と同乗してココに来《きた》れり、馬の鉄蹄《てってい》前足と後《あと》の一本は古きものにして、他の一本だけ新調のものなり。

第四。犯罪者は美貌を有せり、しかして手指の爪はいたく延びたり。

以上くれぐれも些細の件なるが、少しは御身等の参考ともなるべし」と平気にホルムスの語るを聞きて両探偵は面《かお》見合せて痛く驚ける体なりしが、呉礼具遜は進み出で「殺人犯罪の行われたりとすれば、その手段はいかん、被害者の身には些《すこし》の傷もなきなり、被害者の死は何に因てなるか」、「毒殺！」と、言下に言い放ち、ホルムス氏は軽く二探偵に挨拶し、余の手を執《とっ》て部屋より出でぬ

第十五回　戯術者《てづまつかい》は種子《たね》を明さず

ローリストン園五番地の家を立出でたるは午後一時の頃なりき

それより最近《もより》の電信局の前まで余等は徒歩せり、電信局に入りてホルムス氏はいづくへなるか長文の電報を発せり

電信局を出でて辻馬車を雇い、ホ「ケンニントン公園前オートレー街四十六番地巡査合宿所に駆《か》れよ」と御者に命じぬ

馬車が歩き出すや、ホルムス氏は余に云うらく「余の推測はほぼ完《まった》し、しかしながら糺さるるだけは糺さざるべからず、余計のこととは思えど、余は夜前の密行巡査に一二の質問を試みんと欲するなり」、余「余はただただ驚くのみ、二探偵に御身が語《つ》げたる御身の推断には真に一々拠《よりどころ》あるなるか、渠等には語らずとも、余にはその拠を語り聞さるることの叶わずや」

ホルムス氏は呵々《からから》大笑し「渠等には余は態々語らざりし、御身の所望ならば何の語るを否むべき、しかし、余の推断も語りてみれば寔《まこと》に簡単なるものなり、最初、第一條として『かの部屋にて殺人犯罪行われ、しかして犯罪者は男子なり』と云える断定は第二條、第三條の拠を語れば自から明かになるべし、第二條において、余が犯罪者の身材《みのたけ》を六尺と云えるは、およそ人の身材はその足の跨《またぎ》の寸尺より推算して十に九つまで誤らざるものなり、しかして余が度々の経験は足の跨ぎ跡を一瞥すれ

ば、別に尺度《ものさし》を以て測るまでもなくその身材が直ちに算し得らる、戸外の泥濘《ぬかるみ》の中の足痕、および部屋の床の埃の上に印《いん》せる足痕を見たるとき、余は既に兇行者の身材を算し得たり、しかしながらココに余の推算に故障の起れるは、かの壁の上の朱書《しゅがき》の高さなり、人が立ちて壁もしくは壁板に物を書くときは眼と平行の位地に筆を着くるが自然なり、しかして朱書の高さを革尺度《ものさし》を以て度《はか》り、因て算せる身材の高さは、曩《さき》に余が足の跨ぎ跡より推算せる身材に比すれば聊か高し、故に余は「渠は身材《たけ》の割には短かき脚を有す」と云えるなり、しかして御身は余が何を以て他の靴跡と、兇行者の靴跡とを識別せりと疑わんか、かの惨死者が穿《うが》てる専売特許の上等の靴痕に始終随伴して印せる棲先の角なる粗末なる靴痕を兇行者のものと余は識別せるなり」、余「御身が兇行者を壮齢倔強のものと断定せる次第は」、ホ「専売特許の上等の靴痕が三歩《みあし》する間を、棲先の角の粗末なる靴痕は二タ歩にて跨げるなり、今ま、四尺裕《ゆた》かに何の苦もなく大跨に濶歩するもの壮齢倔強のものにあらずしてまた他《た》ぞや」、余「兇行者がリッチモンド煙草を喫めりとする所以は」、ホ「棲先の角の粗末なる靴痕の印しある前より余は煙草の灰を拾いあつめ得たり、しかして一瞥の下にこれリッチモンド煙草の吹売《すいがら》なるを知れり、けだし余は煙草の灰の上に格別なる研究を遂げおけり、余は煙草の吹売三百種を区別し得るなり、呉礼具遜、レストレードの類いの小《こ》探偵に異りて余の偉大なる大探偵たる所以は、かかる格別なる智識を有しおればなり」、余「第三條に於て御身が『犯罪者は一頭立て四輪附の馬車にて来れり』と断定せる次第は」、ホ「かの家《や》の門に達すると同時にその断定はつきたるなり、余はかの家の門前において四輪の轍の深く地に印するを見たり、この一週間ばかりは些かの雨もあらざりき、雨降れるは夜前一時の頃よりなり、轍のかの如く深く地に喰い入れるは必らず雨降りの後ならざるべからず、しかして二時よりは密行巡査のかの家に立入り爾後《じご》は人の入り続けり、されば四輪車の彼処《かしこ》に来れるは夜前一時と二時の間なり、即ち兇行者がその犠牲《いけにえ》と同乗してかの家に来れるにあらずしてまた何ぞや、馬の一頭なるも、前足と後足《あと》の一本の鉄蹄の古くして他の一本のみ新調のものなるも悉くその痕を鮮やかに地上に印しおけるによりて明かなり」、余「兇行者の手指の爪のいたく延びおれりと御身の云えるは」、ホ「かの壁上の朱書のマワリに余が認めたる爪痕はそのいたく延びたるを証《しょう》せり」、余「渠が美貌を有せるは――」、ホ「まずその位《くら》いになしおけよ、戯術人《てづまつかい》も一々種子を明しては信用薄くなるべし、余も一々残らず推理の原《もと》を語りては御身は余を尋常一様の凡漢子《ぼんかんし》と見做《みな》すに終るべし、ハハ、ハハ」

第十六回　巡査合宿所

「戯術者《てづまつかい》も種子を明かしては信用薄くなるべし、余も一々推理の原を明かしては、御身は余を尋常一様の凡漢子と見做すに終るべし」と、ホルムス氏の云うに、余「否な、余が御身に対する敬服の度は刻々に増し加わるのみ、実《げ》にや御身は推理を一の立派なる科学と為せり、御身が推理の原を聞けば聞くほど、余はその順序正しく、算数の解を聴くが如きにかつ驚きかつは服す、実《げ》に実に御身は前代未だ有らざる一大科学《グレートサイエンス》をこの世に紹介するに至るべきなり」

余が称揚の言にホルムス氏はいと満足の体に見えたり、技術家が技術に誇るは、娘子《むすめ》が妍《かおよき》に誇ると同様なり。氏は調子つきて更に語を起せり「更に少しく余の見る所を語らんか、一頭立て四輪車に同乗し来れる二漢子《にかんし》、即ち専売特許の上等靴を穿《うが》てる者と、褄先の角なる粗末なる靴を穿てる者とは、殆んど肩と肩と相並べいと親しき体にて門より玄関までの径を歩けり、玄関より裡に入るや、粗末の靴の漢子《おとこ》は先に走りて廊下を往復し、その間、他の漢子は二階へ上る梯子段の下に立てり、余は床の上に印せる靴痕より一切のことを読み得るなり、やがて両人《ふたり》が部屋に入るや渠等の情態は一変せり、粗末の靴の漢子は他を睥睨《へいげい》しつつ激語を発《はな》てり、他の漢子は戦慄せり、かかるものやや久しくして悲劇は起れり、これ余が今ま語り得る総てなり、これより以上を語りては徒ずらに御身を思い惑わすに終るのみ何の益なし」

ホルムス氏のかかる話の間に馬車は早くもオードレー街に入り、とある大邸《おおやしき》の門の前に達《いた》りて御者は馬を控え「六十四番地の巡査合宿所はこの邸の内にあり、馬車はこれより内へは入らず、御身等の帰るまで余はココにてお待ち申すべし」

余等は馬車より下り立ち、邸地《やしき》の内を右に折れ左に曲り、やがて長屋めきたる横に長き建家の前に至れば筆太に書れたる「巡査合宿所」の表札あり、取次に就《つき》て聞けばジョン蘭西《ランス》は臥しおれりと云う、余等が来訪の趣意を告げて応接所に俟《ま》つことやや暫くして、蘭西は寝惚眼を摩《こす》りつつ出で来れるが、愛想気《あいそげ》も無く「一切の顚末は報告書に認《した》ためて警察本署に差出しおけり」と云いつ、安眠を妨げられていと不平気《げ》なり。

ホルムス氏はポッケットより半ソバーレンの金貨を取出し、これを卓子《テーブル》の上に弄しながら（ソバーレンは磅《ポンド》と同くして約そ吾四円八十銭余）「一ト通りは呉礼具遜よりも聞きたれど、親しく御身より聞かんがため、態々尋ね申せし次第なり」

金貨の貌を見てより蘭西の状態は一変し「それは、それは、態々尋ね到られしとな、夜前の事一切当初《はじめ》よりお話し申さん」

かくて渠は馬の皮の長椅子に凭《よ》り、漏れなく夜前の事を語らんと身構えぬ。

第十七回　余は狩犬《かりいぬ》なり。狼ならず

金貨の面《かお》に意を動かせる巡査蘭西《ランス》は仔細に夜前の出来事を語り出《いだ》しぬ。

「夜前余の勤務時間は夜の十時より朝の六時までの間なりし、十一時の頃、ホワイトハート町に喧嘩あり、これを取鎮めたる後は余の巡行地は極めて静穏なりき、一時の頃より細雨《さいう》降りはじめ、次第に強くなりぬ、ブリックストン街の辻にて同僚ハーリー、マーチャーに出会うたり、彼が当夜の受持区域はホルランド森とブリックストン街の辻との間なりき、マーチャーと辻の角にて一二の語を交して立別れたるのち、余はブリックストン街通を巡邏せるが、途上一二輛の空馬車とスレ違うたる外は人一個《ひとり》にも出遇わず街上は極めて淋しかりき、かくてローリントン園の引込みたる四軒並びの家の前に到れるとき、余の眼は端なくその三番地の家の窓の火光に惹かれぬ、このあたりは一体に余の受持区にして、その三番地は久しき前より空家にして昨日までも人の移り住まざることを余はよく知れり、空家の中に深夜の火光、仔細ぞあらんと余はその家の門を入り、庭径《にわみち》を進み、玄関の前に到りしが――」

ホルムス氏は語を挿み「御身は玄関の前に到りしが、また再び踵《きびす》を返して門に戻れり、何故《なにゆえ》に御身は門に戻りしや」

蘭西は痛く驚きたる体にて眼を瞠《みは》りてホルムス氏の面を眺めつ「いかにもその通り、御身はいかにしてそれを知れるや、いかにも余は玄関の前に到りしが、家裡《いえうち》のいかにも寂しきに一個《ひとり》にて裡に入るの危険なる心地せられマーチャーの角燈のまだ見えもやすると、門に立戻りて街上を眺め遣りしなり、しかし、渠の影は既に見えず」、ホ「その折街上に人一個をも認めざりしか」、蘭「人は愚か、犬一匹も見えざりき、かくて余は再び立戻り、玄関の戸を押試《おしここ》ろむれば直ぐに開きたり、家裡は凄きまでに寂しかりき、やがて身を縮めつつ火光の見えたる部屋に入るに、火炉の棚の上に赤蠟燭の燃えており、その赤蠟燭の火光の下《もと》に、余は——」、ホ「余は御身の眼に入りしものを知る、かくて御身は部屋の裡をアチコチ歩行《ある》き、跪《ひざま》づきて死体に手を触れ、また起ちて部屋を立出で、厨の戸を開きてナガめ、それより——」

蘭西は驚きて椅子より立上れり。

蘭「御身はいづこに隠れて一切を眺めおりしや、御身は余よりも明かに様子を知れり」

ホルムス氏は高く笑いつつやがて名刺を出し卓子を越して蘭西に渡しながら「兇行者として余を捕縛することだけは御免を蒙むる、余は狩犬の一個にして決して狼にはあらず、呉礼具遜もレストレードも保証すべし、次を語れ、厨の戸を開きてナガめ、それより」

蘭西は怪訝の貌をしながらも再び椅子に身を落付け「余は厨をナガめたる後《の》ち、更に廊下を一巡し、かくて門に出でて呼子を激しく吹き鳴らせり、刻を移さず、マーチャーの外に二個《ふたり》の同僚の駈けつけ来れり」、ホ「その折も街上は空しかりしや」、蘭「しかり、手もつけられぬ一個の泥酔人《えいどれ》の外は」、ホ「ナニ泥酔人とや」

第十八回　指環！　指環！

「泥酔人を見たり」と蘭西の語るに、ホルムス氏はいたく意を動かし「その者の貌《かお》——衣服《きもの》——、御身は気付きしなるべし」、蘭「渠は身材《たけ》高く、酒のためにもあらんが貌は真赤なりし」、ホ「御身は渠を詰問せるなるべし」、蘭「勿論。しかしながら、渠は泥酔してロクロク口もきけず、屹然《しっかり》立ちおることも叶わず、濁声挙げて雑れ歌を唱い、ややもすれば地に倒れて寝込まんとし、少しも埒あかず」、ホ「竟《つい》に渠をいかにせる」、蘭「一拳を喰わして放ち遣れり」、ホ「いずくへ向て去れる」、蘭「ホルランド森の方に蹌踉《よろめ》き蹌踉き去り行けるが四たびまで地に倒るるを余は見たり」、ホ「衣服は」、蘭「鳶色の極めて粗末なる上衣を着けいたり」、ホ「渠は手に鞭を持ちおらざりしか」、蘭「鞭ト。否《い》な」、ホ「後に置き来れると見ゆ、シテ、その後、馬車を見ざりしか」、蘭「否な」

ホルムス氏は帽を取りて椅子より起ち「金貨を納めよ。さて蘭西、御身は到底昇級覚束なき人なり、御身の頭はただ飾りつきおると見ゆ、御身は夜前警部に昇進するの運に瀕したりき、御身の手に落ちたるかの泥酔人こそは這回《こたび》の事件の秘密の鍵鎖《かぎ》を有しおるものにして、余等が今ま索《もと》めおる所のものなれ。しかしながら今さら何を云うも甲斐なし、来れ和杜遜」

怪訝の貌して余等を見送る巡査蘭西を後に残して余等は合宿所を立出でぬ。合宿所を出でてよりもホルムス氏は口に「鈍物」、「愚物」と云うを絶たず。

余「余には疑惑の解けぬなり、なるほど、かの泥酔人の身材《せい》恰好は、御身想像の漢子《おとこ》に相当すれど、何のために渠は再びかの家に戻り来りしや、殺人の大罪を犯せるものにあるまじきことなり」、

ホ「指環！　指環！　渠の立戻れるはこれがためのみ。渠を捕うる他の手段に欠くるとも、余の釣針にはつねに指環の餌の懸りおるなり、渠を捕うることも久しかるまじ。ソレはそれと和杜遜、余はこれより涅爾陀《ネルダ》嬢の音楽を聴きに行かねばならず、御身はこの辻馬車に乗りて家に帰れよ、何れ晩ほど……」

斯くてホルムス氏は徒歩して去り、余は辻馬車を駆りてベーカー街の吾《わ》が借《かり》二階にと戻りぬ。

第十九回　広告

ホルムス氏と別れてベーカー街の吾が借二階に戻れるは、午後三時の頃にして、余は痛く疲労を覚えければ、長椅子に横わりて一睡を試みんとせり、しかれどもあたわざりき、余は瞼《まぶた》を閉ずるといえども、ローリントン園屋敷の横死人のかの苦々しき貌は歴然と吾前《わが》に現われて払えども去らず、死の苦《くるしみ》という外にかの面《かお》の上に現れたる一種邪悪の相は、その顔の持主をこの世界より運び去れる人に向《むかっ》て、むしろ余は謝意を懐《いだ》くばかり、もし人の相貌が心の邪悪を語り得るものとすれば、エノック、ゼー、ドレッバーの如き邪悪の人は世にまたあるまじと余には思われしなり、しかれども同時に加害者はその害を罰せられざるべからず、被害者の邪悪なることは、法律の眼中において一の容赦とならざることを余は思えり、さて一切の事思えば思うほど秘奇を極めたり、ホルムス氏は毒殺と云えり、しかれども床の上の血痕はいかに、しかしてもしホルムス氏の説謬《あやま》れりとすれば、かの者の死因はいかに、かの屍体には針にて突きたる跡すらもなきなり、そもそも二個《にん》の者は——ホルムス氏の説に従うて二個とすれば——何の要あり何の便利ありてかの空家には入込めるや、馬車にて来れりとすれば御者はいかにせるや、盗の目的にあらずとすれば、加害者の目的は何なりしや、しこうしてかの黄金の指環はいかに、思い去り思い来れば、余は些かも睡眠《ねむり》を催さざるのみか、却りて心のますます激し来るのみ。

ホルムス氏の帰来せるは晩《おそ》かりき、音楽会の時間のみとしては余はその長過ぎたるを覚えき。

ホルムス氏の帰来せるとき余は晩飯《ばんはん》を喫しおりしが、氏は卓子の傍《ほとり》に来り「御身は今日の新聞の夕版を読みしか」、余「未だ」、ホ「見よ」と云いつつ一葉の新聞紙を余の前に差出し、指し示《ゆびさ》す紙面を見れば、広告欄内「拾いもの」の部の冒頭《はじめ》に下《しも》の文句あり。

「一個純金の婦人用の指環、ホワイトハート旅店《タバーン》とホルランド森との間なるブリックストン通りの路上において今朝拾い得たり。遺失主は今夕《こんせき》八時より九時までの間にベーカー街二十三番地エッチ和杜遜方を訪ねらるべし」

余の読了《よみおわ》るを俟《ま》ちて、ホルムス氏「一応の相談もなく御身の名を濫用せる罪は恕《ゆる》されよ、余の名を署しては、他を狐疑せしむる懼《おそ》れあればなり」、余「それは御心配に及ばざることなるが、遺失者が尋ね来りても余には渡すべきものなきなり」、ホ「その品は即ちココに」と、氏は例の指環を余に渡せり、余「御身は何者がこの広告に答うるとするぞ」、ホ「鳶色の上衣を着け、棲先の角なる靴を穿てるかの多血質の漢子。もし当人来《きた》ることなくば、必ず代理の者を遣《つかわ》すべし」、余「渠がさる大胆のことを敢てし得べしと御身は思えるか」、ホ「この広告の決して無用に終らざるべきを信ずるに、余は確とせる理由を有す」

第二十回　米国より返電

指環を受取りに来るが如きさる大胆のことを敢てし得べきや疑わし、との余の詰問にホルムス氏は答うらく「余の見を以てすれば、この指環は『渠』にとりては生命にも替え難きほど大切のものなり、これを失わんよりは『渠』はむしろあらゆる危険を冒すべし、けだし『渠』はドレッバーの死体に寄り僂《かが》みしときこれを取落せるなり、かくて『渠』はかの家を出でてより紛失に心付き、急ぎとって返せるが、『渠』が不注意にも蠟燭を熄《け》しおかざりしため、警官はこの時既にかの家に入込《いりこ》みおり、漸く酔漢《えいどれ》の体を装うて迂闊なる蘭西《ランス》の手を免《のが》るるを得たり、しかも指環紛失の恨《うらみ》は忘らるべくもあらず、この際新聞紙上に『拾いもの』のこの広告を見る、欲しさは咽喉《のど》より手の出るが如くなるべし、一方には、『まこと已《おのれ》が路上に取落せるならんも測られず、路上の拾いもの、これがかの惨殺事件に何の関係がある、心に恐怖の念の起るは吾身に疵もてばなるべし』――かかる考の『渠』の心に起るも当然なり、いわんや、これを失わんよりはむしろあらゆる危険を冒さんとするものなるおや、指環は『渠』が生命よりも貴しとするものなるおや、『渠』は必ず来るべし、二時間と経《たた》ぬ間に御身は『渠』を見るべきなり」、余「渠来らば――」、ホ「御身は尋常に『渠』に応接しいよ、その余は余の方寸《むね》にあり、和杜遜氏、御身は何か武器を有するか」、余「余は一挺の旋回短銃《リボルバー》と少許《わずか》の火薬を有せり」、ホ「掃除して丸《たま》を装しおけ、随分『渠』は激烈の人物なるべし、よし危険は無くとも防備しおきて損はなし」

余は渠の命に従うて一間に退き荷物の中より短銃《ピストル》を取出し叮嚀に掃除して丸を装し、これを提げて再び別間に至ればホルムス氏は既に食事を了《おわ》り、寛《ゆる》く身を椅子に寄せて、手に一葉の電報紙を展《の》べて、眺めており、余の入るを見るや、ホ「余は今しも米国より返電を得たり、しこうして余の推断のますます舛《たが》わざるを知れり、オオ、オオ、立派なる短銃、ポッケットに蔵《かく》しおけよ、くれぐれも『渠』来るとも、変れる様子を露すなかれ」

余は懐中時計を一瞥し「既に八時なり」、ホ「数分ならずして『渠』は来らん、それ細目に扉《と》を開けおけよ、鍵は取りて裡の鐶鈕《ひきて》に懸け置けよ、多謝々々」

かくて渠は目下のことを渾《すべ》て打忘れたる様子にて、例の血液談、音楽談を喋々《ちょうちょう》せるが、果して数分ならずして、階下に訪問者に依りてヒキ鳴らさるる鈴の声あり、ホルムス氏は徐《しず》かに起ちて椅子のムキを入口の方に向《なお》しぬ。

鈴の鳴るに応じて下婢《かひ》は奥より出たる様子なり、やがて玄関の扉の開かるる響あり。「和杜遜氏は此方《こなた》に住わるるや」と云う声、明かに聴取せられぬ、下婢のこれに応ずる声を聞かぬ間に、扉は閉じられ、忽ち二階の梯子段を登り来るものあり、その跫音は低く不タシカのものなりしが、そを傾聴しおれるホルムス氏の面《おもて》にはいたく驚ろける色現れき、跫音は二階の廊下に進み来り、やがて低く軽く吾々の部屋の扉は敲《たた》かれぬ「入り来れ《カム、イン》！」、余の声に応じて扉は彼方よりいとも穏かに押され、余等が待もうけいた一個壮齢倔強の漢子にはあらで、額に皺寄れる一個《ひとり》の老婆の、ソロリソロリと進み入り来りぬ。

第二十一回　老婆

余等が待もうけたる訪問者とは異れる、一個衰老女性の来客は、部屋に入りたる時、燈火《ともしび》の眩《まばゆ》きに堪えざるかの如く額に手を翳《かざ》して余等の上を眺めしが、やがて叮嚀に挨拶し、徐ろに衣兜《かくし》に手を差入れ一葉の新聞紙を取出し、例の広告のところを指し「妾《わらわ》のお訪ね申せしはこの件につきてなり」かく云うてまた腰を折りて一ト挨拶し「ブリックストン通りの路上に遺《お》ちありし純金の結婚指環。それは妾の女《むすめ》粲児《サリー》の遺品《おとしもの》に相違あるまじく覚ゆるなり、粲児《サリー》は十一ケ月前結婚致せり、彼女の夫は『合衆汽船会社《ユニオン、ボート》』の船員にしてこのほど久しく航海しおりて不在《るす》なりしが折も折とて明夜《みょうや》は帰り来るはずなり、帰り来りて粲児の指に指環のなきを見ればその怒はいかがあるべき、渠は平生短慮のものに候うが、一杯を傾けてはそのけんまく更に当り難きものとなるなり、――委細を申せば粲児は昨夜朋友《ともだち》と倶《とも》に音楽会場に赴きて夜更けて帰り候うなり」、ホルムス氏の目クバセに余は指環を取出し手に持ちながら「これがその品なるか」、老婆は喜びに貌の相を頽《くず》し「オー、オー、粲児の喜びはいかがなるべき、その品！　その品！」、余は手に鉛筆を持ちながら「御身の住居《すまい》の番地は」、老婆「ホーンヅヂッチ区、段汗《ダンカン》通り十三番地、ココよりは随分の遠方に候うなり」

傍《かたわら》よりホルムス氏は声も鋭く「ブリックストン通りは、段汗通りとドコの音楽会場との間にも横わらぬなり」

老婆は顔を振向け、少しく赤く爛《ただ》れたる眦《まなじり》を反《かえ》して鋭くホルムス氏をナガめしが「否とよ、此方《こなた》の紳士は妾の住居の番地を訊ねられしなり、女《むすめ》の住居はペキハム区、五月野《メーフイルド》町三番地」、余「御身の名は」、老婆「妾の名は楚耶《ソーヤー》。女は今はデンニス粲児。女の夫はトム、デンニス。トム、デンニスは海に在ては評判の働手なるが、陸《おか》に上りては酒と婦《おんな》にタワイもなし――」

再びホルムス氏の目クバセに余は手に持てる指環を渡しながら、老婆の語を遮ぎり「これは相違なく御身の女御の品なるべし、余は余の拾いものの竟《つい》に正当なる所有主《ぬし》の手に戻るを見ていと満足に存するなり」、老婆は幾回《いくたび》となく感謝の語を繰返したる後ち叮嚀に指環を衣兜に納め、また幾回となく腰を折りて辞儀を繰返し、やがて覚束なき歩《あゆみ》を移してソロリソロリと吾々の部屋を立出で、音をもさせず段梯子を降り行けり。

トタンにホルムス氏は椅子より飛び離れて別間に走りしが、一瞬の間に黒き合羽と厚き頸布《えりまき》を装うて出で来り、部屋を出ながら余に言葉を掛けぬ「余は老狸《ふるだぬき》を追わねばならず、老婆はタシカに『渠』の使なり、老婆は竟に余を『渠』の隠れ穴に導くべし、和杜遜、余の返るを俟て」

ホルムス氏が段梯子の半を降りたりと思う頃、老婆の出て行ける後の玄関の扉の閉めらるる響きを聞けり。

二階の窓より打見遣れば、老婆は弱き足もて路の片側を蹌踉《よろぼ》い歩き、それと一定の距離を保ちて吾がホルムス氏は他の片側を確乎《しっかり》とせる歩武《ほぶ》を移して行けり。

第二十二回　乗遁《のりに》げ

ホルムス氏は余に「待ちいよ」と云うの要はあらざりしなり、氏が冒険の結果を聞かざる間《うち》、余は睡らんことなど思いも寄らず。

氏の立出《たちいで》しは九時を少し過《すぐ》る頃なりき。

十時半の頃、余は当家《このや》の下婢《かひ》が臥床《ねどこ》に退く扉《と》の響を聞けり、十一時の頃主婦の部屋の扉の鎖《とざさ》るる音を聞けり、十二時となりぬ、一時となりぬ、玄関の扉の激しく排《ひら》かれ復《ま》た閉じられ、慌だしきホルムス氏の跫音《あしおと》の二階の梯子段に響くを聞きしは二時に垂《なんな》んとする頃なりき。

部屋に入り来るホルムス氏の面《おもて》を一見して余は氏の冒険の好結果にあらざるを知れり、諧謔《かいぎゃく》と煩悶とシバシ氏の心の底に戦うと見えたり、しかして前者が竟《つい》に勝を占しか、氏は大口開《あ》きて呵々《からから》と笑いぬ。

ホ「失敗、失敗。余は失敗に終るまで余りに事を弄《もてあそ》び過ぎたり。しかれども一方において余はまた喜ばざるを得ず、『渠《かれ》』を捕《とら》えては事はそれまでなり、『渠』が吾が手に落ちざる間こそ楽《たのしみ》はまだ続きおるものと謂《い》うべきなり」、余「全体どうしたることぞ」、ホ「余は自個の失敗を語るに吝《やぶさ》かなるものにあらず、かの動物は吾家を出でてより間も足の痛む振《ふり》せるが忽《たちま》ち踏止《とど》まりて辻馬車の前に来るを俟《ま》ちて呼止めぬ、余は彼が御者に行先地を命ずる声を聞洩さじと近々と忍び寄れるが、余が案ずるまでもなく、彼は声高に『ホーンヅヂッチ区、段汗街《ダンカン》十三番地まで』と呼びぬ、彼は箱の中に身を投せり、余は箱の後に棲《と》まりぬ、この馬車箱の後に棲まるという軽業は倫敦《ロンドン》探偵特有の技術なり、馬車は駈け出せり、馬車は疾駆《しっく》して段汗街近くまで少焉《しばら》くも止らざりき、段汗街に入りて間もなく余は手を馬車より離し何喰わぬ貌《かお》して閑々《かんかん》と街を歩めり、馬車は止まりぬ、同時に御者は飛び下りて箱の扉を抜《ひら》き、立ちて、内より人の出ずるを待てり、しかしながら箱より何ものも出で来らざりしなり、余も驚きて馬車近く寄り立てり、御者は乗遁げされたるを口惜《くや》しがりて喧囂《けんごう》やまず、しかれども渠が賃銭を得るは幾久しき後のことなるべし、渠が乗客の影もケハイも煙と消えて更に跡なし、段汗街の十三番地というは、ケスウェックと呼ぶ繁昌なる紙商の家にして店員について訊れば楚耶《ソーヤー》という名もデンニスという名も曾《かつ》て耳にしたる覚えなしと云えり」、余は驚き叫びぬ「かの衰弱せる老婆が、御者にも御身にも認めらるることなく、馬車の急駆《きゅうく》中に飛遁《とびにげ》などの離れ業の出来得べきことと御身は思えるか」、ホ「衰弱せる老婆とは渠にまかれたる余等をこそ指すべきなれ、渠は倔強の壮漢《わかもの》に相違なし、壮漢も壮漢、頗《すこ》ぶる敏捷の者にして倫敦探偵も及び難き技術に長けたるものに相違なし、渠は余に尾せらるるを早くも覚《さと》りて得意の技術を施せしなり、渠は余等の考えしが如く孤独《ひとり》にて来りしにはあらず、渠のためにあらゆる危険を冒す有力の仲間の路上に渠を待ちおりしなり、オオ、和杜遜《ワットソン》、御身の顔色は頗る悪し、睡眠《ねむり》の足らざればならん、退きて熟睡せよ」

いかにも衰弱せる余の身の昨朝来《さくちょうらい》の頭脳の過用に、今はほとほと労疲《ひろう》に堪えず、部屋に退きて臥床《がしょう》に横われるが、忽ちホルムス氏の弾《ね》くところのバイオリンの音を聞けり、分明《ぶんみょう》、氏は奇異なる問題《プロブレム》の解釈のためにまだナカナカ眠には就かぬなり。

第二十三回　ホルムス配下の探偵員

明くる朝の諸新聞紙は「ローリントン園秘事《ミステリー》」の記事を以て充されき、中《うち》に余等の創聞に属するものあり、「スタンダード」新聞が惨死者の上につきて記する所に曰く。

「被害者ドレッバー氏は米国の紳士にして数週間英国に滞在しおりし人なり、即ち氏及び氏の随行書記ジョセフ、スタンガーソン氏は欧洲大陸の漫遊を終り、当倫敦に来りてよりはカムバーウェル、トークェー巷路《こうじ》の寡婦カーペンチアーの許《もと》に下宿しおりしなり。

両個《りょうにん》は一昨四日、金曜日の夜、リバプールより乗船して帰国すると云うて右下宿屋を出立し、イーストン停車場《ステーション》に赴けり。

いかにもイーストン停車場に両個《ふたり》が立寄りし形跡あり、しかしながらそれより以後イーストン停車場より数マイルを隔《へだて》たるブリックストンの空屋にドレッバー氏の死骸の発見されしまでの間の事は些《いささ》かも知れ渡れるものなし、いかにしてドレッバー氏が右の空家に来りしか、いかにして氏が非命《ひめい》に斃《たお》れたるかは、一切秘密《ミステリー》に属す。

ジョセフ、スタンガーソンの行衛《ゆくえ》は未だに明かならず。

ただ人意を強うせしむるは評判の二大探偵、呉礼具遜《グレグソン》、レストレード氏が既に本件に手を触れしということなり、両探偵の敏捷熟練なる日ならずして、『ローリントン園秘事』の黒幕を切て落さんこと更に疑いなかるべし」

「デーリー、ニュース」は曰く。

「ローリントン園の惨劇が盗賊の所業《しわざ》にあらざることは種々の点より見て明かなり、恐らくこれ政治的のものならん、察するにドレッパー氏は米国社会党の一員にして、何等か党与《なかま》の誓約に反《そむ》く所為ありしか、それがため欧洲に走り来れるにはあらざるか、氏に随伴せるジョセフ、スタンガーソンは名は随行書記というといえども、実は社会党の秘密派遣員にして、ドレッパー氏を欧洲にオビキ出し、竟に暗殺の目的を遂げたるものにあらざらんか。

大探偵レストレード氏は早くもここに着眼し、当時全力を注ぎてスタンガーソンの行衛を探偵中なり。既に両個《ふたり》が滞在せる下宿屋は、レストレード氏と技倆《ぎりょう》を争う所の大探偵呉礼具遜《グレグソン》氏の熱心偵察の結果、発見する所となれり、イツもながら氏の慧敏《けいびん》、敬服するに余りあり」

これ等の新聞紙を余は、朝餐《ちょうさん》卓上、ホルムス氏と相対して読みおりしなるが、やがて余は「デーリー、ニュース」を手より落し「いかにも渠等が滞在せる下宿屋を見出せるは、呉礼具遜の手倆《てがら》と云うべし、否《ひ》か」、ホルムス氏は微笑しつ「それは訳もなきことにして、手倆と云うほどのものにあらず、手倆とは兇行者《きょうこう》に手を触るることなり、考うるに呉礼具遜もレストレードもそのようなる方角違に見当をつけおるようにては最後の成績を挙げんこと覚束なし、最後の功を収むるものは恐らく吾が配下のものならん、ソレ跫音《あしおと》あり、余等は何かの新報を得べきなり」

いかにもこの時階下に大勢の跫音あり、声高に罵り喚く声なり、その中には当家の主婦《あるじ》の驚き叫ぶ声も聞えたり。程もあらせず、梯子段はガタガタ踏鳴らされ、襤褸《らんる》を纏うたる乞食の児輩《わらっぱ》の六個《にん》ばかり、ドヤドヤと吾々の部屋に突入し来れり。

ホルムス氏は余を顧み「驚くを休《や》めよ、和杜遜、これホルムス配下の探偵員なり」

第二十四回　精神的労働者

「気を付け《アッテンション》！」、ホルムス氏の厲声《れいせい》の下に六個の乞丐《こつじき》の児《こ》は一列に整立せり、ホ「以後は廉厳斯《ウェッギンス》一人《にん》報告に来れば宜《よ》し、余の者は街上に俟ちいて、廉厳斯の伝令の下に働け。かく大勢押かけ来りては一方ならず、当家を驚かすなり。サテ廉厳斯、例のは見つけ出したるか」

渠等のうちにて年長《としかさ》に見ゆる一個《にん》「未だしなり」、ホ「余は吉報を得んと待《まち》もうけおりしなり、以後は随分勉強して駈け廻《めぐ》れ。ソレ今日分――」、シルリングの貨幣一つずつを銘々に渡し、ホ「去れ。大吉報を齎《もた》らして再び来れ」、廉厳斯が高く手を打振る合図の下に渠等は鼠の如くチョロチョロ二階の梯子段を駈け降り行けるが、次の瞬間には渠等の鋭き叫び声の街上に聞かれたり。

ホルムス氏は余に向き返り「警視探偵の二十個《にん》よりむしろ渠等の一個《ひとり》の方が多くの働きを為すなり、役人らしき貌は何人《なにびと》の口をも噤《つぐ》ましむ、これに反してこれらの餓鬼児《がきこ》はいかなる場処《ばしょ》にも行き、いかなる事をも聞く、渠等は針の如くに鋭きなり」、余「御身は今回の件のために特に渠等を役するなるか」、ホ「余は平生渠等を訓練しおき必要なるとき呼び聚《あつ》むるなり、即ち渠等はホルムス配下の探偵なり、賃銭は働く日毎に給するなり」

ホルムス氏はかく語りつつ二階の窓より遠く街上を見渡しおりしが「オオ、オオ、渠が得意然たる態度《ようす》を見よ、タシカに渠は何か間違の臭を嗅付け、それを正しきものと心得て欣々たるなり、タシカ余の許に来れるなり、ソレ玄関の鈴《りん》を引けり」、忽ち梯子段に跫音ありて探偵呉礼具遜の満面に笑を湛えて部屋に入り来り、ホルムス氏の手を脱けるばかりに打掉《ふ》りつ「先生。お喜び下され。余は一切のことを太陽よりも明かなるものとなせり」。ホルムス氏はニコニコしながら「御身は嗅ぎつけたりと云うか」、呉「啻《ただ》に嗅ぎつけたるのみならず、余は既に鉄鎖《てつさ》を以て一個《にん》を繋げり」、時にホルムスの額に一抹の曇生ぜり。

ホ「シテその者は？　その名は？」、呉礼具遜は胸を脹《ふく》らし、双手《もろて》を擦り、頗ぶる得意の体《てい》にて「その者の身分は海軍軍曹、名はアーサー、カーペンチャー！」、ホルムス氏はホット吐息し、再び笑を頰辺《きょうへん》に漾《ただよ》わせぬ。

ホ「まず腰をつけ、その煙草にても取れよ、大麦酒《ホイスキー》はいかん、余等は緩々御身の大働きの顚末を聴問すべきなり」、呉「水を一杯頂戴致したし。先生。拙者が昨日来の働と申すものは実に尋常《ひととおり》のことには候《そうら》わず。勿論、肉体上にあらずして精神上なり。先生。余等はお互に精神的労働者なれば——」

ホルムス氏は更らに莞然《かんぜん》とし「お陰を以て余も名誉の人物とはなれり。——呉礼具遜、いかなる精神的労働の結果、御身は満足なる賜を得しか、乞う語り出でよ」、呉「勿論。勿論。先生の御聴問を煩わさん」

第二十五回　呉礼具遜の探偵方面。一

呉礼具遜は手柄談《ばなし》を始めんとして復《ま》た大笑を発し、殆んど咽《むせ》ばんとせり「先生。可笑《おかし》きは平生己の手際自慢のレストレードなり、本件につきては渠は当初より方角違いの道に走れり、渠はスタンガーソンに見当をつけて狂気の如くなりてその行衛のみ捜しおれり、或は今ごろは遂に捜し当てて縄をかけ独《ひと》り大喜びならんも知れず、しかしてスタンガーソンは産《うま》れぬ先の赤児《あかご》よりもドレッバーの惨死には関係なき者なり。余の真犯人を捕え得たりと聞かばレストレードはさぞかし……ハ、ハ、ハハハハ」、ホ「御身の同僚のことは措《お》きて、いかにして御身が真事実の手がかりを得《う》るに至りしかを語れ」、呉「お話し申さん。余等がまず第一に知《し》らんと欲せるはかの米国紳士が当英京においてドコに止宿《ししゅく》しおりしかということなり、これを知らんと欲しては、大概の者は新聞紙に広告して答を待つか、或は各分署各交番に依頼して数限りもなき倫敦の旅舘下宿屋を穿索《せんさく》することならんが、余呉礼具遜《グレグソン》においてはさる迂遠の手段は取らず。先生、先生はかの死體《したい》の傍にありし帽子の裏に気付かれしか」、ホ「彼の裏には『カムバーウェル大路《おおみち》百二十九番地ジョン、アンダーウード製帽会社』の張紙ありき」、呉礼具遜はいと驚きたる様子にて「ソコに先生の気付かれしとは余は思いもうけざりき、シテ先生には早速右会社に赴かれしならん」ホ「否な」ココにおいて呉礼具遜はヤヤ落付き、「否なト。先生は否なと云わるるか。アンダーウード会社には赴かれずと云わるるか。手がかりを得てそを攫《つかま》えざる

先生とは余は覚えざりしに、よしその手がかりがいかに小さくとも」、ホルムス氏は儼然《げんぜん》として「大いなる心の前には一物の小なるはなし」、呉「先生の言《げん》はイツもながら金玉《きんぎょく》、金玉。さて、先生、余はかの帽子の新しくして買立ての品なるを見しものから、早速右の製帽会社に赴き、形ち、および張紙、を語《つ》げて右品の販先《うりさき》を訊ねたるに、店員は帳簿を出して龢えせるが、直に尋ね出し、右品は店先にて売り、カムバーウェル、トークェー街寡婦カーペンチャー方止宿ドレッバー氏の許まで送り届けたるものと云えり、余がかの横死者の止宿を捜し出《いだ》せるはかくの如き手続に拠《より》てなり」、ホ「お手際お手際」、呉「これからが本文《ほんもん》なり」

かくて渠は一ト際真面目になりて語り出《いだ》すよう。

第二十六回　呉礼具遜の探偵方面。二

呉礼具遜は一ト際真面目になりて己が探偵せる始末を語り出すよう。

「余はアンダーウード製帽会社にて惨死者ドレッバーの止宿せる下宿の番地を明かにするや、直にその足にてその下宿屋、即ちトークェー街寡婦カーペンチャーの許を音ずれぬ。

その家《や》に足を投ずるや余は直ちに異状を認めぬ、老婦は顔色真蒼にかつ痩《やつ》れたり、胸に深き憂を懐《いだ》けるや明らかなり、母の傍《かたわら》に居りし娘、人目を惹くに足る美貌を有せる娘の瞼《まぶた》は赤く、余に挨拶するときその唇は顫《ふる》うたり、頗る異状！

余は鼠の臭を嗅ぎ始めぬ。

先生は知り給うべし、余等が真《まこ》との臭を嗅ぎ始めたる折の感のいかなるかを。

余は吾筋肉の打顫うを覚えたり。

余は老寡婦に向い『御身は御身の家に止宿せるエノック、ゼー、ドレッバー氏の横死のことを耳にせるか』老婦は纔《わず》かに点頭《うなづ》けり、言葉はなし、しかして娘は泣き出せり、必定！　本件に関して深く知る所のものあるなり。

余『汽車に乗るとて何時に、ドレッバー氏は御身の家を立出でたるか』

『夜の八時に』心の激動を抑えんとするものの如く咽喉《のど》に唾を呑込みつつかく云えり『氏に随行せる

スタンガーソン氏の云うにリバープールへの発車は午後に両度ありと、即ち九時十五分と正十一時との両度。ドレッバー氏等は九時十五分のに乗らんとする積りにて吾家を立出でたるなり』

余『それが御身がドレッバー氏を見たるの終《おわり》なるか』、余のこの問と共に老寡婦の顔色は変り、打顫う声にて「しかり《エース》」と云う語のその唇より出《いず》るまでには数分時を費しりき。

かくて吾等三個《さんにん》の間にしばし言葉は途絶《とぎ》れしが、やがて娘は面《おもて》に決心の色を表わし、低きながらも確かに明かなる声もて云えり『母上。虚偽《いつわり》よりは決して善き事は来らぬなり。この紳士に信実《しんじつ》を語れ。余等はその後にドレッバーを見たるにあらずや』、母は遽《あわ》てて娘の方に手を伸べつ『オオ、御身は、アーサーを人手に渡さんとするか』、娘は確乎《しっかり》とせる声もて『兄上アーサーはむしろ吾々が信実《まこと》を語るを喜ぶべし』

余も傍より口を添えぬ『実《げ》に御身は一切詳《つまび》らかに語るこそ善けれ、半信半偽は全偽《ぜんぎ》を語るよりも悪し、のみならず、余は既《すで》に業にいかに多くを知るかを御身は未だ知らざるなり』、老寡婦は涙を一パイに眼に湛えつ『今は一切御身に語るべし。御身よ、妾《わらわ》の苦悶は、吾児アーサーがドレッバー氏の死に手を触れたりと思う疑念より来《きた》るものと誤り解したまうなよ、アーサーは全くかの件に関係なきなり。ひとり妾の煩悶《はんもん》するは、御身の眼にも誰《た》が眼にも渠が嫌疑の中心に立つべきを惧《おそ》るればなり。しかしながら決して決して渠にあり得まじきことなり。渠の高尚《こうしょう》なる思想、渠の身分、渠の平生の高潔なる品行は、決してさる卑劣なる所業《わざ》を為し得まじきことを充分に語るなり』、余『しからばなお以て飽《あ》くまで事実を明らかにするが肝要《かんよう》なり』、『左《さ》なり、左なり』と頷きつ、傍の娘に向い、母『アリスよ、御身は暫し坐を避けよ。ヨ、その方が善かるべし』、母の言葉に娘アリスは坐を起《た》ちぬ。

娘の後かげを見送りて母は余に向き『妾、始めは御身に語るを欲せざりき、しかしながら娘が既に口を開きかけてはモハヤ取返しはつかず。既に一切を打明けんと心を決《さだ》めしからは一事《じ》残さず妾は詳らかに御身に語らん』、余『それが御身に取りて何より賢きことなり』

第二十七回　呉礼具遜の探偵方面。三

　呉礼具遜の話はなお続きぬ。

「既に心を決めしからは一事残さず詳らかに御身に語《つ》げんと云える老寡婦カーペンチャーは、いかにも事情包まず打明けたり、老寡婦の語る所はかなりき。

『ドレッバー氏は吾家に殆んど三週間滞在せり、氏及び随行人スタンガーソンは大陸を旅し来れるなり、渠等の旅行李《たびごうり》にコッペンヘーゲンの荷札ありき、しからば渠等が当英国に来る前、最後の逗留地《とうりゅうち》はコッペンヘーゲンなりしなり。

　随行人なるスタンガーソンは深沈《しんちん》に慎《つつしみ》ふかき人なりき、しかれどもその傭主《やといぬし》は痛く異れり、渠は性質粗々《あらあら》しくかつ卑し、はじめて吾家に来りし夜、既に大酔《たいすい》して吾々一家を驚かせり、渠は十一時前に寝室を出たることなかりき、殊《こと》に渠に厭《いと》うべきは下婢等《かひども》に対する猥《みだり》がましき振舞なりき、殊にもっとも厭うべかりしは間もなく吾娘アリスに対しても同様の振舞を現わせしことなりき、渠は娘アリスに対して一度ならず無礼の語を発《はな》てり、しかれども幸にして娘アリスはその語の意味を解するには余りに無邪気なりしなり。

　殊に甚《はなは》だしかりしは、或時の如き、娘アリスの腕を執りて己に引寄せしことあり、この余りに礼《いや》なき振舞は渠の随行者をして痛く渠を非難せしめき』、余は喙《くち》を挿《はさ》めり『御身は何故にこれを忍べるや、何故に渠等の止宿を断らざりしや』、余のこの問に老婦は顔を赧《あか》くしつ『神ぞ知《しる》し召さん、妾は渠等が来れる当夜において既に断りたきは山々なりしなり、しかれども苦き誘惑は妾の口を噤《つぐ》ましめぬ、渠等は各々一日一磅《パウンド》、両個《ふたり》にて一週十四磅を妾に払えり、妾の今の身にとりてはこれなかなかに貴《とうと》き金高なり、妾は寡婦なり、吾児アーサーは海軍に勤めおり、交際《つきあい》に尠《すく》なからぬ費用を要す、到底《つまり》妾は一週十四磅の財《かね》に別るるを欲せざりしなり、しかしながら渠の随行人すら非難するを忍び得ざる無礼の振舞を見ては妾も竟に忍ぶあたわざりき、妾は渠等に止宿を断れり、渠等が吾家を出立せるはこれがためなり』、余『左なるか』、老婦『渠等が吾家を立出づる後背《うしろかげ》を望みしとき妾はいかに吾心の軽くなりしを覚えしぞ、当時吾児アーサーは休暇にて家に帰りており、しかれども妾は当初より何事をも渠には語らざりし、何となれば渠は己れが硬直の心より一毫《ごう》他人《ひと》の過失《あやまち》を仮借《かしゃく》せず、殊に妹アリスを愛すること尋常《ひとかた》ならざりければなり、まこと渠等が立去れる後の扉の閉じられしとき、妾は重荷の吾心より除かれしが如きを覚えぬ、しかれどもアァア一時間も経《たた》ぬ間に玄関の鈴を激しく引鳴すものあり、ドレッバーの立戻り来れるなり、渠は例《いつも》にもまして泥酔せる体《てい》にてツカツカと妾とアリスとがおりし部屋に入り来り、汽車に乗後《のりお》くれたる由《よし》を語れるが、やがてアリスに向い、妾の面前にて実に聞くに忍びざることを云えり「アリスよ御身は妙齢《としごろ》なり、御身を抑《とど》むる法律はなきなり、余と偕《とも》に亜米利加に来れ、余は富めり、御身は女皇《プリンセス》の如くに生活するを得べきなり」と、アリスは恐怖戦慄《きょうふせんりつ》して妾の後背《うしろ》に蹲《うずく》まりぬ、そをドレッバーは猿臂《えんぴ》を伸べて、引摺《ひきず》り立て、扉《と》の外に出んとせり、妾は叫声《きょうせい》を挙げぬ、叫声と共に吾児アーサーは闖然《ちんぜん》として部屋に入り来れり、妾はその後の光景《ようす》を眼にせざりき、ただ耳に拍打怒罵《はくだどば》の声を聞けり、妾は恐怖の余り頭を擡《もた》ぐるあたわざりしなり、かくて程歴《へ》て身を起せるとき、妾は吾児アーサーの手に杖《ステッキ》を執りて扉の閾《しきみ》に立ち、笑いつつあるを見たり、

「彼の好漢《こうかん》は再び来りて吾々を煩わすことはあるまじ、しかしながら渠はこれよりドーするか、余は渠の跡を趁《お》うて見ん」かく云いつつアーサーは帽子を被り杖を提《ひっさ》げ家の外に出でぬ

その翌《あく》る朝、妾等はドレッバーの不思議の死の報を突然耳にせるなり』

かく語り了《おわ》れる老寡婦の額には一ト際憂愁《ゆうしゅう》の雲の懸《かか》るを余は認めき」

先の程より呉礼具遜の話を傾聴《けいちょう》しおれるホルムス氏「談はいよいよ蔗境《しょきょう》に入《い》れり、シテそれより――」

第二十八回　呉礼具遜の探偵方面。四

　呉礼具遜の話はなお続きぬ
「老寡婦カーペンチャーに確《たしか》むべきもの、今はただ一点の残るあるのみ、余『ドレッバーを趁い行ける御身の児アーサーは何時の頃家には帰りしや』、寡婦『妾は知らず』、余『ナニ、知らずトヤ』、寡婦『しかり、アーサーは玄関の鍵も己の部屋の鍵も所持しており、遅く帰りても下婢等を煩わすことなきなり』、余『御身の寝《しん》につくまで渠は帰らざりしか』、寡婦『しかり』、余『御身が寝につけるは何時なりしや』、寡婦『十一時の頃』、余『九時の頃、渠が出行きしとすれば約《およ》そ二時間はタシカに渠は外に在りしなり』、寡婦『しかり』、余『啻《ただ》に二時間とは云わず、或は四時間も五時間も――』、寡婦『それも測《はか》られず』、余『外に在りてアーサーは何を為しつつありしかを御身は知るか』、寡婦『妾は知らず』

『妾は知らず』と云えるとき老寡婦の唇の色は真白《ましろ》に変じたり、モハヤ充分なり、この上老寡婦より聞くべきものなし、余はアーサーの所在を探り得て、二個《にん》の警吏《けいり》を将《ひき》いて捕縛に向うたり、余等が物をも云わず両脇よりアーサーの肩を執りしとき、渠は確乎たる音調もて『御身等はローリントン園殺人事件の嫌疑者として余を捕縛に来りしなるべし』と云いぬ、これ以て足れり、余等が一語をも発せざるに先《さき》だち て渠はかく云えりしなり、兇行後三日《じつ》ならずして余が犯人を捕え得たる顚末は渾《すべ》てかくの

如し、未だ以て先生の賞賛を博するに足らざるか」、語り畢《おわ》りて呉礼具遜はいと得意気なり。

ホルムス氏は呉礼具遜の手柄話の間、始終ニヤリニヤリと打笑うのみにて未だ一語を吐き来らず。折から部屋の扉開けて探偵レストレードの入り来れり、渠は頗る打萎《うちしお》れてロクロク挨拶もせず、嘆声と共に「本件を包む所の雲霧は次第に濃く成り増るのみ、本件の底には余等の想像の及び難きものあるなり」

傍の呉礼具遜は勝利を占めたる喜びに自ら禁《た》えざるものの如く「オオ、オオ、御身には本件は至極の難事件と見ゆべし、見ゆるが至当なり、御身がやがてその嘆声を発し来るべしとは余は始めより想像しいたりき、シテ御身が熱心綜索しいたるスタンガーソンは竟に御身の手に落ちたるか或はそれも未だしか」、レ「スタンガーソンは今朝《こんちょう》およそ六時の頃、ユーストン停車場の傍《ほとり》なるハーリデーと呼ぶ小旅店《こはたごや》において何者にか殺されたり」

余等相顧《あいかえり》みて語なきものやや久《ひさ》し

第二十九回　レ氏の探偵方面。上

レストレードが齎《もた》らせる一新報は、余等一同を愕然たらしめしが、今が今まで己の功名話に得々たりし呉礼具遜の吃驚は一と方ならず、俄然椅子より飛離るる拍子に、卓上の水呑コップと大麦酒の瓶とを倒し覆えせり、ホルムス氏も低声に「スタンガーソンもまた！」と云うとき甚《いた》く驚きたる様子にてパッチリと眼を開きたりしが、間もなく再び太き眉は垂れ下り、口は再び堅く結ばれ、冷然たるその状《さま》些さか平生《つね》と異らず

　椅子より離れて石像の如く屹立しおりし呉礼具遜は漸くにして口を開き「確実《たしか》なるや、レストレード、――御身が今ま余等に語げたる一報は？」、レストレード「余は今まその部屋より出で来れる所なり、余はその出来事を発見せる最先の人なりき」、かくてシバシ復た余等の間に言葉なかりしが、ホルムス氏はやおら椅子より身を起し、レストレード氏に打向い、「今しも余等は呉礼具遜より本件につきて氏が手を下せる一切の事を聞終りし所なり、異存なくば御身もまた御身の探偵方面を余等に明し語らずや」、レ「何の異存かあらん、余は余が見、かつ為したる一切を包まず諸君に語るべし」、かくてレストレード氏は椅子に腰を下し、徐ろに語り出すよう

「ドレッバーが書記スタンガーソンを伴えりということの明かになると同時に余の心に先ず起れるは、そのスタンガーソンがドレッバーの死に必らず何等かの関係あるべしということなりき、一たび見当

をつけてはただ一ト筋を辿りて決して他を顧みざる余の探偵癖《くせ》として、余はスタンガーソンの行衛綜索に全心全力を傾けたりき

余は渠等両個《にん》が三日の夜の凡そ九時半の頃ヱーストン停車場《ステーション》に慥に立寄れるまでのことはツキ止めたり、しかしてその明る朝、即ち四日の午前二時の頃にドレッバーの死体、ブリックストン通の空屋の裡に発見されぬ、余の疑念を挑発する所のものは、その夜の九時半より朝の二時までの間、スタンガーソンは何処《いずく》におり、何を為しつつありしかという上にあり

余は取敢えず渠等が米国行の汽船にソコより搭ずといえるリバープールの波止場警察に電報を以てスタンガーソンの身材《せい》恰好を告げ、厳重なる見張りを懈《おこ》たらざらんことを依頼しおきつ

かくて余はヱーストン停車場の近傍の下宿屋、旅館、割烹店、銘酒屋、に至るまで残る隈なく探索し始めぬ、もし両個が乗車せんとて停車場まで来り、しかしてそのうちの一個《にん》が何等かの所用ありて他に去り行《ゆけ》りとすれば、残れる他の一個が停車場の近傍に宿を取り他の帰来するを待ちおるが自然なればなり

余は昨終夜を全く右の穿索に費せり、しかも得《う》る所あらざりき

今日もまた早朝より穿索を始め、尋ね尋ねてジョージ町通り（ヱーストン停車場より東に半マイルばかりの）のハーリデーと呼べる小旅店《こはたごや》に到り、スタンガーソンなる人の宿りおらずやと尋ぬる余が言葉の全く畢《おわ》らざるに、その家の手代『オオ貴下がかの仁《ひと》の待ちおれる所の人にてお在《わ》さん、スタンガーソン氏はお止宿《とまり》になりおり、人の来合するを待ち給えり』、余『今まおらるか』、宿の者『二階にてまだお睡眠み中なり、九時に起せよとの吩咐《いいつ》けなり』、余『案内を頼む』

かくて余は手代に案内されて、スタンガーソンが臥しおるという二階に上り行きぬ

第三十回　レ氏の探偵方面。中

レストレード氏の話はなお続きぬ
「宿の手代はスタンガーソンが臥《ふ》しおるという二階の部屋の前に余を導き行き『この部屋なり』と指《ゆびさ》し示し、まさに去らんとするとき、余は余の二十年の経験あるにも拘らず覚えず悚然《しょうぜん》とするものを部屋の前の床板の上に見たり、部屋の扉の下より一ト條《すじ》の真紅の血の紐の流れ出で、斜めに床板の上を走り反対の壁の裾に溜り、ソコよりまた折れて長く一と條の赤き線を引けるが余の眼に入りしなり、『アナヤ！』との余の叫声に手代は戻り来り、余が指す床の上を一見してガタガタと顫い出しぬ
試みに押すに部屋の扉は裡より固く鎖されありき
やがて余等両個《にん》の力にて漸くに扉の鍵を捻じ外し、裡に入り見れば、街上に向える窓の戸は開かれあり、その窓の下に一個《ひとり》の人の寝衣《ねまき》を着けたるが斃れおりき、近き検《ちかづ》てその全く死せるを知れり、しかして死してより既に幾時間をか経たるものたることも明かなりき、渠の四肢は固く硬ばりいたればなり、死体を引起して手代に問えば、昨日スタンガーソンの名にて投宿せる紳士に相違なしと云う
スタンガーソンの死因は右腋下《うえきか》の刺傷なりき
サテ諸君。ココに余をして今さらに驚かしめたるものありき、諸君はこれを何と思うか」
余と呉礼具遜とは相顧みて何の考も起きざるうちに、ホルムス氏は厚き眉を瞼に垂れ下らしたるま

ま、いとも冷然として
「壁上《へきじょう》の Rache《ラッチ》なる文字の血書《ちがき》なるなからんや」
レストレードは愕然として
「しかり、しかり、ローリントン園の部屋の壁に書れありし、血書と同じ文字のこの部屋の壁の上にも書れありしなり」
吁《ああ》！　不思議極まる吾が兇行者の兇行の上には一條の規則正しきものありて存するものなりかの如くに誇りに誇れる呉礼具遜の探偵の結果は今や根底より破壊せらるるものとなれり、ローリントン園にてドレッバーを殺せるものは即ちまたジョーヂ街の旅店《はたごや》にてスタンガーソンを殺せる者たらんこと殆んど疑を容るべからざればなり

第三十一回　レ氏の探偵方面。下

レストレード氏の話はなお続きぬ
「かくて余は種々穿索の結果、この朝早くこのハーリデー旅店の前を通行せりという牛乳配達人の語るを聞くを得たり
牛乳配達人はこの朝五時半の頃このハーリデー旅店の裏手にある牛乳搾取所より牛乳を仕入れての戻り道、フト見れば、例《いつ》もこの旅店の檐下《のきした》にある梯子がこの朝は二階の窓に懸けられてあり、通りすがらに振返りしに、二階の窓より一個《ひとり》の人の緩々梯子を下り来るがあり、その者の聊さか慌て怖れたる様《さま》もなきに、配達人はスコシ早めにはあれど大工か左官かの仕事を為しおるものと思うより外に何の考も起ることなくそのまま通り過ぎたりと云う、その者の姿容《かたち》はと問えば、身材《たけ》高く赭ら貌にて長き鳶色の上衣を着けいたりと云う
兇行者が兇行後なお暫く部屋に止りいたりという証拠には、渠が兇器や手を洗うたりと覚しくて部屋の隅にありし水瓶《みずがめ》の水の紅く染まりいたりき」
余は心窃《ひそ》かに驚かざるを得ざりき、身材高く、赭ら貌にて、長き鳶色の上衣を着けたりとは、これかつてホルムス氏が余に「渠」を形容し語れる所の言葉にあらずや、余はホルムス氏の面《おもて》を窃《ぬす》み視たるが、氏には自個の想像の当れるを喜ぶという風も見えざりき

氏は例に因て重き眉を瞼に垂れ下らせたるまま冷然として「兇行者の手がかりとすべきものは何もあらざりしか」、レ「手がかりにするに足るほどのものとては何もあらざりき。スタンガーソンはドレッバーの財布（財布にドレッバーの名の縫いつけられあるによりて知る）を所持しいたり、これに何の不思議はなく、総て諸払は随行者の職《つとめ》の一つなればなり、財布には八十磅余りの貨幣あり、一シルリングも盗まれたりとは覚えず、この兇行の意思の何なるにせよ、盗がその目的にあらざることはこれを見ても明かなり、ポッケットには書類ようのものは何もあらず、ただ一葉の亜米利加クレブランド市発の電報ありしのみ、電報には発信者の名はなく、文句は

『J、H、欧羅巴《ヨウロッパ》に在り』

という簡単のものなりき」、ホ「その他には……」、レ「余が肝要なりと認めたるものは無し。小説一冊、これは眠かけに繙《ひもと》きしものと覚しく、枕元にあり、煙管《きせる》一本、椅子の上に在り、卓子の上には水を盛りたるコップあり、それに窓石のところに木製《きづくり》の小さき膏薬箱あり、中に長く丸みに煉りたる数本の膏薬棒入れあり」、聞くと齊《ひと》しくホルムス氏は突ッ立上り、喜びの叫を挙げぬ「余が推理の大輪環《グレートリング》の最後の一環を余は竟に得たり、余が需《もと》むる証拠はそれにて殆んど全くなれり」、平生に似もやらぬホルムスのはしたなき挙動《ふるまい》に余等は驚きてただ氏の面《かお》を見つむるのみ

ホルムス氏は確乎《しっかり》とせる音声《おんじょう》もて「勿論、なお些さか探知の要はあれど、重なる事実は、今まは火を観《み》るよりも明かなるものとなれり、即ちドッレバーがヱーストンの停車場にてスタンガーソンと別れたる時より、スタンガーソンの死体がハーリデーの旅店の二階に発見されし時に至るまでの間の事を余は今ま眼のあたり見るが如し、オオ諸君は余の言に甚《いた》く驚くものに似たり、好し、余は今ま諸君に証拠を示すべし。レストレード氏、御身はその膏薬箱を持参せるか」、レストレードは白く塗りた

る小箱をポッケットより取出しながら「箱も財布も電信も悉とく持参せり、ただし小箱を持参せるは真に偶然なりき、余は他の品の中にもこれは格別に必要なきものと思うて殆んど彼方《あすこ》に置き来らんとしたりしなり」、ホ「ドレ、余に見せよ」

ホルムス氏は小箱を執り、蓋を開き、熟視するものやや久しくせるが、やがてそを余に渡しながら

「和杜遜、これは尋常《あたりまえ》の膏薬なるか」

第三十二回　ホルムス氏の狼狽

ホルムス氏が渡せる小箱を手に取り蓋を開き見るに内は厚紙を以て二つに仕切られ、双方の仕切の中に同じようなる膏薬棒、おのおの数本ずつ入れあり、これらの膏薬棒は玲瓏なること瑪瑙《めのう》の如くにして光線にかざせば透徹《すきとお》り見え、量目は頗る軽かりき。

余は篤と見畢り、そをホルムス氏に返しながら「これ決して普通の膏薬の類いにあらず、軽量と透明なるとより推すに水に投ずれば必ず溶解すべきものと余は思う」、ホ「当《まさ》にしかるべし。和杜遜、まことに御身を煩わすことながら、階下に行きて昨日主婦《あるじ》が何とか苦痛なしに寿命を終らしむる法はなきかと御身に問《たず》ねたるかの病める老犬をココに連れ来りくれられずや」、余はホルムス氏の命に従うて階下に行きこの家の老犬を抱え来りて長椅子の褥の上に据えぬ、その絶え絶えたる呼吸、その艶《つや》気《け》なき毛色は、いかにもこの動物の既に終に近けるを現せり、ホ「多謝《サンクス》。多謝《サンクス》。さてこれを二つに斬るべし」ペン小刀《ナイフ》をもて膏薬棒を二つに断り、ホ「この半分は後日ためかくの通り箱に残し置き、他の半分をかくの通りこのコップの水の中に投すれば……オオ、見よ、見よ、医家和杜遜氏の言は是《ぜ》なり、ソレこの通り溶解し尽せり」、レストレードは傍よりいと蔑みたる音声にて「それがスタンガーソンの死に何の関係……」、ホ「待て、待て、兄等《けいら》は間もなく驚くべき現象を見るべきなり、……さて次には味をつくるために少々牛乳《ミルク》を投《い》れて……」

かくてホルムス氏はコップの中にミルクを投れ、次で卓上にありし小皿を取り、それにコップの水を逆まにし、そを老犬の前に持ち行けり、犬は忽ち一滴あまさず小皿の水を呑み尽せり

ホルムス氏がいかにも熱心なる振舞は、余等三個《にん》をして口を噤ましめ、驚くべき結果もやと眼を据え呼吸《いき》をつかす、暫しジット老犬を見詰めしめたりき

しかしながら犬は何の異状をも呈し来らず、些か苦痛の増したる様子もなく、また些か苦痛の減じたる体もなく以前の如く絶え絶えの呼吸して褥の上に長く伸び横わるのみ

ホルムス氏は時計を出して睨みつめぬ、かくて一秒々々何の結果もなく過ぎ行くに及びて、煩悶の色は氏の面《おもて》に著じるしくなり、唇を嚙み、卓子を叩き、足を踏み鳴らし、後には部屋中を狂い歩くその絶望憤怒《ふんど》の態は、その傍に立てる二探偵が頰辺に嘲笑の色を湛えてナガメおるとは異なりて、余はいとど気の毒の念《おもい》に禁《た》えざりき

氏はかく傍若無人に部屋中を狂い廻るものやや久しかりしが、倏ち《たちま》心に何か思い浮ぶものあるか、「それよ、それよ」と叫ぶと共に再び卓子の傍《ほとり》に来り、焦燥のためにブルブル打顫う手をもてかの小箱の蓋を開け、這回は嚮《さき》に取出したるとは別なる仕切りの中より一本の膏薬棒を取出し、二つに斬り、水に溶解し、ミルクを交ぜ、急《いそが》わしくこれを病犬の前に持ち行きぬ

憐むべきかの犬はホルムス氏が持ち行ける水に唇を湿すや湿さざるやに、忽ち縮み上り、あたかも電気に打れたらんが如くに、見る間に絶息して硬くなれり、ホルムス氏は始めてホット長く吐息し、額の汗を拭い「箱の中の仕切はこの必要ありたればなり、一方は有毒のもの、他方のものはしからず」

かくて呉礼具遜、レストレード二人の方に向い、いと厳格なる音調もて、「両探偵君！　ローリントン園の空屋にて、ドレッバーを殺せるものは、この一方の仕切の中の膏薬なりしぞや！」

第三十三回　一頭立《だて》の馬車

教師が生徒に教ゆる如き横柄なるホルムス氏の言葉つきに、呉礼具遜は些か腹立たる様子にて、やおら椅子より身を起し「先生。先生が人に優れし才幹を有したまう事、先生が先生独特の探偵眼を有したまう事は、余等が信じて更に疑わざる所なり、しかしながら今は余輩は先生の理論、講釈、より更に別に要する所のものあるなり、今は一個の者を捕うべき場合に立てり、余は先生に余の探偵方面を挙げ語《つ》げたり、しかして邪路《よこみち》に走りしを知れり、年少軍曹アーサーは少くもスタンガーソンを殺せるものにあらず、同僚レストレードはスタンガーソンを趁《お》うたり、しかしてこれもまた邪路に走りしこと明かになれり、先生は一度ならず、二度ならずこれかれと暗示したまう所なり、余等の知らざる所のものを知りたまう風情を示したまえり、今は先生が本件の上につきていかに多くを知りたまうかを余輩が直接に先生に問うべき権利を有する時機に達せるものと思惟するなり。先生！　願くは兇行者の真に何者なるかを明示せられよ」、レストレードも傍より「呉礼具遜の言、是なり、余等両人は試験せられ、しこうして落第せり、過刻、先生は先生が要する証拠は既に具《そな》われりと云い給えり、モハヤ先生は余等に一切を語ぐるに吝かなるべからず」、余もまた喙を容れぬ「兇行者に一刻猶予を与うれば、一刻遁逃の機会を与うるものに候わずや」

余等三個《にん》にかく齊《ひと》しく急き立てられてホルムス氏は、顔に躊躇の色を現し、眉を垂れ頭を挙げ、部屋の内をアチラ、コチラと歩行《ある》きおりしが、やがてボンヤリ歩を停《とど》め「諸君は余に『渠』を知るかと問う、『渠』の名を挙げ示せと詰《なじ》る。余は実に『渠』を知る、『渠』の名を知る。しかれども単に『渠』の名を知ることは、実際に『渠』を捕うるに比ぶれば寔《まこと》に小さきことなり。余は諸君の目通《めどおり》に『渠』を据えんと欲して、今が今、『渠』の来《きた》るを待ちつつあるなり。余は独力にて一切を仕果《おお》し得べき確信を有す、しかれども尤もこれ周到慎密《しんみつ》を要する事柄なり、何となれば敵手は恐るべきまでに過激にしてしかも驚くべきまでに敏捷の者なるのみならず、『渠』にも劣らざる敏捷なる同夥《なかま》を有す、『渠』が未だ何人も己を捕うる手がかりを有しおらずと思いおる間こそ、『渠』を捕うるの機会はあれ、些さかにても『渠』に猜忌《さいき》の念の起るにおいては『渠』は直ちにその名を変じ、四百余万のこの大市《だいし》の中にその姿を匿すべきなり、或は二君の感情を害するやも知れねど、『渠』は警察役人と敵手以上のものなりと断言するを余は憚からず、これ余が敢て二君の援助を乞わざる所以なり、万一余が失敗するの暁は、渾《すべ》ての非難と責任は喜びて余の肩上に担うべし」いよいよ出でていよいよ傲《おご》れるホルムス氏の言葉に、二探偵は痛く己等の面目を毀損されたる心地して、呉礼具遜の若白髪の根元は赤くなり、レストレードのぐりぐり眼は憤《いきどおり》のために輝き渡れり、しかしながら二個《にん》が未だ一語を出すに遑《いとま》あらざるに、部屋の扉は外より押排《ひら》かれ、ホルムス配下の探偵部長たる彼の乞丐児《こつじきこ》ウエッギンス閃然《せんぜん》として飛来し「先生！　一頭立ての馬車、戸外《おもて》に待てり！」

第三十四回　捕　獲

「一頭立ての馬車、戸外に待てり！」と叫ぶウエッギンスの声を耳にするや、喜色ホルムス氏の面に上れり

かくて氏は遽《あわた》だしく別間に行けるが、忽ち片手に一箇の手錠を持ち、片手に大きやかなる旅荷筐《にばこ》を引ずりつつ出で来り、手錠をちょっと余等に挙げ示しまた手早にこれをポッケットに匿し「かく品まで平生準備《ようい》し置かねばならぬぞ迷惑至極なる」、それより氏は旅荷筐を部屋の中央に据え、太縄をもて括りはじめぬ、余等は氏がこれより何処《いずく》にか旅するにもやと思うたりき

氏は床に膝つきて荷づくりしながら「ウエッギンスよ、来りて荷物を運べと御者に語れ」、階下に趨《はし》れるウエッギンスは間もなく身材《たけ》高く、赫ら顔なる一個の御者を伴い来れり

ホルムス氏は振向もなさずなお荷造りしながら

「御者《カップマン》！　ココに来てこの控金《しめがね》を絞めくれよ」、御者は手伝わんとて荷筐の傍《ほとり》に立寄れり

トタンにパチンと挿鑰《おとしじょう》の挿《さ》さるる鋭どき響あり！　ホルムス氏は突ッ立ち上れり、眼は爛々として輝き渡りつ「諸君！　余は今ま、イノック、ドレッバー、及びジョセフ、スタンガーソンを謀殺せる米人ゼッファーソン、ホープ Jefferson Hope 君を諸君に紹介するなり！」、一切の事、真《まこ》とに一ト瞬《まばた》きの間なりき、ホルムス氏の叱咤の声！　ゼッファーソンの咆哮の声！　床板の激しき振動！

二探偵の目覚しき働き振《ぶり》！

一たびホルムス氏の手に落ちたるゼッファーソンは怖ろしき喚《うめ》き声と共にホルムス氏の腕を振解《ほど》き、窓より遁げんと体《たい》をあせれり、窓ワクはミリミリ壊れ始めぬ、ガラスは砕けぬ、呉礼具遜、レストレード、ホルムス氏一斉に「渠」に飛びかかり、ズルズルと「渠」を部屋に引戻せり、再たび大格闘は始まりぬ、「渠」が膂力《りょりょく》ありて猛烈なる、余等四個《にん》は三たび四たび刎ね返されんとせり、「渠」が手とも云わず足とも云わず、窓ガラスに傷《き》られて鮮血淋漓たり、その夥だしき出血も「渠」が抵抗力を些かも減ぜざりき

漸くにして呉礼具遜が所持の足枷を懸け、レストレードが所持の細縄を渠の頸に懸くるに至りて、余等は始めて「渠」の抵抗のその甲斐なきを見たり

ホルムス氏はいと愉《こころよ》げに打笑うて、二探偵に向《むかっ》て云えり、「吾々の仕事も竟に終局を告げぬ、二君は今は心置なくいかなる疑問なりと余にかけらるべし、余が答言《とうげん》を嫌うべき危険は今は全く除き去られたり」

第三十五回　鳥の鳴音《なくね》。一

余等の手に落ちたるゼッファーソン、ホープは己の抵抗の竟に甲斐なきを見るに及びては、従容《しょうよう》として聊さか悪びれたる状《さま》なかりき

かくて余等は二頭立ての馬車二台を雇い、二探偵はホープを中に夾《はさ》みて前の馬車に乗り、余とホルムス氏とは後の馬車に同乗し警察本署を指して行けり、余とホルムス氏とはホープを警察に警衛護送し行くまでの義務あるにあらねど、是非に一応警察まで、との二探偵の達ての乞を容れたるなりけり

本署に着けるは点灯刻《ひともしごろ》なりき

折悪しく署長は不在なりしが、当直警部が、ホープを明日《みょうにち》まで留置所に収容し置くべきと云うに及び、ホープは身を突き出し「余はこの世において為すべき事を既に為し尽せり、ただ今まこの世を辞するも恨みなし、ただし世の普通の悪人と目せられてこの世を辞さんこと恨事と云えば恨事なり、余は余の身上一切《すべて》を出来得べくば語り残し置きたく思う、しこうして余の生命《いのち》は今にも測られぬなり、しかり、余の動脈瘤《アニウーリズム》（aneurism）はイツ破裂して余の生命を褫《うば》い去るやも測られぬなり、故に余は即刻只今最後の物語を為したきなり」と述べ立てぬ

ホルムス氏は余の医家なる由を警部に告げければ、警部は取敢えず、ホープの診察を余に依頼せり、依頼に応じて余は綿密に診察せるに、いかにもホープは胸に動脈瘤（aneurism）を患《や》みおり、しか

も頗る激症のものにして、なるほど今夜にもただ今にもその破裂測られず、一たび破裂すれば、一刻も生命を保ち難きは勿論なり

診察の結果を余の語るに及び、警部は退きて同僚と熟議せるが、熟議の結果ホープの乞を許可するに決し、第一号訊問廷に呼び入れて陳述を為さしめぬ、余もホルムス氏も特別に傍聴の許可を得たり、かくて余等はホープの陳述を聞けるが、その、艱難、辛苦、怨恨、悲嗟、二十二年目にして始めて遂げたる復讐の物語りは、平生犯罪者の悲語痛言に慣れてその心の硬くなれる警察役人をすら痛く感動せしめたりき

余はホープの陳言だけを編纂して別に一本と為しおくの心構えあり、編纂の上は早速御送附申上ぐべし、ここに記しおく所のものはホープが陳言の要領中の要領だけのみ

ホープの陳述は

「余は今ま墳墓の傍に立てり、一毫の虚偽《いつわり》を兄等に語るの要なし、余の今ま云うところは徹頭徹尾信実なり、兄等がこれを信ずると信ぜざるとは、余に何の関する所あるにあらねど

余はいかにも二個《にん》のものの生命を褫うたり、検事となり、判事となり、陪審官となり、刑の執行者となり、いかにもイノック、ドレッバー。ジョセフ、スタンガーソン、二個のものの生命を絶てり

何となれば渠等二人者《ふたり》は法廷以外の罪人なりければなり」

との語を以て始まりたりき

第三十六回　鳥の鳴音。二

ゼッファーソン、ホープの陳述つづき。

「二十二年前余は羅児《ラル》と呼べる一少娘《しょうじょう》を娶るべかりき、そを、権あり富あるドレッバーは余の手より褫いぬ、悪人の手に落ちたる羅児は哀み死せり、娘の死を哀みて羅児の父も死せり、悪人ドレッバーは実に二個《こ》の殺人者《にん》なり、ドレッバーに媚ぶるがためにドレッバーの邪なる行《おこない》を幇助せるものは渠の書記スタンガーソンなり、スタンガーソンの罪はドレッバーと相同じ、しこうして二悪人を法律に罰することとなし、これを罰しこれを刑せるものは余即ちゼッファーソン、ホープなり、余は羅児の死骸よりその指に貫ける結婚指環を取り、自ら誓うたり、悪人ドレッバーの最後の眼はこの指環の上にあるべし、渠がこの世を辞する最後の考は、渠が遂げたる罪悪の上にあるべしと。

余はその指環を生命より貴きものとして到る処に携帯し頃刻《しばらく》も吾体《わがみ》を離さざりき。

渠等は余にツケ覗《ねら》わるるを覚りて厳重に防ぎ衛れり、いかまで厳重に防ぎ衛るといえども、余がこれを暗殺せんことは何の難きことにあらざりき、ただし余が渠等に宣告せる刑は暗殺にあらず、飽まで己が罪悪を回復し飽までその罪悪の記憶に苦み、余ゼファーソン、ホープの面前において狂い死せしむるにあり、この刑の執行の機会の容易く得る能わざりしがため、忍堪して待てることここに二十二年なり、アア二十二年間の余の艱難辛苦はそもいかなりしとするぞ！　渠等は富めり、いかなる所に行くも自由自在なり、余は貧し、かつ働きかつ趁《お》わざるべからず、余は寒夜ミスシッピーの河岸にも眠れり、雪日赤脚ロッキー峰をも越えたり、余が動脈瘤《アニウリズム》を得たるはこれが艱難の結果なり、近年医はしばしば余に語げぬ、動脈瘤の破裂はモハヤ久しき間の事にあるまじと、これを聞く毎に余は悚然《しょうぜん》として恐れたり、宣告せる刑の執行を終らざるに、判官の生命はまず斃るるかと。

余は渠等を趁ふ艱難の旅の途上、ソート、レーキの野《や》を過《よぎ》るとき或る獰猛なる山賊の手に落ちたることあり、この賊は阿弗利加《アフリカ》の夥同《なかま》より寄到《きとう》せるものなりとて勁烈《けいれつ》の効《しるし》ある毒薬膏を所持しいて誇り貌に余に示せり、余はその時その毒薬の他日の要あるに思いつき、そを褫《うば》うて走り、その後右の膏薬と同じ色同じ形のものを製し、両《ふた》つながらこれを膏薬箱に納めて所持しいたり。

忍堪《にんたい》強き余にツケ覗わるるに懼れたる渠等二個《にん》は五年前竟《つい》に欧羅巴に遁げ来れり、五年間の渠等の大陸旅行の間、余はあらゆる艱苦を嘗《な》めて渠等に尾せり、しかも機会は到来せざりき、渠等の用心周到なるや、頃刻《けいこく》も渠等相別れたることなし、渠等別々の折にあらねば余が宣告せる刑の執行に困難なり、何となれば二個《ふたり》に一個《ひとり》にては緩々、怨を陳べ、緩々渠等を苦ましめ、緩々狂い死せしむること殆んど不可能のことに属すればなり。

渠等は終りに当倫敦に来り、トークエー街寡婦カーペンチャーの家に逗留せり、当市には渠等長く滞在するものと余は思うたれば、一つには衣食のため、一つには渠等に跟随《こんずい》するに便利なるため、余は某馬車会社に依頼して一頭立の馬車《カップ》の御者と身を変ぜり、二十二年の艱難辛苦に余の容貌は痛く窶れたれば一見の下に渠等余を見別《わく》ること難し、されば余は渠等が家を出る毎に近々と吾馬車を渠等の後に駆るを得たり、かくて渠等はカーペンチャーの家に逗留三週間余り、去る三日の夜、リバープール行の列車に乗らんとてヱーストン停車場に赴けり、余の予想せるとは反して渠等は早くも倫敦を立退き、リバープールより乗船して本国に還らんとはせるなり、渠等は僅かばかりのことにて九時十五分発の汽車に乗り後れたり、汽車に乗後くれたるを幸にしてドレッバーは後の発車までの間にカーペンチャーの家に立戻り来らんと言い出しぬ、スタンガーソンは達《たっ》て渠を抑《と》めしかども肯《き》かず、竟にハーリデー旅店にて待合すべしと云うてスタンガーソンはドレッバーの手を放ちぬ、けだしドレッバーは寡婦の女《むすめ》のアリスに意あり、アリスを褫うがために立戻れるなりき、邪婬を以て怨を買《こ》うたる渠は邪婬のために復讐の機会を余に与うるに至りぬ、天の配剤妙と謂うべし。

渠等は聯《つら》ねたる袂を別てり、アア時機到来！　余は喜びを以て飛上らんとせり。

第三十七回　鳥の鳴音。三

ゼッファーソン、ホープの陳述つづき。

「汽車に乗後れたるを幸としてドレッバーはトークェー街の下宿に引返し――飲酒家なる渠は勿論途中銘酒店に立寄りて火酒《さけ》四五杯を煽り――アリスは褫《うば》わんとせるが、アリスの兄アーサーに痛くたしなめられ這々《ほうほう》の体にてかの家《や》を出でぬ、出でてより渠はなおアーサーに尾せられしを知りしかば辻馬車に乗りてアーサーを途中にてまき、かくてホルランド森の手前の所にて馬車より下り、またもとある銘酒屋に入りて痛飲せり、出で来たるときは頗る酩酊の体にて足元さえ蹌跟《よろめ》きぬ、二十二年来の深《しん》恨《こん》を霽《はら》すは正さに今宵と思うては余は胸の脈の高く打つを免かれざりき。

泥酔して銘酒屋を出でたる渠は街上に立ちて辻馬車の来《きた》るを待つ様子なり、余は吾馬車を渠の前に寄せぬ、渠「エーストン停車場《ステーション》の近傍ハーリデー旅店まで」と叫べり。

アア犠牲は吾が馬車の裡にあり！　余が渠を乗せて要もなき街衢《がいく》を彼方に曲り此方に折れ、緩々吾馬を駆れる、およそ三四十分間の余の楽《たのしみ》は真にいかなりしとするぞ！

かくの如くして要もなき路筋をグルリグルリと廻り竟《つい》にローリントン園三番地の空家の前に吾馬車を止めぬ、けだし機会はイツ吾前に来るも知れねば、渠等がどこに逗留する折も、余が第一の要務は刑場とすべき場所を撰定しおくにありき、ローリントン園の空屋は五日前《ぜん》に余が見出しおけるものにして、門の鍵も玄関の錠も破壊しイツ何時《なんどき》来るも差支えなきものとなしおけるなり。

馬車を止《とど》むるや、余は『ハーリデー旅店！』と呼べり、眼を摩《こす》りつつ馬車より下り立つドレッバーを先に立てて門より玄関までの路をユルユル歩き、玄関に至るや余は前になりて戸を披《ひら》きドレッバーを誘《いざな》い入れ、次で部屋の扉を明け、ドレッバーの足の部屋に投《い》るを待ちて裡より固く扉を閉じ、さてポッケツトより燧木《マッチ》を取出し馬車用の赤蠟燭に火を点ぜり、ドレッバーが酔中ながらも何となく訝かしく思うてキョロキョロ部屋を見廻す間もあらせず、余は冷静疾呼《しっこ》せり『悪人ドレッバー！　爾《なんじ》はゼッファーソン、ホープを忘れたるか！』と。

余の絶喜大笑！　渠の錯愕狼狽！　渠が惶懼《こうく》してブルブル顫い戦《おのの》くを余は愉《こころよ》く打眺めつつ、長々しき二十二年間の怨恨《うらみ》を心残りなく陳べ、十二分に渠の煩悶の体を見畢りたる末、衣兜《かくし》より膏薬箱を取出し、渠の眼先に突きつけつつ、余は云えり『このうちに二種の膏薬あり、一は有毒のものにして他は無害のものなり、爾いずれなりとも択び啖《くら》えよ、爾無害の方を啖うて生命を完うせん時は、余は他の有毒の方を噛みてこの場を去らず斃れ死なん、二人者《ふたり》の生と死とは天に在《いま》す神の御旨《みむね》に信《まか》すべし』と

渠は勿論いずれをも口に触るるを固く拒めり、しかしながらこの期に及びて余は渠を寛恕するものならず、余は二十二年間身を離さざり匕首《あいくち》を抜きて渠の頭《こうべ》に翳《かざ》しもて渠を余の命に服従せしめぬ。

アア天は善に与《くみ》し給えり！　ドレッバーは有毒の方を択び啖えり！　苦痛にもがく渠の眼前に余は羅児《ラル》の結婚指環《マリエージ、リング》を挙げ示せり！　渠が最後の一看《いっかん》は指環の上にありき、渠がこの世を辞する最後の考は渠が遂げたる罪悪の上にありき。

斯くの如くして余は渠に宣告せる刑の執行を首尾よく畢《おわ》んぬ。

第三十八回　鳥の鳴音。四

ゼッファーソン、ホープの陳述つづき。

「毒膏薬の効め著るしくしてドレッバーは斃れて吾が足下に在り、しかしながら、なお念のため呼吸の有無を見んとて死体に僂《かが》めるとき、余の鼻より夥だしく出血せり、余はその紅の血を見て、何かこの血を以て書きみばやとの念起りぬ、何のためにかかる念のかかる折に起りしやは余は知らず、ただ人の考なるもの、いかにも奇妙に働くに驚くのみ、かかる考の起ると共に余は指頭《ゆびさき》にその血を染めて、蠟燭の反射尤も強き壁の上に、

“Rache《ラッチ》”

なる独逸文字を描きぬ、その後に及びて余は思い起しぬ、この“Rache”なる独逸文字は、余が幼少の折り、クレヴランド市の或る空屋において独逸の無政府党の一員が虐殺されしときその部屋の壁の上に書れありし文字にして、この文字が非常に探偵人の頭を悩さしめこの文字のありしばかりに方角違いの探偵して一時世の物笑となりしことあり、今にして思うに、米国探偵を悩せし所のものは以て英国探偵を悩すべし、かかる文字を書き置かば己の逮捕を緩《ゆる》ぶるに利あらんかなどとの考よりその文字を書けるならんか、けだし復讐を終りて、余はこの世に何の望あるものならず、しかし、復讐了《おわ》らば一たび故郷に立帰えりて羅児《ラル》の墓に詣で墓石に向て復讐の顚末を語らんとは予《かね》ての願なりし、——余

の健康それまで保たばなり——今日余が諸君の手に落ちたるとき激しき抵抗を試みたるもまたただこれがために外ならず。

余は余が宣告せる罪人の一個《ひとり》だけは刑の執行を畢んぬ、残れるはスタンガーソンなり。

余はハーリデー旅店の二階に梯子を掛けて忍び入りドレッバーに対せると同じく毒膏薬をスタンガーソンに強いぬ、渠はドレッバーの如く恐懼戦慄せず、やにわに余に抵抗せり、しこうして余は匕首《ひしゅ》一閃の下に渠を斃しぬ。

翌日より余はまた御者の業《わざ》に従えり、帰国の旅費を調《ととの》えんと欲してなり、余の言はココに尽く。

余は罪人にあらず、悪人にあらず、余は罪人悪人に対して正当なる裁判官、陪審官、また正当なる刑の執行者たりしなり、アア余の言はココに尽く」

ホープが以上の陳言を畢ると共に、ホルムス氏は訊ねぬ「シテ、指環を受取らんとて老婆の真似して来れるものは、何者なるか」、ホルムス氏の訊ねの下に、

渠「オオ余の上は進みて語れり、ただし他人の上は語るを欲せず」

毅然としてかく言い放つや否や渠は後背《こうはい》に卒倒せり、近寄りて診するに渠の動脈瘤《アニウニズム》の破裂せるなり、ゼファーソン、ホープは己が為さんとする所のものを悉く為し了り、己が言わんと欲する所のものを悉とく言い了りて死せり。

第三十九回　推理。上

警察本署より余がホルムス氏とともにベーカー街の借《かり》二階に立帰れるはかれこれ夜の一時の頃にして、部屋に入ると共にツカレは一時に発し、当夜はグッスリと寝込みたり、ホルムス氏も今夜は頭脳に閑暇《ひま》をくれて熟睡せりと覚しく、まだ例のバイオリンの音を余は聞かざりき、翌朝余が目覚めたるは殆んど十時の頃にして、次の間に至り見ればホルムス氏は疾《とく》に朝餐を済し、帽子を被り杖を手にし、今しもどこにか出で行かんとする所なり、余は慌てて呼び止め「先生。ドコに」、ホ「今日よりはまた化学室《ラボレトリー》通いなり」、余「偶に一日位休息されたりとて、先生一生の大目的に関係するという仕義にもあるまじ、余は先生に訊ねたきことの数あるなり」、ホ「何を?」、余「何をと云わるるか。ローリントン園の一件、ゼファーリン、ホープの自白は一々に先生の曩《さき》に云われし所に恐ろしきまでに中《あた》りしかども、そもそも先生は何の拠《よりどころ》ありてかの如き判断を下すを得給いしか、兇行者をホープと睨まれし着眼点は何なりし、いかにして渠を知るを得給いし、いかにして渠を探し出し、いかにして渠を捕うるを得給いしか、先生の云う所、先生の為す所は、悉く余には奇蹟とよりしか思われず、小子《しょうし》後生願《ねがわ》くは先生高遠の妙判奇断を与かり聴くを得ん」、ホ「オオ、そのことか、御身は左ほどまで本件に意を動かせしか、好し。好し。今日は化学室通いの時間を延ばし、御身の満足するまで、余の予言の因《より》て執《おこ》りし原《もと》を語らん、それも全くのひま潰しにはあらず、経験は即ち智識にして、この経験、この智識を永く心に保存するの良法は、一応自らこれを口に語り、口より心に記さしめおくにあり、好し、語るべし、御身はこれを奇蹟とし、余はこれを尋常事とする所のものを語るべし、サテ……」、咳《がい》一咳して氏は徐《しず》かに説き起すらく、「まず当初余は総ての考慮を徐却し、全く虚心にてかの家に近《ちかづ》き、近《ちかづ》くや徒歩して門に進めり、門前において一頭立ての馬車の轍の跡を見たることは既に御身に告げたり、その馬車の夜前《やぜん》一時より二時までの間にソコに来りしものなることは雨の降り始めし時刻と、夜行巡査のかの家に立入りし時刻とに考え合せて、また疑うべからず、これも既に御身に語れる所なり、ココに一つ余が気付きて御身に語らざりし一事あり、そはその轍の幅広き跡を見てこれ辻馬車の跡なるを余が知れることなり、紳士用の宿馬車は輪幅極めて狭くして決してかの如くならず、これ辻馬車と宿馬車との間に十に十まである所の相違なり、故に夜前一時と二時の間に門前に停れるは一頭立ての辻馬車なりしを知れり、これ余が得たる第一点なり

　次で余は庭径《にわみち》の傍《わき》を注意して徐行せり、径は泥多くして尤も痕を印《いん》し易きものなりき、泥の上には幾点となき靴痕《かこん》狼藉せり、この狼藉の靴痕を御身等は軽々に看過したれど、余の眼にはその一点へ一角悉く深き意味を与えたり、およそ探偵学《デテクチーブ、サイインス》上、足痕詮義の一科目ほど尤も肝要にしてしかも尤も怠られたる部門はなきなり、幸にして余はこの部門に深く意を注ぎ、久しき経験は余に大《だい》なる知識を与えぬ、余は泥の上に警官等の重き靴の痕を見たり、同時に警官等に先《さきだ》ちて径を歩ける二人の者の靴痕を見たり、この前《ぜん》と後《ご》との二種を識別するは極めて易きことなり、後者の跡は前者の跡の上を踏めばなり、ココに余は第二点を得たり、即ち夜前辻馬車を駆りてこの家に来りしものは二人なりと、しこうして一個《にん》の者の身材《たけ》高く倔強のものにして他の者の相応の紳士なることは、前者の跨の広さ、後者の靴の流行形なるより推《お》してこれを知れり、この点は当時御身に語りしやに覚ゆ

第四十回　推理。下（大団円）

ホルムス氏の推理談つづき、「泥上の靴痕よりして余は前夜かの家の来訪者の一個《にん》は身材高く倔強の者、他の一個は派手を競う当世風の紳士なることを断定せり、家に入るに及んで、当世風の紳士は吾々の眼前に横われり、即ちドレッバーこれなり、渠が穿《うが》てる靴の形は泥上の痕を見て余が推断するものに寸分違《たが》わざりしなり、さればもしかの部屋にて殺人犯罪の行われたるものとすれば、加害者は即ち他の一個身材高く倔強のものならざるべからず

被害者の身体には針もて突きたるほどの疵もあらざりき、しかしながらその面上には限りなき苦痛の痕を現せり、これ渠が死に先ちて死を知れるものなることを語る、御身は医家なればよく知るべし、心臓の故障もしくは何か他の不用意の危難の下に頓死せる者の面上には万々かの如き無限の苦痛の痕を残さざるものなり、死人の唇を嗅げば聊か酸味あり、ココに及びて余は断定を下せり、渠は毒殺せられたるものと、死因数え来りてただ一つ残れるものを取て余は断を下せるなり、数え来って残れるものは毒薬の一なりき、次に加害者の目的は何ぞという問題は起る、物を褫《うば》われたる様子なければ既に盗にあらず、しからば政治《ポリチックス》か？　もしくは婦人《ウーメン》か？　これ余を悩せる疑問なり、余は当初より何となく後者に重《おもき》を置くの傾きありき、政治上《ポリチカル》の殺人はただ速かにこれを殺してただ速かに遁ぐれば、それにて目的は達す、しかるにこの兇行者は兇行前《ぜん》も室におること多時《たじ》、兇行後も久しく室におりた

る様子あり、何か個人的怨恨に起因せる凶行にして決して政治的のものにあらざるや明かなり、政治的のものにあらざることだけは明かなれども、その他はなお茫漠たり、かの結婚指環《マリエージリング》の発見《みいだ》さるるに及びて始めて余の考は定まれるなり、分明、兇行者はこの指環を挙げ示し以て婦人的関係の怨恨を己の犠牲《いけにえ》に報いたるなり

余にこの考の定れる折なりし、余が呉礼具遜に向《むかっ》てクレヴランドに発せる電報にはドレッバーの身上《みのうえ》のいかなる部分を問合せ遣りたるかと訊ねたるは、ただ漠然問合せ遣りたりと渠は答えき、けだし渠は注意周到ならねばなり

次に起る問題は床の上の血痕なり、この解釈は余にとりて尤も容易のものなりき、血液研究の余の智識は一見してこれ鼻血なりと判識せり、しこうしてその鼻血の痕は頭の角《さき》なる粗末なる靴の跡と相伴うより推測して、疑うまでもなく、これ感情興奮せる兇行者が流せるものと判せり、それよりしてまた渠の赭顔《しゃがん》多血の人物なるを想見するを得たり

かくてかの家を出でて直ぐに余が電信局に立寄れることを御身は知る、迂濶なる呉礼具遜が懈《おこた》れる所のものを余は施せるなり、余はクレブランドの警察署に向てドレッバーの結婚始末のみを限りて至急詳細取調べ返事しくれんことを依頼し遣れるなり、返電は実に本件の秘密《ミステリー》全部を発《あば》くに足るほど有要のものなりき、返電に曰くドレッバーは恋《ラブ》の敵なるゼッファーソン、ホープ Jefferson Hope と呼べる者の復讐を危険なりとして、法律の保護を依頼しおれり、当時ホープは欧羅巴に在りと、アア余は既に秘密全部を明かにせり、この上はただ兇行者ゼッファーソン、ホープを縛するの一の残るあるのみ

これより先き、余はドレッバーに伴うて来れるものは即ちまた馬車を御し来れるものに外ならざる

ことを推定しおきたり、門外の路上に印せる馬蹄蹂躙の痕は、御者が手綱で扣《ひか》えおらざりしことを充分に余に語る、手綱を執りて車上に在らず、家内に入らずしてまた何処《いずこ》に在るぞ、しこうして一個《ひとり》の兇行者が一個の牲犠に兇行を施すに際《あた》り第三者を傍に置くを許さざるは当然なり、はたまた、もし人が他をツケねらうに辻馬車の御者に優りて更に便宜多き商売の世にあるや、およそこれら諸種の点を演繹して余は兇行者ゼッファーソン、ホープの市内の馬車会社のうちに見出さるべきものと帰納せり

しこうして兇行者が兇行後なおシバシは以前の商売を継続しおるべしと余は思えり、突然姿を匿すことは嫌疑を招くの原因《もと》なればなり、またホープは恐らく変名しおらざるべしと余は断ぜり、何となれば全倫敦に一人の己を知るものなきに己の名を韜《つつ》むの要些《いささ》かもなければなり、故に余は吾が部下の探偵員即ちベーカー街の乞丐児《こつじきこ》を八方に走らして、ゼッファーソン、ホープを綜《たず》ねしめぬ、いかに速やかに渠等が「渠」を捜し出し来れるかは、御身の記憶に新たなる所なり、オオ和杜遜、余の推理の上に不自然の点あるか、不審の廉《かど》あるか、いかに」、余「余は御身の妙判奇智にただただ心折敬服するのみ」、ホ「合点ゆかば結構なり、オオ、化学室通いの時間が頗る遅れたり、いずれ晩ほどまた……」かく氏は飄々として部屋を出で去れり、余は茫然として語なきものやや久しかりき

快漢ホルムス　黄色の顔（夜香郎＝本間久四郎訳）

第一章

シャアロック、ホルムスは、別に運動のためと言って運動をした事が余り無い。平生運動でもして鍛えても置かずに非常に身体《からだ》を使う事の出来る人というものは滅多に無いものだが、このホルムスなどは特別に出来上っていると見える。全く彼れは非常に強健な男なんだ。一体「目的の無い肉体的労作はエネルギーを浪費する」と言うのが彼れの説で、ホルムスは何か自分の本職に関した事でもなければ、滅多に運動をしない男だが、さてそのエネルギーは何《ど》れ程強いのか、一度本職に取りかかったらモウ倦《う》まず撓《たゆ》まずあくまでも行《や》るところまで行り通すから不思議だ。何しろ探偵が本職というのだから常に難義な場所に出入するのだが、彼れは食も節するし、その他有りと有らゆる辛苦艱難《しんくかんなん》を事ともしないのである。

ホルムスは探偵が本職と言うても、我輩猫の夏目漱石君の嫌うような、お役人の探偵ではないので、時々コカインという迷朦薬《くすり》を服用するという悪習慣を除けば、善を助け悪を懲らす立派な紳士である。しかし、彼れがコカインを服用するというのも畢意差当り《つまり》探捜《さが》すべき秘密もないとか、または新聞に面白い事もないとかいう場合に、変化の無い生活を紛れるために服《の》むんだから、大いに許すべき点が有るのだ。

第二章

春も初めの或る日のこと、ホルムスは僕と一緒に公園へ散歩に行こうと言い出した。珍らしい事もあるもの、先生よほど退屈で打ち寛《くつ》ろがずには居られなくなったと見える。と思いながら、連れ立って行ってみると、楡《にれ》の樹の梢には新緑の色微《いろほ》の見え胡桃の木の芽はこれから破れて、五つ襞《ひだ》のある葉になろうとするところ、実に爽やかな心地がするのである。

そこで我々は二時間ばかり、余り話もせずに彼方此方《あちらこちら》と歩き廻った、我々は親友だから何もそんなに空《から》世辞を使う必要も無いと思ったので。

ベーカア町の宿へ帰ったのが殆んど五時。我々が休息して居るところへ……さア、事件はこれから始まるのだ！

第三章

「御免下さい」とこう言って扉を啓《あ》けたのは給仕《ボーイ》で、「貴君《あなた》にお目に懸かりたいッてお客様が今しがたまでお待ちでした、ヘエ男の方で」

「余り散歩し過ぎたな！」とホルムスは、僕を責めるような一瞥《いちべつ》をくれて、更に給仕に向い「じゃ、その人は帰っちまったんだね？」

「へ、左様で御座います」

「お前、お入りなさいッて言わなかったのか？」

「そう申し上げましたので、お客様は此室《ここ》へ入ってお待ちになったので御座います」

「どれ程の間待っていてくれたんだろうね？」

「三十分ほどでしょう、その方はね貴君、大変に忙《せわ》しない方でしたよ、モウ此室に待って在《い》らッしゃる間しょッちゅう歩き廻ったり足踏みしたりなすってね。私はこの扉《と》の外で御用聞きをしてたもんですから、何をなさるか悉皆《すっかり》聞こえたんですがね。すると、少し経ってから遂々《とうとう》扉口へ出ていらしッて、大きな声で『なかなかお帰りなさりゃアしないようだね？』と仰在《おっしゃ》るもんですから、私が『まアもう少々お待ちなすッて御覧なさいまし、もうお帰りの頃でしょうから』と申しますとね『いや、それじゃ戸外《そと》でお待ち受けしよう、何だか息が塞《つ》まりそうな気がするから』とこう仰在いましてね『また直ぐに来るから』ッて、私が色々お留め申しましたけれども、遂々お出かけになりました」

「よし、よし、御苦労だった」

と給仕の出て行くのを見送って、ホルムスは更に僕に対《むか》い、「どうも困ったねワットソン君。何か事件があれば好いがと思ってた所なんだのに……実に困った事をしたなア。そんなに匇惶《そそくさ》していたというんだから、よほど大変な事なんだろうが……おやッ！　その卓子《テーブル》の上に載ってるのは君の烟管《パイプ》じゃないね！　今の人が忘れて行ったんだな……ムムこりゃ上等の物だ、古い荊棘《ばら》だ、ホウ琥珀《こはく》が附いてるな、却々《なかなか》贅沢なもんだ。こんな大切な物を忘れて行くようじゃアよほどヒドク考えてる事があるんだな」

「大切な物という程の価値《ねうち》が有るかねえ」と僕は訊いてみた。

「そりゃ有るさ、ねえ見給え、ホラこのパイプは二度ばかり繕《つく》ろってあるだろう……一度は木材質の所と、一度は琥珀の所と、ね。そして君、その修繕《つくろい》が銀でしてあるじゃないか。銀で一度やれば、殆んどこの烟管の価格《ねだん》位いは費《かか》るからね。そうして見ると、それだけの金があれば優に新らしいのが買えるのにさ、好んでこれを繕ろうために費やすところを考えて見給え、この人はよほどこれが大切なんだよ」

「その他には？」とまた僕は尋ねた。

ホルムスは掌中《てのうち》に烟管を弄《いじ》りまわしながら、じっとこれを瞶《みつ》めて深き思いに悩んでおる。そして彼れは、あたかも教師が動物の骨を以て講義するように、その細長く痩せた人示指《ひとさし》で以て烟管を弾いて、

「よく烟管は非常な面白味を有《も》っているものだよ。まア時計や靴紐を除いては、これほど能《よ》く持主の

特性を見《あら》はす物は無いからね。その証拠がここにある、しかしそれは余り大切な事でも何でもないがね。君、この持主は明らかに、筋力の逞《たく》ましい人で、左手利《ひだり》きで、非常に歯並がよくッて、不注意な性質《たち》で、経済などは顧りみないでも好い人と思われるね」

と無造作の様で言い放ったものの、彼れは私がその推察を謹聴《きんちょう》しておるかどうかと、斜眼《よこめ》にひッかけておるのが能く解る。

「じゃ君は七シルリングもする烟管で喫烟する人だから、かなりに生活《くら》しておるんだろう、とこう言うの？」と僕は尋ねた。

「いいや、こりゃ君グロスヴェノーといって一オンスが八ペンスもする烟草だ」とホルムスは掌中へ少しずつはたき出しながら「この半値で優に上等の物が喫えるのにこういう贅沢をしておる所を見れば、必ず彼れは経済を顧みる必要が無いのさ」

「その他の事は？」

「ムム彼れは洋燈《らんぷ》か瓦斯燈《がすとう》の火で烟草を喫う癖が有るのだね。見給え、この烟管を。片側ずうッと焦げてるだろう。勿論、燐寸《まっち》ぢゃアこうはならんさ。誰れが君烟管の横ッ腹へ燐寸を擦りつける奴があるものか。しかし洋燈で点《とも》せば必《きっ》と火皿が焦げるからな、そしてこの烟管は右の方が焦げてるだろう、だから僕はその男は左手利きに相違ないというのだ。君まア自分で試して見給え、そりゃ一度や二度は得手を換える事が出来るかも知れないが、常にそうする訳には行かないからな。それから……彼れはこの琥珀を噛む癖が有ると見えて、ホラまるで噛み通してあるだろう！　これで見ると、彼れはよほど筋《すじ》の逞ましいと言っちゃア可笑《おか》しいかも知れないが、まア頗《すこ》ぶる歯に力の有る人で、殊に歯並は馬鹿に好いのだろう。呀《や》！　何だか階段《はしごだん》を上って来る跫音がするようだ。もう烟管どころじゃないね、これから尚《も》っと面白い研究が出来るのだ」

第四章

間も無く扉は開かれて、そこへ丈《せい》の高い、若い男が入って来た。見ると、彼れは上品な黒ッぽい服を着て、年輩《としのころ》は三十位いだろうと思われるので。イヤ実際は尚っと老《と》ってるかも知れないが、僕にはそうとしか見えなかったのだ。

彼れは聊《いささ》か惑うような容《かたち》で、

「嗟《あっ》！　どうか、お許しなすって下さい。私はモウ扉打《ノック》をやった所存《つもり》でした……無論……打《たた》かなきゃならないんですから……どうも事件のために私は少し気が変になっておるのですから、どうかその故《せい》とお許し下さい」と彼れはあたかも目が眩《くら》んだ人のように額へ手をやって椅子に凭《か》けた、いやむしろ倒れたのである。

「貴君《あなた》は二晩ばかりお寝みになる事が出来ませんでしたろう」とホルムスは心やすげに「どうもそういう事は何よりも烈《ひど》く神経に応えるものですからね。……一体どんな事ですか伺おうじゃありませんか」

「私は貴君《あなた》から忠告をして頂きたいのです。ほんとにどうしたら善いかさっぱり不可解《わからない》のですからね。私の生涯はモウ滅茶滅茶になって行くような気がするのです」

「一個の探偵として私をお雇いになろうというお考えで？」

「イエ単《た》だそればかりじゃありません、私は、思慮ある人としての貴君の御意見を伺がいたいのです……世界の人としてのです。私は先ず今度どうしたら善いかそれを伺がいたいのですが」

彼れは少し鋭どい、投げ出すような調子で話すのであった。そしてこの話をするという事が、全く彼れに取ってはよほど苦痛のように、私には見えたのである。彼れは更に語を継いで、

「誰れでも、深く知り合いでない人に自分の私事を打ち明ける事は厭《い》やがるでしょう。私が今初対面の方お二人の前で私の妻の行跡について申上げるのは、或は危険かも知れませんが、しかし私はどうしても忠告して頂だかなくちゃならないんですから……」

「我が親愛なるグラント、マンロー氏……」と鹿爪《しかつめ》らしくホルムスが言い懸けると、この訪問者は驚ろきの余り椅子から跳び上って、

「なにッ？　貴君は私の名を御存知で？」と叫んだ。

ホルムスは微笑んで、

「貴君が名を知られたくないというお考えなら、帽子の裡《うら》へ書きつける事をお廃《よ》しになるか、または貴君の話を伺がってる者の方へ帽子の頂《さき》をお向けにならなけりゃいけませんな。それで、この友人と私とはこの室《へや》の中で随分多く奇妙な秘密を聴きまして、幸いにも我々はその困った人々を平和に導びく事が出来たのですが、今貴君に対しても同様に私どもの力の及ぶ限り尽して上げる事が出来ましょうと思います。じゃア一とつ伺がう事にしましょう、時は金なりも古い諺《ことわざ》ですが、どうか御猶予なく事実についてお話し下さい」

マンロー氏は打ち明けるのをよほど困難に感ずるかのようにまたもや額に手をやった。その総ての容子《ようす》から察するに彼れは遠慮深い克己心《こっきしん》の強い人で、そして天性のプライドというものがその心の傷

を隠そう隠そうとするらしい、と私は思った。やがて彼れは不意に拳を握っていかにも興奮した態《さま》で語り始めた。

第五章

「ホルムスさん、事実はこうです。私は人の良人《おっと》たる身で、結婚してから三年になります。従来《これまで》私ども夫婦はお互いに善く愛して、実に好い月日を送って来たのです。全く私どもはただの一度も隔てがましい事が無かったのです……心の中《うち》にも、言葉にも、所業《しわざ》にもですね。ところがこの頃……前の月曜あたりからですが、私どもの間に非常な墻《かき》が出来上ってしまったのです……こりゃ何でも妻《さい》の一身に或る秘密があるのに相違ないと私は思いますがね。私どもは今非常に隔たっているので、一体こりゃどういう次第《わけ》か知りたいと思うんですが。

しかしホルムスさん、先きをお話する前に申上げておかなければならぬのは、妻が……エフィーが私を愛してるのは少しも疑念《うたがい》を容れる必要がないという事です。アレが心底から私を愛しているのは前も今も変りがありませんのですからその事についてとやかく言う必要はないです。しかし何か……こう我々の間に秘密が在るようぢゃア実に不愉快ですからね。私はそれが解るまではどうも落ちつく事が出来ませんので」

「マンローさん、どうかその事実だけを願いたいです」とホルムスは稍《や》や性急に口を挿《い》れた。

「じゃァ先ずエフィーの身の上について私が知っているだけの事を申上げましょう。私が最初アレと逢った時には尚だ年齢《とし》は二十五でしたが、既に寡婦となっていたのでした。その時はヘブロン夫人と名乗っていましたがね。アレは小さい時にアメリカへ行ってアトランタの町に住居《すまい》をしてそこでヘブロンという人と結婚したのです、このヘブロンという男はかなりの法律家だったそうですがね。そして彼等の間に子供が一人出来たそうですが、間もなくその地方に悪るいイヱロー、フィーヴァー（和訳して発黄熱《はっこうねつ》という病名）が流行して、良人《おっと》子供と二人とも死去《なくな》ったそうです。私はその死亡証明書も見ましたがね。この事がつまり彼女をしてアメリカを厭《きら》わしむるに至ったのです。そこで妻《さい》は帰国致しまして、ミッドルセックスのピンナアに居た未婚の叔母と共棲するようになったのです。で、その先夫というのが四千五百ポンドばかりの金を遺してくれたものですから、それに七分の利子が附いてアレは何の不自由もなかったのですね。私が最初彼女《アレ》に逢ったのはマダ彼女《アレ》がピンナアへ来てから六ヶ月位いしか経たなかった時なので……私どもは直ぐにラヴに陥いったような次第で、その後数週の中に婚礼をしたので御座います。

私は商人で、七八百の収入あるものですが私どもは実に愉快な生活が出来たのです。宅はノーブリイで年に八十ポンドのかなりの別荘風の家でございまして、また彼辺《あのへん》は都近いには似合わず実に閑静な田舎ですからね。私どもの上手《かみて》には宿屋が一軒に普通の家が二軒と、それから宅の前の原ッ場《ば》の向う側に一軒の小家《こや》と在るばかりでそこから停車場に至るまでの半ば程までは家というものが一軒も御座いませんのです。私の職業《しょうばい》のために秋冬から春へかけてこのロンドンに居なくちゃなりませんけれども夏は格別の仕事も有りませんから、私は妻と一所にこの田舎で思う存分の楽しい生活《くらし》を致すので御座います。全くこの度の厭やな事が始まるまでというものは私どもの間に暗い影の射すような事は決して無かったんで御座いますからねえ。

いや事実をお話する前にもう一つ申上ておく事があります。……私どもが結婚しました時に妻はその財産一切を挙げて私に譲りましたので……私はそんな物が有るともしや私の職業が思わしくないようになった時に下らぬ考えが出て困るだろうと思ってそれを欲しなかったのですけれども、妻が強《た》ってと言うものですから、遂にその通りに致しましたのです。それで……六週間ほど前でしたろうかアレが私のところへ参りまして、

『ねえ貴君《あなた》、あのう私がお金をお渡ししました時に、いつでもお金の要る事があったらそう言えッて仰在いましたね』と申しますので、

『ああ無論さ、あれは皆お前のだもの』とこう私が言いますと、

『じゃ、あのう百ポンドばかし頂だきたいのですが』とこうです。私は聊《いささ》か驚ろきましたね。私は単に新衣裳を欲しいとか、何《いず》れそんな事だろうと思ってたものですから……

『そんなにお金を、お前は何にしようと思ってるんだい?』と訊きますと、妻は少し戯譃《じょうだん》がかった風に、

『だって良人《あなた》は単《た》だ私の銀行だって仰在ったじゃありませんか、そして銀行は、お金を引き出す人に、何に使うんだなんて尋ねないものですワ』と申しますので、

『全く入用だというんなら、上げましょうさ』と私が言いますと、

『ええほんとに要るんですの』

『しかし何に使うか、それは話さないと言うんだね』

『他日《いつか》申上げましょうよねえ良人……けども、今はいけませんワ』とこう申すのです。

どうもその上に執拗《しつこ》く問う事も出来ませんから、それで我慢はしましたが、そもそもこれが私どもの間に秘密が宿り始めた原因《もと》なのです。で、私は妻に小切手を与《や》りましてその後はそれを深く考え

ませんでした……何もこれが、この度の事と関係があると申す次第では無いですが、とにかくこんな事があったと、お知らせしておくだけなんです。で先きほど申ました通り、宅から余り遠くない所に一軒小家が有りまして、彼方《むこう》とこっちの間にちょっとした原が有りますが、彼方へ行こうとするには、本道に沿うて、それから小径《こみち》へ曲がって行かなきゃならないんです。その彼方へ行こうとするところにスコットランドの樅の列樹《なみき》が有りますが、私はその木下路《このしたみち》をそぞろ歩きする事が非常に好きなんです。その小家はこの八ヶ月ばかり空虚《から》になっていたのです、そして古風な入口で、あたりに一面忍冬《すいかずら》が絡みついて、実に趣きのある家なんです。私は立止まってはよく考え込みましたねえ、この家へ住居をしたらどんなに可愛い家庭が出来るだろうと。

ちょうど前の月曜日の夕方の事ですが例の木下路を散歩していますと、小径から空虚の荷車が一台やって来ました、そして追々その小家へ近づくに従がって、入口のところの草地に絨緞《じゅうたん》だのその他色々の世帯道具が積んであるのが眼に入りました。アアいよいよ誰れか借りたな、と私は思ったのです。そこで私は通りすがりにちょっと足を止《とど》めて、一体どんな人が移転《ひっこ》して来たんだろうと、その辺を見廻ししきりに穿鑿《せんさく》の眼《まなこ》を辿らせた時に、ふと、二階の窓から私を見下ろしている者があるのに気がついたのです。

まア、ホルムスさん、その顔は何と申上げたら好いやら……実に私はゾッとして背後《せなか》まで徹《こた》えるような気がしたのです。私はその顔の見えないようにと、少し後へ戻りました……どうしたって人間の顔じゃなかったんですものね。しかし私はモウ一度その顔をよく見ておきたいと思って、急いで引きかえしたんですが、その時、まるで部屋の暗い所から何者かが浚《さら》って行ったように、急に消えて失くなりましたんです、私は五分間ばかり、立止ったままあれやこれやと思い回《めぐ》らしていました。……どうもその顔が男のだったか女のだったか、それすら申上げる事が出来ません。まア一番私を悩ませたのはその顔の色ですね、こう鉛色と黄色を交ぜたような、残忍酷薄の相を帯びた……そりゃ実に不自然極まる顔だったんですからね。私は余り心を動かされたので、尚っとこの小家の人たちの事を知りたいと思って、入口へ近寄って扉打《ノック》をしましたところが、直ぐに中から開いて、身長《せい》の高い、痩せた、やかましい忌《い》やな顔容《かおつき》をした女が出て来まして、

『何の御用ですか？』ッて南方の音調《アクセント》で申しますから、

『私は御近所の彼処《あすこ》に居るものですが』と私は宅の方を指さして『どうか只今御移転《おこし》になったような按排《あんばい》で……何か私どもでお助け申すような事でも御座いますようなら……』

『はい、いずれまた願いたい時にお頼ん申しまほう』と突慳貪《つっけんどん》に言い捨ててピシャンと扉を閉めたのです。その粗率《ぞんざい》な他《ひと》に反抗するような態度が癪に障って、私は宅へ帰っちまいました。で、私はその晩外の事を考えて紛らそうと致しましたけれども、どういうものか、例の窓の顔と、突慳貪な女の事ばかり胸に浮んで、実に弱っちまいました。私はこの事については妻《さい》に何事も知らせぬ積りでした、彼女《あれ》は非常に神経質ですから……また、自分の不愉快の分け前を彼女に与るのも罪だと思ったものですから。しかし私は睡《ね》込んじまう前に、その小家が塞がったという事だけは知らせましたが、妻は黙っていました。

私は非常に寝坊なので、家中のお笑い草になってるんですが、その晩だけは例の一件の考えに妨たげられたのだか何だか、どうも常夜《いつも》のようには睡れなかったようでした。ところが、半ば夢心地に、部屋の中に何か物の気配がするように感じて、漸次《だんだん》気が確かになって来るに随《した》がって、私の妻が着物を着更《か》えて、外套《マンテル》と帽子《ボンネット》を着けてるところだと、解るとさア私も驚ろいて寝惚《ねぼけ》声を出そうとして

妻の顔を見ると、蠟燭の光りに輝らされたその顔と言ったら……私は余り驚ろいて声も出ませんでした！　実に大変な表情《エキスプレション》を現わしていたんですからね……まるで死人のように青白い色をして、息遣いも忙《せわ》しく、外套の釦をかけながら、私がよく睡ってるかどうかと偸むようにして見て、いよいよ大丈夫と思ったものか密《こっ》そりと部屋から忍んで出ましたが、間もなく私は扉のきしむ音を聞いたのです。その音は入口の扉の鏁鉸《ちょうつがい》に相違なかったから全く妻は外出したのですね。もしか夢じゃアないかと、寝床の手擦へ指の関節《ふし》をブッつけてみると、馬鹿に痛いから、そこで枕の下から時計を取り上げて見るとモウ夜半《よなか》過ぎの三時です、こんな時刻に外出して私の妻は一体何をなすか？　と私は思いましたよ。

私は床の上に坐りなおして二十分程の間色々と考え考えしてこの問題を解決しようと致しましたが、考えれば考えるほど難かしくなるばかりです、そこで私が困って困って居るところへ、微かに入口の扉を閉める音が聞こえて、やがて階段《はしごだん》を上って来る跫音《あしおと》がするのです。

第六章

私は、妻が部屋に入るや否や、

『ヱフィー、お前は何処へ行って来たんだ?』と呶鳴りますと、妻《さい》は、実に驚ろいた様子で、息の切れるような声で叫びましたが、私はその驚ろいた様子と叫び声とで以て、ああこれは必ず何か暗い秘密があるんだなと思って私は実に忌《い》やな気が致しましたね。私の妻は平生極く明けッ放しの性質ですのに、その女が、部屋へ帰るのに忍んで来て、良人《おっと》に声を懸けられて驚ろいて叫ぶなんて、実に私は怨めしく思いました。

妻は苦しそうに笑いながら、

『まア貴君起きてらしッたの? 私はまたどんな事があってもお目覚じゃなかろうと思っていましたのに』と申しますから、私は寧ろ冷淡に、重ねて尋ねました。

『一体お前は何処へ行ってたんだ?』

『吃驚《びっくら》なすったのも無理じゃないワ』と態《わざ》と平気に答えましたが、私は妻が外套を脱ごうとしておるその指が震えておるのが眼につきました。妻はまた言葉を継いで、

『まア私は真実《ほんと》にこれまでこんな事ッたらなかったんですよ。今夜はどうしたっていうんですか、厭やに窒息しそうで、苦しくって苦しくって堪まらなかったんですもの。それで、こりゃ新らしい冷た

い空気を吸わないと倒れるかも知れないと思って、暫らく入口に立っていましたの。今はモウすッかり快《よ》くなりましたワ』と申すのです。

こう私に話してる間にも唯だの一度も妻は私の方を見ませんし、声も平生《いつも》とは大変に異《ちが》っているので、これは嘘を言ってるなと、直ぐに知れました。私はモウ返辞《へんじ》をせずにクルリと壁の方へ向いてしまいましたが、さア諸々の疑念が浮んで来て、胸も痛くなるばかりでした。

妻が私に隠してる事は何だろう？　この夜中過ぎに外出して何処にいたんだろう？　などなど色々に考えて、全くその疑いが解けるまで私は落ちつく事が出来ないのですが、私はモウ一度妻に嘘を吐かれてからは決して彼女《あれ》に尋ねようとは思わないんですね。それでその晩は煩悶《はんもん》に煩悶を重ねてマンジリとも致しませんでした。

私はその翌日ロンドンへ来なけりゃならんのでしたが、私はモウ自分の職業《しょうばい》に注意する事も出来ないほどに悩まされたのです。妻も私と同じで、チョイチョイと偸《ぬす》むようにして私を見るところから考えてみると、妻はモウ自分の嘘を観破《みぬ》かれたのを悟って、モウ仕方ないと思ってるらしいんですね。朝飯の時に辛《やっ》と一言話したばかりで私は飯が済むと直ぐに運動に出かけたのです、新鮮な朝の空気を呼吸したら少しは良い考えが出るかも知れんと思いましてね。

私は遠く水晶宮まで出かけたのです、そして彼処《あすこ》の遊園地で一時間ばかり費やして、ノーブリーへ帰ったのが午後の一時でした。その帰り途《みち》に例の小屋の傍を通ったものですから、私は偶《ふ》と足を止めて、もしやあの奇妙な顔を見る事もあろうかと、その辺を見廻しておりますと……ホルムスさん、私の驚ろきを察して下さい、不意にその小家の扉が開いて、そこから私の妻が出て来たじゃアありませんか！

私は驚ろきの余り声も出ませんでしたが、妻の驚ろきようというものはまた非常であったのです。妻は直ぐにその家へ戻ろうとするような風でしたが、そう何もかも隠したって駄目だと悟ったと見えて、蒼白い顔に苦しそうな微笑を浮べて近寄って来て、

『あら、良人《あなた》お帰でしたの？　私はね、今このお家の手助けでもしようかと思って来ていましたの。あら、何故そんなに睨めていらッしゃるの、良人怒って？』と申しますから、

『フムそうか、ここへお前は昨夜《ゆうべ》も来てたんじゃないか？』と言ってやりますと、

『まア良人何をおッしゃるの？』と妻は叫びましたんです。

『いいえ、お前は此家《ここ》へ来たんだ！　解ってる！　そうどうもお前が度々やって来なけりゃならんような此家の人たちは一体何者なんだい？』と私が言いますと、

『私は前に此家へ来た事はありません』と未だ強情を張るのです。私はモウ堪まりかねて、

『何故そう分り切った嘘を吐く？　お前の声を御覧、まるで変ってるじゃないか。私は従来《これまで》お前に何か隠した事があるかい？　好矣《よし》ッ、私は此家へ入ってみよう、どんな事があるんだか見極めない中《うち》は承知が出来ないから！』と私が叫びますと、

『いいえ、いいえ、そんな事をなすッちゃいけません！』と妻は破裂するように絶叫して、私がその家の入口へ近寄った時に、私の腕を摑んで、非常な力を出して引き戻しまして、

『決してそんな事をなすッちゃいけませんよ！　私は良人に誓います！　他日必《いつかきっ》と皆申し上げますから。今良人が此家へお入りなすッちゃ、不幸が起るばかりです』

だけれども私は、なおも振りちぎって進もうとすると、妻はモウ狂気《きちがい》のようになりまして、

『良人《あなた》私を信じて下さい！　此度《こんたび》だけで好う御座んすから何卒《どうか》私を信じて下さい！　決して良人の後

悔なさるような事は致しませんから！　私は良人のためになるんでなければ決して秘密を隠しませんから！　もし良人が私と一緒に宅へ帰って下されば無事に済みますが、どうしても此家へお入りになるなら良人と私の間はこれッ切りです』

とこう妻が叫んだ時の様子というものは、実に熱心の極に達して、いかにも哀れに、絶望したらしく見えましたから私も暫らく入口の所に躊躇していましたが、とうとう口を開いて、

『じゃ私は一つの條件を附けてお前を信じてやろう！　その條件というのはねこの度の秘密はモウこの場限りとする事……それからこの秘密を隠しておくのはお前の勝手だが、お前は今後決して夜中の訪問や及びそれに類した所業《しわざ》をせんという事を私に誓いなさい！　そうすりゃ私は喜んでこの度の事を忘れるようにしようよ』と申しますと妻は辛《やっ》と蘇生したように溜息《ためいき》を吐いて、

『良人は真実《ほんとう》に私を信じて下すったのね、何でも良人の仰在る通りにしますよ。さア宅へ帰りましょうよ、ね、帰りましょうよ』と私を引張ったなりに歩き出したのでした。で、私は歩き出す途端にヒョイと振り返って見ると例の黄ろい、やかましい顔が二階の窓から覗いているのです。……一体この変な人間と私の妻との間にはどんな関係があるのか知らん？　あの突慳貪な女とはどういう続き合いだろう？　と考えれば考える程、解らなくなるばかりでしたが、私はどうもその奥底まで突き留めなければ安心が出来ないように感じましたのです。

その事のあった後、二日というもの私は宅に居りましたが、妻はよくよく私との約束が利いたものと見えて一歩も家の外へ出ませんでした。

ところが三日目に至って、私の妻のアノ厳重な誓いも、妻をしてその夫も義務も眼中に無いようにさせる、かの秘密の勢力には敵わないという事が解りました。

丁度その三日目に、私は用を足しにロンドンへ来ましてね、平生《いつも》は三時三十六分の汽車で帰るのですけれども、その日は都合に依って二時四十分ので帰りまして、宅へ着いて見ますと、下女が周章《あわ》てた容子で迎えに出て来ましたから、

『奥さんはどうした?』と私が尋ねますと、

『どこかその辺へ、チョイトあのう……散歩にいらしッたんで御座いましょう』という返辞です。

さア私の心は疑念で充満《いっぱい》になりましたね。そこで全く妻が居ないかどうか突き留めるために二階へ駆け上って其辺《そこいら》を見廻した拍子に、二階の窓の一つからヒョイと外の方を見ますと、今しがた私と話をした下女が、大急ぎで原を横ぎって、例の小家の方へ駆けて行くところなので。もう悉皆《すっかり》解っちまいました……妻は私の不在《るす》を見はからってあの小家へ行って、もし私が少し早く帰るような事があれば、直ぐに知らせてくれるように下女に頼んでおいたのですな。私は実に激したです! そうして今度こそは悉く発《あば》いてやらなくちゃアという決心で、直ぐに宅を飛び出して、小家へ向って駆け出しました。私は妻と下女が大急ぎで帰って来るのに遭いましたが、足も留めず話も致しませんでした……目の前には、例の秘密の伏在してる、私の生涯に暗い影を投じた小家が立っています。エエもうどうでも成れッ! 今度こそは秘密を見破ってやるんだからという意気込みで私は扉打《ノック》もせずに唐突《いきなり》把手《ハンドル》を廻して、家の中へ飛び込んだのです。

第七章

這入って見ると階下《した》は静かなものです、台所を覗いて見ると、火にかけて御馳走の支度だったのか鍋が一とつグヮラグヮラ沸き立っていてその傍の籠の中に大きな黒猫が円《まる》くなって臥ているばかり、外には人の気配も無いのです。そこで私は他の室々も検《あら》ためましたが、どこもかしこもガランとしていますから、直ぐにまた二階へ駆け上って見ましたが、ここも同様に人ッ子一人いないのです。目に当る一切の道具や画《え》などもありふれた俗極まる物ばかりでした。しかし、私が奇妙な顔を見たアノ窓の附いてる部屋だけは却々《なかなか》心地よさそうに上品に飾り附けてあったのです、ところが、煖炉棚の方へ目をやると、私は実に燃えるような思いが致しました……どうでしょう、その上には三ヶ月程前に私が撮らせた、妻《さい》の全身の写真が立てかけてあるじゃありませんか！

私はなおも、家の内に果して誰も居ないかどうか、確かめるために、暫らく中に居て動静《ようす》を伺《うか》がっていましたがいよいよ誰れも居ないと見当がついたので、胸に非常な苦痛を抱いて帰りますと、妻は直ぐに出迎えましたが私はモウ人と言葉を交わすのも厭やなほど腹の立ってる時ですから、突然《いきなり》妻を推し除けて、私の書斎へ引込みましたが、妻は直ぐに私の後から蹤《つ》いて来たので、私が扉を閉める前にモウ中へ這入っていまして、

『お約束に反きまして、申訳も御座いません……しかし良人《あなた》が事情《わけ》を能《よ》うくお知りになれば、必《きっ》と私

を許して下さいますでしょう』とこう申しますから、

『そんなら皆打ち明けてしまえば好いじゃないか』と私が言うと、

『良人！　それが私に、出来ないんですから！』と悲しげに叫びましたが、私はモウ堪まらなくなって、

『あの小家に住んでいるのは何者か、お前が写真を与《や》ったのは誰れか、悉皆《すっかり》私に打ち明けるまでは、私はモウお前を信じないからね』

　と言い捨てて私は宅を飛び出しましたが、これは昨日の事なので御座います。私はモウそれッ切り帰宅しないのですから、妻がどうしてるか、この妙な事件がどういう成り行きになっているか、少しも存じませんのです。これが実に私ども夫婦の間に暗い影の射し始めですが……私は全く善後策をどうしたら好いかちょっとも当りが附かないで困ってるんで御座います。ところが、不意に今朝貴君《あなた》の事を思いつきまして、これはホルムスさんにお願いするのが一等だと存じまして伺がったような次第《わけ》なんで御座います。もし未だ私の説明の足らない所がありましたら何卒《どうか》お問い下さいまし……しかし私は直ぐにどうにか致さなくちゃなりません……モウ実に堪《こら》えられないのですから」

　ホルムスと僕は非常な興味を以て、この不思議な物語を傾聴した。マンロー氏は頗る激昂の態《さま》でこれを話したのである。我が友ホルムスは、今や沈思黙想《ちんしもくそう》に耽るものの如く、手で腮《あご》に杖ついて暫らくの間黙っていたが、遂に口を開いた。

「貴君が窓で御覧なすッた顔は、確かに男のだという保証が出来ますか？」

「さア……いつも多少隔たった所で見たのですから、どうも確かに申上げる訳には参りません」

「しかし、貴君はそれを御覧になって、非常に不愉快だったと仰在るんですね」

「ええ、実に不自然な色で……殆んど人間のとは思えない位いでしたから。そして私が近づいて、よく見ようとすると恰《まる》で消えるように失くなるんですものね」

「貴君の奥さんが百ポンド呉れろと仰在ってから何日ほど経ちましたろう？」

「殆んど二ヶ月です」

「奥さんの前の御亭主の写真を御覧になった事はありませんか」

「ありませんです……もっとも先夫が死去《なくな》ってから間もなく、アトランタに大火がありまして、写真などは皆焼いてしまったそうです」

「奥さんはマダ例の死亡証明書をお持ちですか。貴君は確か見た事があると仰在いましたね？」

「ええ、妻はその火事の後で、謄本を取ったのだそうです」

「貴君は、奥さんがアメリカにいらしッた時の知己《しりあい》とでもいうような人にお会いなすった事がありますか？」

「いいえ」

「奥さんはモウ一度アトランタへ行ってみたいなどと仰在った事はありませんか？」

「ありません」

「彼方《あちら》から手紙の来た事は？」

「どうか……無かったようです」

「や、有り難う御座んした……そこで私は今少し考えてみなければなりません……全くその小家に人が居らなくなったとすると、少し面倒になって来るな……もしそうじゃなくッて、その連中が貴君を避けるために家を出たものとすれば、今はモウ帰ってる時分で、訳もなく秘密を発《あば》く事が出来ますがね……ムムじゃこうして下さいな。貴君は今から直ぐにノーブリイへお帰りになってその小家の動静《ようす》をお探り下さい。そしていよいよ帰って来てる事がお分りになりましたら、決して激昂《げっこう》の余り跳り込むような事はなさらずに、私どもの所へ電報を打って下さい。そうすりゃ私どもは電報を受取ってから一時間経つか経たない中に貴君と一緒になって、直ぐに事件の奥を突き留めましょう」

「もしやはり空虚ッぽでしたら？」

「その時には、私どもは明朝伺がって色々またお話し致しましょう。充分その理由の解るまでは無暗《むやみ》にお怒んなすッちゃいけませんよ。や、お帰りですか、さよなら！」

と我が友はグラント、マンロー氏を送り出した後で、僕に対《むか》って、

「どうも凶悪《わる》い事件らしいねワットソン君。君はどう考える？」

「ウムどうも外聞のよくない事のようだ」と私は答えた。

「そうさ！　どうも脅喝《きょうかつ》取財のように思われる。もしそうで無いとすれば、僕はよほど勘違いしてるのだ」

「じゃ脅喝者は誰れだろう？」

「そりゃ君、あの唯だ一つの上等の部屋にいて、煖炉棚の上に女の写真を飾って置く奴に相違ないさ。僕は断言するがねえ君、あの窓から覗いたという変挺《へんてこ》りんな顔は大いに注意すべきものだよ。僕は必《きっ》とこの事件を発いてみせる！」

「君はモウ筋道がついてるかい？」

「ああ、仮定のさ！　仮定じゃあるけれども、僕はこれが当らなかったら、大いに驚ろかなけりゃならんのだ。……ヱフィーという婦人のね、先夫は現に例の小屋に居るんだよ」

「えッ、どうして君はそう言う？」

「だって君、二度目の良人がその家に入り込もうとした時に殆んど狂するばかりになって留めたという事を考えて見給え、外に説明の仕様がなかろう。まア僕の考えでは多分こうだろうと思うんだね。……かの夫人はアメリカで結婚した。その前の亭主というのが、悪《にく》むべき性質《たち》の男だったか、或は厭うべき癩病を持ってたんだねえ。それで夫人は厭やになって遂に逃げ出してこの英国へ帰って来て、変名を名乗って、新生涯に入ったのさ。で、夫人は結婚してから三年にもなるし、もう大丈夫と思ってたんだね……誰れか好い加減な人の死亡証明書をマンロー氏に見せて、その証書に記入してある名が前の良人の名だと言って胡摩《ごま》かしたんだろう……ところが、不意に、夫人の居所が先《せん》の亭主に知れたのだ。いや、或はこの癩病人と夫人との間に月下氷人《なかなこうど》として立った婆アさんのために発見されたのかも知れないがね。そこで奴等は手紙を送って脅かしたんだね、帰って来なきゃ承知しないぞッていう風にしてさ。それで夫人は非常に弱って、百ポンド貰って、それを奴等に与《や》って縁を切ろうとしたんだ。ところが奴等は図々しくやって来たんで、マンロー氏が、小家へ移転《ひっこし》て来た人があると話した時に、夫人は何かの事で以てその連中が彼女《かれ》の脅喝者だという事を悟ったのだろう。そこでその晩、マンロー氏の睡るのを待って、例の小家へ駆け付けて、何卒《どうか》彼女の位置を安全にさせてくれるように頼んだのだ。しかし駄目だったのでまた翌朝出かけたのだ。その訪問の帰り途にマンロー氏に見つけられた、というのは我々が話しに聞いた通りさ。そこで夫人は、二度と再びその小家へ行かない、と約束はしたものの、何卒《どうか》この恐ろしい相手の脅喝を免《のが》れたいという一心で、遂にまた二日の後その小家へ行って、例の写真で以て何のかのと言い争っているところへ、下女が駆けつけて、旦那のお帰りを知らせたもんだから、さア驚ろいたね、夫人はマンロー氏が必ずその小家へやって来ると察したもんだから、大急ぎで裏口から逃げ出すように奴等に命じたのだ……多分その近所にこんもりとした立樹《たちき》でもあるので、奴等はそこへ隠れたんだろう。だからマンロー氏はその小家が空になった所へ行ったんだ。もし今日マンロー氏が帰って行って見て、未だその家が空虚《から》であろうものなら、大いに意外としなければならんのだ。どうだい君、僕の所謂《いわゆる》仮定論は？」

「なるほど、そうらしく思われるね」

「しかし、今はノーブリイの人から新らしい知らせの来るまで何もする事はないんだ」

が我々は余り長く待たなくとも好かったので、丁度夜のお茶を飲んだところへその知らせが来たのである。その文句は、

「コヤニヒトスメリ、マタレイノカオミユ、ヨハ七ジノキシャニテキクンヲマチウケントホッス、キクンノクルマデハナニゴトモナサザルベシ」

第八章

　我々が彼方《むこう》の停車場に着いて、汽車から降りて見ると、彼れはプラットフォームに立って、停車場のランプの光にその青白い顔を照されて激したさまで震えながら待っていたのである。

　彼れは我が友ホルムスの腕を把って、

「ホルムスさん、奴等は未だ居ますよ、私は今ここへ来る途中で、あの小家にランプの点いてるのを見たんです。私どもは今度こそすッかり発いてやらなきゃなりませんね」

「それで貴君はどういう手段をお取りになるお考えですか？」とホルムスは、闇《くら》い並木道を歩き出した時に、こう尋ねると、

「私はモウ直ぐに小家へ闖入《ちんにゅう》してやろうと思うんですがね、どんな奴等が住んでるか見てやらなきゃア……私は貴君方御両人《おふたり》に証拠人としてその場へ立会って頂だきたいのですが」

「フム貴君は全く、そうしようと決心なすッたのですか、奥さんがあれ程、秘密を発くとためにならぬと仰しゃったにも拘わらず」

「ええ、決心したんです」

「それなら宜しい、私は貴君のお考えを正しいと思うのです。何でもグズグズ疑っているばかりじゃ詮方《しかた》がありませんからね。勿論直ぐに突進すべしですね、躊躇は我々をして失望に赴かしめるような

もんですから」

　それは実に暗い晩であった。そして我々が、両側ずッと生墻の、車轍《わだち》の跡の深い、狭ッくるしい小《こ》径《みち》へ曲った時には、蕭々《しめやか》な小雨さえ降り出《い》でたのである。グラント、マンロー氏はそんな事にめげやしない、さも堪え切れないといった風に突進する。余等両人《ふたり》はその後から一生懸命に蹤いて行くのだ。

「彼処《あそこ》に見るのが宅の燈火《あかり》です」とマンロー氏は木だちの間に煌めける燈光《ともしび》を指さして、半ば呟やくように言うた。

「ここが小家です！」

　とこう彼れが言うた時に、我々は小径の角を廻ったのである、唯《と》見ると、なるほど傍に一つの建物がある。黄ろッぽい光線《ひかり》が一とすじ、暗い大地の上に落ちているので未だ緊《しっ》かりと戸締りのしてない事が解る。そして二階の窓の中に唯だ一とつ素晴しく光り輝やいているのが見える。丁度我々がその窓を眺めた時に、或る黒い影がすうッと横ぎった。

「ホラ！　奴が居ますよ」とマンロー氏は叫んで「貴君がたは今の影を御覧になったでしょう？　さァ私に蹤いて入らッしゃい」

　我々は戸口に近寄ったのである。と、不意にその影から現われたのは一人の女で、その背後《うしろ》からのランプの光りで後光を射したよう。暗いものだから私はその顔を認める事が出来なかったが、女は両手を差し伸べて、いとも切なる哀願の容子《かたち》。

「貴君、どうかお入りなさらないで下さいよッ！」と叫んで「何だか良人《あなた》が今夜いらッしゃるように虫が知らせたんですの！　どうか今度も私を信じて下さいな、必《きっ》と貴君に、気のすまないような思いはおさせ申しません」

「私はモウお前を信ずる余地がないんだ！」とマンロー氏は冷淡に呶鳴って「私にはモウ係り合ってくれるな！　私は友人諸君と一緒に秘密を発きに来たのだから、さッ避《ど》かんか」と突然《いきなり》その妻を突き飛ばして進んだ、無論我々も後から犇々《ひしひし》と入り込んだのである。この時、またも一人の女が出て来てマンロー氏の行方を遮ぎろうとしたが、彼れは忽ちこれを後ろの方へ突き飛ばして、間も無く我々三人すでに二階に在ったのである。マンロー氏は、直ぐにかの窓の光り輝やく室を目的《めあて》に突進した、我々は彼れの踵《きびす》に接して入り込んだのである。

第九章

それは却々価値《なかなかねうち》のある、よく飾り附けられた室であった。二本の蠟燭はテーブルの上に燈してあり、なお二本また煖炉棚の上に点《とも》されてあった、隅の方を見ると、そこに机の上に突伏すようにして、小娘らしいのが坐っている。我々がこの室へ入った時、この小娘は直ぐに彼方《あちら》向いたが、見れば、赤い上衣と白い長手袋を着けている。やがて、この小娘が急にこちら向いた時、僕は思わず、恐れと驚ろきとで叫んだのである。まア……その顔の色というものは実に奇妙なもので、その表情《エキスプレション》は到底人間のものに比べられない。

ところが、間もなくして、秘密は発かれたのである。

ホルムスが笑いながら小娘に近寄って、その耳の後ろへ手を廻したかと思うと、ヒラリと翻がえったのは一枚の仮面《めん》である。

そこに現われたのは、あたかも我が驚ろきを笑うが如く白い歯を露わにした、黒奴《くろんぼ》の女の子ではないか!

余りその子の容貌《かおつき》が嬉しそうなのに釣り込まれて、僕も遂に笑わずにはいられなくなった。しかし、マンロー氏は、自ら喉頭《のど》を摑んで、じっと瞶《みつ》めていたが、とうとう叫び出したのである。

「こりゃ一体……どうしたんだ?」

「私がその訳をお話し致しましょう」とマンロー夫人は、むしろ冷静な、一種の誇り《プライド》を以て部屋に入り込んで「良人《あなた》は私がお約束した事に違反をなすって、無理にこの家へお入りになったのですから、私どもはいよいよ最後の処置をしなければならないのですわね。……私の先《せん》の良人はアトランタで死にましたが、子どもは生き残ったんです」

「お前の子供……！」

夫人は胸から大きな金盒《ロッケット》を引き出して、

「貴君はこれを開けて御覧なさいましたか？」

「そりゃどうしても開かなかったように思うが……？」

夫人は弾機《はじき》に触れたと見ると表面《おもて》の鍱 鉸《ちょうつがい》が刎ね返ってその中には実に愛らしい、智恵のありそうな顔の一男子の写真が在ったのだ、そしてその写真の人物の容貌《かお》には、争うべからざるアフリカ人の特色が現われていた。

夫人は話し始めた、

「これがジョン、ヘブロンです……世界にこんな気高い人は無いと、私は思ってるんです。私はこの人と結婚するために欧羅巴《ヨーロッパ》人種から脱けてしまったんですけれども、私は決して、それを残念とは思いませんでしたものね。ただ不幸だと思ったのは、私どもの間に生れた子供がアフリカの血筋を多く引いた事で、このルーシイはお父さんよりもなお一層黒いのですよ。……ですが、黒かろうと、黒くなかろうと、ルーシイは私の大切《だいじ》な大切な子です、母さんの可愛い子なの……ね」これを聴くや否や娘の子は馳せ寄って、母の裾にからまった。

夫人はなお語りつづけるのだ。

「私がこの子をアメリカに残して来ましたのは、この子が極く脾弱《ひよわ》な性《たち》で御座んすから、もしか土地が変って身体に悪いかと思ったからでした。それで私はこの子をば正直なスコットランドの女で、元《もと》と私どもへ奉口した者の所へ預けたのでしたが……ルーシイは私の子だもの、という考えは平常《しょっちゅう》あったので御座います。……そこで英国《こちら》へ参りましてから暫らくして……ねえ良人……良人と如彼《ああ》いう間柄《わけ》になりましたものですから、私は子供の事をお話するのをヒドク恐れたので御座います。神様も、私の心を哀れと思召して下さるでしょう、私はただ良人《あなた》を失うという恐れのために、それをお話する勇気が無かったんで御座いますもの。……で、私は良人と子供との間に、あれかこれかと考えました末、遂々《とうとう》子供を捨てて良人を取る事にしたのです。

三年の間というもの、私は子供の有る事を良人には秘密にしておいたのです。ところが私は、この子の乳母からの便りで、子供が大変よく生長して行くッて事を聞くにつけ、私は遂々、モウ一度子供の顔を見たいもんだという気を起したのです。私は、どれほどこの考えを廃《よ》そうとしたか知れないいんですけども、遂々ダメで御座んした。そこで私は危険という事も知ってはいましたが、セメテ半月でも傍に置いて見たいという気を起しましたの。

私は乳母に百ポンド送ってやりまして、うまくこの小家へ住み込んで、私と何の関係もない、普通《ただ》の近所の人というような風にしてやったのでした。私は真実《ほんと》に子供の事については注意に注意を致しまして、乳母に命令《いいつ》けて日中《ひる》は決して外出させないようにして、また顔と手は全然《すっかり》何か被せるようにしたので御座います。私は全くもしか近所の人でも家の外を通り合わせて窓の顔を見つけて、オヤこの辺に黒奴《くろんぼ》の子が住んでいるなどと言われたら大変だと思ったからですの。私がヒドク心配し過ぎるような事が無かったら、もっと善い智恵が出たかも知れないいんですが、私はモウ良人に知れやしないかと、まるで半分狂気《きちがい》になって心配していたものですから。

小家の借人《かりて》が出来たという事は、良人が仰在ったんですものね。その時、始め私は翌朝まで待つ所存《つもり》でしたけども、大へんに神経が興奮して睡れないものですから、幸い良人は熟《よ》くお眠る方だし、大丈夫だと安心して床を脱け出したのです。ところが良人は私の所業《しわざ》を能《よ》うッく御存知なのでした。私の苦悩《くるしみ》は、それが始まりでした。その翌日良人は別に私の秘密を強《た》って尋ねようともなさらずに、あのお約束だけで許して下すったのです。

その後の三日目には、貴君が入らしッた時は辛《やっ》と乳母と子供が裏口から逃げたばかりの時で御座いましたの。今夜はモウこの通り悉皆《すっかり》御覧になったのですから別に申し上げる事も御座いませんのです。モウこの上は、子供と私の身について、処分をして頂だくばかりで御座います」

夫人は語り終って、両手を組み合わせ答えいかにと待つのであった。

暫らく二分間ばかり、グラント、マンロー氏は黙って言葉は無かったが、遂に僕が今思い出しても嬉しいような答え方をしてくれた。

マンロー氏は突然《いきなり》小供を抱き上げて、接吻《キッス》して、なお隻手《かたて》に小供を抱いたまま、隻手を夫人の方へ延ばして、その手を把《と》り、扉口の方へ振り向いて、

「さア、委細の話は宅へ帰って、緩《ゆる》りとする事にしようじゃないか。私は非常な善人では無かろうけどもね、ヱフィー、私はお前が思ってるよりは幾分か解った男のつもりだよ」

ホルムスと私は彼等に随《した》がって、小径を引き返した。そして、ノーブリイからロンドンへの帰途に、我が友は僕の袖を摑んでこう言った、

「君、僕はノーブリイよりもロンドンの方が心配だよ、ノーブリイの家庭は永久に幸福《しやわせ》だろう」

第十一章

ロンドンはベーカア町の宿へ立ち帰っても、ホルムスは蠟燭を点して夜更《ふ》くるまで何か行《や》っていてそれが終ってから、寝床へ就く時になるまで、何事も言わなかったが、いよいよ寝るという時に彼れはこう言った。

「ワットソン君、もし僕が今後おもしろくないやり方をしてると、君の気についた時があったら、どうかね僕の耳許で囁いてくれたまえ『ノーブリイを忘れるな』と、ね。そうすりゃ僕は大いに感謝するよ」

禿頭組合（三津木春影訳）

一　帝国銀行の警戒

　外濠の濁った黒い水に臨んで建った堅固な石造の巍々《ぎぎ》たる大建築帝国銀行は、千代田の城の松越しに沈む冬の沈静な夕日を浴びて、金という冷たい物を蔵《しま》っておく所として相応しいような冷々《ひやひや》とした厳《おごそ》かな色をして市民の心を圧している。

　剣鞘《けんしょう》を鳴らす警衛の巡査、銃身を握り締めた哨戒《しょうかい》の兵士、通り掛りの者はちょっと気が付かぬが、この頃は殊に夕刻から彼等の数が増された。夜は前庭の植込の松の間に角燈の黄《き》い《いろ》光が時々闇を劈《つんざ》き、後庭の小砂利の上に戞々《かつかつ》たる靴音が密められて折々響く。いかさまその物々しい警戒の意気込みが一通りではない。

　と言うのはこういう理由からである。それは大蔵省の某局長がかねてから英国に派遣されて彼国《かのくに》の官民の間に奔走尽力していた倫敦借款《ロンドンしゃっかん》が首尾よく成立して、我が政府はこの度《た》び何千万という莫大の現金を受取った。それを保管してあるのが例によってこの帝国銀行の金庫室である。警戒の急に厳重を重《くわ》えたのはそのためであった。況《いわ》んや昨夏、麴町の某大銀行の金庫が不思議の科学的手段によって開かれた被害事件があり、また朝鮮総督府に輸送中の現金が、一夜聯絡船《れんらくせん》の中で忽然《こつぜん》として消え失せた奇怪な実例もある、いずれも新聞の口を緘《と》じた秘密事件であるが、これ等が当局者の神経を駆って疑心暗鬼を生ぜしむるに充分であったのである。帝国銀行に向って遽《にわか》に警戒を加え出したのも、それ等に原因する杞憂《きゆう》に外ならない。

今日しも上泉《こうずみ》博士は学校の階上、樺色の粗末な窓帷《カーテン》を垂れた狭い一室に、まだ雪解のせぬ冬の日の寒気を暖炉《ストーブ》を焚いて暖めつつ、一人の客と熱心に何事をか語らい合うているところ。客というのは年輩三十二三、肥満した男で、糸織か何ぞの羽織を着て角帯を締めた風俗は商人風であるが、気の毒な事には若いに似合わず頭が綺麗にツルリと禿《は》げている。

そこへ扉《ドア》が明いて一人の粛洒たる洋服の若紳士が入って来かかった。

「オヤ、先生、お客様ですか。ではあちらで御待ちしていましょう」

と慌てて首を引込めようとしたのは、博士の直参《じきさん》の高弟、助手の中尾医学士である。

「いや中尾君遠慮するには及ばぬ。まア御入り御入り」と博士は助手を無理に引張り込んで椅子を進めながら、「君は丁度好い機会《おり》に来た。こんな間が好い時に来合せようとしても滅多にそうは行かぬ」

「しかし御用最中のようですから私は悠《ゆっ》くり御待ちしていて差支えございません」

「なになに、君が居合せてくれた方が却《かえっ》て好都合なのじゃ。中尾君、この仁はね、大津さんといって、きょう素的な話を持込んで来られたのじゃ。まア聴いてみなさい――それは随分奇抜なお話らしいから」

と客にも助手を紹介すると、客は立上って、肥えた瞼の重そうに垂れた小い眼に些《ちょっ》と迂散《うさん》臭そうな色を浮べながら挨拶する。

事件を審判する時の癖で、博士は五本の手の指をピタリと緊着《くっつ》けたまま暖炉の方へ差出して、

「中尾君、私《わし》は日頃一見非常に奇怪な大事件らしく思われる話もその実却て極めて些細の犯罪に関聯しているに過ぎない事が往々《まま》有るちゅうことを説いておったねえ。そこでと、私が今承《うけたま》わった所だ

けでは、この大津さんのお話なぞも果して犯罪事件に関係があるか否かさえも未《ま》だ断言が出来ぬ。が、しかし少くも私《わし》の経験の中では、最も不思議な話の一つに属するものなんじゃ。大津さん、願《ねがわ》くはもう一度冒頭《はじめ》から御話し下さらんか。中尾君には初耳であるし、それに私にとっても同じ話を繰返し承わるちゅう事はこっちの観念を確実にかつ明瞭にするに都合が宜しい。……実に珍しい話じゃ。奇怪な事があればあるものじゃ！」

言われて客はやや得意そうに胸を反らしながら、懐から細く畳んだ皺《しわ》苦茶の一葉の新聞紙を取出して膝の上に披《ひろ》げた。しかしその顔は何となく一種の煩悶憂愁《はんもんゆうしゅう》の色に覆われている。中尾医学士は折しも窓帷の隙間を洩れる冬の光線を受けて冷たく光る客の禿頭《はげあたま》を横目に眺めつつ、そもこの若禿の客からいかなる珍談を聴かれることかと無限の好奇心を抱いて耳を澄ましたのであった。

二　不思議の珍広告

客はやおら新聞紙を取上げその広告欄の一個所を指して、

「まずここを御覧下さいまし、そもそものお話と申すのはここから始まっているのでございます」

医学士が受取って読下せば——

若禿組合員募集広告

故渥川《あつかわ》伊佐雄氏の遺嘱より成る若禿組合に新《あらた》に一名の欠員あり。よって募集す。合格者には日給一円五十銭を呈すべし。年齢三十五歳以下にして身体強健、職務勉励の者は何人《なにびと》といえども応募資格あり。来る十二月三日午前十一時撰抜試験を執行す。応募者は同時刻に牛込区東五軒町七番地の同組合事務所に出頭すべし。


「一体こりゃ何の事でしょう！」

と医学士は二三度読返しながら呆気に取られた体。

「随分珍しい広告じゃろう」

と博士は毎時《いつも》物に熱中した時にするように椅子ごと体を揺りながら、

「さア大津さん、詳しく始めて下さい、貴君《あなた》の身上《みのうえ》、御家族の様子、この珍広告の影響、残らず承わりたい。中尾君、君はまずその新聞の名と発行日とを書き留めてくれたまえ」

「大正元年十一月二十六日の『東京日報』です。丁度今から三月前のですな」

「宜しい。そこで大津さん――」

「ハイ、お話致しましょう。私は実は先程も申上げました通り日本橋の本石町《ほんこく》で些《ちょっ》とした質屋を営んでおります者でございますが、元々資本も余り豊でございません上に近年の不景気で商売も巧く参りません所から、今までは番頭小僧も二三人居りましたのを、去年の秋頃残らず暇《いとま》を遣わしまして、只今は僅《たっ》た一人番頭が居りますばかり、それも喰わせてくれれば給料に望みなしと申すものですから使っておるのでございます」

「その殊勝《しゅしょう》な番頭さんは何と言いなさるな」

「須山仙吉と申しましてね、それはそれは目から鼻へ抜けるような怜悧《りこう》な人物、全く給料なしでは可哀相ですけれども、先方《むこう》から望んで来る者を断るにも当りませんし」

「そうそう、幸福《しあわせ》な者を置き当てられた。しかし給料なしでそのように働くと……ははア、何ぞ一つ位は欠点がありはしませんかな」

「否《いい》え何もございません。ただ写真道楽でしてな、私の家《うち》と申しますのが、以前外国人の関係した何商会とやらの事務所の跡だと申すので、質屋には不似合、それで高襟《ハイカラ》な所は大方先年造り変えましたけれども、地下室と申しますか、変な穴蔵みたような物だけは潰さずにおいて物置同様にしてあります。それへ奴さん時々入りましてな、写真の種板なぞを弄《いじ》っておりますーーまアその位な事で、その外には全く無類の奉公人でございます、ハイ」

「今でも奉公しておるのじゃね」

「勤めております。外には婆さんの御飯焚きと十八になります私の妹《いもと》とがおりますばかり」

「十八になる妹さん……ふム、年頃じゃな……美しい方であろうか」

と博士は大真面目。

「へへへ、その辺はいかがでございましょうか、親身の妹でございますから御免を蒙《こうむ》りまして……何しろ気質《きだて》の柔《やさ》しい子でございましてな、家内の失くなった後、私の始末をば一切致してくれております。で、まずは家内四人、商売が繁昌せぬと申すだけで至極穏かに暮しておりましたところ、偶《ひょっ》くりその広告のために一変動が起りかけましたので、と申しますのは忘れもしませぬ去年の十一月二十六日の事、仙吉が他処《よそ》からこの新聞を持って帰って参りましてな、嘆息《ためいき》を吐いて突然《いきなり》私に向い、ああああ旦那、私は頭が禿げていないのが残念ですと申します。可笑《おか》しな事を言う、何故だと訊きますと、だって若禿組合に欠員が出来たじゃありませんか、それへ首尾よく入ったが最後甘《うま》い儲けが出来ますぜ。金の使い方に困っているああいう組合を見逃すとは何たる不運か、自分も頭が禿げていたら早速《さっそく》飛込むんだけれど、と口惜《くや》しがります。私はまた御承知の通り質屋と申す商売は店にばかり縮《すく》んでいる商売ですから滅多に外出《そとで》はせず、世間の事は皆目不案内ゆえ、そりゃまたどうした訳かと不審《いぶ》かりますと、仙吉は目を円くして、旦那は若禿組合を御存知ないんですか。若禿組合、ツイぞ聞いた事もない。へえ、そいつア驚きましたね。旦那なんぞは早速組合員におなんなさる資格がおありじゃございませんか。と私の頭を羨しそうに眺めたものです。その組合員とやらになれば一体どういう利益《とく》があるんだと訊きますと、なに年に五百四五十円にしきゃなりませんが、仕事が楽で加之《おまけ》に片手間に出来る事なんですからねえ。なるほどそれは耳寄りな儲け口だ、どういう仕事だか話してくれと申しますと、番頭が差出して見せてくれたのがこの広告でございます。え、旦那、御覧の通り欠員募集の広告が出ていましょう。何でも聞く所に依りますとこの渥川伊佐雄という人物は米国へ渡って働いている中《うち》、些とした鉱山か何か掘り当てて大金持になった者だそうですぜ。ところが当人若い頃から丁度旦那のように頭がツルツルに禿げていて、そのために随分気の引ける事もあり極《きまり》の悪い思いもしたというので甚《ひど》く世の中の若禿頭に同情してしまったんですね。で、先年病気で死ぬ時に遺言をして、莫大の金を若禿の人々のためになるように使ってくれと注文したので、そこで若禿組合というのが出来たんだそうです。と申しますから、でも若禿というたら広い世間にはかなり多いだろうじゃないか。いいえ、それが規定《きまり》があるんで、その渥川という人が東京の出だというので東京人に限るんだそうです。どうです旦那、御思召《おぼしめし》があったら行って衝突《ぶつつか》って御覧になっちゃ。旦那の禿げ工合なら及第間違いなしですぜ。とこのようにまア勧められましたものですから私もすっかり乗気になってしまいました。御覧の如く私の頭と来たら年に似合わず禿げも禿げたり、薬罐《やかん》と申しましょうか、茫々たる砂漠と申しましょうか、毛なんぞ一本もありませんからな。まず禿仲間の中に出ても退けは取るまい。それに仙吉の奴が何でも心得ているらしいから、彼奴《きやつ》を参謀としたら或は及第せぬとも限らぬと考えました。で、仙吉にその旨を申しますと彼奴も大《おおい》に喜びまして、十二月三日の来るのを待ち構え、いよいよその日になりますと広告通り、午前十一時までに二人して牛込東五軒町の事務所へ訪ねて参ったのでございます」

三　禿頭の撰抜試験

「ヘエ、実際行ってみたんですか！」

と中尾医学士が眼を睜《みは》って言った。

「参りました、ところが実に驚いてしまいましたねえ。事務所を指して禿頭の寄せ来るわ、寄せ来るわ、東から西から、南から北から彼方《あっち》の電車通りから、此方《こっち》の小路から、いやどうも夥しい薬罐の数、昔絵本で見ました、清盛の邸の庭に数万の髑髏が押重なって現われたというあれを思い出しましたな。あの一片の広告のためにこうも禿頭が集るものか、お米が両に三升台の生活難の世の中、一円五十銭という結構な日給にあり附こうとするのは無理もないが、さりとてこの中から僅《たっ》た一人を撰抜するんでは、こりゃ到底《とて》も駄目だわいと、私はもう悄《しょ》気げてしまって寧《いっ》そ断念《あきら》めようと致しますと、仙吉はなかなか度胸者、そんな気の弱い事でどうするもんですか、宝の山に入りながら手を空《むな》くして出る事はない、まア私の後に従《つ》いていらっしゃいとばかり、先に立ったと見ますると両手を振って人波を押分け、搔き分け、或は突き退け、或は蹴飛ばしとうとう事務所の玄関の中まで漕ぎつけました。ここも人の山、莞爾《にこにこ》して入って行く奴、脹れて帰りかける奴、どうも千差万別大変な騒動です」

「なるほど面白い、実に珍談もあればあるものじゃ！」と博士も乗気になって椅子を進め、「ふム……それからどうなすった」

「それから漸《やっ》との事で試験の室へ入って見まするると、粗末な絨氈が敷《し》かって、椅子が二三脚に卓子《ていぶる》が一つ、その前に一人の丈の低い痩せぎすなやはり禿頭の髭の紳士が控えていて、これが候補者の禿工合を一々検査しては、やれ規定よりは年齢を取り過ぎているとか、やれ禿方が少いとか、それぞれ難癖をつけては追い帰しています。その形勢を見てまたもや私は悄気《しょ》げ返っていましたところ、いよいよ私の番となると髭先生大層愛想が宜しく、物になりそうと見て取ったか私共二人だけを残して一時扉《と》を立て切ってしまいました。ええこの方は大津彌一《やいち》さんと申しまして私の主人でございますが、広告を拝見して出て参った次第でして、何分宜しく御願い申上げまする。とこう番頭が申しますと、いや、素的素的このような立派な禿塩梅《あんばい》を見た事がない。貴君なら優等の成績を以て及第じゃと、髭先生こっちが極が悪くなるほど私の頭を左見右見《とみこうみ》して撫でて見たりなぞ致したんですよ。そしてこれは好い、この禿げ工合は申分なしじゃ、では貴君を当撰者と定《き》めましょう、と言ってそれから窓から頭を突出し、当撰者の定まった事を大声に宣告しますと、禿頭団の落胆《がっかり》した唸声が混雑《ごっちゃ》になって聞こえてきましたが、間もなく皆な引取ったとみえ四辺《あたり》は寂然《しん》となって、ただ我々三人ばかりが残りました」

「その髭の男は何者であったろう」

「ええ、それは直ぐ先方から名乗りました。自分は門原賢道《かどはらけんどう》と申すもので若禿組合の理事であるが、貴君は、ああ大津彌一さん、御住居《おすまい》は、御年齢《おとし》は、御商売は、と種々《いろいろ》問い訊《ただ》した末、貴君は御家内様《おかみさん》がおありか、御家族がおありかと訊きます。否《いや》、只今は独身者《ひとりもの》でございます。ふム、それは困ったの、元来この組合の規則として家族持ちの人を扶助するという事になっているのじゃが……と暫時《しばらく》思案致しましてね、やがて思い返したように、否、しかし他人ならば御断りする場合じゃが、こういう立派な禿頭をせっかく取り逃すのは借しい。宜しい、やっぱり貴君を採用する事に定めましょうが、何日《いっ》から通われますか。さア実は商売をやっていますのでそれに困りますが、と当惑致しますと、番頭が口を出して、旦那御店の方なら御心配なさいますな。口憚ったい言草ですがこの仙吉がチャンと構えて御留守居役はきっと勤めます。と頼《たのも》しく受合ってくれました、時間を訊きますと毎日午前十時から午後二時までとの事、腕利の仙吉が留守居をする以上これも安心、それに質屋の忙しいのは主に夕刻ですからそれにも差支はないと申すもの、また給料は一週間一週間払いとして毎日一円五十銭、一週十円五十銭と申すのですから私もすっかり心が動きました。では明日《みょうにち》からでも御世話になりますが、一体どのような仕事を致すのでしょう、と申しますると門原という理事は苦もない顔をして、なに、規則正しくさえ出勤してくれれば好いので、規定の時間中に一歩たりとも事務室以外に踏出さぬという誓約をすれば宜しい、気持が悪かろうが、急用が出来ようが時間中にここを去る事は厳禁、それに背けば忽ち解雇せねばならぬ。畏《かしこま》りました、僅《たっ》た四時間の辛棒、訳はありませぬ。ところでその間の仕事は何を致すのですかと訊ねますと、意外な楽な仕事で、ただ活版になっていない日本の珍しい古文書を浄写すればよいとの事なんです。ねえ先生、こんな甘《うま》い仕事は唐天竺を探したってないじゃございませんか！」

「棚から牡丹餅《ぼたもち》じゃ。それでいよいよ通う事になったたんじゃね」

四　突然の解散

質屋の主人、お人好の顔を変に撫で廻しながら、

「通う事になりました。その晩家へ帰って寝床へ入ってみまするると、有頂天の心も少し鎮まり、落着いて考えれば考えるほど余り話が甘《うま》すぎる。一日に僅《たっ》た四時間の勤めで、仕事は浄写物《うつし》で、それで日給が一円五十銭！　こりゃ偶《ひょっ》とすると詐欺じゃないかとも考えましたが、別段こっちが資本金をおろすのではなし、ともかくも行ってみようとこう思い返して、翌朝は昨日言われた通り、筆、墨、硯、紙などをこっち持ちで買い整え、電車に乗って五軒町へ行ってみました。すると詐欺ではないらしく、卓子から何から万端用意してありまして、門原理事が機嫌よく出向えてくれ、浄写物の台本として古い日本綴《とじ》の皺苦茶になった或本の一の巻をまず取出してくれました。見ると漢文混りの難しい文章ですけれども、子供の時に少しばかり親が学問をさせてくれたのが役に立ちまして、それに筆記するだけですからともかくも喜び勇んで仕事に取り掛りますと、理事は時々見廻りに参りましたが、午後の二時になると浄写物を一応調べ、却々《なかなか》ハカが行くと言って賞めてくれて暇をくれました。これを最初の日として毎日毎日同様の仕事を続けましたが、一週間目になるとチャンと十円五十銭の給料を渡されましたから、私も大安心で、相変らず十時に出ては二時に退け、一週間、二週間と重って行きました。すると門原理事は初めは二三度ずつ見廻りに参ったのが段々少くなり、終《しまい》には朝些《ちょっ》と顔を見せる

だけで一日会わぬ事もありましたが、しかし私は正直に規定《きそく》を守って決して時間中は事務室を離れませんでした。何しろ迂《うっ》かりした事でまたと掛け換えのないこんな好い仕事を取り逃すのは残念でございますからねえ」

「道理《もっとも》、道理」

「で、このような有様《ありさま》で八週間というもの続きました。浄写物も一巻一巻と片が附いて五巻まで終え、筆記した原稿は一つの棚一パイになる位に積もりました。ところがどうでしょう、この甘い仕事が突然《だしぬけ》にパタリと終局《おしまい》になってしまいました」

「終局に？」

「そうです、それがしかも今朝の事なんです。今朝毎時《いつも》の通り十時に行って見ますと、事務所の戸がピタリと閉まっていて表にこのような貼札がしてあるではございませんか。まア御覧下さいまし

――」

と墨黒々と字の認《したた》めてある一枚の半紙を披げて勧進帳のように差出すのを、二人が読んでみれば、

都合により若禿組合を解散す。

とあるばかり。

上泉博士と中尾学士とは、その貼紙と貼紙の背後に見えている不安そうなキョトキョトした質屋の主人の顔とを見較べている中に、事件の滑稽な方面ばかりが何とも可笑しく胸を擽りだして堪まらず、思わずハハハと声を合せて笑い潰れると、

「何も可笑しい事は毛頭無いと心得ますが」

と客は禿げた頭の先まで真紅《まっか》にして、

「どうもただお笑い下さるだけじゃ情ない。宜しうございます、それでは他《わき》へ御願い致します」

「いやいや、御立腹では困るテ。決して悪意のあったつもりではないから、まアまア御掛けなさい」

と博士は半分腰を浮かした客を強いてまた椅子に押戻して、

「何も貴君の事件を茶にした訳ではない。確に貴君のお話は類のない奇談であるが、正直に申せばどうも少し変妙な所があります。で、その貼紙を御覧になってからどうなすった」

「私は吃驚《びっくり》してしまいまして、一時は茫然《ぼんやり》と空屋を眺めて突立っていましたが、已《や》むを得ませぬから近所の人達に様子を訊ねましたが誰も知らない。念のため大屋へ尋ねて行って質してみましたが、若禿組合なんてそんな名さえ聞いた事がないまして門原賢道なんて一向覚えもない名だと申すのです。しかし東五軒町七番地の貴君の借屋にいた人ですよ。ああ、あの禿頭の。そうです。ああああの人なら門原賢道なぞといいはせん、森下謙裁《もりしたけんさい》というて弁護士さんであったが、自分で家を建てたのがいよいよ落成したというので昨日そっちに移られたと申しますから、移転《ひっこし》先を訊くと麻布霞町との事。先生、私は態々《わざわざ》そっちまで尋ねて参りましたよ。そして大屋さんから聞いた番地を散々探しましたけれども、門原と申す人物も、森下と申す人物も皆目住んでおりませんのです」

「それでどうなすったか」

「仕方がございませんから、この上は番頭の意見を聞いてまた分別しようと悄々《すごすご》と家へ戻りました。けれども仙吉にも格別名案もございませず、いずれ先方から手紙ででも挨拶がありましょうからお待ちなさいと申すばかりでございます。しかし私には辛抱が出来ません。先生、あのような結構な働き口をこのまま無惨無惨《むざむざ》失くしてしまいますのはどうも未練が残って断念《あきら》められませぬ。叶わぬまでももう一度突き留めようと思いまして、それには智恵者《しゃ》の先生様が御力になる方と承り、苦しい時の神頼み御縋《おすが》り申しに罷り出ましたような次第でございます」

「それは能《よ》う来なすった、私《わし》も性分柄でな、このような珍事件に関係するのは至極好きじゃから、まア出来るだけは御骨を折りましょう。お話の模様では、最初に考えたよりも重大な問題が含まれておろうも知れぬ。貴君はしかし好い働き口を失くされたというようなものの、今まで八週間の給料八十余円は丸儲けをなされたようなものじゃからなア、ハハハハ」

「いえいえ、給料の事もそれは惜しゅうございますが、第一に不審でなりませんのは、そんなにまで資本《もとで》を掛けて悪戯をする――悪戯でないかも知れませぬが――その心持が解りませぬので」

「それも研究すれば追々解りましょう。ところで一二点お訊ねするが、その初めて貴君に広告を見せた仙吉という番頭じゃね、その男は貴君の店にいつ頃から奉公したのかね」

「なに、その頃やッと一月《ひとつき》ばかり経ちました位なもので」

「どういう関係で雇い入れました」

「新聞へ広告致しました。前にもお話致しました通り一時は皆奉公人を出しましたのでございますが、いかにも不便でございますから、極く廉《やす》い給料で望人《のぞみて》があったらと広告致しましたところ、質屋に経験のある若者が十人ほど参りましたその中からあの男を選びましたのでございます」

「どのような人相の男じゃろう」

「小柄で、厳然《がっしり》した体格で、クルクルと敏捷《すばや》く働く男でございます。三十は越しておりましょうが、顔はツルツルと致して髭なぞは一本もなく、眼が少し落ち窪んで、小鼻の上に黒子《ほくろ》がございます」

博士は何故か熱心に眼を輝かせ、

「ハハア、黒子がある。して右頬の耳の下に微《かすか》な焼傷《やけど》がありはせぬかな」

「ありますあります。子供の頃母親に洋燈《ランプ》を落とされた痕だとか申しております」

「ふーン！」

と博士は深い瞑想の淵に沈みながら、

「その男はまだ奉公しておるのじゃね」

「おる段ではございませぬ。只今も店で話をして参ったばかりでございます」

「御商売は貴君の御不在中も差支えがなかったのですな」

「何の障《さわり》もございませんでした」

「宜しい。多分は一両日中にこの事件に対して何か私の意見も申上げられましょう。今日は土曜日ですな、では明後日の月曜日までにはきっと解決する事にして上げましょう。今日はもう御引取りなすって宜しい」

「では何分ともに御願い仕りまする」

客はなお懇々と博士に頼み込んだ上、慇懃《いんぎん》に二人に辞儀をして出て行った。

五　博士の質入

質屋の主人を送り出した上泉博士は中尾学士に向い、

「一体君はこの事件をどう思うか」

「何の意見もまだ持ちませぬ。ただ不思議というの他はありません」

「えて奇怪な話というものは事実が存外平凡で、尋常一様の罪悪が、恰《ちょう》ど特長のない人間の顔は覚え悪《にく》いと同様、却て混乱しているものじゃから、どれがどれと一様には申されんがのう……ともかくこの事件を一つ至急に解決せねばならぬ」

「これからどういう方法を御採《おと》りですか」

「まず一服さ。巻煙草《たばこ》の三本も吸う間《うち》には片が附くじゃろう。些《ちょっ》と十五分間ばかりは話し掛けずにいてもらいたいものじゃ」

こう言って博士は椅子の上に膝を抱いて背を円々と丸め、眼を閉じ、鳥の嘴《くちばし》のようにパイプを咬《くわ》えて黙想する事五分――十分――中尾学士は終いには退屈して生欠伸のし続け、こりゃ先生は座睡《いねむり》をなすったわいと思ううちに、自分は真実《ほんと》にコクリコクリと舟を漕ぎ出した。途端に博士がスックと椅子を離れて立上ったので吃驚《びっくり》して眼が醒める。博士の顔を見ると何やら断乎たる決心の色が浮んでいる。が、その言うことは呑気至極なもの――

「中尾君、睡気醒ましに帝劇へでも行こうではないか。二時からあすこに英国の歌劇団のオペラがあるというから」

と促し立てて身支度をしてサッサと先きに校舎を出る。

二人は電車に乗って本石町まで来ると、博士は、

「些《ちょっ》と質屋へ廻って行こう」

と言って電車を降りた。本通りの西洋雑貨店の角を西に折れると御濠端《おほりばた》の帝国銀行の裏手に添うた街、それを進んで北側だけの片側町《かたがわまち》になった所へ出ると、質屋の大津屋は直ぐ解った。

なるほど、木造の西洋建てを改築したという不調和な体裁、ささやかな植込を距《へだ》てて通りとは一間ばかり引込んでいるが、二階には青塗りの硝子窓があって、その下には日本風の質屋の暖簾《のれん》が風に翻いているといったありさま、博士は熟《じっ》とこの家の外観を眺めていたが、やがて意を決して学士を従えズッと暖簾を潜った。

上框《あがりかまち》にはお定まりの細長い格子が仕切ってあって、中に帳場、小さな金庫、火鉢、その火鉢の傍《わき》に一人の十八九の娘が編物をしている所。服装《なり》も相応で、似た容貌《おもざし》が一見して主人の妹と解るが、縹緻《きりょう》がいかにも悪い。色が黒くて凸額《おでこ》で唇も厚い。まずは十人並以下の代物であろう。娘は博士等の姿を見ると慌てて立上って、

「仙吉さん、お客様ですよ」

と呼んで奥へ入って行ってしまった。

代って現われたのは角帯に前垂掛《まえだれがけ》の一人の若い番頭である。博士の睨む眼が人知れず屹《きっ》と光ったのが中尾学士には能く解る。見るとそれは小柄の敏捷《はしっこ》そうな男、顔はツルツルと綺麗であるが、窪んだ

眼が鋭い。それに小鼻の黒子、右耳の下の焼傷痕は確《てっ》きり主人の話の中に出て来た番頭に違いない。

「この時計を五十円に取ってもらいたい」

と博士は無造作に金時計を外して出す。

番頭は手に取って調べながら、

「大層結構な御品ですな。けれども精々勉強しまして三十円に願いたいもので」

「いや、それでは困る」

と押問答しながら、博士は洋杖《ステッキ》の端で何故か土間をコツコツと、何気なき状《さま》にあちこち叩いてみている。

結局値段が折合わない。と、博士はそれを機会《しお》に質屋の店を出てしまった。歩きながら、

「仲々機敏な奴じゃ。機敏にかけてはこの東京中でも四番目位な男じゃろう。が大胆さにおいては或は三番目より下らぬかも知れぬ。彼奴《きゃつ》の事は前から私《わし》も少し承知している」

「全く今度の事件にはあの男がよほど関係しておりますね。先生はあれを御覧になるために御寄りになったのでしょう」

「彼男《あれ》を見るばかりではない」

「主人の妹ですか」

「それればかりでもない」

「では何でしょう」

「番頭の前垂を観察したのさ」

「ヘエ、前垂を！　してそりゃどうなっていましたか」

「私《わし》の想像した通りになっていた」

「洋杖で土間を御叩きになったのは？」

「中尾君、今は無駄話の時じゃない、研究の時なんじゃ。我々は謂わば敵地に侵入して偵察を行うておるようなものじゃからねえ……それはそうと街の工合も一応調べておこう」

人、俥、自転車、自動車の絡繹《らくえき》たる騒ぎをとある町角に避けながら、博士は大津屋の建築工合、位置、広さ、そこの町幅、近所に軒を連ねる商家の種類などを仔細に観察する風であった。

間もなく博士は外濠《そとぼり》の電車で帝劇へと向った。

元来博士は音楽好き、されば美々《びび》しい帝劇の豊《ふっ》くりと柔い椅子に埋れて外人の歌劇を見ている間は、もう夢中になって日頃の博士とは別人のよう、稔かに微笑んだ顔、暢々《のびのび》とした頬の筋肉、恍《うっ》とりとした眼付、誰かこれが敏速、果断、罪悪に対して嗅感の鋭敏なる事猟犬の如き博士と思おうぞ。しかしながら日頃博士に親近している中尾医学士の眼には、博士のこの平常悠閑《ゆうかん》の態度が却て恐しく映る。休眠火山のようにこうして表面の落着いているのが薄気味が悪い。胸の奥の奥ではどのような爆発的火焔が渦巻いておろうも知れぬ。

果然、夜の七時頃になると、未だ歌劇の閉《は》ねない中に、博士は助手を促して帝劇を出た。

「君は家へ帰るだろう」

「ハイ、御用がございませんければ」

「ここ二三時間は私が単独で働かねばならぬ。若禿組合の事件は意外に大問題らしい」

「どう大問題ですか」

「その裏面には或は重大な犯罪が含まれているかも知れぬ。我々は今やそれを防遏《ぼうあつ》すべき時機に臨んでいると思われるのじゃ。で、一日も忽《ゆるがせ》にすべからざるほど問題が切迫しておるらしいので今夜尚《も》一度君の手を藉《かり》ねばなるまいかと思う」

「何時頃にですか」

「十時を期して警視庁に私を訪ねてもらいたい。それから念のために言うておくが、多少の危険を予想して短銃《ピストル》か仕込杖を用意して来るが好いな」

こう言って博士は何処《いずく》ともなく別れて行った。

中尾助手は混乱した胸を抱いて本郷の家路に向った。博士は既製の事実を洞察すると共に、まさに起らんとする犯罪までをも予想した如く見える。博士と同じ話を聴き、同じ現場、人物を観察した身でありながら、事件の一端をも未だ推察し得ないとはよくよく愛相のつきた頭である。ああ、不思議とも不思議なる若禿組合、そして今夜々中の冒険とはどこへ押掛けるのだろう。武装して来いとは何の謂《いわ》れか。かの質屋の番頭仙吉が曲者なる事は博士の口振りで解ったが、さていかなる関係を彼奴《きゃつ》が本事件に有しているのか。

考えても考えても、彼には合点の行かぬ事だらけだ。

六　地下室の床石

その夜の十時、約の如く中尾医学士が警視庁へ訪問すると、上泉博士は楼上《ろうじょう》の一室に二名の人物と対談最中。見れば制服の一名の警官は予《かね》て承知の岩間警部。他のフロックを着た丈のヒョロ長い沈鬱な人相の紳士は、博士の紹介で帝国銀行の天根《あまね》という支配人である事が解った。

彼等は既に若禿組合事件について、熱心に論談している風であったが、岩間警部は快活に、中尾医学士に向い、

「中尾さん、また御仲間になって猟に出掛けるとは因縁ですな。上泉先生は獲物を見付ける事は御上手ですよ。我々はつまり猟犬ですな」

「泰山鳴動して鼠一疋にならねばよいですがなア」

と支配人は悲観した口振り。

「否々《いやいや》、上泉先生なら御信用あって間違《まちがい》はありません。時とすると我々実際家から拝見すると少し定論に傾き過ぎておられると思う場合もあるが、しかし探偵の御手際は却々《なかなか》大したもので、現に日剣党《にっけんとう》の事件等における学問上からの御名察には我々黒人《くろうと》も舌を巻いて三舎を避けました」

「御賞めに与かって恐入ります」と博士は微笑みながら「とにかく今夜の獲物は大したものですぞ、天根さん、貴君に取っては或は莫大な金額に相当するものかも知れん。また岩間君に取っては、多年

跟《つ》け的《ねろ》うている曲者を進上する事になるじゃろうと思う」

「私が多年跟け的っている曲者というのは、今の所隼《はやぶさ》の関三《せきぞう》という奴より外にありませんがね。此奴《こいつ》はまだ年こそ若いが殺人、強盗、贋金使《にせがね》い、大詐欺師という肩書附きの悪党で、相当な家の息子であったのが堕落したんですから学問も些《ちょっ》とあり、殊に工兵上りですから大仕掛の仕事をやるんです。で、私が主任となって躍気となって跟け廻しているんですけれども、神出鬼没の奴でどうしても縛に就きません」

「其奴《そやつ》を或は今夜御紹介申そう。私《わし》も知っておるが却々の曲者じゃ。それはそうともう十時を過ぎたで出掛けるとしましょうかな」

間もなく四台の俥は警視庁を放れ、星光《ほしかげ》凍る冬の夜の闇を衝《つ》いて鍛冶橋《かじばし》を渡り外濠へ出た。電車道に添うて北へ進み、両替町《りょうがえちょう》の角まで来ると俥を棄てた。

指して行衛は、もう中尾医学士の推察した通り帝国銀行であった。夜天に聳《そびゆ》る巨城の如き黒怪物、その前庭を警戒する兵士と巡査とに、岩間、天根の二人は何をか打明けた後、博士等師弟を導いてまず重い鉄門を潜った。中には暗い廊下があちこちに岐れている、その一つを取って幾曲りかして行くと、またもや一つの鉄扉《てっぴ》が面《おもて》を圧して立っている。これを潜ると支配人は懐中電燈を点し、螺旋形の石の階段を先頭《さき》に立った。この辺は大建築物の奥の奥であろう。冥府《よみ》へ降《くだ》るが如き心地して一歩一歩と降りてゆくと、突当りに三度目の鉄扉、それを開くと一個の広い地下室へ出た。暗い、暗い、実に暗い。そして冷たい地臭《つち》いような籠った匂いが鼻を衝く。透かして見れば室の周囲には数多《あまた》の金庫と厳重な鉄箱とが列《なら》んでいる。

博士は懐中電燈で四辺《あたり》を照し観ながら、

「これは堅固な室じゃ。これならば上から襲われる気遣いはありませんな」

「下からもこの通り大丈夫です」と天根支配人は洋杖で床の扁石《ひらいし》をトントンと叩いて見たが「ハテ変だぞ。この洞《うつろ》の音はどうしたものじゃ？　まるで下が空洞のような音だが……」

となお叩き廻るのを、博士は叱《し》ッと制して傍《かたわら》に控えさせ、拡大鏡を取出し床の敷石を仔細に検査する事五六分間。

「ふム……まだざッと一時間は猶予があるな。彼奴等《きゃつ》もあの好人物《おひとよし》の主人が寝就くまでは手を出せまいからな。中尾君、御承知の如く我々は今帝国銀行の地下室におるのじゃが何故曲者等がこの地下室を的《ねら》うという理由は天根さんが御存知じゃろう」

「それは倫敦借款で出来た現金を的うんでしょう」と支配人は小声で「ここにある金庫や鉄箱は皆それです。どうも形勢が不穏ですからこの頃中一層警戒を厳重にしていたのです」

「なるほど、それで一層万事が明瞭になりました。しかし一時間後にはもうその御心配も要らなくなりましょう……ところで徐々《そろそろ》戦闘準備に取り掛るかな。まずいずれも懐中電燈を消して頂きたい」

「真暗にするんですかな」

「左様、敵の作業がよほどまで切込んで参っているようじゃから燈火《あかり》があってはなりません。それに吾々の配置を定《き》めておかねばならぬ。無論機先を制して取っ締《ち》めるつもりではあるが油断をすると詰らぬ目に遇わせられぬとも限らぬ。私《わし》はこの金庫の横に立っておるから、貴君方三人はソレと、ソレと、ソレの背後《うしろ》に隠れておらるるが好い。そして私が曲者の上に颯《さっ》と電燈の光を浴びせ掛けたらば一時に飛出して頂きたい、先方《むこう》で短銃《ピストル》でも撃ったら、中尾君、君も構わず撃《ぶ》っ放せッ！」

七　床下の怪光

四人はそれぞれ暗中に配置に就いた。中尾医学士は金庫の縁に短銃を当てて身構えた。暗いといっても法外な暗さ、鼻を摑《つま》まれても解らない、各々或《めいめい》冒険的の期待のために神経が興奮して動悸が昂まっているが、地下室の真夜中の暗鬱冷湿の空気を嗅ぐと、また悄然たる可厭《いや》な気持になる。

「退路《にげみち》はただ一ヶ所である」と暫時《しばらく》すると博士が囁いた。「岩間君、私の希望した通りに手配りをして下すったろうな」

「御注文通り、質屋の周囲には四五人の巡査を配《くば》らせました」

と闇の中で返事がある。

「ではもう口を噤《と》じてただ待つばかりじゃ」

一室森沈闃寂《しんちんげきじゃく》、互に波打つ動悸の音も聞ゆるばかりである。

かくして千秋の思いを以て待つ事二十分――三十分――四十分……一種の圧迫、一種危険の瞬間が一秒一秒に切迫しつつある感じがする。

突如、一條《ひとすじ》の光線が夢の如く闇を劈《つんざ》いた。驚くべし、それは床下から閃《きらめ》き出たのであった。

最初は扁石の間から微茫《びぼう》として蒼白く射すに過ぎなんだが次第次第に黄色の太い光線となった。と思う間に、何等の物音もせず忽ち一個の穴が目前の床にパクリと明きそうな形勢となった。それは扁石の隙間から一本の人間の手がニュッと現われたのである。白い殆ど女のような手である。その手はしばらくユラユラと揺れていたが、また忽然として引込んでしまった。一室再び暗黒、蒼白き光が床下に漂うばかりである。

しかしながらそれは僅《ほん》の瞬間であった。ゴトゴト、ゴトゴトという音と共に、広い白い石の一枚が魔術のように転覆《ひっくりか》えって、そこに正方形の穴が洞然として現出し、懐中電燈の光が燦然として煌《きらめ》き出した、その光の中へ浮いて出《い》でたのは、眼の窪んだ、髭のない、小鼻に黒子のある一つの顔であった。さて番頭は電燈の光で些《ちょっ》と四辺を見廻したが、安心したものか両手を穴の縁に掛け、肩、胸、腰と次第に体をセリ上がらせ、ヒラヒラ穴の縁に腰を掛けた。掛けると手を延べてまだ下にいる一人の男を引張り上げようとする。それは丈の低い、痩せぎすな禿頭の男である。

「素的、素的、望み通りにいったぜ……」と番頭は低めた声で「鑿《のみ》と袋とを忘れはしまいなア、そうか、好し、じゃ縁へ手をかけて……そうだ……飛び上れ……」

途端に上泉博士は猛然として金庫の横から躍り出て、番頭の肩をムンズと摑んだ。と、穴の下なる禿頭は吃驚仰天、逃げんとするのを、隙《す》かさず岩間警部が飛び掛ったが、羽織だけ手に残って体は闇に沈んでしまった。

「畜生」

と番頭が短銃《ピストル》を取出した。その銃身がキラリと光る一刹那、博士は力を籠めてポンと叩く、短銃は曲者の手を放れてガラガラと穴に転がり落ちる。

「どうじゃ、隼の関三、もう観念して恐れ入れい！」

と博士が温和しく言った。

「あああ、巧くやられたなア！」と隼の関三はちっとも悪怯《わるび》れず「一歩《ひとあし》違いで禿彦《はげひこ》の奴め巧えことをしやがった！」

「ところが向うの出口の質屋の周囲《まわり》は巡査がすっかり取り巻いているぞよ」

「お前等の若禿組合の仕組みにも感心じゃ。なかなか新奇で効目があったのう」

「それもしかし上泉先生の目に掛ってはお終いだ。貴様の仲間はもうあっちの口で縄に掛ったろう。隼の関三、年貢の納め時だ、神妙にしろ！」

と岩間警部がドンと衝く。衝かれてハッと床に倒《のめ》るのを一條《ひとすじ》の取縄が彼の体を巻いたのである。

＊　＊　＊　＊　＊　＊　＊　＊　＊

翌日中尾医学士が高輪の邸に上泉博士を訪ねて、今回の若禿組合事件探偵の経路を訊くと、博士は左《さ》の如く物語った。

悪漢等が相謀って有りもせぬ若禿組合を組織したのが、（禿彦の頭の禿げたるを利用して）そもそも深謀遠慮の存する所。一週間十円五十銭の犠牲を払って同じく禿頭の質屋の主人を雇うたのは、毎日一定の時間彼をしてその家を不在にせしむる策略であった。番頭仙吉が無給で雇われていると聞いた時から博士は既にその何等かの目的ある事を観破したのである。しからばその目的は何であろう。質屋の主人の妹が若い美人であったらば恋のためとも言われようが、妹は醜婦、それに目を掛ける謂《いわ》れはない、財産強奪のためとしては大津屋は余りに貧乏な家である。と、どうしても番頭が入込んだ目的は質屋の家屋その物を利用するためとより他は思われぬ。時に博士は番頭が写真道楽で時々穴蔵に籠もると聞いた。ああ穴蔵！　しかして番頭の人相は予《かね》て目を付けている悪人隼の関三に酷似する！　隼はかの家の穴蔵に籠もって何等かの仕事をするために番頭に化けたのである。そしてその仕事は数十日を要する大仕事である。博士は種々推測の結果、穴蔵より他の場所に通ずる長き隧道《とんねる》を穿《うが》つのほか、他にかくの如き長日月を要する仕事はないと断定した。

次で博士等の大津屋偵察《さき》となった。金時計を利用して博士は番頭の正体が果して隼である事を確めた。その時に洋杖の端で土間を叩いたのは、隧道の方向がいずれに向っているかを探ったのである。なお博士は隼の前垂に注意した。その膝の辺が擦切れて泥の痕を存していたのは、ますます地下の仕事をしている事を確証した。しからば隧道の行く先はいかん。博士は附近の形勢を視察した。果然彼の眼に焼き付くように映ったのは、道路を距てた石造の帝国銀行の大建築！　しかも問題はその夜に切迫していた、いかんとなれば彼等が若禿組合を解散したのは、即ち隧道が成就して最早質屋の主人の外出を要しなくなったからである。そこで捕方に向ったのであった。

ホシナ大探偵（押川春浪訳）

《一》贅沢な浴場

「ハハア、京都だナ」

疾風《はやかぜ》のホシナと呼ばれた保科《ほしな》大探偵は、何んと思ったか凝乎《じっ》と僕の長靴を見詰めていたが、唐突《だしぬけ》にこの様な質問を発した。恰度《ちょうど》その時、僕は安楽椅子に凭《よ》り掛かって、ダラリと脚を投げ出していたのだが、大探偵は一心に僕の長靴を見詰めているので、これはテッキリ長靴の問題だなと思い、少し首を擡《もた》げて、

「串戯《じょうだん》じゃないよ、これでも舶来だぜ、巴里《ぱりー》で仕込んで来たのだよ」

と、僕が聊《いささ》かムッとしてこう答えると、保科大探偵は俄かに微笑を唇辺に湛えながら
「イヤ君浴《ゆ》の事だよ、京都の上方浴だろうと言うんだ、君は何故粋《いなせ》な江戸名物の銭湯に入らずに、贅沢な、ハイカラな上方浴なんぞへ行くのだと聞くのだよ」

「ああそうか、それはね…………僕はこの二三日何だか脚気《かっけ》の気味で頗る閉口しているんだ。ところが或人に聞くと、上方湯は大層塩分を含んでいて、脚気に好いと云うものだからね、物は試しと入ってみたまでさ。

所でだね、保科君…………」

僕はなおも語《ことば》を続けた。

「君は僕の長靴を見て直ぐ上方浴だと断定したようだが、何かい、長靴と上方浴と何か関係でもあると言うのかね」

と反問した。

「ハハハ渡邊君」と保科君は聊か戯談《じょうだん》半分の口調で、

「推論というものは大抵間違わんものだよ、僕はそれを説明する順序として、最一つ質問を発してみよう。君は今朝《こんちょう》誰れかと相乗《あいのり》で自動車を飛したね、どうした、これが同じ推理で説明し得るんだ」

僕は直ぐ反対した。聊か語気も荒々しく、

「そんな君、全然異った問題で説明する事は出来んよ」

と云うと、保科君は言下に「それだ、それだ」と膝を叩いて連呼しながら、

「渡邊君、君の反対は理窟としては申分がないがね、僕の説明する所を静かに聞き給え、まず自動車の方から初めようか、見給え君の上衣の袖と肩には大変に泥のハネが上っているね、ところでだ、君がもし自働車の真中に居たとすれば、全く泥撥《はね》が上っていないが、例令《たとえ》いたにしても、左右が同様に上っているはずじゃないか。して見ると君は自働車の左側に乗っていたという事は慥《たし》かだ、同様に君は誰か同伴《つれ》と相乗りを遣っていたという結論が出るだろう、理屈というものはまずこうしたものさ」

「それはそうさ、しかし浴と長靴の関係は別だぜ」

「同《おん》じ事さ、君の長靴の紐の結び方は何時《いつ》でも習慣で一定している。ところが今《い》ま見ると今日は大分に異《ちが》う、第一にハイカラだ、君の柄になく蝶結びか何かに成っている。して見ると君は何所で一度長靴を脱いだに相違ない。さらば穿く時に誰がその紐を結んだか、これが大切な所なんだ、それは慥かに靴屋か、左《さ》なくば上方浴の給仕《ボーイ》だ。しかれども君の靴は未《ま》だ新品《あら》なのだから靴屋の手に掛るはずは

ない。さあいよいよ靴屋でないとすると、誰だろうね、言うまでもない上方湯の給仕じゃ無いか、先《ま》あそんな事は何うでも宜いとして、君がそもそも思出したように上方浴へ入ったに付ては、そこに啻《ただ》ならぬ仔細があると、僕は睨んだがどうだい」

「フーム、その理由とは……」

「君は半ば好奇心で入ったまでだと言うだろうがね、そこだよ贅沢な上方浴へ入ってさ、特別浴槽《ゆぶね》まで買い込んで、大尽風を吹かしたのは宜いが、どうだ名古屋に何か野心でもあったのだろう」

「なんだって、おい……」

保科君は安楽椅子に腰掛けながら、衣嚢《ポケット》から、小形の手帳を出してまた喋り出す。

「凡《およ》そ世の中に、これという親しい友達も無くて、年中其所此所《そこここ》と萍《うきくさ》のように流れ歩いている婦人位危険な者はないよ。と云って何も婦人それ自身が有害だと云うのではないがね、どうも他の人々を罪悪に陥れる誘惑物になりたがるんだ。かの女の生涯が恰《まる》で萍さ、力と頼む者が一人だってあるじゃなし、それでいて年中旅から旅へ移り歩くのには充分な財産は持っている。ところで彼女《かれ》の危《あやう》い事は時々消失せるのでね、何の事はない広野《ひろの》に迷う雛鶏のような者さ。能《よ》く狐に浚われるが不思議な事に能く助かる。だから僕はこの際かの河野楠子《こうのくすこ》嬢の身の上に何か危険な事が起っているのじゃないかと思うんだ」

話が大分混雑《こみい》ってきて、僕の方面の事などは、何となく除外されそうだ、保科君の話は未だ続く、

「楠子嬢は君も知ってるだろうが、有名なる故河野伯の直系で、伯が唯一人の遺孤《わすれがたみ》なんだ。世装財《しょたいざい》産《さん》は男系の人が相続したが、それでも嬢には莫大な財産と、古代西洋の銀地へ金剛石《だいやもんど》を挟《ちりば》めた立派な頸飾りとを残された、これが実に大した珍品で、嬢も必ず自身で携帯している。ところで嬢は妙に人

を魅《まよわ》するような表情を持っている美人だ。歳だって今が盛りだし、立派な貴婦人なのだが、それがどうしたのか二十年の前生涯を夢のように過して、最後に唯だ一人、頼る所もなく残されてしまったのだ」

「じゃ、何かい、嬢の身の上に何か変事でも起ったと云うのかい。……全体は嬢はどうなったと云うんだ。生きてるのか、それとも死んでるのか、え、君」

「ま、ま、そう急《せ》いちゃ困る、そこが問題なんだよ、嬢は一つの美しい習慣があった。と云うのは外でもないが、例の丹波に退隠している老知事の奥様だね、土船《どぶね》未亡人さ、かの人の所へ隔週に一度必《きっ》と優しい通信を寄せて居たものでね、――僕は即ち未亡人から頼まれた訳だが――ところがこの数週間というもの少《ち》っとも通信が来ないんだ。最後の手紙は京都の東山ホテルから来ているが、何だってその旅館を出る時誰にも断りなしに出てしまったらしい。親戚は最《も》う大《おお》心配さ、どれもこれも財産家揃いの事だから、金は幾《いく》らでも出す。どうかして嬢の行衛《ゆくえ》を突き留めてくれと、こうなんだ」

「通信をするのは土船未亡人の所だけかい。未だ外にもあるようだぜ」

「無論あるさ、確かにある。銀行がそれだ、銀行の通帳《かよいちょう》を見ると嬢は確かに生存している。取引しているのは白邊《しろべ》銀行だが、あすこには預金している。僕は直ぐ駈付けて嬢の勘定書を見たがね、それに依ると何でも最後の小切手は京都振出と手形だ。金高が大方少くない所を見ると、嬢は現在その金を持っているらしい。ところがこの後に未だ一枚小切手が出ている」

「それはどこのだ。誰に宛てたの……」

「宛名は爪生桃子《うりゅうももこ》だが、振出地が書入れてないので全《ま》るで解らん。ところでその小切手は今から三週間斗《ばか》り前に、名古屋の那須銀行で現金と引替えられている、金高は五百円だ」

「爪生？　何ですその爪生桃子というのは……」

「それも解ったよ、爪生桃子というのは嬢の召使の婢《おんな》だ。ところで嬢が何故にこの婢に小切手を払ったかというのが解らない、しかれどもだね、それはもし君が調べてくれたら直ぐ解るだろうと思う」

「僕？　僕が調べるんだって……」

「とにかく探偵の第一着手として、まず名古屋へ出張する必要があるがね、ところが生憎と目下僕の父《おやじ》が危篤なんだ。それで僕はどうしても東京を離れる事が出来ない。また探偵の原則から云っても僕は当分動《うごか》ん方が上策なんだ。警察の方も僕がおらんと、ちょっと心細いし、うっかり刑事連にでも嗅ぎ付けられて表沙汰にでもなられると余り面白くない。そこで君に是非往《い》ってもらいたいんだ。僕だって無論尽力はするがね。まず何なりと君の電報を待った上の事に仕《し》ようじゃないか」

《二》気になる鞄

直ぐその翌日、僕は京都の東山ホテルに出張した。支配人の茂佐《もさ》君は恰度僕の旧知だったから、万事に好都合であった。保科君が話した如く、嬢は慥《たし》かにこの家へ数週間滞在していた。支配人の話に依ると、嬢は話をする毎に人々から大層愛好された。妙齢の事ではあり、殊には天成の麗質玉の如しというので、人々は天使か何ぞのように皆な嬢と談話を交えるのを光栄とした。茂佐支配人は例の頸輪については何も知らなかったが、婢僕の話に依ると、嬢はその寝室に在る鞄を始終気にして、絶えず錠を下しておいたそうだ。召使の鞠子というのは極く温順《すなお》な女で、現に給仕頭と夫婦《いっしょ》になっている。その住所も直ぐ解った。住居は桃戸町《ももとちょう》十一番地だ。

僕はこれだけの探偵事項を仔細に手帖に控え、保科君の腕前では、失敬だがこれだけの材料は得られまいと、内々快心の微笑を禁じ得なかった。

されども僕の探査すべき事項はこれで全部ではない。未だ一つ大切な事が残っている。「何故嬢は突然この地を出発したか」これだ。この原因については頓と手懸りがない。京都は嬢が大好きな土地で、加茂川を一目の下に見張らす一室《ま》を借り切って、未だ暫くは滞在する計画だった事は、色々の事情から考えて争われぬ事実であった。ところが一週間の宿料を払ってから、僅か一日でプイと出発して仕舞ったのだ。

それについて例の召使鞠子の亭主の次郎というのが、僅か斗《ばか》りの事実を知っている。次郎の話に依ると、嬢が突然出発した二三日前、背《せい》の高い、色の浅黒い、頬髯の一杯生えた男が、嬢を訪ねて来た。これがどうも嬢の出発に何か関係があるらしい。

「全く悪党のような奴でしたよ」

とまで次郎は言加えた、その男もやはりどこかに間借りしているはずなんだ。

嬢が河岸《かし》を散歩していると、その男は熱心に嬢に話し掛け、嬢の家へも幾度も訪問して来たが、その都度嬢は手強《てづよ》く面会を拒絶した。此奴《こやつ》は慥《たしか》に英人なのだが、肝腎の名前が解らない、こんな事があってから直ぐ嬢は出発して仕舞った。次郎の話は単にこれだけだが、なお同人の考《かんがえ》として、

「ですから所詮、この訪問と出発とが、何の事はない、原因でまた結果なのですね」と附言した。

それから未だ訳の解らぬのは、何故召使の鞠子が嬢から暇を貰ったろう？　という点だ。それについては次郎は何も言えぬし、また現在女房の事であるから言いたくもあるまい。だからもしそれを知りたいと思ったら、直接桃戸町の鞠子を捉《つかま》えて聞き取るの外はないのだ。

僕の第一の調査はともかくもこれで了《おわ》った。そこで僕は更に一歩を進めて、第二の事項たる、

「楠子嬢は京都を出立してどこへ往《い》ったのだろう」

という問題に全力を尽くした。ここに聊か奇怪なのは嬢が出立に際して、何者かに跡を尾《つけ》られぬよう、密《そ》っと飛出した形跡のある事である。即ち嬢の荷物の宛名が公然と『名古屋行』とは書いてない。そして嬢と荷物とはそれぞれ廻り道をして桐ケ瀬温泉場に到着しているのである。

《三》保命楼旅館《ほめいろうりょかん》

僕は郡役所の書記やら郡長やらに頼んで、漸《やっ》とこれだけの事を調査し得た。それから僕は直ぐその後の経過を保科君に打電して、名古屋に向った。保科君からは気息《きやす》めらしい御世辞の返電があった。

名古屋ではまた直ぐ形跡が解った。嬢は二週間ばかり保命楼旅館に滞在していた。でこの間に嬢と知り合いになったのは北国《ほくこく》生れの志賀某《ぼう》という教師とその細君とであった。嬢は何か胸底に堪え難い煩悶でもあったのであろう、頻りに寺院を尋ねて黙禱しては僅かに慰籍《なぐさめ》を得ていたらしかった。

志賀氏の立派な人格と、教育に対する満腔の努力、それから献身的に教育に従事した結果、遂に病を得たが今や漸く回復しつつあるという事実は、非常に深く嬢の心を動《うごか》した。嬢はその夫人を扶《たす》けて、色々と志賀氏を介抱した。氏は終日庭の安楽椅子に凭れて、左右に嬢と夫人を侍《かしず》かせ、常に県下の地図を拡げて、殊に熱心に岐阜付近の教育事業に関して何か面倒な論文を書いていた。

その内に志賀氏の病気は次第に宜くなったので、夫婦相携えて東京へ帰る事となった。それで嬢も夫婦と一所にこの地を立去った。これが屹度《ちょうど》今から三週間斗《ばか》り前の事で、それから端書《はがき》一枚にも接しない。以上は即ち旅館番《ばん》頭の話である。

召使の爪生桃子には嬢が出発する数日前《ぜん》に暇を出された。「最《も》う最《も》う私《わたくし》は一生涯奉公は致しません」と他の朋輩に語りながら、彼女《かれ》は泣く泣く嬢に別れたそうである。

志賀氏は出発する前に、一行の宿料を全部一人で支払って仕舞った。

宿の主人は云う、

「序《ついで》に申《もうし》ますが、楠子嬢を訪ねて御出《おいで》になったのは貴下《あなた》斗《ばか》りじゃござりません、一週間斗《ばか》り前に、恰度貴下と同じような用件でお一人見《みえ》ましたよ」

「そうですか、名は云いませんでしたか」

「さあ云いませんでしたな、慥《しか》し確かに英国人です、体形《からだつき》はちょっと異《ちが》いますがね」

この時ふと僕は東山ホテル支配人の言葉を思い起したので、

「悪党らしい奴じゃありませんか」

「さあ、まず左様ですな、左様です、その通りでしたよ、体の大きな、頬髯の延びた、顔は嫌に日に焦《や》けて、見るから一僻《くせ》あり気な奴でした、旅館などへ宿《とま》る柄じゃない、木賃宿が精々という位な風体です。何でも嫌な人相で、ちょっと怒らしたらそれこそ面倒な事になるだろうと思う位の奴でしたよ」

こんな態《ふう》にして、嬢の一身を包んでいる秘密の雲霧は、次第に散じ始めた。何の事はない、風にも堪えぬ嬢は、見るから恐ろしい悪漢に、絶えずその跡を尾《つ》けられているのだ。嬢が密かに名古屋を出立したのは、ただただこれを恐れたかららしい。しかし悪魔の毒手はなおも執拗《しつこ》く附纏《つきまと》っているようであるから、いずれ早晩近付《おいつ》く事であろう。

僕等の攻究すべき問題は漸く焦点に近付いてきた。嬢の好伴侶たる例の紳士夫婦が、能《よ》くこの危険から嬢を救い得るであろうか、またまた嬢の跡を追尾しつつある悪漢は、果していかなる悪策を企《たく》みつつあるであろうか、要するにこの二つである。

それで保科君の処へは、目下迅速に、かつ確実に事件の根底たるべき諸問題において、頻りに調査の歩を進めつつあるという報告をした。ところが保科君の返電がまた頗る手厳しい。

「君の云う紳士志賀氏の左の耳がどうか為《な》っていや仕ないか、至急にそれを調べてくれ」と云うのだ、馬鹿にしているにも程がある、相変らず呑気なもので、戯談も時に依りけりだと、僕は怒りたくなった位だ。しかしそんな事には頓着していられない。僕は直ぐ召使爪生桃子の跡を追尾《つけ》て、浜松に向った。

桃子の家は直ぐに知れた。

一見頗る律義らしい女で、主人にはなるほど気に入っていたであろうと思われた。突然暇を取ったのは何も深い理由があったからでも何でもなくて、近々《きんきん》嫁に行かねばならぬ所から、どうせ近々に暇を貰わねばならなかったのであった。

桃子はこんな事を云っていた。楠子嬢が名古屋に滞在中は、桃子に対して随分気短かな、怒り易い性質で、これが幾分暇を貰った原因にも成っている。されどもいよいよ別れという時には、嬢は桃子の婚礼祝儀として、五十円を贈った。桃子も僕と同様に例の獰悪《ねいあく》な奴を疑っていた。

嬢が或る日静かな河岸を散歩していると、例の悪党らしい男は、密《そっ》と嬢に忍び寄って、嬢の手首を緊《しっか》りと握ッた処を桃子は慥《たし》かに目撃した。けれども嬢はその後志賀氏保護の下に、東京に出立したから、最早大丈夫安心ですと、桃子は全然《すっかり》信じ切っている。嬢はその男の事について、桃子には曾て一言《ごん》をも話した事はなかった。けれども何となく絶えず心配気に不安な様子で非常にその男を恐れているらしかった。

＊　＊　＊　＊

《四》獰猛《ねいもう》な面相

ここまで嬢の事を話していると、桃子は突然何物かに打たれたように、椅子から飛上ってワナワナと身を戦《ふる》わし、見る見る面色は土の如くに成って仕舞った。

「アレッ！　ああ妾《わたくし》、どう仕たら好いでしょう、あれ、あれ、悪漢が、御覧なさい、あの悪党が未だ付き纏っているんですよ、今話した男、それ、それそこに居る！」

と鋭く低く叫ぶ。僕は慄《ぎょっ》とした。座敷の窓から見ると、今しも鬚の濃い、色の浅黒い巨大漢が、軒を並べた家々の様子を熱心に覗きながら、街路の中央を静かに歩んでいるではないか、

「ハハア、僕と同じく召使の跡を追って、この家を探してるんだな」

と思ったので、直ぐに家を飛出して、突然その男に挨拶した。

「ちょっと伺います。もしか貴下は英国人ではおられませんでしょうか」

僕がこう云い掛けると、かの悪党は、見るからに獰悪な面上に、不審の眉をひそめながら、

「フム、私《わたくし》が英国人ならどうすると云うのじゃ」

「イヤ、甚だ失礼ですが、貴方の御名前を承りたいのです」

「名前？　否《いや》止しましょう、名前は云われませんな」

と彼は冷笑を浮べた。実は僕の態度も随分不作法千万だったが、こう云う場合には何でも単刀直入

に限る。

「河野楠子嬢は目下どこに居るだろうね」

突然《だしぬけ》に僕の敵の肺肝を目蒐《が》けて奇襲した。彼の驚きは非常なもので、まさに昏倒せんばかりであった。僕は直ぐ畳み掛けて、

「貴様は全体嬢をどうしたんだ。何故《なぜ》跡を尾ける？　サア返答を仕給え」

巨大漢の面色には見る見る朱を濺《そそ》いで来たが、忽ち猛虎の如き勢で僕に飛掛って来た。僕も揮身の力を揮って格闘した。けれども荒れ狂う猛獅のような敵の鉄腕には到底《とても》敵わない。忽ち僕は咽喉《のど》を緊《し》め付けられて仕舞った。僕は最《も》う息も絶え絶えに成《なっ》たと思った一刹那、誰《たれ》とも解らぬが、青い仕事服《しごとぎ》を着けた一人が、路傍《みちばた》の居酒屋から飛込んで来て、突然《いきなり》携え来った棍棒で、敵の前搏を発矢《はっし》とばかり打据えた。敵も驚いてハッと手を引いた。見れば彼はなおも怒りの形相物凄く、暫くはそこへ棒立ちになって、僕等を睨み付けていたが、再び攻撃して来ることもなく、悠々と去って、僕が出て来たその家へ入った。そこで僕はともかくも傍《かたわら》に立っていた仕事着の人に、お礼を述べようと、フト振り向くと、反対に向うから、

「ハッハッハッ、渡邊君どうした！　随分お見事な腕前だったぜ…………まア可《い》いから今夜の急行で、吾輩と一緒に東京へ帰ろうよ、そのがどうも宜さそうだよ」

《五》一目見て仰天

それから一時間ばかりすると、保科君は全く偽らぬ本来の服装、態度に復した。ホテルの僕の室で、僕が保科君と対座《さしむかい》になると、突然妙な好機会を捉《つか》むに至った経路について、保科君は簡単に説明した。彼は最う東京を離れても宜い事情になったので、僕に逢って更に執るべき方針を示すために旅立ったのだ。こうして保科君は得意の変装で、全然《すっかり》労働者に成り澄し、態《わざ》と僕の出て来るのを路傍《ろぼう》の居酒屋で待っていたのである。

「渡邊君！　いやどうも君の探偵には恐れ入ったね、あんな失敗《しくじり》をされちゃ、ちょっと回復する事は出来ん、やはり最後の成果を収めるには、どうしても秘密主義に限るよ、徒《いたず》らに各方面に警報を与えてしまっちゃ、何の事はないその度毎に手掛りを無くしていくようなものだ」

これには僕は大不満だった。

「なあに君が横合から余計な手を出すから不可《いか》んのだよ」

「戯談じゃない、僕が出なかったらそれこそ大変だったのさ、時に君この旅館に恰度郡司君が宿《とま》っているようだ。あの人に逢ったら、更に有効な手掛りがありはせぬかと思うが、どうだろう？」

程なく一枚の名刺を通じて、この座に現れた人を一目見ると僕は吃驚《びっくり》仰天した。それは前刻《さっき》街上で攫《つか》み合った当の敵、例の頬鬚の悪漢ではないか、先方でも僕を見て驚いた。

「保科君、こりゃ君何だい、僕は君が手紙を呉れたから遣《あ》いに来たんだが、この人は全体何です、事件に多少の関係でもあるのかね」

とまず頬鬚の方から先に尋ねる。

「ああこの人ですか、この人は僕等の会員でね、僕の竹馬の友たる渡邊君だ。この事件には大分骨を折っていてくれるのだ」

保科君がこう云って紹介すると、その男は大きな日に焦《や》けた右手《めて》を出して僕に初対面の挨拶を述べる。

「イヤ僕は最う君に敵意なんかありはせん、君が突然《だしぬけ》に僕を捉え、嬢の一身の事を問責した時には、殆んど喪心せんばかり驚いた。あんな驚いた事はない。ありゃ君僕の責任《せめ》じゃない、僕の神経はどうも興奮しているから、まずそれはそれとして、保科君、君にちょっと聞きたいのだが、君はどうして僕の居るのが解ったかね」

「ハッハッハッ、僕はねえ君、楠子嬢の財政管理人たる土船夫人と懇意なんだ」

「おうそうか、僕も懇意だよ」

「夫人も君の事は能く知っていたよ、何でも君が満州に出掛る事となった時ね、あの数日前《ぜん》だった、僕は初めて夫人から君の話を聞いた」

《六》意味の分らぬ電報

「ヤ、こりゃ驚いた、君は最う何もかも知っているんだね、宜しい、それなら僕も打明けてお話してしまおう。保科君、僕は誓って云うが、僕が楠子嬢に捧げているような熱烈なる愛は、恐らくこの広い世界でも、他の男女の間には恐らくあるまい。僕は君が見た通り極めて武骨な青年だ。けれども疚《やま》しい心は持っておらん。ところで嬢の心の沌潔な事は恰《まる》で雪だ。所詮《つまり》僕の如き野人との交際に堪えんのだ。だから僕の経歴上の話なんぞ色々聞きに来たが、頓と僕に向って口を開《あ》こうと仕ない。けれども嬢は慥に僕を愛していた。不思議さね、婦人として極めて純潔な行《おこない》の内に、僕に対する愛は確かに閃いていた。それから数年経って、僕は九州に往って少しばかり財産を作ったから、何はさておき、ともかくも一日も早く嬢に邂逅して聊かでも嬢を慰め得ると思《おもっ》て遣って来た。勿論僕は嬢が未だ結婚前である事は能く知っていた。それで漸《やっ》と京都で嬢に出喰したから、色々と言い寄ってみたが、何故《なにゆえ》か嬢は頗る冷胆になっていた。けれどもその意思は不相変《あいかわらず》強いものだった。それで二度目に僕が訪問した時には、最早嬢は町を出発して居なかった。僕は直ぐその跡を趁《お》って名古屋に急いだが、その後嬢の召使がここに居ると聞いたから、態々《わざわざ》遣って来たような次第なんだ。何しろ僕はこんな一徹な武骨だものだから、先刻も渡邊君に不意に話し掛けられると、直ぐ自分を忘れてしまってね、しかしそんな事は要するにどうでも宜いとして、何か君、楠子嬢の身の上に起ったのじゃないかね。御願だ、教えてくれんか」

「それだよ、それだから今《い》ま行衛を探しているんだ、全体君は東京の住居はどこ？」

「山の手ホテルと聞けば直ぐ解る」

「そこでと、君はこれから東京に帰って、場合に依ったら僕に助力してくれんか、僕は何も嘘を云って、私慾のためなんぞに君をダシに使おうというんじゃない。ただ何事も河野楠子嬢の安全を計りたいばかりに努力しているんだ。安心し給え、今の所はこれ以外に何も話す事は出来ないのだ。僕はこの名刺を遣っておくから、何時《いつ》も僕と連絡を取ってくれ給え、……それから、渡邊君、僕はこれから出掛けるから、『アス七ジハンユク、ナニブンジンリョク、タノム』という電報を橋本の奥様に打っておこうじゃ無いか」……………………………………………………………………………………………


僕等が静岡の宿に着いた時、そこへ一通の電報が届いていた。保科君はいかにも得意気にそれを読んで僕の面前に投げ出した。見ると電文は何の事か解らない。

『キレルカ、サケルカ、シテイル』

ただこれだけで、発信地は名古屋だ。僕は妙な顔をして尋ねた。

「なんだい？　これは！」

「それが一切を語るんだよ、僕はいつか嬢の侶伴《つれ》になった紳士の左の耳について、妙な戯談のような質問を発した事があった。君は未だ覚えているかね、その時君は返事を仕なかったさ」

「いやあの時はもう名古屋を去って仕舞ったから、返事の仕様がなかったんだ」

「フーム、左様《そう》か、その時だよ、僕は保命楼旅館の支配人に向けて、君と共に二通《つ》の同文電報を打ったのだ。その返事がこれさ」

「なるほど、そして何の事なんだい」

「渡邊君、しっかり遣ってくれよ、僕等はこれから驚くべき機敏な危険な怪物を相手としなければならぬのだよ。北国《ほくこく》から来た教授だと云って、文学士志賀と名乗る奴は、以前朝鮮から追払われた、大胆不敵な悪党堀松雄《ほりまつお》に相違ないんだ。彼が常用の猾手段は、その教育上の知識を巧みに利用して、可憐なる婦人を巧みに誘拐するのだ。妻《さい》という女は東北生れの布羅佐《ふらさ》トミという彼の助手なんだ。どうも遣口《やりくち》を見ると確かにその怪物と同一人らしい。いや同一人ならぬまでも尠《すくな》くも肉体上同一の特質を持っている。それでね、かの男は以前横浜の居酒屋で喧嘩をして、その時酷く耳を撲られた事があるんだ。これが何よりも有力な証拠じゃないか、可憐なる嬢は何も知らないで、巧く怪物の掌中に握られているんだ。渡邊君！　嬢は最う殺されておりはせんかね、もし生きているとすれば、必《きっ》と土船夫人や、他の友人へ一切通信の出来ないように監禁されているんだ。そこで僕はまず二問題に逢着《ほうちゃく》した。それは第一に怪物の一行は嬢を拉して東京に往《ゆ》きはせんか、第二に東京を通り過ぎはせんかというのだ。元来我邦《わがくに》の戸籍法は頗る厳重だから、況《いわ》んや満州帰りの前科者が、巧く警察の目を盗んで仕事をするという事は、決して容易な事ではない。して見ると第一の問題はまず問題を為《な》さんね。といってまた東京を通り過ぎて仕舞っては、婦人を監禁して仕事をするという場所がちょっと無い。すると自ら第二の問題も無効さね。だから僕は嬢は確かに東京に居るぜ。どうも僕にはそう思われて仕方がない。しかし今の所では果して嬢がどこに居るか、突止めようにもちょっと手段がないんだ。だからまず致方《いたしかた》がない。暫く堪えて時機を待つんだね。今晩僕はちょっと出て警察の友人に会ってくる積りだ。また何か面白い手掛《てがかり》が無いとも限らんからね」

しかし警察の手は勿論、小さいながら頗る巧妙な保科君の活動からも、秘密を解決するに足るような何らの情報も得られなかった。ともかくも幾百万と云わるる東京の住民の中から、目指す三人を探し出そうというのだから、恰《まる》で雲を攫むような話だ。影も形も見えぬ。今まで随分心当りの限りへ照会したが凡て失敗だった。折々はまた非常線まで張ってみたが、何の得《う》る所もなかった。所謂志賀なるものが出入しそうな、各方面の巣窟に色々探りを入れてみたが、尽く無益であった。

こうして苦心懊悩の裡に一週間ばかりは過ぎてしまった。すると突然意外なる希望の光が目前に閃いた。というのは外でもない、例の古代欧羅巴《ヨーロッパ》の黄金に金剛石《だいやもんど》を彫《ちりば》めた腕輪が、所もあろうに東京日本橋の真中なる某質店に入質《いれじち》された。質入主は何でも大きな僧侶風の男で、腮鬚《あごひげ》を奇麗に剃った男だったそうである。姓名や住所は勿論出鱈目であったが、惜しい事に例の耳には誰も注意した者がなかった。されども挙止万端の様子から思い合せると、それは確かに志賀である。例の頬鬚の先生はその後静岡から三度ばかり上京したが、その三度目に上京した時が、恰度この有力な情報の握《つか》まれた時であった。彼はいかにも心配気に、

「君！　何か為《す》る事でもあったら、何卒《どうぞ》遠慮なくね」

と云うさえ悲しげな態《ふう》であった。それで今《い》ま漸《やっ》と保科君は憐れな頬鬚先生を喜ばし得たのだ。

「奴め遂々《とうとう》宝石を質入れしたよ。最う〆《し》めたもんだ、見給え遠からず捉《つかま》えてお目に掛けるから」

「けれども、どうでしょう、こんな事から思い合せると、最う楠子嬢の身には、恐るべき危害が加えられた後《のち》ではないでしょうか」

頬鬚は最う泣声を出している。保科君は至極真面目そうに頭を振った、

「イヤ、奴等が今まで嬢を監禁していた所を見ると、奴等自ら破滅せん限りは決して嬢を自由にする

事はないと思うね、だから僕等は何でも嬢の身の上に、最後の毒手が下らんように備える必要があるんだ」

「じゃ君どうしたら宜いんだい」

「悪党等は君の顔を見知っているかね」

「イイエどうして、知るもんですか」

「この後だね、奴等は或は他の質屋へ行くかも知れん、その時はまたその時で相当の手当はあるけれども……しかしまあ大分調子は好くなって来たんだぜ、幸い金銭のためで未だ例の質屋では、些《ちっ》とも疑《うたぐ》っておらんようだから、或は図々しくあの店へまた現れないとも限らん、それで今度は君の仕事だが、こうしてくれないか、僕から早速質屋の方へ話をしておくから、君は一つその店へ張り込んでいてくれ給え、万一奴が来たら直ぐその路《あと》を尾けて在所《ありか》を突留めるのさ、しかし軽率な事を仕てくれては困るよ、何事に依らず僕に相談なしで遣られちゃ実際困るよ、これは僕が特に君を見込んでお願するんだ」

　それから二日の間、頬鬚の先生たる黒部君（今だから白状するが、この黒部君というのは、例の日露戦争の当時に、北伐軍団長として雷名を轟した黒部大将の令息なのだ）から何等の情報もなかった。すると三日目の夕方、先生どうしたのか狽《あわただ》しく僕等の室へ飛込んで来た。顔色は最う真蒼《まっさお》！　頑丈な四肢は余りの興奮にブルブルと慄《ふる》えていた。

「来た、来た、いよいよ奴が来たよ」

　と叫んだきり、余りの事に感極って、どうも落付かぬ。保科君は色々と慰めてまず安楽椅子を進め、それから徐《おもむ》ろに口を開いて、

「さ、落付いて事件の内要を話し給え」

「なあに一時間ばかり前に来たよ、といって自身じゃない例の何とか云う女房だ。けれども持って来た宝石は決して女房のじゃない。その女は何でも丈《せい》の高い、色の嫌に生白い、恰《まる》で鼬《いたち》のような目をした奴だったよ」

「それは君、女房じゃないんだ」

保科君は何もかも知っているという態《ふう》、

「その女が店を出ると、僕は直ぐその後を尾けた。すると女は何も知らずに京橋新富町の方の河岸へ出て、妙な家《うち》へ這入《はい》った。それが君、葬具屋じゃないか」

「フーム、それから……」

保科君は一膝乗り出した。烈しい力は峻厳な語調に溢れている。

「その女はね君、帳場の背後《うしろ》に居た女に何か話していたから、僕も続いて入り込んでしまった。

『遅いじゃないか、未だ出来ないの』

と云う声だけは聞えたが、後が聞取れない。

すると店の女は何だか大層謝っていたよ、

『誠にどうも申訳ありません、後ほど直《すぐ》に持って参《あが》ります、普通《なみ》のより少し大きいのに致しておきました』

これは店の女の答えだ。それから両女は俄かに話を止《や》めて、僕の方を振り向いたからね、僕はテレ隠しに出任《でまかせ》の事をちょっと尋ねて飛出してしまった」

「ホウ、それは上手だったね、それからどうしたい」

「間も無くその女が店を出たから、僕は戸の側《そば》に隠れて様子を窺っていた。その時女がちょっと四辺《あたり》を見廻していた所を見ると、何か僕について疑《うたがい》を起していたらしいね、すると女は人力車を呼んで乗込んだから、僕も直ぐ人力車で追掛けたんだ。人力の着いたのは芝区愛宕《あたご》下町三十六番地先さ、そこで僕は態《わざ》とその家の前を通り過ぎて、向い側の角で人力を下りると、直ぐその家を探してみた」

「誰か外に居た様子かね」

「低い土間の窓が一つ明るかっただけで、他の雨戸も窓戸《まど》も内は真暗だった。況《おまけ》に障子が締め切ってあるものだから、中の様子は少《ちっ》とも見えない。それからこれは困った、どうしたものだろうとブラブラしていると、恰度その時二人の男が乗った何だか妙な覆いの掛けてある荷車が着いた。そして男が車から下り、その妙な覆《おおい》のある荷物を玄関に運び込む様子だから、僕も必死になって見ていると、どうだい、それは棺《かん》だぜ、しかも大きな寝棺《ねかん》だ」

「何ッ、棺？」

「僕は場合に依ったら飛込む決心をしていた。すると間もなく戸が開いて男と棺とは家の内へ運込まれてしまった。開けたのは何でも女らしかった。その女は暗中に僕が立っていたのを見付たのだろう、慌てて戸を閉めてしまった。それから僕は君との約束もあったから、それ以上の深入りは見合せて帰って来たんだ」

「ヤッどうも御苦労、有難かった」

と保科君は紙の片面へ何か走書《はしりがき》をしながら、

「警察の認可証が無くちゃ法律上どうする事も出来ない、君は一ツこれからこの書付を持って、その筋の認可証を取ってくれないか、ちょっと難しいかも知れんが、単に宝石の売買という事だけでも十分理由になるからね」

「けれども君、嬢は最う直き殺されるんじゃないだろうか、あの棺は一体何だろう、嬢を入れるんじゃあるまいね」

「黒部君、まあ出来る限り遣付《やっつ》けるんだ。こうなったら一分間でも争わねばならん、ちょっとでも油断したら取返しが付かん事になる」

程なく黒部君が席を蹴立てて立つと、保科君は今度は僕に向って、

「渡邊君、正規の手続を踏んで活動するのは黒部君一人で沢山だ。そこで僕等は例に依って危道《きどう》を踏んで、僕等独特の活動をせにゃならん、ところでだ、どうも何分機会が切迫しているから、この際少し大胆かも知れんが、思い切った非常手段を取るの外はないと思う、これから直ぐ愛宕下町の魔窟に突進しようじゃないか」

「宜《よ》し往こう」

こうして僕等の自働車が今しも議事堂の前を通り過ぎて、琴平町《ことひらちょう》通りへ真一文字に駆付けた時、保科君は急に振向いて、

「ちょっと君、僕等の作戦計画を立て直そう、思うに悪漢連は最初、忠実な召使を嬢の側から離しておいて、巧みに嬢を東京へ誘い込んだのだ。それで嬢の出す手紙は皆んな途中で悪党共が取り上げてしまいながら、予め準備していた家に連れ込んだものらしい。それで初めの間は嬢を一室《ま》へ押込めて置いて、まずその目的物たる宝玉類を奪い取ったんだね、そして片端《かたっぱし》から売り初めたんだ。無論こうすれば大丈夫と思ったからの事さ、まさかこれが嬢の生命と関係があるといって、非常な注意をしている者があるとは知ろうはずがないからね、ところで嬢を殺さずに放り出せば、嬢は無論彼等を訴

え出る。だから悪党共は決して嬢を許さない。といって何時までも一室に押込めて置く事も出来ない、ここにおいてか唯《ゆ》一の解決法が直ぐ浮んでくる、所詮《つまり》殺すんだね」

「そうとも、そりゃ最う解り切っている」

「ちょっと待ち給え、一つ他の推理法を取《とっ》て見よう、渡邊君！　君は仮りに或事について二つの考えを持った時だね、直ぐ最も真に近いと思う一の交叉点を発見するだろう、それでこの際僕らは、嬢という方面でなく、単に棺という側から一歩を進めたらどうなるだろう、議論はまあ後の事として、棺という一の事実から見ると、嬢は疑もなく最う殺されていると推論する事が出来る。僕はそれが何よりも恐いんだ。しかしまた棺が準備されてある所から見ると、医士の死亡診断書と、その筋の認可証を得て、正式に葬式をするものらしい、ところで嬢が慥《たし》かに殺されたとすれば、必《きっ》と裏庭あたりへ密《そっ》と埋めて仕舞う位は遣り兼ねないのだが、棺まで用意された所を見ると、奴等は何でも正々堂々と葬式を遣る気なんだ。サアこうなるとどうだ、確かに彼等は或る手段で嬢を殺し、それを病死したように医士を偽《あざむ》いたんだ。要するに毒殺したんだ」

「そうだね、それとも診断書を偽造しやせんかね」

「イヤそれは危《あやう》い、奴等はそんな莫伽《ばか》な事はすまい。ともかく棺は確かに葬儀屋のだ。現に僕等はその家の前を通って来た。……渡邊君、君はこれからちょっと葬儀屋へ往ってくれんか、そして愛宕下町三十六番地の葬式は明朝何時《なんどき》に始まるかを聞くんだ。そうしたら幾らか真相が解るだろう」

＊　＊　＊　＊

僕は直ぐ葬具屋に駆付けて聞くと、帳場の女らしいのが、葬式は明朝八時だと無造作に答えた。僕は直ぐその報告を齎《もたら》した。

「それで解った、最う疑う余地はない、何かの方法で充分法律上の手続は済したものに相違ない。だから奴等は最う何が来ても安全だと思っているんだ。さあこうなると何んでも直接敵の不意に乗じて奇襲を行うの外はない。君は何か武器を持っているかね」

「ステッキ一本だ」

「宜し宜し、それで大丈夫だ。敵も無論万一の準備位は仕ているからね、僕等は最う法律とか警官なんて事を顧慮する場合じゃない。何でも単刀直入棺に向って突進するんだ」

それから僕等は間もなく愛宕下町三十六番地の大きな暗い家の玄関に立って、声高く案内を乞うた。すると直ぐに戸が開いて背の高い女が薄暗い中から現れた。真暗がりの中に僕等二人が立っているのを見ると、声も鋭く、

「おや、貴下方《あなた》は、何の御用ですの」

と尋ねて怪しい眼を光らす。保科君は落付き払って、

「志賀君にちょっと御目に掛りたいのですが」

「そんな人は居ませんよ」

荒々しく言捨てて戸を閉めようとした。保科君は直ぐ足で戸を押えてしまった。

「居ない？　それなら名前なんか何でも宜《い》い、ともかくこの家に居る男の人に逢いたいのだ」

とキッパリ小気味よく云い放った。女はちょっと躊躇したが、態々笑顔《わざわざわらいがお》を作って、

「さ、何卒《どうぞ》御入り下さい、主人は決して人を避けるような迂散《うさん》な者ではありません」

こう云って僕等を玄関側《わき》の客間に通した。

「只今主人がお目に掛ります」

と云い残して女は立去ってしまった。僕等は暫く虫の喰った汚ない室内を見廻していると、やがて坊主頭の腮鬚《あごひげ》を青く剃り立てた大きな男が現れた。赤ら顔で両頬が豊かに垂れ下がっている所は、いかにも慈悲に富んだ分限者《ぶげんしゃ》らしいが、物凄い双眼と唇の辺《へん》には明《あきら》かに残忍の相が現れている。彼は強いて言葉を和げ、平和を装って、

「貴下方は何か御間違いになったんじゃありませんか、どうも見当違いらしい、三十六番地は広いですよ」

と軽く微笑する。保科君は沈んだ力ある声で、

「ま、それも宜いでしょうが、不幸にしてそんな無駄な時間がないのです。貴下は仙台から御出でになった波多野《はたの》君でしょう、満州と京都では慥か志賀と仰有《おっしゃ》ったのだったが……僕は保科鯱男《しゃちお》です、どこへ往っても同じ事……」

さすがに真面《まとも》に浴《あび》せられてギョッとした。黙って僕等の方を睨み付けていたが、やがて冷かな語調で、

「保科君とやら！　君の名が何といおうが私《わし》は少《ちっ》っとも驚かん、凡そ人間というものは、心に邪念さえ無ければ怖るる物はないはずです。全体君等は何の御用で来られたのかね」

「外でもない、君が京都から連れて来られた河野楠子嬢に御目に掛りたいのです、嬢をどうなすったか、それが聞きたいのです」

「ああの女ですか、実は私もその女の住所が知りたいのだ。私も途中で大分立替えて百金足らず貸金があるんだが、その担保に商人も呆れて価を付けぬような二つの偽飾り玉を置いて往ったんだ。初めね、その女は京都で（ちょっと仔細あってその頃は別の名を用いていたが）私等《わしら》夫婦に取り入って、私等が東京へ帰るまで勝手に附き纏ってね、私も已《やむ》を得んから切符から何から皆な立替えたんだ。ところが東京へ着くと直ぐ姿を隠しちゃった。君、解るんならその女の居所を捜してくれませんか、私も御願だ」

「僕は嬢を見付けに来たんだ、見付かるまでこの家を片端から捜索するから、そう思い給え」

「フム、認可証は御持ちだろうね」

　保科君は待ってましたと云わんばかり、突然ポケットから短銃《ぴすとる》を出して、

「それが来るまでは此奴《こいつ》が物を云うまでさ」

「何ッ？　じゃ貴様等は普通の盗賊なんだな」

「賊なら賊でも宜い。このまた伴《つ》れの一人と来たら、僕の輪を掛けた悪漢だぜ、サア二人で家屋捜索に取り掛ろうじゃないか」

　云いおわるとその男は忽ち背後《うしろ》の戸を開けて、

「コラッ！　松子、松子、巡査を呼べ！　直ぐ！　大急ぎだ！」

　と絶叫した。忽ち廊下に女のけたたましい足音が聞えた。保科君は飽くまで落付いて、

「渡邊君、時間に制限があるからね」

と云ってちょっと語《ことば》を転じ、

「サア、波多野！　なまじ止め立てをするとためにならんぞッ、この家に運び込んだ棺はどこにあるッ」

「棺？　それがどうした、入用《にゅうよう》があるから買ったまでだ。中には死骸が入っている」

「その死骸を見たいのだ」

「死骸を見たい？　馬鹿を云え、不可《いかん》、私が許さぬ以上断じて見ることは不可《いかん》」

「宜しい、それなら腕ずくで見るまでだ」

と云い放つや否や、保科君は突嗟に主人を突除《つきの》けて、矢の如く奥に躍り込んだ。すると恰《あだか》も直ぐ前に、半分ばかり戸を開けた室がある。そこは食堂《しょくしつ》で、机を並べて蠟燭を点《とも》し、棺が置いてある。保科君がやにわに蓋を取って見ると、その内には大分衰弱した婦人の屍体が横《よこたわ》っていた。いかに残忍な手段で殺したとしても、病気にしても、これがかの艶麗花の如き楠子嬢をこれまで変形させる事は出来ない。保科君も僕もアッと驚いた。保科君は小さい声で、

「アッ有難い、有難いぞッ、全く別人だ！」

「どうだ、間違いだろう」

と後から尾いて来た男は冷かに言う。保科君が、声を焦《いら》って聞けば聞くほど彼は落付き払った。

「全体この婦人は誰かね」

「君が是非知りたいと云うのなら話してやらぬものでもない。その女は茂庭《もにわ》とみといって妻《さい》の娯母《ほぼ》なんだ。それが計らず横浜の慈善病院に居るのを見付けたから、ここへ引取って、芝区田村町十三番地に居る笹川医師に掛けたんだ。そして色々手を尽したが遂に駄目、診断書に依ると老衰としか無いが、

もし他に病因があるならそれは君の想像に推《まか》せよう、それで葬式一切は新富町河岸の大平葬具店に托したので、いよいよ明朝九時には埋めるはずだ。保科君とやら、君も間違って仏を辱めたんだから、線香の一本位上げて遣り給え、君が確かに楠子嬢と思い込んで、蓋を開けて狽《あわ》てた時の光景は全く写真にでも撮っておきたかったよ」

かくまで嘲弄されても保科君の態度は一糸紊《みだ》れず、両の手を堅く握り締めると、言葉鋭くまたもや切り出した。

「イヤ最少《もうすこ》し家宅捜索をやらにゃならん」

「なにッ未だ遣る？　そりゃ不可《いかん》」

と主人が叫んで飛掛ろうとした瞬間、頓狂な女の声と、重い靴の音《お》とが直ぐ傍《かたわら》の廊下に聞えた。

「さあ巡査《おまわり》さん、どうぞ御願いです、この人々が家《うち》へ無理無理押込んで来て、無法な事を云って動かないのです。御願ですから摘み出して下さい」

一人の部長と巡査の顔が戸口に現れたので、保科君は直ぐ名刺を名《だ》して、

「これが僕の姓名と住所です。またこれは僕の友人で渡邊というので」

「オウ！　君ですか、君なら私《わたくし》は能く知っている、しかれども君、認可証も持たずに来ては困るね」

「勿論不可《いかん》のです。それは万々承知しています」

「捕縛《ふじんば》って下さい！」

突然《だしぬけ》に横から主人が絶叫した。部長は言葉厳重に、

「何も指示《さしず》には及ばん。縛る必要があればいつでも縛る。けれども保科君、ともかく出給え」

「そうですか、渡邊君、じゃ出よう」

やがて僕等は再び往来に出た。保科君は例の如く冷かに落付き払っていたが、私《わたくし》は憤怒《ふんど》と屈辱に尠《すくな》からず激していた。部長は僕等の背後《うしろ》から尾いて来た。

「残念だったろうね、保科君！　しかし規則だから止《やむ》を得ん」

「全くだね部長君、実際規則なんだから……」

「君等が出張するには無論重大な理由が伏在していると思うが、全体どうしたんです」

「イヤ、部長！　一貴婦人が失踪したんだ。で僕はあの家に確に居ると睨んだのだ。だからこれから直ぐ認可証の下附を願うと思う」

「そうか、それなら君、私《わし》らの方でこの家は当分見張りしておいてあげよう、何か異状があったら直ぐ知らせてあげる」

この時は未だ九時頃であった。直ぐ僕等は波多野という新しい事実の調査に着手した。第一に横浜慈恵病院に自働車を飛した。色々尋ねてみると、果して数日前或る慈善家夫婦がこの病院に来て、此前《いぜん》の召使だったと云うて一人の老衰した婦人を引取ったのは確かに事実だった。従ってその後、この老婦人が死んだと云っても、病院では別に驚きもしなかった。

第二に医士を呼出して調べた。やはり医士もその婦人を老衰死に至ったものと診断して、確かに死亡診断書を書いたと云う。

「私《わたくし》は決して疑わしい者ではありません、またその婦人の死因についても一点疑わしい点の無かった事は私が断言します」

こう云って医士は念を押した。それから医士の見る所では、波多野家について何等疑わしい点は見当らなかった。ただ相応な金持らしい家なのにも拘らず、一人の召使もおらぬのが、変といえば変だったと云った。最うこれ以上に医士を調べる必要は無い。

最後に警察へ往った。しかし認可証下附の手続が中々面倒で、頃刻《けいこく》という間には合いそうもない。署長の奥印《おくいん》を貰うまでには尠くも五六時間は経《かか》るらしい。しかし出来るだけの運動はしてみた。

こうしてこの一夜は最早終ろうとする頃、例の巡査部長が計らず一情報を齎《もた》した。それはあの大きな家の窓から室まで届く煌々《ことごと》と電燈が灯されたが、しかも一人として出入する者が無いという事であった。しかしまず何事も明日まで我慢する事にした。

保科君は何となく落付かぬ態《ふう》で、物も言い出さねば、勿論眠ろうとも仕ない。僕は遠慮して先へ眠る事にしたが、彼は葉巻を啣《くわ》え、その太い憂《うれい》ありげな眉を一文字に寄せ、長い神経質の五指は、椅子の腕木にしっかりと付けて、今や大秘密の幕を切って落さんと、必死になって肝胆を砕いていた。

こうして夜中《やちゅう》数時間ただ家の囲《まわ》りを歩いていた。その夜も遂々《とうとう》明け放れて翌朝呼び起されると、突然保科君は僕の室に飛び込んで来た。寝衣《ねまき》のままで、蒼ざめた顔に目が落ち窪んでいる所を見ると、昨夜一睡もしなかったらしい。

「葬式は君、何時《いつ》だったね、八時じゃ無かったかい！」

と言いさして、なおも語調鋭く、

「今……アッ七時二十分だ。渡邊君、占めたぞ、有難い！　有難い！　神から受けた我輩の頭脳《あたま》が何を捻り出したか……有難い、……早く、早く、大急ぎだ！………死か、生か、一歩千里の誤りとはこの事だ。遅れたら最う取返しが付かんのだよ……」

全《まる》で狂気の如く僕を急き立てて、ものの五分と経たぬ内に、僕等の自働車は愛宕下町を目指して風を切った。漸《やっ》と目的の家に着いた時は最う八時を少し廻ったが、幸い他の人々も少し遅れて集った。

出棺時刻から十分ばかり過ぎていたが、柩輿《こし》はなお戸口に止《とど》まって、今しも出発するばかりの所であった。恰《あだか》もそこへ僕等の自働車は、是非とも棺を止めようと真一文字に乗り付けたのだ。すると三人の屈強な男が玄関から現れて、自働車を必死に抑えた。時既に遅し、保科君は葬列を遮《さえぎっ》て飛鳥の如く突進した。

「戻せ！　戻せ！　戻さんかッ！」

保科君は先頭に立つ男の胸に手を当てて怒声鋭く浴せ掛けた、この時例の波多野は怒りの形相凄じく、満面朱を注いで、爛々たる眼光に棺の方を睨み、

「何の不都合があると云うんだ。認可証を見せろ、馬鹿奴《ばかめ》ッ」

保科君は沈着な声で、

「認可証は今直ぐ来る、それまではこの棺を一歩たりとも出す事は成らんぞッ」

余りの峻厳さに柩輿《こし》に取り附いていた白丁連《はくちょうれん》はただ恐れ入って、言い合せた如く歩みを止めてしまった。そして凡て保科君の命に従った。波多野は事非なりと見たのであろう、飛鳥の如く身を翻して家の内に姿を隠してしまった。こうして棺が再び玄関に戻されると、保科君は言葉忙《せわ》しく、

「早く！　渡邊君、君は何を仕ているんだ。早く！　早く!!　この釘抜で！　エエ蓋を開けるんだ！　それから君はこれで……皆んな頼むぞッ、確りやってくれ」

僕は白丁等と協力して漸く棺は覆いを取った。すると何とも云えぬ強烈な魔酔剤《コロロホルム》の臭いがプーンと鼻を衝く、棺の内には、その頭部を残らず魔酔剤液に浸した綿で巻かれ、誰れとも知れぬ一人の死体が横《よこたわ》っていた、保科君が息をはずませながら直ぐその綿を取り除くと、中から現れたのは、未だ生き生きとした中年の美人、宛《さなが》ら大理石像の如く横っている。保科君は直ぐ其の腕を執って、

「ああ最う万事休すかッ！　渡邊君、どうだ最う呼吸が無いかな、イヤ未だ大丈夫だ、脈がある、脈が……」

一時コロロホルムの毒瓦斯と窒息のために、最早回復不可能と見えたが、それから必死に人工呼吸やら、注射やら、最新医術の有《あら》ゆる手段を尽した結果、花の如き楠子嬢は漸く呼吸《いき》を吹き返した。恰もこの時一台の自働車が砂煙《しゃえん》を捲いて家の前に止った。保科君はそれと見て、

「オウ!!　認可証を持って来たな」

と悦《うれ》しそうに叫んだが、忽ち車上から降り立った人を見て、

「ここだ！　ここだ！　早かったね、黒部君！　僕等よりも君こそ嬢を看護する当の権利者なんだッ……ああ危ない所だったよ、一歩《あし》遅れたら最後、楠子嬢は無惨な生埋《いきうめ》にされる所だったのだ」

＊　＊　＊　＊

その晩保科君は僕に対してこんな事を謂《い》った。

「イヤ君、僕がこれはと睨んだ手掛りや、観察や、嫌疑が余り《あんま》無造作に狂うから、僕も徹宵《よっぴて》考え込んだよ、すると夜《よ》が白々と明け放れる頃、突然一道の光明が僕の脳中《あたま》に閃いた。それは外でもない、黒部君が報告した葬具屋の女の言葉だ。ね、覚えているだろう『後ほどすぐ持って参ります。普通《なみ》よりズット大きくしました』と云ったね。それだ。それは明かに棺について言ったんだ。実際普通のよりよほど大きかった。その特別に大きな容積に作られたという所に、聊か意味があるんだ」

「何です、それは」

「サア、何だろうね。

　僕は当時その大きな深い棺の底に、小さな衰弱した老婦人の死骸があったのを目撃した。サア何故にあんな小さな婦人のために、特別に大きな棺を用いたのだろう、云うまでもない、他の屍体をも一つ入れる余地を作るためだ。所詮《つまり》一の証明書で二つの死屍《しがい》を葬ろうというのだ。僕の眼の玉が黒い限り、この観察は断じて誤らん、それで朝八時に葬式が出るというから、何でも僕等はその棺が家を出るまでに止めてしまわなければならん、孃を助ける機会は頗る大胆だったが、結果は御覧の如く、あれ以外に機会は無かったのだ。僕は初めからそう思った、奴等は決して孃を惨殺は仕ない、手荒な抵抗を受けて惨殺するのは、彼等が飽くまでも避けようとしつつあった所だ。それで一切の嫌疑を跡に残さぬため、これを葬ってしまう事にした。君は孃が永い間押し込められた恐ろしい二階の座敷牢を見たろう、奴等はあの室へ飛込んで、コロロホルムで孃を魔痺させて下へ運び、再び覚醒せぬよう充分棺の内へ薬液を浸して、更に蓋を釘付けにしたのだ。……ああもしあの時を逸したら、かの悪党の後半生には、恐らく一層惨酷な事件が繰返された事であろう」

肖像の秘密（高等探偵協会編）

一、邂逅《めぐりあい》……妙な人物と休養の軍医と……

大正三年夏七月、我国が英国と攻守同盟の約によって、独逸に対して戦《たたかい》を開くや、故山に悠々としていた私は徴されて〇〇師団附の軍医となり、青島《せいとう》攻囲軍に参加する事となった。瘴癘《しょうれい》の気漲《みなぎ》る山《さん》東《とう》半島の一角に足を踏込んでより約一個月、壮健な身の風土の毒には襲われなかったものの、即墨《そくぼく》附近の小競合《こぜりあい》で敵の流弾《ながれだま》を肩に受けて、それから引起した熱を激しく病んだため、不幸青島陥落の壮観を見ぬうちに、遂々《とうとう》帰休の身とはなった。

東京へ送還されてから、私は駿河台に宿をとってそこから毎日毎日、普通ならば自ら患者の脈をとる身の、病院通いをすることになった。しかし次第に肩の創傷《きず》は癒え、身体の調子もよくなったので、一先《ひとま》ず故郷へ立戻ろうかと考えたが、帰った所が故郷《くに》に父母兄弟が居るでは無し、どこへ行っても単独《ひとり》ぼっちの寂しい身体だから、手当金がまだ大分残っているを幸い、暫らくこのままぶらぶらしていて何かその中《うち》方針を付ける事にしようと決心して、何をなすとも無く日を送って居た。

或日気紛れに家を出て、銀座の通りをブラブラ散歩しているとフト背後《うしろ》から、

「和田《わだ》君」

と呼掛けたものがある。振向いて見ると、これは意外、自分の幼馴染の友で今は東京で或保険会社に務めていると聞いた須藤という男が、ニコニコ笑いながら立っている。

「ヤ、これは奇遇だね」

と云うと、須藤は懐かしげに、

「ほんとに随分久潤《ひさしぶり》だ。君が出征されたという事は蔭ながら聞いたが、どうして帰って来たのだね、マア、とにかく久潤だ、どこかで一杯やりながら緩々《ゆるゆる》話そうじゃないか、ね、別段君だって急ぎの用なんぞ無いんだろう」

私もこの広い東京には、親身の友人とては一人も居ないために同じく何とも云えぬ懐かしさを彼に感じた。やがて二人は近くの小料理屋へ入って、何年振りかの杯を酌みかわしながら種々《いろいろ》の追懐談に耽った。そのうち、私はフト思付いて、須藤に向い、

「時にこの機会を利用して君に伺うのだが、君は長らく東京に居るから御承知だろうが、僕は今云った様《よう》なわけで、そう毎日宿屋にごろごろしていても耐《たま》らないから、一つどこかに定住所を設けて、それから緩々今後の方針を立てようと思うのだが、どこでもいい、君の知っている処で気持のいい静かな貸間ってような物が無いだろうか?」

と訊くと、須藤は奇異《へん》な顔をして、

「今日は不思議だね、そんな相談を二度まで受けたよ、今朝も僕の友人の緒方という男が来てそんなことを話して行った。しかしその男の方は牛込の神楽坂をちょっと傍《わき》へ入った処で、至極感じのいい貸二階を見付けたが、二間あって一人ではやや広過ぎる、誰か君の知った人で呑気な共同生活をしてみようという人が在ったら、ひとつ世話をしてみてくれと云うのだ。どうだ、それは今の君の話は至極恰好だと思うが、行ってその男に逢ってみる気は無いか?」

「デ、その人は何をしている男だね?」

「何をしているって、別にこれという商売は無いらしいが、京都大学出の理学士でとにかく非常に熱心な科学《サイエンス》の研究家だよ、僕が世話をしてやったので、この頃は中央病院の化学室へ入り込んで、朝から晩まで何か一心に薬品の研究をやっている。とにかく決して毒の無い、一諸に生活していても、君に不愉快を与えるような人物じゃ無いという事は、僕が堅く保証する。ただその男の少々普通《なみ》と異《ちが》っているところは、物事の推理が真に神の如く明快な事だ、老練な探偵のように人の心理を見抜いたり、或物事に推断を逞しゅうするところなどは時々僕も唖然として吃驚《きっきょう》する事がある、ソコラがやや奇妙な人物だよ」

私は最後のその男の特徴の説明に、何となく怪しく心を惹かれた。で、躊躇なく、

「そりゃ面白そうだね、僕も無聊に苦しんでいるのだから、なるたけ変った人物と同宿することが望ましい。では、一度その人の所へ案内してもらおうか?」

須藤は喜んで、

「ナニ、それは雑作のない事だ、どうせ用事も無いのだから、今日これから早速案内しよう。直《じ》き君の宿の近所なんだから」

かくて急に相談一決し、その家《や》を立出ると直《す》ぐ私等は電車に飛乗って、神田を指して急いだ。

二、化学室の初対面……大発見！　大発見！……

もとより案内を知っている中央病院の事故《ゆえ》取次を頼むまでもなく、幾棟《むね》かの建物の間々を足急《あしばや》に回《めぐ》り、最も裏手に建った化学室の前に行き、直ぐ扉《と》を開いて裡《なか》に入ると、広々とした室内のそこここには大小幾つとなく長方形の卓子《ていぶる》が並べ散され、その上に弯頭器《レトーツ》、試臭器《テストチューブ》、その他種々《いろいろ》の形をした玻璃《がらす》器が参差《まばら》に置かれている。

アルコーホル洋燈《ランプ》には藍色の焔が燃え立っている。見ると室の最も向《むこう》の隅に、卓子に寄り僂《かが》んで熱心に何か試験している一個《ひとつ》の男があったが、私等の跫音を聞付けてこちらを向くと、突然、

「さあ、発見したぞ、発見したぞ！」

と足踏立てて躍り上って玻璃管を手にしたまま私等の方へ駆けて来た。そうして狂気《きちがい》のように眼を据えて私等を凝視《みつ》めたまま、

「人類の血液以外には何を以てするも沈殿しない一反応薬を僕は遂々《とうとう》発見したのです」

と叫んだ。その顔にはどんな大金坑を発見するとも見られないような満面の喜悦《よろこび》が輝いていた。須藤はそれに頓着せず、静かに私を紹介して、

「緒方君、これは僕の友人和田義雄君です」

と云われて、緒方理学士は私を見上げ見下したが、やがて慇懃に握手して、

「やあ、貴君は青島《ちんとう》からお帰りになったばかりですな」

私は愕然《びくっ》として、我知らず声を立て、

「えッ、どうしてそれを貴下《あなた》は御承知ですか?」

緒方理学士はカラカラと笑って、

「そんな事は後でもよろしいです、目下の問題はこの血液問題です、え、人類の血液を以ての外は、何を以てするも沈殿しないというこの反応薬の発見は実に偉大な発明ではありませんか?」

私「そうです、実際化学上極めて偉大な——」

彼「化学上、即ち人事上、即ち裁判上、実に広大無辺な発明と云っていいと思います。これから以後は裁判医学の唯一な重大の困難は取除かれて、曖昧のうちに裁判の局を結ぶやうな不面目事《みっともないこと》は世に無くなります。まあ来て僕の試験の実際を見て下さい」

氏は私の腕を把ってその今まで靠《よ》っていた卓子の傍《そば》へ連れ行き、

「まず最初少しばかりの血液を取ります」

こう云いながら、鋭い錐に似たものを自分の指端《ゆびさき》に刺し、纖《ほそ》い管に些《わず》かの血を滴らし、それを捧げながら、

「この少しばかりの血を清水《せいすい》の中に落します」

やがて水を半ばほど盛った楕円形の玻璃瓶に、管を逆まにしてその血を注ぎ入れ、軽《かる》くこれを振り動かし、

「この、血と水との混合物はやはり真水としか見えないでしょう、これは血の分量比例が水の万分の一にも当らないので水に少しも色が付かぬからです、しかしながら今直ぐ驚くべき現象を御眼にかけ

ます」

緒方氏はこう云いながら純白《まっしろ》な何か結晶体の物を瓶に投込み、更に透明な液体を注ぎ入れる、と見る間に不思議や罎《びん》中の白色の液体は見る見る薄い桃色に変り、茶褐色の埃のような物が音もなく玻璃罎《びん》の底に沈澱した。緒方氏はまるで小児《こども》が新らしい玩具《おもちゃ》を得た時か何かのように手を打って喜んで、

「え、どうです、君等《たち》はこれを見事とは思いませんか?」

私「いかにも精妙な試験と思われます」

緒方「精妙! 精妙! 近頃に見ぬ精妙な試験です、これまで血の分子の試験は顕微鏡によってするより外無かったのです、けれども長く時間を経過した血にあっては顯微鏡は何の役にも立たないのです、僕の発明のこの試験法では血が新しかろうが古かろうが全然構いません、ああこの僕の試験法がもっと早くに発明されていたら、今日大手を揮って街を歩く者のうち、疾《とう》の昔刑場の露と消えたはずの者が何百人あるか分明《わか》りません」

緒方氏はこう云って長大息したが、更に厳然と語を改めて、

「一体殺人犯を審判する困難は種々ありますが、まずその主な困難はこの一点に帰するのです、まず犯罪のあった後数週間もしくは数箇月目に一人の嫌疑者が捕縛《つかま》ったとします、そうして仔細に検べた結果その衣服《きもの》の端に褐色の斑痕《しみ》が発見されたとします、この斑痕は血の痕であるか、泥の痕であるか、埃の汚点《しみ》であるか、果実《くだもの》の汚染《しみ》であるか、これが疑問です、裁判官、検察官、裁判医の頭を悩まさせる疑問です、こんな疑問は何のために起るか、ただただ確実な試験法が無いからです、今日始めて緒方式試験法は発明されました。以後はこの点についての困難は一切無くなります」

語り畢《おわ》った緒方氏の眼は輝きわたり、宛《あだか》然数千の聴衆が粛然《ひっそり》として氏の講話を傾聴していたのを感

謝するように、胸に手を当て恭やしく腰をかがめて、私等の方を向いて叮嚀に敬礼をした。

三、奇怪《ふしぎ》だ‼　奇怪だ‼　奇怪千万だ……彼は全然魔法使いのようだ……

しばらく呆気にとられて聴いていた須藤は、この時やっと気が附いたように、
「いや、貴君《あなた》の発明にはいつもながら敬服します、なお緩々《ゆるゆる》御高説も承わりたいと存じますが、今日は友人和田君を紹介いたすため態々《わざわざ》御訪ね致した次第です、和田君が貴君にお眼に懸りたいという訳は、今朝ほど御話のあった貸二階に是非同居させて頂きたいという実はそのお願いに上ったのです」
こう話掛けても血液試験先生は何か他を考えているらしく漸《しばら》く口を開かなかったが、突然気が付いたように、
「それは結構、僕も至極望む所です」
私が同居所望の話を須藤がするのを緒方氏は満足げな様子で聴いていたが、ややあって口を開いて、
「和田君、貴君は煙草嫌いではありませんか」
私「いや頗る付喫《つき》煙家の方です」
緒「それは結構です、それから僕は化学の研究が大好で、平生《ふだん》卓子の周囲《まわり》に沢山薬品類を蓄えておかぬと気が済まないのですが、貴君は薬品《くすり》の匂いを苦にしませんか」
私「私はもともと医師ですから薬品《くすり》の匂いを嫌ってなどはいられません」
緒「それから僕は気分の加減で幾日も人と口を利かぬことがあります、それを僕が何か貴君に対し

感情を害しているのじゃないか等と誤解なすっては困ります、そういう時にはただ抛棄《うっちゃ》っておいて下されればよい、そのうちに僕はまた平生の僕に復《かえ》りますから。で、今度は貴君から何か僕に前以て話しておかれる事はありませんか？　人が一緒にひとつ家に住むという前にはお互に欠点を打明《うちあか》しておくことは最も肝要な事ですからね」

私は彼のこの物々しい取極めに思わずニッコリして

「私はひどく健康を害していますから、喋々しいのが何よりも禁物です、私の欠点としては身体の壮健《じょうぶ》な時ならば随分数多く有りますが、現在《いま》の処ではまず懶惰《なまける》ということ位でしょう」

緒「喋々しいという中に、貴君はヴヮイオリンの弾奏も数え込みますか」

私「それは弾手《ひきて》に依ってですな、巧い人の弾くヴヮイオリンの響なら随分好きですが、拙い人のじゃ――」

緒方学士は面白そうに笑って、

「わかりました、わかりました、これでまず貸間が貴君の気に入るかどうかという問題の外の一切の相談は、纏ったというものです」

私「いつ室を拝見出来ましょうか」

緒「明日《みょうにち》の正午に僕をもう一度ここに訪ねて下さい、御一緒に行きますから」

私は彼に挨拶をして、

「明日の正午十二時、慥かに参ります、ではこれで御免下さい」

直ぐにまた何かの研究に取掛るらしい緒方氏を独り化学室に残して、私と須藤は匇々《そこそこ》に中央病院の門を出た。途中、私は不意に立止って須藤に向い、

「僕が山東から帰って来たばかりだという事を緒方氏はどうして知っているんだろう？」

須「そ、そこが彼の人間の奇怪《あや》しい処なんだ。見もせず聞きもしない物をうまく判じ出す所は恰然《まるで》魔法使いのようだよ」

私「奇怪《ふしぎ》だ、奇怪だ、実に奇怪千万だ、奴と同居する事になったら、僕は暇に任せて奴の人物の本性を吟味してやる」

須藤はカラカラと笑って、

「君があれを充分吟味する前に、あの男は充分君を吟味し尽してしまうよ、じゃあ左様なら、いずれまたお眼にかかるぜ」

「や、左様なら、いろいろ有難う」

中央病院を出て四五町の処で、私は須藤と別れ、この奇異《ふしぎ》な新らしい友人のことを種々《いろいろ》に考えながら駿河台の旅館《やど》へと歩みを向けた。

四、これはまた不思議の営業《しょうばい》……みんな僕のお得意様だ……

約束通り私は翌日の正午中央病院の化学室に緒方氏を訪ね、同道して貸二階を見に出掛けた。場所は牛込の神楽坂通りをちょっと左に外《そ》れた処で、家は老《とし》った寡婦《ごけ》さんの持物で一人の孫娘と一人の下婢《げじょ》と都合三人暮し、家内は至って閑静《しずか》だ。貸すという話の二階はいかにも緒方氏の話の通り六畳二間あって両間《ふたま》ともに窓も充分開き日当りも極めて宜く造作建具頗る小薩張《こざっぱり》としている。二人住には御誂向きだし、間代も二人宛にして見ると丁度私の予算通りなので、私は別に深く考えるまでもなく即座に借入れの約束を済まし、その日の夕暮駿河台の旅館から沢山もない荷物を運び、緒方氏はその翌朝化学試験の機械、薬品、及び種々の書籍を堆《うずた》かく荷車に積んで運んで来てここでいよいよ共同生活が始まることになった。

ああ運命、運命、人の運命なるものはいずこにありいずこからいずこへと連《つづ》いているものか茫として遂に測知し難い。かく苟且《かりそめ》の縁《えにし》から緒方緒太郎氏と同棲する事となったために、私が後々あらゆる生死の巷を氏と共に踏み、血湧き肉躍り毛髪悚然として逆立つ奇々怪々な事件に身を沈めることになろうとは、神ならぬ身の誰かこれを知っていたであろう?

緒方氏は決して一緒に住み悪《にく》い人ではなかった。挙動は極めて静穏《しずか》、起臥《おきふし》はいかにも規則正しく、夜は十時になればキチンと寝てしまうし、朝はキット私の起出る前に階下《した》へと朝餐《あさはん》を喰べに行く。時としては中央病院の化学室に日を暮し、時としては解剖室に、また時としては突然思い立ったように近傍の田舎へ出掛けて行くことがある。勉強熱が起ったと見る時には何物にも制禦されず傍目《わきめ》も触らず一心不乱に三日でも四日でも続けて研究に耽るが、その反動として折々室の長椅子に身を横《よこた》えて朝から晩までウツラウツラとし、自から前以て私に話したように、幾日も一言葉も発しない事がある。氏の容貌風采は一見人をして異様な感を起させる風采である、身の丈は五尺六寸あまりで、痩姿《やせがた》であるから更に莫迦に高く見える、眼は鋭く射るようで、細く尖って鷹のような鼻は一体の貌《かお》だちをいかにも敏捷に見えさせ、角ばって秀でた頤は決断に富んだ人物な事を示している。手はいつも種々の薬品のために、黄や青に染まっているが、壊れ易い長い玻璃管へ細い検温器などを自由自在に扱う嫋《しな》やかな手際はまるで魔術《てづま》でも見ているようである。

　私はひどく健康を害しているので、よほど天気のいい日ででもなければ外出はせず、またこれという訪ねてくる友人も無いので、寂しいまま自然考《かんがえ》はこの奇異《ふしぎ》な新らしい友にばかり注ぎ、緒方氏に対する自分の好奇心は日一日と深くなって行った。

　最初の一二週間は私等《たち》の借二階に一人の訪問者も無かったので、緒方氏も自分と同じく友人が少いのではないかと思われたが、間もなく種々《いろいろ》の人が続々氏の処へ来はじめた。水守某《みずもりなにがし》という名で、私に紹介された一人の身丈《せい》の低い頭髪《かみのけ》の赤い黒瞳がちな男が一日三度まで折返し訪ねて来たのを始とし、その翌日は妙齢《としごろ》の娘の華やかな扮装《みなり》をしたのが二時間余も緒方氏と密々《ひそひそ》何かを話して帰り、引違いに植木屋のような、汚ない風体をした胡麻塩頭の老爺《おやじ》が慌てた風で這入って来て二分間ほどコソコソ話をして急いで出て行ってしまう、また或日には鉄道院の制服を著《つ》けた男が五人まで伴れ立ってやって来る、その後には待合の女将らしいのが愕《おび》えたような顔をして尋ねて来ることがある――。

緒方氏は或日客の帰った後で私に向って、謝びるように、

「このごろはどうも商売が繁昌で、いつも喧ましくて君に済まないと思っています、けれど來る連中は皆僕の御顧客《おとくい》なので粗末にする事も出来ずまことに止むを得ません、ただしそのうちに僕の商売がガラリと閑になる事もありますから、君に迷惑を掛け通しにはしないつもりです」

私はやっと氏の疑点を手繰り出す糸口を得たように、すかさず「あの人たちが貴君の御顧客とはどう言う訳で？」と突込んだ。

緒方氏は莞爾《にっこり》して、

「君はキット僕の身上《みのうえ》を不審に思っていられるでしょう、御尤《もっと》ものことです、何も隠し立てする必要もありませんから、一つ緩々僕の身上を話しましょうかな、僕の商売はこれでまったく世間無類のものなのです」

五、緒方学士の推理と観察……見ていたように良く当る……

緒方氏は漸く自分から本音を吐き出した。

「僕は広大無辺な大科学《グレエトサイエンス》を開発しようと思っているのです。広大無辺の大科学の開発とは何であるか、まず推理と観察、この二つの能力の開発である、だが僕だっても生命《いのち》あっての研究ですから別に資産も無い身故《ゆえ》一方では自分で働いて衣食を支えて行かなければなりません、そこで僕は自分の事業に縁故《ゆかり》のある商売を思付いたのです。有体《ありてい》に云えば僕の商売というのは探偵顧問です。東京には公私併《あわ》せて幾百或は幾千の本職の探偵が居ます、こういう探偵が思案に余る事件に出遭うと早速僕の処へ駈付けて来るのです、僕は彼等の云い並べる事実を聴取って大体の当りを付けてやるのです、一体犯罪の事跡という奴はどれもこれも一様に似通っている所があります。僕は一生の目的に資する必要から世界の犯罪史をあまねく調べ、そのお疵蔭《かげ》であらゆる犯罪の事跡に通達しました、頭の中にある数千の事件の種々な例を持《もっ》て来て一つの事件に宛はめて見れば大概その筋道の見当が付かないという事はありません。で、本職の探偵等も皆僕の推断推理を尊敬しているのです。先日《せんだって》君に御紹介した水守という男は東京でも有名な探偵です、近頃あれは大分混雑《こみい》った事件に携わって思案に余ったので一日三度までも僕の処へ相談に来るのです」

私「だがあの本職探偵とも見えない少女《こむすめ》や、老人《としより》は？」

緒「あの人たちは本職の探偵の手にかけて世間に発表されるのを好まない一家の秘密事件があって、窃《そっ》と僕の処へ来て顧問を頼んで行くのです。あれらは事実を僕の前へ云い並べる、僕は見当をつけてやる、そこで若干の顧問料という奴が僕の手に落ちるのです、だからあれらも同じく僕の顧客《とくい》なのです」

私「じゃあ貴君は他の人たちが親しく事件に携わり、百方探索し思案してもなお見当のつかない事を、この二階に呑気に構えたまま訳もなく解決なさると言うのですね」

緒「まずそうです、僕のこの直覚という官能は何よりも極めて鋭どく発達しているのです。だが勿論時々は自分自ら働いて捜索しなければならぬ必要を生じ、家を出て取調べることもありますが、大概は卓子の上で片が付きます、自慢じゃないが僕の一切の物に対する推断推理の鋭敏というものは、殆んど僕の第二の天性と云っていい程までに発達しているのです。君は僕と初対面の時、山東半島から帰ったばかりだと云った僕の言葉を聞いて非常に驚いた様子でしたね」

私「そうです、実際吃驚《びっくり》しました」

緒「いやこれは別に驚く訳はないのです、僕はほんとにそうと知るのです。僕が多年研究の結果としてこれこれの事を知りたいとか或は『これこれの特徴があるからこうだろう』などという考が心の中《うち》を過ぎる間もなく、見た瞬間に『何々だな』ということをただただ直感直覚するのです。しかし直覚というのも実は物を考えるのが迅速だという事を云うので、結局の断案までにはやはり夫々《それぞれ》の順序がいるのです。まあ試しに云ってみましょうか、ここに医師風の一紳士がいる、だがその態度にどこか軍人めいた所がある、慥かにこれは軍医だ、そうしてこの軍医は今まで安閑と病院内で治療をやっていたのではなくて、風雨に曝されながら困難な旅をした様子がある、それはその手腕《うで》のあたりが色白なのに似ず露出した皮膚の部分が日に焦《や》け天然の色でないのを見れば分明《わか》る、次にこの人は右の肩に微傷《かすりきず》を負《う》けている、これはその繃帯のために、背広服の肩の部分が高く持上っているのでよく分明る、右の肩の創《きず》という奴《やつ》は十中八九までは鉄砲創である、またこの人の顔の窶れ工合は近頃熱を病んだに相違ない、察するところこれは負傷から起った熱病である、この人の衰弱は一朝の治療では回復が覚束ない、故に帰休を命ぜられたのである、今日本の軍医であって風雨に曝されて出征し、肩に鉄砲創を負け、その結果熱を病んで帰休を命ぜられ本国に帰って来る者は、目下真最中の山東の日独戦争から帰って来た者で無くて何でしょう、だから僕は君が山東から帰ったばかりだと云ったのです。そこで君は吃驚したというわけ、こんな長たらしい推断も僕の頭脳《あたま》にかけては眼《ま》ばたく間です、どうです和田君、僕の推理にどこか不自然な所がありますかね？」

私「いや、理由《わけ》を伺えば貴君の推論はいかにも簡単明瞭です」

私は口ばかりでなく、いかにも明確な氏の推断に敬服し頗る好奇心を動かされたが、心中考えるにこの位の判断の一つ位は普通の人でも偶《たま》には当ることもある、何か他に困難な問題を提出してこの自慢な緒方氏の推理力を試してみようと、ふと思付いて帯に挟んだ懐中時計を取出し、

「じゃ、貴君はこの時計の履歴が分りますか」

と云いながら氏に手渡しした。

六、変化の多い時計の履歴（上）……驚くべき頭脳の力……

緒方氏は私の手渡した時計を掌中《てのひら》にのせて重量《めかた》をはかっていたが、やがて表面《おもて》を見、裏面《うら》を返し、最初のうちは肉眼で篤と眺め、後には度の強い凸鏡《なかだかめがね》を取出して仔細らしく中の機械を検査しながら口を曲げたり、眼をパチクリさせたりする、その様子は実に奇妙不思議で、思わず噴飯《ふきだ》したくなる。

やがてすっかり見終ると、氏はその蓋を閉じ、丁寧に時計を私に返して、

「いやどうもこの時計はなかなか観察が難かしい。この時計は近頃掃除されたので、鑑定に必要な跡は綺麗に拭きとられていますからな」

私「そうです、三月《みつき》前私が山東半島へ出征する折に磨かせましたから」

と答えながら、私は心のうちに、奴推量が違った時の逃口上を云ってるなと考えた。

緒方氏は顔を仰向《あおむけ》にし、半ば眼を閉じたまま、

「しかし不満足ながら少し位の鑑定はつかぬでもありません、まず僕の鑑定によると、君はこの時計を君の総領の兄さんから譲り受けた、そうして君の兄さんはもとこの時計を君の阿父《おとう》さんから貰ったのです」

私「貴君は蓋に刻んであるH、Wの二字の姓名を見てそう御鑑定になったのでしょう」

緒「まったくその通りです、Wは云うまでもなく君の和田という名字を示している、そうしてこの

時計の製造年月は千八百五十四年とある、即ち今より六十年前《ぜん》のものです、そしてこの名字の刻印もその時分にされたもののように見受けられます、六十年前にこの時計にこんな刻印をしたのは疑いもなく君の阿父《おとうさん》です、一体宝物《ほうもつ》というものは長男に譲られるのが習慣《つね》です、そして長男というものは多く父の姓名を踏襲するものです、で、僕の推断によれば君等の父は疾《はや》く歿《なく》なられた、そのためこの時計はしばらく君の長兄《にい》さんの手許に在ったのです」

私「正《まさ》しくそうです、仰せの通りです、だがその他にまだ何か貴君の鑑定なさった所がありますか？」

緒「その他に僕が言えるのは、君の長兄さんは品行が修まらず頗る不取締《ふしだら》な人であったということです。君の長兄さんは父上が歿《なくな》られた当時は金成《かなり》有福な人だったが、自分の不仕末から幸運な機会を失って、絶えず金銭に不自由な生活をされた、しかしその不自由の中にも偶には運の向いた時もあったが、長兄さんは頗る酒が好きで、遂に酒のためにこの世を去られた。まず僕の鑑定はこの位なものです」

私は憤然として起上《たちあが》った、そうして思わず声を荒くして、

「貴君は紳士に有間敷《あるまじき》事をなさる。私はいま貴君の云われた事が貴君の推理の結果から来たものとは信じられません、貴君は私のあの不運な兄の身上を前以て探っておき、空惚《そらとぼけ》気て推理の結果だなぞと云って僕を驚かそうとしたのでしょう、いやそれに違いない、貴君はこの一個《ひとつ》の古時計から今貴君が云われたような一切のことを推断したなどと私が真面目に信用するとお思いですか、貴君は卑怯な人です、実に紳士らしからぬ人です」

私の咆り立《たけ》った様を見て、緒方氏はひどく迷惑な顔付をして、

「やあそのお腹立は御最もです、僕はただ一つの問題を解釈したつもりでいたのに、はからず君の感情を害したのは遺憾です。なるほど血を分けた兄上の事故《ことゆえ》お気に触ったのも御尤もです。僕の不注意は重々お詫びします。しかし和田君、僕は断言します。僕はこの時計を見るまでは君に兄弟の有るということは全然知らなかったのでした」

私「では、どうして貴君は私の長兄《あに》の性質を御承知です？　貴君のお言葉は一々当っています、なんぼ何でも当推量《あて》にしてはあんまり的確過《あたり》ぎます」

緒方氏は微笑して、

「それは僕としても意外です、僕は大凡《おおよ》そ類似《により》のことを云うだけです、そんなに精密に的《あた》ろうとは思い掛けませんでした」

私「貴君がどんなに弁解なさっても、私は貴君の云った言葉が皆《みんな》推量から出たのだとは信じません」

緒「いや全く以て推理の結果です。君がさほどまで不思議に思うのは、小さい事実の上に大きな関係が現われているのを君は認めないで、僕は認めている、君は考えないで僕は考えている、一にそのためです。では君の疑を霽《は》らすために僕がこの時計を見て君の長兄《あにうえ》の性質行状を鑑定するに至ったその推理の筋道を話しましょうか」

私「どうぞ、是非伺いたいものです」

こう云って私は矙《じっ》と緒方氏の顔を見瞻《まも》った。

七、変化の多い時計の履歴（下）……時計一つで親兄弟の性行が知れる……

緒方氏は徐《おもむ》ろにその推理の筋道を説き出した。

「まず僕は君の長兄《あにうえ》を不取締《ふしだら》な人だと云いました。見たまえ、この時計の上蓋の下の部分に大きな凹《くぼ》んだ疵瑕《きず》が二つある、そればかりでなく、またこの蓋一体に数限りもなく微《こまか》い疵《きず》があります、これはこの時計を鍵や貨幣《かね》などと一緒に一つ衣匣《かくし》や袂に不注意に入れて置く事から生《で》きた疵です。今三百円以上もする金時計をこうまで不注意に取扱う人を不取締の人と呼ぶのが無理でしょうか、またこんな貴重な遺物《かたみ》を貰う人が当時他の点においても有福だったと推測するのに何の不思議が有《あ》りましょう？」

私はこの推理がいかにも、尤もなので首肯《うなず》いた。氏は更に言葉を継いで、

「貴君は御存知かどうか知らないが、東京の小さな質店《しちや》ではこんな時計を質にとる時は必ず内側の眼につかぬ所に針の先で印をつけておくのが例です。これは融通のために他の大質屋に転質《かえしち》などをする時に他品《ほかのしな》と間違ったりまたは騙換《すりかえ》られたりするのを防ぐためです。今僕の凸鏡で仔細に検査するとこの時計の内側にはその質店の針の痕が四つまであります。これで君の長兄《にいさん》の質店通いが頻繁であった事が分明るし、またその平生《つねづね》金銭に不自由していたのが想像されます。しかしまた時折、大金が手に入ることもあったと想われるのは、時折大金を出してこの質物を引出す事が出来たのを見れば明らか

にそれと知れます。最後にこの時計は旧式の物だから鍵穴から巻くようになっていますが、どうか君この内蓋の鍵穴を注意してよく見て下さい、随分澤山な鍵の摩《す》り掻いた疵がその周囲《まわり》に在りましょう。一体厳格な人が鍵を巻くのにこんなにまで鍵穴を取外すことがあるでしょうか？　僕の従来の経験によればこんな疵痕のある鍵巻時計はキット飲酒家《さけのみ》の所有品《もちもの》ときまっています。飲酒家というものは何にかけても不注意なものだから夜中《やちゅう》に鍵を巻くことが多く、またアルコール中毒のために手先が顫えて一度で鍵を孔穴《あな》に当てがう事が出来ない、それやこれやでこんな沢山な摩り疵をこしらえるのです、僕が君の長兄を飲酒家と鑑定したのはこの理由からです、それから僕は君の父君や長兄《あにうえ》が既に歿なられたと云いました、それは君が遥々遠征から帰った身であれば、たとえいかに名誉でない帰省とはいえ、取敢えず父君か長兄の所に駈付ける筈《はず》だのに、安閑として貸二階などに籠っているのはよくよく君に近い親族《みより》の無い証拠だと思うからです。僕の推理の筋道はまずザットこの通りです、どうです和田君、君は僕の推理を理屈に合わないと思いますか、不條理だと考えますか、どうです？」

私は今となって緒方氏の推断の精妙自然なのに、ほとほと感嘆してしまった。そこに一点の疑を挟む余地が無い、今更憤《おこ》り立ったのが気恥かしく、

「いや貴君の推理は太陽よりも明らかです、一時貴君を疑った自分の浅墓さ加減はまことに恥入る次第です、おお緒方様《さん》、いや緒方先生、近頃何か貴君のその不思議な推理力で解決なさった珍らしい事件がありますか、あるならどうぞ私にひとつお聴かせ下さい、貴君のその不思議な推理の力は、私をただただ驚かせるばかりです」

緒方理学士はニッコリ笑って、

「いや近頃は大分珍らしい事件があります。君のお望みとあれば緩々お話しましょう、が待ちたまえ

よ、誰か来たようですから」

緒方氏が階下を覗いて、

「お入り下さい」

と声を掛ける間もなく、階段を踏み鳴す音がして、やがて、

「今日《こんにち》は」

と、這入って来たのは、今しがた噂に出た警視庁の名探偵、水守練吉《みずもりれんきち》氏であった。

「ヤア」

と緒方氏が声を掛ける。水守探偵は叮嚀に私等《たち》二人に挨拶して、さて腰を下して、私をヂロッと見て、

「今日は別に用事もありませんが、そこまで参りましたので、チョット御伺いしました」

八、石膏像の乃木大将……水守探偵の長物語……

水守探偵、緒方氏、及び私の三人は暫く卓《テーブル》を囲んで四方山の雑談に耽った。しかしいつも華やかな笑声を盛に洩らす水守探偵が、今日に限って何となく物思わしげに沈んで見えるので、緒方氏はフトそれに気が付いたらしく、

「何か君は今変った事件にでも関係《たずさわ》っているのじゃないか?」

と訊ねた。水守探偵は図星を指されてか些《ちょっ》と苦笑《にがわらい》をして、

「ナニ少々詰らない事件があるのですが、御耳に入れるような物じゃありません。」

と答えた。

「いいじゃないか、話の序《ついで》に詰らぬ事でも、まあひとつ話して聞かせたまえ」

と、緒方氏は促すように云う。水守君は笑いながら、

「詰らないってよりもむしろ莫迦々々しい事件なんですがね、それでも少々普通の事件とは毛色が違っている。それで何となく胸に引懸っているんです。しかし煎じ詰める処、マアこの事件は我々よりも和田さんの畠の物らしいですよ」

「病人ですか?」と私が訊くと、

「どっち道、キ印には違いないと思うんですが」

と、水守探偵は微笑みながら答え、更に語を継いで、

「だが、それにしてもまた可笑しな狂人《きちがい》です、と云うのは、近頃あの乃木大将の石膏像とさえ見れば、見当り次第打壊《ぶちこわ》して歩く奴が居るのです。」

緒方氏は椅子に靠《よ》ったまま、

「ナンダそれじゃあ僕等の出る幕じゃない」

と詰らなそうな顔をする。

「左様、ですから今もそう云ったのです」

と水守探偵は答えて、更に、

「しかしその男が他人の有《も》っている像まで打壊《ぶっこわ》そうとして夜盗《どろぼう》を働くに至っては、これは医者の領分だと云って警察の方で黙っている訳には行きませんからね」

緒方氏は急に起上《たちあが》って、

「ナニ夜盗をやるって？　そりゃあますます面白い話だ、まず委細の話を聞こうじゃないか」と膝を乗出した。

水守探偵は官用の手帳をポケットから出して、繰りひろげながら話すよう、

「最初にこの事件の報告のあったのは四日前の事で、始のは上野広小路に絵草紙や石膏像などを売っている松田浅吉という男の店に起ったことなのです。店の番頭が何か用があってちょっと表通りの店を外すと、忽ち店でガタンピシャンという音が聞えた、で急いで番頭が引返《ひっかえ》して見ると、店の陳列台の上に種々並んでいた美術品の中《うち》に乃木大将の石膏製の半身像があったのが、微塵に砕かれて散ばっている。ソコでイキナリ表へ飛出して見ると、往来の人も今確かにここから逃げて行った奴があると

云うけれども無論曲者は居ずまたそれらしいと認められる人も居なかった訳です。で、どうもこの事件は深い意味のある事じゃなく、ただもう例の無頼漢《ごろつき》の悪戯位に止まる事と思われたので巡回当番の警官にもその旨の報告をしておいたらしい。デ破壊《こわ》された石膏像も元より八九拾銭位な物だし、ちょっと見ればこの事件は極めて詰らぬ事件で別に調査の必要もないような事ですナ、二度目に起った事件はそれに較べるとよほど曰くがありそうで、かつよほど毛色が変っているのです。ナニ、ツイ昨日あった事ですがね」

水守探偵はここまで話して咳一咳して、

「これはやはり上野山下の、松田の店から五六町と離れていない処に上原操という外科医があります、かなりに流行る医師でそこに本院と、また菊屋橋の傍に分院を持っているが、この人非常な乃木大将の崇拝家で、家には懸軸から置物から書物から殆んど乃木大将に関するものばかりを集めております。でこの人が先日例の松田浅吉の店から乃木大将の石膏像を一対買って来て、その一つを山下の本院の玄関に置き一つは分院の外科室に置いといたのです。ところが今朝起出て診察所の方へ来て見ると、昨夜《ゆうべ》盗賊《どろぼう》が入ったという騒ぎ、何を盗まれたかと探してみると別に他の物に異状は無いが、ただ二三日前に買ったばかりの乃木大将の像が見えない。そこで奇異《へん》に思ってよく四辺《あたり》を探して見るとその石膏像は屋外《そと》へ持出されて庭の石垣に乱暴に打付《ぶっつ》けられたと見えて砕片《かけら》が粉微塵に飛散っているという次第なのです」

これを聞いて緒方氏はいたく興味を唆られた体で、

「これは確かに珍奇な事件ですねえ」

九、塑像の破壊者は何人《なにびと》？……乃木大将と見れば端《はじ》から砕《こわ》す……

緒方氏の頰りに気乗りした様子を見ると、水守探偵はニコニコして、

「イヤ、この話はキット貴君の御気に入るだろうと思っていました。だがまだ話はそれで終らないのです。上原医師は毎日正午にそのもう一つの菊屋橋の分院の方へ行くことになっているんですが、その日例《いつも》の時刻に行って見ると、こは如何《いか》にここでも昨夜盗賊に入られたと云う、検べて見るとやはり例の乃木大将の像が、ここでは庭へ持出されずにそのまま外科室の真中で滅茶々々に砕されている仕末です。実にどうも奇妙じゃありませんか、それにどう調べてもこれは狂人《きちがい》の仕業か叉は盗賊か、皆目何の手係りも付かないのです。緒方さん、事実というのはまずこの通りです」

緒方氏はますます面白そうに、

「ホウ、これは全く奇天烈だね、小説なら奇想天外より来《きた》るとでも云うのだろう。ところでツカヌ事を聞くようだが、上原という医師の処で砕された乃木大将の像というのは前に松田の店で壊された像と全然同型の物かね」

「そうです、どっちもひとつ型から取ったものです」

「と、して見れば、どうもこの犯人は狂人じゃないと想像が付くね。まあ考えてもみたまえ、この広い東京に乃木大将の像なんていうものは何百何千あるか別りやしない。それを無茶苦茶に砕して行く

とでもいうならとにかく、同じ型から取った三個の像から一々秩序を立てて壊し始めて行くなどというのは、仮令《よし》偶然という事があるかも知れないにせよ、まあ狂人としては少し出来過ぎた芸だと思うね」

水守探偵は緒方氏の言を聴いて、

「なるほど」

と云いながら、なお、

「だがこういう事も無いとは云われません、なにしろ市内のその辺では松田浅吉の店が唯一の石膏像を売る店で、それにこの乃木大将の像は三個《みっつ》とも大分長い間、店晒《たなざら》しになって店頭《みせさき》に置いてあったのですから、その近所に住んでいた狂人ならまず手始めにこの三個に眼を付けます、でこの三個からやり出したのかも知れませんよ、だが和田さん、貴君の御意見はどんなものです？」

と、今度は私に訊く。私もまるで見当がつかぬ事件なので当惑して、

「そうですね、といってまさか無政府党員の仕事でもありますまい、もっとも医学上には一事狂《モノメニア》という奴がありますが……」

といい掛けると、緒方氏は頭《かぶり》を掉《ふ》って、

「いや一事狂の患者でもこの像がどことどこに在るなんて事は鑑定は付かないでしょう、ソレをチャンと知っている処から見るとこれは仲々容易ならん奴です」

「それじゃあ貴君は、どうこの事件を御鑑定ですか」

と水守探偵と私と両人《ふたり》で問いつめると、緒方氏は笑って、

「僕の鑑定かね、それはまあ最う少し御預りにしておきましょう、しかし一言《いちげん》したいのは、この男の

遣り口には狂気《きちがい》じみていながらどこか一定の秩序がある処が有る、云ってみればその上原医師の玄関に忍び入った折には家の者が眼を醒ます恐れがあるので態々《わざわざ》庭まで持出して打壊す、また分院の方ではそんな恐れが無かったのでその場で砕いてしまうなどという遣口がそうだ。ちょっと見た処ではこの事件はいかにも些細な物のように見えるが、僕にはどうもこれが序幕でこの先何か容易ならぬ事が引続いて発生して来るような気がする。しかしいかにも面白い話だ、水守君、この後この事件に関して何か新らしい事故でも生じたら早速また報せてくれ給え。僕は関係してみたいような気もするから」

やがて話を済ませて水守探偵が帰り去ると、緒方氏は私を見て笑いながら、

「どうです、仲々面白い話が有りましょう、あの通り刻々に種々な事件が僕の処に持込まれて来ます。私の実験談をお話しするよりも、近々《きんきん》何か面白い事件が発生しましたら、実地に貴君に御助力を仰ぎながらお目に掛けることにしましょう」

私等《たち》のその日の談話はこれで終って、緒方氏は好める音楽を聴くため、夕刻から帝国劇場へと出掛けて行った。

一〇、火急電報、スグコイ――ミズモリ……表は黒山のような群集《ひとだかり》……

緒方氏が水守探偵に、もしこの乃木大将像破壊事件について、また面白い事故でも生じたら、早速知らせてくれと頼んだのはツイ昨日の事であった。しかるにその翌朝《あくるあさ》、私がやっと起出て、室で衣服《きもの》を着換えていると、突然階下で、

「電報！」と云う声がした。直ぐドタドタ階段《はしごだん》を下りて行く緒方氏の跫音が聞えたが、やがて氏は一通の電報を持って私の室へ這入って来た。そして笑いながら、

「和田君、電報ですぜ」と見せる。

手に取て見ると、文面は、

スグ　コイ　ギンザ　タケカワチョウ一四ニテ　ミズモリ

とある。京橋区銀座竹川町十四番地から水守が寄越したのだ。

「何でしょうな」と緒方氏の顔を見ると、

「そうさ、僕にも別らないが、何か事件が起ったに違いありません、偶《ひょっ》とすると或は昨日の話のあの石膏像を打壊す先生が、どこかでまた活動を始めたのかも知れぬと思います、そうなら面白いですがね、しかしどっち道今日は別に用事も無いから、ひとつ出掛けてみましやうか？　だが君の御都合はどうです？」

「大賛成です、お供が出来るなら是非願いたいものです」

と私が云うと、緒方氏は首肯いて、

「じゃあ早く朝飯《あさはん》を済ませて出掛ることにしましょう」

私等《たち》はやがて家を出て神楽坂下から外濠の電車に乗り、新橋で下りた、そして目指す場所へと向うと、これは銀座の裏通りで十四番地というのは片側に並んだ棟続きの新らしい長家《ながや》のひとつである。

私等がその前まで行くと、家の門前は黒山のような群集である。

「はてな、これは奇異《へん》だわい」

と、緒方氏は呟いて、更に、

「和田君、どうもこれは少くとも謀殺未遂位な事はありそうですよ、見たまえ、あの爪先立って一生懸命に内部《なか》を覗こうとしている連中《れんじゅう》を、オヤ、それに門を水で洗った痕がある。しかしこの事件は苦しまずとも、大分手係りが残っていそうです」

と一人で話掛ける。だが私が応答《うけこたえ》をしようとする間に、氏は急にまた大きな声を出して、

「ヤア居た、居た、水守が窓から首を出しています、とにかく早くあの男に逢って一部始終を訊いてみましょう」

水守探偵は私等の姿を見ると、直ぐ二階から下りて来て、両人《ふたり》をこの家《や》の客間へと案内した。しかし何か非常に気懸りになっていると見えて一言も云わず考え込んでいる。見ると、廊下の方を一人の老人が何か落付かぬ風で、あっちこっちと歩き廻っている。水守探偵はやがてその老人を紹介《ひきあわ》せに室へ伴れて来た。そうしてこれがこの家の主人で、実業新聞社員の本多半兵衛氏だと紹介した。その言葉に継いで水守探偵は初めて口を開いて、

「いや、態々《わざわざ》御呼立てしして失礼しました。実はあの昨日お話ししたばかりの乃木大将の半身像の一件なのですが、あれが昨夜中に大発展をしてしまいましたので……」

と云い掛ける。緒方氏は気忙《きぜわ》しく、

「大発展って、一体どんな事になったのかね？」

「人殺しが持上ったのです、な、本多さん」

と、今度は傍の老人に向って、

「どうぞ貴方からこちらに事件の一部始終をお話して下さい」

と云った。

こう云われてこの家の主人本多氏は、私等の方を振向いて、

「イヤどうも何と云ってお話ししてよいものやら薩張《さっぱ》り見当の付かない事件で……。実は私もこれで新聞社の一員ですから、もしこれが他人事《ひとごと》だったら実にうまい材料《たね》に遭遇《ぶつか》った位のことで、夕刊の二段や三段はすぐ麗々しく埋めて終うんですが、サテ自分の家にこんな新聞種が持上ったとなると、ただもう周章狼狽するだけでカラ仕様がありません。今朝から何人という新聞記者に見す見すこんな稀有《めずら》しい材料を皆持て行かれている仕末です。しかし御名前はかねてから伺っている探偵博士の緒方先生の前でお話しするとなると、私も少々気乗りがするような心持がします、まあ何卒《どうぞ》一部始終をお聴きなすって下さい」

一一、いかにも不思議な殺人事件《ひとごろし》……被害者の住所《うち》も氏名《なまえ》も分らない……

本多老人の語り出づる物語に、緒方氏も私も思わず膝をすすめた。本多氏は語を継いで、

「私は今から四個月ほど以前《まえ》に、ちょうど今私共の居るこの室の飾りにしようと思って、乃木大将の石膏像を買いましたが、今度の事件は、どうもその半身像が原因《もと》となって起ったものらしく思われます。その石膏像というのは日本橋通三丁目の波多野兄弟《はたのけいてい》商会という店で安く手に入れたものです。で、私が新聞社の仕事をするのは大抵夜分ですが、時とすると二時か三時、暁方まで書いていることが往々《まま》あります、昨夜《ゆうべ》もやはり裏二階の書斎に閉じ籠って、朝の三時頃までコツコツやっていますと、あたりも寂然《しん》と寝静まっている真夜中に何か階下で変なガタピシ云う音が聞えました。ハテナと思って筆を擱いて凝乎《じっ》と耳を澄ませて聴いていますと、それ切り何の物音もしない、これは戸外《そと》でした音だと考え直して、更に気をとめず仕事を続けていますと、ものの五分も経たない中に、またもや突然、キャッと魄《たまぎ》切る声がしました。緒方さん、私はこの年になりますが、未だにあんな物凄い叫声を聞いたことがありません、それを聞くと私は総身水を浴せられたようになって、暫く立上る勇気も出ませんでしたが、ようやく気を確かに取直して、室の隅に在った木刀をおっ取り階段《はしごだん》を下りてこの室へ這入って来て見ますと、窓の戸はガラリと明放たれ、見ると床の間に置いてあった半身像が紛失《なくな》っていたという事が直ぐ解りました。しかし私には薩張り理由《わけ》が分明らない、と云うのはどんな泥棒でもこ

んな安物の半身像一個《ひとつ》だけ持て出て行く奴があろうとは思われないからです。いま御覧の通りソコの窓を抜け出して一廻りすれば、直ぐ玄関口へ出られますから、とにかく泥棒先生はここを出て行ったに違いないと思って、早速玄関へと追駈け、急いで戸外《そと》の暗《やみ》に飛出そうとすると、その途端突然足に何か当って思わず躓きそうになったから、ハッとして見ると何やら人らしい者が倒れている、恐々《こわごわ》触って見るとベットリ手に附いたのが生暖かい何やら血潮《ちのり》らしいから、吃驚して室へ立戻り燈火《あかり》を持って来て見るとさあ大変、四辺《あたり》は一面唐紅の血で、大の男が咽喉《のど》を抉られたようになって眼を剝いて仰向に倒れ、無惨な死態《しにざま》をしている、私は夢を見ているのじゃないかと思いましたよ。

私は宙を飛ぶように近所の交番まで駈付けたのは記憶《おぼ》えていますが、それなり気絶してしまったと見え、やっと眼を明いた時には家の者に介抱されていたのです」

「フーム、して、その被害者は誰だったのかね？」

ここまで聞いていた緒方氏が水守探偵にこう訪ねると、

「サア、それがどこの者だか、皆目手懸りが付かないのです、いずれ仮埋葬地で屍体は御目に掛けますが、何分今のところではどこの者とも全然《まるで》目当が付きません。なんでも背の高い、日に焦《や》けた、筋骨の逞ましい年の頃は左様三十を越えたか越えぬか位な男で身装《みなり》は大分見すぼらしいが、そうかと云って格別労働者とは見えないのです。で、その屍体の傍には角の柄の附いた大ナイフが血塗れになって落ちていたのですが、一体それが殺人に用いた兇器か、それとも被害者の所持品か解らないのです、衣類を検べて見たが別に姓名も書付けて無いし、洋服の衣匣《ポケット》を調べて見ると、他に何も無いが、林檎が一個《ひとつ》と、少許《すこしばかり》の糸と、安物の東京地図と、それに一葉《まい》の写真が在りました。写真と言うのはソレ是品《これ》です」

と出した写真を見ると、確かに小形の写真機で瞬間撮《はやど》りに撮ったもので、写っている人物を見ると、敏捷《すばし》っこそうな、怖《おそろし》い猿のような容貌《かおつき》をした、眉の濃い、鰓《あご》の辺《あたり》が恰度彿々《ちょうど》の鼻づら見たように妙に前の方へ飛出している男であった。

緒方氏はツクヅクその写真を見ていたが、やがて口を開いて、

「で、その半身像の方はどうなりましたな？」

と訊くと、水守探偵は答えて、

「それは恰度貴君がたの御出になるツイ二三分前に行衛が分明りました。それはあの宗十郎町のある空屋の庭に粉微塵に打砕かれて棄ててあったのが発見されました。私は今から一応それを見分に参ろうかと思っているのですが、貴君方は御一緒にいかがですか？」

「行くともサ、だが、その前に一応ザッとこの室を見ておきたいですな」

こう云いながら、緒方氏は室内をあちこち歩き廻りながら、窓の内外から畳の上などを検べた。そうした挙句に、

「フウム、この犯人は大分足の長い男か、さもなくばよほど敏捷《すばしこ》い奴に違いない、窓の下にはこんな大溝《おおどぶ》が在るのに、それを跨いで窓へ足を掛けてコヂ明けようというのは、なかなか生易しい仕事じゃない、帰って来る方は割に易しいがな、サ、これで好矣《よし》と、では、いかがです、本多さん、貴君も御一緒にお出でなさいませんか？」

と、老新聞記者に向いて云うと、本多老人は気の無さそうな顔で机に向って座りながら、

「イヤ私は御免蒙りましょうよ、商売柄私もこれから何かこの事件について纏った事を書かなけりゃなりませんからな。しかしもう今日の夕刊の第一版には充分この事件の詳細が出ていましょう、自分

の家で起った事でいて、それで自分の報道が一番遅れるなんて、イヤいつでも私はこんな目に逢うんです。いつぞや明治大学の二階が落ちた時などには、そこにいた新聞記者は私一人だけでありながら、それでアノ事件の記事の載らなかった新聞はまた私の新聞だけだったのですからな。そりゃあ道理で、居合せた私は鼻と向脛《むこうずね》とをヒドク摩《す》り剝《む》いて、筆を採るどころじゃなかったのです。加之《おまけ》に今度がそれ二番と来ていまさあ、莫迦々々しいにも程がありますよ」

と、ブウブウ呟《こぼ》している。可笑しいにも可笑しいし、気の毒でもあるので、無理にも誘わず私等三人はこの老人を後に残して室を出た、その時には既に老新聞記者が、原稿用紙の上にサラサラと万年筆を走らせる音が聞えていたのであった。

一二、四度目の半身像の運命……粉微塵にされた空家の庭に……

半身像が微塵《こなごな》になって見出されたという場所は、僅々二三町先きの、なるほど、一軒の空家の小庭であった。何者の仕業か知らねども焔の如き怨恨《うらみ》を抱いて、それと見当り次第打壊《うちくだ》こうというその当の本尊、これで四人目の乃木大将の石膏像に、私等はここで初見参《ういけんざん》をしたのである。見ると、その像は粉々に打砕かれて、蔓《はびこ》った雑草の上に飛散《ちらば》っている。緒方氏は水守探偵の案内で、庭に入ると直ぐその砕片《かけら》を拾上げて、何か見出すものの有るかのように暫時凝乎《ひとしきりじっ》と見入っていた。その鋭い隼のような眼光《まなざし》、その物々しい態度を傍で眺めている私の胸には、「ハハア、先生いよいよ何か手係りを見出したな」という事が明らかに会得されたのである。

「何かうまい手係りでもありましたか」

と、水守探偵は黙って立っている緒方氏を肩越しに覗いた。

「いや、まだまだ前途遼遠と言うべしだね」

と緒方氏は微笑して、

「だが、ちょっとその、以後《これから》の行動の標準ともなりそうな有力な事実だけは上ったよ、と云うのはまず第一、この詰らぬ石膏像を得たいために、犯人が人殺しまでする処を見ると、この像は狂人《はんにん》の眼からは人命以上の価値《ねうち》のある物に見えているに相違ないという事、第二には、この犯人の目的がただ単にこの半身像を打壊すに在るとすれば、何故これを家の中か、または直ぐ表へ出て壊さなかったか、ということの二つの不思議な事実だ」

「そりゃあ、奴が盗んで出ると出会がしらにこの被害者と出遭《でっくわ》したので、大周章《おおあわて》に慌てて、夢我夢中でここまで来てしまったんでしょう」

と、水守探偵が云う。緒方氏は首肯いて、

「ウン、まあそうとも思われるね、だが、僕が特に君の注意を喚《よ》びたいのは、犯人が庭でその半身像を壊したこの家の位置だね、この家の位置をよく注意して見てくれ給え」

水守探偵は周囲《あたり》をキョロキョロと見廻して、

「なるほど、これは空家ですね、犯人はここで壊せば誰の眼にも止まるまい、誰の邪魔も入るまいと思って態々ここを選んだのでしょう」

「そうサ、だがここへ来る途《みち》には未だ確か一軒空室が在ったじゃないか、犯人は犯罪の場処からここへ来るまでにはどうしてもあの家の前を通ったはずだ。それなのにどうして彼方《あっち》の空家の庭で破壊《こわ》さなかったのだろう。奇怪《おか》しいじゃないか。一足歩けば一足だけ人に見付かる危険が増す道理なのに、前の空家を通り越して、半身像を担いで態々ここまでやって来るってのは？」

「ウーム、とんと分明らぬ。」

と、水守探偵は自暴《やけ》気味に嘆息《ためいき》をついた。緒方氏は黙って右手をあげて、ソッと頭の上の街燈を指《ゆびさ》した。

「コレだよ、原因は、君、あの空家にはこれが無かった。犯人が態々通り越してここまで来たのは、この燈火《あかり》で自分の仕事を見たかったからだよ」

「ナールホド」と、水守探偵は思わず膝を打って、

「それで、やっと思付きました、あの上原医師の処でもこの像がやはり電燈の傍で砕《こわ》されていましたっけ、だが緒方さん、この事実は一体どう判断したものでしょう?」

「まず手帳《ノート》へでも書きとめて、よく記憶《おぼ》えておくのだね、後日偶《ひょっ》とすると是《これ》に思当るような事実が上って来るかも知れないから。だが、水守君、君はこれからどういう方針で、この犯人の捜査を進めて行くかね?」

と、緒方氏が落着いて訊くと、水守探偵は仔細らしく小首をひねって、

「まず犯人をあげるに最も有効な方法は、第一にこの被害者の身許を調べる事だろうと考えます。それを調べるのは別に困難な事じゃありませんからな。まずこの被害者のどこの誰それということを調べてから、次にこの人物と日頃交際《つきあ》っている連中を調べる、そうすれば従って、昨夜被害者は竹川町で何をしていたか、またこの男を本多家の門前で殺したものは誰かという事が解るような、何か好い手係が付くだろうと思います。ところでいかがですね、貴下の御意見は?」

「なるほど、だが僕の遣り口はそれとは少し違うね」

「じゃあ、貴下の遣方は?」

「イヤそれは云わないでおこう、反《かえっ》て君を迷わしたりなどして変な結果になると面白くないからね、僕は僕、君は君、で各自《めいめい》自分の良いと考えた方面に進んで行ってみようじゃないか、それで暫時《しばらく》したら双方で手控《ノート》を較べ合わして見て、御互に足らぬ処を補うことにしよう。」

「それも好いでしょう、じゃあそうしてやってみると仕ましょう」

と、水守探偵は賛成した。

一三、浅草馬道《うまみち》　三角《みかど》商会……有名なる石膏像の製造元……

三人はやがて件の空家を立出でた。緒方氏は水守探偵と直ぐ別れようとして、急に思出した風に、

「君、これから直ぐ竹川町へ帰るなら、例の本多老人に逢うだろう。そうしたら僕からだと云って宜《よ》く話しておいてくれたまえ。僕は今度の事件については素敵な決心をしていると、それから昨夜《ゆうべ》本多老人の所に這入った曲者は乃木大将に対して何か迷想を抱いている恐ろしい殺人犯の狂人《きちがい》に違いないと僕は確信していると、こう伝言《ことづて》しておいてくれたまえ、何か新聞材料《だね》の役に立つだろうから」

と言った。

水守探偵は眼をまるくして、

「貴君はマサカそんなことを真面目に信じて言われるんじゃないでしょうね？」

緒方氏は微笑して、

「真面目じゃなかろうって？　そうさ、まあ真面目じゃないかも知れぬ、だがそうと聞けば、あの本多老人もまたあの人の新聞の読者も皆大《おおい》に喜ぶだろうじゃないか。サア和田君、今日はまだこれから種々複雑《いろいろこみいっ》た仕事をしなけりゃなるまいと思います。ところで水守君、君もし都合が出来るなら、今夜六時までに僕の家《ところ》へ来てくれたまえ、それまで僕は死体の衣匣《ポケット》で発見《みつか》った写真を借りておきたいものだ。もし僕が今手繰《たぐ》っている推理の糸に大した間違いさえなければ、多分今夜はちょっと探険に出掛

けなきゃならんと思うが、その節は水守君、君の御助力を是非抑ぐ事になるよ。じゃあ、いずれ後程御眼にかかる、左様なら、まあ確乎《しっかり》やり給え」

水守探偵と別れてから、緒方氏と私は通《とおり》三丁目を指して急いだ。目指す家は例の本多老人が半身像を買ったと云う波多野兄弟商会である、緒方氏はツトその店先に入った。

「些《ち》と御主人にお眼に懸りたいのだが……」

と云うと、店にいた若い番頭は揉手をしながら、

「主人は午過《ひるすぎ》までは店の方へは参りません……」

と答える。

「それでは」と云って今度の事件の半身像の事について何か聞き出そうとしたが、番頭は皆目合点が行かぬ風で、

「実は手前は四五日前当家《こちら》へ参った者でございますから、何で御座いますか、一向店の方の事は存じませんで……」

と、更に埒が明かない。緒方氏は失望落胆の色を面《おもて》に浮べて、凝乎《じっ》と小首を傾《かし》げていたが、やがて私に向って、

「和田君、万事を悉く好都合に行かせようってのは大体こちらが無理ですね、主人《あるじ》が午前中不在とあらば、では午後から出直して来る事にしましょう、君も大体想像がお付きでしょうが、僕はこの半身像の出所《でどころ》を突留めようと骨を折っているんです。と云うのはこれと同型の半身像が皆揃いも揃って同様な奇妙の運命に出遭《でっくわ》すについては、何か定めし特別な由来《わけ》があるに違いない、半身像の出所が分明ったら、その由来も従って解りやしないかと思うからです。じゃあこれから始め上原医師が例の肖像

を買った、上野広小路の松田の店へ行ってみましょう。そうしたらまた何かこの問題に光明を与えられるかも知れない、とにかく出掛ることにしましょう。」

波多野商会の店を出て、上野行きの電車に乗ると、やがて私等《たち》は松田絵草紙店の前に立った。主人《あるじ》の松田浅吉というのは小柄な赭顔《あからがお》の男で、どことなくセカセカしている。緒方氏の問いに応じて待兼ねたように、

「そうです、事実手前共の店で起った事なんです。一体貴君真昼間にこんな乱暴者が大手を振って他人《ひと》の店先へ入って来て、並んでいた品物を壊すなんて、一体何のために府税だの市税だのって払っているのだか訳が解りゃしませんや」と、更に語《ことば》を継《つ》けて、

「ええ、そうです。上原さんにあの像を二個差上げたのも手前共なんです。実にあの乃木大将の像を破壊するなんて怪しからんじゃありませんか、私はこれはテッキリあのいつかの社会主義とかいう連中の仕業だろうと思っています、でなくってこんな馬鹿な事を誰がして歩きますものか。え、どこから仕入れたってお訊きなさるんですかい、そんなことをお訊きになって、旦那方はどうなさろうっていうんですね。お訊きとあれば御話しますが、あれはね、浅草馬道二丁目の三角商会から仕入れたのです、三角商会っていえば私等《ら》仲間のうちでも有名《なだい》の店でさあ、ナニもう二十年来この製造の方をやっているんですよ。始め幾個《いくつ》在ったたって？　あの乃木大将の石膏像ですか、ソウサ、一《ひい》、二《ふう》、三《みい》、と……、上原さん処で砕《こわ》されたのが一個《ひとつ》、家の店頭《みせさき》で真昼間砕されたのが一個で都合三個《みっつ》ですよ」

緒方氏はウンウン肯きながら、性急《せっかち》な主人が口早に話すのを聴いていたが、やがて衣匣《かくし》から先刻水守探偵から借りた例の写真を取出して、

「ツカヌ事を伺うようだが、御主人、この男に何か見覚えはありませんかネ」

と言いながらその眼先へ出した。主人は手に取ってツクヅク見て、

「ヤア、これは平蔵だ、この男ですかね、見覚えがありますとも、これは大阪から来て暫く家にいた手間職人ですよ、仲々腕の冴えた、役に立つ男でしたよ、彫刻《ほり》の方も少しはやるし、額縁に金を附ける事もやるし、色々合間仕事をやっていましたがね、ツイ五六日前に暇をとってそれから音沙汰無しです。ええ、それまでどこに居たものか、また家を出てからどこへ行ったものか頓と知りませんがね。家にいた間も別に落度なんてものは少しもなかったのですがね、ちょうどあの半身像が打壊《ぶちこわ》される二日前に居なくなったんです」

一四、写真を見ると顔色を変えた……ああ此奴《こいつ》なら、好く知って居《い》ます……

絵草紙屋の店を立出でながら、緒方氏は私に向って、

「松田の店でこれ以上の事実を上げようというのは無理です、だがこの平蔵という奴がとにかく、本多家のあの事件にも、またこの松田絵草紙店のにも関係を有《も》っているというだけが解ったのは、ここまで来た甲斐があるというものです。ではこれからその半身像の出所の三角商会へ行ってみましょう、何か有力な手係りが上るかも知れないから」

と、浅草行きの電車へ飛び乗ると、やがて二人は雷門前で下りた。そうしていつもながら雑沓している仲店通りを抜けて、観音堂の裏手へまわり、やがて馬道の通りへ出た。どんより曇った、人を圧《おし》付《つ》けるような慵《ものう》い秋の日である。

訊ねて行ってみると、三角商会というのは思ったよりも、大きな製造所で、表の空地には大小の碑石《いし》が一杯並べてあり、中へ這入ると大きな工場《こうば》の中で二三十人の職工が頻《しき》りにトンカチ遣っている。工場主というのは色の白い、デップリした男で、叮嚀に私等《たち》を迎えた、そうして緒方氏の質問に一々明晰な答弁をした。彼が帳簿を繰りながらの話によると、この乃木大将の像は、総て某新進の美術家の製作になる大理石の原像から、何百という型に取ったものであった。しかし松田絵草紙店へ送った物は、一時に六個《こ》造ったものの中の三個なので、その残余《のこり》の三個は通三丁目の波多野商会へ送ったという事

である。だがこの六個《むっつ》とても別段他の時に出来た物と違うという訳ではなく、全然これと同型の物が他に幾百もあるのだから、この時に出来た物ばかりを選《え》って壊して歩くというのは随分奇妙な話だと、主人は笑いながら云った。で、この半身像の卸価格《おろしねだん》は一個《こ》八拾銭であるが、小売では倍位には売っているだろうとの事、またこの肖像は乃木大将の半面を両方から二個《ふたつ》の型に取って、それから後で両半面の石膏をくっ付けて一個《ひとつ》の半身像にしたものだという事、またそれが出来ると暫く廊下に並べて乾かして干《ほし》上った処で蔵へ入れるのだという事、などを細々と主人は話して聞かせた。

だが、話を聴いた後で、緒方氏が衣匣を捜《さぐ》って、また例の写真を取出して見せると、主人の顔色は急に変った。怒りの顔色《がんしょく》凄まじい態で、青筋立てて主人はその写真を睨み付け、

「アア、こいつですか、こいつならよく知っています、この位悪い野郎は有りゃしませんからな、一体私共の工場は世間でも非常に評判が宜い方で、今まで警察の手などを煩わした事はありませんのですが、ただ一度こいつのために警察《おかみ》の御厄介になっちまいました。左様今から一年も前の事ですが、こいつがやはり同じ大阪から来ていた仲間を往来で、ナイフか何かで斬ったというんで、工場へ逃げて来ると間も無く巡査が踏込んで来て工場で召捕られましたが、名は慥か平蔵とかいって、苗字は何といいますかツイ知らずなりになってしまいました。元々こんな人体《じんてい》の悪い奴を雇入れたのが間違いでしたが、その癖仕事は相当にしてのけた男でしたっけ」

「デ、その後そいつ奴はどうなりましたな」

と緒方氏が熱心に訊ねる。

「幸い片方が死ななかったものですから、たった一年の懲役で済みましたが、もう多分今頃は娑婆に出ている頃だと思います。だが流石まだここへは一度も顔出しをしません。もっとも工場うちには奴

の従弟がおりますが、ひとつその後の成行きを訊いてみましょうか？」

「イヤどうして、どうして」

と緒方氏は慌てて止めて、

「どうぞお願いですから、その従弟とやらにはこの事は少しも仰有らぬように、一言も耳に入れてもらいたくないのですから。ところで先刻《さっき》貴君が例の半身像を卸売した日付を調べた時に慥か去年の六月の三日とあったように記憶《おぼ》えていますが、その平蔵という男が捕《つかま》ったのは一体いつ頃だかお解りでしょうか？」

「それは給金の支払帳を見れば大体は分明ります」

と、主人は云いながら暫くその帳簿を繰っていたが、

「左様、一番最後に給料を払ったのが、恰度《ちょうど》五月の二十日になっています」と云った。

「大きに有難う、お忙がしい処を大変御邪魔いたしました。何卒《なにとぞ》我々のこの穿鑿については一切御他言無用に願います」

と別れ際に堅く念を押して、私等は二度《ふたたび》雷門の方へと足を向けた。

ある手軽な洋食店《レストオラン》で、私等が気忙はしい昼食《ひるめし》に有り付いた頃はもう午後の三時過ぎであった。ちょうど卓子《テーブル》の上に載っていた、やまと新聞の夕刊を手にとって見ると、書いてある、書いてある、大きな二号活字の標題《みだし》で、麗々しく、

「竹川町の殺人、犯人は精神病者」

と頗る大袈裟な記事が載っている、読んでいってみると、これは例の本多老人が書いたものだと解った。二欄ぶっ通しの、直ぐ人目を引くような華やかな書き方で、事件の一伍一什《いちぶしじゅう》を洩れなく書き立

ている。緒方氏は薬味立にそれを差掛けて、食事をしながら読んで、時々独りクスクス笑っている。

「これは旨い事を云ってるぜ、和田君」

　と声を掛けて、

「まあ聞いていたまえ、こうだ、『されど衆説紛々たる中にも、警視庁の敏腕刑事、水守氏と有名なる素人探偵緒方緒太郎氏は共に同じ意見を記者に吐露して曰く、この続出せる奇怪なる事件は、最後にかくのごとき惨殺事件を醸《かも》せるも、こは畢竟《ひっきょう》故意の犯罪と見るよりも狂人《きょうじん》の所為《しわざ》と思惟する方正当に近からん、精神錯乱以外かくの如き怪奇なる行動を説明し得るのもなし云々』とありますぜ、ねえ和田君、一体新聞という奴は利用の方法さえ知っていれば、仲々役に立つもんですよ、サア食事が済んだら以前《もと》へ戻って、最一《もう》度波多野兄弟商会の主人を訊ねてみる事にしますかな」

一五、不思議なる石膏像の行衛……まだ二つ残っている！……

波多野商会の主人というのは、快活な、テキパキした小造りな男で、話のよく理解《わか》る、口の軽い男であった。緒方氏の問いに早速答えて、

「イヤモウその事件については今日の夕刊で委細残らず承知しております。本多様は手前共の長い御顧客《おとくい》で、あの半身像は三四箇月以前《まえ》に差上げたもので御座います。ヘエ、どれも皆あの馬道の三角商会から仕入れましたもので、もう三個共残らず売切れになっております、ヘイ、どことどことへ売ったかとお訊ねになるので御座いますか、あの品はどれもこちらからお届けしましたから、ソレハ売上帳を見ればすぐ解ります。エート、御覧の通り、一個《ひとつ》は本多様へ、一個は芝区浜松町の杉村様へ、一個は千駄ケ谷町の馬屋原《まやはら》様へ差上げた事になっております。えッ、この写真の人物ですか、左様薩《さっ》張《ば》り見覚えなどは御座いませんね、ナニ見忘れたのだろうと仰有るのですか、否《いや》決してそんなことはありませんです、こんな醜い変な顔は滅多《まず》にありませんから、一度見たら二度と忘れる気づかいはありませんからな、家の職人に大阪者がいるかと仰有るんですか、左様、職工か仕上げ職人の中には三四人はおりましょうよ。そりゃあその連中が売上帳を見ようと思えば、覗いて見るのは訳はありませんよ。別段錠前を卸して土蔵《くら》へ入れておく品物でもありませんからね、実に何とも不思議な事件で御座いますな、お取調べの結果、何かお解りになったらどうぞお報せ下さるようにお願い申します」

波多野商会の主人が色々陳述している間に、緒方氏は重だった條項を心覚えにノートを書取った。傍《そば》から私が様子を見ているとよくは分明らないが氏はよほど局面の発展について満足している様子である。だが波多野商会を辞してから家へ帰り着くまで氏は一言も口を聞かなかった。水守探偵と約を違えては済まないと思って、二人とも心急ぎに急いで帰ってみると、水守探偵は既に来て待っていた、待ち疲《くたび》れて癇癪が起っているという体《ふう》で、部屋中をアチコチと歩いている。だがその傲然と糞落着きに落着いている様子は、直ぐ私に、先生今日一日飛びまわった結果何かよほどよい獲物に有付いたなということを思わせた。

「ヤアどうでしたな、何かうまい手懸りでも発見《みつか》りましたかね」

水守探偵は入ってくる私等《たち》を見ると、直ぐこう云って傍へ寄って来た。緒方氏は答えて、

「僕等《ら》今日一日駆ずりまわったが、お蔭で幾何《いくら》か材料《たね》は上ったよ。僕等はあの石膏像を売った小売人から製造元まで調べて来た。その結果、あの製造人が誰それという事から、どこの店から誰々の手に渡ったかチャーンと分明ってしまった」

「ナニ、半身像ですって？」

と水守探偵は呆れたように、緒方氏を見て、

「イヤ、先生にはまた先生の遣口があるんだから、私などにそれをとやかく云う資格はありませんがね、しかし今日の処では貴君よりも私の方が成績が宜かったかと思います。何しろ私は到頭被害者の身許を突止めましたからネ」

「エッ、眞逆」

と、緒方氏が駭《おどろ》いた風に云うと、水守探偵は誇り気に、

「警視庁には一体無瀬漢《ならずもの》の係りがいます。貴君方がお帰りになってから、私は思う所あって早速その係りの草苅警部を呼んで見てもらいますと、一見してこれが大阪生れの三浦仙吉という東京で有名な無瀬漢だという事が解りました。で、またこの男は、先生もいつかの騒ぎで御承知でしょうが、大阪に出来たあの恐ろしい、一旦その党で宣言した事は人殺でも何でもして遣り遂げるというあの秘密結社の、『黒手組』に何か関係のあった者だという事が次いで分明りました。

サアこうなって見ると、事件も容易に解釈されるというものです。想像するにこの加害者の方も確かにその黒手組の一人で、それがマア何か訳があってその団の規則を破ったとお思いなさい。スルトこの三浦仙吉の方が倶楽部から加害者の追跡を命ぜられることになった、で、被害者の懐中《ふところ》に在った写真というのは加害者自身の写真で、人違いをしないために被害者が携帯していたらしいのです、ところで彼がその男の後を蹤《つ》けて来ると、その男が或家に這入るのを見た、ソコデ表に出て来るのを待っていて、飛懸って大立廻りになると、トドのつまり、反《かえ》って追駈けて来た三浦仙吉の方が殺られて倒れてしまったのだという……いかがです、緒方さん、この鑑定は？　……」

一六、玄関に自動車の響……ピストルを携帯して行こう……

「豪《えら》い！」

ここまで聞くと、緒方氏は手を拍《う》って、

「大出来だよ、水守君、だが一つ君のその説明で行くと、半身像の方の理由《わけ》が少々曖昧になるテ」

「ナニ、半身像ですって？」

と、水守探偵は躍起になって、

「貴君はまだ半身像の事なんか考えているんですか、あれは畢竟刑法の上から云っても、高々五六箇月の禁錮に止《とど》まる小さな窃盗罪じゃありませんか。私たちが懸命になって調べているのは例の殺人事件で、もうあれに関しては私が充分確実な手係りを握っていると信じています」

「じゃあこれからどうしようと云うのだね」

「訳はありません、草苅警部を伴れて、勝手知った無頼漢《ならずもの》の溜りへ行く、そうしてあの写真の男を殺人の嫌疑で捕縛して来るだけです、どうです、御一緒にお出掛けなすっちゃ？」

緒方氏は冷然として、

「まあ折角だがお伴する事は止めにしやう、僕はモット簡単な方法で目指す相手を捉《つかま》え得ると思っているからね。確かに成功すると断言は出来ないが、……と云うのは、それの成否いかんが僕等の力の及ばない或要素に関係しているからだ。しかしもし君が今夜同道してくれれば、見事あの犯人は僕が引捉えて御眼に掛けるという希望は充分あるのだが」

「してそれは草苅警部の知っているあの無懶漢の溜でですか?」

「イイヤそうじゃない、場処は芝区浜松町だ。僕の考えではどうしても浜松町で却《かえっ》て犯人が上ると思う。でもし水守君、君がもし今夜僕と同道してそこへ行ってくれるなら、僕は明日の晩はキット君と一件《しょ》にどこへでも行くよ。ナニ一日や二日遅れたって格別大した違いはあるまい。ね、そうするさ、水守君」

緒方氏はこう云いながら四辺《あたり》を見まわし、

「で、今夜出掛けるとなると、どうしても十一時頃からだ、それで帰宅《かえり》は多分暁方近くなるだろうと思う。だから前以て二三時間は眠《ね》ておかなくちゃなるまい。水守君、どうです、何も無いが僕等と一緒に晩餐《ばんめし》をやっちゃあ、それからその長椅子でとろとろとして時刻が来たら出掛るという寸法にしようじゃないか。トコロで和田君、一つ呼鈴《ベル》を押して大急ぎで車夫を呼ばせてくれたまえ。僕は至急手紙を遣らなくちゃならん所があるから」と車夫が来ると一封の手紙を渡してやった。

晩餐を済ませた後、水守探偵と私は暫く雑談に耽った。私はこう種々に局面が発展して行く事件を極めて面白く思った。しかし緒方氏がああ自信強く云ってはいるものの、果して浜松町で犯人が捉《とら》えられるか否かというに関しては、水守探偵と同様かなりの疑を抱いていた。緒方氏はそれには頓着なく独りで室の押入れに首を突込んで、裡《なか》に一杯入っている古新聞の綴込《つづりこ》みを頻《しきり》と引掻きまわしていたが、やがて私等《たち》の方へ出て来た時には、何とも云えぬ得意気な色が満面に浮んでいた。しかし一言もそれについては口を利かない。

胸の中《うち》の謎を一つ一つ解いていってみると、私には緒方氏がこの複雑な事件の紛綜《こみい》っている筋道を辿って、次第に事実の真相を確かめるに至った経路が朧ろげにも分明ってくる。緒方氏はあの通三丁目の波多野商会で一々半身像の届先を聞いた時に、すでに破壊された上原医師の二個《こ》、本多老人の一個、それに松田絵草紙店の一個を除いて、あとなお完全なままの物が二個残っているのを聞取った。その一個の所有主《もちぬし》は、慥か今緒方氏が行こうとしている、芝区浜松町の人であった。して見ると氏はなおこの犯人は、他の二個をも順々に破壊《こわ》して行くに違いないと眼星を付けたのらしい。なるほどそういえば先刻緒方氏が、夕刊新聞に態々途方もない間違った記事を掲げさせたのは、敵に安心をさせようという手段であったに違いない。こう考えて私は今更ながら抜目のない氏の機智に、ほとほと感心した。

やがて十一時近くなると、緒方氏は立上って身仕度を整えた。そうして水守探偵と私二人も各自一挺《めいめい》ずつ短銃《ピストル》を携帯するようにと命じた。緒方氏自らは平常好める武器と称して、狩猟《かり》の時に用うる鞭を一本手に持った。

やがて時移ると、玄関に自動車の響がする。

「自動車が参りました」

と通ずる下婢《げじょ》の声が階下でした。いよいよ行くのである。これからどんな壮快事が起るだろうか？私の胸は高い動悸に躍った。

一七、獰悪《どうあく》な蒼白めた顔……手早く手錠を嵌められた……

自動車は疾風の如く闇を衝いて、やがて芝区に入った。浜松町の近くの某地点で自動車を下りた私等三人はなおも進んで行くと、人通りの無い寂然《ひっそり》とした夜の小路に入った。両側は立派な屋敷町で、微かな瓦斯燈の光が門前の玉川砂利を照らしている。標札を読んで行くと、漸く門柱に「杉村別宅」と認《しる》した家を見付け出した。もう門は堅く鎖されて燈影は更に洩れず、家内の人々もすでに寝静まって終《しま》ったらしい。しかし緒方氏が軽く押すと、潜戸の方は音も無くスッと開いたので、私等は無言のまま門庭に入り込み、往来と庭とを隔てている塀の、黒く大地に影を落している中にソッと忍んで蹲《しゃがみ》込んだのであった。

緒方氏は小声で、

「こりゃあこの分で行くと大分待たなけりゃなるまいぜ。マアこれで雨が降らないのが目付《めっけ》ものだテ、御両人《おふたり》には気の毒だが煙草を喫むことを暫時《しばらく》は辛抱していてくれたまえ、しかしその辛抱だけの報酬《むくい》はキットあると思うから」

秋の夜は長く、静かに更けて行く。虫の音のみ、慈々《じじ》また慈々、あわれに寂しく聞える。

私等は随分待った、凡そ一時間ほども待って居たであろう。私は殆んど足が痛くなるのを感じた。が、その時、突然パタッ、パタッという異様な音が門の処でした。

「サテは……」

と胸をおどらせて、なおも凝乎《じっ》と様子を窺っていると、小さくゴトゴトと音を立てたと思うと、巧みに門の閂を外して音も立てずに門の潜りを開けて、細っそりした黒い人影が猿猴《ましら》のように敏捷《すばしこ》く、ツツツツツッ、と門庭の小径を伝って玄関の方へと走ってゆくのが見えた。と、見るとその影は玄関の戸から洩れる一道の細い火光を掠めて、突然家の横手の暗中に没し去った。

私等の鼓動は闇の中に高鳴って、お互の耳に聞きとれるようである。黒影が暗中に没し去ったあとは、暫時四辺《あたり》は寂然《ひっそり》していたが、私等が一言も云わず凝乎と息を凝らしていると、やがてギシリ、ギシリ、いう音が耳に這入った。この音こそ戸が開けられる音なのである。その音がピッタリ止んで、また一しきり寂然《ひっそり》とする、曲者はいよいよ家の中に忍び込んだらしい。

この時まで黙っていた水守探偵は突然口を開いて、

「どうです、戸の明いた処へ行って出て来る処を捉まえちゃあ」

と云った。しかし緒方氏がこれに何とも答えぬ間に、怪しの黒影は再び外に立ち現われた、玄関の前の薄明りにその影がノソッと立っているのを見ると、確かに小腋に何か白い物を抱えている。彼はひそかに恐れるように四辺を見廻したが、人影は無く寂然《しいん》と静まっているのを見ると、やがて向《むこう》むきになって抱えている白い物を敷石に投げつけた、と見ると矢庭にドシンという烈しい音がして、バラバラと何か破片《かけら》が四辺に散ばった様子、

「ソレッ」

と云って起ち上り芝生の上を忍足に行く、と先方は自分のやっている事に一生懸命、私等が近付いた事には更に気が付かない。

矢庭に緒方氏が猛虎の勢いで背後《うしろ》から飛付いた。

「アッ」

と叫ぶ間も無く、水守探偵と私とがその男の手首を捉えてピシーンと手錠を嵌めてしまった。仰向《あおむか》して見ると、獰悪な、蒼白《あおざ》めた顔の男で、無念の形相凄まじく私等《たち》を睨んでいる。と、見て私は突如思い出した。これこそ紛いも無い、あの写真で見た男である！

一八、一道の活気が学士の顔に……思わずギクッと全身が動いた……

しかし緒方氏は引捉えた男には眼もくれず、蹲踞《しゃが》んだなり、怪漢が持出して来て砕した後を一生懸命に検べている。見るとそれは他でもない、吾々が今朝見たのと同じ乃木大将の石膏像で、無惨にも微塵に砕かれている。緒方氏はその白い破片《かけら》を一々懐中電燈で照らして精密に検べているが、私の見た処、何も別段外の石膏の破片と異《かわ》りは無さそうである。

彼が検べを終えた頃、突然玄関の扉《と》が開いて、この家の主人であろう、ニコニコした、円々と肥えた一人のひとが、ネルに兵子帯《へこおび》のまま立ち現われた。

「貴君は杉村さんですか?」

と、緒方氏が訊ねると、

「ハイ、そうです、貴君は確かに緒方先生、先刻御使いを以てお送り下さいましたお手紙正に拝見いたしまして、早速御命令の通りあの半身像の在る室の外、残らず戸締りを厳重に致し、どんな事が起るかと待っておりました。マア曲者が捉まりまして何よりも重畳《ちょうじょう》でございます、サ、何卒《どうぞ》お通りなさって、緩々御休息なすって下さいまし」

緒方氏は目指す当の相手を、苦もなく引捉えたので、すっかり落着いた風であったが、水守探偵は一刻も早く曲者を逃亡の危険のない処に置きたがっているので、主人《あるじ》の厚意を辞し、待たせてある自動車を呼んで、一行四人は牛込さして立戻ることになった。

自動車の上でも、怪漢はただ蓬々《ぼうぼう》と生えた頭髪《かみのけ》の下からギョロギョロ無念そうに自分等を睨んでいるばかり、一言も口を利かない。一度私の手が彼の傍へフト出た時、彼は飢えた狼のようにそれを捉えようとしたが、手錠が篏っているので、それも出来なかった。警察署に暫く待合せて、吟味の様子を訊くと、彼の身の廻りには僅かばかりの金と、鞘の長い短刀とが発見されただけであった。しかしその短刀の柄にはまだ生々しい血痕が夥しく附着していたそうである。別れ際に、水守探偵は緒方氏に向って、

「いかがです、緒方さん、私の云った秘密結社がどうやら当りそうですぜ。だがとにかく貴君の黒人《くろうと》も跣足《はだし》という探偵法にはいつもながら驚き入りました。署員に代って厚く御礼を申しておきます。だが、今夜貴君があすこで犯人を捕縛なさった径路《すじみち》には、どうも私として解せない所が有るんですが、ひとつ、御説明が願えないものでしょうか」

緒方氏は微笑しながら、

「そりゃ説明してもいいが、もう今夜は遅いから明日の事にしょう。それにこの問題にはまだ一二箇所解決の附かぬ所も有るし、こんな事件は十分底の底まで解決を試みる価値《ねうち》が有ると思うからね。で、こうと、もし都合が出来たら明日の朝六時頃、もう一度僕の処へ来てくれたまえ、そうすれば僕も緩々説明もするし、また現在においてもなお君がこの事件の真相を握っていないという証拠をお眼にかける。何しろこの事件は犯罪史上未だに例の無い、チョット変った特色を備えているからね。ハハハハハ」

翌朝《あくるあさ》、吾々が相会した時、水守探偵は昨夜の曲者に関する種々の報告を持って来た、彼の名は平

蔵であるが苗字は分明らぬ、彼は無懶漢《ごろつき》の仲間でも音に聴えた悪漢《わるもの》である。以前はかなり腕のある彫刻《ほりもの》職人だったが、悪い方に染みて、これまでに二度牢獄へ入った。前の一度は窃盗罪で、後の一度は、前にいうた仲間の職人を洋刀《ナイフ》で斬ったためである。

彼が何故乃木大将の半身像を破壊《こわ》して歩いたか、その理由《わけ》は頓と別らない。この事に関しては彼は口を噤んで、強情にも一言も話さないのである。しかし警官が調べた結果によれば、彼の破壊した半身像はどれも彼が自身で細工した物だという話だ、その訳は当時彼が馬道の三角商会に雇れていたからである。

モウ吾々には昨日《さくじつ》から分っていることを、水守探偵は素晴らしい新発見ででもあるかのように話し立てる。それを文句も云わず緒方氏はフンフン云って聴いているので、私は根気の好さ加減に呆れて凝乎《じっ》と氏の方を瞻《みまも》ると、緒方氏は決して水守探偵の話を真面目に傾聴しているのではない。聴いていると見せてその実は心中深く物案じげに何物かを待っている様子がアリアリと読めた。

スルト暫くして、玄関に消魂《けたた》しい呼鈴《ベル》の音が聞えた、と、今まで眠れるが如く水守探偵の話を黙聴していた緒方氏の顔に突然明るい一道の活気がサッと射した、そうして思わずギクッと氏の全身が動いて見えたのである。

一九、おおこれは稀代の黒真珠……ステッキでガンと一撃……

待つ間もなくギシギシ階段《はしごだん》を踏んで上って来る人の跫音、案内されて這入って来たのは、胡摩《ごま》塩頭の老人で、古びた提鞄《さげかばん》を左の手に待っていたが、それを卓子の上に置いて、

「緒方緒太郎様《さん》と仰有る方がこちらにお出でですか？」

と訊ねる。緒方氏はニッコリ頭《つむり》を低《さ》げて、

「貴下は千駄ケ谷からお出になった馬屋原《まやはら》さんですか？」

「左様でございます、実はもう少々早く伺うつもりでおりましたが、生憎電車が停電のため動かなかったものですから遅なはりました。貴下でございますか、私の持っている半身像の事で御手紙を下さいましたのは？」

「左様です、正《まさ》しく僕です」

と緒方氏が答えた。

「その御手紙はここへ持参してまいりましたが、エエその文面は、
拙者儀《ぎ》乃木大将の石膏像一個求めたくと存居候処《ぞんじおりそうろうところ》、貴下《きか》には該品の頗る優れたる物を御所持の由、甚だ唐突の御願にて恐縮に候え《そうら》共、金弐拾円にて右品御譲り被下間敷候哉《くだされまじくそうろうや》
とありますが、この通りで御座いますか？」

「いかにもその通りです」

「実はあのお手紙を拝見してまことに吃驚《びっくり》したような次第で、どうして私の所に彼品《あれ》が在るのを御承知になったかと不思議で堪りませんです」

「なるほど、御不審は御尤もですが、理由を申せば至って簡単な話で、実はあの波多野商会の主人から店に一番後まで残った半身像を貴方に売ったという事を訊いたので、その時貴方の御住所《おところ》まで聞いたわけなのです」

　胡摩塩老人は、

「ハハア、なるほどな」

　と感心して、更に、

「で、その時私の買取った価格《ねだん》を貴下は御聞きになりましたか？」

　と訊ねる。

「イイヤ」

　と、緒方氏が答えると、老人は形を正して、

「緒方さん、私は貧乏こそしておれ、地体《じたい》正直一方な人間です、実を申せば私はその半身像を購《か》う時にはただの五円しきゃ支払いません。それを貴下へ今弐拾円でお譲りいたすなどという事は、あまり慾深過ぎると存じますから、その弐拾円を頂かぬうち、前以て買った当時の価格をお話しておきます」

「いや御遠慮で却て貴下の御人格が有難く存ぜられます。しかし私の方からとにかくそれだけの価格《かかく》でお譲り下さるようお願い致したのですから、どうぞそれだけはお納め下さい」

と、緒方氏が強《た》って云う。老人は鞄に手を掛けながら、

「いや、どうも恐縮します、だが仰せの通り半身像は今日持参致して御座います、これがその品で……」

と取出したのを見れば、今度の事件でお馴染の乃木大将の石膏像が、ここで始めて完全な姿で厳然と卓子の上に立った。

緒方氏は懐中から手の切れるような拾円紙幣を二枚出して、丁寧に紙に包み、

「馬屋原さん、では代金はこれで差上げますから、ちょっと一筆願います。ナニただこの『半身像に関する一切の権利は貴殿に御渡し申候也』と書いて頂けば宜いのです。私はどうもこういう事はキチンキチンとしておかなければ気の済まぬ性分なので、まことに御面倒ですが、……イヤ、それで結構、結構、じゃあ御約束の金貳拾円、どうも遠方を態々御苦労様でした」

ホクホクと喜悦《よろこび》の色を包みかねて出て行く老人の後を見送ってからの緒方氏の行動は、奇怪とも不可思議とも、実に鋭く我々の眼を惹付けたのである。彼はまず抽斗から洗濯したばかりの白い綺麗な布を取出して、それを卓子の上に拡げた。それから彼の新たに手に入れた乃木大将の半身像をその中央《まんなか》に置いた。と思うと、突然傍に在ったステッキを取上げて、ガンと一撃、その像の頭部に加えた。像は無惨にも忽ち粉微塵になって布の上に飛散したが、同時に緒方氏の双眼は爛々と焔の如く怪しくも輝いた。

彼の眼は鋭どく、何物をも見遁《のが》すまいという風に、破片《かけら》の中を見廻したが、突然、

「占めたッ！」

と一声高く叫んで、破片の一個《ひとつ》を掌上《てのひら》に載せて私等の面前に差出した。見よ、その中には奇なるか

な、ポッツリ黒き怪しの物が、プッディングの中の乾葡萄の実のように入っていたのである。

「諸君」

と、緒方氏が演説口調で叫んだ。

「ここもと御覧に供するのは、米国の富豪、アウレル家代々の重宝《じゅうほう》、稀代の黒真珠である」

私も水守探偵も啞然として言葉が出ない。暫くして自然に釣込まれて、ちょうど芝居の幕切れでも見るような気持で、二人は一度に吾れ知らず拍手喝采したのである。

氏は実に凶漢平蔵の二の舞を演じたのである。

二〇、眞相の暴露……意外なる犯罪の径路……

緒方氏もこの賞讃に会って、颯《さっ》と心もち顔を赤くしたが、直ぐと平常《いつも》の極めて冷然とした態度に返って、

「そうです、諸君、これは現時世界において一《ひとつ》と有って二《ふたつ》と無いとの評判ある有名な真珠です。僕は幸いにも帰納論法によって、帝国ホテルの楼上、当時同ホテルに滞在していた大富豪アウレル氏夫人の寝室でこの真珠が紛失した事から辿り辿って、この中、即ち三角商会製造の六個の乃木大将の半身像の内の最後の一個《ひとつ》に在る事を穿《つ》き留めたのです。水守君、君は職掌柄で覚えているだろうが、この貴重な真珠が紛失した当時の騒ぎといったら非常なものであった、東京中の警察が全力を尽してその行衛を発見《みいだ》さんとしたが、不結果に終った。かく云う僕も、当時どうかして捜《さぐ》り得たいと思って種々に焦慮したが、いかんともする事が出来なかったのであった。当時一般の疑いは、夫人の室の係りであった大阪生れの給仕女《ウエイトレス》に懸っていた。その女の名はうめといったが、僕の意見ではその女中は、一昨日《おととい》竹川町で夜殺された三浦仙吉の妹に相違ないと思う。で、僕が古新聞の綴込みの中で日附を探して見ると、その真珠が紛失したのは、あの昨夜《ゆうべ》捉《つかま》えた平蔵という奴が乱暴を働いて捕縛された二日以前《まえ》だという事が分明ったのである。その暴行というのは当時これらの半身像を製造中であった三角商会の工場で起ったのである。さあここまで話せば、君等にもこの事件の順序がよく分明るだろう

と思う。最もこれは今まで僕が観察して来たのとは恰度《ちょうど》反対だが、とにかく平蔵という奴はその真珠を持っていたのである、それは仲間の三浦仙吉から盗んだのかも知れない、または仙吉の共犯者だったのかも知れない、それともまた仙吉と妹との間の橋渡しだったのかも知れない。マアこんなことはどう解釈しようと、事の大局には関係しない。

で、要するに、彼、平蔵はこの真珠を持っていた事は確実だ。しかも彼がそれを肌身につけていた時に、彼は端《は》しなくも喧嘩から仲間を斬ったため警官に追跡されたのだ。外《ほか》に逃場が無いので彼は自分の工場へ逃げ込んで来た、後を振顧《ふりかえ》るともう警官の姿が見える、愚図々々していれば捕まってしまう、自分の身が捕るのはいいが、折角手に入れた大切な真珠が、身体の捜索でもされる時にころげ出せば、それこそ真個《ほんと》の珠《たま》無しになってしまう、とつおいつ思案している中に、警官は次第に工場へ入って来る、途方に暮れてフト廊下を見ると、六個の乃木大將の石膏像が乾《ほ》してある、その中の一個はまだ柔かくブヨブヨしていた。この時咄嗟の知恵を絞って、彼は乾上《ひあが》らぬ石膏像に小さな穴を慥《こしら》えて、——そこは腕のある職人だからどうにでもなる——そして、そこに真珠を隠して、後をチョイチョイと仕上げてマンマと匿してしまった。こうしておけば誰にも見付かる気遣がない、そこで彼は潔く警官の手に捕えられ殺傷罪で一年間の懲役に服する事になった。しかし彼は刑に服していても出てからその真珠を取返して、再び栄華に耽るのを夢みていた。だが件の石膏像は彼が入獄中に売られて東京市中そこここに撒布《まきちら》されてしまった。デ、一体その中のどれに自分の隠したあの真珠が入っているのか分明らない、それを見るには是非一個《ひとつ》一個壊して見るより外に手段はない、揺ぶってみたところが別るもんじゃない。石膏が濡れている所へ入れたのだからどうしても密着《くっつ》いて仕舞ったに違いないからね、現に僕がいま砕いて見た時にもチャンと密着いていたのだもの。

しかし平蔵は失望しなかった。彼は驚くべき敏捷と忍耐とを以て、一々その行衛を捜し始めた。三角商会で働いている従弟を利用して、その半身像を買取った商店《みせ》を調べてもらい、その結果、最初には松田絵草紙店の雇人となり澄して、マンマと店に在った半身像の行衛を突留め、一々打破《ぶっこわ》して見たが、どれにも真珠が無い、ソコデ今度は波多野商会にいる自分と同郷人の助けを借り、残余《のこり》の三個《こ》がどことどこへ売られているかを調べてもらった。で、最初に本多老人の処へ行ってる奴を壊しに出掛けた処、図らずも後を蹤けて来たのが、彼と共謀《ぐる》になってこの仕事をやった男だ。その時その男が真珠を紛失《なく》したのは、手前《てめえ》が悪いからだとか何とか論判した挙句が大立廻りとなり、遂に意を決して、平蔵が仙吉を殺害《やっつ》けてしまったのだ。」

二一、神の如き大手腕……緒方先生の大成功……

「殺されたのが加害者の共犯《あいぼう》だとする、と何故奴はその相棒の写真を持ていたんでしょう?」

と、私が緒方氏に訊ねると、

「そりゃあ勿論行衛不明の彼を尋ねるには、第三者に人相骨柄を明してたずねる必要があるからさ。そんなことは分明り切った事です、ソコデ例の人殺しがあった後は、僕は平蔵が半身像破壊運動を躊躇するどころか、ますます急いでやる事と察していた。何故と云えば彼は警察が自分の秘密を感付きやしまいかと恐れていたので警察に先を越されぬ中に、残らず遣付けてしまう量見を起すだろうと思ったからです。勿論僕にだって彼がもう既に本多老人の処の半身像の中に、目指す真珠を発見してしまったかどうかは分明らなかった。だから、僕はその次の浜松町の杉村家へ出掛けて行く時にも、事の成否は僕等の力の及ばぬ或物、即ち運命に関《かか》っているから別らぬと云ったのです。大体僕には半身像の中に含まれているものが果して眞珠かどうか、それすら判然とはしなかった。しかし犯人が数軒の家の前を通過ぎて、態々街燈の下まで持て来て半身像を壊したのを見ると、何かその中に探す目的物が有るという事は明らかに鑑定が付いた。本多老人の石膏像は三個《こ》あるうちの一個なのだからその中に必ず目的物が在るという事は、到底云われない、いや、無いが八分、在るが二分だろう。そこで残るは二個の半身像だが、先ず手近な市内の物から始めるだろうと思ったから、浜松町の杉村家へ使《つかい》をやり、手紙を以て前以てよく旨を伝えて、怪我過失《あやまち》のないようにしておき、それから三人で出掛けてあんな工合に首尾よく犯人を捕《とら》えた訳です。だが、もうこの頃にはその事件の中心はあのアウレル家の黒真珠だなという事が、種々の点から綜合して僕には分明っていた。その中に水守君の方から被害者の名が判明して来たので、事件と事件との聯絡がなおさら明らかになった。ソコデ残ったのはタッタ一個《ひとつ》、千駄ケ谷にある物だけ、さてはいよいよその内に真珠は在るに定《き》まったりという訳で、諸君の面前で御覧の通り持主から買取って、到頭正銘正真の宝物《ほうもつ》をここで取出した次第です」

水守探偵も私も暫くの間、凝乎《じっ》と緒方氏の顔を瞶《みつ》めたまま一言も発しなかった。

ややあって水守探偵は殆んど感嘆に堪えぬような声音で、

「イヤ、緒方先生、私はこれまで貴君が幾多の事件を快刀乱麻を断つが如く、解決なさったのを見ました。しかし、今度の事件ほど黒人《くろうと》も到底及ばぬ、真に神の如き御手際を拝見いたした事はありませんでした。我々警視庁の刑事等は、決して先生を妬んではおりません、否《いな》真に我々の上に貴君が在ることを誇りとしております。明日は何卒《どうぞ》、署の方へ被来《いらし》って下さい。署員一同、古参の警部から新進の巡査に到るまで、今回の貴君の御骨折に対し、万腔《まんくう》の感謝を表するでありましょう」

「有難う。有難う」

さすが緒方氏もこの熱誠《ねっせい》籠めた水守探偵の讃辞に対しては、同じく力強い感謝の言葉を酬いつつ、同時に否み難い情熱の色をその頰辺《きょうへん》に漂わせたが、一瞬後には以前《もと》の冷やかな態度に返って、私を顧みながら、

「和田君、どうも君にはとんだ御骨折を掛けました。しかしこれで僕の商売の様子も大方お分りでし

たろう。ナニ未だ未だこれなどは序幕で、これから長い間には更に更に奇々怪々な事件をお眼に掛ける事になりますよ」
と打笑った。

＊　＊　＊　＊　＊　＊

緒方理学士の活動はこれから段々面白くなって行く。この次ぎの怪事件『不思議の膏薬』は、独り少年のみでなく、どんな大人が見ても、その不思議に驚くという、徹頭徹尾、不思議に初まって不思議に終る頗る悲惨な痛絶な事件である。

即ち「奇怪なる一封の手紙」に一大事件が生じて、都下各新聞の大問題となり、遂に緒方学士の出動、乞食小僧の怪探偵、警視庁刑事、高等探偵の活躍となりしも、奇怪はますます奇怪を生み、事件はいよいよ迷宮に入りて、さしもの緒方学士も、一時は絶望しようとするが、多大なる苦心と、細心なる推理とによって、遂に意外なる犯人を獲《え》て、意外なる自白を聞くという誠に息を次ぐ間もない程の怪事件である。

が、これは本叢書の第三篇として近日発行されるから、読者諸君の熱読を切望しておきます。

そうして第四篇は『秘密の鍵』、第五篇は『巌窟の秘密』、第六篇は『密書の行衛』、第七篇は『自殺倶楽部』と題して、いずれも肉飛び骨鳴るという痛快味を齎《もたら》して引続き発刊されますから、御愛読を願います。

ボヘミヤ国王の艶禍（矢野虹城訳）

蛇石大牟田《じゃせきおおむた》博士は、実に世界に比類無き、観察推理力を持っている。実に博士が一身は観察推理力の権化である。

二六時中、冷静鉄の如く、厳粛剣の如く、一糸揺がず、泰然として落附澄ましている。

我輩は近頃、博士と御無沙汰をしている。その疏隔《そかく》は我輩が結婚したためである。謂《い》うまでもなく、新婚は人生の至楽、当分新婚の楽《たのしみ》に無我夢中でおった。その間に博士は例に由《よっ》て、一世を冷視し、ベーカア街の旧居に、万巻の書を侶《とも》とし、薬餌に親しみながら、胸中万丈の活火を宿し、罪悪の攻究に憂き身を窶《やつ》し、その底なき英才を犯罪の手蒐《てがかり》に傾注し、警察の手古摺《てこず》り抜いて匙を投げたる犯罪を片ッ端から、看破している。

実に博士は警察にとりては、闇夜《あんや》の燈明台であり、犯罪者にとりては照魔鏡を手にする閻魔王である。しかれば上王侯《かみ》より下穢多《えた》乞食《こつじき》の徒に至るまで、博士に窮厄の判断解決を乞わぬ者なく、その盛名は雷霆《らいてい》の如く、四方に震いおる。博士が神の如き明断は日々新聞に特筆されざることなき有様で、読者は争うて、博士の行動を熟読する。我輩も頓と無沙汰はしているが、その行動は日々新聞で承知している。

一夜――三月の二十日であった――吾輩は患者の家からの帰《かえり》に、ベーカア街を通っていると、ふと蛇石博士を訪い、いかに異常の心力を使っているか一見したいと思いついたで、博士が居室を瞻《み》上げると、二階には晃々と火が燈って、博士の瘠せた影法師が細々と長く映っている。

なお見ていると、不意に立ち上がって、首を打俛《うなだ》れ、その手を後に拱《く》みトツトツと室内を急歩《ある》き出した。日頃博士の習慣作法を心得ている我輩には、その態度の場合博士がいかなる心でいるかが推知《わか》る。博士は今ま眠るが如き冥想《めいそう》裏《り》より覚醒して、襟髪を一振せる獅子の如く、活動を始め、或る新らしき問題に熱血を濺《そそ》ぎ出したのだ。我輩は呼鈴《ベル》を鳴らし、以前博士と同棲して勝手知れる室に這入《はい》った。

博士はいつにもなく、口を噤んでいる。しかも何となく、喜色満面《きしょくまんめん》、安楽椅子を押進め、飲末了《のみさし》のシガアを灰皿に投げ込み、暖炉《ストーブ》の前に突立ち、ジロリと特異の鋭き視線を放ちながら、

「和田君、至極良縁だ。どうじゃ、結婚入費を当てようか、ザット八百円要ったろう」

「七百九十一円三十銭です」

「そうか、これは些少《ちっ》とばかり差違《ちが》ったナ、それから君旅行をしたナッ」

「エッ、どうして、それをご承知です」

「推理じゃ、旅行して濡鼠《ぬれねずみ》になりおったナ。ウム、まだある、言うことが、君ド傑《えら》い、ジジ汚《むさ》い、小婢《こおんな》を雇い込んだネ。粗匆《そそ》っかしい奴だぜ」

「これはどうも、先生、その通りです。二三百年も前なら差詰め、切支丹バテレンという奴で、先生は火焙《ひあぶり》の刑に会われますよヨ。先生、実は土曜日に田舎に参りましてね、途で土砂降《ぶり》に会って、濡鼠になりました。しかし私は今ま着物を着替えているです。どうも驚きましたネ。それから、女中です。お作という田舎ッポで、イヤハヤ頑迷度し難い奴でしてネ、妻はイクラ、教えても駄目だと言って、閉口しているです。百発百中、不思議千万です」

博士は呵々《からから》と笑って、青い筋の立った、長い手を擦り合わしながら、

「なあにこんな事は簡単明瞭さ。なお機微を語れば君の靴サ、踵の横に、三條《みすじ》の切疵《きりきず》が附いている。

何故疵が附いたかと言えば、靴直《くつなおし》が踵の泥を掃除する際に踵の縁を削ったのだ、その時粗匆で疵を附けたものサ、故に君は土砂降に会ったこと、なおその靴直《なおし》はもっとも下手糞の粗匆漢《そそっかしや》なることを推理し得るじゃないか。また君の場合にしても、室内に這入って来る、芬《ぷん》と薬の香がする右の指先を見ると硝酸銀で色が附いている。胸を見るとポケットは聴診器で膨らんでいる。これを眺めて君の医師たるを推理せざる者あれば、よッぽどどうかしてるじゃないか」

我輩はその推理のいかにも易々たるを見て、覚えず、ハッ、ハッ、ハッと笑いながら、

「どうも、先生の御話を聞いておりますると、今まで解釈に苦んでいたものも、むしろ滑稽に思われるほど平易に解決が出来ます。どうも私自身がスラスラと解決したように感ぜらるるから妙ですナ。しかも先生と私と同じ二つの眼を持っているんですからナ」

「真個《まった》く」博士は巻煙草に火をつけ、ドサリと安楽椅子に腰を卸し、

「要するに君が心眼を開かぬからサ、眼《まなこ》を以て見、なお心眼を以て観さえすれば万象歴々たりだ、たとえば君はこの室へ上て来る段梯子を幾度眺めたかネ」

「そうですナ」

「そうですナじゃない、幾度見たかと聞くのサ」

「到底度数なんか、判明るものですか」

「そうだろう、しからばじゃ、段梯子の数は幾段ある」

「数ですッテ！　覚えてませんナ」

「そうだろう、これ君が心眼を開かぬからサ、階段は十七ある。我輩の知っているのは見る上に観察するからサ、実に些々《ささ》たる事柄だけれど、こう言うと頗る趣味があるだろう。どうだ。感心したかネ。

ウム、君、大《おお》いに熱心だネ、ヨシしからば百尺竿頭一歩を進めようか――」言いながら、几上《きじょう》に横《よこた》われる地の厚い石竹色《せきちくいろ》のノート、ペーパアの一葉を我輩の方に跳《は》ね、

「これは昨夜の最終便で着いたものだ。高声に読んで見給え」

この書箋には日附もなければ署名も住所も何もない。

「今夜八時十五分、緊急事件を御相談のため一紳士貴下をご訪問可致候《いたすべくそろ》。近来貴下が欧洲の一王家に尽され候御働《おはたらき》は絶対秘密を要すべき重要事を貴下と御相談致し候ても苦しからずとの安心を慥かめ申候、貴下に対し候この信念は各方面より受領致居候《いたしおり》、冀《ねがわ》くば同時刻御在宅被下度《くだされたく》候、往訪者は仮面を被りおり候えば右念為申添《ねんのためもうしそえ》候　匆々《そうそう》」

「実に奇怪ですナ、一体先生はどういう御考です」

「何らの資料を持たないじゃ、証拠無しに、理論することは得てして誤の基だ、とかく世間の奴は事実本位に理論を立てないで、理論本位に事実を捏《こ》ね廻わすから不可《いけ》ない。まア、理屈はさて措《お》いて、この手紙について君はどう思うかネ」

言下に我輩は手紙を把り上げ書箋の紙質から、書跡まで厳密に吟味して後《の》ち、我輩は一咳《がい》して博士の所作を模倣し、

「第一に、この人が手紙を差出したのは、尤もの次第として、この用紙は一包《つつみ》三円を下りませんネ、紙質が特に強靭です」

「ウム、特に、特にという言葉が気に入った。この紙は英国製じゃない。火光《あかり》に透かして見たまえ」

我輩は、仰《おおせ》通り火光に透かし見ると、紙には、
E g P, G, t

の五字が透入《すかしいり》になっている。

「サア、この文字だ、第一にこの文字に対する君の意見は？」

「疑もなく、製造者の名です、名を組合せたものです」

「違う、違う、tの小文字はGと、合して、Gesellschaft《ゲセルフシャフト》、即ち独逸《ドイツ》のコンパニーを意味するのだ。まず、コンパニーをCoと省略すると同様さ、Egと言うのはちょっと判明《わか》らぬ、地名辞書で調べよう」と、書架から重々しき鳶色の大冊を抽《ぬ》きとり、Eの部を繰りながら——、「エグロー、エグロニズと、ウム、これだ、この、エグリアだ。これは独語を話す国で、カァールスバッド、から程近きボヘミア中の一区で、ヴァレンスタインという以太利《イタリー》伯爵将校の暗殺されたので名高くかつ玻璃《はり》と製紙の製造を以て著名なる所サ、ハッ、ハッ、ハッ、どうじゃ、君判明《わか》ったかネ」

その眼《まなこ》は光り、得意気に、紫の烟をパッ、パッ、パッと輪に吹いた。

「それでは、その紙はボヘミア製ですナ」

「ウム、そうだ、手紙を書いたのは独逸人だ、まずその文面を見たまえ、特殊の書き振《ぶり》じゃないか、見たまえ、一紳士貴下を御訪問……それから御相談致し候ても苦しからず、云々と、仏人や露人はこんな事を書きはしない。こんな暴慢の文辞を使うのは独逸人にきまっている、かく推想し来るとボヘミヤンの紙を使っている独逸人が、態々《わざわざ》仮面を被って遣って来る要件は何であるかが、疑問だがこれは来た上でなくては判明らん……」

かく話している最中に戞々《かつかつ》の蹄音《ていおん》と轣々《れきれき》たる轍の音が迫って来て、礑《はた》と駐まったかと思うと、驟《にわか》に呼鈴《ベル》がリンリンと鳴り出した。ト博士はピイピイと口笛を吹きながら、

「フム、音を聞くと二頭立の小締《こじま》りして意気な馬車だぜ。馬は却々《なかなか》立派だ、一頭千五百円かな。シテ、

事件は女に関してるようだ」と独語する。

「じゃア、私はお暇《いとま》しましょう」

「構わん、構わん、そのまま居たまえ。この事件は頗る面白い。まア悠乎《ゆっくり》見物するサ」

「しかし先方の都合もあるでしょうから……」

「依頼者の都合なんか、顧慮《おもんぱか》わんで可い。我輩君の助力を要するじゃ。そのまま居りたまえ。なあに動かんで可い、極力注意してくれたまえ」

遅く重々しき跫音が段梯子を上がって来て、礑《はた》と戸口の前に立ち止まると、突如権柄《けんぺい》に四辺《あたり》構わず破れるように戸を打ち敲《たた》く。

「ズット、これへ」博士は無造作に言ってのける。

門扉《ドア》を排して、ヌッと顕《あら》われたのは骨格魁偉《かいい》、希臘《ギリシヤ》の軍神ハーキュリースのような偉丈夫である。ダヴルの上衣に、アストラカン皮の重々しきバンドを締め、燦《さん》と輝く緑玉石《ルビー》の襟針《ピン》をさし上に毛皮の附いた赤皮の長靴を穿き、縁の広い帽子をグット面深《まぶか》に被り、仮面を被っている。胸につり下げたる燦々たる大鎖、指に燿《きら》めく大ダイヤの指輪、飽くまで暴富を顕わし忌《いや》らしきばかりの豪華振である。眼は光って、物凄く、頤《あご》は長く突き出でて唇は厚く下に反り返り、一見意志鋼鉄の如き人と思われた。

辛々《いらいら》せる塩辛声のしかも著しき独逸訛《なまり》角々《かどかど》しく、

「貴下《あなた》は乃公《わし》の手紙を読だかナ、前以て来訪の意を知らしておいたじゃがッ」

と、不安らしく、我々両人の顔を見比べる。

「どうぞ、お掛けなさい。この男は我輩が同窓の友人和田医学士です。時々我輩を援助してくれる男です。シテ貴下の御姓名は何と被言《おっしゃ》るです？」

「乃公《おれ》かナ、左様、ボヘミヤの貴族、凡倉《ぼんくら》伯爵と承知してもらいたい、この方は貴下の言に由《よっ》て、十分信任の出来る仁《ひと》と思うじゃが事態が重大じゃからナ、なるべくなれば貴君《あなた》と差向でお話したいナ」

こう言われてはその席に居耐《いたま》らない。そこで、我輩プイと立ち上がると、博士は矢庭に腰を抑えて、逆に旧《もと》の坐に我輩を突き戻し、

「いや、絶対に御心配は無用です。謂わば一身両体ですから、その御心算《おつもり》で御遠慮なくお話下さい」

伯爵はその広い肩をグッと怒らせた。

「それじゃ、お話するが、第一に二年間は絶体秘密を守ってもらいたい。その二年が経過《た》ちさえすりゃ、何でもないじゃ。ところが現在では、本件は欧羅巴の歴史に影響を与えるほどの重大事件なんじゃ」

「よろしい」博士は凛と言い放った。

「失礼じゃが、この仮面を許してくれたまえ。乃公《わし》は、ある高貴の方の代理に罷《まか》り越したのだが顔を見せては都合が悪い。今言った名前も勿論乃公の本名ではないのじゃ」

「ちゃんと諒《わか》知っております」無造作に言ってのける。

「最も慎重を要すべき事態じゃ。それだから慎密なる注意を払うて、某国の皇室に関する恥辱を掃《はら》い浄め、円満に和解しなければならんのじゃ。可《よ》いかネ。なお明白に言うとじゃ、本件はボヘミヤの国王オルムスチン家即ち国王陛下に関する事なのじゃ」

「それもチャンと判明っております」博士はグット椅子に身を埋《うず》め、眼を瞑《つぶ》った。来客は明らかに眼を瞠《みは》って、この憔悴して、ヨタヨタと椅子に埋《うずも》れた偉人を眺めた。博士も次第に眼を見開き、この魁偉なる珍客を見戍《まも》った。

「陛下、何卒御事態を、仰せ下さいますれば、一層私の意見が御利益《おため》に相成りましょう」

珍客は喫驚《びっくり》仰天して椅子より飛上がり、苛々して堪らぬ様子で、無暗《むやみ》に室内を歩き廻ったが、やがて絶望の態度で、仮面を引奪《ひった》くり、床の上に投げ附け、

「左様じゃ、朕《わし》は陛下じゃ、汝の申す通り……」と叫ばれる。

「陛下、玉体を御隠しなされまするには御態度がお拙劣《まず》うござりまする」

国王は椅子に着座在《ましま》し、その白く広い御額を御手で抑えたまい、

「汝の知る通り…十分知る通り、こんな所へ来るのは、朕始めてじゃ。事態が重大であるため臣下に任かせず、朕一人で出て参った。爾《なんじ》と相談致すばかりに、態々都のプラーグより忍んで参ったのじゃぞ」

「何卒《どうぞ》御用件を仰せられませい」博士はまた眼を瞑った。

「ウム、事実は簡単じゃ、五年前《ぜん》の事朕はワルソウへ赴いたがその際有名なる多羅尾伊梨子《たらおいりこ》という婦女と懇意に相成った。定めて爾も女の名は知っているじゃろう」

「和田君、目録を調べてくれたまえ」博士は眼を瞑ったまま我輩に命じた。数年の間博士は、必要に応じ各階級に渡り特異人物の略歴を蒐集した。これも周到なる用意の一端なのだ。名目を繰り出し博士に提示《しめ》す。

「フーン、千八百五十八年、ニュー、ジェルセーに生れ、フフーン、女の低音唱歌者で、帝国劇場の首歌妓《かぎ》か、シテ今では劇場から退ぞいて倫敦《ロンドン》に居住する、なるほど、それでは陛下には、この女と御関係遊ばされ、何か御書類《おかきつけ》を御渡しに相成り、それがため御迷惑の御事と存じまする。定めて唯今ではその御書類を御取還《おとりかえし》なさらんとの思召で……」

「いかにもその通りじゃが……」

「秘密に御結婚の御約束を致されましたか」

「いいや」

「しからば、公正証書の如き物でも」

「いいや」

「それでは、よしその女がそれを楯にとりまして、陛下を脅嚇《きょうかく》致さんと存じました所で、どうして身許を証明致しましょう」

「書類があるじゃ」

「贋造《がんぞう》の？」

「私書じゃ」

「盗用で？」

「朕《わし》の署名したッ」

「しからば贋《にせ》の」

「いや、写真じゃ」

「買い取りましたので！」

「朕と一所に写しているのじゃ」

「それはどもなりませんナ、どうも大変な不謹慎を致されましたものでござりまするナ」

「ウム、朕ながら狂気の沙汰じゃ」

「それは、どうも御軫念《ごしんねん》の御事《おんこと》で」

「当時朕は東宮《とうぐう》で、若かったじゃ、今でも三十歳じゃが」

「それは御取還《おとりかえし》相成りませいでは」

「試みたが失敗ばかりじゃ」

「御買収なされませい」

「駄目じゃッ」

「窃取《せっしゅ》遊ばされましては」

「五遍試《や》ってみた。二度泥棒に旨を啣《ふく》めてナ、家に忍び込ましたじゃ、一度は旅先で荷物を検《あらた》めたじゃ。二度は待伏をして身体まで検査させた。しかし悉く失敗じゃった」

「携帯してはおりませぬナ」

「ウム」

「ハッ、ハッ、ハッ、ちょっと面白い事件でござりまするナ」

「なあに、ちょっとだ、ちょっとどころか、朕にとっては由々しき大事じゃ」陛下は不満足な御面相《おももち》で、

「その写真をどう致そうと申しおりまするか」

「朕を破滅させせんと」

「どういう風に」

「朕は近々結婚を致す」

「その儀は拝承致しおりまする」

「スカンヂナビヤ国の第二皇女じゃ。同皇室は頗る厳格で、皇女は理想の美人じゃ。朕が身の上に一

点の曇あっても、事の破れじゃ」

「それでは、その伊梨子は？」

「その写真を皇室へ送ると申す。遣り兼ねない。きっと遣りおる、汝は知るまいが、鉄の如き意志の女じゃ。顔は絶世の美人じゃが、意志は男勝りじゃ」

「それでは、未だ送っておりませぬナ」

「ウム、まだじゃ」

「どうして、送りませぬので」

「結婚契約が公付されてから、送ると申しているじゃ、その日は来週の月曜日だが……」

「まだ三日ございますナ」――大口開けて欠呻《あくび》をして――「実に幸福《しあわせ》の至《いたり》、幸に一二の施こすべき策がございまする。シテ、陛下には当分倫敦《こっち》に御逗留でございますナ」

「ウム、ランハムにおる。凡倉伯爵の名でッ」

「その手段につきましては、書面を以て御意を得まする」

「ウム、頼む、万事宜しく」

「費用はいかが致しましょう」

「金に厭《いと》いはない、何程なりと申遣《もうしつか》わせ」

「はい」

「首尾克《よ》く遣ってくれたら、報酬として、朕が国内で領地を遣わす」

「目下の運動費はいかがッ」

国王はポケットから、胴の張った、羚羊《かもしか》の皮財布を引き出し、ドシンと几上に置かれた。

「ここに金貨で三千円と、小切手で七千円、都合一万円ある、取り敢えず、これを使ってくれ」

博士は一葉の白紙に受取を書きナグリ、国王に渡し、

「女の現住所《すまい》は？」

「ブリオニー、ロッヂ、セント、ジョン、ウッドじゃ」

博士はそれを書き止め、

「その写真はカビネ型でござりまするナ」

「そうじゃ」

「それでは是で御免を蒙《こうむ》りまする、匇々《そうそう》吉報を御耳に入れまする」やがて宮廷馬車は轣声静かに立ち去った。

「和田君、これで失敬しよう。明日午後三時に来たまえ。この小事件の結果を話そう」

正三時に、我輩は博士の寓所を訪ねたが未だ帰って来ない。宿のお主婦《かみ》さんは博士は朝の八時頃に御出ましなさったと言う。我輩は暖炉《ストーブ》の傍《そば》に坐って帰《かえり》を待ち兼ねた。染々《しみじみ》考えると、こんな事件は庶民なればあり勝の事だ、殊に事件の周囲には、奇々怪々の人物がいない。事件は簡明であって、さほど騒ぐ程の面白味はないようだが、既に我輩は本件につき、非常の興趣を唆《そその》かされている、殊に事件の主人公が苟《いやし》くも一国の国王なるにおいておやだ。博士はいかにして機会を捉え、その鋭敏なる推力を遂行し、この奇怪なる難題を解決するか、その措置と実行の順序を見ることは愉々快々の事柄だ、博士が手腕は既に我輩の熟知するところ、その成功を疑わないのである。

四時に垂《なんな》んとする頃、戸が開いて、濁酒《どぶろく》でも引呷《ひっか》けたか、顔の焮衝《きんしょう》した、呑ンだくれの、ボロ汚い侍僕《こもの》の如き男がヨロヨロ這入って来た。博士の変装術に巧みなのは百も二百も承知だが、我輩は余り

の風体に二三度ジロジロと顔を見戍った。ちょっと点頭《うなず》いて寝室に這入ったが、五分間程して、昨夜の風装《なり》で顕《あらわ》れて来た。手を両のポケットに挾《さ》し込み、暖炉の前にウンと足を踏み伸ばし、佔《しば》し我を忘れて大笑《わら》った。

「実に、可笑しい。アフヮ、アフヮ、アフヮ、アフヮ」と椅子から、転び出さんばかり抱腹絶倒した。

「何です、先生、何がそんなに可笑しいです」

「イヤハヤ、どうも、実に滑稽だった。とてもじゃないが、我輩が今日の行動ばかりは判明《わか》りゃしないぞ、ハッ、ハッ、ハッ」

「私は定めて、多羅尾嬢の行動を偵察された事と存じまするが」

「そうだ、その通りだが、結果は頗る異常だ。我輩は今朝八時に職を離れた侍僕《こもの》の風体で、ブラリと立ち出でた、ところがどうも意外の同情を忝《かたじけな》くした話だ。乃公《わし》は早速ブリオニー、ロッヂを発見《みつ》けた。別荘風の家でナ、二階建で、右側には、立派に飾り立てた、大きな広い居室《いま》があって、床に近く長い牕《まど》があって、奇怪なる窓の鎧戸がしてある家の横手は廊下伝《づたい》になって、それが馬車置場の頂《うえ》に達《とど》いている。乃公はその周囲を歩き廻って、厳密に注意をしたが、何等の面白味もないんだ。乃公は町内をブラツキ廻ると、その附近《あたり》には公園があって、芝生の端に厩《うまや》があった、これ幸と厩に飛び込んで、馬丁の手伝をして馬の世話をして遣った。その代《かわり》に、五銭の礼と、コップ酒を一杯と、キナ臭い煙草を二服喫《の》ましてくれた。もっとも多羅尾嬢の身の上についても聞く所はあったさ」

「それで多良尾嬢はどうしました」

「彼女《あれ》はあの辺では傑《えら》いものだ。彼女に出会う者は皆な挨拶をする。とにかく絶世の美人じゃからな。至って平和の日を送り、毎晩音楽会へ出る。時間は五時に出て、七時前には必ず帰る。音楽会に出る時の外は滅多に外出はしない。コレまでは可《い》いさ。ところが一人頻繁に出入りする男がある。その男は色の浅黒い。気象の荒い奴で、必ず一日に一度時としては二度も来る、男というは範戸吾平《のりとごへい》といって、インナー、テンプルに住んでいるそうじゃ。懐を肥やすは、御者ばかりだ。その馬丁先生も度々家に送くった事があるそうで、よく知っている。我輩は話を聞て、その四辺《あたり》をブラブラ歩行《ある》いて策戦計画を考えた。この範戸という男が、本件の原動者で、身分は法律屋なんだ。いかなる関係があって、何の目的で頻繁に往来するのか、渠奴《きゃつ》は女の代理者か或は友人かそれとも亭主なのか、もし代理者とすれば、例の写真は恐らく渠奴の手にある、亭主とすれば、まずまアそんな事はない。こう疑問が二筋かけては、やはりこの附近を張ろうかそれとも法律屋の家に乗り込むか思《おもい》は二つ身は一つ。ココぞ思案の何とかいう奴で疑問の範囲は拡大するばかり、あえて顚末は抜きにするが、我輩小々苦心したよ」

「いかにも御尤もです」

「我輩この分岐点に立って、考えおると、折柄《おりから》二頭立の馬車が疾駆して来て、一人の紳士が飛び出したじゃ。頗るの美男子で色の浅黒い、鷲鼻の八字髭をピンと跳ね上げた、即ち聞く通りの法律屋じゃ。彼は大焦燥《おおいらち》に焦燥抜いて、馬丁に待てッと言い捨て、門を開けた女中に目もくれず、あたかも我家の如き態度で家の中へ驀進《ばくしん》したじゃ。かれこれ半時間許《ばかり》も家に居たろう、我輩広間の窓から、覗き込むと、先生頗る激昂した状《さま》で、頻《しきり》に手を振り動かし、ドスンドスンと室内を歩行き廻っている、が一方女の姿は薩張《さっぱ》り見えない。その中先生プイと飛出して来た、前よりも周章《あわ》ててナ、大跨《おおまた》で馬車に歩み寄って金時計を引張り出し、睨み競《くら》を遣っておったが、『疾風の如く、リゼント街のグロス、アンド、ハンケーの家へ遣って、エヂワーのセント、モニカ教会へ遣ってくれ、二十分以内に遣ッつけりゃ十両だぞッ』と叫んだじゃ。

馬車は去った。後を逐《お》っかけようか、どうしようかと思っていると、綺麗な小さい、四輪馬車が芝生を上って来た、御者め胸をハタケて、耳の下へネクタイの結目が廻っている。馬の馬具抔《など》も扣子《しめがね》を外れてガタガタしている。大急《おおいそぎ》の体だ。ところが女が広間より、弾丸の如く駆け出して、馬車に乗った。真の瞬間であったが我輩彼女《かれ》の顔を見た。実に別嬪じゃ慥《たし》かに男殺《おとこころし》だネ。

『セント、モニカ教会まで、大急でネ、二十分以内に遣っておくれだったら、五円奮発《はず》むヨ』

こう局面が急変して来ては、我輩マゴマゴしておれない。可矣《よし》と決心している所へ、幸い二輪馬車が遣って来た、御者の奴、我輩の風装《みなり》がマズイので、妙な顔をして睨《ね》めつけいる。委細構わず、突如馬車に飛び乗って『オイ、馬車屋、セント、モニカ教会までッ！　二十分で遣ッつけりゃ、祝儀に五両奮発むぞッ』と、頂辺《てっぺん》から啖《くら》わしてやると、走るわ走るわ、実に疾風の如しじゃ、我輩こんな速力は始めてじゃ、よし二十分で駆けつけても、十二時まで、余すところ僅に五分じゃからナ我輩の奴も奔《はし》るが、先の奴はなお速い、一足先に着いていたので、我輩五円を払って大急ぎで教会に駆けつけた。見ると猫の子一疋《ぴき》居ないが、祭壇の下に、女と法律屋とが、牧師を対手《あいて》に何か議論しているじゃ。

我輩懶惰者《なまけ》のように、ブラブラと会堂内を迂路《うろ》ついていたじゃ。すると、不意に三人が、我輩を見るじゃないか、こりゃ、変だわいと思っていると、法律屋がタッタッと駆けつけて来て、突如、『君、頼む、ぜひ頼む、来てくれたまえ！』と藪から棒を出したようにいう。我輩は『一体何事だネ』と聞てやると、先生『どうぞ、頼む、たった三分間で可《よ》い、来てもらわないと、違式じゃ、頼む』とペコペコ頭を下げて、無理遣り我輩の手を引張って祭壇の下に連れ行ったかと思うと、三人が耳許で何かウヂャウヂャと囁くのじゃ、薩張《さっぱ》り文句は判明らないが、言うまでもない未婚者の女と独身者の法律屋との結婚の祈りなんじゃ。早いも早いも、まるで電光石火のようだ、オヤッと思うと紳士は右から、淑女は左から、ペコペコ頭を下げる。牧師は正面《まとも》から、禿頭を光らす、まるで三方攻撃、生れて始めての珍芸当じゃ、イヤハヤ、どうも、思うと珍妙不思議、抱腹絶倒の喜劇なんじゃ、それで我輩今思い出して、覚えず噴出した訳じゃ、念《おも》えば、両人《ふたり》の結婚については何か手続に落度があった、そこで牧師が誰か立会人無しでは、絶対に承知出来ぬと、跳ね附けた、そこへ、我輩が飛び込んで、飛んだ結ぶの神とおなり遊ばした訳で、お蔭で法律屋大助かりだ、我輩なかりせば、先生街中へ走り出で、誰《た》れか立会人を頼んでこなければならん所だったのだ、その礼だろう、花嫁から十円金貨を賜わった、我輩畢生の好記念、鎖に附けて保存しようと思う、ハッ、ハッ、ハッ、」

「実に突拍子もない事でしたナ、それから、どうしたです」

「意表外の始末なので、我輩少々面食らった形サ、花婿花嫁君は匆々《そうそう》立ち去る気色《けしき》だろう、我輩また神速を要するじゃ。しかし臨機の策は、両人の態度を見た上でと思っている矢先に、両人は寺の門前で別れた。男も女も各別に我家に向けてナ、女は別れる際に『いつものように妾《わたし》五時に公園に参りますワ』と言ったサ、この一語を残こして、二人は左右に立ち別れた、そこで我輩は、支度を整えるために、立ち去ったじゃ」

「いずれへです」

「なあに、冷　肉《コールドビーフ》と麦酒《ビール》を少々ネ」と言って、呼鈴《ベル》を鳴らしながら、

「余り心が忙がしかったので、食物の事なんか考える暇がなかったじゃ、殊に今夕《こんせき》は篦棒《べらぼう》に忙しいからナ、序《ついで》に君一つ、応援を頼むよ」

「よろしいですとも」

「法律に抵触しても心配は無用だぜ」

「よろしい」

「或は拘留処分の瀬戸側《せとぎわ》まで行くか知れないぞ」

「よろしい、目的は善良です」

「ウム、目的とは上出来だ」

「遣ります、大《おおい》に」

「無論、我輩は君を当てにしていたのじゃ」

「しかし御用というのは何です」

「下女が持って来てから、説明をしよう」――博士は、コールドビーフと麦酒《ビール》を命じたので、腹の虫が一時に動き出し、耐え切れぬという有様で――「とにかく、余裕が無いから、食いながら話をしよう、オオ、もう五時だ、二時間以内に活劇の幕に入るのじゃ。多羅尾嬢いや多羅尾夫人は七時には家に帰る。それまでに面会しなけりゃならん」

「一体何をするのです」

「我輩に任かすさ、チャンと策戦計画は出来ている、君は何事が起ろうが干渉しちゃいかん、判明ったかナ」

「じゃ、私は中立でいるンですナ」

「まア、そういったものサ、しかし少々不愉快の現象があるか知れないが、頓着しちゃいかん。我輩が家に乗込めば済むのじゃ。四五分も経過《た》つと居室《いま》の窓が開く、そこで君は、その窓側にチャンと引附《ひっつ》いていてくれたまえ」

「よろしい」

「我輩の姿が見えるから、よく注視していてくれ」

「はい」

「そこでじゃ、我輩は手を挙げる、するとだネ、君は我輩の渡した物を家の中へ投げ込む、投げ込むと同時に火事ッ！　と叫ぶのだ、可《い》いか、出来るかナ」

「出来ますとも」

「何も恐るべき事はない」——言いながら、ポケットから葉巻の形をせる長い軸様《よう》のものを引張り出し、「これは普通の噴火具だ、この両方にある雷管の作用で、投げつけると、発火して火炎を吹き出す、君の役廻は発火係だ、君が火事ッと大声を揚げると、有象無象が寄り群《たか》るだらう、その時君はその場を外して町端《はずれ》へ行きたまえ、十分以内には我輩が行く、あえて心配は無用だ」

「それじゃ、私は、何も知らん風をして、窓側に引附いて、先生を注視し、相図の下に、噴火器を投《ほ》り込んで、火事ッ、火事ッ、と大声を揚げ、街の隅ッ子で貴君《あなた》を待っておりゃ可《い》いんですネ」

「その通りだ。それから、君は一切私輩を信頼すりゃ可いんだ」

「よろしい。判明りました、もう、ぼつぼつ、新役割の支度を始める、時間でしょう」

「うん」博士は寝室へ這入ったが、数分間の後、呑気千万なる、非国教主義派所属牧師の風体で、ニコニコ笑いながら出て来た。縁の広い真黒の帽子に、嚢《ふくろ》の如き股引《ももひき》を穿き白いネクタイを緊《し》め、悠々と治まり返った状《さま》は縦から見ても横から見ても変相とは思えない。風装《みなり》ばかりか、その表情といい、態度といい、その精神までも、天晴《あっぱれ》坊さんに成り済まし、一等俳優のお株を奪った形である、ココまで行けば、有数の科学研究家として、斯界《しかい》に独壇の名を 恣《ほしいまま》にせるその位置を打捨てて、態々犯罪研究学者となっただけの甲斐がある、両人は六時十五分に寓所を出発し七時十分前に予定の場所に着いた、時既に黄昏時で、予定の場所を徘徊していると、美人の家から、電燈の火が射してきた。附近《あたり》一体案外寂しい所で、この家のため、全体が引立っている。門前の空地には、三四人のボロ汚ない男が煙草を喫《ふ》かしながら、無駄口叩いて笑いが崩れていると、一方には車を牽いた研屋《とぎや》が居る。番人が二人、子守娘を弄戯《からか》っているその向うには、数人の若紳士が葉巻を吹かしながら、ブラついていた。

我々は屋敷の前を徘徊したが、博士は思い出したように、

「両人の結婚は寧ろ事件を単純にした訳で、写真は両刃の武器、女にとって頗る剣呑の形サ、今やこの写真だがネ、依頼者が希臘の皇女殿下に見られるのを嫌忌《けんき》するが如く、範戸に見られるのを嫌忌しているじゃ。従がって疑問は、その写真がどこにあるかという事だ」

「それでどこにあるのです」

「十中の九まで携帯はしていない。カビネ形《がた》だから、体に附けているには不便だ、殊に待伏をして身体検査を遣られる恐れがある。現に二度その手を食っているからナ、旁々《かたがた》以て、まず携帯はしていない」

「しからば、どこに在ります」

「取引の銀行か慣染《なじみ》の弁護士か、二者の中いずれかに依托してあるべき順序だが、我輩はそう思わんのじゃ、婦人は本来秘密性に富んでいる、何事によらず秘密を尚《たっと》ぶ、されば人手に依托する気遣いはない。仮に人手に預けても、その仔細を語り得ないサ、却て人の疑を喚起するからナ、殊に数日中にはその写真を使用すると声明しているのだから、必ず手の届く所に隠匿しているに決っている。しからばその場所は無論家の中だ」

「しかし家の中は二度捜索したじゃありませんか」

「ウフッ、捜しても見当違いサ」

「では、どうして御発見になるのです」

「我輩が発見するンじゃない」

「それじゃ、どうなさるのです」

「女に見せさせるのじゃ」

「そんな事が出来るものですか」

「勿論見せいと言っても、見せはしないサ。オッ、帰った、車の音がする、ウム、あの馬車だッ、さッ、いよいよこれからだぞ」

かく言う折しも馬車の燈火が町角を廻って刷《さっ》と光って来た。小意気な小馬車で門路に差し蒐《か》かる、ト空地を迂呂《うろ》ついていた、彷徨者《さすらい》が、銭を貰おうと思って突如《いきなり》飛んで行って門を開かうとすると、後から駆け附けた浮浪者の奴が、俺の仕事だぜッと突如肱で跳ね飛ばす。「なにしやがるンでェ、畜生ッ！」と、咄嗟に殴り附る。「ウヌッ、こら、殴ったなッ！」と殴り返す、「畜生ッ！　馬鹿野郎ッ！」罵り叫んで打合い叩き合う、と何と思ったか番人も研屋も相加《くわ》わり入り乱れて、叩き伏せ殴り合う。美人は驚いて馬車から飛び出すと、一同颯と、彼女を追取《おっと》り囲むようにして、卍巴と混闘する。この状を見た博士は素破《すわ》一大事とばかり、身を躍らして、その中へ飛び込んで、美人を援《すく》い出さんとした。正に二三歩の所まで進むと、一撃を喰ったか、博士は呀《あ》ッと叫んで、撞《どっ》とばかり地上に打倒れた。頬よりは生血がポタポタと落ちる。この状《さま》を見た番人と浮浪者は仰天して、四方へ逃げ散った。最前より格闘を傍観していた、若紳士連はこの時驚いて駆け附けた。範戸夫人はこの暇に素早く、石段を駆け上り、頂上に立って、気遣わし気に下を眺めた。広間より流れる火光を浴びて突立ったその様子の良さ、実に千両というところ。

「その方のお怪我はどんなノ？」

「やア、死んだッ！　死んだッ！」四五人が声々に打叫ぶ。

「いや、死んじゃいないゾ」

「病院へ連れて行くまでは、持つまいゼ」

「誰か知りまへんが、この人は偉《えら》い方だッセ、この人がケガしやはらなかったら御新造はんはきっと紙入れと時計を奪《と》られはったンやろう。あいつら、皆な盗賊《ぬすっと》うだッせ。アッ！　旦那ハン、呼吸《いき》をしてはります」

「そうだ、そうだ、その通りだ。こんなに地上《じべた》へ投《ほ》っとけやしない。奥様御宅へ連れ込んだらどうでしょう」

口々に声を合わす。美人も黙止していられない。

「家へ連れて来て下さい。直《すぐ》にッ」

徐々《そろそろ》と仰々しく、博士は、邸内の大広間へと扛《か》き込まれた。我輩は相関せず焉《えん》といった状《さま》で窓に食い附いてこの光景を眺めた。電燈が燈されたが、鎧戸を締めないので、寝床《しんだい》の上に臥している博士の姿が見える。

博士は何と思うているだろう。悔恨の情は起こらないだらうか、心を読む訳に行かないが、今美人が心配顔で、何やかやと手当の差図をしているのを見ると、さても罪な事をしたものだと、実に辛い、心苦しい気の毒で済まぬとハラハラした。けれども是非がない。心を鬼にして、ポケットから発火機を把《と》り出した。何も彼女《かれ》を苦めるのじゃない悪い事をするのじゃない。彼女を抑制して他人を苦めないようにしているのだ。

博士は寝床の上に匍《は》い起きて、通気が悪いという風に窓を指差すと、下女は気を利かして、大急で、牕《まど》を押開けた。同時に博士は相図の挙手をした。

我輩は颯と発火機を投げこんで、火事だッ！　火事だッ！　と大呼《たいこ》するト、いつの間に集まったか、紳士やら馬丁やら、奴婢やら七八人が声を合わして「火事だッ！　火事だッ！」と打ち叫ぶ、濃煙が室内に渦巻き朦々と窓外に流れ出る。

チラッと美人の突走る姿を見た、ト「大丈夫、大丈夫火事じゃない」と叫ぶ声がする。この声は紛れもない博士の声じゃ、この混乱中我輩はコッソリ町の片隅へ逃げて来て、博士を待っていると、予定通り、約十分にして、博士は我輩の肩先を押へ、両々無言のまま、閑寂の裏町まで歩行《ある》いていった。

「和田君、実に旨く遣ってくれた。結構結構、実に旨く行った」

「それじゃ、いよいよ写真をッ！」

「隠し場所を発見《みつ》けたじゃ」

「よく判明りましたネ」

「我輩の言った通り、教えてくれた、ハッ、ハッ、ハッ」

「薩張《さっぱ》り判明りません。どうなさッたのでス」

「なあに、多く言うの要はない。事件は頗る簡易じゃからナ、君、謂うまでもないが、あの連中は、我輩が今夕雇い入れた、手先の奴等だ」

「そりゃ、私にも判明りました」

「騒動が持ち上がると、我輩の手の掌に、赤い絵具を塗《なす》くって、その中へ躍り込み、ブッ倒れると、その手で頬を叩いて、血塗《ちまみれ》となったのだ。頗る以て古風な手じゃが」

「それも想像したです」

「チャンと、役割が出来ているじゃ、ソコで、寄って集《たか》って家へ連れ込む、彼女《あれ》もこうなっちゃノッピキ出来ない、彼女の居室《いま》を提供して、特に態々寝台に寝かしてくれた。いよいよ思う壺だ、ソコで、目論見通り、窓を開かして君の応援を願った訳サ」

「それであの発火機は何のためでした？」

「あれが頗る肝腎なのだ、火事の場合特に女は、一番値打ちのあるものを取り出そうとするものじゃ、男よりも慾で思い切が悪いからナ、我輩が従来の経験に徴《ちょう》すると、火事の場合、この方面に発作する女の本能力は猛烈じゃ、謂うまでもないが、既婚の女は第一に我子に対し未婚の女は何よりも貴重なる装身具を取り出そうとする。しかして今日の場合に、彼女《あれ》が一番の貴重品といえば無論、例の写真で、何を措いても必ず一番にそれを取り出すだろうと思ったからだ。君、どうだネ、彼女の状《ざま》はッ！　我輩の思う通りだ。

　写真は右手の呼鈴《ベル》の真上の取外《とりはずし》の出来る壁板の裏へ隠くしているんだ。それ火事だッと言うと、狂気のように駆けつけて、半分ばかり写真を引張り出した。我輩が嘘だ嘘だと言うと、そのままそこへ隠して、噴火器を眺めて、室からどこかへ飛び出してしまったじゃ。我輩そこで、起き上がって、挨拶をして、家から飛び出したのじゃ、我輩むしろ出るまでに、それをッと思ったが、その時馬丁の奴が這入って来て、ジロジロ我輩を眺めるので、イヤイヤ、大事の場合、急いては事を仕損ずると思って引返したじゃ」

「なるほど、しかしこれから、どうなさるのです」

「これで探索は仕舞じゃ、明朝国王と一所に訪問するのだ、君も来たまえ、何《なあ》に構やしない。我々が訪問すれば必ず居室へ通される。彼女《かれ》はお化粧をする。その間にナッ、散々お化粧《めかし》をして出て見ると、我々の姿も見えねば、大事な写真も見えないのじゃ、同じ奪るなら、我輩が取るよりは、直接国王に奪らす方が御満足だからナ」

「訪問の時間は？」

「明朝八時サ、恐らく未だ起きていまい。その方が我々には上首尾なのじゃ、この上愚図愚図は出来ない、結婚のため、彼女の境遇は全く一変するからナ、帰ったら直ぐ国王に電報を打とう」

話しながら、博士の家に帰った。門が締めてある。博士はポケットの中の鍵を捜していると、折柄、誰か「先生、今晩は」と言った者がある。振り顧《かえ》ると附近《あたり》には数人の人影があったが、挨拶をしたのは、ヽヽヽサッサと通り過ぎた長い外套を着た痩せた青年らしい。

「あの声には聞覚がある。這奴《きゃっ》怪しい奴じゃゾ」

我輩はその晩博士と共に寝た。翌朝二人で朝餐を喫している所へボヘミヤ国王は臨御《りんぎょ》された。

「君、写真を手に入れたかナ」親し気に、博士に寄り添い肩を押え、その顔を見戍《みまも》りながら、

「まだです」

「希望はあるのだナ」

「ありますとも」

「よし、それじゃ、出懸けよう、直にッ」

「馬車を雇いましょう」

「ナニ、朕《わし》ので結構じゃ」

「それでは余り」

「苦うないッ」

博士と我輩は国王と同乗し一文字に飛ばした。

「多羅尾嬢は結婚致しました」

「ナニ、結婚したッ、いつ？」

「昨日《さくじつ》」

「誰とッ」

「範戸と申しまする弁護士と」

「フム、そいつを愛するだろうか」

「愛を寄せさせたいものです」

「何故じゃ」

「陛下の御意《ぎょい》を安《やすん》じ奉るためです、彼女《かれ》が所夫《おっと》を愛しますれば、従って陛下には冷淡と相成りまする、冷淡にさえなりますれば、陛下を嚇《おど》す必要はなくなりまする」

「ウム、いかにも、しかしじゃ、彼女《あれ》の身分さえ立派でありさえすりゃ……実に惜しいものじゃナア」国王は恋々の情に堪えたまわぬのか、頗る天機麗わしからず、一言の仰せもない。

呼鈴を押す、門を開いて、一人の老婢が顕れて、我々を見て、苦笑をしながら、

「貴君様《あなたさま》は大牟田先生でござりましょう」と言う。

「ウム、我輩じゃが……」博士はやや驚いた風で老女を瞶《みつ》める。

「先生でござりまするナ、それでは申上げます。奥様は先生が御越なされようから、その時には今朝五時十五分発の汽車で、我夫《やど》と二人、欧洲へ立ったと御伝え申すようにと仰有いましてござりまする」

「ナ、ナ、なんじゃッ！　もう英国には居ないと云うのじゃナッ！」さすがの博士も面喰って、顔色《がんしょく》が変った。

「はい、左様でござりまする。もう、二度と御帰《おかえり》なさいません」

「どうじゃ、書類は置いているかッ」国王の御声は鋭い。

「一切御持参なさいました」

「ウム、検査をしよう」博士は老婢を突き除《の》けて居室へ飛び込んだ、国王と我輩も、躍り入った、見れば家具什器は室内に一杯散乱して、脚も踏み込めない、棚も曳出しもどこもかも出発前《ぜん》に掻き捜したと見えて、乱雑、大乱雑だ、博士は素早く例の場所へ駆け附けて、板をメクリ、手を突込んで、一葉の写真と手紙とを引張り出した。

写真は予期したる、写真でなく、イヴニング、ドレス姿の単身像で、手紙の表記は「大牟田蛇石殿」としてある。博士は封を引き破ぶった。三人の眼は紙面を走った。手紙は昨夜深更に書いたものである。その文面は、

「一筆書き残しまいらせ候、さても御前様《おんまえ》の御《おん》技倆天晴の義と、ほとほと感じ入り申候、妾《わらわ》はスッカリ、降参いたし候、火事の後まで、何の疑も御座《ござ》なく候所《ところ》、何だか変に思い候よりふと一考いたし候、染々《しみじみ》思い巡らし候えば、数月以前、或る方より、御前様の事を注意被致《いたされ》、万一、国王陛下が、人手を御借りなされ候場合その人は必ず先生様ならんと被申《もうされ》、特に先生様の御住所まで御知せ被下《くだされ》候今にし

て追想致し候えば、悉く思い当り候事のみにて、御所存の程も相判明《わか》り申《もうし》候、さりながら、かく不審の念を起し候てもなお、あんなに、ニコニコと御優《おやさ》しき、御老年の牧師様が、さる恐ろしき御方とは信じ難く、幾度も思い悩み申候、されど御承知の通り、妾も女優の一人に御座候えば、男と成り済まし候位は、いと易きことに有之《これあり》、今まで、必要の場合男装いたし候ことも、二度や三度にこれなく候、かく思い附き候により、妾は、居室を飛び出し、馬丁に申含め先生様を監視為致《いたさせ》、同時に妾は二階に駆けつけ、日頃、妾が散歩服と申おり候男装に改め、恰度《ちょうど》、先生様の御立出でなされ候折居室に下り、直《ただち》に御跡を慕い申し有名な大牟田大先生様の妾風情の賤しき者に、御心をお寄せ被成《なされ》候ことを相慥かめ、まことに、光栄と存じ参らせ候間、覚えず『先生、今晩は』と御挨拶申上げ、その足にて主人の宅を訪ね申候。

　世にも恐ろしき、先生様を敵と致し候ては、とても永久浮ぶ瀬御座なくと存じ候間三十六計の奥の手を出し候ことに取決め申候、左様候へば、明朝御来訪の節は、藻抜の殻と相成おり申候。写真の義につき候ては、くれぐれ御安心被成下度《なしくだされたく》候、妾は陛下よりも遥に親切の方と愛し愛され候身の上と相成り候えば、以前の虐待も一場《いちじょう》の夢と思い諦め申候、陛下には何卒《なにとぞ》御安心遊ばされ、何事も御勝手に被成《なされ》たく存じ候。

　ただこの上は妾が身を守り得られ候武器と致し、例の写真だけは保存仕《つかま》つり候、これも杞憂とは存じ候え共、万一間違の起り迷惑致し候場合、妾の身分を証明致し候一助といたしたく、別に何等の他意も御座なく候間左様思し召し被下《くだされ》たく或は、万々一御入用の程もやと存じ、その代《かわり》に一葉を止《とど》め置き申候えば何卒よろしく御取計被成下度《おとりはからいなされたく》まずは右あらあらかしこ

範戸伊梨子

大牟田大先生様御許《おんもと》え

「何という奴だろう！　朕は、恐ろしいほど決断力に富んだ女だと話したじゃろう。妃《きさき》としたら、どんなだろう、身分の賤しいばかりに……ああ、不憫な奴じゃ」

「陛下、そりゃ御眼鏡違《ちがい》でございまする。よし身分に御不足ござりませぬとて、私の眼から、眺めますると、滅相もない義と存じまする」と博士は冷やかに放言したが、引続いて「せっかくの、御委託に背き、かく思惑外れと相成りました段は実以《もっ》て、お恥かしい次第でございまする」

「何の、何の、上首尾じゃ、この上の義は無い。よく、真意も判明ったじゃ、たとえ写真を手放さずとも、もうこの上は焼き捨てたも同然、これで安心じゃぞ」

「恐縮至極に存じまする」

「非常な骨折りで難有《ありがた》い、謝礼として何を遣《つか》わそう、遠慮せず、申してくれえ、まず取敢えず記念のため、これをナッ」陛下は、玉指《ぎょくし》に嵌められた、蛇の形せる碧玉の御指輪を抜き取り、それを差し出された。

毒　蛇（加藤朝鳥訳）

私は私の友人のシヤロック・ホルムスの探偵術を今まで八年間というもの学んで手帳へ書きとめておいた七余の事件をつくづく調べてみた。実はその中には悲劇もあれば喜劇もあり、それ等は主に珍奇だというに止っている、がしかし決して平凡のものは無い。何となればホルムスは単に金儲けのために働いたのではなく、真に彼は自己の探偵術を愛するところからで、随《したが》って何でもない事件やそして殆ど架空的の小事件には決して取り合わなかった。そういう事は彼は好まなかったのである。

私はこれ等の多くの種々様々の事件のことでストック・モランのかの有名なロイロット一族のサーレー家に関する事件ほどの著しい形跡を提供された事を今までに思い出す事は出来ない。この問題の起ったのは私もホルムスも未だ独身時代でホンの二人が交際を初めたばかりの時、ベーカー街で共同で間借りをしていた頃の出来事であった。

私はこの事件をもっと早く発表する事の出来るはずであったが、その時秘密を守る約束がしてあったのでそれが出来なかった、ところがその約束した婦人が先月突然に死去したので自由に発表する事が出来るようになった。そもそもこの事件が今や世に知られるようになったという理由はドクトル、ロイロットの死亡状態が事実以上真に悲惨なものであって、それが何となく世を驚かしたからなので決して怪しむべき事ではない。

これは一八八三年四月の初めの事で、私が眼を醒まして見ると、友人のシヤロック・ホルムスはちゃんと着物を着て私の寝台の傍に立っていた。はて例《いつ》も寝坊なホルムスがマントル、ピースの上の置時計が未だ七時が十五分過ぎているばかりだのにどうした事かと私は不思議に思いちと癪に触って彼の方を見た。私は一体規則正しく習慣を守っていたからである。

「ワトソン君、君を叩き起したのは真にすまなかったが」とホルムスは云って「しかし今朝は皆こんな運命に出くわしたんだ、ハドソン夫人まず最初に叩き起される、夫人は僕を起すし、そして僕は君をやったと云うわけでどうも仕方のない話だ」

「一体何なのだ。火事？」

「いや、依頼人だ。非常に何かに驚かされたという様子をした若い一人の婦人が僕に面会したいと云って今客室に来て待っているんだ。そもそも若い婦人が今朝頃市中を歩き廻ってしかも未だ眠っている人々を叩き起すところを見るとこれは慥《たしか》にどうしても切端《せっぱ》つまった用事があって人に話さねばならぬ事があるのだと僕は推察するんだが、これが面白い事件であるとすると君も最初から従事してみたいだろうと思ってそこでともかくも君を起してこの機会を与えてやったのさ」

「君、僕はどんな事があってもこの機会を取り逃がさないよ」

私はホルムスのその職業的研究とそしてどんな事件をも直ぐ嗅ぎつけてしまうという素早い探偵法をひたすら賞讃し而《しこう》してそれに従う事ほど私にとって愉快な事はなかった。この素早い探偵法は常《いっ》も直覚力のしからしむるものでいずれも彼が托されたところの事件を解決すべき論理から割り出されるものである。そこで私は手早く服を着て二三分間にして友人と共に婦人の待つ客間に行く事が出来た。その婦人というは黒い服に包まれて厚いベールで顔を蔽《おお》うて窓の近くに坐っていたが吾々が這入って行くと婦人は立ち上った。

「奥さん、お早う」とホルムスは愉快げに元気よく云って「僕がシヤロック・ホルムスです。これはワトソン博士で、僕の極くの親友ですから何卒《どうぞ》私に対すると同じように御遠慮なく何事もお打ち開け下さい。おお、ハドソン夫人が火を持って来てくれましたね、これは有難い。さあ火の近くにお寄り下さい、貴女は震えていらっしゃる、さぞ御寒いでしょうから一つ熱い珈琲でも命じましょう」

「いえ、震えているのは寒いからではありません」と婦人は低い声で云われるままにその席を進めた。

「じゃあ、何ですか」

「アア、真当《ほんとう》に怖ろしいんです、ホルムスさん、私こわくって」と云って婦人は顔のベールを引きあげた。吾々はいかにも何事かにその心をひどく刺激されている女の様子を見る事が出来た。その長い灰色がかった不安におびえている顔を見ると丁度猟師に追われた獣のような気がされて気の毒であった。何でもその様子から観ると三十歳位であろうと思われるがしかしその髪はその年にしては不思議な位白髪であった。そしていかにも疲労と空腹に堪えられぬようにも見えていた。シヤロック・ホルムスは眼早く非常な注意を以てその婦人の様子を調べた。

「決して恐れるには及びません」とホルムスは云って婦人の方に身を屈めてその腕首を慰藉《いしゃ》するように撫で「僕等は必ず良いように貴女のために取り計らいます。ねえ貴女は今朝汽車でお出でになったんでしょう」

「ええ、左様で御座います。何故御存じでしょう?」

「別に存じたわけではないが、ただ私は貴女の左の手袋の甲にはめてある往復切符の半分を認めたからそう感付いたのです。そして貴女は慥に朝早くお立ちになって停車場へ着く前永いこと泥道を犬馬車にお乗りになったはずです」この言葉に婦人は飛び上るほど驚いてホルムスの顔を凝視した。

「別に不思議な事はありませんよ奥さん」と微笑を湛えて彼は云って「貴女の上衣《うわぎ》の左の腕のところ

に七ケ所以上も泥が附着しているではありませんか、その泥の未だ乾かないところを見ると慥に今朝の泥です、またこう泥をはね上るは犬馬車に乗って馭者の左側に腰掛ける時にのみ限ってそういう目に遇うものです」

「どのような理屈も貴方の仰しゃる事は今慥で御座います」と婦人は云って「私は六時前に家を出ましてリザーヘッドに二十分過ぎに着きまして、それから一番列車でウオターローへ参りました。貴君《あなた》、私は全くこの苦しさにはちょっとの間も堪えられません、もうこのままで居たら、狂人《きちがい》になりそうで御座いますわ。私を見てくれる人は一人もありません、いえただ一人だけ私を気をつけてくれる者はありますが、それは何の役に立ちましょう。何の助けにもなりません。私は貴君の事をお聴きしておりました。と云うはかのファリントッシュ夫人からで、あの方も大変お困りの時に貴君に助けて戴いたという事で御座います。貴君の御住所もやはりその奥さんから伺ったので御座います。貴君、私をお助け下さいますでしょうか。そして私を取り巻いているこの暗黒な境遇に多少なりとも光をお与え下さる事が出来ましょうか。今では貴君の御尽力に対して充分な御礼も出来ませんがしかし、一二ヶ月の内には私自身の財産で結婚いたしますからその時は多少なりとも相当な御礼は出来ようかと存じます」

「御礼ですって、僕のする事が即ち報酬になるんです、でもまあ、御都合のよい時に僕がつかった実費を何程なりと御払い下さろうとそれは構いません、ところで今度の事件について判断するに必要な事は何なりとも総て吾々の前に提供して戴きたいのです」

客が答えますのに「私として怖れます事は私のこの心配が余りに不徹底で充分に判断が出来かねるのと、私のこの疑問が人様には真当に何でもないくだらぬ事に思われるほど極く些細な事に基いているという事実にあるので御座います。それは特に私が保護して戴こうとかまたは助言して戴こうとする方さえも私の口からお話する事は皆普通女の癖である神経過敏から来る心の惑いに過ぎないと思われる位で御座います。それは勿論その方御自身で明瞭《あか》そうとは申されませんがその方が慰藉して下さるそのお言葉振《ぶり》から、また眼を逃《そ》らされる点などでそう思っていらっしゃるのが私にはよく読めるので御座いますよ。ホルムスさん。私は貴君は人の心の中に深く深く秘められてある種々様々な害毒を見貫《ぬ》かれ得る方だと聞き及びました。でつきましては私の身に降りかかって来ていますこの危険をどう致したら宜しいで御座いましょうか、何とか御示導《しどう》を仰ぎたいので御座います」

「よくよく注意致しましょう」

「私の名はヘレン・ストナーと申します。そして継父と一緒に住んでおります。父と申しますは、英国でも極く古いサキソン家の一人でありまして、サーレーの西境にあるストック・モーランのロイロットの一族なので御座います」

ホルムスは頷いて「その御名前は僕もよく存じております」

「この家も一頃は英国でも富豪の一人でありました。その領地は北はバークシャイヤー境まで拡がり、西はハムプシャイヤーまでも届いていました。しかし前世紀に四代とも揃いも揃って放蕩な性質の人達でありました。それに英国朝廷執政時代にその家から一人の賭博者が出ましたために遂にその家も全く零落しなければならなくなりました。後に遺ったものとては殆んど何にもないと云ってもいい位で、ただ領地として四五エーカーと二百年の古家ばかりでありました。がそれも大金の抵当になっていたため取り崩されてしまいました。一番最後の（以下、14文字不明）はその土地に住んでそれはそれは惨《みじ》めな貧乏貴族の生活をからくも営んでおりました。私の継父と申すのがその貴族の一人息子でありました、で父は何とか新機軸を開かねばならぬと思い立ちまして親戚の一人から金子《かね》を借りましてそれで医者の学位をとる事が出来印度《インド》のカルカッタへ出かけました。そこでその熟練と人格の力でどうにか手広くやれるようになりました。するとどうしたわけか家の中の品物がやたら失くなるので父は非常に立腹しました。その時使っていた土人の厨丁《コック》を遂々《とうとう》撲って殺してしまいました。どうにか死刑は免れましたが久しい間入牢していました。そこを出まして英国に帰って参りましたがすっかり短気な失意な人間になってしまいました。このロイロット博士が未だ印度にいました頃即ち私の母と結婚したので御座います。母はベンゴール砲兵隊附のストナー少将の若い未亡人で、ストナー夫人と云われておりました。私にはジュリヤという姉妹《きょうだい》がありましたがジュリヤと私は双児《ふたご》で、母が再婚した時は未だほんの二歳の赤坊で御座いました。母は随分な金持で何でも一年の収入一千ポンドより下った事はありませんでした。母がロイロット博士と結婚しましてから皆博士にやってしまいましたが。でも私等が結婚する時には毎年若干《いくらか》ずつ送金されるように定《き》められてありました。母は英国へ帰る間もなく亡くなりました――と申すのは今から八年前クリューの近くに起った鉄道椿事で殺されてしまったので御座います。それからロイロット博士はロンドンでの開業の計画は中止しまして私等と一緒に住むために先祖伝来のストック・モランの古家に私等を引っぱって行きました。母の遺して死にましたお金子のために私等は不自由もなく充分な生活が出来最も幸福に思われましたがしかしこの時に私等の継父の性質というものがおそろしく変ってしまいました。近所の人達は昔からの古いロイロット家に帰って来たロイロットにまず会うのを何よりの楽しみにしまして頻りに友人となって交際をしてくれと申して参りましたが継父はそういう事を嫌って門を閉じて静かに暮していました、がどうかして外出でもしまして途中で村の者と出遇ったりすると直ぐ大喧嘩を始めるという風で御座いました、一体この家には気狂《きちが》いじみた乱暴な性質の遺伝がありまして、殊に父は熱帯地方面に久しい事棲んでいましたためにこの怖ろしい性質が一層激しくなったようで御座います。その後絶えずお恥しいような喧嘩口論が起りました。その中で警察の御厄介になりましたのが二件も御座いましたので、いよいよ村中の者が父を恐れるようになりまして父の顔を見ると皆逃げ出すという風になってしまいました。これと申しますのも父は非常に力の強い人で御座いまして何か腹でも立てますとそれはそれは手のつけられないほど乱暴致すからなので御座いました。

前週の事で御座いましたが、継父は土地の鍛冶屋を橋の上から河の中へ突き飛ばすような大事を引き起しました、私は大変心配を致しました、何とか世に知らせたくないと思いまして、丁度私がかき集めて持っていたお金のありったけを出して漸くの事で示談《じだん》で済ませたような事も御座います。父の友人と申してもそこらをうろつき歩いていた無頼漢《ごろつき》の徒より他一人もないと申しても宜しい位で、またその漂浪人《ごろつき》共に先祖伝来のだという荆棘《いばら》の生い茂った数エーカーの土地に天幕《テント》を張るのを許しておりました。その代りとして時としてその者達と一緒に幾週間も歩き廻る時にその天幕の御厄介になる事もありました。また父は非常に印度の動物が好きで御座いまして、一人の友人から送って遣《よこ》しました一匹の豹と狒々《ひひ》とを可愛がっておりました。この二匹の獣はどこでも自由に歩き廻るので村人は丁度その持主に対すると同じように恐れておりました。

貴君も私が今まで申上た事で御想像遊ばさるでしょうが、全く可愛相な姉ジュリヤと私とはこの世の快楽などというものはちっとも知らなかったので御座います。下女は一人として居つきませんので永い間ずっと私共が家の事は万事しきっていたので御座います。姉が死にました時は未だ三十歳という若い齢で御座いましたが今の私と同じような既《も》う白髪になりかかっていたので御座います」

「それじゃ姉さんは死なれましたんですね」

「姉の亡くなりましたのは今から二年前で御座いました。実は貴君にお話申し上げたいのはその姉の死についてで御座います。世には私が今申し上げたような暮し方をして私共の齢頃でそして私共と同じような境遇にある人は殆どない事がお判りで御座いましょう。が私共には母の妹にあたる一人の叔母がありました、その叔母はホノリア・ヱストヱイル嬢と申しましてどこへも一度も嫁に行かずにハーローの近くに棲んでおります、で私等はその叔母の処をちょっと訪ねる位は許されておりました。姉のジュリヤは二年前のクリスマスにその叔母を訪ねて行きましたが、そこで陸戦隊の退職少佐に御目にかかりましてそして結婚の約束が出来上りました。姉が帰宅しましてその事を継父に話しましたが、父は別に反対も致す様子も見えませんでした。その婚約が出来ましてから未だ二週間も経ちませんうちにああ、怖ろしいそれはそれは怖しい事件が起りまして、私のただ一人切りの大事な大事な姉を奪い去られました」

「私に事柄を出来るだけ委《くわ》しくお話し下さい」とホルムスは云った。

「それはお易い事で御座います。この怖ろしい出来事は私の記憶にこびり附いております。どうして忘れられましょう。前にも申し上げたように私の家の建物は既《も》うよほど時代がついて旧くなっておりますので私共はその一部分に住んでおります。この一部分に出来ている寝室は一番階下《した》で御座いまして座敷は家の丁度中央になっております。第一室がロイロット博士の居間で、第二室が私の姉の、次のが私の室になっております。その三室とも中からは少しも往来は出来ませんが皆どれも同じ廊下に向っております。でもっと委しくお話し致しましょうか」

「そうですね、出来るだけ委しく願いましょう」

「三室の窓は皆芝生に対して開かれております。あの怖ろしい夜にはロイロット博士は早くから自分の室に引きこんでおりましたがどうも寝るために室に這入っていたのではないように私等は思いました。と申しますのは姉が父の習慣として飲んでおります印度の葉巻煙草の酷い臭気に非常に苦しんでいたからで御座います。姉は遂々《とうとう》煙草の煙に責めたてられて私の室へ逃げこんで来ました。そこで暫く座って話しておりましたが、十一時になりますと立ち上りまして私に別れを告げ室から出ようとしましてその入口で立ち止って私を顧りました。

『ねえ、ヘレネ、貴女は今までに真夜中に誰か口笛を吹くのを聴いた事があって?』と姉が突然訊きましたので、私は『いいえ』と答えました、『私はね、貴女が寝ていながら自分で口笛を吹く事は出来ないと思うわ』と云いますので私は『勿論ですわ、何故』と不思議になって訊ねました。『何故ってね、私、二晩三晩つづけて朝の三時頃に低いけれど明瞭《はっきり》とした口笛を聴いたんだもの、私は全く直ぐ目を開く性分なの、だからそのためにすっかり目が醒めてしまったの。けれどそれがどこからして来たのか云う事が出来ない……どうも次の部屋らしいけれど……また庭のような気もするの、だから貴女がその音を聴いたかどうか訊いてみようと思っていたのよ』と申しました。『いいえ私少しも聞きませんよ、多分父の屋敷に来ている無頼漢《ごろつき》などの為業《しわざ》なんでしょうよ』と答えますと『そうかも知れないわね。けれどその音がもし庭でしたのなら貴女の耳にはいらないはずはないと思うわ、不思議ね、何にしても』『いいえ、私は姉さんと異ってそれは寝坊だからでしょう』『そうね、でもまあ別に大した事柄もないいんだから』と申しまして笑って私の方を見て戸を閉めて去りましたが間もなく自分の部屋に錠をおろす音が聴えました」

「なるほど」とホルムスは云った。「夜錠を卸すという事は貴女方の習慣でしたんですな?」

「ハイ。常《いつ》もそう致します」

「して、それは何のためです？」

「父が豹や狒々を飼っているという事は慥お話したつもりで御座いますが、私共は戸締をよくして置かないとその獣のためにどうも安心して眠られませんので」

「御最もですとも。もっと先を伺いましょう」

「私はその夜、どうしたのかちっとも眠れませんでした。何となく自分の身に不幸が降りかかって来るような気がして来ました。貴君にもお判りで御座いましょうが、私等姉妹は双児で御座いまして随《したが》ってまあどんなに仲が宜う御座いましたでしょう。その夜はまた大した荒れで御座いまして、外には非常な怖ろしい風がピューピュー吹いておりました。雨もまたひどく盛《さかん》に吹きつけておりました。この物凄い音の中に突然物におびえた女の叫び声が聴こえました。私は直ぐそれが姉のただならぬ声だと気づきました。私は直ぐ床から飛び起きまして肩掛を引き掛けると廊下へ飛び出しました。その刹那、私は姉が先程申しましたような低い微《かすか》な口笛を聴きましたが間もなく金物の塊が地に落ちるような音をも耳にしました。私は廊下を姉の室の前まで走って行きましたがその室の扉《ドアー》には鍵がかかっていませんでしたので難なく開きました。私はやたら怖ろしさに打たれてこれから何事が起きるかも知らずにつっ立っておりました。すると私は姉が廊下の光に照らされて入口に出て来たのを認めました。ああその時の顔の物に襲われたような怖ろしさに慄《ふる》えた顔、そして助けを求めるように両手をさし出した様子、そしてその身体はまるで泥酔者《よいどれ》のようにふらふらしているのでは御座いませんか。私は思わず走りよって抱きかかえようとしますと、膝には支える力がなく可憐相《かあいそう》に姉は倒れてしまいました。そして丁度苦しさに狂い廻る人のように姉は五体を歪めてそれはそれは苦痛に堪えぬように手足を痙攣させました。最初姉は私が判らなかった様子でしたが、私が姉を抱えますと突然叫び出しました。その時の叫びを私どうして忘れましょう、『おお、神様、ヘレーネ、バンドよ、バンドよ、スペックルド、バンドよ』と申しまして未だ他に何か云いたいらしく、次のロイロット博士の部屋を指差しましたが、また起った痙攣のために声も言葉も出ませんでした。私が大声で継父《ちち》を呼びながら姉の室を飛出しますと、父は自分の室から寝衣《ねまき》のままで急いで出て来るところで御座いました。父が姉の傍に行った時はもう全く人事不省で何にも判りませんでしたが、父はブランデーを飲ませたり、村から医者を呼んで手を尽したりしましたがそのまま漸々《だんだん》気が遠くなり蘇生せず。私等の心づくしも何の甲斐なくそのまま息が絶えてしまいました。私の愛した姉の最後と申すはこの様な惨めなもので御座いました」

「ちょっと、お伺いしますが、貴女がその時口笛をお聴きになった事を、そして金属の音をおききになった事は慥ですか。それが保証できますか」とホルムス。

「ハイ。検視のお役人もその事については審問の際お訊ねになりました。それは私は慥に聴きました。がしかしその夜は大風が怖ろしい音をたててゴーゴー云っておりましたし、また古い家も風のためにギーギー鳴っておりますから、ちょっとすると聴きちがいかも知れないと思います」

「お姉さんはちゃんと着物を着ていましたか?」

「いいえ寝間着を着ておりました。そして右の手にはマッチの燃え屑と左の手にはマッチの箱とを持っておりました」

「ハハ。なるほど。それでお姉さんがびっくりなすった時直ぐマッチを燈《とも》して四辺《あたり》を見廻された事が明瞭ですね。それは大切な事柄です。それから検死官はどう判定しましたでしょう」

「ハイ。それは父の日頃の性行も村中に知れ渡っている事で御座いますから、随分注意してこの事件を調べましたが、どうも姉の死因につきましては思うような原因を見出す事が出来ませんでした。私も証明しましたが、その夜は入口の戸は内側で固く締っていましたし、毎晩窓は開けた事がなくそれもよく締っておりました。また古風な戸には太い鉄棒が附いていましたしその上四方の壁なども出来るだけよく探って見ましたが、節穴一つ空いた処もない位、また床板もよく調べましたがやはり何の怪しい点も見つかりませんでした。煙突にはまた四本の雀釘《すずめくぎ》が打ってありましたから人の這入れようもありません。それは慥に姉の死ぬ時には誰も居ませんでした。また姉が誰かに暴行でも加えられたのではあるまいかと思いましたが、そんな形跡は少しも見当りませんでした」

「では、毒薬はいかがでした?」

「お医者さん方も取り調べられましたが、やはり不成功でした」

「して貴君は不幸なお姉さんが何のため亡くなられたかと思います?」

「私もいろいろ考えてみますが、何のためああした死に方をしましたか想像も出来ませんが、或は非常な恐怖のため神経が刺戟されてそのためああなったのではあるまいかと思います」

「その頃、無頼漢《ごろつき》共は御地面《ごじめん》内に居たんですか」

「ええ大方いつも何程《いくら》かは居りました」

「ハハ。ではお姉さんの最後のバンド、スペックルド、バンドという暗示の言葉について何か発見されましたか」

「時とするとそれは精神錯乱の結果、つまらない事を口に出したのだろうと思いました。また時としては人々の団体、即ち父の地面にさまよう無頼漢の団体(バンド)を指しているのかとも考えた事もあります、またそれ等の人達が頭に冠《かぶ》っている斑点のあるハンカチのようなものが姉の口に出しましたスペックルドという奇妙な形容詞にあてはまるかどうかというような事もちょっと分りかねます」

　ホルムスはその事について不満足である人のように頭を振りつつ「なかなか、もって容易ならぬ問題です」と言って、「でお話をお進め下さい」

「それから二年過ぎました。私は最近まで随分と淋しい生活《くらし》をして参りましたが、つい一ヶ月前に、久しい間親しくしていた友人から結婚の申込を受けました。その方はアーミテーヂと申しましてリーデングの近くのクレーンウォターに住居しておりますアーミテーヂさんの次男で御座います。父はこの縁談には別に故障を申しませんのでこの春中に結婚する手筈になっておりました。ところが二日前に家の西側の翼《よく》に修繕を施すようになりまして私の寝室《ねま》の壁に穴を明けられてしまいましたので仕方なく、姉の亡くなりました室へ移ってその姉の寝台の上に眠らねばならなくなりました。ところが昨夜《ゆうべ》でした、ふと眼を醒ましまして、姉の受けた怖ろしい運命を考えました時、私は急にあの姉の生命を奪った使者であるところの低い口笛を真夜中の沈黙の静けさの中から聴きました。まあその時の驚きはどのようでしたでしょう。お察し下さいまし。で私は飛び上ってそして洋燈《ランプ》を燈しました。が別に室の中には何物をも認めませんでした。私はそれから怖ろしく慄え出しまして、もう二度と眠る事が出来ませんでしたから着物を着てしまいました。そして夜が明けるのを待ち兼ねて下に降りまして、真向うのクラウン旅館《ホテル》の前で犬馬車に飛びのってレザーヘッドへ参りました。それを貴君にお話して御助言を得たいばかりに今朝こちらへ参りました」

「それはいいお考えつきでしたが、それでお話はすっかりですか」と私の友は云った。

「ハイ、これですっかりで御座います」

「ロイロットさん。貴女は皆お話にならないでしょう。貴女はお継父《とう》さんの事をお隠しになっているようです」

「おや。それはどういう理由《わけ》で?」

ホルムスは返事はせずに客の膝の上に置いた手に附いている黒いレース飾をまくって見た。すると驚くべくも判然とした五本の指の痕がその雪のように白い手頸にいたいたしくついている。

「貴君は酷い目におあいですね」とホルムス。

すると婦人はパッと顔を染めた、狼狽《うろた》えて傷ついた手頸を隠して「全く父は乱暴な人で御座いますよ」と言って、「多分、自分で自分の力量《ちから》が判らないんで御座いましょう」

暫く三人の間に沈黙がつづいた。その間ホルムスはその顋《あご》を両手で支えて火のもえているのを見ていた。

「これはなかなか複雑な事件だワイ」とホルムスは遂に叫んだ。「この事件の方針を決定させる前にもっと多くの細かい事柄を知るのが必要だ。そこで一時にぐずぐずしているわけには行かぬ。で僕等がストック・モーランへ参るとして、お父上に秘密でそのお部屋を見せて頂く事が出来ましょうか?」

「ああ。丁度、良い具合で御座いますわ。父は何ですか急に大切な用事で今日町へ出かけねばならぬと、申しておりました。多分一日中留守でしょうと思います。そして貴君方をお妨げするような事は御座いますまい。今宅には一人の家計係《ハウスキーパー》の老婆がおりますがこれはちょっとぬけておりますから何とか用事をこしらえて他へやっておく事は何でもない事で御座います」

「それは至極上々首尾。でワトソン君、君は行くのは厭か。それとも行くかね」

「どうして、どうして」

「それなら二人とも行く事にしよう。貴女は何か御用がおありですか」

「町に居るうちに一つ二つの用は足したいと思います。しかし貴君方のいらっしゃる時間までにはまにあうように十二時の汽車で帰ります」

「午後小早《こばや》にお訪ね致しましょう、で僕はちょっとしなければならぬ用事があるから、何かその間に朝飯を食《あが》ったらいかがですか」

「いえ。私は帰らねばなりませぬ、まあやっとの事に怖ろしいお話を申し上げてしまったので心が軽くなったような気が致しますわ。では午後にまたお目にかかりましょう。お待ち申しております」と云って婦人は厚い黒いベールで顔を隠して室を出て行った。

「ワトソン君。君はこの事件をどう考えるね？」とホルムスは椅子に凭《よ》りかかってこう私に訊いた。

「僕には全く曖昧《あいまい》でちっとも判らないね。それに随分深刻な事件のように思われるよ」

「全く曖昧だぞそして深刻さ」

「で、あの婦人が語った事は間違いなく、床板も壁も何の事もなくって、扉《ドアー》も窓もそして煙突も誰もはいる事が出来ないように出来ていたとしたなら、慥に婦人の姉が不可思議な最後をとげた時は一人きりで誰も他に人の居なかった事は疑いを入れぬ事実だね」

「さらばだ夜中に聴えたという口笛と、死んだ婦人の、甚だ奇妙な言葉はどうしたんだろう？」

「どうも判らぬ」

「君がねえ、まず、夜中の口笛の事や、老博士と最も親しくしている無頼漢仲間《ごろつき》の団体がある事や、そして慥に博士が継娘《ままむすめ》の結婚を妨げて利益のある事は僕等にでも信ぜられる点。彼女が死ぬ時にバンドという言葉を叫んで何事かを暗示したことやまた、エレン・ストナー嬢が聴いたという金属の鳴った音、戸を締めている金棒かそこに卸《お》りる時立たかも知れないという物音などを色々組み合わして考えてみると僕は充分な理由のもとにこの秘密は直に氷解される事と思うがね」

「しかしね、無頼漢は何をしたんだろう？」

「僕には想像もつかんね」

「こうした事件にはえて種々な故障が出て来てちょっと判りにくいものさ」

「全くそうだね。まあ僕等がストック・モーランまで御出馬となったのも無論それに究めんためさ。僕はその問題が何の事もなく解決されるかまた種々の故障が出て来るかを知りたいと思うね。おや、ありゃあ何者だろう？」

こうホルムスが叫んだ時に扉《ドアー》が突然に開いて驚くばかりな大男が飛びこんで来た。その男の風采はというに、学者とも百姓ともつかない両方をつき交ぜたような真に奇妙な様子で、即ち頭には先のとんがった帽子を頂き、引きずるようなフロック、コートを着、深いゲートルをつけて、その手には狩用の杖を振りまわしている。そのまた身の丈はというに実に冠っている帽子が入口の鴨居に触れる程で、また身の幅もこれまた人並はずれて広く入口もなおその男には狭いように見えた。顔といったら皺が一ぱいよって、日に焼けて黄色い色をしている。その大きな顔にはいかにも短慮の相が現れている。ところでまず私等二人の中の一人の方に眸《ひとみ》を点じ。次に今一人の方へと向いたが、その落ち凹《くぼ》んだ眼に憤怒《ふんど》を見せた痩せた肉の薄い高い鼻を突んがらせたところは丁度猛々しい肉食鳥の相貌に似かよっているように私等の眼に映った。

「おい。どっちがホルムスだ？」とこの闖入者は尋ねた。

「僕がそのホルムスですが、貴君は一体何方《どなた》ですか。僕は未だお目にかかった事はありませんが」と友は静かに云った。

「乃公《わし》はストック・モーランの博士グリムスビー・ロイロットじゃ」

「ハハ。博士ですか」とホルムスは丁寧に「何卒《どうぞ》、まあお掛け下さい」

「そんな事はどっちでも宜しい。今まで乃公の娘がここに居たはずじゃ。乃公はここまで後を尾けて来たんだ。一体あの娘は何を君に話したんだ？」

「どうも今頃の気候にしてはちと冷えるようですね」

とさりげなくホルムスが云うと、老人先生非常に真赤になって立腹して、

「あの娘は君に何を話したかと聞くのだ」

「ですが、漁夫籃《ぎょふらん》は大変よく出来たようだと聞きました」となおも落ち着いて言葉を続けた。

「おや、君は乃公を馬鹿にするんだね」と云って新らしい客は一足前に進み出て猟鞭《りょうべん》を振り廻しながら、「乃公はよく君を知っている。悪魔めが、乃公は前から貴様が物好きなホルムスだと知っているぞ」

友は微笑した。

「ホルムスのおせっかい奴《め》が」

いよいよホルムスは笑い出した。

「警視庁小役人のホルムス」

ホルムスはいかにも笑しそうに笑って、「貴君のお話は実に興味がある」とホルムス。「で貴君がこの室からお出になる時はよく扉《ドアー》を閉めて行って下さい。どうも寒いですからな」

「話を切りあげてから出て行く。君は乃公の用事に口を出す必要はない。乃公は娘のストーナーがここへ来た事もよく知っている。後を尾けて来たんだ。乃公は危険人物だ。どのような事をするか判らん。やい。ちと気をつけろ」と云うや否、突然進んで来て大きな日に焼けた手を差し出して火箸をとると見る間にそれを見事に折り曲げてしまった。

「こんなものだ。どうだ。乃公の腕力には驚いたろう。気をつけろ！」と怒鳴ったかと思うと歪んだ火箸を炉の中へ突きこむとそのまま出て行ってしまった。

「彼は実に憐れむべき人間さね」とホルムスは笑いながら「僕はあの男ほど身体は大きくない。がしかし彼れがもっと居たなら僕の力が彼よりどれほど強いかを見せてやるんだったが惜しい事をした」こう云って忽ち鋼鉄製の火箸を取りあげて不意の力で以て先程の男に曲げられた火箸を元のように真直に伸してしまった。

「あの男が僕を失敬にも探偵吏だと思い誤った事を考えて見給え。だがね。君、この事件は実に僕等の研究の上に大なる興味を与えるものだ。あの乱暴者に無用心にも尾けられた吾々の可憐な友人はまさか彼のために害されるような心配はなかろう。ワトソン君、僕等は朝飯を命じねばならぬ。そうしてから遺産処分登記所へ行くんだ。そこで或は吾々はこの事件について何か役立つ材料が見つけ出されるかも知れぬ」

シヤロック・ホルムスが彼の探険から帰宅した時は丁度時計は一時近くであった。彼は手に文字と数字の認められた青色の一枚の紙を持っていた。

「僕はね、彼の死んだという妻君の遺言状を見て来た。がそれが正確であるかどうかを見定めるために現在の関係預金がどれだけあるかを調査してまず事を解決しなければならなかった。その妻君の死去した頃の総収入が凡そ一千百磅《ポンド》にちと足りなかった位あった。ところが現今では農産物の相場が大変下落したため、その価七百五十磅以下になってしまっている。その上、娘がいよいよ結婚するとなると二百五十磅ずつ請求するようになっているのでその収入の多くが減らされる訳である。そこであの色男先生二人の娘に結婚されるとほんの僅の食扶持《くいぶち》しきゃあ得られないので一人の娘の結婚しただけでも彼にとっては大変な傷手になるのは判り切った話だ。で彼が何でも娘の結婚を妨害しようと一生懸命になっているという事が前の調査の結果で判明したのでその点から考えても僕の今朝の仕事は決して無駄な骨折ではなかったわけだ。そこでワトソン君、この事件は実に危機一髪の間にある。決してぐずぐずしてはいられないぞ、それに君、あの老人、僕等のこの事件に非常な興味を以て何かしようとしているのを感付いているらしいぜ。さあ用意でも出来たら馬車を呼んでウォターローに出かけよう。君、ポケットへ短銃《ピストル》を用意してくれるのなら実に結構だね。鋼鉄製の火箸を縄のように何事なく歪めてしまう男に向ってニレーの二番銃を用意して行くという事は至極最もな論鋒《ろんぽう》だよ。この銃と歯磨楊子とさえあったならもう申し分なしだ」

吾々は幸にウォタ—停車場からレザーヘッド行列車に飛び乗る事が出来た。間もなくレザーヘッドに着いたのでそこの停車場附属の宿屋で車を雇って美しい快いサーレー街道を四五哩《マイル》揺られて行った。実に何とも云えない好い天気で太陽は朗かに輝き渡り、空にはあるかなきかの浮雲が漂い、樹々や路傍の生垣には瑞々《みずみず》しい若緑の若芽を出している。四辺の室気は何とも云えない湿った地の香を人酔わしく満たしている。ああこの歓楽に満ちた春の景色と私等の取り扱っている凶々《まがまが》しい探偵事件とを思い比べるとまあ何たる奇妙な対照であろう。ホルムスはと見ると車の前の方に坐りこんで腕を固く拱《こまね》き、帽子を眼の辺まで深く冠って腮《あご》を胸に押し当てて沈思黙考という態。するとホルムスは突然飛び上って私の肩を叩いて牧場の方を指した。

「君、見給え」

欝蒼《こんもり》と樹木の茂った庭園がなだらかな坂になって上の方が拡がっているが、その頂上は森のように枝葉が茂っている。そうした緑の木の間から三角形の窓といかめしい建物の高い材木とが突き出て見えている。

「ストック、モーランだね？」とホルムス。

「ハイ。あれはグリムスビー、ロイロット博士のお宅です」と馭者は答えた。

「あそこに普請している建物があるね。僕等の行くのはあの家なのだ」

「あそこに村があります」と馭者は左の方遥彼方《はるかかなた》に見える幾棟かの屋根を指さして「が貴君方があの家へお出になるんならこの段道を越えていらっしゃるのが最も近道なんです。そして野道を行くんですね、ほら女があそこを歩いています」

「あの婦人はどうもストーナー嬢のようだ」とホルムスは手を目に翳《かざ》しながら「やはりお前の云うようにするのが善《よさ》そうだ」

私等は車を捨てて、賃銭を払った。車はレザーヘッドの方へガタガタ帰って行った。

「僕は無理はないと思うよ」ホルムスは段道をあいぎあいぎ上った時に云った。「彼奴《あいつ》は僕等がここへ来たのが建築家としてか、または或る一定の用事のためだと思っているらしい。それは彼奴の多言を防ぐであろうよ。やあストーナーさん。先程は失礼。約束通り慥に僕等はやって来たでしょう」

今朝の依頼人はいかにも嬉しそうににこにことして私等の方へ急ぎ足にやって来た。

「一生懸命に貴君方をお待ちしておりました」と云って婦人は情をこめて握手した。「真当にいい具合で御座いました。丁度ロイロット博士は町に出かけました。夕方でなくっては帰るまいと思います」

「僕等は幸にも博士とは御懇意になりましたよ」とホルムスは云って簡単に今朝の出来事をかいつまんで婦人に語った。するとストーナー嬢はこれを聴いて屹驚《びっくり》して辱の色まで真蒼《まっさお》にしてしまった。

「ああ、どうしよう。それなら私を父は尾けて参ったんですね」

「どうもそうらしいですな」

「父は全く狡猾《ずる》いんで御座いますよ。ああ、私は父からどうしたら安全に逃れる事が出来るでしょう。まあ帰って来たら私に何と云うでしょうか」

「博士は御自身をまず御用心なさらねばなりませんよ。博士以上な狡猾い奴が博士の後を尾きまとっているんですから。貴君も今夜からはよくよく御注意が肝要ですぞ。もし父上が貴女に乱暴でもなさるような事があれば僕等は貴女をハーローの叔母さんの許へ御連れしましょう。吾々はまず時間を最もよく利用しなければならない。そこで直ぐお部屋へ案内して下さい。取り調べますから」

建築は苔の生えた白色の石造で中央が高く左右に丁度蟹の爪のような形に両翼が飛び出している。その両翼の一方の窓硝子が壊れ損じてあるのを木の枝でそれを蔽うてある。屋根の一方の崩れ落ちて穴のあいたところなど見ると実に荒れ果てた寂しいものである。建物の中央の辺は少しは修繕されてあるが、右側はそれでも近代式の建築法に依ってしてある。日掩《ひおおい》のある窓や、煙の立ち上る煙突などのあるところから思うと多分家内はそこに棲んでいるのであろう。端の方にある壁には足場が掛けてあるが多分石造の建物の方にこわれた処があるからであろう。しかし僕等がそこへ行った時には職人の姿は目に留らなかった。刈込もせず荒れた庭の中をホルムスは徐々《そろそろ》と歩きながら非常な注意を以て窓の外側を調べていた。

「これが貴女の寝室《ねま》としての部屋でしょう。そしてそれが貴女のお姉さんの中央の居間、その本館の隣がロイロット博士のお部屋でしょうと思いますが」とホルムス。

「ハイ。慥に左様で御座いますよ、しかし只今は私は中央の部屋に臥せります」

「僕は多分それは取りかえ中だと解しますが、ついでだから云いますが、あの端の壁には別にこれといって急に修繕する必要も認めないように考えられますがね」

「ハイ。勿論何の必要も御座いません。ただ私に部屋換をさせたいばかりにしたように思います」

「全く、貴女の御考えの通り、狭い一棟の片側には廊下が通じていて、それ等の三つの部屋が廊下に向って開いている、勿論それには窓があるはずだと思いますが」

「ハイ御座います。しかし真当に小さいもので御座いますよ、余り狭いので人の出入は出来ません」

「夜、二つの扉《ドアー》に鍵がかかっていたので貴女も姉さんも一方から接寄《ちかよ》る事は出来なかったんです。さあ、ストーナーさん。貴女中へお這入りになって内から室を閉めて下さい」

ストーナー嬢はホルムスの云うがままに従った。ホルムスは開け放した窓から極く注意深く調査し、色々の方法を尽して窓の戸を開けようと力をこめてみたがそれは成功しなかった。ナイフで閂《かんぬき》を上げようと思ってもその隙さえそこにはなかった。そして例の拡大鏡で以て蝶番を調べてみたがどれも堅固な鉄製の厚い石で造ってあってさすがのホルムスもまことに困却の態であった。ホルムス腮をなでながら「僕の理論は慥に六ケ敷《むつかし》くなったわい。窓に閂がはまって固く締っていたなら誰も這入れぬはずだとすると家の中の物がこの事件を解決する光明を与えてくれるかも知れないて、さあ調べて見よう」

小さい潜戸《くぐりど》を這入ると三個の寝室《しんしつ》に通ずる白壁の廊下がある。ホルムスは第三の室を調べずに直ぐに第二の室に行た。即ちここはストーナー嬢の姉の死んだ室で今はストーナー嬢の寝室となっている。全く昔の田舎風を真似て作られたものらしく天井は低く、口の無い炉が据えてあって実に心持の快い小部屋である。その一方の隅の方には抽斗《ひきだし》のついている紫色の箱があり、その一方の隅には白色の蔽《おおい》のかかった狭い寝台《ベット》が置いてあった。その左側の窓のところには化粧台が据えてあった。その他にはまず室の中央にウヰルトン産の敷ものを除いては、柳製の二脚の椅子があった。まあ以上の道具が主な室内装飾器具であろう。周囲の板と壁板は虫の喰った栗色の樫でその色がいかにも古めかしく色褪せているところを見ると最初の建築物と一緒頃に出来たものらしい。ホルムスは椅子を一脚隅の方へ持って行って黙って腰かけていた。がしかしその鋭い眸《ひとみ》は室内の総ての品は何から何まで注意深く見渡して左右から上下のこる隈なく見きわめた。

「あの鈴《ベル》はどこに通じているんですか」とホルムスは遂にベットの一方に垂れている太い鈴糸《ベル》を指さして訊ねた。それは枕の上に横《よこた》わっている総《ふさ》であった。

「これは家計係の部屋に通じているはずでございます」

「他のよりは新らしいようですね」

「そうで御座いますとも、ほんのそれを造《こしら》えたのは僅二年前の事なんで御座いますもの」

「姉さんが御希望だったからなんでしょう」

「いいえ、姉はそれを一度も使った事がないように聴いていました。私等はもし用事があれば自分でいつもしておりましたから」

「それなら何もそれほど立派な鈴の引緒《ひきお》を附けておく必要はないと思いますがな。そしてこの床について充分取り調べようと思いますからちょっと失敬します」と云って拡大鏡《かがみ》を出してそれを以て身を屈め、板と板との隙を委細に調べながら床板の上を前後に素早く匍《は》うように歩いたかと思うと今度は寝台に飛び上って暫くの間凝視《みつめ》て壁の上下を見廻していたが、何思ったか彼は最後に垂れている鈴の糸を摑んで強く引いた。

「おや。鳴らないぞ」とホルムス。

「まあ、鳴りませんの」

「こりゃあ、針金にさえ届いていませんよ。こりゃあ実に面白い、これは丁度上の風穴の小さい口の処に鉤《かぎ》がありますが、その鉤に糸が結びつけてあるんですが貴女、判りませんか」

「おや、まあ、何て馬鹿らしいでしょう。ちっとも私気付きませんでした」

「実に奇妙だ」とホルムスは綱を引いて囁くように「この部屋には一二の甚だ不思議な点があります。この風穴を次の室へ明けてあるところを見ると実に建築者の無能が馬鹿らしく思われる。第一同じ労力で外へ出したらいい事じゃありませんか」

「それも全く近頃した事で御座います」

「鈴糸と同時頃出来たんでしょう」

「ハイ。その頃四五ケ処改築した処もありました」

「それ等の点から考えても最も面白い性質を持《もっ》た問題ですよ、鈴の鳴らないことから風の通らない風穴といい。ところでストーナーさん、失敬ですが奥の方を調査させて頂きましょう」

ロイロット博士の寝室は他の娘達の部屋よりもよほど大きかった。しかし真にさっぱりとした飾り付けであった。その中でまず目星しい物といえば折寝台、木製の小さい書棚。それには主に工業類の書籍が一杯に並べてあった。それから寝台の傍の安楽椅子、壁のところの質素な木製の椅子、そして大きな鉄製金庫であった。ホルムスはゆっくりと室内を歩きながら非常な興味を以て総ての物を調べた。

「ここには何がありますか」とホルムスは金庫を叩いて婦人に訊いた。

「それは父の事務用の書類で御座います」

「それじゃあ貴女はこの中を見たんですか」

「幾年か前にただ一度、その時は慥に紙が一杯あったように覚えております」

「その中に猫でも居るんじゃないんですか」

「いいえ。何故そんな事を仰しゃるんですか」

「さあ、これを御覧なさい」とホルムスはその上に置いてあったミルクの小さな皿を取りあげた。

「いいえ。私共は猫などは飼いません。でもここには豹と狒々ならおります」

「そりぁ、そうでしょう。豹は大きな猫ですからなあ、僅この小さな皿の牛乳だけでは足りませんよ。ね、そうじゃないですか、僕はもう一つ見極わねばならぬ点があります」と云ってからホルムスは木製の椅子の前に腰かけてその椅子を非常に注意して調べた。

「有難う。まずこれで総て落着」と彼は云って立ち上り鏡をポケットの中に入れ、「おお、ここに或る興味深い事がある」

ホルムスの鋭い目に認めた物というは寝台の隅にあった犬鞭《いぬむち》であった。その鞭は自然と曲るようになっていて、紐鞭《ひもむち》の輪となるように結び付けてある。

「ワトソン君、君この鞭は何《な》にするものだか判るかね」

「普通の鞭のようだね。しかし何故それを結んであるかその理由が判らないね」

「いや。なかなか、普通の鞭じゃあない、ああ、実によくない智慧のある者が悪い事を一生懸命に企てるとなると実に悪事も極度に走る。僕は既《も》うこれで申分なく調べあげてしまったと思いますがストーナーさん、今度は庭を歩かせて頂きましょう」

私は今までこの取り調べから帰って来た時のその真面目なそして渋い顔をした暗い友の様子を見た事はなかった。私等は五六度も庭を行きつ戻りつしたがその間ストーナー嬢も自分もホルムスが考え続けている間は決して言葉を交わして友の考えを破るような事はしなかった。

「ストーナーさん。貴女は総て僕の通りに従うのが上策ですよ」

「ハイ。仰しゃる通りに致します」

「この事件は実にぐずぐずしていられないほど目前にさし迫って来ています。貴女はただ従順でなくっちゃならぬ、それでないと貴女の生命まで危くなります」

「必ず、必ず、貴君にお任せ致します」

「まず友達も僕も今夜は貴女の室に明かさねばなりませぬ」

ストーナー嬢も僕もこの友の言葉に驚いてその顔を見た。

「お驚きになるのは最もだ。その理由はお話いたしますがね、その前にちょっと伺いますが、あそこにある家は宿屋だと思いますがそうですか」

「ハイ。クラウンて云う宿屋で御座います」

「それは上等。貴女の部屋の窓はあそこから見られるでしょうね」

「ハイ。見えます」

「お父上がお帰りになったら頭痛がすると云って貴女は部屋に籠っていなければなりませぬぞ。そして貴女が父上が室へ行って休まれる様子を知られたら窓の掛け金を外して窓をあけ、洋燈《ランプ》を合図のために差し出して下さい。そうしてから貴女は必要品を皆持ってお寝みになる室へお出でなさい。そりゃあ無論室は修繕中でちとお厭でしょうがまあ一晩位はそこで我慢のお出来にならない事もありますまい」

「ハイ。そんな事は何でもありません」

「余《あと》の事は僕等にお任せ下さい」

「ですが、貴君は一体何をなさるんで御座います」

「僕等は貴女の室で一夜を明かして貴女をおどろかしたところの物音の原因を取り調べるんです」

「ホルムスさん。貴君は既《も》う御決心がついたので御座いましょう」とストーナー嬢はホルムスの袖に手をかけてこう云った。

「ハイ。大方見当がつきました」

「それなら貴君、憐れと思召して何卒《どうぞ》姉の死にました原因を私にお話下さいまし」

「お話する前にもっと証拠を摑《つかま》えなくっちゃあなりませぬから」

「でも私の考えています事が事実か、また姉が突然物に驚いたために死にました事が真実か、ちと位おもらし下さってても宜しいじゃありませんか」

「いや。僕はそう思いません。僕はそれにはもっと真実の原因がなくてはならぬと考えますね、さあ、ストーナーさん。僕等はお別れしなければなりませぬ、こうしているうちにもロイロット博士が帰られて見付けられたら僕等の仕事が無駄になっちまいますからね。さようなら、御安心なさい。僕は今申した通りになさったなら直ぐ貴女の身に振りかかった危険を取り除く事が出来ます。そこで貴女も枕を高く寝られると云うのです」

シヤロック・ホルムスと僕とは前のクラウン旅館《ホテル》へ行って寝室と居間とを借りたいと申し入れると直ぐ快諾した。室は二室とも二階にあったので私等の窓からアヴニュー門とストック・モーラン家の邸宅と住家となっている場所とをよく見る事が出来た。私等は薄暗い処でロイロット博士が小男の馭者の脇に身体を大きく見せて座っているのを見た。馬車は馳って大きな鉄門のところまで行ったが、馭者はその門を開けるにちょっと困難を感じたらしかったが、この時荒々しい博士の怒鳴り声がしてまた狂人のように馭者に向って拳《こぶし》を振りあげているのも目にとまった。馬車がその門内に消えてから、ものの三四分も経ったかと思うと洋燈《ランプ》が室にパッとついて樹の間が明く輝いて見えてきた。

「ワトソン君」と私等は闇が漸々襲って来る中に座っていた時にホルムスはこう私に声をかけた。

「実は今夜君と同伴して来たについては大に僕は躊躇したのだよ。実は多少危険があるんでね」

「僕でも何かの役に立つ事が出来るのかね」

「君が行ってくれるとどんなに助かるか判らないんだ」

「どんな事をしても僕は行くよ」

「君の親切は感謝するよ」

「君は危険だと云うが、僕があそこで認めた以上何事かを君は見つけ出したんだろう」

「そうでもないさ。しかし君の見たよりはちっとは余計に判ったかも知れんが。僕の見た物はやはり君も見たはずだが」

「僕は鈴糸の他には別にこれといって見たものはないがね。僕はその鈴糸が一体何の役にたつのやらちっとも想像がつかないんだ」

「君は風穴を見たろう?」

「見たよ。しかし、二つの室の間に風通しをつけておくという事は別に不思議な事とは思わないがね。またその穴は鼠が通れない程の小さいものだったじゃないか」

「僕等がここへ来ない先に風通のついてある事は分っていたはずだ」

「何だって。君」

「ウム。僕には判っているよ。君もストーナー嬢が姉の死ぬ前にロイロット博士の葉巻煙草の煙の香を嗅いだと話したことを覚えているだろう。その点から考えてみてもその二つの室に往来の出来る場所にあるという事が判るはずだ。それはほんの小さい穴に過ぎなかった。さなくとも検屍官の取り調べの時に気付いたわけだ。僕には風通の事が直ぐ判ったよ」

「だがその風通しにはどんな罪悪が含まれているんだね」

「その問題さ。第一に妙に時日が暗合する事と、風通穴は出来るし紐は吊下げられるし、そしてその寝台に寝る婦人は亡くなっている。君はこれを聴いて少しは驚かざるを得ないだろう」

「僕には未だどのような関係があるか判らない」

「あの寝台については何かよほど不思議な事は君は認めたのかね」

「いや。ちっとも」と私は答えた。

「寝台がまず床に釘付けにしてあるが、君はそんな寝台を今までに見た事があるかね」

「そりゃあ見た事はないね」

「姉人はだから自分でその寝台を動かす事が出来なかったんだね。それにその寝台は風通の穴とそして不思議な鈴糸と同じ処にあったのは明白さ。この糸が慥に鈴を引くためにつけてあるから糸と呼んでもいいはずだね」

「ホルムス君」と私は叫んだ。「僕は君の考えついている事がちっとは判って来たような気がするよ。僕等は丁度今は巧妙な怖るべき罪悪を妨ぐべき時を待っているんだね」

「全く、君の云う通り、実に巧妙怖るべきものだ。実以て医者なる者がやる罪悪は普通の者以上、甚だしいものだからね。医者には勇気もあるし、智識もある。パーマーやプリッチァードなどもその手腕に至っては名人として数えられていたがこの男に至ってはまたそれ以上の事を爲得《なしう》ると思う。が君、僕等は夜明までに随分恐ろしい気持がするかも知れない。さあ煙草でも一服吸って二三時間はせめて愉快に過ごそうじゃないか」

九時頃に樹の間洩れていた火影は消えて邸宅の方は真黒に見えた。二時間は過ぎた。丁度時計は十一時を打った。この時突然一條の燦々《さんさん》たる燈火の光が私等の真正面に流れた。

「そら合図だよ」ホルムスは飛上って叫んだ。「真中の窓から出たぞ」と云って私等は宿屋を出たが出がけに二言三言知人の家を夜更けに訪問するが或は彼方《あちら》に泊るかも知れぬ事を亭主に告げた私等は直ぐ真暗な路に出た時冷い風に頰を撫でられた。黄い燈火は気味の悪い使命を帯びて行きつつある私等の道案内でもするかのように闇の中から真面《まおもて》を明く照らしていた。

そこの古い庭の土塀には修繕しない穴がそのままあいていたのでそこから屋敷内に入込むには何の労力もいらなかった。樹々の間を抜けて庭にはいりそのまた庭を横切って丁度窓から家の中へ這入ろうとした時突然ローレルの叢《くさむら》から何だか判らないが怖ろしい小供の不具者のような者が飛んで出たと思うと跛《びっこ》の足で草の上に横たはってそして闇の中へと芝生を横切って素早く消えた。

「おや。君は今のを見たかね」と私は囁いた。ホルムスも同じように驚いたらしくその刹那ちょうど螺旋機のように強く私の手を握りしめていたが、間もなく小声で吹き出した。そして私の耳許で「立派な家族の一人さ。君、狒々だよ」と囁いた。

私は博士の愛している奇妙な動物の事を忘れていた。またそこには豹もいた。多分私等は間もなく吾々の肩にそれ等を乗せる時もあろう、私はホルムスと共に靴を抜いで寝室の中に這入って始めて多少安心が出来た事を白状する。ホルムスは黙って窓を閉め洋燈を卓の上に持って来てから室内を見廻したが別に異状はなく昼の間視たそのままであった。ホルムスは私の身辺にすりよって手を筒のように私の耳に当てて小声で喋ったがそれはやっとの事で判る程の囁きであった。

「ちょっとの音でも出すと大変、僕等の計画は直ぐ破られてしまうぞ」とホルムスは云った。私は頷いてその言葉の判った事を示した。

「僕等は燈火を消して座っていなければならぬ。風通穴から燈火が彼に見えるといけない」

私は再び頷いた。

「眠るなよ。眠ると君の生命が危険だぜ。ピストルを用意して居給えよ。いよいよという刹那に間にあうように、僕はベットの側に座っているからね、君はあの椅子に居給え」

ところで私はピストルを出して卓の隅の方に置いた。ホルムスは細長い杖を持って来た、そして彼ベットの傍へちゃんと用意して置いた。なおマッチ箱と蠟燭を一本置いた。そして洋燈の光を小さくしてしまったので四辺は真暗になってしまった。

いかに不思議極まる不寝《ねず》の番だ。私はどうしてそれを忘られよう。私はちっとの物音さえ聴かなかった、呼息の音さえもしなかった。ホルムスもまた私と同じように気を張て眼を一杯に開いたままじっと座っている事が私には判った。外から這入って来るちょっとの光線さえも窓で遮っていたので私等は真暗い中で時の来るのを待っていた。外方からは折々夜鳥《よどり》の鳴き声がして来た。また私等の居る窓近く丁度猫のような鳴声が一度だけ聴こえたが、それは解き放されている狒々の声だという事が判った。また十五分置きに打つ寺院の時計台の時計が時を打つのが懶《だる》そうにどんよりと響いて来たその音合が私等には千秋の思いであった。十二時も過ぎ、一時、二時、三時も過ぎたがさてどのような事件が起って来るかとそれをのみ無言で待っていた。

突然、風穴の方から燈火の光がさっと流れて暫く輝いていたが間もなく消えた。直ぐ続いて油の強烈な臭気とそして金属の熱する臭いとがして来た。次の室で誰かが薄暗い洋燈を燈していたのであろう、私は何物かが動く微な音を聴いたが間もなく静寂にかえってしまった。その臭気はいよいよ強くなって来た。私は一生懸命に耳を聳てて座っていた。するとまた一つの物音が聴えるようになった。その物音は薬罐から絶えず噴出する蒸気みたような微なもので人の気を落ちつけるように思われた。私等の耳にその音がはいった時ホルムスは寝台から飛び起きて直ぐマッチを摺ったと思うと手烈しく鈴糸を目がけて打った、

「ワトソン君、君、見たか。あれを見たか」と友は叫んだ。

しかし私は何物をも見なかった。ホルムスは直ちにマッチを摺ったがその時低いが明瞭《はっきり》とした口笛を聴いた。しかし急に光が私の眼にはいったのでホルムスが何に向ってあんな酷く打ち叩いたのだか私には判らなかった。がその時のホルムスの顔が真蒼になってひどく何ものにか怖れたように元気のなかった様子を見届けた。

彼は打ち叩く手を止めて風通穴の方を凝視《みつ》めていた、すると突然夜の寂寞《せきばく》を破って私等の今までに

聴いた事のない最も怖ろしい叫び声がしてきた。その声はいよいよ高く高くなって苦悶と恐怖と憤怒の叫喚が打ち混《まじ》って一つの怖るべき呻吟となって遠くの村へでもまたは遥なる寺院へでもこの叫び声は響いて、安眠中の人々を眼醒めさすであろうと思われた。全く私等は意外にうたれて私は突っ立ったままその最後の響が消えて鎮まるまで私はホルムスの顔を凝視《みつ》め、ホルムスはまた私の顔を凝視《みいっ》ていた。

「まあ一体何事が起ったんだろう」と私は吐息をついた。

「もう総て落着したよ」とホルムスは答えた。「総てがうまく行ったらしいよ。さあ君、ピストルを持ち給え。吾々はロイロット博士の室に行くのだ」

ホルムスは厳格な顔つきをして燈火を点け廊下を通って次の扉《ドアー》に立って二度まで戸を叩いたが中からは何の答もない。依って吾々は戸を開けて這入った、私はホルムスの後から打てるばかりのピストルを携えて続いて這入った。

私は直に不思議な光景を見た。卓の上には半分戸を開いた洋燈が戴せてありその光が鋭く戸の開いたままの鉄製の金庫を照らしつけていた。卓の脇の木製の椅子の上にはグリムスビー、ロイロット博士が長い灰色の寝間着にくるまって素足を垂れて赤色の踵《かかと》のつかないトルコスリッパの中に突き込んで腰かけている。私等が昼間見ておいた長い綱の付いた短い犬鞭の柄が博士の膝の上に横わっている。博士は腮を上向にし、眼は天井の一方を睨んでいる。また、額の周囲には斑点のある黄色な妙な繡布があってそれが博士の頭を巻いているように思われた。私等が博士の室に這入った時博士は声も出さないし、また身動きもしなかった。

「そら、それがバンドだ。スペックルド、バンドだ」とホルムスは囁いた。

私は一歩進んだ。すると博士の頭を巻いていた不思議な鎖が動き出した。そしてその髪の中から太い短いダイヤモンドの形をした頭を上げ不快な蛇が頸を持ち上げた。

「それは、沼に居る毒蛇だ」とホルムスは叫んだ。「印度で最も怖ろしい蛇だ。博士は咬まれてから十分も経ないうちに死んだんだ、実に争われぬ物さ。他人に仇をしようと思えば、その者に仇が報いられるんだ。人を陥れるために穽《あな》を掘って奸計《かんけい》を企てる者は身自らその穽にはまるのだよ。まずこの蛇を元の場所へ追い返して、それからミス、ストーナー嬢を安全などこかいい場所に移してそしてこの事件を土地の警官に知らさねばならぬね」

彼はこう云うや否、死人の膝から犬鞭を手早く取りあげて蛇の頭をその鞭紐で縛りその巻き付いた処から引き放した。そして手を長く伸して蛇を金庫の中に投げ入れ、出ないように直ぐその扉を閉してしまった。

＊　＊　＊　＊

ストック・モーランのロイロット博士の死の真相はまずこのようなものであった。そこで、私等はこの意外の事件に吃驚している娘にどんな風にこの悲惨な事実を語ったかまたその娘のハーローの叔母に世話をしてもらうためにどうして朝の汽車に連れて行ったか。また気長い警察がどうして博士が危険な動物と遊んでいて不注意にも遂に自分を殺してしまったかの断定を下すにどういう風にしたかという事を物語って長くなり過ぎた話を一層長くするのは真に不必要な話である。そして私等がその翌日旅行した時私がホルムスから聴いた話がある。

「ワトソン君、僕はね最初全く間違った鑑定をしていたよ。が充分な材料を以て推論する事は常に最も危険な事と思うようになったね、譬《たと》えばだね、かの無頼漢共の事やまたは死んだ婦人がその刹那マッチの光で見研《みとが》めたところの『バンド』という言葉、どれも皆僕を考え違えさせる原因となったものである。しかしね、僕も実はあの室の中に居る者をおびやかしたものが極めてその危険極るものであってもその危険は決して窓からも戸口からも這入ったものではないという事は明瞭に悟った。そうして僕の立場は熟慮し直したのはまあ当然の手柄とするところだね。前以て君にも語った通り、僕は直にあの風通穴と寝台の上にぶら垂った鈴糸を不思議に思った、で鈴糸が鳴らないのと寝台が床に釘付けになっているのを発見してからというものはその糸は必ず或る何ものかがその穴を通って寝台に来るための橋渡のためだという疑問が突差に頭に閃いたね。そこで忽ちにこりゃあ蛇だわいと思った。僕は博士が印度の友人から多くの動物を貰ったという事を聴いて知っていたのでその話と蛇の事とを思い合わせていると僕の考えというものは符節を合わせるようなものだと悟った。化学上の試験に依ってもなお発見出来ない一種の毒を使用するという考はまま東洋風に訓練された智慧者の残酷な人間の思い浮ぶ考えである。こうして毒が直ぐ効力を現すという事はこうした人間の見解を以ていえば或は利益となるかも知らん。また毒蛇の牙が喰い入った小さい二つの黒い穴の場所を見出すという事はよほど鋭眼《えいがん》の検屍官でなくっちゃあ出来ない事だね。それから僕は口笛の事を考えてみたが勿論夜が明けて被害者の目に認められない先に博士は口笛でもってその蛇を呼び戻さにゃならぬのでそこで博士はそらあの牛乳でもって呼び戻したんだね。そうして自分の処へ戻って来るように馴らしておいたものらしい。で博士は蛇が糸を伝って寝台の上に降りるという事は充分信じていて時を見計ってこの時だと思う時刻に風通穴に入れるような手筈にしていたんだね。すると蛇は室に居る者を咬む事もあろうし、また咬まない場合もあろうから、まあ室内の者は一週間位はその危難から逃れ得るかも知れない。まあ早かれ遅かれその犠牲となるに定っている、僕はあの寝室に這入らない先に今まで話したような断定を持っていたんだ。また博士の室の椅子を見た時その椅子にいつもおったという事が知れた。それは即ち博士が風通穴に届こうと思うにはその椅子に上る必要があるんだからね、また金庫や牛乳の皿や鞭紐を見た時に未だ不充分であった疑惑を晴らす力となった。ストーナー嬢が聴いたという金物の音はロイロット博士が怖ろしい毒蛇を急いで金庫の中に閉じこめる時の音なんだ。そして僕が決心してから事実をつきとめるまでにやった事は君の既に知っている通りである。君もきっと聴いただろうが、蛇が鳴くのを聴いた時僕はマッチを擂ってその蛇の奴を打ったのさ」

「結局にその風通穴から蛇を追い返したというわけだね」

「蛇の奴擲《なぐ》られたものだから自分の方の室にとって返して、即ち主人のロイロット博士に向って行ったわけなんだ。僕の打ちようはよほど鋭く利いたので蛇はその本性を現して目にとまった人間に夢中で飛びついたというわけさ。こうした方法でやった僕は或は博士の死に勿論間接な責任があるかも知れんが、しかしそれが別に僕の良心を責めるほどのことでもないよ」

書簡のゆくえ（田中貢太郎訳）

一

年代も分らなければ、場所も分らない。また、分っていた所で、ここでそれを書く自由を持たないが、季節は何んでも秋で、日中は黄味《きいろみ》の強い陽の光があった。そこは水の青どろんだ堀割に沿うた町で、町の中程の劇場には、一時から開演の芝居がはじまって、じっと静まった劇場の中からは、鐘や大鼓や三味線の音が時折聞えていた。

劇場の右隣になった茶屋、仮に「たちばな家」としておこう。その「たちばな家」の奥まった部屋に縮緬《ちりめん》の羽織を着た体裁《みなり》の立派な女と、紺の背広を著《き》た四十前後の男とが差向っていた。

「その手紙というのをお持ちでしょうか」と女は云った。品の好い面長の顔のどこやらに不快な気分が漂うていた。

唇の薄い、小さな眼のチカチカ光る男は、一体に取澄ましていた。「持っております」

「見せて戴く事が出来ましょうか」

「お眼にかけましょう」と男は右の手を衣兜《かくし》に入れて、古い手紙を出して女の前に置いた。封筒には女文字の草書で、山田卓爾《たくじ》様御許《おんもと》へと書いてあるのが見えた。

女はそれを取上げて、中から巻紙に書いた物を抜くと、それを膝の上で繰りひろげて眼を遣《や》りながら、「……これは手が違っておりますね」とチラと男の方を見て嘲るように云った。

「それは写しです。悪戯なされる方があって、ベリベリと破っておいて、そのままストーブの内へでも投《ほう》り込まれりゃ、それっきりですからね、そこは大事に大事を取っているというもんです」と云って男は冷やかに笑った。

「それじゃ本当の物は、お宅の方にありますね」と云って女は巻紙を畳んで封筒の中に入れた。

「金庫の中へ大事に仕舞ってあります」

「幾等に買えとおっしゃるんです」

「そうですな、千円に買って戴きたいです」

「千円」と女は聞きかえした。

「千円なら高くはないでしょう」

「駄目です、百円位なら何とかしても好《い》いんですが、とても千円という金は、私の手では出来ないですから」

「そうですか」と男は澄まして云って、衣兜から敷島の袋を出して、一本抜いて煙草盆の火を点けながら、「決して高くはないがなア」と独言《ひとりごと》を云った。

「私が買わなかったら、何人《たれ》か他に買う人がありますか」と女はちょっと間を置いて云った。

「奥様から他にはないんです」

「じゃ私が買わないと云や、一銭にもならないじゃないの」

「それはなりません」

「じゃ一銭にもならないよりや、百円に売る方が好いじゃないの」

「それは駄目です。先方の云う通りに負けていたじゃ、他に影響して、将来のためになりませんからね、千円が一銭切れても駄目です」

「だって私が買わないと云や、それまでじゃないか」

「そうなれや、広告の積りで、世間に発表します。この手紙は文《もん》にならなくても、云う通りに金を出さなければ、発表せらるると思われますから、次の時にはきっと云い価《ね》通りになります。昨年戸山商会の社長の奥様が役者と関係していて離縁になった事がありましたが、あれなども相談にならなかったから、広告の積りで奥様の手紙を頭取に送ったから起った事です」

「随分悪党ねえ」と女は呆れたように云った。

「いや、これは……」と男は冷やかな微笑を見せて、「これが私どもの商買ですからね」

「じゃ千円でないと、どうしても売らないとおっしゃるんですね」

「そうです」

「貴君がそうおっしゃるなら、千円以下では駄目でしょうか、千円という金は、とても私の自由にならない、その半分の五百円位ならどうにかなるだろうと思いますが、五百円ではどう」

「駄目です」

「そう」と云ったきり女は黙ってしまった。男は静かに煙草を喫みながら、チョイチョイ女の顔色を窃《ぬす》み視していた。

二

電車通に沿うた私立探偵所の二階の事務室では、所長の山中清作が二人の部下とその朝新聞にあった殺人事件の事について話していた。彼はもう五十《ごじゅう》歳近い、小柄な額の禿上った男で、縞の単羽織《ひとえばおり》を着、角帯を締めて商人のような風をしていた。

狭い八畳敷位しかない部屋の内に据えた机を中にして、所長の前に椅子を並べていた二人の部下は、手帳を出してその言葉を一々記入していた。それは殺人事件を対象にして、その探偵の心得を二人に教えている所であった。

と、入口の扉が開いて、十五六歳の小倉《こくら》の袴を履いた給仕が這入って来た。給仕は右の手に一枚の名刺を持っていた。彼はその名刺を所長の前に差出した。「この方がお眼にかかりたいと申します」

名刺には奥田市三郎としてあった。奥田は有名な奥田銀行の頭取である。所長はこれを一眼見た上で、右側にある部下の眼先にその名刺を持って行って、

「君、これは奥田銀行だろうね」と云った。

「奥田市三郎……」と部下は名刺の文字を読んでみて、「そうです、奥田様《さん》です」

「応接室へ通しておけ」と所長は給仕の方を向いて云った。

給仕は出て行った。

「お妾《めかけ》の身元調《しらべ》かな」と左側にいた部下の一人が云って笑った。

「行員の拐帯《かいたい》だろう」と右側にいた部下が云った。

所長は何も云わずに微笑しながら二人の顔を見廻わしていた。

そこへ再び給仕の少年が現われて、客が応接室へ這入った事を知らした。所長はゆっくり起ち上って事務室を出ると、その隣に入口を持った応接室の内へ這入って行った。

部屋の中には、洋服を着た肥満《ふと》った紳士が椅子に寄って、山中探偵の来るのを待っていた。「貴君《あなた》が山中様《さん》、私は奥田で御座います」と云って紳士は腰を浮かして挨拶した。

所長は紳士と向い合って腰をかけながら、「穢《きたな》い所へ、ようこそ」と云って紳士の用件の端緒《いとぐち》を解こうとした。

「いや」と云って紳士は愛相笑《あいそわらい》をしながら、「今日参りましたのは、是非御骨折を願いたい事がありまして」

「どんな事ですか」

「秘密の書類が無くなりましてね」

「何という種類の物ですか」

「さア、それが……」と紳士はちょっと云い渋って、「それが秘密ですが、物品は西洋状袋に入れた手紙でして、中を英語で書き、上封《うわふう》は漢字で、北京日本公使館の青柳明という差出人の名を書き、宛名は某市某区某町三島慎三とした物であります」

「どこで無くなりました」

「私の家です。手文庫の中に入れてありました」

「いつ無くなりました」

「一昨日《さくじつ》の朝から今朝《こんちょう》までの間です」

「その手文庫には鍵がありますか」

「ちょっと面倒な鍵で、それは他の鍵と一所に私がいつも持っております」

「部屋の中には別に異状はないいんですか」

「何もないようです」

「来客は幾人位ありました」

「十四五人もありましたが、皆応接所ばかりで逢いました」

「御家族は幾人あります」

「私と家内と、五歳《いつつ》になる男の子と、三歳《みっつ》になる女の子との四人で、その他は乳母とか書生とか女中とか、皆雇人《やといにん》ばかりです」

「平生座敷に出入する者は、御家内の他には、乳母と女中とかですか」

「書生も時々は出入しますが、主に乳母と、三人の女中です」

「左様《さよう》ですか」と所長ちょっと考えて、「その手紙の内容は分らないでしょうか」

「それが秘密ですが、内容をお知らせしないと、捜索するのに不便でしょうか」

「左様ですね、内容が分らないと、その書類を欲しがる人の判断が出来ませんからね」

「それは御尤《ごもっと》もですね」と云って紳士は、何か決心したように頷いて、「じゃ申しますから、秘密を守るという御約束をして下さい」

「きっと守ります。決して秘密は漏らしません」

「じゃ申します。その書類というのは、支那政府の大官から私の銀行に送って来た借換に関する秘密の用件を書いたものなんです」

「左様ですか、好く分りました。……が、その書類が世間に発表になると、どういう方面が迷惑するでしょうね」

「南方派の手に這入れば、北京政府攻撃の材料になるし、英国や米国の手に這入れば、外交上の問題を惹起す事になりますし、ちょっと面倒な事になりますから、極力捜索して戴きたいんです」

「早速調べてみましょう」

「どうか宜しく願います。費用は幾等かかっても宜しう御座いますから、十分に手を尽して下さい」

「承知しました。そして秘密書類の無くなった事は、お宅の方《かた》は、皆御承知ですか」

「家内だけは知っておりますが、これとて内容は知らないです」

「捜索の邪魔になりますから、少しも他にお漏しにならないように願います」

「承知しました」

「捜索の都合でお眼にかかる必要があるかも分りませんから、今日明日は、お出先を分るようにしておいて下さい」

三

奥田が帰って行くと、所長は隣の事務室に帰って行った。外出したのか二人の部下は、もう姿を見せなかった。彼は窓の下に置いてある籐《とう》の寝椅子の上に仰向にゴロリとなって、じっと何か考えはじめた。十時過ぎの陽が窓帷《まどかけ》を明るく染めていた。

「先生、先生」と云って入口の扉を叩く者があるので、所長はその方に耳をやった。「先生」声は親しい聞覚えのある声であった。「這入り給え」

同時に扉を開けて這入って来たのは、セルの袴を履き鳥打帽を着た学生のような風をした男であった。某警察にいる菅野《すげの》という刑事で、山中所長の門下に等しい者であった。菅野刑事は帽子を抜いで黙礼しながら、椅子を引寄せて腰をかけた。

「千里眼揃いだから、もう分ったろうね」と所長は笑いながら云った。

「新聞を御覧になったんですか、……まだ実証はあがらないですが、同時刻に山下の踏切で若い男が轢死しましたが、どうもそれと連絡があるらしいです」

「そうかね、僕はまた君達が散々道具に利用しておいて、跡が面倒だから遣ったんじゃないかと思っているよ」

「そんな人聞の悪い事を仰っしゃるもんじゃありませんよ、しかし、なんですね、今度の被害者のような悪党は、法律が許す者なら、ドシドシ殺す方が社会のためですね」

「そんなに悪い奴かね」

「悪いの何のって、詐偽をやる、脅喝をやる、女に関係する、仕末の悪い奴ですよ」

「平生は何をしていたんだね」

「三百六十五日と云いたいが、六十五じゃないんですね、まア三百八十日位ですね、年中悪い事ばかりしておりましたからね、それに仕末の悪い事には、志士だとか支那浪人だとか云って威張っていたんですよ。なんでも第二革命の時には、南京に行って、革命軍の少将とかになっていたって云うんです」

「そいつは豪傑じゃないか」と云った所長の頭の中を何かチラと掠めた物があった。

「だから仕末に悪るかったんですが、これから安心ですよ」と菅野刑事は被害者の批評に夢中である。

静に扉が開いて給仕の少年が這入って来た。「所長さん、女の方が見えて、お眼にかかりたいと申しております」

「何という人だね」と所長は少年の方を見て云った。

「名はお眼にかかってから申しますと云っております」

「じゃ応接室へ通しておけ」

少年が出て行くと、所長は菅野刑事の顔を見て、「違ったもんだろう、別嬪が尋ねて来るから」

「好いですなア」と云って菅野刑事は微笑した。

四

応接室には二十五六歳の顔の長手《ながて》な綺麗な女が控えていた。山中所長が這入って行くと、女は閑雅《しとやか》に起ち上って挨拶をした。

「私が山中で御座います。……さアどうぞおかけ下さい」と云って所長は女を椅子に付かした。

女は奥田市三郎の夫人澄江であった。「私は奥田の家内で御座いますが、秘密で御伺いしたい事が御座いまして」と云った。

「あア、奥田様《さん》の、そうですか、どんな事ですか」と所長は軽く隔てなく云った。

「この事は所天《やど》にも何人《たれ》にも秘密で御座いますから、秘密を守って戴きたいですが」

「承知しました。私以外には何人《なんぴと》にも知らせない事に致します」

「どうかそうお願い致します……私が参りましたのは、今日所天が当方《こちら》へ伺った事で御座いますが、あの無くなった手紙というのは、どんな事を書いてあったんでしょうか」

「奥様《おくさん》は御存じないですか」

「手紙の無くなったという事だけは知っておりますが、内容は所天が話さないから、分りません」

「そうですか、私はちょっと伺った事は伺いましたが、旦那と秘密を守るお約束をしてありますから、お話しする事は少し困ります」

夫人はちょっと考えて、「それじゃ内容はお伺いしますまいが、あれを無くすると、所天《やど》が非常に迷惑するでしょうか」

「無論非常に御迷惑なされるでしょう、それにあれは日本の外交問題に関係を持っている事件ですから、旦那ばかりの御迷惑でなく、日本の外交にも影響しますからね」

「そうですか、そんなに大事の物ですか」と云って夫人は黙って考え込んだ。

所長はその容子《ようす》をじっと見ていた。そして何か思い出したように、急いで起ち上って、「ちょっと失礼します、手紙を出させる事を忘れておりますから」と云って部屋を出て行ったが、直ぐ帰って来た。

「どうでしょう、この手紙を取戻す事が出来ましょうか」と夫人は所長の腰を下すのを待って云った。

「そうですな、まだ何とも分りませんが、取戻せない事はないでしょう、……奥様《おくさん》に何かお心当りでもおありになるですか」

「すこしもないんです」

「一昨日《おととい》の朝から今朝までの間に、奥様は外出なされたでしょうか」

「そうですね、三回ばかり外出しました」

「そうですか、それでお帰りになった時に、お座敷に異状はなかったんですか」

「どうも気が付きませんでした」

「そうですか、……とにかくこれから調べてみましょう」

「どうか宜しくお願いします。そして今もお願いしたように、私が伺った事は絶対に秘密に願います」

「承知しました」

「では失礼いたします」と云って夫人は帰りかけた。

所長はその背後《うしろ》から随《つ》いて出て、応接室の口にある階子を下りた。夫人は庭に下りて下駄を履きながら、送って来た所長の方を見て、最後の挨拶をして静に玄関の扉を開けて出て行った。

夫人の姿が見えなくなると、所長は背後を振返った。そこには一人の男が小さな写真器を持って立っていた。

「旨く行ったかね」と所長は笑いながら聞いた。

「行きました」と写真器の男も笑いながら答えた。

「じゃ直ぐ焼いてくれ給え」と云い捨てて、所長はまた二階へ上って行った。

五

翌日の朝の八時頃、山中探偵は平生《いつも》のように事務所へ出勤する積りで、自宅《うち》の門を出た。門の前は狭い横町で、枳穀《からたち》の生垣があったり、割竹《わりだけ》の垣根があったりした。冷たい朝日がその垣根の上にあった。

山中探偵はその横町を半町ばかり行って、電車のある大通りに出ようとした所で、菅野刑事に行き合った。

「や、先生、これからお宅へ上ろうとしている所です」と菅野刑事は鳥打帽を脱ぎながら云った。

「あれだね」と山中探偵は笑っている。

「そうです。昨日の夕方になって、被害者の家の内を調べました所が、ちょっと不思議な事がありましたから、先生に鑑定して戴こうと思いまして」

「どんな事だね」

「兇行の行われた部屋に一間位の平床《ひらどこ》があって、その上に畳紙《たとう》のような厚紙で作った敷物を敷いてありますが、その敷物に血痕が付いておりましたのを、昨日になって剝がしてみますと、その下の床板《とこいた》には血痕がなくて、他の所に血痕がありますからね、少し変ですよ」

「それは何人かが敷物を敷きかえたろう」

「ところが敷きかえた人がないから不思議です。それにですね、警察では兇行のあったのを直ぐ知って、二人いた女中を警察の方へ連れて来ると共に、現場へは巡査を置いてありますから、他から人の来る気遣《きづかい》はないです」

「とにかく行ってみよう」

二人は電車に乗った。そして二度ばかり乗換えて降ると、電車通から左に折れた坂路を降りて行った。路の右側は、笹や枯れかかった芝草の生えた土手で、左側は小家《こいえ》がゴタゴタと並んでいた。坂を降りてしまって、坂下の平地になろうとした所で、左側の赤いポストの立っている傍《そば》に横町が見える。二人はその方に曲って行った。家の数で十五六軒も行った所で、右側の板塀の中に樫の枝の茂った家があった。門口《かどぐち》には「大沼」と書いた軒燈もあった。菅野刑事が先に立ってその家へ這入って行った。

玄関の三畳には、一人の巡査が帯剣のまま胡座《あぐら》を掻いて、鉈豆煙管《なたまめぎせる》で刻み煙草を喫《の》んでいた。二人はその巡査にちょっと挨拶しただけで、右側になった表座敷に這入った。十畳敷位の部屋の中程に黒柿《くろがき》の机を据えてあった。主人の大沼鶴太郎の殺されたのはその部屋であった。夜の八時頃女客があると共に、主人の許しが出て、銭湯に行っていた二人の女中が一時間ばかりして帰ってみると、主人は床の前で胸を刳《えぐ》られて斃《たお》れていた。抵抗したらしく両手の指にも沢山の傷があった。

「先生、遣られていた所はここです」と菅野刑事は足許に指をさした。拭い取った血の痕が薄赤くなって気味悪く畳の面《おもて》に残っていた。

山中探偵は気のない返辞をして、それを見ようとはしなかった。彼の心は敷物の血に動かされていた。一間の平床の壁には、文字の大きな草書の軸をかけてあった。それにも血らしい班点が付いていた。床に敷いた厚紙の敷物には、一面に血霧《ちぎり》がかかっている中《うち》に、二所《ふたところ》掌位の大きな血痕が付いているのが見える。

「これだな」と山中探偵が云った。

「左様《さよう》です。この血痕です」と菅野刑事が指をさした。

山中探偵は蹲《しゃが》んで、両膈《りょうずね》を床の敷居に寄せるようにして、片手で敷物を剝いでみた。なるほど床板についた血痕と敷物についた血痕との位置が変っている。血痕の乾いた後で、何人かが敷物の位置を変えた事は確である。

「君、今の巡査は、昨日いた巡査かね」と山中探偵は小声で云った。

「昨日夕方までいたのはあの巡査です」と菅野も小声で云った。

「昨日、あの巡査のいる時に、確に何人《たれ》かが這入って来ている。うんと嚇《おど》して聞いて見給え」

「左様ですか、聞いてみましょう」

こう云って菅野刑事が部屋を出て行くと、山中探偵は急いで敷物を引剝《ひきは》いで、狭い檜板《ひのきいた》を並べて張った床板の合目《あわせめ》毎に指をやって、順々にめぐってみた。と、不思議に板が一枚取れた。下を覗くと、板の下に机の抽斗位の小さな箱があった、二三本の手紙と罫紙に書いた書類が少し這入っている。山中探偵は突然《いきなり》その中に手を引《ひか》れて、手紙を引出し、書類を混ぜ返したが、目的の物はなかった。「しまった」と山中探偵は呟いた。

山中探偵の顔には失望の色があらわれた。山中探偵はそれでも念のためと云うように再び箱の中の手紙と書類とを見直したが、それでも目的の物はないので、手早く板を敷き、敷物を本の通りにしておいて起ち上って部屋を出て行った。

玄関の三畳では、菅野刑事に向って、巡査が何か話していた。巡査は心持顔を赤くしていた。

山中探偵が顔を出すと、菅野刑事が顔をあげて、「先生、やはり這入って来ているんですよ」と云った。

「綺麗な女だろう」山中探偵は笑いながら云った。

「先生はどうして御存知です」と菅野刑事は驚いたように云った。

六

その前日の正午過ぎ、大沼家に派遣せられている巡査がそこの玄関に寝転んでウトウトしていると、「御免なさい」と云う女の声がした。被害者の身寄りの者でも来たろうかと思って、巡査が出て行ってみると、二十四五の体裁《みなり》の立派な綺麗な女が一人立っていた。

「何か御用ですか」と巡査が聞くと、「ここの方はお留守でしょうか」と女は云った。

「当方《こちら》の主人は昨夜《ゆうべ》人に殺されて、他に家内はいないようですが、貴女はどなたです」と巡査が不審する。

「私はこの辺に尋ねたい人があって、探している所ですが、……では今朝の新聞にあった、人殺はこちらですか」と女は好奇心を動かしたような顔をして家の内を覗き込んだ。

「殺されたのを見たいんですか」巡査は笑顔になって云った。

「死骸が未だ置いてあるんですか」

「大学の方へ送って、ここにはありません」

「そう、……どこで殺されたんです、こちらの座敷ですか」と女は表座敷の方へ指をさした。

「そうです。あすこの床《とこ》の前で、胸を刳《え》ぐられていたんですよ」

「じゃ、ちょいと覗かして頂戴、ね、ちょいとなら好いでしょう」そう云いながら女はもう玄関の縁側に足をかけた。

「気味が悪いんですよ」

「なに、ちょいと覗くだけなら好いでしょう、部屋の中へ這入ってはいけないですよ」

「じゃ、ちょいと覗くだけよ」

「好いわ」と蓮葉に云った女は、玄関を上って締め切ってある襖《からかみ》を一枚を開けて、中の方を覗いていたが、不意に唸り声を立てながら仰向に倒れた。

巡査は吃驚《びっくり》して、「どうした、どうした」と云って肩に手をかけて揺り動かしたが、歯を喰しばったままで言語《もの》を云わない。「おい、おい」と巡査は周章《あわ》てて胸の辺《あたり》を撫でたり、肩を揺すったりしたが、やっぱり正気に復さない。巡査は仕方なく最寄の医師の家に駆けつけた。そして五分間位して頭の禿げた町医師《まちいしゃ》の老人を連れて来て見ると、女の姿はもう見えなかった。

巡査が不思議な女の話をしてしまうと、山中探偵は懐から一枚の写真を出して、巡査の眼前《めのまえ》に示しだ。「この美人はどうだね」

「あ」と云って巡査は眼を瞬《みは》った。

七

大沼の家に出入する者の中に千頭清次《ちかみせいじ》という青年があった。骨のがっしりした肥満《ふと》った男で、政界が紛擾《ふんじょう》して来ると、場末の寄席などに演説する彼の姿が人の眼に触れた。

清次は女房のお芳《よし》と共に、他人《ひと》の家の二階を借りて貧しい生活を続けていた。お芳は小柄な可愛らしい女で、夫婦の仲は穏《おだやか》であったが、昨年の暮あたりから感情の反《そ》れ合った夫婦の争う声が階下《した》の人々を驚かした。

その時分からお芳は好く一人で外出した。夕方など清次が腹を空かして帰って来ても、お芳のいない事などがあった。清次の留守には、時として大沼が来て、お芳と話している事があった。

「汝《きさま》が大沼と巫山戯《ふざけ》ている事を乃公《おれ》が知らないと思っているのか……」と清次の罵り罵りする声がして、二階中にドタバタという音をさす事もあった。

秋になってから、ある日、外出したお芳が帰って来なかった。清次は眼に炎を燃やして簿晴い電燈の下に坐っていた。

それから三日ばかりしての事である。夜の八時頃大沼の門を潜った清次は、案内も乞わずに玄関に上って、表座敷へ闖入《ちんにゅう》した。

部屋の中では大沼が一人の女の客と話していたが、闖入者の足音を聞くと、本能的に平床の方に身体を向けて何かしはじめた。

「偸盗《ぬすっと》」と清次は酷く激した声で云った。

大沼は振返って、小さなチカチカ光る眼で清次の方を見上げて、「千頭君だな」と澄まして云った。

「黙れ、汝のような畜生に、名を呼ばれる乃公じゃない」

「無礼者」と云って大沼は肩を聳《そび》やかした。

大沼と話していた女は、この時そっと座を放《はず》して玄関の方へ出て行った。

部屋の中では、二つ三つ罵る声がしたかと思うとバッタリ静になった。

八

血痕の調べに行っていた山中探偵は、帰る路で菅野刑事に別れると、その足で奥田家に行って夫人に面会を申入れた。

夫人は不快な顔をして応接室に出て来たが、山中探偵の挨拶も終らない内に、「あれほどお願いしてあるのに、困るじゃありませんか」と衝《つっ》かかるように云った。

「それは心得ているんですが、どうしても奥様にお眼にかからなければならない事が出来ましたもんですから」と山中探偵は莞爾《にこにこ》々して云った。

「何んですか」と夫人はますます不快な顔をする。

「奥様は昨日大沼へ入らしたんですね」

夫人の眼に恐怖の色が浮んだ。「大沼とはどこですか」

「主人が惨殺せられた家です」

夫人は黙って山中探偵の顔を見た。

「奥様、あの手紙は奥様のお手許にあるでしょう」

夫人の顔の色はみるみる蒼ざめた。

「奥様、御心配なされる事はありません。これからが私の腕です。旦那にも知らさないように、警察の問題にもならないように、旨く始末をつけてあげます」

夫人は山中探偵の言葉に力を得てきた。「どうしてお分りになりました」

「それは探偵の秘密ですが、それよりは奥様こそ、どうして彼様《あんな》な事をなされたんですか、順序を一つお話し下さい」

「じゃ何もかもお話し致します。……私が二三年前《ぜん》に或る男に送った手紙を、どうして手に入れたのか大沼が持っていて、書面で是非買ってくれと申して来ましたから、芝居茶屋へ呼んで、価《ね》を聞いてみると、千円と云うじゃありませんか、世間へ発表せられてはちょっと困る手紙ですけれど、価を聞いの金は私の自由にならないから、困り切っておりますと、その男が申しますに、それじゃ貴女の旦那の手許にある北京から来ている手紙と交換しよう。その手紙は旦那から見れば反古《ほご》同様の物であるが、私には大変金になるから是非窃《そっ》と取ってくれと申しますから、仕方なく交換した訳なんです」

「それじゃあの手紙が大沼の平床の下にある事は、どうして御存じでした」

「それは夜になって、その手紙を持って、大沼の所へ交換に行っておりますと、壮士のような男が案内もなしに這入って来ましたので、大沼は驚いて、私から受取った手紙を急いで平床の下に隠しましたから知っていたんです」

「その男は大沼と何か云い合ったんですか」

「それは大変でしたよ、突然《いきなり》這入って来て、偸盗《ぬすっと》とか何とか云って非常に大沼を罵倒したんですよ、私は大沼を殺したのは、その男じゃないかと思います」

「無論その男です。大沼はその時何と云ったんです」

「その男の姓でしょうよ、千頭君だとか、無礼者だとか云っていたんですが、その時に逃げて来たもんですから……」

「左様ですか、それで殺人事件の方も好く分りました。これで総てが解決しました」

「それじゃあの手紙はどういたしましょう」

「旦那は今お宅ですか」

「ちょっと外出しておりますが、一時間ばかりすると帰る事になっております」

「じゃ、今の内に、もとの手文庫の中へお返しになるが好いでしょう。鍵は大沼が送って来た相鍵をお持ちでしょう」

「錠の格好を話しますと、三つ程送って来たんです」

「それで、早速もとの所へお返しになるが好いでしょう」

九

戸外《そと》から帰って来た主人の市三郎は、山中探偵が来て待っていると聞いて、そのまま応接室へ這入って行った。

「や、どうも御苦労さんです。……少しは手係《てがかり》がありましたでしょうか」と山中探偵の顔を覗き込むようにする。

「はい。それにつきましてですね、昨日《さくじつ》から今日《こんにち》までそこここへあたりをつけたんですが、どうもあの書類は、戸外へ出ていないようです」と山中探偵は鹿爪らしく云った。

「戸外へ出ないと申しますと……」と主人は首を傾けて考え込んだ。

「私の考では、余り大事になされ過ぎて、仕舞込んでやしないかと思うんです」

「他へ仕舞込む事はない、手文庫の内に入れてあったから」

「じゃ、その手文庫をも一度お調べになったらいかがです」

「いや、手文庫の中には無い」

「それでも念のために、も一度お探しになってみては」

「手文庫の中にはとてもない」と云いかけて、「……じゃ、まア貴君《あなた》のお言葉に従って、も一度探してみましょうが、とても無いです」と云いながら椅子を離れて、柱についたベルを押した。

入口の扉が開いて書生が顔を出した。

「私の部屋から手文庫を持ってお出《い》で」と命令する。

書生は直ぐ引込んだが、間もなく皮の小さな手文庫を持って這入って来て、主人の前に置いた。主人は洋服の衣兜《かくし》から沢山の鍵を出して、その内の一つで開けた。中には手紙や書類が一杯になっていた。主人はそれを一つ一つ除《の》けはじめた。

半分位除けた所で、「あった」と云って大きな声で叫んだ。主人の手には西洋状袋《じょうぶくろ》の封筒があった。

山中探偵は莞爾々々《にこにこ》していた。主人は急に起ち上がって、「ちょっと失礼、家内に知らして安心さしてやりますから」と云ってソソクサと応接室を出て行った。

十二時（一花訳）

一　転地静養

独仏二ケ国の警察力を以ていかんともなし得なかった大事件を物の見事に調べ上げた成功の栄冠を荷うた私が友、伊村《いむら》が私《わ》れと共に田園の春を味わわんと旧友の羽田《はだ》大佐が別荘を構えている米国南海岸のワットに一週間ばかり滞在をした。

伊村は大事件の大探査に二ケ月以上も、毎日十五時間以上も働いたのでその疲労のために、身体のどこかに異状を呈しておった。この一週間の滞在は伊村の身体の静養であった。

××××××

羽田大佐というのは数年前私がメキシコに行っておった時に、私の患者となった事のある人だが、今は休職の身となって米国南海岸ワットに一家を構えているそうで、是非遊びに来いと手紙を寄こす事も度々なんだ。

そうして最近の来信にはもし我友伊村が私と同行するならば歓こんでこれを迎えようと言ってよこした。そこでワットが好かろうと思って色々伊村に説いたが、この男存外頑固なところがあるから聊《いささ》か権謀術数をめぐらしてやった。しかしさすがの伊村も、先方が独身者である事、我儘《わがまま》勝手自由たるべき事を聞かされて遂々私の言う通りになってしまった。

桑港《そうこう》から帰って一週間の後、我々は大佐家に客となった。羽田氏は英国風の立派な紳士で、なかなか見聞に富んだ人だ。我々が行ってから間もなく羽田氏に伊村と己《おの》れとが大変性格の似寄った所があるのを発見したようであった。これは私が予期していた事なんだ。先方へ着いた夕、我々は晩餐を終えてから大佐の武器室で一服した。伊村が楽々とソファに寝そべっている間に、大佐と私はかれこれと銃器の品評をやった。

すると大佐が、

「時に貴君《あなた》、私は用心のためにピストルを二階へ持って行きますのじゃ」

というから私は聊か驚いて、

「御用心なさるって?」

「そうです、近頃この辺は物騒でな、仕方がありませんよ、この土地の旧家の瀬尾《せお》老人とこなんぞもこの月曜に這入られたそうです。また別に大した事も起りやしませんけど、奴等はなおこの辺を横行しているようですて」

「何も手懸りはありませんか?」

と不意に伊村は言葉をかけて、老大佐の方にその眼を向けた。

「まだありません、しかし伊村さん、国際的大事件の後ではこんな田舎の泥棒などは余り小さ過ぎますな、ハッハッハッ、到底貴君の一顧を要求する価値はないですよ」

伊村はそぞろに微笑《えみ》を浮べたが、老大佐の言《ことば》を打ち消すような顔つきをして、

「しかし、何か面白そうな、形跡でもありませんでしたか?」

「さア……差し当りこれという事もありませんがな、その奴どもは書斎へ忍び込んだという事で、大した手柄もしなかったそうです、モウそこいら中滅茶苦茶に取り散らかして、抽斗《ひきだし》は錠を叩きこわす、戸棚は明けッ放すという騒ぎで随分乱暴をやったのだが、奪って行ったものはというと、紅葉全集一冊と蠟燭立二本と象牙の文鎮と小さな晴雨計とこれだけじゃったそうですよ」

「妙な取り合せですな」と私は思わず声を高めた。

「そう！　奴等は慥かに何でも手当り次第持って行く積りであったらしいです」

伊村は不平らしい調子で、

「警察が何とかしなければならんはずですがねえ、慥かに解ってる事があるのに……」

と言いかけたから、私は急にそれを遮って、

「君、君は静養のためにここへ来てるんじゃないか、まだ身体もすっかり回復せん中から新らしい問題に気を揉むのは断じていけない」と言うと、伊村は不平ではあるが拠《よんどころ》ないという風を大佐に示して、談話は他の事に転じてしまった。

しかし、私の注意も遂に空しく水の泡となるような事になった、というのはその翌朝の事だが、我々が勉《つと》めてそれを避けようとしていたにも関わらず、問題の方から我々に飛び附いて来たので、どうしても知らん振りをする事が出来なくなった。

於是乎《ここにおいてか》我々の転地療養は大変なものになったのである。

二　惨劇！　惨劇！

翌朝我々が朝飯を食べているところへ、礼儀も何も落して来たという様子で、とび込んで来たのは大佐家の料理人で、

「旦那ッ、お聞きになりましたか、二本杉の一件を！」と呼吸《いき》を窘迫《はず》ませている。

「泥棒か？」と大佐は珈琲のコップを宙に持上げたままで尋ねる。

「人殺しです！」

「ほう！　誰れだ殺られたのは、親父《おや》か息子か？」と急《せ》き込む。

「いえ、馭者の音公だてえこッてすよ、胸板を射貫《いぬ》かれちゃッたんで」

「殺した奴は何者だ？」

「泥棒ン畜生でさア、奴が納戸の窓から這込ろうとしているところへ丁度音公がやって来たんで、立廻りの揚げ句に殺られちゃッたんでしょう」

「そりゃ何時《いつ》の事だ？」

「昨夜《ゆうべ》の何でも十二時頃だてえこッてすがね」

「そうか、じゃ直ぐに行ってみる事にしよう」と大佐は徐《しず》かにまたもや食事に取りかかりながら言葉を継いで「この二本杉というのもやはり土地の旧家で、田紳《でんしん》中の錚々《そうそう》たる者ですがね、どこまでも骨

を折って犯人を突き留めるでしょう、殺された男は多年忠実に勤めたのですからな、私はどうも今度の事も瀬尾老人の所を襲撃した奴の所業《しわざ》に相違ないと思うけれど」

「あの妙な物ばかり盗んだ奴ですか？」と伊村は考え深いさまで尋ねた。

「そうです」

「フム……こりゃ全く単純な小事件かも知れないが、発端がちょっと面白そうじゃありませんか？この辺に出没している泥棒連がその仕事の舞台を変える事はあろうやれども幾日も経たん中《うち》に同じ町で仕事を為《な》しつづけるなどは殆んど予期すべからざる事ですものね、余り智慧がなさ過ぎるじゃありませんか、昨夜貴君が用心するんだと仰しゃった時に、何だかこう虫が知らせるような気がしたと思ったが、この前兆なんですね、私はもっと委しい事を承りたいと思う……」

「私はまたただ盗むというより外に意味がなかろうと思うのですがな、瀬尾でも二本杉でも奴等の狙いそうな家ですよ、まアこの辺では一番大きいから」

「ははア金満家ですな？」

「無論です、しかし彼等この数年間法廷で争っていますから随分苦しいでしょう。何でも瀬尾が二本杉の財産を争うだけ要求する権利があるんだそうで、弁護士達は両方都合の好いようにしようというんですから面倒ですよ」

「はア、もしそれが単に盗むという事だけなら、そいつを突き留めるのは雑作ありませんね、相川君安心し給え、僕は決して手出しはしないから」と伊村は欠伸《あくび》交りに言った、その時。

「旦那、刑事の荒井さんが入らッしゃいました」と声をかけて、例の料理人が扉《ドーア》を開いた。案内《あない》されて入って来た刑事は敏捷らしい鋭い顔の若い男であった。

「大佐殿、お早う御座います」と彼れはこう言って、少し遠慮するような風で「こちらに東京の伊村さんがおいでになっているそうですが……」と言《い》うと、大佐は得意げに我が友を指さし示した。刑事は一礼して、

「伊村さん、私どもは必ず貴君が此度《こんど》の事件に心を留めていらッしゃるだろうと思ったのでございます」

「運命君に非なりだよ相川君」と伊村は笑いながら「荒井君、我々は丁度今その話しをしていた所なんですよ、君は恐らく多少機微にわたる事を知らせて下さるでしょうね」と彼れは例の癖で、仰向くばかりに椅子に凭《よ》りかかった。私はこれを見て転地療養などはとても駄目だと悟った。刑事は私の苦衷を察するはずがないから、遠慮なく話を始める。

「私どもは瀬尾の事件については何の得る所もなかったのですが、今度は取るべき途が沢山あるのです、どうも瀬尾事件も今度のも同じ奴等の所業に相違ないと思いますんですが、昨夜は一人姿を見つかった奴があるのです」

「ふうむ……」

「奴は馭者の音松を射殺して脱兎の如くに逃げたのですが、二本杉の老主人は寝室の窓からその姿を認めたと言うし、若主人の方は裏の廊下から認めたと言うんです、事の起ったのは十二時十五分前頃だというんですがね、老主人は丁度寝床に着いたところで、若主人は寝間衣《ねまき》を着て一服やっていたんだそうです。不意に二人とも音松が助けを呼ぶ声を聞いたので、若主人の方は直ぐに二階から駈け降りて見るに、裏戸《うらど》が開いている、階子《はしご》を降り尽して外を覗くと、そこに二人の男が激烈に格闘している、やがて一方の奴がズドンと一発放すと片一方の男はドッとそこへぶッ倒れちまって、犯人は飛ぶ

が如くに庭を横ぎり墻《かき》を越えて逃げてしまったそうです、老主人は寝室の窓からチラリとその逃げる姿を見たそうですが直ぐに消えたように見失なってしまったという事で、若主人の方は万一音松に息があるかと検《あら》ためている間に遂々《とうとう》奴を取り逃がしたんだって非常に残念がっていましたっけ、何でもそいつは中丈《ちゅうたけ》の男で、黒ッぽいものを被っていたそうで、その外にこれという手懸りもありませんが、目下大捜索をやっていますから……」

「その音松という男はどうしてその場へ来合せたのです？　殺される前に何か言わなかったかな？」

「別に何も言わなかったそうです、音松に老母と一緒にあそこの門長屋に住んでいたんで却々《なかなか》忠実な男でしたからね、多分用心のために邸内を見廻っていたんでしょう、例の瀬尾事件以来大抵の家では番人を置く事にしましたからね、そこで泥棒が丁度納戸から忍び込もうとするところへ音松が来合せたんでしょう」

「見廻りに出かける時に何か老母に話しはしなかったんですか」

「その老母というのが貴君、半耄《ぼ》けの聾《つんぼ》と来ていますからね、私どもが何か尋ねても一向埒《らち》が明かないんですよ、殊に此度の事件のためにポーッとしちまいましてね、もっとも始めッから余り物の解る女でもなかったんで……しかしここに一つ重要な事があるんですが、まずこれを御覧願いましょう」

と刑事はノートブックから取ったような紙片を取り出し、それを膝の上で展《の》ばして、

「これは被害者の母指《おやゆび》と人示指《ひとさしゆび》との間から発見されたものなんです、どうも大きな紙の片隅を取ったものらしいのですね、御覧なさい、音松が殺されたと同時刻の『十二時十五分前』という事がここに書いてあるじゃありませんか！　貴君がたもやはりこれは音松が或る書附を持っていたのを犯人が奪おうとして引き取ったのか、または犯人が持っていたのを音松が取ろうとしたのかに相違ないと御考

えになりましょう、これは何か約定書のような物と思われますですがね」

伊村はその紙片を手に取って昵《じっ》と見入った。刑事は更に説明を続ける。

「果してこれが約定書であるとすれば、私どもはこう考えても好かろうと思いますがね。つまり被害者音松は平素忠実の評判は得ておったけれど、ふとした事から犯人の相棒になったかも知れないんです。そうして音松はかの裏口で犯人と密会する約束であったかも知れず、更に一歩進んで納戸の戸を開くのを手伝ったとも思えますものね、そこで以て何かの行き違いから同志討を始めたんじゃありますまいか」

「この字は非常に興味がある」と伊村はなお仔細に検査しながら「こりゃ僕が思ったよりよほど深い」

と呟やくように言って、両手で頭を支えて沈思した。刑事は己れがかくまでに神通力を有する人を動かし得たのを誇り顔に微笑むのであった。伊村は直ぐに唇を開いて、

「君の今言われた、この泥棒と馭者との間には何かの約束があったもので、この紙片はその約定書の一片だろうという考えは却々好い思い付きではあるが、しかしこの字が……」

と彼れは再び頭を支えて、数分時深き思に沈むのであった。暫くして彼れがその頭を擡《あ》げた時私は実に驚ろいた。その頬には血潮の色が漲ぎって、その眼は病気以前のように爽やかな光を放っている。そうして彼は日頃の勇気を奮って椅子からヒラリと起き上った。

「御主人、どうも私はこの事件をちょっと覗いてきたくて仕方がありませんから、甚だ何ですが、暫らく失礼します、相川君、君も悪く思ってくれ給うな、何だか刺激されるような気がして堪まらんから、この荒井刑事と一緒に外出して、果して僕の想像が当るどうか、実験して来るからね、ナニ三十

分も経ったら帰って来ますよ」

三　特殊の意味

一時間半ばかり経ってから刑事が一人で帰って来た。

「先刻は失礼しました、伊村さんは今外に散歩していらッしゃいますが、皆さんと四人連れであちらへ行こうという御希望なんです」

「二本杉へ？」

「そうです」

「なぜでしょう？」

刑事は聊か肩を聳《そび》やかして、

「何故だかそりゃ存じませんけども、伊村さんは未だ御病気が快《よ》くないようですね、私が一緒に出かけてから妙な事ばかりなすって非常に激しておいでのようですよ」

と言うから私も黙っている次第には行かぬ。

「君そんなに心配しなくても好いですよ、あれがあの男の仕事にかかる時の癖なんだから」

「そう仰しゃれば左様かも知れませんけども」と刑事は呟やいて、「しかし大佐殿、伊村さんは火のつくように急いでおいでなんですから、御用意よろしくば直ぐに出かけましょう」

出て見るとなるほど伊村は草地の所をあちらへ行ったりこちらへ来たりして、腮《あご》を胸に埋《うず》めて両手はズボンのポケットに差し込んで、ひどく考え込んでいる様子だ。

「事件はますます面白くなって来る、相川君、君が僕にやらせた転地療養は非常な成功だ、僕は実に今朝は魅《チャアム》されるような気がする」

「伊村さんは兇行の現場へおいでたんでしょうな」

と大佐は嘴《くちばし》を容《い》れた。

「はア、荒井刑事と少しばかり調べて来ました」

「何か得る所がありましたか」

「ええ非常に面白い事を発見したんですがね、まア歩きながらお話しましょう。最初我々は被害者の死体を検査したんですが、噂の如くピストルで殺られたものでした」

「じゃ貴君は、前にはそれを疑ぐっておいででしたか」

「そう、何事も念には念を入れなきゃなりませんからね、それから二本杉父子《ふし》に会って、犯人が庭の墻を乗り越えて逃げたという場所を精しく説明してもらいましたが、それが実に興味あるものでしたよ」

「ふうむ」

「それからまた被害者の老母に会ったけれど、なるほどどうも半耄けで以てとても話なぞは解らないんです」

「ははア、それで結果はどういう事で?」

「この人殺しはよほど特殊の意味があるという事が明らかになったのです、これから我々が行けば、もっと分りやすくなるでしょう、被害者の手に残された紙片《かみぎれ》に殺されたと同じ時刻が明記されてあるという事は、こりゃよほど大切な事ですよ」

「伊村さん、そりゃ何かの手懸りになりましょうね」

と刑事が言う。

「必ずなるとも！　この文句を書いた奴が必ず音松をその時刻に誘《おび》き出したのに相違ないんです、しかしこの紙の残り大きな部分はどこに在るかな？」

「私はそれを見つけようと思って精密に地面を検査したんですけれども……」

と刑事は弁解らしく言った。

「どうも被害者の手から扯《と》って持って行ったらしい、しかし何故そんなに書附を欲しがったか解らないな、千切ってからどうしたろう、多分被害者の手にその片隅が残ったのを知らずに、そのままポケットへ押込んでしまったろうな」

と伊村はまるで独り言だ。

「しかし犯人を捕える前にそのポケットを捜るという事は殆んど不可能でしょう」

「そうです、これはよほど考えなければならん問題です。しかし、この書附が音松に宛てて送られたもので、これを書いた者は決して自から持って来ないのは解り切った事ですね、自分で来る位《くら》いなら口で充分用を足せるもの。じゃ、誰れが書附を持って来たかという事が問題になる、それとも郵便で来たのかも知れないが」

「ああ私はその事を尋ねましたがね、音松は昨日《さくじつ》の午後、郵便を一本受け取って封筒は破《さ》いちまったそうですよ」

「うまいッ」伊村は刑事の背を叩いて喜んで「君と一緒に仕事をするのは実に楽しみですよ、あっ、もう門長屋へ来た、羽田さんこれから現場を御覧に入れましょう」

一行は不幸な音松の住みならした、可愛らしい小家《こや》を後にして槲《かしわ》の並木道を通り過ぎ、遂に通用門の所まで来た。

台所の扉の前には一人の警官が厳然と立っていた。

「警官、扉を開けて頂きたい」

と伊村は厳粛な調子で言った。

「それ、そこの階子段ですよ、若主人が二人の男の格闘するのを見たというのは、老主人はあの左りから二番目の窓から覗いたので、犯人があすこの叢《くさむら》の左りを通って逃げたのを見たんだそうです。若主人は直ぐにとび出して被害者の傷を調べたんだそうだけども、地面が非常に硬いから、何も慥かめる事が出来ませんね」

とこう語っている時、邸《やしき》の一角を廻って、庭の方から二人の男がやって来た。

一人はやさしい顔の老人で、一人は華やかな青年であった。この青年の晴々とした嬬《にこ》やかな顔つきやその流行を逐《お》うた華美な服装というものは、我々が態々《わざわざ》出張した事件と、何だか釣り合いが取れぬような気がした。

「や、まだそこにおいででしたか、私は貴君が決して失策をなさらんという事を信じていたのですが、余り手敏《すばし》こくはお行《や》りにならんようですな」

と考人が伊村に言葉をかけた。伊村は機嫌よく、

「いや、もう暫らくの御猶予は願わなければなりません」

「しかし、何も手懸りとすべきものがないじゃありませんか」

と今度は若い方が言う。

「ひとつ手懸りがあるんですがね」

と刑事は答えて、

「私どもが或る物をさえ発見すればと思うんですけれども……あっ、伊村さんどうなさいました！」

四面楚歌の裡に立った伊村の顔は忽ち恐ろしい相格に変じた。その眼は上吊って苦悶の様がひと通りでない。と見る間に、急に無理に圧《おさ》えつけたような呻き声を出したかと思うと、頽然《たいぜん》地べたに倒れてしまった。一同は実に驚ろいて、慌てて台所へ運び入れて大きな椅子の上に寝かした。伊村は暫らく重苦しい呼吸《いき》を続けていたが、やがて自からの弱さを恥じるような様子で、辛うじて起き上って、

「相川君、僕はまだ病気が治ったばかりで非常に弱くなっているんだから、どうもこう不意にやられると全く堪える事が出来ないんでね」

「お帰りになるんなら、宅の車で送らせましょう」

と二本杉の老人が言う。

「はア、有り難う、しかし私が見当をつけて来た事をひとつ確かめてからにしましょう」

「何をですか？」

「私の見る所によれば、音松は犯人が忍び込んだ後へ来かかったものだろうと思うんです、貴君がたは扉が捏《こ》ぢあけられているにも関わらず、泥棒は決して屋内に立入らなかったろうと仰しゃるけれど」

「そりゃ解り切った事だと思いますがね」

と老人は少し厳しい調子だ。

「悴《せがれ》がまだ起きていたのですから、何者か忍び込めば必ずその物音を聞きつけましょう」

「御子息はどこにいらしったんですか？」

「僕は衣裳部屋に一服やっていましたよ」

と若い男は答える。

「どの窓が貴君のお部屋に当るのです？」

「あの一番左りがそうですよ、その次が父の部屋です」

「その時はまだ、どちらもランプを点けておいででしたろうね」

「無論です！」

「はあア実に妙ですな」

伊村は微笑みながら、

「前に随分経験もあろうという泥棒が、ランプが二所《ふたとこ》にも点いて、家人がまだ起きているという事が解り切ってるのに、敢て忍び込むなんぞは余り奇抜すぎるように思われますね」

「妙ですとも！　もしこの事件が単純なものなら何も貴君を煩らわす必要はないんですからね」と若主人は厭やに皮肉な事を言って「貴君の御説によれば、犯人は必ず音松の来る前に既に屋内に忍び込んだという事ですけれども、そりゃ甚だ不合理だろうと思いますよ、そこいらを取り散らかして物を取った痕跡《あとかた》などがないのが何よりの証拠でしょう」

「さアそこがこの事件の困難なる所以なんです、十目の見る所犯人は多分瀬尾家を侵した奴と同人だろうというのですが、あそこでは何を取って行きましたか？　文鎮でしょう、晴雨計でしょう、蠟燭台でしょう、実にこの犯人は妙な奴なんですからね」

「伊村さん、私どもは万事あなたにお任せしますから」

と老人は横から嘴を容れて、

「まあ刑事さんと宜しいようにおやり下さい」

伊村は透《す》かさず、

「まず第一に私は貴君に報酬を願っておきたいのです、これはなかなか容易に出来る仕事じゃありませんですからね、もし貴君が御面倒なら私が書きましょう、まア五百円頂けば充分です」

「私は五百円でも喜んで出しますよ」

と老人は伊村に渡した紙と鉛筆を取り上げて「あっ、こりゃ少し違ってやしませんか」

「急いで書いたものですから……」

「ここには『火曜日午前一時十五分頃の犯罪事件に就き』と書いてあるが、これは十二時十五分前でしょう」

そばに見ていた私は、その誤りを非常に心苦しく思った。伊村は平常そのような誤りを大変気にする性質だからどんなにか辛かろう。彼れは綿密を以て得意としていたのだが、病気のお蔭でよほど悩まされたのだろう。この些細な出来事を以ても元の伊村になっていない事が知れる。

老人にやり込められて伊村は苦しい顔をした。刑事は訝かしげに彼れを眺めるし、若主人は声を出して笑うのだ、全く苦々しい事である、しかし二本杉老人はその誤りを自から正して、それを伊村に渡した。

「至急それを刷らせて下さい、私は貴君が優れた方だという事を信じていますよ」

伊村は叮嚀にその紙をポケットブックに挿んで仕舞込んで、

「じゃア皆さん御一緒に中へ入って、全くあの泥棒が何も取って行かなかったか、よく調べる事にしましょう」

中へ入る前に伊村は例の捏じあけられた扉《ドーア》を閲《しら》べた。それは誰れが見ても鑿《のみ》か或は丈夫なナイフを刺し込んでグイと捏《こ》じたのに相違ないので、板の所にその痕がついていた。

「鉄棒はお使いにならないんですね?」

と伊村が尋ねる。

「ええ、格別必要もないと思っていたもんですから」

「犬は?」

「飼ってあるんですけれども、彼方《あちら》側に繋《つな》いであるんですからね」

「召使の人たちは何時《いつ》頃に寝《やす》みますか?」

「十時頃です」

「じゃ被害者音松も大抵その時分に寝る事になっているんでしょうね?」

「そうです」

「ふうむ、昨晩に限って起きていたというのは妙ですね、サアそれじゃア中へ入りましょう」

我々は石畳の廓下を通って二階へ上った。伊村は鋭どく家屋の建て方に眼を注ぎながら徐《しず》かに歩いていたが、私はその顔つきを見て、彼れが今熱心の極度に達している事を認めたのである。

「伊村さん!」

と二本杉老人は、堪《た》え切れぬという風に、

「こんな所を調べるのは全く不必要じゃありませんか、そこが私の部屋で、そのさきが悴のですよ、ここへ泥棒が来たのなら私どもが知らないはずはありませんからね」

「いっそ戸外を廻って新鮮な空気を吸った方が好い位いなものでしょう」

と息子は冷笑する。

「冗談は後《あ》と廻しに願いましょう」

と伊村は冷静に言って除《の》けて、

「これが御子息のお部屋ですね」

と彼れは扉を開いて、

「すると、あれが衣装部屋で、あすこで一服やっておいでの時に音松の声をお聞きになったのですな」

と居間を横切って、彼方《あなた》のドーアも押し開けて、見廻した。

「もう沢山でしょうが……」

ご老人は聊か怒ったような声を出した。

「有り難う、これで充分拝見したようで」

「もし必要なら私の部屋へも行ってみましょうか」

「はア、出来るなら、そう願いたいものです」

と伊村が答えたものだから、老人はどうする事も出来ぬ。自分が余計な事を言ったのを悔やむように、苦り切ってその室に案内した。

やがてその室に入り込んで、窓の方へと歩き出した時に、伊村はだんだん遅れて私と共に一番後になってしまった。寝床のそばに小さい正方形のテーブルがあってその上に夏密柑を盛った皿と、清水の入った玻璃《ガラス》瓶が載せてあったが、我々がそのそばを通り過ぎた時に、驚ろくべし！　伊村は衝《つ》とそのテーブルに凭れるような形をした。と見るまにガラガラッと引繰り返したから堪まらない。瓶や皿は粉微塵に砕けて、菓物《くだもの》は勝手な方へ転がり出した。

「下らん事しちゃ困るじゃないか相川君、始末をしたまえ！」

と伊村は澄まし込んでいる。私は一時呆気に取られて、大いに迷ったが、これには何か曰くがあるのだろうと察して、恥かしそうに菓物を拾い始めた。他の人たちも皆手伝ってくれて、漸くテーブルを元の通りに据える事が出来た。その時！

「おやッ！　どこへ行きなすったんだろう」

と刑事が叫んだので、気が附いてみると、伊村はどこへ行ったか、影も形も見えない。

四　人殺《ひとごろし》の悲鳴

「皆さん暫らくここでお待ち下さい。先生全く頭が変になっているんだ、お父さん一緒に来て下さい、どこへ行ったか探しましょう」

と言いすてて若主人は父と共に、呆れ返って顔を見合わせている我々三人を残して、出て行った。

刑事はやがて唇を開いて、

「私も若主人の言われた事に同意です、全く病気のお蔭なんでしょう……しかしまた」

とその言葉の断《き》れない中に、

「助けて！　助けて！　人殺し！」

と摑んで投げつけるような叫び声が聞こえた。私はその声を聞くと、襟元に冷水を注がれたように、ゾッとした。伊村の声に相違ないんだ。私はもう狂人のようになって跳出《とびだ》した。声は漸次《ぜんじ》に圧《おさ》えつけられるような嗄《しわが》れ声に変ってきたが慥かに最初我々が入った室から洩れて来るのだ。私は夢中に突進して例の衣裳部屋まで来てみると、見よ！　二本杉父子《ふし》は伊村の上にのし懸かって、悴の方は両手で以て彼の咽喉《のど》を締め付け、老人は彼れの手首を力一ぱい捻じ上げているではないか！　咄嗟の間《き》に我々三人は一斉《いっせい》に飛びかかって辛《やっ》との事で引き離したが伊村は非常に術なさそうに足許も定まらず、蒼ざめていたが、更に勇気を鼓《こ》して、

「刑事！　こいつ等を拘引なさいッ！」

と怒鳴った。

「な、何を仰しゃる？」

「駁者音松を殺した犯人だッ……」

刑事は驚きの余り、急に声も出なかったがやや躊躇するような風で、

「伊村さん、貴君は心からあんな事を仰しゃるのでは……」

「何に言う君ッ、こいつ等の顔を見給え！」

と伊村は絶叫した。

実に私はこんなに人の顔つきがその罪を顕然《けんぜん》と自白するのを見た事がない。

老人はその厳めしい顔に沈痛の色を浮べて、殆んど眩暈でもしそうに見え、若い方はその華やかな態度を全く失って、今は野獣の相を現わして眼を燃ゆるばかりに輝やかせている。刑事は何も言わずにドーアに歩み寄って、呼子《よぶこ》の笛をピーと鳴らしたと見る間に二人の警官が蹤々《つかつか》と入ってきた。

刑事は漸く唇を開いて、

「是非もない事です二本杉さん、私はこの事がすべて行き違いである事を希望します、しかし貴君がたは……あッ！　そんな事をするかッ」

と刑事が鉄拳を電光の如くに振ったと同時に、今若い方が引金を上げようとしていたピストルは戛《かつ》然《ぜん》と床に落された。

「用心したまえ」と、伊村は素早くそのピストルの上に隻脚《せききゃく》を踏みつけて、

「それは証拠物件として必要なものだ、しかし実に我々が手に入れたいと思ったのはこれなんだ」

と彼れはクルクルと巻いた紙片を持ち出した。

「やア書附の残りですか?」

と刑事は驚喜の声を張り上げた。

「そうです」

「どこにありました?」

「私が前から見当をつけておいた所にあったんです、もう少し経てば総て説明して上げますよ、あ、羽田さんと相川君は先へ帰って頂だきましょう、私は必ず一時間以内に帰りますから、荒井刑事と私は少しこの罪人に尋ねる事がありますからね、ええ、茶時《さじ》には必ず帰りますよ」

五　十二時

伊村は約束通り一時頃に帰って来たが、小柄な老紳士を同伴して来た。彼れはこの老紳士が曩《さき》に泥棒にやられた瀬尾氏であると紹介して、

「私が皆さんにこん度の事件を説明する間、この瀬尾さんにも聴いて頂だきたいと思いましてね、瀬尾さんは必ず非常な興味を感ぜられるでしょう、しかし、御主人にはお気の毒ですね勝手な真似をして」

「どう致して、私は貴君の説明を承るのを以て非常な特典じゃと思うのです。正直のところ、この事件の結果については私はまだ五里霧中ですよ」

「さア私の説明が果して皆さんに満足を与えるかという事が心配ですけども、私は平常《へいぜい》自分の手段《てだて》を隠さない性質ですから、それだけでも優《ま》しと思って項かなくちゃなりませんよ、羽田さん、まずブランデイを一杯頂戴して元気を附けましょう、先刻どうも酷《きつ》く窘《いじ》められたもんだから」

「しかしモウ人事不省におなりになる事はありますまいな?」

と大佐は心配げに尋ねると、伊村は心から笑って、

「いやまたいつ起るかも知れませんよ、それじゃ、これから悉《くわ》しく順序を立ててお話致しますが、少しでもお解りにならん所がありましたら遠慮なくお訊ね下さい。

およそ探偵の術において最も大切なのは、数多《あまた》の事実の中《うち》から、どれが重要なもので、どれが属発《ぞくはつ》であるかを見別ける事です、そうでないと勿体ないエネルギイと熱心な注意とを浪費するような事になりますからね。

さてこん度の事件において、私はモウ最初からこの秘密の鍵は必ずかの被害者の手に残った紙片《かみぎれ》にあるなと信じていたのです。

その前に皆さんの注意を惹いておきたいのは、もし小二本杉《しょう》氏の言葉が正しくて果して犯人が音松を射撃して直ちに逃げたるものとすれば被害者の手から紙片を引き裂く余裕がないはずだという事ですす、さて、私はその紙片をよくよく調べると直ぐにこれは実に奇体な書附だと思いました、ここに有りますがね、どうです皆さんよく御覧なさい、何かお解りになりましょう」

「こりゃ甚だ不規則な文字ですな」

と大佐が言う。伊村はここぞと言葉に力を入れて、

「これは確かに二人がかりで替り番こに書いたものに相違ないんです、私は地球大の印《いん》を捺《お》して保証しますよ、ね、よく御覧なさい一字一字飛び飛びに比べて御覧なさい、強い筆蹟と弱い筆蹟と替り番こになってましょう」

「なるほど火を見るより明らかだ！」

と大佐は声を高めて、

「何だって二人がかりで手紙を書くなんて馬鹿な真似をしたもんだなア」

「それが悪事のためだからですよ。そうしてこの強い筆蹟で書いたのが発頭人《ほっとう》ですね」

「どうしてそんな事がお解りです？」

「よく注意して御覧なさい。一とつ置きに書き入れるだけの余地を残して、強い方の手が先きに書いたんですから、そうしてその余地が充分でない所もあるもんだから、後で書き入れた方はよほど窮した字を書いているでしょう、局促《せせこま》しい圧えつけられたような字が幾つもある、この先に書いた方が慥かにこの事件を企らんだ奴です」

「ウム、実にうまいッ！」

と瀬尾老人は感嘆する。

伊村は更に言葉を続けて、

「貴君がたは御存じかどうか知らないが、筆蹟によって人の年齢を判断するという事は却々《なかなか》正確に近いものなんです、書き人《て》が病身だというと非常に困難だ。けども大抵は判断が出来るんです、これにおいてもその通りで、勇ましい鋭い筆勢と、尻が消えそうなのと比べて見れば、一方は青年で一方は老人だと判断しても差支えなかろうと思うんですがね」

「そうですなア！」

とまた瀬尾老人は感心する。

「ここにまた面白い事があるというのは、この二人の筆蹟が非常に似寄《によ》った所があるので、その間に血族の関係があるものと思われるんですね、私はどうしてもこの二人の筆蹟の間に家族的の関係があるのを否む事が出来ないんです、その他にまだ私の心に深く感じた事が二十三ケ條もあるので、遂に私はこの書附を書いたのは二本杉父子に相違ないと考えました。

それから私は刑事と一緒に外出《そとで》して、見るだけのものは見ましたが、被害者の傷は慥かに四五間離れた所からピストルで射たれたもので、着物が余り火薬に汚れていない所を以て見ると、二本杉の悴が二人の男が格闘した上げ句一方が隙を覘《うかが》って射ったのを見届けたというのは跡方もない嘘なんです。それから彼等父子とも泥棒の逃げるのを見たという場所へ行ってみると、一間ばかりの広さの浅い溝があって、流れてはいないけれども底の方に少々水気があるんです、泥棒が逃げるには是非この溝を渡らなければならぬはずだが一向それらしい足跡も見当らないから、私はこれも嘘だなと覚ったのみならず、全くその活劇の舞台には決して他人が現われなかったと断定を下しました。

そこで今度私はこの妙な犯罪の動機を考えなけりゃならん事になったのです、その目的のためにまず私は瀬尾さんの邸へ忍び込んだ泥棒について深く考えました、瀬尾さん、私は羽田さんから貴君と二本杉との間に訴訟が起っているという事を承わったものですからね、それについて幾分か悟る所もあったし、これは必ずこの訴訟事件に関する何か重要の書類を手に入れんがために、二本杉父子が泥棒に這入ったんだろうと思い附いたんですよ」

「そうですな、それに違いありませんな、私は二本杉の財産を半分だけ要求する権利があるのですが、もし二本杉が唯《た》った一枚の紙を手に入れる事が出来たらこの訴訟は引っ繰り返しになるのでした、マア幸いに弁護士の所へ預けておいたから安心でしたけども」

と瀬尾老人が言う。伊村は微笑んで、

「だからあいつ等は世間並の泥棒らしく見せる積もりで手当り次第、妙な物を持って行ったんですよ、さアそれは悉く分ったがここに困ったのは扯った書附の在所です、小《しょう》二本杉が被害者の手からその紙片を捥《も》ぎ取ったのは解りきった事で多分その時着ていた寝間着のポケットにそれを押し込んだと思うけれども、果してなおポケットに入れてあるかどうかというのが疑問であったのです、それを確かめるのはナカナカ骨の折れる仕事だと覚悟をして、私は再び皆さんと四人連れで出かけたのでした。

で、皆さんも御記憶でしょうが、二本杉は納戸の所で我々と一緒になった、私はその時実に彼等がポケットへ紙片を入れておいたというような事に気が附いてくれなければ好いがと非常に心配しましたよ、破いてしまわれようもんなら、それっきりですからね、ところが刑事君はそんな事を察するはずがないから遠慮なく紙片を手に入れた事を言い出しそうで、危機一髪という刹那、私は病後の身体を利用して、直ぐにそこへぶっ倒れて人事不省を装うて、幸いにもその話を止《や》める事が出来たのでした」

「こりゃ酷い！」

と大佐に声高く笑って、

「それじゃ我々の同情も無益だった……」

「いや、実に見事なもんだった」

と私は思わず感嘆の声を放って、底の知れぬほど敏慧《びんけい》な彼れが常に新らしい変化を見せるのには驚ろかずにいられなかった。

「ああいう事は必要な術なんですよ」

と伊村は静かに、

「そこで、急病が治まったような風をしてから、私は態《わざ》と報酬を要求して、故《ことさ》らに、時間を書き違ったが、あれは全く老人に書きなおさせて『十二時』という字をこの扯った紙片に書いてある『十二時』と比べるためであったのです」

「僕は馬鹿だった！」

と私は叫ばずにいられなかった。

伊村は笑いながら、

「君は病気の故《せい》だと思って気を揉んだね、いやどうも色々心配させて済まなかった。それから我々は皆二階へ上りましたろう、そこで私は例の衣裳部屋に伜の寝間着が懸けてあるのを見たものですから、どうかしてそのポケットを調べてやりたいものだと思って、老人の部屋に入った時に態とテーブルを転倒して彼等の注意をそっちに引いておいて、私は密《ひっ》そりそこを抜け出して来て、寝間着のポケットを検ためると、あった！　さア占めたとその紙片を摑み出したところへ、運わるく彼等がやって来て突然私に組みついたのです、もし貴君方が助けて下さらなかったら、病後ではあるし、私は殺されたかも知れなかった。

後で私は二本杉老人と犯罪の動機について話しましたが、非常に温和《おとな》しくしていましたよ。息子の方は今にも猛り立ちそうにして、ピストルを手に入れたら誰れでも関わず撃ちのめそうという意気込でしたがね、それで、二本杉老人はモウ何事も駄目と諦らめて潔よく自白しました、つまりこの音松というのが彼等父子が瀬尾さんの所へ忍び込んだ時に、密そり跡を蹤《つ》けて行って、総ての事を承知しているもんだから、さア金を強請《ゆす》って仕方がない、そこで拠《よんどころ》なく誘き出して射ち殺したという次第なんですね」

「それで例の書附は？」

と私が尋ねた。

伊村は我等の前に継ぎ合わせた紙を置いて、

「おおかたこんな事だろうと思ってたんだ、私等はこの二本杉の若主人と、音松ともう一人の人間との関係については少しも知りませんけれどもとにかく音松は巧く穽《わな》にかけられたんですね、ほら、この大きな紙片を見るとなお一層筆癖がよく解るでしょう」
私の方に振り向いて、
「相川君、転地療養が大変な成功をしちまったよ、もう君明日あたり帰郷しようじゃないかね」

サン・ペドロの猛虎（森下雨村訳）

一

備忘録を繰って見ると一八九二年三月下旬となっているが、風の荒れる肌寒い或る日、私達が午食《ひるめし》の膳に向っている時ホームズ宛の電報が届いた。ホームズはすぐに二た言三こと返事を書いて出したが、それきり何も云わないものだから何の事だかさっぱり判らなかった。でも、気には懸っていたらしく彼は食後の煙草を手に炉の前に立って、時々電報を出しては見ながら、何かしきりに考えていた。すると、そのうち突然私の方を振返って、人を戯《からか》うような眼をしながら云った。

「ねえワトソン君、君は文章家の事だから判るだろう。一体グロテスクという字は真当《ほんとう》の意味は何という事だね？」

「さあ、不思議《ストレンゲ》の強いもの——怪異とでもいうのかねえ」

「どうもそれっぱかしの意味じゃないと思われるねえ。何か悲劇的なよほど怖ろしい事を暗示しているように思われる。よく心を澄ませて、悲しい運命に捕われた人々の事を想起《おもいおこ》して見給え。グロテスクというのはそんな軽い意味ではない事が判るよ。僕の取扱った『赤頭団事件』だってそうだ。『オレンジの実《たね》』事件だってそうだ。あれはみんなグロテスクな事件だったが、悉く悲惨な結果を来している。とにかくこの字を聞くと僕は心が引緊《ひきし》まるように思う」

「というと、その電報の中にその字が使ってあるのかい」私は訊ねた。

ホームズは黙って電文を読みあげた。

　最も奇怪にしてグロテスクなる経験に遭遇せり。御相談願いたし。御都合いかが。――チャーリ
　ング・クロス郵便局にてスコット・エックルス
「男かい、女かい？　その人は」私は訊ねた。

「男さ、無論。女という奴はこうした場合返信料付の電報なぞよこしはしないよ。女だったらきっと自分でのこのことやって来るものだよ」

「で、会ってみる気かい？」

「この前カラザーズ大佐を捕えて以来、僕がいかに無聊に苦しんでいるか、君はよく知ってるはずじゃないか、ワトソン君。僕の心は機関《エンジン》のようなものだ。何か重い仕事を与えておかなければ刻々に空転《からまわり》が激しくなって、最後には破裂するばかりだ。人生は平凡だ。新聞も無味乾燥。豪胆な奴も芝居気のある奴も犯罪社会からは永久に消去ったのか知ら。ねえ、僕は事件が欲しくてじりじりしているんだよ。難問に焦れているんだ。おや、依頼人らしいぞ」

　ふと、コツリコツリと階段を上って来る跫音が聞こえた。それから数十秒の後に扉《ドア》を排して案内されたのは、デップリと肥えて灰色の頬髯を貯《も》つ勿体らしい様子の背の高い人であった。彼のいかなる人物であるかは、その重々しい容貌と、やや尊大な態度とですぐに判った。古風な短いゲートルに金縁眼鏡をかけたところまで、保守党の旧教徒で、どう見ても頑固一点張の老人である。しかし見受けるところ、何か異常の出来事が彼の本来の性質を攪乱していると見え、怒髪天を衝《つ》き、満面朱を注ぐが如しとでも云いたい位に興奮して、そわそわしている。彼は這入って来ると打ちつけに話を始めた。

「ホームズさん、実に奇妙な不愉快な目に遭いましてな。この年になるまであんな目に遭った事は始

めてです。心外に堪えん――不埒千万です。これはどうしても一つ聞いてもらわにゃならんと思いましてな――」老人はぷりぷり怒っている。

「どうぞおかけ下さい、スコット・エックルスさん」ホームズは老人を宥めるように云った。「まず第一に御聞きしたい事は、何故私のところへお出でなさったのですか」

「さあ、それが警察へ持込むような事柄ではないようですがな。といって、そのままに放っておく事は私《わし》には出来ん。それはすっかり話してしまえば貴方も察して下さるじゃろう。一体私立探偵というものには私はこれまで少しも好意は持っておらなんだが、貴方の名前だけはかねて――」

「なるほど。しかしその次に御聞きしたいのは、何故あなたはすぐに私のところへ来ませんでした？」

「というと？」

ホームズはちょっと時計を出して見て、

「今二時十五分ですか、あなたの電報は一時頃の発信でしたね。しかるに、あなたの衣紋の崩れているところや、朝の御化粧の済んでいないところを以て見れば、その事件というのがあなたの起きぬけに起ったという事は盲目《めくら》でない限り誰にだって判りますからね」

老人は思わず乱れた髪を撫で、剃刀のあたっていない頰にさわって見た。

「これはあてられましたな。なるほどお化粧の事はとんと失念しておりましたて。あんな家《うち》に居るのは一刻も我慢が出来んで、急いで飛び出して方々調べ廻っていたのです。差配のところへも行って見たが、ガルシア氏の家賃はきちんと払ってあるそうじゃし、その他ウィステリア荘には別に変った事はないという事じゃった」

「ちょっと待って下さい、スコット・エックルスさん」とホームズは笑いながら、「あなたは私の友達のワトソン君のようですな。ワトソン君と来たら、話を飛でもないところから始める悪い癖がありましてね。どうか落着いて始から順序よく話して下さい。あなたがそうしてブラシュもかけず、髪に櫛も入れず、室内用の靴を穿き、チョッキのボタンを違った穴に嵌めて、慌てて御相談に御出なさった次第を始めから詳しく聞かせて下さい」

老人は今更きまり悪げに自分の妙な風体を見下しながら、

「ホームズさん、さぞ変に見えるでしょう。全く自分としてもこんな目に遭ったのは始めてです。まあとにかく、始めからの話を聞いて下さい。そうすれば私が取乱した訳もよく御判りでしょうから」と、これから始めようとした老人の物語の腰は、この時玄関に案内を乞うベルの音がして、主婦のハドソン夫人が扉《ドア》を開けて二人の客人を案内して来たので折られてしまった。客の一人は警視庁のグレグスン部長といって、私達とはよく知りあった仲だが、相当腕も立つし、何しろ根気のいい精力家である。彼はホームズと握手を交わして、伴《つ》れて来たサレー署のベーンズ部長を紹介した。

「実は少し捜しものがあってね」とグレグスンは老人の方へじろりと鋭い眼を向けながら、「君はリーのポープァム館にいるジョン・スコット・エックルス君だね？」

「そうです」

「我々は今朝から君を捜し廻っているのだ」

「電報で足がついてここを捜しあてたのだね」ホームズが訊ねた。

「その通りだ。実はチャーリング・クロス郵便局で踪跡《そうせき》を見つけてここを尋ねあてたのさ」

「それはよろしいが、貴方《あんた》がたはこのエックルスの後を追うて何になさるのですか。どうしようといいなさるですな？」

「説明を求めるのです。イーシャのウィステリア荘のガルシア氏が昨夜変死せらるるに至った事情について取調べたい事があるからです」

これを聞くと老人の顔色は見る見るさっと真青になって、大きな眼を見開きながら、

「死んだ？　死んでいたと云われますか？」

「そうです。死んでいるのです」

「どうして？　頓死したんですか？」

「殺されたのです」

「へえ！　それは大変だ。まさか私が——私に嫌疑がかかった訳ではありますまいな」

「君の手紙が被害者のポケットの中から現われました。その手紙を見ると君は昨夜被害者の家へ泊る心算《つもり》だったと見える」

「泊りました」

「何、泊った。確かに泊ったのだね？」

部長は遂に手帳を取出した。するとシャーロック・ホームズは傍《そば》から口を出して、

「グレグスン君、ちょっと待ち給え。君はこの人から一切の偽わらざる説明が聞きたいのだろう？」

「そして間違った供述はエックルス君の不利を来たすという事を附加えて警告するのが僕の義務だ」

「エックルスさんは君達が這入って来た時にちょうどその説明を始めようとしていたところなんだよ。ワトソン君、ブランデー入のソーダ水でも上げたらどうかね、エックルスさんに。さあ、それではエックルスさん、新らしい聴者《ききて》が二人だけ加わりましたがそんな事は気にかけないで、先程の御話を委《くわ》

しく御願い致しましょうか」

老人はソーダブランデーをガブガブと旨そうに呑みほすと、顔色もどうやら旧《もと》のようになって、部長の手にした手帳の方へ気味悪げな流し眼を送りながら、異常な物語を始めた。

「私は独身者《ひとりもの》ですか、元来が交際好な性質なものですから友達の数も随分あります。その中にメルヴィルといってケンシントンのアルベマール館に暮らしている酒造家の隠居一家がありました。その家の食堂で二三週間前のある日、ガルシアという若い人と知己になりました。この人はスペイン系の人らしく、大使館にも何か関係していたようでした。言葉は少しも外国風のところなどない立派な英語で、人品態度も申分ないどころか、まれに見る好男子でした。

とにかく私達――ガルシア君と私とはそれ以来大変親密になりました。ガルシア君も初めから私を気に入っていたようでした。それから二日目にはもうリーの私の宅へ遊びにやって来た位です。とかくしてますます交際が親密になって来ると、或る日私に二三日泊りがけで遊びに来んかという案内をくれました。それで遂に昨晩私はイーシャのウィステリア荘に招待に応じて行ったわけです。

もっとも家の様子は行く前にかねて話に聞いていましたが、ガルシア君は好く働く召使を使って暮しているという事でした。その召使というのが何でもやはり郷里《くに》の方から出て来た男で、それが一切面倒を見ているのだそうです。この男も英語は熟練していました。それから今一人、混血児《あいのこ》の素敵なコックがいるとか云いました。このコックは何でもガルシア君が旅行中に拾出して来たのだそうですが、料理にかけては素晴らしい腕を持っているとか云っていました。それでガルシア君は、まあ来てみろ、サレーのようなところにこんな風変りの家があるかと思う位だと云った事を覚えています。私もその時はなるほどそれは一風変っていて面白かろうと思ったですが、実際行って見てその変り方が思い半ばにも足りなかった事を発見しました。

そこはイーシャから南へ、二哩《マイル》ばかりのところでしたが、私は馬車で乗りつけました。家は相当の大きさで路を後に背負って建てられていましたが、入口は往来から少し曲って路をつけて、その両側には低い常緑木《ときわぎ》を植付けた土手がありました。しかし建物は古くて、おまけに手入が届いていないので、傾いてグラグラするかと思われる位でした。芝を植付けた玄関に馬車を乗入れて、風雨に汚れて剝げちょろになった戸の前に停めた時、私はさほど深い交際でもないのに訪ねて来た俺《おれ》は馬鹿ではないかと、今更に心中少し後悔の念が浮びました。それでも、中からはガルシア君が自身で出て来て大袈裟な身振で叮嚀に歓迎してくれました。それから召使を呼んで世話をさせてくれましたが、その下男が顔色の浅黒い陰気な男で、私の荷物を持って寝室に案内してくれました。寝室もどこも、家の中は至るところ頭を圧《おさ》えつけられるように陰鬱でした。それからガルシア君と差向いで食卓につきましたが、彼が最善《ベスト》を尽して待遇《もてな》してくれるにも拘わらず、絶えず心が何事にか動揺する様子で、そのため話す事も甚だ取止めのない事ばかりで、結局何を云ってるのだか判らない程でした。そして間断《しっきり》なしに卓子《テーブル》をコツコツと指で敲いたり、手の爪を咬んだり、その他いらいらと心が落付かぬ様子でした。応待《とりもち》も応待でしたが、料理だって決して立派なものではありません。給仕は愛嬌どころか、黙りこくって余計に坐が白けて陰気になるばかりです。実際私は坐に居たたまらなくなって、何とかして巧くリーへ帰る口実はないものかと、途中で何度そう思ったか知れません。

今になって一つ想起《おもいだ》した事がありますが、それが或いは貴方《あなた》方御二人の御調べになる事柄と関係があるかも知れません。これはその時には別に何とも思わないでいたことですが、食事も終りに近くなってから召使が何やら書付を持って来て、主人の手に手渡しして行きました。それを読んでからガルシア君の様子は一層放心《うわのそら》になったように思われます。彼は話の調子を合せる事を一切止めて、じっと坐ったまましきりに巻煙草を吹かしながら何事かを思い悩む様子でしたが、一体何をそんなに考えているのだか少しも話しはありませんでした。それでも十一時頃にやっと私は寝室に引取りましたが、それから暫くするとガルシア君が私の寝ている扉を開けて覗き込み、ベルを鳴らしはしなかったかと聞きました。室は勿論燈火《あかり》を消して真暗でしたが、私はそうではない事を答えました。すると彼は遅くまで騒がせて済まなかった、と挨拶して行きましたが、その時何でも、かれこれ一時だとか云いました。それから間もなく私は睡りにつきましたが例の通り鼾をかいて朝までぐっすりと睡りました。

さて、これからがいよいよ話の眼目ですが、翌朝私の眼を覚ました時はすっかり夜が明けたどころか、太陽がかんかん照っていました。時計を見ると九時前でした。ところが前の晩明朝は八時に起してくれるようにと特に頼んでおいたものですから、この寝過ごした事にすっかり面喰ってしまって、突然《いきなり》飛起きてベルを押しました。ところが、いくら押しても押しても返事がないものですから、これはベルが悪くなっているに相違ないと思って急いで着物を纏うて、ひどく癇癪を起しながら、お湯を一杯命じようと思って階下《した》へ駆け降りて行きました。ところがどうでしょう。階下は全くの空巣なのです。玄関の間で大きな声をしてみましたが返事がありません。部屋から部屋と捜し歩いてみましたが、どこへ行って見ても人一人居ないのです。前夜ガルシア君からその寝室を教わっていましたから、そこへ行って扉を敲いてみましたがやはり返事がありません。扉を開けて這入って見るとここも空っぽで、寝床は昨晩人の寝た形跡はありません。主人を始め一同が消失せてしまったのです。外国人の主人に、外国人の下男に、外国人のコックと、三人揃って一夜のうちに消えて失くなったのです。私の初めてのウィステリア荘の訪問はこうした結末に終りました」

これ等の話の間シャーロック・ホームズは絶えず上機嫌で手を揉み合わせていたが、ここまで来ると急に思い出したように、

「なるほど、全く類のない事件ですね。それからあなたはどうしました？」

「私は面喰らってしまいました。そしてまず第一に考えた事は私が途方もない悪戯の犠牲にされたのだろうという事でした。それで自分の荷物を纏めて、それを片手にさっさとイーシャへ帰って来ました。そしてその附近の大きな地所差配をやってるアラン兄弟のところへ行って調べてもらいますと、あの家はやはりアランの持家である事が判りました。それで私は馬鹿な目にあったのは自分で、これはいよいよ家賃を踏倒す手段に相違あるまいと思いました。実際もう三月も末ですから春の総勘定日も目前に迫っています。ところがこの推測は誤っていました。差配は私の話を聞くと、家賃は前納になっているから心配ないと云いました。それから私はロンドンへ来てスペイン大使館を訪問してみましたが、そこではそんな男は知らないという事でした。その次に私は始めてガルシア君と知己《しりあい》になったメルヴィル氏を訪ねましたが、そこでも私の知っている以上の事は判りませんでした。最後にホームズさん、あなたの返電を受取ってからここへやって参りました。あなたは何でも難問を解決して下さる方です。ですが部長さん、あなたが先程この部屋へ這入って来られました時の御言葉で見ますと、何か大変な事件があったような話でしたが、私の今まで申上げた事は片言隻句《すこし》も事実に相違はございません。また只今申上げた事以上には、殊にガルシア君の身の上については私の毛頭覚えのない事でございます。その他私が何分か御役に立つ事でもございましたら何なりと嬉んで致す覚悟でございます」

「なるほど、よく解りました、エックルスさん。よく解りました」グレグスン部長は極めて柔しく答

えた。「あなたの述べられた事は当方で調べた事実と符切《ふせつ》を合わすように一致します。例えば食事中に来た手紙などもですな。あなたはあの手紙がどうなったかもしや見覚えてはいませんか？」

「よく覚えています。ガルシア君がクルクルと巻いて火の中に抛り込んでしまいました」

「ベーンズ部長、どうだね、それについて君の意見は？」

ベーンズ部長はデップリと肥えた赧顔《あからがお》の男で、その異常に輝く一双の眼が奥深くあるので僅かに品格を保ち得ていた。彼はニタリと笑ってポケットから変色した折畳んだ紙片を取出した。

「ホームズさん、幸な事には暖炉が大形でしてね、ガルシアが強く投げ過ぎたものだから、後の火のない部分に落ちたのです。この通りちゃんと焼けないで残っていましたよ」

「暖炉の中の小さな紙丸《かみだま》まで見逃がさないとは余程綿密な家宅捜索をやったと見えますね」

「その通りですよ。私はいつでもそうするのです。グレグスン君読上げてみようかね」

グレグスンは頷いた。

「紙は普通のクリーム色のものだがすかしは入っていない。四つ切りです。刃の短い剪刀《はさみ》で二た剪《ばさ》みに切ってある。三度二つ折にしてから紫色の封蠟で急いで封じて、封印には何か卵形の平たいものを使ってある。宛名はウィステリア荘にてガルシア様となっている。文句は、
我が色は緑と白。緑は開、白は閉、表階段取付の廊下右側第七緑色の羅紗《らしゃ》。成功を祈る——D。

筆跡は女の手ですが、先の細く突《と》がったペンで書いた字です。ただし宛名だけは他のペンで書いたか、または人が違うようです。この通り太くて元気な字になっています」

「至極いい材料だ」ホームズは手紙をちらりと見ながら云った。「お手柄でしたな、ベーンズ君、周到なる御捜索はただただ感服の至りと申す他ありませんが、私も二三気付いた点を云ってみましょう。

封印に代用した卵形のものは普通のカフスボタンです。剪刀は刃の曲つた爪切剪刀です。見給え、切り口は二つ共短いものだのに同じような角度で曲って切れています」

ベーンズ部長は頷いて、

「なるほど。私もかなり綿密に研究したつもりではあったが、云われて見れば大分見落しがあったようですな。私の考えたのはただ筆跡の点と、この問題も底には例の通り婦人が潜んでいると睨んだだけです」

これ等の話が探偵の間に取交わされる間スコット・エックルスはもじもじとして坐っていたが、

「その手紙があって安心しました。それさえ有れば私の申した事に偽りのない事は御解りでしょう。しかしなお念のため申上げておきますが、その後ガルシア君の身の上に何事が起ったたか、またあの家がどうなったたか、全く私は毛頭存じておりません」

「ガルシアの事なら委細判明しています」グレグスンは云った。「家から一哩《マイル》ばかり離れたオックスショットの原で今朝死体となって発見されました。被害の箇所は頭部ですが、棍棒か何かの重い兇器で力まかせにやられたものらしいのです。頭は膾《なます》のようになっていました。一体、あの辺は淋しいところで、四分の一哩以内にはどっちを見ても人家はないのです。初め闇の中で、後から不意の一撃を喰らって倒れたものだが、加害者は被害者の死後も大分兇行を加えたものらしいです。よほど狂暴な犯行です。附近には足跡は勿論何等手掛りになるべきものも遺《のこ》ってはいません」

「懐中物《もの》は？」

「いや、盗った形跡はない」

「傷ましいとも怖ろしいとも申しようがありません」スコット・エックルスは云った。「しかしどうも不思議ですな。ガルシア君はどうしてあんなに夜中《よる》遅くなってから、そんなところへ出かけて馬鹿を見るような事をしたのでしょう。しかし私の立場も甚だ困ります。私はガルシア君の行動には毫も関知しないのですが、どうして貴方がたは私を調べようと仰有るのですか」

「それは至極簡単です」ベーンズ部長は答えた。「被害者のポケットから唯一の参考品たるあなたの手紙に、兇行当夜被害者の宅へ泊りがけで行くとあったからです。被害者の身許の判明したのも実はその封筒があったからです。それから被害者の宅へ我々が出張したのが、今朝の九時過ぎですが、あなた始め家内一人もいない事を発見したので、すぐにグレグスン君に電話で打合せして、私がウィステリア荘を捜索している間にロンドンであなたの行方を調べてもらったのです。そして私はロンドンへ来てグレグスン君と落合い、ここへやって来たという次第です」

「とにかく今後の方針としては」とグレグスンは立上りながら、「この事件は正式に署の手に移して調べた方がよいと思いますから、スコット・エックルス君にも御苦労でも一応署まで同行して戴いて口供《こうきょう》を作らなければなりません」

「承知しました。すぐに御供《おとも》致しましょう。しかしホームズさん、あなたにも是非引受けて戴かなければなりません。費用の点は何程かかっても厭いません。どうか最善《ベスト》を尽して真相を明かにして下さい」

ホームズはベーンズ部長の方を向いて云った。

「ベーンズ君、この事件は私にも一緒に調べさして戴く事に異存はありますまいね」

「飛んでもない。決してそんな御気兼には及びません」

「君の行動のてきぱきと敏速なのには感服です。一つ御聞きしたいのは、被害の正確な時刻を判定すべき材料はありませんか？」

「被害は少なくとも午前一時以前です。ちょうどその時刻に降雨があったはずですが、兇行は確かにその以前に行われたものです」

「そんな馬鹿なことはありませんよ、ベーンズさん」エックルスは叫んだ。「私はちゃんと声を聞いたのです。恰度《ちょうど》その時にはガルシア君は私の寝室を覗いて声をかけたのです。それは決して間違ありません。断言します」

「ほう、それは面白い。しかし決して不可能ではありませんな」ホームズは微笑《ほほえみ》を含んで云った。

「何故です」グレグスンが訊いた。

「何でもない事さ。しかしその何でもないところに大いに味わうべきところがあるんだ。最後の断案を下すまでには、も少し研究を要するがね。それからベーンズ君、捜索の際その手紙以外別に変った点はありませんでしたか？」

ベーンズは頗る妙な顔をしてホームズを見返しながら、

「一二極めて注意すべき事柄がありました。しかしそれは後刻話すとして今は一応署へ行って仕事を片付けなければなりません。どうです、それが済んでから一つ御来駕を願って御意見を伺いましょうか」

「それは大いに有難い。是非願いましょう」とホームズはベルを鳴らして、出て来た主婦のハドスン夫人に、「お客様を玄関まで御案内して下さい。それから小使《こづかい》をやってこの電報を出して下さい。返信料を五シルリング払込むようにね」

三人の客が帰ってから、暫らく私達は黙って坐っていた。ホームズはやたらに煙草を吹かせながら、例の鋭い眸《ひとみ》を据えて眉根をひそめながら何事をか黙想に耽っていた。

「ねえ、ワトスン君」彼は突然身を振向けながら云った。「君は一体どう思うね」

「不思議な事件という他僕には意見はない」

「兇行については？」

「そうね、家人が失踪したというところから考えると、彼等が何等か兇行に関係していたために逃亡したものとしなければなるまい」

「それは一面確かに有力な意見だ。しかしよく考えてみると二人の雇人《やといにん》が共謀していたとすれば、主人一人だけの時を選べば安全だし、また実際そうした夜を選ぶ事は何でもない事だのに、わざわざ客人のある日を選んで兇行を演じたというのは甚だ受取り難《にく》いね」

「それでは何故、彼等は逃亡したんだろう？」

「そこだ。何故逃亡したか？　そこが大きな問題だ。次に考えなければならない事はスコット・エックルスの遭遇した不思議な経験だ。ねえ、ワトスン君。この二つの大きな問題を同時に説明し得るような解答を与える事は不可能事《じ》だろうか？　この二つを説明し得た上あの妙な手紙やその文句をも説明し得るような仮説があったとしたら、まずその説明を仮に断案として置く事が出来るわけだね。そして今後新らしい事実を発見する度にそれが一々仮説に符合すれば、その仮説はだんだん真相に近くなるわけだ」

「一体その仮定というのはどういう説明だい？」

ホームズは眼を半眼に閉じて椅子の後に凭れかかって、

「ワトスン君。まず第一にエックルスの云った悪戯ではないかという考えは一顧の価値もない事だよ。

それは悲惨な結果を生んだという事実から見ても一見明白な事だ。そしてスコット・エックルスをウィステリア荘に釣出したという事が既に曰《い》わくのある事なんだ」

「どう曰わくがある？」

「まあ話は順々にやって行こう。まず第一にこの若いスペイン人とスコット・エックルスとが、奇妙な縁からああも急速に親密になったという事が少し不自然な事だ。そしてその交際もガルシアの方から求めて深入りしたものだ。ガルシアはスコット・エックルスと知合になった日の翌日もうエックルスを訪問している。それが近所ででもある事か、二人の住居《すまい》はロンドンの端《はず》れから端れまで離れている。そうしてとうとう巧くエックルスを自分の家へ引張り出すまで、盛んに交際を深めて行った。して見ると、彼はエックルスから何を得ようとしたか？　エックルスは何をガルシアに与え得るか？　エックルスは少しも人好のする男じゃない。特に聡明だとも云えない。従ってラティン族たる敏活なガルシアと気が合ったとは考えられまい。して見れば、人もあろうに大勢の中から何のためにエックルスを選出したか？　それとも他に何かエックルスには秀れた点があったのだろうか？　僕は然《しか》りと答える。エックルスは普通の英国人の典型的人物だ。この人の証言ならば他の英国人がそのままに承認《うけい》れてくれるという人物だ。現に先程も二人の探偵があした異常の出来事の説明を聞いて、夢にも疑う様子はなかったじゃないか」

「証言て何を証言するのだい」

「あらゆる出来事をさ。しかしその出来事は故障が起ったために予定通り行かなかったんだ。と、まあ、僕の仮説はこうなんだ」

「解った。ガルシアがアリビ（犯罪の現場に居あわさぬこと）を証明させようとしたのだね」

「その通りだ。アリビの証言をさせようとしたのだ。今仮りにウィステリア荘の一同が共謀で或る事を企画《もくろ》んだとして、その事が一時までには成就するものとするんだ。時計を少し細工すればエックルスを彼が考えているよりも案外早く寝させる事は何でもない。とにかくガルシアが寝室を覗いて一時だと云った時は、まだ十二時にもなっていなかったんだ。だからもしガルシアが外出して目的の計画を達成しても一時までに帰って来られるなら、仮令《たとい》後で嫌疑を受けるような事があっても、容易にアリビを申立てる事が出来る。エックルスが出て、どこまでもガルシアはその時刻に家に居たと証明してくれるわけだ。実に安全な防護策だね」

「そうだ。それに相違はない。だが、雇人のいなくなったのはどうした訳だろう?」

「僕はまだ事実を十分に調べていないから何とも云えないが、しかしその解決はさして困難ではないと思う。が、まあそれは今は云わぬ方がよかろう」

「では、秘密の手紙は?」

「文句は何とあった? 『我色は緑と白』――何だか競馬の話のようだな。『緑は開、白は閉』――これは明かに信号だ。『表階段取付の廊下右側第七緑色の羅紗』――これは指定だ。要するにこれで見ると嫉妬深い亭主をもった女が関係しているようだね。でなければ、『成功を祈る』なんて云わなかったろう。Dというのは案内人《てびき》の頭字《かしらじ》だろう」

「ガルシアはスペイン人だ。Dというのはスペインの女によくあるドロレスという名の頭字じゃないか」

「なるほど、それは面白い観察だ。が、少し不賛成だね。スペイン人ならスペイン人にくれる手紙はスペイン語で書くだろう。差出人はイギリスの女だよ。まあも少しの辛棒だ。今にベーンズ君が帰って来れば何か判るかも知れない。何しろ有難い事だ。これから二三日は、堪え難い倦怠から逃れる事が出来る」

ベーンズ部長の来るよりも先に、ホームズの出した電報の返電の方が来た。ホームズは黙ってそれを読むとそのままポケットに仕舞おうとしたが、彼の説明を待ち構えている私の顔色をちらりと見ると、笑いながらそれを私の方へ抛り出した。

「刻々と問題の中心に肉迫して行くんだ」

電報は住所と姓名との行列であった。

深谷村《ヂングル》ハリングビー卿、オクスショット村ジョージ・フォリオット卿、パルディー村ハインズ判事、フォルトン村ジェームス・ベーカー・ウィリアムズ氏、ハイゲーブル村ヘンダーソン氏、ネザーワルスリング村ジョシュア・ストーン師

「これで我々の活動範囲が非常に限定されるわけだ」ホームズは云った。「無論ベーンズ君も一流の考えから二二が四式に何か同じような手段を取っているだろうよ」

「どうもこれは聊か了解に苦しむね」

「何故？　だってガルシアの受取った手紙は或種の命令または指定だという事は疑の余地はなかったろう？　あの手紙は何でもない読んで字の通りの意味だとすれば、指定の場所へ行くには表階段を昇って廊下の第七番目の扉を尋ねなければなるまい？　して見れば、その家は極めて大きなものでなければならない。のみならずその家はオクスショットから一二哩の位置になければならない。ガルシアもそっちへ向って歩いて行ったのだろう？　そして僕の推定に従えば、アリビを申立てるために一時

までにはウィステリア荘に帰りついていたいと思っているんだ。オクスショットに近い大きな家といえば、数は甚だ限定される道理だ。僕はスコット・エックルスから聞いた差配のところへ電報をやってそれを調べてもらったんだ。この電報の通りにさ、だからこれを手繰《たぐ》ってゆけば糸の乱れは解けるというものだ」

私達がベーンズ部長と同道でイーシャの美しいサレー村に着いたのはその日の六時に近い頃であった。

ホームズも私もちゃんと夜のものの用意をして来た。そしてブルの町で居心地のよい宿屋を発見《みつけ》た。そしてひとまず落付いてから、部長の案内でウィステリア荘へと向った。三月も未だ寒く暗い晩で、颪もあり、細い雨さえ降って来て顔を打ち、荒果てた草原の中を通って悲劇の中心を探るには適《ふさ》わしい条件を備えていた。

二

いやに肌寒く不快な雨の中を二哩ばかり行くと高い木の門に辿りついた。門の中にはこんもりとした栗の並木の小路《こみち》があって、小路に沿うて曲り進むと月も星もない夜目にもそれと知れる漆黒の低い家並が現われた。家の中は真暗だが、ただ一つ入口の左手の窓から微かな燈光《あかり》が漏れていた。

「留守番の巡査が居るのです。ちょっと案内しましょう」

ベーンズ探偵はそう云って、芝生を横切って窓のそばに寄り手で二三度敲いた。すると中では一人の男が炉辺《ろばた》の椅子から吃驚して飛上って、あっと叫んだ様子が曇った硝子を通して微かに見られた。と思うと、すぐに真青な顔をして息をはずませた巡査が顫える手に蠟燭を捧げて戸口へ現われた。

「どうしたんだ？　ウォルター君」ベーンズは鋭く訊いた。

巡査はハンカチで額を拭きながら、安堵の溜息をほっと深く吐《つ》いて、

「いいところへ御出で下さいました。何しろ夜は永いし一人で退屈ではあり、何だか気味が悪くなって来て神経を病んでいたところです」

「神経？　これは驚いた。それほど神経質な君だとは思わなかったが？」

「いいえそういうわけではありませんが、何しろ寂しい一軒家に一人きりな上に、台所に妙なものがありましてね。貴官《あなた》が窓を敲かれた時、私はまたあれが出て来たのかと思ったものですから——」

「あれが出たとは何だね?」

「何だかよくわかりませんかお化《ばけ》です。それがあの窓へ現われました」

「窓に現われたって、どんなものだね? 一体いつ頃?」

「恰度二時間許《ばか》り前です。とっぷりと暮れかかった時分に、私は椅子に凭れて物を読んでいました。そのうちどういう機会《はずみ》ですか、ふと顔を上げて見ますと、あの窓の外に下の方から私を覗いている顔が見えました。その顔が実に何とも云われない恐ろしい不気味な顔で、思い出してもぞっとする位でございました。今晩はきっと夢に見るかも知れません」

「待ち給えウォルター君。苟《いやしく》も警官がそんな気の弱いことを口にするものじゃない」

「勿論それは心得ております。しかし私は驚怖に打たれました。それを隠してみても仕様がございますまい。その顔は黒でもなく白でもなく、恐らく何と申してよいか、私は口に云えません。強いて申せば赤土色の地《じ》に乳色の斑《ぶち》を置いたとでも申しますか。それから大きさですが、あなたの御顔の二倍位はありました。大きなぎらぎら光る眼を剝《む》いて、飢えた野獣のように白い歯を出していました。私はその間石のようになって坐ったきり、息も殆んど出来ない位でございました。すると怖ろしいものはさっと掻き消すように見えなくなりました。私は急いで外へ出て植込の中を調べて見ましたが、幸い何も居はしませんでした」

「ウォルター君、君だったからいいようなものの、これがもし他の人なら僕はどうしても黒星をつけるよ。よしそれがお化であったとしても、警官というものは何もいなかったのが幸いだなぞと云わないで、即坐に逮捕しなければならないじゃないか。しかしそれは要するに神経のせいだろう?」

「なに、そのことなら直ぐに判るよ」ホームズはこの時懐中電燈を点しながら云った。そしてちょっ

と芝生の上を調べて見てから
「十二文《もん》の大靴だ。この靴を穿く足に相応する男といえば巨人《ジャイアント》でなければならない」

「その男がどうしたんです？」

「植込を抜けて往来へ出たものと思われる」

「よろしい」とベーンズ部長は厳然として云った。「その男が何であったか、また何が目的であったか知らないが、既に逃亡した後だとすれば、我々はそれを追跡するよりも、まず当面の目的に向って進まなければならない。さあホームズ君。よろしければ家の中を御案内しましょう」

中には数多《あまた》の寝室や居室《いま》があったが、調査の結果は何物をも得なかった。ガルシヤ一味の者共は、殆んど或いは全然一物も持たずに逃亡したらしい。すべての家具調度類や手廻りの小ものに至るまでそっくりそのまま残されていた。中にもハイホルボンのマルクス商会の商標の入った衣類が多数あったので電報で照会してみたが、マルクス商会は、ガルシアという人は払いの好いお顧客《とくい》であるという事の他何事をも知っていなかったとの事である。その他こまごましたものの中には、数本の煙管《パイプ》、数冊の小説（内二冊はスペイン語である）旧引《きゅうしき》のピストルが一挺、六絃琴《ギター》などがあった。

「ここには何もありません」ベーンズ部長は蠟燭を片手に、部屋から部屋へ案内しながら云った。

「しかしホームズ君、台所は一つよく見て下さい」

台所は家の後側にあって、天井の高い陰気な室であった。片隅にある藁の寝床《リッター》は勿論コックの寝床だろう。卓子《テーブル》の上には食べ荒した汚い皿が積んであった。

「これを見て下さい。これを何と思います？」

ベーンズは蠟燭を掲げて調理台の背後《うしろ》に立って妙なものを指した。それはくしゃくしゃにしなびた黒い皮革質《ひかくしつ》のもので、矮人《こびと》の干ものとでもいった形をしていた。最初私はそれを調べて見た時、黒人の赤ン坊の木乃伊《みいら》化したものかと思ったが、よく見ていると古い猿の死骸のようにも思われた。しかしなおよく調べていると、動物とも人間とも区別のつけ難い事を発見した。胴体のところに白い貝殻の帯を二重にしめている。

「面白い。大変面白い」ホームズはこの奇怪なる遺物を覗き込みながら云った。「何か他にありますか？」

ベーンズ部長は黙って流しもとへ案内して蠟燭を差しつけた。すると、そこには何か大きな白い鳥の足や羽根が、引き捲《むし》って毛のついたままやたらに放り込んであった。ホームズはその中から切取った頭部のころがっているのを捜出して、鶏冠《とさか》を指しながら云った。

「白い鶏の雄だ。面白い全く珍らしい事件だ」

ベーンズ君は一番不気味なものを最後まで残しておいたと見えて、遂に彼は流しの奥から血の入ったバケツを取出した。そして次には卓子から焼けた骨片を盛った大きな皿を持ち出した。

「何物かを殺して焼いたのです。これ等はみな炉の中から取出したのですが、今朝取調の際医者に見せたところ、すべて人骨ではないという鑑定でした」

ホームズは快心の微笑を漏しながら、

「いや、行届いた御調査振りには感嘆の他ありません。失礼ながら、全く部長には勿体ない手腕ですなあ」

ベーンズは褒められて、嬉しげにその小さな眼をパチつかせながら、

「いや、恐縮します。全く田舎に埋《うず》もれているのはたまりませんからね。こうした事件の突発したのは

謂わば好い機会です。どうかこの機会をうまく捉えたいものです。で、あなたはこの骨についてはどんな御意見です?」

「仔羊か――それとも小山羊《やぎ》でしょう」

「では白い鶏の雄は?」

「いや、それが不思議です。却々の難問です。全くこんな難問は初めてです」

「全くですね。この家の人々は実に不思議な事をする謎のような人物です。そしてその中の一人は殺されてる。雇人達が後を跟《つ》けて行って殺害したんでしょうか? もしそうだとすれば、要所要所は警戒しているのですから、やがて捕えてみせます。しかし私には私の意見があります。全く違った意見を抱いています」

「では、何かお見込でもあるのですか」

「そうです。しかし私はそれを自分で調べあげましょう。全く自分一個のための意見です。ホームズさん、探偵界におけるあなたの位置は大磐石です。しかし私は不幸にしてまだ何等の位置も名も持っていません。後になってあなたの御助力なしに、全く私一個で事件を解決し得たとなれば、私の満足はこの上ないものです」

ホームズは機嫌よく笑って云った。

「それは面白い、ベーンズ君。それでは君は君の方針で進み給え。僕は僕の目的に進もう。それではもう見るだけのものは見せて頂いたようだし、それに少々先を急ぐからこれで失礼しましょう。まあしっかりやり給え」

ホームズはいよいよ問題の核心を握ったのだ。私はそれを私でなければ解らないところの様々の徴候で以て見て取った。不注意に見ておれば、全く平然として落付き払っているようにも見られるが、故意に圧《お》し隠している緊張味や、輝く眼《まなこ》と常にない活潑な挙動からして、私は事態の切迫を知った。こうなるとホームズは彼の習慣で無口になって来る。私も何事をも聞かぬ事にしている。余計な事を云ったり、したりして彼の思索の邪魔をするよりは、黙って見ていて、いよいよ最後の大詰になって獲物を追う時に、多少のあやしげな助力をすると共に、その壮快味の分け前にありつけば、私は十分満足である。それには或る程度の時間を要する。そしてすべてはその間に適当に按配されるのである。

だから、私は黙ってその時の来るのを待った。だが、おお、それは何という待遠おしさであったろう。私は次第々々に深くなってゆく失望のうちに、来る日来る日を、送り迎えなければならなかった。そして我が畏友シャーロック・ホームズは一向に行動を進める様子がない。或る朝、彼はロンドンの市中へ出かけて行った。それは大英博物館へ行くためであった事を、私はふとした彼の口吻《こうふん》から察知した。僅かにこの一度の踏査を措いて以外に、彼は毎日毎日一人で遠方まで散歩したり、自分で懇意になった村人と雑談をして暮らしたりするばかりであった。

「どうだねワトソン君。こうした近郊生活の一週間は余程貴いものだろう?」ある日彼は私に云った。「生籬《いけがき》に新らしく芽が青く芽ぐんで来たり、ねこの木に可愛いい芽が吹いて来るのを見ていれば、実に愉快じゃないか。手鋤《てすき》と採集胴乱と、植物学の書物が一冊あれば、教えられるところの多い有効な数日が得られる」

彼は自分でもしきりに獲物を漁《あさ》り廻ったか、夕方になって採って来たものを見ると愚にもつかぬものが多かった。

時折り散歩の途上で私達はベーンズにばったり出合った。彼はいつも肥満した赤い顔を崩して微笑《ほほえ》みながら過ぎた。彼は事件に関しては殆んど何も語らなかったが、それでも何物か堅く握《つか》んでいると見えて、失望はしていないらしかった。とは云うものの、私は事件勃発後五日ばかりしてから、朝の新聞を開いて、次のような見出しに目を止めた時、多少の驚きを感じたのであった。

◆オックスショット事件の解決か◆

――嫌疑者逮捕さる

私がこの見出しを読みあげると、ホームズはお尻を刺されでもしたように椅子から飛上って叫んだ。

「何だって！　ベーンズが捕《つかま》えたとでも云うのかい？」

「そうと見える」と、私は次の記事を読みあげた。

昨夜深更オックスショット事件に関し、嫌疑者の逮捕されたる由《よし》伝えらるると共に、イーシャ附近はその取沙汰にて専らなり。元来本件はウィステリア荘のガルシア氏の惨死体がオックスショット原《はら》に遺棄されありしを発見したるに因るものなるが、兇行当夜氏の下僕及《および》料理人は逃亡して行方不明となれるは、犯行に何等かの関係あるものとして大いに注意すべき点なり。兇行の原因は被害者宅に蔵せられたる財宝にありたるものならんとの見込なるが未《いま》だ確証を得るに至らず。係り刑事のベーンズ部長は苦心して極力犯人の捜索中なるが、彼等は未だ遠く高飛したる形跡なく、予《あらかじ》め準備せられたる場所に潜伏せる見込なりと云えり。もっとも料理人は、著しき特徴あるを以て犯人の逮捕近きにあるは既定の事実なりしなり。同人を窓越に見知れる一二出入商人の言によれば彼は怪偉なる黒白混血児《マラットー》にして、その黄色なる容貌は著しく黒人型を帯びたりと云えり。同人は兇行後にも姿を見せたる事あり。現にその当夜大胆にもウィステリア荘に窺い寄りたるところを、警戒中のウォルター巡査の発見するところとなり追跡せられたりと云う。かくの如き行動は必ず何等か重大なる目的を抱くものにして、かつ必ず目的を達成するまでは、幾回にても繰返えさるべきものなるを思い、ベーンズ部長は直ちに家屋の警戒を解き、別に植込中に伏兵を配置するの策に出でたり。計画は正しく的中して、敵はその術中に陥り、昨夜忍び寄りたるところを格闘の上逮捕せるものなり。その際ダウニング巡査は曲者の強き一撃を受けて負傷せり。この結果は事件に意外の光明を来たすべく期待さる。

「じゃ、すぐにベーンズに会わなくちゃならない」ホームズは立上って帽子を取り上げながら云った。「早く行かないとベーンズが出かけてしまう」

私達は田舎路を急いだ。そして行ってみると、案の定彼は出ようとしていた。

「ホームズ君、新聞を見ましたね？」

「見たよ。しかし失敬だか少し御忠告したい事があるんだ」

「忠告ですって？」

「この度の事件は僕も少し研究してみたが、僕には君が真相を握っているとは信じられない。まあよほど確実なところを摑んでからでないと、無暗《むやみ》な事はせぬ方が好いんだよ」

「御忠告は有難いです、ホームズさん」

「僕は君のためを思って云ってるんだ」

この時ベーンズは解《げ》せぬという顔付で片方の小さな眼をパチパチやったように見えた。

「お互に各々自分の見込に従って行動する約束ではなかったですか。私はそれに従って行動しているのです」

「それはそうだ。どうか悪く取らないでくれ給え」

「いいえそんな事はありません。私のためを思って云って下さるのですから。しかし我々は我々で順序《やりかた》というものがあります。あなただってそうでしょう」

「そんならこの事についてはもう何も申し上げんことにしよう」

「しかし変った事があった場合は僕は喜んで御知らせ致しますが、この犯人は全く野蛮な奴です。力は馬車馬のように強くて、悪魔のように獰猛な奴です。逮捕した際はダウニング君の親指を殆んど千切れる程に嚙みつきました。言葉といったら英語は一言も通じなくて、何を言ってもチーチーパーパーでさっぱり解りません」

「君はその男が主人を殺害したという証拠をしかと握っているんかね？」

「そうとまでは申しませんよ。ホームズさん。強《あなが》ちそうとは断言しませんが、私達にも多少は信ずるところがあるのです。まあお互に思う通りやって見せましょう。それが御約束ですから」

それから別れて帰る途すがらホームズは肩をゆり上げながら云った。

「どうもあの男は気が知れないね。誤った結論に向って突進しているようなものだ。まあしかしあの男の云う通り約束は約束だ。鬼が出るか蛇が出るか、各々思う通りやってみるまでさ。……それにしてもあのベーンズという男の気が知れないなあ」

間もなくブルの宿屋に帰って来るとホームズは云った。

「ワトスン君、さあ椅子に腰を下ろし給え。今晩は一つ手伝ってもらわなければならないから、状況の説明を聞いておいてほしいのだ。まず第一に僕が研究し得ただけの事件の荒筋を話そう。表面の出来事は頗る簡単なんだが、いざ犯人を推定して捕えるとなると、実に驚くべき障碍《しょうがい》があるんだ。我々と犯人との間には一段と大きな空隙《ギャップ》がある。

まず第一にガルシアが惨殺された晩に受取った書付の事を考えてみよう。ベーンズ君はガルシアの雇人達が惨劇に関係しているというけれども、恐らくそれは誤っているだろう。その証拠にはあの晩スコット・エックルスを招待したのはガルシア自身ではないか。それは何のためか？　つまりアリバイを拵える目的でなければならない。さて、その目的で招待したのがガルシアだとすれば、彼は勿論その晩にある犯罪を決行する企図《もくろみ》を抱いていたに相違あるまい。実に彼はその犯行の半ばで惨殺の憂目を見たのだ。僕は犯罪を決行する目的でと云った。実際犯罪の目的を抱いている者以外にアリビの証明を成立せしめる必要を感ずる者がどこにある？　しからば次の問題は彼を惨殺したのは果して誰だろう？　勿論それがガルシアの犯行の目的であった人物でなければならない。謂わばつまり返討《かえりうち》に遭ったのだと、まあここまでは間違いのない推理だろうと思うんだ。

次に起って来る問題は、ガルシアの雇人達の逃亡の理由だが、彼等はすべてある一つの犯罪行為の共謀者だったんだ。彼等がその目的を達して、無事にガルシアがその晩帰ってさえ来れば、スコット・エックルスは彼がその夜邸《やしき》にいたことを立派に証言するだろうし、彼等は少しも疑念を受くる事なく万事好都合に運ぶはずだったんだ。ところが、彼等の目的というのが甚だ危険千万な仕事で、もしガルシアが一定の時間内に帰って来なかったとしたら、ガルシア自身の生命の程も判らないというような性質のものだったんだ。だから、万一そうした事の起った場合は、二人の助手兼家僕《かぼく》は予め画策された第二段の方法に従ってひとまず身を以て逃れて、更に謀《はかりごと》を新たにして最初の目的に向って進もうというはずだったのだ。これで事情は明らかになったろう。どうだね？」

なるほど云われてみれば、糸の乱れはすべて解けたようだ。いつもの事ながら、私は何故こうした明白な事実が解らなかったのだろう。

「しかしコックが取って返したのはどうしたものだろう?」

「それは想像するに難くはあるまい。逃げる時のどさくさ紛れに大切なもの――命よりも大切なものを忘れて行ったんだ。とすれば説明がつくじゃないか」

「なるほど。それから次は?」

「それからガルシアは食事の最中に手紙を受取った。それは先方にいる一味の者から来たものだ。先方とはどこだろう? それは或る大きな邸で、部屋数の大変にあるところだという事は先程も話した通りだ。ところがこの附近で大きな邸というものはそう沢山はない。僕はこの地へ来て以来、朝から晩まで散歩で暮らしたが、その間に植物の採集に託《かこ》つけて大きな邸を片っ端から踏査し、その家族の家系を一々調べあげた。その中でただ一軒だけ僕の注意を惹いた邸があった。オックスショットの向側《むこうがわ》から一哩ばかりのハイゲーブルのジェームス一世時代（西暦一六二〇年頃）からある古い農場付の邸だが、そこから惨劇の現場までは半哩もない位だ。他の邸の人達はみな普通の立派な人ばかりで、この事件には何等の関係もない。ただそのハイゲーブルのヘンダーソンというのは実に不思議な人なんだ。だから僕は注意をその一家に集注しているんだ。

あの一家は一体に妙な家族なんだか、別《わ》けても主人からして第一不思議なんだ。僕はある体《てい》よい口実のもとに会って話してみたが、あの男ばかりは僕の胸中を看破したのではないかと思う。それは彼の黒く落ち窪んだ眼の色で分ったんだ。年は五十恰好で、髪の灰色な眉毛の太く濃い元気な男で、皇帝のように気位が高くて、胸の中に火のような烈しい気性を包んだ男だ。彼は外国人か、さもなければ熱帯地方に永らく住んでいた男に相違ない。顔色は黄色で、脂気《あぶらけ》がないが鞭のように粘り強いところがある。主人のお相手役兼秘書のルーカスというのは狡猾な表面温和《おとな》しくて、毒を含んだ柔《やさ》しい言葉付の猫のような男だが、顔色は濃い褐色で疑いもなく外国人だ。そうなるとこれで我々は二組の外国人を知ったわけだ——一つはウィステリア荘に、一つはハイゲーブルに。そして例の空隙《ギャップ》は一段と縮められた事になる。

この二人の男は互に信頼しあっている仲のいい相手で、これが家族の中心をなしている。しかもこの他に今一人、差当り僕等の目的には最も重大だと思われる役者が一人ある。それはバーネット嬢といって四十位の英国人で、十一と十三になるヘンダーソンの娘の家庭教師なんだ。その他には忠僕が一人ある。これだけの人々は実際家族のように仲よく暮している。一体ヘンダーソンというのは非常な旅行家で年中あっちこっちと旅行し廻わっているのだか、旅行の際は、いつでもこれだけの人数《にんず》が全部打揃って行くんだ。今度もつい二三週間前に殆んど一年ぶりでハイゲーブルへ帰って来たばかりなんだ。それにヘンダーソンは非常な金満家で、どんな気まぐれだって思い立てば、金に糸目はつけずに何事も実行の出来る身分なんだ。その他、家の中には膳夫《ぜんぶ》やら、侍者やら女中やら、格別用もなさそうな男女の雇人がお大名の家のようにごろごろしているのだ。

ここまでは村の人から聞いたり、自分で見て来たりした結果だ。一体こうした事を調べるには追い出されて不平を抱いている旧《もと》の雇人を使うに限るものだが、僕は幸にしてそういう奴を一人手に入れたよ、もっとも僕が捜したから発見《みつ》かったまでで、先方からころげ込んだわけではないがね。ベーンズは過日《いつぞや》、僕の順序《やりかた》という事を云ったが、あの気むずかし屋のヘンダーソンからちょっとした癇癪まぐれに暇を出されたジョン・ワーナーという庭師を見付けたのもやはりそうした順序に依ったんだ。

この男の友達でやはり不平党がいくらも邸の中にいるものだから、僕はあそこの秘密の鍵を握ったようなものさ。

実に不思議な人達だ。僕はまだすっかり呑込んだのではないが、とにかく何としても不思議な事は争われない。邸は玄関を中央に左右に建家があるが、一方は召使の居るところで一方が家族の住居になっていて、普通の召使の者は一切主人一家とは交渉のない事になっている。主人一家の事は食事に至るまでヘンダーソン譜代の召使が取計う事になっているんだ。何でも必要なものは或る一定の取次室の戸口まで持って行くと、そこで別の召使が受取って行く事になっている。家庭教師と娘とは殆んど庭から外へは出た事がない。ヘンダーソンもどんな場合にだって一人で出歩いた例《ためし》はない。いつでも例の秘書が影のように傍にくっついているそうだ。召使共の蔭口を聞くと、主人は何かを非常に怖れているんだそうだ。ワーナーの言によると、魂を金と交換に悪魔に売渡したものだから、いつ悪魔から魂を渡せと云って来るかも知れないので恐がっているんだそうだ。主人はどこの人だか、どういう素性の人だか知ってる者は一人もない。一家の人々は非常に残酷性をもった人達で、ヘンダーソンは現につまらない事で召使を犬鞭で打った事が二度もあるそうだ。その度に召使は少なからぬ弁償金を出して、暇を出されることだけは許してもらったという事だ。

さて以上の情報によって、問題をどう判断していいか考えてみる事にしよう。まず第一に例の不思議な手紙がこの家の人から発せられたもので、かねて計画された或る事を遂行するためにガルシアを招き寄せるためであったとしてみよう。差出人は誰だろう。差出人は邸の内の一人でしかも婦人だ。とすると家庭教師のバーネット嬢以外に誰がある? どの点から見てもそうした結論になるではないか。一歩譲ってそれを一個の仮説として見るとき、どんな結果が起るか研究してみよう。なお云っておくが、バーネット嬢の年齢《とし》や性格から判断して、この問題に恋愛が絡まっていはしないかという推察は全然論ずるに足りない事だと思う。

さてこの婦人が手紙を書いたものとすれば、必然ガルシアと懇意でかつ同腹《どうふく》でなければならない。で、もしガルシアの死んだ事を知ったとしたらこの婦人はどうするだろう。ガルシアの目的というのがもし天道に反する事であったとすれば、事破れた暁だから、この婦人はすべて口を緘して沈黙を守るだろう。が、心の中ではガルシアに残虐の手を下した者を極度に悪《にく》み、出来得べくんば復讐の念を抱くだろう。ここで我々はこの婦人に会って、彼女を利用する工夫はないだろうか。と僕は初め考えたところが、それには困った事があるんだ。あの惨劇の夜以来バーネット嬢の姿が見えないのだ。あれ以来まるっきり行方が判らないのだ。まだ生きているのだろうか？　或いはあの晩にどこかで相棒のガルシアと同じ運命の手に捕われたのではあるまいか？　それとも単にどこかへ監禁されているだろうか？　この点はまだ大いに究明する必要があるんだ。

これで、我々の立場はまだまだ困難の域を出ない事が解ったろう？　これだけは確実だと云える事は一つもないのだからね。判官の前へ出たら、僕等の云ってる事は全然一笑に付されてしまうだろう。バーネット嬢の姿の見えない事だってそうだ。現にその家は妙な家で、家族の一員が一週間位姿を見せない事はちょいちょいあるというからね。しかも僕に云わせれば、あの婦人は目下生命に関する程の危険を身に感じているに相違ないのだ。で今後僕のなし得る事は極力その家を監視するばかりだ。勿論ワーナーも門の附近に配置しておく。しかしいつまでもこんな事では駄目だから、もし正当なる手段の余地がないというなら、一か八か自分で一つ危険を冒そうと思うんだ」

「というと？」

「僕はバーネットの室《へや》を知ってる。離屋《はなれ》の屋根から手が達《とど》くんだ。そこで僕の計画というのは君も一緒に今晩バーネット嬢の室を襲うて秘密の中心に突撃しようというのさ」

実のところ、そいつはあまりぞっとしない計画であった。殺人事件の纏《まつ》わる古い家といい、不思議な怖ろしい人の住んでいることといい、様子の判らぬところへ人知れず踏み込む事の不安さといい、それにそうした違法的の行為に出る事の疚しさから、私はどうしても気が進まなかった。しかしながらホームズの氷のような理性には、そこに何物か彼の申出《もうしいで》を拒む事の出来ない或るものがあった。ホームズのような男にして、初めて事件の解決をなし得るのかも知れない。私は黙って彼の手を握り承諾の意を通わせた。

私達の研究はこれで一段落ついた。しかしながらこの結末がいかに冒険的場面を展開し来たるか、何人《なんぴと》といえども予め窺知《きゅうち》するを許されていなかった。もう五時頃で、三月の夕陽が次第に長い影を地上に印《いん》し初めていた。するとこの時急にばたばたと私達の部屋に飛込んで来たものがある。

「出て行ったよ、ホームズさん。奴等は終列車で行っちゃったんだ。先生だけは逃げ出して来たから、馬車に乗せて伴れて来たよ、下に待たしてあらあ」

「うまくやったね、ワーナー」ホームズは飛上りながら叫んだ。「ワトソン君、いよいよ解決は近づいたよ」

馬車の中には精神の疲労で半ば虚脱したような一人の婦人が乗っていた。その段鼻《だんばな》で細っそりした顔には、つい今しがた怖ろしい事件に遭遇した事が明白《ありあり》と現れていた。彼女はぐったりと首垂《うなだ》れていたが、やっと顔をあげて鈍い目で私達を見た時、私はその大きな灰色の虹彩の中央に瞳孔が黒い点のように小さく萎縮しているのを見た。阿片中毒を起こしているのだ。

「あなたに聞いた通り門のところで待ってるとね、馬車が出て来たんですよ」私達の密偵君は云った。「それをつけて行くと停車場へ行ったんです。先生はまるで眠りながら歩いてるようだった。皆《みんな》して汽車に乗せようとすると、急に気がついて暴れ出したんでね。それを寄って集《たか》って無理に押し込んだが、また飛出して来たんだ。そいつを捕えて俺《わっし》の馬車に乗せて伴れて来たんだ。俺が先生を伴れて逃げる時、汽車の窓から俺を睨んだ顔ったらなかったぜ。畜生！　黒目の、黄色い悪魔めが！　早くたばっちまえ！」

私達は婦人を二階へ運んで長椅子《ソーファー》の上に寝かせた。そして濃い珈琲《コーヒー》を二杯ばかり飲ませると、次第に頭がはっきりして来たようだった。ホームズは、すぐにベーンズを呼びにやった。そして掻摘《かいつま》んで事情を話した。

「おやおや、あなたは私の狙っていた証人を手に入れましたね」ベーンズはホームズの手を握りながら穏やかに云った。「私は最初からあなたと同じ方針で進んでいたのです」

「へえ！　ヘンダーソンに眼をつけていたのかね？」

「そうですとも。あなたがハイゲーブルの邸で植込の中を徘徊《うろつ》いていた時、私は樹の上にいてあなたを真上から見下ろしていましたよ。それが何よりの証拠でしょう」

「それで、何故混血児《あいのこ》など逮捕したんだね？」

「ヘンダーソン――と自称していますが――は嫌疑を受けたことを感付いていたのです。従って、少しでも危険があると思えば、いつまでもじっと引籠って様子を見ているばかりです。だから私達が眼をつけていないと思って安心させるために、故意《わざ》とあんな事をして見せたのです。そうすれば安心して警戒を緩めるだろうから、その内にバーネット嬢を引出す機会も来るだろうと思ったのです」

ホームズはベーンズの肩に手を置いて云った。

「君の直覚力と頭の宜《い》いことには感服しました。いずれ遠からず栄進するでしょう」

ベーンズは嬉しげに顔を赧らめた。

「私は毎日私服を停車場に出して警戒させておきました。そしてヘンダーソン一家の者が行くところはどこまででも尾行するように申付けておきました。だから、バーネット嬢が逃出した時には、私服は何か事故でもあって気がつかなかったでしょう。でも、あなたの方の手で、伴れて来る事が出来て結構でした。もう占めたものです。実際この婦人の証言がなくては、我々も手を下す事が出来ないですからね。だから一刻も早く訊問したがいいと思いますが」

「漸次《だんだん》意識が恢復して来るようだ」ホームズは家庭教師の方をちらりと見やりながら云った。「しかしまあこのヘンダーソンという男はどんな素性の男か聞かせ給え」

「ヘンダーソンはドン・ムリロですよ。サン・ペドロの猛虎といって名を売ったものです」

サン・ペドロの猛虎！　私はこの名を聞いたばかりで彼の前半生を想い起した。「ペドロの猛虎」という名は、彼が文明を拒み残忍極まる暴君として全世界にその名を轟ろかせていた時代に得た勇名である。天下に何一つ怖るるものなく、強い精力に溢れていた彼は十数年の間サン・ペドロの地に君臨して悪行《あくぎょう》至らざるなく、思うさま部下を畏縮せしめるだけの能力を持合わせていたのだ。彼の名は全中央阿米利加《アメリカ》に響き渡って怖れられた。その結果彼に対する反抗の精神が至るところに醸《かも》された。が、彼は残忍なると共に奸智にも長けていた。そして反抗の烽火《のろし》の打上げられる瞬間に、密かに財宝を船に移し、腹心の部下をしてこれを国外に隠匿せしめた。だから、その翌日叛徒の軍勢が彼の宮殿に乱入した時は、宮殿は既に空虚であった。同時に、彼も彼の二人の娘と秘書を従えて既に国外に逃れ去っていた。その日以来、彼一族の消息は杳《よう》として地球上に絶えた。そして彼の行方は欧洲において度々新聞紙上の話題に上された。

「全く彼は『ペドロの猛虎』と云われたドン・ムリロですよ」ベーンズは云った。「調べて御覧になれば解りますが、サン・ペドロの国旗は元来あの手紙にあった通り緑と白です。あの男は自分でヘンダーソンと名乗っていますが、私はあの男の過去をだんだん調べて巴里《パリ》、羅馬《ローマ》、マドリッドから一八八六年に彼がサン・ペドロから逃亡した時に上陸したバルセロナ（スペインの都会）まで取調べさせました。サン・ペドロの人達は、復讐するつもりでずっと彼の行方を探索していたのですが、最近になってやっとその隠れ家をつき止めたのです」

「一年許り前に捜し当てたのです」先程から長椅子に起き直って熱心に話を聞いていたバーネット嬢がこの時口を出した。「それから今までにも、既《も》う一度危《あや》ういところまで行った事があるのでございますが、どうした悪運か取逃がしました。そして今度もまた勇ましく健気《けなげ》なガルシア様が失敗なすって、あのお化のような男は逃れたのでございます。でもいつまでもこのままではおきません、必ず第三の勇者が出ましょう。第四の計画も致しましょう。正義の勝つまでは決して許しは致しません。それはもう明日の太陽が必ず出るように定《きま》った事でございます」

彼女はその柔《やさ》しい手を握りしめた。窶《やつ》れ果てた顔はその憎悪《にくしみ》のために火のように昂奮して来た。

「しかしあなたはどうしてこの事件に関係されるようになりましたか？　バーネットさん」ホームズは訊ねた。「あなたは英国の婦人でありながら、こうした殺伐な事件に関係されるようになったには何か理由がありましょう」

「そうするより他に、正義を求める方法がなかったからでございます。十数年も前にサン・ペドロで不法にも血を流した事件に関して英国の法律は効力がありますでしょうか？　またこの男が持逃げした財宝に対して、法律の上でどう処置ができましょう？　いいえ、それは月の世界か火星の世界で起った事件と同様に、全くどうすることも出来ないのでございます。でも妾共《わたし》は黙ってはいられません。妾共はあの時の事を聞きまして、どんなに歎き、どんなに悲しみましたでしょう。妾共にはドン・ムリロの名は地獄の悪魔よりも強く響くのでございます。早く報復して彼《あれ》の犠牲になった人々の英霊を慰めるまでは、妾共に取って、この世に平和というものはないのでございます」

「勿論それはあなたの仰有る通りでしょう」ホームズは云った。「あの男が残忍兇暴であった話は私も聞いております。しかしそれがあなたとどういう関係があるのでございますか？」

「詳しく御話致しましょう。一体あの男の方策《やりくち》は殺人主義でございました。あの男が、一端これは将来恐ろしい自分の競争者になるだろうと睨んだが最後、それがどんな人であろうとも、彼は様々の口実をつけて殺したのでございます。妾の夫――妾の真実《ほんとう》の名は、ヴィクトル・ヅランドー夫人《シニョーラ》と申すのでございます――は倫敦《ロンドン》のサン・ペドロ公使でございました。私とは倫敦で知合って結婚致したのでございます。真実《ほんとう》に立派な人でございましたが、ムリロが目をつけて或る口実の下に呼び戻して殺してしまいました。夫はうすうすそれを勘付いておりましたのか、帰国の時私を伴れて行ってくれませんでした。ムリロは私の夫を殺しておいてその財産をすっかり取上げてしまいました。そして私は倫敦に一人取残されたのでございます。

でも間もなくムリロは没落致しました。その時の事は先程の御話の通りでございます。しかしそれだけでは済みません。あの男のために愛する夫を奪われ、親を失い、肉身に別れて苦い苦痛を嘗めた人々は、決してあのままでは済ませません。それ等の人々は互に固く団結して、必ず讐《かたき》を報いなければば止まない決心をいたしました。そこでムリロがヘンダーソンと名を変えて世を忍んでいる事が判ってからは、妾は彼の一族に接近して、常に同志との連絡を取る事になりました。そして妾は家庭教師として彼の家庭に入込んで、自分の任務を満足に遂行する事が出来たのです。妾はムリロの前で微笑《ほほえ》んで見せました。二人の娘を引受けました。そして辛抱強く時機の来るのを待っていたのでございます。或時巴里に居る頃一度計画を実行しましたが、それは失敗に終りました。それで、ヘンダーソンは妾共を伴れて追手をまくために欧羅巴《ヨーロッパ》中をあちこちと千鳥がけに慌しく飛廻った末、遂にこの地に落付きました。ハイゲーブルの邸は彼が初めて英国へ来た時求めておいたものでございます。

しかしここにもやはり正義の使者は待っておりました。いずれは彼がここへ帰って来る事を知って、旧《もと》のサン・ペドロの高い位置にあった貴族の子息ガルシア様が二人の忠実な同志をつれて待受けていたのでございます。でも、ムリロは出来るだけの用心をし、その上外に出る時は必ずルカスを従者につれていましたから、ガルシア様も昼間はどうする事も出来ませんでした。ルカスと申すのはサン・ペドロ時代にはロペツと申した侍従でございます。それでも、夜はムリロも一人で寝る習慣でございましたから、同志の働くのはこの時でございます。或る晩、その日という事は、前方《まえかた》から定めてあったのでございますが、私は最後の注意をガルシア様に書きました。と申すのは、何分ムリロは警戒を少しも弛《ゆる》めずに、寝室を毎夜取換えていたからでございます。そして私は必要な扉が開いているか、どうか調べた上で、万事都合がよいとか、或いは都合が悪いから計画をひとまず中止した方がよいとかの報知《しらせ》を、表に向って窓から緑か白かの光で信号する事になっていたのでございます。

しかし妾共はどこまでも不運でございました。或る事から妾はロペツの疑いを招きました。ロペツは妾の背後《うしろ》から忍び寄って、恰度秘密の通信を書上げた時、妾に飛びかかって圧《お》さえつけました。そして、主人と二人がかりで妾の部屋へ引きずって行って、裏切者だと云って究明しました。その結果は二人で危うく妾を刺殺《さしころ》すところでございましたが、殺してしまえば後の処分に困ります。それで長い間評定した揚句、妾を殺すのは危険なばかりでつまらないからやめにして、それよりもガルシア様を永久に葬ってしまおうと考えたのでございます。そして妾にガルシア様の住所を教えろとせめました。終《しまい》にはムリロが妾の腕を捻じ上げて、それを云わせてしまいました。でも、その時はその二人がガルシア様をどうする気か妾は少しも知らなかったのでございます。それを知っておれば、腕が千断《ちぎ》れても申すのではございませんでした。ロペッは妾の書いた手紙を封じて自分で宛名を認《したた》めて、カフスボタンで封をしました。そしてそれを召使のショーゼの手でウィステリア館へ届けさせました。それからどんなにしてガルシア様の命を縮めたか妾は一向に存じませんが、その間ロペッは妾の番に残っておりましたから、手を下したのはムリロの方でございます。でもきっと、路の傍《わき》の叢《しげ》みの中に隠れていて、ガルシア様を遣り過ごしておいて背後から急に打下ろしたものでございましょう。最初は何でも家の中で待受けていて這入って来たところを殺害しておいて強盗を殺めたと申開く気らしゅうございましたが、もしそんな事をして審問に呼出されて身分でも判る事になれば、一層危険が増すという考えから思止ったらしゅうございました。それにガルシア様が非業の御最後を遂げられたなら、他の物も怖気《おじけ》付いて二の足を踏むようになるだろうと申す腹もあったのでございましょう。

万事は二人に取って都合よく運びました。秘密を知った妾の始末をつけるのに、二人は大変困った様子でございました。そしてまず妾を一室に閉込めまして、残酷な責め折檻を加えました。背中も腕も一面傷だらけでございます。或る時なぞ窓から声をあげて人を呼ぼうと致しますと、口の中に猿轡を噛ませてしまいました。こうして五日間というもの満足に食物も呉れないで虐《いじ》め通しに虐められました。それから今日の午後になりまして、どうしたことか打って変ったように立派な食事を運んで参りました。不審には思いながら、それを食べてしまうと、すぐ妾は毒薬を盛られた事に気が付きました。そして引摺るようにして馬車に助け乗せられた事を夢のように覚えておりますが、そのまま停車場《ステーション》に伴れて行かれて汽車に乗せられました。でも発車間際になって急に妾は気が付いて、汽車から飛出しました。すると皆して圧し戻そうと致しました。そこへ恰度この人が飛出して妾を馬車に乗せて助け出して下さいました。ああ、ほんとにこれで安心致しました。もう大丈夫でございます」

私達はこの驚くべき物語を片唾《かたず》を呑んで謹聴した。が、遂にホームズが沈黙を破って、重々しく云った。

「これからが困難なところだ。これで警察としての仕事は終った。しかしまだ法律上の問題が残っている」

「全くだ」私も同じだ。「口先の上手な弁護士ならば正当防衛だと云抜けるところだ。なるほどあの男には過去の罪悪は背負《しょ》い切れぬ程あるだろうが、しかし今問題にし得るのは今度の事件だけだからね」

「待って下さい」ベーンズは云った。「私はそう解釈はしません。その男からどんな脅威を感じようとも、殺害の目的を以て一個の人間を誘《おび》き出すという事は決して正当防衛にはなりません。そんなはずは決してありません。とにかく近いうち　ギルドフォードの巡回裁判が開かれれば、すべては正当に判決されます」（訳者曰く、欠席裁判を行うの意味）

「サン・ペドロの猛虎」が最後を遂げるまでにはそれから若干の時日《じじつ》を要した。奸智に長けて明敏な彼等は、それからロンドンに逃れて一度エドモントン街の下宿屋に這入って、すぐに裏口からカーゾン広場に出で、そこで遂々《とうとう》尾行者の眼を眩ました。その日から彼等の姿は掻消す如く英国の地から消え去った。それから約六ヶ月ばかり経った或る日、スペインの首都マドリッドのエスカリアル旅館の一室で、モンタルヴァ公爵並《ならび》にその秘書役ルリ卿《シニョール》が殺害されたとの報があった。兇行は虚無党員の所業《しわざ》だと取沙汰されたが、結局犯人は出なかった。これが「サン・ペドロの猛虎」ドン・ムリロとその腹心ロペツの最後だったのである。ベーンズ部長はベーカー街に私達の事務所を訪れて、二人の被害者――沈鬱な秘書と、魅力のある眼と、ふさふさした眉とを備えた堂々たる風貌《かおだち》をした主人公の写真を見せてくれた。多少時間において遅れた憾《うら》みはあったが、遂に正義が最後の勝利を得たのである。

「実に奇怪《おかし》な事件さね」ホームズはその夜煙草を喫いながら云った。「何だか話の筋が漠然として君にはよく呑込めないかも知れない。何しろ舞台は欧羅巴と亜米利加に跨がっているし、何だか訳の判らない人物が二組もある上にスコット・エックルスなんて人物が飛び出して来て余計に錯雑せしめたからね。しかしスコット・エックルスをこの事件に巻き込んだというところは、ガルシアという男が非凡な術策と優れた才能を持っていた事を語るものだ。そしてそれがあったればこそ、我々が難問に会して僅かに一方に解決を求め得たわけなんだ。どこか君に判然しない点があるかい？」

「混血児《あいのこ》のコックが帰って来たのはどうした訳だろう？」

「僕は台所に在ったあの不思議な猿の木乃伊のようなもので説明がつくと思う。あの男はサン・ペドロの未墾地方から伴れて来た原始的な野蛮人だったんだ。そしてあれは、この男の偶像だったんだ。ところが朋輩の召使と一緒にかねて定められていた場所へ逃げる時に、召使がそんな目立つものは置いて行けと云って捨てさしたんだ。本人の心になって見ると、どうしてもそれが忘れられない。とうとう次の日それを取りに帰って窓から覗いて見ると、中にはウォルター巡査がちゃんと控えている。それで黙って逃げ帰ったが、彼としては信仰の上から我慢しきれなくなって三日目にまたまた帰って見ると、今度はベーンズが例の巧妙な策略で警戒を解いたと見せかけていたものだから、安心して悠々と近づいたところを捕《つかま》えられたんだ。それだけかい？」

「いや、まだある。あの鳥を引裂いたり血を絞ったり、骨を焼いたりした台所の不気味な仕業はどうしたんだろう？」

ホームズは微笑みながら背後を向いてノートを取出した。

「その事を調べるのに僕は大英博物館で半日潰したよ。ここにエッケルマンの『ブーヅー教と黒人の宗教』の抜萃がある。

真のブーヅー信徒は或る種の贄《にえ》を捧げて神慮に贖罪《とくざい》するを以て最も重大なる意義ありとせり。実際、甚だしきに至ってはこれ等の儀式に人身御供《ひとみごくう》を捧げ、次いでその供物を喰う事すらあり。しかし普通には白き雄鶏《おんどり》を用いてこれを生《いき》ながらに八つ裂《ざき》とし、または黒山羊の首を切ってこれを焼くこと多し。

これなんだ。あの混血児《あいのこ》は最も厳格にブーヅー教徒の信條を守って、供物を捧げていたんだ。どうだね、ワトスン君、グロテスクじゃないか」とホームズは静かにノートを閉じながら云った。「だから何時《いつぞや》も云った事だが、グロテスクと戦慄すべき事とは僅かに半歩の相違なんだよ」

這う人（妹尾アキ夫訳）

私がベーカー街《ストリート》に行ってみると、折からシャーロック・ホームズは、口にパイプを啣《くわ》え、両足を前に伸ばしたまま、腕椅子に腰かけ、額に深い皺を寄せながら、何やら頻りに考えていた。それを見た私ははあ、また難かしい問題を解こうとしているなと思った。私が部屋に入ると、彼はちょっと手を揚げて、私が元使っていた腕椅子を差示《さししめ》したが、それからまた三十分ばかりも、私には頓着しないで考えだした。

暫くすると彼は急に夢から醒めたように例の気まぐれな微笑《ほほえみ》を浮かべて私を振返り、

「やあ、ワトスン君、こりゃ失敬した。実はこの二十四時間以来、妙な事件にかかりあってね、今それと関聯した或る一般的の問題について考えている処なんだよ。僕は探偵の際の犬の効用について、是非一つ論文を書いてみたいと思っている」

「しかしそんな事は、もう大抵研究しつくされているようだね。例えば犬に血を嗅がせるとか――犬に跡を追わせるとか――」

「その方面は無論、研究しつくされている。ところがワトスン君、未だ最《も》っと微妙な方面があるんだよ。君だって、ほらあのコッパービーチの時に、僕が子供の精神状態を研究して尊敬すべきその父の犯罪を嗅ぎつけたことを覚えているだろう」

「そうそう、よく覚えている」

「僕が犬を利用しようというのも、ちょうどそんな場合だよ。元来、犬というものは、その飼っている家の空気をよく表すものだ。まあ考えてみたまえ、陰気な家に活潑な犬はいない。陽気な家に陰気な犬はいない。気の荒い家には、気の荒い犬がいて、危険な家には、危険な犬がいる。そしてその時々の家庭の気持というものが、ちゃんと犬にまで表れるものだ」

私は頷ずきながら、「なるほどこりゃ、斬新な観察だ」と言った。

彼は私の言葉には頓着なく、パイプに新しい煙草を詰めかえて話を続けた。

「実はそれを今度の事件に応用してみたいと思っているんだがね、何しろ今度の事件という奴が、縺れた糸のように錯雑しているんで、ちょっと緒《いとぐち》を摑むのに骨が折れるんだよ。しかし今じゃ、プレスベリー教授の好く馴れた狼種猟犬《ウルフファウンド》『ロイ』が、何故主人たるプレスベリー教授に幾度も噛み附いたかという問題から、探索の歩を進めようと思っている」

私は失望を感じて、がっくり椅子に背を凭せかけた。なあんだ、これだけの話でホームズは私を呼び寄せたのか。

ホームズは私の様子を見て取って言葉を続けた。

「やっぱり君は、些細なことに重大な意味が含まれているということに、気が付かずにいると見えるね。だが考えてみたまえ。不思議じゃないか。有名なカムフォードの生理学者、プレスベリー教授は君も知っているだろうが、そのかなり年を取った学者が、自分が可愛がっていた飼犬に、二度も噛附かれるなんて、不思議じゃないか、君はどう思うね?」

「犬が病気なんだろう」

「ところがもし病気だとすれば、主人以外の人にも噛附かねばならぬはずだよ。それが主人のみに噛附き、しかもそれが或る特別の時期だけだとすれば病気とは云われまい。不思議だ。実際不思議だ。

——おや、呼鈴《ベル》が鳴った、こりやベンネット君が案外早く遣って来た。ベンネット君が来る前に、君に詳しい話をしておきたいと思ったのだが」

あたふたと階段を駈上る音、それに続いてコツコツ力強く扉《ドア》を敲《たた》く音がしたかと思うと、やがて新来の依頼人が顔を現した。年頃三十ばかりの、面貌《おもだち》の立派な、背の高い青年で、瀟洒とした体に、相当な服を着けてはいるが、その含羞《はにかみ》がちで落着を欠いだ物越には、どこやら、まだ世間慣れぬ学生らしい処がある。

彼はホームズと握手すると、当惑げに私の方を見詰めながら、

「ホームズさん、こりやかなり繊細《デリケート》な問題ですし、それにまた、師弟関係から見ても、個人的関係から見ても、プレスベリー教授と私とは、親密な間柄ですから、第三者の前でお話するのはどうかと思いますが——」

「いえ、なあに、大丈夫です、このワトスン君は堅い人で、その上、いろんな助力を仰ごうと思っている位なんです」

「そうですか、じゃ構いませんが、この話はごく内密にしたいと思っています」

するとホームズが私の方に振向いて、「このベンネット君は、プレスベリー教授の家にいて、教授の助手を勤めていられるばかりでなく、教授の令嬢と婚約まで結んでいられる仲なのだから、話が内密を要する方面にわたるのも無理はないのだ。教授の身になってみれば、無論、このベンネットさんに出来るだけ秘密を守ってもらい、誠実をつくしてもらいたくもあれば、またそれだけの要求をすべき権利もあるのだが、しかしこの際教授のためを思い、教授につくすには、何よりもまず、この不思議な事件を解決しなければならない」

「私もそう考えていればこそ、お伺いしたのですが、ワトスンさんは詳しい事情を御存知なんですか?」とベンネット君がホームズに訊いた。

「いえ、まだ時間がなかったので、話さずにいます」

「じゃその後の出来事をお話する前に、まずワトスンさんのために、初めから掻い摘んで大体の話をしましょう」

するとホームズが彼の言葉を受けて、

「いや、私が話しましょう、説明の順序もありますから。このプレスベリー教授は、ワトスン君、欧羅巴《ヨーロッパ》でも有名な学者でかつまた学者らしい生活をして来た人だから、今までその私的生活には、少しの非難のしどころもなかった。教授は夫人を失なわれてからは、エディス嬢とただ二人で暮らして来られた。性質もごく男性的な、積極的な、というよりむしろ、奮闘的な人で、数ケ月前《ぜん》まで、別に変ったこともなかったのだ。ところが最近にその単調な生活が破れた。教授は六十一歳で今度、同じ大学の比較解剖学の講座を受持っているモルフィー教授の令嬢と婚約された。ところがこの婚約というのが、成年を過ぎた人の熟慮ある交際から生れたものでなくて、殆ど熱情的といってもいいほどの恋愛から生れたもので、教授はすっかり夢中になっているのだ。それというのも相手のアリス・モルフィー嬢が、姿からいっても、心懸からいっても、欠点のない女だから、教授が夢中になるのも、無理はないのだ。しかし教授の家族の方は、無論この婚約は賛成しなかった」

「余り突飛ですからね」とベンネット君が傍《そば》から註を入れた。

「そうですとも」とホームズが話を続けた。「突飛なばかりでなく、少々乱暴で、不自然だ。しかし何しろプレスベリー教授にはお金がどっさりある。それに相手の女の父たるモルフィー教授も、反対はしなかった。相手の女には、世間的の名声ではプレスベリー教授に及ばずも、少くも年齢が若いという点で、教授より優っている求婚者が沢山あった。女はいろんな奇癖があるに拘らず、教授を好いてはいたのだが、ただ年齢の差だけを考慮した。

恰度《ちょうど》その頃、教授の身の上に急に不思議なことが起ったのだ。今までに例のないことを行《や》られだした。家の人に断らずに飛びだして、二週間ばかりたって、ぴょっこり家に帰って来られたのだが、その時には旅窶《やつ》れをしていられたそうだ。不思議なのはそればかりでなく、これまで何の隠立《かくしだて》もしなかった教授が、その時にかぎって、どこに行ったとも云われなかったそうだ。

ところが、ふとした機会で、このベンネト君がプラーグに行っている級友《クラスメート》から手紙を受取ったのだが、その手紙でみると、その人はプラーグで、プレスベリー教授を見受けたそうだ。もっとも話をする暇は無かったそうだが、まあこんな訳で初《はじめ》て主人の旅行先が家の人に解ったようなことだ。

さあ、これからいよいよ要点に入るのだが、その頃から教授の様子に、変ったところが見えだした。妙に人目を忍ぶような狡猾な処が見えだした。皆んなは、数授が今までとまるで別人のようになり、頭のどこかに影が差しているようなのに気が付いた。といって、理智が曇ったかというと、そうではない。学校における講義は、相変らず卓抜なものであった。ただいつも何だかへんてこな怪しげな、人の意表に出るようなことをせられだしたのだ。そこで平常《ふだん》から親思いの令嬢は何とかして教授の顔にかぶさった仮面を取り、昔の教授に返したいと、手を変え品を変えして試みられた」それからホームズはベンネト君の方へ向いて、「貴方もいろいろ心配していられたようですね。しかし何の利目も見えなかった。さあ、ベンネト君、ここでちょっと、あの手紙の件を貴方から説明して下さい」

「話の順序として」とベンネト君が語りだした。「まず第一に先生は私に対して、これまで何の秘密も持っていなかったということをお話しておきたいのです。幾ら私が、先生の本当の子、本当の兄弟でも、あれ程には信用せられなかったでしょう。私は秘書の役目をしていましたから、先生宛に来る手紙は、皆んな自分で開封して、分類する習慣でした。

ところが先生がお帰りになると、間もなくこの習慣が破られました。倫敦《ロンドン》から切手の下に十の字の記号《しるし》をした手紙が来るはずだから、その手紙が来たら、開封しないで、直接自分に渡してくれと、仰しゃるのです。その後、十の字の記号の付いた手紙が五六通も来ましたよ。消印は東中部《イーストセントラル》で、宛名はいかにも無学らしい、下手な字で書いてありました。それらの手紙に対しては先生が御自分で返事をお出しになったのかお出しにならなかったのか、とにかく、私の手が返事に触れなかったことは確です。いつも手紙を保存する籠の中にも見附かりませんでした」

「それからあの箱」とホームズが傍から口を出した。

「そうそう、先生は旅行から、小さい木製の箱を持ってお帰りになりましたがね、何だか独逸《ドイツ》風の彫刻をした、奇妙な箱でしたよ。大陸旅行の記念らしいものは、恐らくこの箱が一つだったでしょう。先生はその小箱を実験室の戸棚に仕舞われましたが、或る日、私はカヌーラを探す時に、その箱を取上げてみました。

ところが意外にも、それを見ていた先生が非常に立腹なさいましてね。随分烈しい言葉で、私の好奇心を叱責なさいましたよ。こんな事は初めてでしたから、私もかなり心を傷つけられました。そして箱に手を触れたのは別に理由があったのではないと弁解したのですが、幾ら弁解しても、先生はその日一日腹に持っていられたらしく、鋭い目附で私を睨むばかりでした」ベンネト君はポケットから小さい日記帳を取出して、「それが七月二日のことです。」と云った。

「日附は多分、後で必要になるでしょう。貴方は心懸のいい証人です」とホームズが云った。

「それも先生から教わった方法なんです。私は先生の様子が変だことを発見した時から、それを精細に観察しておくのが私の義務だと思ったのです。だからここに書止めておいたのですが、ほら、先生が書斎から、廊下に出られた時、ロイに嚙附かれたのが、やっぱりこの七月二日です。それから七月十一日に、同じ場所で嚙附かれ、次にまた七月二十日に嚙附かれています。それから後は、ロイを紐で縛付けて仕舞いました。随分よく馴着いた犬だったのですが——しかし余り話が長くなっちゃ、御退屈でしょう」

ベンネト君は、ホームズが耳を傾けていないのに気が附いて、急に自分を叱るようにこう云った。

ホームズは天井を仰ぎながら、眉根を寄せて思い詰《つめ》た表情を浮べていたが、やがて我れに帰って、

「不思議だ！　実に不思議だ！」と呟いた。「ベンネト君、今聞いた事実は初耳ですよ。大体の話は私が知っている事を繰返されたに過ぎないのですが、この事実は全く初耳です」

明るい顔立のベンネト君は、この時ふと何やら不快な事を思い浮べたらしく眉を顰《ひそ》めて、

「ところが一昨日《おととい》の夜、また妙なことがありました。朝の二時頃、寝床の中でうつらうつらとしていましたら、廊下の方に当って、忍びやかな物音がするではありませんか、で私は直ぐ飛起きて、扉《ドアー》を開けてみたんです。断っておきますが、先生はその廊下の一番端の部屋にいつもお休みになるんです——」

「それは何日《いつ》のことですか？」とホームズが訊ねた。

青年は唐突《だしぬけ》の質問に不快の色を浮べながら、

「先《さ》っき云いましたように、一昨日の夜のことです。即ち九月四日です」

ホームズは頷きながら、「それから?」と促して微笑した。

「先生は廊下の一番端にお休みになるんですから、階段を下りるには、私の寝室の前を通らなければなりません。ホームズさん、私は随分怖ろしい経験をしましたよ。気の強いことでは大抵な人には負けないつもりですが、あの時だけは、ぞっと身顫ひしました。廊下は、中程にあるただ一つの開いた窓から、外の明りが差込むだけで、他は真暗です。ところがその廊下を何だか黒いものが這って来るじゃありませんか、窓から差込む明りに照されたのを見ると、それが先生なんです! 先生が這っていらっしゃるんです。ホームズさん――先生が這っていらっしゃるんです! 這っているとは云うもののの、膝は浮かして、足先と両手で床の上を進み、頭は両手の間に俯向けていられました。それでいて、ごく自由に手足を動かしているのです。

私は吃驚《びっくり》しましたから、先生が扉に近づくのを待たず、直ぐ駆寄って、助けて上げましょうかと云いました。ところが先生の答えが可笑《おか》しいのです。私に向って、何やら叱り附けるような乱暴な言葉を二口三口浴せかけると急に立上って私の前を通り過ぎて、階段を降りて行かれました。一時間も寝ずに待っていましたが、帰って来られません。払暁《あけがた》になって、やっと帰って来られました」

★

「どうだ、ワトスン君、君はどう思うね?」とホームズが訊ねた。

「腰部《ようぶ》神経痛だろう。こいつが烈しくなると痛くて仕様がないから、這って歩くそうだ」

「ワトスン君、相変らず君の観察は表面的だ。腰部神経痛だったら、急に立上って歩くことなんか出来ないよ」

「体はいつもより、丈夫らしいです」とベンネット君が云った。「まあ私が知って以来、先生がこの頃ほど丈夫になられたことはありますまい。しかし幾ら丈夫でも、こんな様子では困ってしまいますよ。さらばと云って、警察に訴えることも出来ないし思案に暮れているんです。愚図愚図している中に、段々危険が増して来はしないかと、そんな事も心配になりましてね。令嬢のエディスさんも、このままに棄てては置かれないと云っていられます」

「実際不思議な、暗示的な事件だ。ワトスン君、どう思う?」

「一個の医者としての僕の意見を述べてみれば、これは精神病専門の医者の縄張に属するもので、恐らく恋愛事件のために、大脳に故障を来たしたものだろう。そして教授が大陸に旅行したのは、恋の懊悩を忘れるためで、手紙と箱は、何か他の事に関係したものだろう。箱の中には人から貰った物、または株券のようなものが這入っているのかも知れない」

「じゃ君は、株券を持っているのを、飼犬が怪しんだと云うのか? 冗談じゃない、これにはもっと深い訳があるはずだ。僕は今まるきり話すわけには行かないが――」

折から一人の若い婦人が案内されて、部屋へ這入って来たので、シャーロック・ホームズは口を閉じた。

ベンネット君は彼女の姿を見るや否や、急に立上って、両手を拡げながらつかつかと歩み寄り彼女の両手をしかと握り締めた。

「エディスさん! 何か変ったことでもあったのですか?」

「凝《じっ》としていられないので、訪ねて来ました。ベンネットさん、わたし、吃驚しましたわ! 最う怖わくって、とても一人ではあそこにいられませんの」

「ホームズさん、この方が今お話した先生の令嬢で、私の許嫁です」

「こうなるだろうと思っていたんだ、ワトスン君」とホームズが微笑した。「エディスさん。貴方は多分何か新しい事実を発見して、それを話しに、ここにおいでになったのでしょう？」

よくある英国人の型《タイプ》を備えた新来の婦人客は、ベンネト君と並んで腰を卸すと、にッこりホームズに微笑を返しながら、「ベンネトさんはかねてから貴方に御相談すると云っていましたから、先《さ》っき旅館《ホテル》に行って、留守だった時、きっとこちらへ来たのだろうと思って、跡を追って参りました。いかがでしょうか、ホームズさん、父のために何とかして頂けますでしょうか？」

「事情がよく解りさえすれば、どうでも出来ますが、まだ事情が頗る曖昧です。その後どんな事がありました、お伺い致しましょう」

「これは昨夜《ゆうべ》のことですが、昨日は一日父の様子が変でした。私は確に父は或る時間には、自分の仕《す》る事を自分で忘れてしまうのだと思います。その瞬間には、まるで奇妙な夢でも見ているようなものです。昨日が恰度そんな日でした。なんだか私は父と同じ家に住みながら、本当の父のような気が、ちっとも致しませんでした。顔だけは昔の通りでも、心はまるで違っているように思われました」

「どんな事がありました？」

「犬のロイは、この頃厩《うまや》の傍《かたわら》に縛《ゆわ》いであるのですが、そのロイが、突然真夜中に鳴きだしたので、ふと目が醒めてしまったのです。ベンネトさんも知っていらっしゃるでしょうが、私は不安で堪らないので、近頃はいつも、扉《ドア》に鍵を掛けて寝ることにしています。私の寝室は三階にあるのです。目を醒して見ますと、窓掛が上っているので、外に月が差しているのが見えました。私は犬の鳴声に耳を澄ましながら、月の光で明るい、四角な窓を何の気もなく、凝と見詰めていたのです。ところがふとその窓に、父の顔が覗くではありませんか。ホームズさん、私は怖わくて怖わくて死ぬるような気がしました。父は内を覗込みながら、硝子扉《ガラスど》を開けようとするように、片手を伸ばしていました。もし硝子窓が開いたら、私は狂気《きちがい》にならずには、いられなかったでしょう。これは決して、夢や幻じゃありません。これだけは信用して頂きたいのです。私は麻痺したように横になったまま、約《およ》そ二十秒ばかり、じっとその顔を見詰めていました。

それから父の顔がまた見えなくなりました。寝床を飛出して、窓から覗いて見る勇気はありませんでしたから、朝になるまで、まんじりともせず、ぶるぶる胴顫いばかりしていました。朝になって、朝飯《あさはん》の食卓《テーブル》に現れた父は、態度がごくはきはきしていて、夜中の出来事については、何も云いませんでした。私も黙っていました。けれど気になって仕様がないので、町に行くと云って、ここまで出て来たのです」

ホームズは、エディス嬢の話に、驚愕の色を浮かべて、

「貴方の寝室は三階にあると仰っしゃいましたね、三階にとどくような長い梯子でも、庭にあるのですか？」

「ありません。ありませんから、不思議なんですよ。窓の傍まで昇ろうたって、昇る処がないのに、私は、確かに父が窓から覗いたのを見たのです」

「それが九月四日のことですね」とホームズが云った。「日附が事件を、一層複雑にするわけです」

今度はエディス嬢が驚愕の色を浮かべた。

「貴方はこれで二度も日附けのことを仰っしゃいましたが、日附に何か意味でもありますか」ベンネ

ト君が訊いた。

「あります——大いにあります——しかし今では明確なことは、何も申されません」

「月の盈虚《みちかけ》と精神病者に、何か関係でもあるのですか？」

「いいえ、決してそんな訳ではありません。私が考えている事は、もっと違っています。とにかく、最《も》一度日附を調べてみたいと思いますから、日記帳は私の手元に置いてお帰り下さい。さあ、ワトスン君、我々が活動すべき方針は、明らかとなった。エディスさんも、教授は或る時期に限って、自己を忘れるのではないかと云われたが、僕もエディスさんの直感に賛成する。だから僕等は、そうした一定の時期を見はからって、その時期に教授から招待を受けた形にして、訪問してみよう。そうすれば教授も僕等の訪問を、自分の記憶の過失に帰せられるだろう。僕等は親しく会って、よく観察した上で、今後の方針を決めなくちゃならない」

「それがいいですね」と傍からベンネト君が云った。「しかし先生は時々、非道《ひど》く御立腹なさることがありますから、用心していらっしゃいよ」

ホームズは微笑しながら、「僕の観察にして間違いない限り、訪問を急ぐには、相当の理由はあります。ベンネトさん、じゃ明日カムフォードでお目に懸りましょう。もし僕の記憶に過りがなかったら、あそこにちょっとした酒と、こざっぱりした寝床のある、チェカースという宿屋があるはずです。おい、ワトスン君、明日から二三日、僕等はそこで辛抱しなくちゃならんぜ」

★

月曜日の朝、私たちは有名な大学町に行った。身軽のホームズ君にとりては、訳のない仕事だが、気《せ》の急く私にとっては、かなり骨が折れた。ホームズは鞄を例の古い宿屋に預けるまで、今度の事件《こと》に関して、何事も語らなかった。

「ワトスン君、昼飯前に教授を訪問することにしよう。講義は十一時に始って、一度家へ帰られるはずだから」

「何用にかこつけて訪問したらいいだろう？」

ホームズは例の日記帳に目をくれながら、「八月二十六日に教授は興奮していた。こんな場合には、自分でした事を忘れてしまうのだから、八月二十六日に招待を受けたと云って、訪問すれば、向うだって剛情も張れまい。どうだ、ワトスン君、思い切って一つ鉄面皮になってみるか？」

「まあそうするより他ないね」

「よし！　当って砕けろだ！　とにかく行ってみよう。ベンネト君も便宜を計ってくれるだろう」

沢山立並《たちなら》ぶ古めかしい大学の建物の傍を通って、並木通に折れ、芝生に周囲を囲まれ、紫色の藤に包まれた、とある綺麗な家の前に立止った私たちは、静に扉《ドアー》の傍の呼鈴《ベル》を押した。プレスベリー教授の邸宅は、住心地が好さそうなばかりでなく、贅沢にさえ見えた。呼鈴に応じて、玄関のそばの窓にちらと、白髪《しらが》の頭が見えたかと思うと、やがて教授が太い眉の下に二つの鋭い眼を怪訝らしく、眼鏡越に光らしながら現れた。

次の瞬間には、私たちは彼の部屋に通され、彼と向合って立っていた。私たちはこの不思議な科学者の幻想に惹かれて、わざわざ倫敦から来たのである。背が高くて、凛々しくて堂々たる、顔立の彼が、フロックコートを着ている処は、いかにも大学教授らしい威権《いげん》に満ちていて、変った様子は、その姿にも動作にも、少しも認められない。ことに著しく人目が惹くのは、その両眼で、殆ど狡猾といってもいいほど、鋭く澄んでいる。

彼は私たちの名刺を見入りながら、「さあ、どうぞお掛け下さい。して御用と申しますのは？」

ホームズは愛想よく微笑して、「御用は私の方からお伺いしたいのです」

「私に？」

「何か行き違いでもあったのでしょうか。私はカムフォードのプレスベリー教授が私に用があるということを、或る人から聞きましたので、それでお伺いしたのですが」

「ははあ、なるほど！」と彼が云ったが、その鋭い灰色の眸《ひとみ》には、意地悪そうな光が閃《きら》めいたように思われた。「そんな事をお聞きでしたか？　誰からお聞きでした？」

「けれども、そんな事は軽々しく申上げられませんし、もし私の間違いだったにせよ、別に差支えはない訳ですから、ただ済みませんでしたとお断り致すだけです」

「そりゃちっとも、差支えはありませんがね、しかし何故こんな間違いが起きたか、不思議ですねえ、何か証拠になるような手紙か、電報のようなものでもお持ちですか？」

「持っていません」

「それで私が貴方を呼寄せたと仰っしゃるのですか？」

「そんな御質問にはお答えしたくはないのです」とホームズが云った。

「お答えにならなくても構いません」と教授も無愛想な声になって、「手紙が貴方の方に行ったかどうかは、こちらで調べても解ることです」

云いながら、教授は部屋の一隅に容《よ》って、呼鈴を押した。呼鈴に答えて姿を現したのは、かねて倫敦で知合いのベンネト君であった。

「ベンネト君、這入りたまえよ。この人たちは私の招待を受けたと云って、倫敦からおいでになったのだが、君が手紙の世話をしているんだから、ホームズという人に宛てて、手紙を出したかどうか覚えているだろう？」教授の眼が怪しく輝いた。

「出した覚はありません」ベンネト君が顔を赧《あか》らめて答えた。

「事は明白です」教授は怒気を含んだ眼でホームズを見て、「こうなれば貴方の云われる事も頗る疑わしいものになります」云いながら卓子の端に両手を当てて、上体を前にかがめた。

ホームズは肩を揺すって、「先っき申上げましたように、私としてはただお邪魔をして、済みませんでしたと、お断りするより他ありません」

「それで済みますか！」恐ろしい顔をして唸るように彼が云った。それから遮るように扉の前に立って、両手を烈しく打振りながら、「それだけじゃ済まされない！」

彼は顔の筋肉を痙攣《ひきつ》けて夢中に興奮しながら、何やら呟いた。もしベンネト君が仲裁してくれなかったら私たちは腕力で争いながら逃出す段になったであろう。

「先生、貴方の名誉にかかわりますよ」とベンネト君が宥めた。「学校で噂が立ったらどうします！ホームズさんも有名な人です。そんな無作法な真似をなさっちゃいけません」

★

主人は渋々道を開けてくれた。家を出て、閑静な並木の下の馬車道に出た時私たちは、ほッと安心した。ホームズはこの面会を、非常に興味深く思っているらしかった。

「あの人の神経は確かに、少しばかり狂っている」と、彼が云った。「余り唐突《だしぬけ》に訪ねたのは、乱暴だったかも知れないが、会うだけは会ったから、目的は達しられた訳だ――おや、ワトスン君、教授が後を追駈けて来るらしいぜ」

後から誰やら走って来る足音がしたが、振向いて見れば、それは怖ろしい教授ではなくて、助手ベンネト君が曲角《まがりかど》から姿を現したのであった。彼は息使い烈しく喘ぎながら、私たちに追付いた。

「ホームズさん、どうも済みませんでした。お詫びに参りました」

「なあに、済まない事があるもんですか。これも一応踏んでおかねばならぬ順序というものです」

「私は先生が、あんなに烈《ひど》く立腹されたのを、まだ見たことがありません。しかし先生はまだまだ気難かしくなりますよ。あれですもの、お嬢さんや私が心配するのも、当り前なんです。それでいて、気だけは確かなんですからね」

「気は確です」とホームズが云った。「確かでないと思ったのは、私の誤りでした。先生の記憶力は、私の想像以上に正確です。帰る前に、エディス嬢の寝室の窓を、ちょっと見せて頂きたいのですが、いかがでしょう?」

ベンネト君は私たちを、近くの繁みに案内した。そこから屋敷の側面が見える。

「あの左から二番目の窓ですよ」

「なるほど。随分高いですね、しかし下の方には常春藤《つた》が生えているし、上の方には筧《とい》が懸っているから、昇ろうと思えば、昇れないこともないですね」

「だって私には昇れませんね」とベンネト君が云った。

「そりゃ昇れません。普通の人には危険ですよ」

「それから最一つ申上げたいことがあるんですが、先生がいつも手紙をお出しになる倫敦の人の宛名が知れましたよ。今朝手紙をお書きになった後で、吸取紙に映っているのを発見しました。信頼された秘書として、こんな事をするのは、私もみていいか、恥ずる次第ですが、これも止《や》むを得ません」

ホームズはその紙片《かみきれ》をちょっと見て、直ぐポケットにしまった。

「ドラク、妙な名前ですね。或はスラヴ族かも知れません。まあとにかくこりゃいいものが手に入りました。ここに私たちがいても、別に仕方もありませんから、これから倫敦に帰りましょう。本人が罪悪を犯しもしないのに、捕《つかま》えることも出来ませんし、狂人《きちがい》でないのに、検束することも出来ません。今じゃどうすることも出来ないのです」

「じゃ私たちは、どうしたらいいでしょう?」

「今暫らく辛抱なさい、ベンネトさん。暫らくの間です。私の想像に間違いない限り、次の土曜日にまた先生の様子が変りますから、その時またカムフォードに参ります。けれどもそれまでの辛抱が大変ですから、もしお嬢さんが訪問をお延《のば》しになることが出来るなら――」

「そりゃ出来ます」

「では、先生の危期は過去《すぎさ》ったと私たちがお知らせするまで、お嬢さんは家を出ないでいらっしゃい。

くれぐれも先生には自由を与えて、決して機嫌を損じないように、機嫌さえ好ければ、大した心配はありません」

その時、「やッ！　先生だ！」とベンネト君が吃驚したように呟いた。なるほど、木の間《こま》を透かして見れば、背の高い教授が玄関に出て、周囲《あたり》を見廻している。ベンネト君は直ぐさまに繁みから飛出して、教授の傍に走って行ったが、私たちは次の瞬間に、二人が頻りに何やら、興奮して話合いながら、廊下に隠れるのを見た。

途中でホームズは郵便局に立寄って、電報を打ったが、その返事は夕方着いた。ホームズの手から受取って見ると、「コンマーシャル街《ストリート》にドラクを訪ねた。人の好さそうなボヘミヤ生れの老人で、大きい雑貨店を開いている。マーサーより」と書いてある。

「君が出てから」とホームズが云った。「このマーサーという人に万事を手伝ってもらっているんだが、教授が窃《ひそ》かに文通しているという人の事は一応調べておく必要があるから、調べさしたんだ。ドラクがボヘミヤ人だことは、数授がボヘミヤのプラーグに旅行したことと符合している」

「符合が見附かったことは、有難い」と私が云った。「今では符合せぬことばかりで当惑しているんだ。例えば教授がボヘミヤに旅行したことと、飼犬が喰附いたことに何の符合があるだろう。それからまた、それらの事実と、教授が真夜中に部屋を這い出したことも何の符合があるだろう。中でも一番不思議なことは、君が日附に注意を払っていることだ」

★

ホームズは微笑しながら、両手を揉んだ。私たち二人は、今古い旅館《ホテル》の古雅な部屋で卓子を囲みながら、先日ホームズが云った評判の酒を啜《すす》っているところ。

「ではまず第一に、日附のことから話そう」とホームズが両手の指先を合しながら、まるで教壇に立った人のような句調で云った。「ベンネット君の日記を調べてみると、最初が七月二日で、それから九日目毎に教授が興奮して、例外といっては、たった一度しか見出されなかった。最後の興奮が九月三日の金曜日になっているが、これも恰度その前の八月二十六日と同様、九日目に当っている。決して偶然の日附ではないんだ」

　私はなるほどと思った。

「そこでこの事実を基として、仮定を作ってみれば、教授は九日目ごとに、一時的にもせよ非常に激烈な薬剤を服用していて、いつもの烈しい性質が、そのために一層烈しくなって来るのだ。そして教授は、この薬剤を服用することは、プラーグ旅行中に学び、その後は例の倫敦のボヘミヤ人を仲介者として供給を受けつつある。どうだワトスン君、これで総てが符合するじゃないか？」

「だってまだ、犬や、窓から覗いた顔や、廊下を這う人の問題があるよ」

「そんな事はまだ解らない。火曜日までは解らない。それまではただベンネット君と一緒にぶらぶら、この町で遊んでいればいいのだ」

　朝になるとちょっとベンネット君が寄って、最近の報告をした。ホームズが想像した通り、ベンネットは随分苦しい境遇にいる。教授はホームズが訪問した原因を明らさまにベンネト君に云って叱責しようとはせず、ただ当てつけがましく乱暴な言葉を使ったりして、非常に打沈んでいるそうな。けれども今朝はまた元の機嫌に帰り、学校ではいつもの卓越した講義をした。

「ただ奇妙な発作が起るだけで」とベンネト君が云った。「その他には総ての点において、いつもより一層元気です。頭もはっきりしているようです。けども何だかこう昔の先生じゃないような気がしてなりません」

「しかしこの一週間以来、何の変った事も起きなかったのですね」とホームズが答えた。「私も忙しいし、ワトスン君も患者を診察しなければなりませんから、この火曜日の恰度今頃、またここでお目に懸ることにしましょう。今度は仮令《たとい》貴方の御迷惑を除くことは出来ないにせよ、教授の秘密は必ず説明して御覧に入れます。それまではどうか、時々手紙で、変った事があったらね、知らせ下さい」

私はそれから二三日の間、ホームズに会わなかった。月曜日の夕方になると、彼が明日汽車で会おうと云って来た。いよいよその日になって、カムフォードに向う汽車中、ホームズから聞いた処によれば、教授の家には別に変ったことなく、ごく平穏であったそうな。その晩、私たちがチェカース旅館の例の部屋に落着くと、ベンネト君が訪ねて来てこう云った。

「手紙だけは倫敦からよく来ました。しかし切手の下に十の字の記号《しるし》がありますから、私の手で開く訳には参りません。その他には変ったことはありません」

「それだけで結構です」とホームズが重々しく云った。「ベンネト君、今夜は何とか断定が下せますよ。私の断定が正しければ、それを除く方法も考えられるでしょう。そうするためには、貴方によく教授の動作を見張っていてもらわねばなりません。ですから、今夜は寝ないでいて、扉《ドアー》の外を教授が通られたら、こっそりその跡を付けて頂きたいのです。ワトスン君と私も余り遠くない処で、様子を伺っています。時に先日貴方が話された小箱の鍵は、どこに仕舞ってあります？」

「先生が時計の鎖に付けていらっしゃいます」

「そんな物にも気を附けていらっしゃい。鍵が利かぬようなことがあってはなりません。家の中にはまだ体の丈夫な人がいますか？」

「馭者のマクフェイルがいます」

「どこに寝ます？」

「厩《うまや》の二階です」

「或はその人の助力を要するようになるかも知れません。しかし成行きを見た上でなければ、どうすることも出来ないわけです。それではとにかく、夜が明けるまでにまた会いましょう」

私たちが、教授の邸宅《やしき》の玄関に向き合った繁みに身を隠した時は、早や夜半《よなか》であった。幸に温い外套を着て来たからよかったようなものの、随分寒い夜だった。雲の片《きれ》が微風《かぜ》に吹き捲くられて、空に懸かる三日月を見せたり隠したりした。もしホームズが、今夜でいよいよ結末がつくと云わなかったら、そしてまた、緊張した期待というものがなかったら、とてもこんな寝ずの番は辛抱出来まいと思われた。

★

「もし九日目毎に危期が来るとすれば、今夜その危期が来るはずだ」とホームズが云った。「この不思議な習慣が、プラーグの旅行以来、始まったこと、プラーグの誰かの代理人であるらしい倫敦のボヘミヤ人と、窃かに文通《ぶんつう》していること、今日、その人から小包を受取ったこと、これらのことは皆一つの事実を示している。

教授がどんな薬剤《くすり》を飲んでいるか、また何故飲むか、そんな事はまだ不明だ。ただプラーグから帰ってから飲みだしたということが解っているだけだ。正しく九日目毎に飲んでいる位だから、一定の処方に従っているのだろう。しかし教授の兆候には、著るしいものがある。君はあの指関節《しかんせつ》を見たか？」

私は見なかったと白状せねばならなかった。

「僕はまだ、あんな骨ばった太い指関節は見たことがない。ワトスン君、教授に会った時には、いつも第一に手を注意して見たまえ。それからカフスや、ズボンの膝や、靴を見るんだ。あんな奇妙な指関節は、まるで進化論の中に出て来る――」ホームズは急に云淀《いいよど》んで手を額に持って行き、「おい、ワトスン君、ワトスン君、僕は莫迦だった！　殆ど信じられないようなことだが、これが事実だ。総てが一つの事実を示している。この事実も見逃すことは出来ない！　あの指関節！　何故今まで僕はあの指関節のことを考えなかっただろう！　それから、あの犬！　常春藤《つた》！　おや！　出て来たぜ、ワトスン君！　よし見ていよう」

玄関の扉《ドアー》が静に開いて、その燈《あかり》に明るい背影《かげ》に、プレスベリー教授の背の高い姿が映った。彼は身にドレシンガウンを纏《まと》っている。私たちが最後に見た時と同様、玄関に立った影を見れば、やや上体を前にかがめて、両手を前にぶらりと垂れている。

やがて彼は馬車道に降りたが、この時彼の様子に、驚くべき変化が起こった。両手を地について這いながら、時々精力と元気に溢れた人のように、跳ね上った。間もなく彼は家の前から横の角に廻って姿を隠したが、彼が姿を隠すと同時に、玄関の扉の中からベンネト君が飛出して、直ぐさま忍足《しのびあし》にその跡を追った。

「来たまえ、ワトスン君、来たまえ！」とホームズが叫んだ。私たちは繁みの中を静かに歩いて、月光を浴びた家の側面が見える地点まで来た。常春藤のからんだ壁の下を、教授が這っているのが、よく見える。見ている中に、彼は殆ど信じられないほどの巧みさで、急に壁を昇り始めた。

別に一定の目的もないらしく、ただ自分の力を試す面白さに、確かな足付、素早い手付で、枝から枝に飛んで行った。夜着の裾を垂れながら、月に照らされた壁の面に、べったり黒く吸付いている処は、まるで巨大な蝙蝠が家に止っているように見えた。やがて遊戯に労《つか》れたものか、静かに壁を降りて、また両手をついて這いながら、今度は厩の方に行きだした。すると目を醒していた狼種猟犬《ウルフファウンド》が、猛烈な勢で、彼に向って吠えついた。鎖が切れるほど前に乗りかかって、忿怒に全身を顫わした。

教授は犬が届かぬ直ぐ傍に這伏《はいふ》したまま、あらゆる方法で、その犬を怒らそうとした。道の上に落ちている小石を拾って投げつけたり、棒片《ぼうぎれ》で突いたり、犬の口の直ぐ傍で手を叩いて見せたりした。そして怒るだけ怒っている犬を、その上にも怒らせようとした。

すると忽ち、大変なことが勃発した！　鎖は切れなかったが、何分頸輪が頸の太いニューファウンドランド犬《ドッグ》のためのものだったので、犬の頸から抜けてしまったのだ。ガチャッと鎖が落ちる音がしたかと思うと、次の瞬間には、犬と人間が一緒になって転び廻り、猛り狂う唸声と、恐怖に顫う叫声が聞こえた。教授の生命《いのち》にかかわる危期だ。猛犬は私たちが駈付ける前に、もう教授の頸を喰破っていた。私たちだけでは駄目だっただろうが、ベンネト君が巨大な狼種猟犬を宥めて鎮まらした。

物音に目を醒した厩の上の馭者は睡むそうに顔を振りながらこう云った。「私は前にも旦那が夜中に出られたのを見ましたよ。いつかこの犬が噛付《くいつ》くだろうと思っていました」

私たちは猟犬を縛《つな》ぐと、教授を家の中に運んだ。医術の心得あるベンネト君は、私を手伝って、破れた咽喉《のど》に包帯を巻いた。鋭どい犬の歯は、最少《もすこ》しのことで頸動脈に達するほど深く喰入って、出血が甚だしかった。けれども三十分ばかりで危期は過ぎた。私がモルヒネを注射すると、教授は深い睡りに落ちた。そして私たちは初めて落着いてお互の顔を見合して、今後の処置など相談した。

「一流の外科医を呼ぶ必要がありますね」と私が云った。

「いや、そりゃいけません！」とベンネト君が遮った。「今でこそ秘密が内輪だけで済んでいますが、もし外に漏れたら大変です。先生の学校における位置、欧羅巴《ヨーロッパ》の学界における評判、それからお嬢さんの心持なぞ考えてみて下さい」

「御尤《ごもっと》もです」とホームズが云った。「今の中なら秘密を守ることが出来ます、同時にまた、今後の禍いを除くことも出来ます。ベンネト君、時計の鎖から、鍵をはずして下さい。患者の方は、ワトスン君が番をしていて、変った事があったら知らしてくれますから、私たちは教授のあの不思議な小箱を調べに行きましょう」

小箱の中には大したものは這入っていなかったが、調査の目的をとげるには、それだけで充分であった。空の壜が一つと薬液《くすり》が一杯這入った壜が一つと、それから皮下注射器と、変な外国人らしい手付で認《したた》めた手紙が数通出て来た。それらの手紙は、封筒の記号《しるし》を見ても解るように、秘書の開封を許さなかったもので、差出人はいずれもコンマーシャル街のドラクになっている。読んでみると、それらは総て新しい壜を送った通知や、料金の受取りであった。けれどもその中にただ一通、かなり教養のある人らしい手で書いたのがあったが、それには墺太利《オーストリヤ》の切手を貼って、プラーグの消印を押してあった。「ほらここにあった！」云いながら、ホームズがその封筒の中から手紙を出した。それにはこう書いてあった。

「拝啓、御来訪を受けて以来、いろいろ考えてみました。貴方が施術をお受けになるには相当の理由がありとは云え、ややもすれば危険が伴ない易いものですから、これには充分の御注意が必要です。私は似人猿《アンスロポイド》の血精が一番好いと思います。かつて御説明申上げたように、私は手に入り易かったので顔の黒いランガーを用いました。似人猿は立って歩き、その他総ての点で人間に近いに反して、ランガーが這って歩いたり、攀登《よじのぼ》ったりすることは申すまでもありません。決して急いで使用をお誤りにならぬよう、くれぐれも御注意申上げておきます。英国に最《も》一人、私の依頼人がありますが、両方とも、ドラクに代理を勤めさしています。一週間毎に経過もお報知《しらせ》下さい。　エッチ・ローエンスタイン」

ローエンスタイン！　私は忽ち、いつやらこの名を新聞で見たことを思い出した。プラーグのローエンスタインといったら、不老長命や、若返法の秘術の研究者であった。精力をつけるために或る出所不明な血精を使用するというので、その使用を禁じられている薬剤《くすり》の発明者であった。

私は思い出したことを、言葉短かに一同に物語った。ベンネト君は本棚から動物学の本を取って読んだ。「ランガーとはヒマラヤ山中に住む顔の黒い猿で、攀登る猿の中では最も体が大きくかつ最も好く人間に似ている」それからかなり詳しい事が附加えてあった。「ホームズさんのお蔭で、秘密の根源がすっかり解りましたよ」

「秘密の根源は」とホームズが言葉を受けた。

「あの晩年の恋愛事件《ラブアフェア》にあるのです。そのために一刻も教授が若くなりたいと決心されたのです。人間というものは、自然を征服しようとすれば、却って自然に征服されます。人間の中の最も優れた人でも、運命の正道を踏みはずせば、一個の動物と何等選ぶ処なきに至ります」ホームズは暫らくの間、手に持つ透明な薬液の入った場を見詰めたまま坐って、凝と瞑想に耽っていた。

「このローエンスタインという人に手紙を出して、彼の薬剤《くすり》の危険を非難すれば、今後の災厄は除くことが出来るでしょう。けれどもこれに似た事はまた起ります。他の人が最《も》っといい方法を発見するでしょう。そこに人類の真の危険があるのです。ワトスン君、考えてみたまえ、物質的で、感能的で、俗悪な者ばかりが、その下らない生命《いのち》を延ばし、精神的な人だけが、高尚な考えを抱いて死ぬるとしたら、この世に下等な人間ばかりが生き残る訳だ。そうしたら、この世がまるで下水道のようになってしまう」ここまで云うと夢想者は消えて、活動の人たるホームズが急に椅子から立上り、「ベンネト君、これで最う何も申上げることはないと思います。最う注意さえすれば、総てが元に帰るのですから。――それで、あの犬は無論、貴方より先に教授の変化に気が付いたのです。多分嗅覚でさとったのでしょう。ロイが吠付《ほえつ》いたのは、教授ではなくて、猿だったのです。同時にまた、ロイをからっていたのも猿だったのです。猿は壁に攀登ったりすることも、喜ぶものです。それがお嬢さんの窓に覗いたのは、恐らくちょっとした機会《はずみ》だったのでしょう。おいワトスン君、倫敦に帰る汽車は朝早く出るはずだが、その前にチェカース旅館《ホテル》に寄って、お茶でも一杯飲もうじゃないか」

編者解題

北原尚彦（作家、シャーロック・ホームズ研究家）

シャーロック・ホームズは一八八七年に『緋色の研究』によって初登場した。作者はアーサー・コナン・ドイル（一八五九～一九三〇）。一八九〇年の『四つの署名』を経て、一八九一年から《ストランド・マガジン》に短篇連作形式での連載が始まり、大人気を博す。その後途絶はあったものの、最終的には晩年までコナン・ドイルはホームズ物を書き続け、シリーズ作品は全六十篇となった。

作者の死後もホームズの人気が途切れることはなく、世界中に翻訳され、一説によると「聖書の次にたくさん翻訳されている」という。二十一世紀に入ってからも映像化などメディアミックスの効果もあり、その知名度は衰えるどころか上がり続けている。そして二〇一七年には、ホームズ登場から百三十年を迎えた。

我が国でもホームズ人気の高さは例外ではなく、新訳版やパスティーシュ、コミックなどが刊行され続けている。

さて、そんな日本に、そもそもホームズが初めて翻訳されたのはいつなのか。そして、どのように紹介されていったのか……。初期におけるホームズ翻訳をピックアップし、その経緯を一望に収める――というのが、本書の眼目である。特に我が国では文学翻訳の初期において、地名や人名がそのままでは馴染みがないため舞台や登場人物を日本に置き換える「翻案」ということも行なわれ、これはホームズも例外ではなかった。ストーリーも省略されたり改変されたり（場合によっては書き足されたり）で、原作が同じであっても、それぞれ別物に仕上がることすらあり得た。

本書では明治から大正期にかけての重要と思われる翻案と翻訳をセレクトしたが、訳者を全て別々とし、かつ原作は重ならないように配慮した。ホームズ短篇集は十二篇収録されていることが多いので短篇はそれを踏襲し、そこに長篇一篇を加えて、合計十三篇とした。いわゆる「ベイカーズ・ダズン」である。また基本的には年代順に配列した。以下、それぞれの作品について解説する。

「乞食道楽」（訳者不詳）

明治二十七年（一八九四年）一月〜二月《日本人》に掲載。

原作は「唇のねじれた男」（『シャーロック・ホームズの冒険』所収）。

記念すべきホームズ翻訳の第一号である。しかし訳者の記名がないため、記念すべきホームズ訳者第一号は、正体不明である。

「唇のねじれた男」は一八九一年十二月に《ストランド・マガジン》に掲載され、翌一八九二年に単行本『シャーロック・ホームズの冒険』に収録された。それが一八九四年に邦訳されたのだから、当時の文化伝播速度を考えると、かなり早い部類だと言えるだろう。

《日本人》誌は、後に《日本及日本人》と改題。明治四十二年六月〜七月には「青いガーネット」を原作とする「青目玉」を掲載。昭和四年にはコナン・ドイル「ナイル河遭難記」を連載。これは『コロスコ号の悲劇』の翻訳である。同誌は版元を変えつつ戦後にも発行されていたが、二〇〇四年一月号で休刊した。

シャーロック・ホームズは「シヤロックホームス」、ワトスンは「ワットソン」となっている。最初の翻訳において、日本人名にはされていなかったことが、実に興味深い。

また「唇のねじれた男」には、発表以来百年以上ホームズ研究家たちを悩ませ続けている「ジョンであるはずのワトスンを、夫人がジェイムズと呼んだ問題」がある。ホームズ第一作『緋色の研究』で「ジョン・H・ワトスン」であることは明記されているのに、「唇のねじれた男」でだけ、ジェイムズと呼ばれているのだ。その翻案である「乞食道楽」が我が国におけるホームズ移入第一作であったため、ワトスン（ワットソン）がいきなり「ゼームス」と呼ばれることになってしまった。

ストーリー全体としては大きな削除や改変はなく、なかなかに幸せな「初移入」のされ方をしたのではなかろうか。「一番古いから、一番改変されているだろう」と思い込んでいたが、実際に読んでみて意外の念に打たれた覚えがある。

ただ、ヒュー・ブーン（ここではフーボーン）が物乞いをしている場所「スレッドニードル街」を「糸針町《フレートトニータ》」としたのはよいが、「天使を垣に彫つけてある前」としてしまったのは勇み足。これは「angle」（この場合「隅」もしくは「角」などの意）の語を「angel」と見間違えたのであろう。また同じところで「動物」とあるため、犬でも連れているかのように読めるが、これは彼自身を指す「creature」（この場合「奴」「人物」などの意）を、そのまま「動物」と直訳してしまったものと思われる。

また、一泊したホームスがワットソンに「わしはこれから直にチャリンコロスまでかけつけるにはこれ位早くて相当だろう」と言うくだりがあるが、その後に彼らが向かう目的地は「弓町《ボー》」。これは「ぼくはチャリング・クロスまで蹴飛ばされても仕方がない」という文章の誤訳なのである。

原作のネヴィル・セントクレアは、乞食の探訪記事を書くために自ら乞食になってみるのだが、本作では「乞食の一狂言」、つまり芝居の台本を書き、自ら乞食役を務め、その下稽古として乞食として街に出てみた、ということになっている。ここは誤訳と言うよりも、脚色と見るべきであろう。

また彼が乞食をする決心をするところで「とうとうドルラルに勝を制せられまして」と述べている。この「ドルラル」は原文では「dollars」。これはオックスフォード版シャーロック・ホームズ全集（邦訳は河出書房新社）にも注が付されており、アメリカのドルではなく、五シリングのクラウン銀貨を指す俗語。ここでは小銭全般を意味しており、要するに「カネに負けた」ということである。

ともあれ、本書収録作の中では最も古い。その分、現代人にとっての読みにくさも一番かもしれない。最初の翻訳ゆえ巻頭に置いたが、読者の方にここで挫折されても困るので、後回しにして他の作品を先にお読み頂いても結構である。

また、新しい現代語訳の「唇のねじれた男」を傍らに置き、それと交互に読むという手もあるだろう。

「暗殺党の船長」（南陽外史訳）

明治三十二年（一八九九年）《中央新聞》八月三十日〜九月二日号に掲載。

原作は「五つのオレンジの種」（『シャーロック・ホームズの冒険』所収）。

「不思議の探偵」シリーズの一篇として発表された。同シリーズは「毒蛇の秘密」（「まだらの紐」）から始まる。語り手たるワトスンは狛逸伯林《ドイツベルリン》の「医学士」と名乗り、ホームズは「大探偵」とだけ呼ばれる。舞台はロンドンではなく「伯林の麺麭屋街（ぱんやまち）」ということになっている。要するに「ベイカー」→「パン屋」と置き換えた訳である。

挿画も付されているが、いずれも見たことのある構図のものばかり。どうやら《ストランド・マガジン》のシドニー・パジェットのイラストを参考にしたらしい。

南陽外史（本名・水田栄雄、一八六九～一九五八）は明治から大正にかけて活躍した作家・翻訳家にして新聞人。《中央新聞》の記者を務め、様々な海外小説の翻訳をした。「水田南陽」名義もあり。エミール・ガボリオの「オルシヴァルの犯罪」を「大探偵」として、ボアゴベの「La Bande Rouge」を「唖娘」として、ガイ・ブースビーの「魔法医師ニコラ」を「魔法医者」とするなどして翻訳。また〝シャーロック・ホームズのライヴァルたち〟のひとりであるマーチン・ヒューイット・シリーズを「英国探偵実際談 稀代の探偵」として邦訳。日本における探偵小説翻訳の礎を築いた。

しかしなんといっても一番の功績は、シャーロック・ホームズ・シリーズを「不思議の探偵」の通し題名で翻案したことであり、最初期のホームズ紹介功労者のひとりである。

「暗殺党の船長」は「不思議の探偵」シリーズの第七エピソード。

警告を意味するオレンジの「種」は、蜜柑の皮を細長く切って乾涸びさせた「陳皮《ちんぴ》」に置き換えられている。またクー・クラックス・クランを意味する「ＫＫＫ」の文字は、暗殺党を意味する「ア、サ、ト」という文字に改変されている。暗殺党という存在の説明内容は、黒人差別主義者を暗殺する黒人の組織ということで、白人至上主義団体であるクー・クラックス・クランの引っくり返しになっており、水田南陽の苦労がしのばれる。

ホーシャムから来た依頼人ジョン・オープンショーは「富田村」の「奥野庄三郎」。その伯父イライアスは「永三郎」、父ジョゼフは「与四郎」。人名に関しては、なんとなく語呂を合わせているようだ。

ウォータールー駅は「水町《みずまち》の停車場」。ウォーター↓水、という連想が働いたのは間違いあるまい。

底本から一部読み取れない文字があり、そこは伏字とさせて頂いた。ご了承頂きたい。

「不思議の探偵」シリーズの一覧は以下の通りである（カッコ内は原作）。

毒蛇の秘密……（まだらの紐）
奇怪の鴨の胃……（青いガーネット）
帝王秘密の写真……（ボヘミアの醜聞）
禿頭倶楽部……（赤毛連盟）
紛失の花婿……（花婿の正体）
親殺の疑獄……（ボスコム谷の謎）
暗殺党の船長……（五つのオレンジの種）
乞食の大王……（唇のねじれた男）
片手の機関師……（技師の親指）
紛失の花嫁……（独身の貴族）
歴代の王冠……（緑柱石の宝冠）

散髪の女教師……（ぶな屋敷）

原作を眺めれば、これが『シャーロック・ホームズの冒険』の十二篇であることがすぐ判るだろう。「不思議の探偵」の残る作品については、〈明治翻訳文学全集《新聞雑誌編》〉の『ドイル集』（大空社／一九九七年）及び『明治期シャーロック・ホームズ翻訳集成 全三巻』（アイ アール ディー企画／二〇〇一年）の二巻・三巻とで読むことができる（「暗殺党の船長」のみこれらに未収録だった）。

南陽外史には、ホームズ物でないコナン・ドイル作品の翻案「催眠術」（明治三十七年／原作「体外遊離実験」）もある。これは《読売新聞》が川上一座と上演特約をした一幕喜劇脚本懸賞募集に応募し、入選したものであり、その経緯も興味深い。

「新陰陽博士」（原抱一庵訳）

明治三十三年（一九〇〇年）九月《文藝倶楽部》に掲載。

原作は長篇『緋色の研究』。

この前年、明治三十二年に「血染の壁」（無名氏）が《毎日新聞》に掲載されており、そちらが『緋色の研究』本邦初訳。「倫敦通信 新陰陽博士」は二番目である。

訳者の原抱一庵《はらほういつあん》（本名・原餘三郎、一八六六〜一九〇四）は、《郵便報知新聞》の文芸記者を経て、小説家・翻訳家となった人物。「抱一庵主人」の名義もあり。著作に『闇中政治家』や『大石良雄』、翻訳作品にエドワード・ブルワー・リットン『聖人か盗賊か』やウージェーヌ・シュー『巴黎の秘密』

などがある。

本作でのホームズは「ホルムス氏」だが、ワトスンは「エッチ、和杜遜《ワットソン》」となっている。ジョン・H・ワトスンの「ジョン」を略してしまったのである。

冒頭、少しばかり脚色が行なわれている。本作の原書が訳者のもとへ送られてきたのだが、その際に付された手紙、という態で始まるのだ。そして本当の原作者がアーサー・コナン・ドイルであるとはどこにも書かれていないため、当時の読者はこれを本当に和杜遜の書いた実録だと思って読んでしまったかもしれない。

ワトスンは第二次アフガン戦争に軍医として従軍するが、ここではボーア戦争に置き換えられている。ボーア戦争は「倫敦通信 新陰陽博士」発表（明治三十三年）の前年、明治三十二年に勃発しているので、分かりやすくするため改変したのだろう。ちなみにこのボーア戦争には、ホームズの作者コナン・ドイルがボランティアの軍医として参加しているため、結果としてなかなかいい改変となっている。

ホームズとワトスンが初めて出会うセント・バーソロミュー病院も、なじみやすくするためかセント→セントラルと変更して「中央病院《セントラル、ホスピタル》」となっている。

本作においてホルムス氏についてスタムホルドが説明する中「例えば中年者の頭髪は一インチ平均幾茎《いくけい》あるかなどと云うことを一心不乱に攻究しおり」という一文があるが、このくだりは原作に全くなく（別な文もない）、原抱一庵が書き加えたものである。

また、ホルムスが自分は探偵であると明かした後に、和杜遜が自分の時計から何が判るかとホルムスに推理させるくだりは、『緋色の研究』にはない。コナン・ドイルのホームズ物を一通りお読みの方はすぐに気づかれることと思うが、これは『四つの署名』からの流用なのである。

そして呉礼具遜（グレグソン）からの手紙で、『緋色の研究』の筋へと戻る。原作ではレストレードもグレッグスンもスコットランド・ヤードの警察官だが、本作では呉礼具遜のみグラスゴーの探偵（ここでは刑事の意）。二都市の警察が、イングランドとスコットランドの二大刑事が競っている――という構図にしたかったのであろう。

古い文章のため、あまり馴染みのない古い単語も出てくる。最初の殺人現場に死体運搬のために現われる「舁夫《かるこ》」とは、荷物運びの人足のことである。

微妙な改変もみられる。ホルムスが殺人現場を訪れた際に犯人像を推理するくだりの中で、犯人は「美貌を有せる」とある。原作では「赤ら顔」だというシーンだが、どうしてそのように変えてしまったのか。しかも先まで読み進めると、赤ら顔だということになっている。当初誤訳していた部分の訂正漏れか。

また死体を発見した警官「蘭西《ランス》」は「巡査合宿所」に住んでいることになっているが、原作では普通の住宅である。ここは脚色であろう。

後半、原作における過去パート（ソルトレイクシティにおけるモルモン教徒の物語）は、ほぼカット。犯人が妻を奪われて、復讐のために相手を追いかけ続けてきたことが、簡単に述べられるのみ。『緋色の研究』は元々、長篇としては短めだが、その半分がカットされたことにより、中篇程度のボリュームとなった。

他にも細々した改変がある。原作のルーシー（・フェリア）が「羅児《ラル》」になっていたり、南米由来である毒薬が本作ではアフリカ由来だったり。原作では逮捕後に独房の中で一晩過ごしていて死ぬ犯人が、本作ではホルムスたちに告白をしてそのまま絶命してしまったり。原作の丸薬を「膏薬」としているのも独特だ（膏薬は現在では主に外用薬を指すが、かつては飴状にした内服薬も指した）。

原抱一庵は他にもシャーロック・ホームズ物の翻案をしている。明治三十二年（一八九九年）から翌年にかけて《東京朝日新聞》に連載された『残月塔秘事』の後半の原作が『四つの署名』なのである。〝後半〟とはどういうことかというと、原抱一庵はコナン・ドイルの怪異小説『クルンバーの謎』と『四つの署名』を無理やりつなげて、ひとつの物語にしてしまったのである。どちらもかつてのインドでの因縁が英国で事件を引き起こす、という構造なので、親和性があると言えばあるのだが。

そのほかにもホームズ物でないコナン・ドイルの翻訳「希有の裁判」（原作「銀の斧」）、「無政府党の一夜」（原作「ニヒリストたちとの一夜」）などがある。

原抱一庵は彼の翻訳した「該撤惨殺事件」（マーク・トウェイン原作）を巡って、山縣五十雄と誤訳論争になり、失意のうちに心を病んで精神病院に入院し、一九〇四年に死去する。

余談になるが、この山縣五十雄もコナン・ドイル邦訳史においては重要な人物。日本における最初のコナン・ドイル訳書『荒磯』（明治三十四年）の訳者が、山縣五十雄なのである。また新井清司氏の論考によれば山縣五十雄は「コナン・ドイルという作家を知った最初期の日本人」のひとりであるとのことだ。

原抱一庵の翻訳は、『明治翻訳文学全集《翻訳家編》第11巻　原抱一庵集』（ナダ出版センター）に多くまとめられている。

「快漢ホルムス　黄色の顔」（夜香郎＝本間久四郎訳）

明治三十九年（一九〇六年）に単行本『快漢ホルムス　黄色の顔』として刊行された。版元は「笑変窟」と銘打たれているが、訳者本人の私家版である。

原作は「黄色い顔」（『シャーロック・ホームズの回想』所収）。

この本は、我が国における最初期の〝シャーロック・ホームズの単行本〟の一冊（明治三十五年十一月刊の『不思議のあばらや』が、現在確認されている最初のもの）。但し単行本と言っても、収録作は短篇一本のみ（七十六ページ）。序文によると『快漢ホルムス』は毎月一篇ずつ刊行しておよそ一年かけて完結する、という予定だった。しかもこれは自費出版であり、売れ行き如何によっては第二編も発行できないかもしれない、とある。第二編は『身體《からだ》が二たつ』と予告されているが現物は見つかっておらず、結局、第一編で頓挫した可能性が高い。ただ、「存在しない」ことの証明は当事者の証言でもない限り非常に難しく、今後、忽然として出現する可能性は今のところゼロではない。

内容を追ってみると、第一章では「ホルムスは探偵が本職と言うても、我輩猫の夏目漱石君の嫌うような、お役人の探偵ではないので、（後略）」などというネタが入っているのが、今から読むと楽しい。『吾輩は猫である』は、明治三十八年（一九〇五年）一月から明治三十九年（一九〇六年）八月にかけて《ホトトギス》に連載された。『快漢ホルムス　黄色の顔』の刊行は明治三十九年五月。『吾輩は猫である』連載の真っ最中だったのである。

しかしその第一章以外は、全体に割合と原作通り。固有名詞も「ホルムス」「ワットソン」「ベーカア町」と、古めかしさはあるものの、特に日本への置き換えはしていない。

巻末予告では、快漢ホルムス第二篇『身體が二たつ』の内容が紹介されている。


身體が二たつ！身體が二たつ！何たる奇妙の題ぞや、變幻《へんげん》出没自在の悪漢の行動とホルムスの快腕と相俟ちて、如何に諸君の好奇心を満足せしめんとする乎《か》。


――これでは何を訳そうとしていたのか、ちょっと見当がつきかねる。だが毎月一編ずつおよそ一年かけて完成することだったところから、短篇集一冊の翻訳を目指したと推察される。「黄色い顔」で始まったのだから、『シャーロック・ホームズの回想』であると考えるのが順当だ。だとすると、『身體が二たつ』は「株式仲買店員」だったのかもしれない。

訳者の夜香郎＝本間久四郎は、明治三十八年十一月から翌年三月にかけて「怪しの帯」（原作「まだらの紐」）を《新潮》に掲載している。

また明治四十年には祐文社から『神通力』を刊行しており、これはシャーロック・ホームズ短篇四作を翻訳した作品集で、天馬桃太名義。こちらではホームズは「堀見」、ロンドンのベイカー街は「東京の芝」となっている。序文によると、出版者より原書の地名人名を悉く日本に取替えてくれとの註文を受けたとのことである。収録作は「田紳邸」（ライゲイトの大地主）、「海軍條約」（海軍条約文書）、「妙な患者」（入院患者）、「乞食紳士」（唇のねじれた男）である。

明治四十一年には『黄金蟲』（文禄堂）に「窓の顔」の題名で「黄色の顔」を改訂・収録している。こちらはホルムス、ワットソンのままである。

また他にも『名著新訳』という訳書もあり、コナン・ドイルの「おもひ妻」という作品も収録。但しこれはホームズ物ではない。

「禿頭組合」（三津木春影訳）

『密封の鉄函』（磯部甲陽堂／大正二年＝一九一三年）に所収。

原作は「赤毛連盟」。（『シャーロック・ホームズの冒険』所収）。

タイトルから原作は容易に想像がつくが、当時の日本人はほとんどが黒髪で赤毛は非常に稀なため、禿頭という要素に置き換えたのである。このパターンは本作以前にも、南陽外史訳「不思議の探偵」シリーズの一篇「禿頭倶楽部」（明治三十二年）があるし、後年には竹田靖治『探偵小説 はげ頭のひみつ』（《小学五年生》一九四九年六月号付録）がある。

シャーロック・ホームズは、上泉《こうずみ》博士。ワトスン博士は、中尾医学士。舞台は東京になっている。「朝鮮総督府に輸送中の現金」などという文言が現われるのも、時代ゆえである。

三津木春影（本名・一実、一八八一～一九一五）は、明治・大正期の作家・翻訳家・雑誌編集者。押川春浪の《冒険世界》の編集にも携わった。《探検世界》、《少年世界》、《日本少年》などに作品を発表。「閃電子」の名義も用いた。作品に『少年軍事探偵』、『怪飛行艇』、『空魔団』、翻案に『大宝窟王』『古城の秘密』（共にモーリス・ルブラン原作）ほか多数。残念ながら三十四歳と早逝した。

三津木春影の代表作は、やはり「呉田博士」シリーズであろう。これは江戸川乱歩や横溝正史、野村胡堂に影響を与えた明治・大正期の翻案探偵小説。シリーズ前半が主にオースチン・フリーマンのソーンダイク博士の翻案、後半がホームズの翻案となっている。一九一一〜一九一五年に刊行された単行本（全六巻）は超の付くレア本だったが、『探偵奇譚 呉田博士【完全版】』（作品社／二〇〇八年）として一冊にまとめて復刻され、簡単に読めるようになった。

本作は『密封の鉄函』収録時は「禿頭組合」のタイトルだが、《地球》第二巻第三号（大正二年三月十五日）初出時のタイトルは「若禿組合」だった。しかしその際、違ったのはタイトルだけではなかった。探偵役は上泉博士ではなく、呉田博士だったのだ。つまり本作は元々、先述した「呉田博士もの」として書かれていたのである。単に名前の書き間違えなどではないことは、「若禿組合」には「奇怪の指紋」「催眠術の犯罪」「飛来の短剣」などの事件を解決した、という（本作にはない）記述があることから判る。これらは呉田博士シリーズの事件名なのである（「催眠術の犯罪」は「恐ろしき夢中の犯罪」のことと推察される）。題名は「禿頭組合」なのに作中での組合名は「若禿組合」なのは、その初出ゆえだったのである。

このように書き換えられて（「禿頭組合」として）『密封の鉄函』に収録されたためか、「若禿組合」は「呉田博士」シリーズの単行本には収録されておらず、復刻版にも入っていない。

これら以外の三津木春影によるホームズ翻案は、『函中の密書』（大正二年）がある。複数作を収録しているが、表題作が「第二の汚点」の翻案である。

ちなみに三津木春影には「田暮博士」が探偵役を務める作品もあるのだが、これは読みが「たぐれはかせ」なので「呉田博士（くれたはかせ）」のヴァリアントであると考えても良かろう。

三津木春影の翻案をもっと読んでみたい、という方は、北原尚彦編『怪盗対名探偵初期翻案集』（論創ミステリ叢書・別巻）所収の「大宝窟王」をどうぞ。モーリス・ルブランのアルセーヌ・ルパン物『奇巌城』が原作なので、シャーロック・ホームズ（正確にはホームズもどきのハーロック・ショームズ）を日本人化した「保村俊郎《ほむらしゅんろう》」も登場する。

「ホシナ大探偵」（押川春浪訳）

『険奇探偵小説ホシナ大探偵』（本郷書院／大正二年＝一九一三年）の表題作。

原作は「レディ・フランシス・カーファクスの失踪」（『シャーロック・ホームズ最後の挨拶』所収）。

翻案したのは、押川春浪（本名・方存《まさあり》、一八七六～一九一四）。冒険小説およびSFを多数執筆し、日本SFの形成に多大な影響を与えた。編集者としては、《冒険世界》主筆を務めたのち、《武俠世界》を創刊。代表作は『海底軍艦』及びそれに続くシリーズ。飲酒による不摂生がたたり、三十八歳で早逝した。先の三津木春影と押川春浪が長生きして作品を発表し続けていたら、我が国の探偵小説やSFの発展はもっと早かったことであろう。

単行本『険奇探偵小説ホシナ大探偵』は、広告や江戸川乱歩の記述などから存在（及びホームズの翻案であること）は知られていたものの、なかなか現物が見つからなかった。だが遂に国会図書館の未整理本の中から発見され、横田順彌氏によって世に紹介されることとなった。単行本には、ホームズの翻案である表題作以外にも二作品（どちらもホームズ物ではない）が収録されている。

シャーロック・ホームズは「疾風《はやかぜ》のホシナ」と呼ばれる、「保科《ほしな》大探偵」こと保科鯱男（ほしな・しゃちお）。ワトスンは「渡邉」。人名だけでなく、地名も日本に置き換えられている。

冒頭、原作ではワトスンが英国式の風呂ではなくトルコ風呂に入ったことをホームズが推理して指摘するのだが、本作では「江戸の銭湯でなく京都の上方湯に入っただろう」と保科大探偵が言う。いかにも翻案という雰囲気で非常にいい。

レディ・フランシス・カーファクスが河野楠子（こうの・くすこ）、依頼人たるミス・ドブニーは土船（どぶね）未亡人、ホテルの支配人モゼ氏は茂佐（もざ）、といった具合である。

明らかな誤植は訂正したが、フィリップ・グリーンに相当する人物名が「黒部」と「郡司」とが混在しているところ、女中の名前が「桃子」と「鞠子」とが混在しているところに関しては、そのままとした。

全体的なストーリーとしては、大きな削除・加筆もなければ、改変もない。

春浪は他にも、「ボヘミアの醜聞」と「赤毛連盟」を足し合わせた「武俠探偵小説　大那翁《だいナポレオン》の金冠」を執筆している。こちらはもはや翻案というよりも、二作品の主要要素を抽出して組み合わせて新たなストーリーを創り上げたもので、一種のパスティーシュと言ってもいいだろう。

本作は二〇一五年に、古書店・盛林堂書房によるリトルプレス書肆盛林堂が刊行する〈盛林堂ミステリアス文庫〉から、『険奇探偵小説　ホシナ大探偵』として復刻された。その際は元本から表題作以外を除き、代わりに、先述の「武俠探偵小説　大那翁《だいナポレオン》の金冠」を足した。編者たるわたくしが巻末に少し長めの解説を書いたので、そちらも参照頂けると幸いである。

また、押川春浪について詳しくは、横田順彌氏による研究書を参照されたい。

押川春浪は、他にもスティーヴンソン『宝島』の翻訳などをしている。新潮文庫の『宝島』の古い版では、この春浪訳を採用していた。

江戸川乱歩は『奇譚』の中で、「ホシナ大探偵」を読んだ、と語っている。日本の古典ＳＦの祖によるホームズ翻案を日本の推理小説の祖が読んでいた、というのは実にわくわくする。

尚、本書では〈盛林堂ミステリアス文庫〉版のテキストをベースとした。

「肖像の秘密」（高等探偵協会編）

大正四年（一九一五年）に単行本『肖像の秘密』として中興館から〈大正探偵叢書〉の一冊として刊行された。訳者というか編者は個人名でなく「高等探偵協会」で、これはいずれの〈大正探偵叢書〉も同様である。

原作は「六つのナポレオン」（『シャーロック・ホームズの生還』所収）。

シャーロック・ホームズは「緒方緒太郎」、ワトスンは「和田《わだ》」。その他の人名、及び地名も日本に置き換えたパターン。

「六つのナポレオン」に則って話が展開する前に、和田の過去、及び緒方との出会いが描かれる。これは一読すればすぐに分かる通り、『緋色の研究』におけるホームズとワトスンの出会いの流用（というか翻案）である。

和田は大正三年（一九一四年）から始まった戦争、つまり第一次世界大戦に軍医として参加した。よって行き先はアフガニスタンではなく青島ということになっている。

『緋色の研究』ベースのパートの後に、探偵の推理力を時計で試すくだりがあるが、ここは『四つの署名』がベース。つまり本作は、細かい部分も含めれば『緋色の研究』＋『四つの署名』＋「六つのナポレオン」なのである。

〈大正探偵叢書〉には他にも緒方＆和田コンビの作品が収録されているが、『肖像の秘密』がその中で最初のものとなるため、このような形を取ったものと推測される。

和田は須藤（原作のスタンフォード）の紹介で緒方と出会い、ベイカー街二二一Bならぬ「牛込の神楽坂通りをちょっと左に外《そ》れた処」にある貸二階で共同生活を始める。やがて水守《みずもり》探偵（原作のレストレード警部）が奇妙な事件を持ち込む。乃木大将の石膏像が割られる事案が、連続して発生しているというのだ……。

〝乃木大将〟というのは、もちろん乃木希典のこと。日露戦争で旅順を攻略した軍人で、明治天皇の大葬当日に妻と共に自邸で殉死を遂げたことで知られる。よって本書刊行の大正四年という時期には英雄扱いされており、肖像になっていても不思議はないのだ。

原作では被害者がマフィアに関係しているのだが、本作では「黒手組」。黒手組というと、本来はニューヨークで活動した秘密犯罪結社だが、これはイタリア系なので、マフィアとそう遠くない。ボルジア家の黒真珠は、本作では「米国の富豪、アウレル家代々の重宝《じゅうほう》、稀代の黒真珠」ということになっている。

巻末には今後の刊行予告と言うか煽り文句が入っており、続けて読みたいという気持ちにさせられる。

実は本書もまた『ホシナ大探偵』と同様に、長らく幻の存在だった。横溝正史は『探偵小説五十年』中の「三津木春影のこと」（一九七〇）の中で、小学生の時にナポレオン像を乃木大将像に置き換えた「六つのナポレオン」を小型本で読んだ、と記述していたのだ。

少年期の横溝正史が読み、彼が探偵小説作家となる方向へ影響を与えたシャーロック・ホームズの翻案。横溝正史研究家もシャーロッキアンも長年その本を探し求めてきたのだが、これがなかなか突き止めらない。そして二十一世紀になり、日本シャーロック・ホームズ・クラブの中原英一氏によって遂に発見されたのが、この「肖像の秘密」だったのである。

本作を収録する〈大正探偵叢書〉自体が、なかなかの要チェック物件だった。「肖像の秘密」だけでなく、他にもホームズ翻案が幾つも入っていたのだ。第三編『不思議の膏薬』（大正四年）は『緋色の研究』。第四編『外交の危機』（大正四年）は「海軍条約文書」。第十三編『斑の蛇』（大正五年）は「まだらの紐」。それらがいずれも「肖像の秘密」と同じ緒方&和田のシリーズだった。

さて、「肖像の秘密」を細かく読んでいるうちに、気が付いたことがあった。ホームズとワトスンが初顔合わせするセント・バーソロミュー病院が、ここでは「中央病院」となっているのだが、この中央病院という翻案に覚えがあった。――原抱一庵の「倫敦通信 新陰陽博士」である。

そこで読み比べてみたのだが、「肖像の秘密」の前半部と「倫敦通信 新陰陽博士」とは、そっくりなのである。以下、実例を比較してみよう。

> 案内知つたる中央病院《セントラルホスピタル》のことなれば取次を頼むまでもなく、幾棟かの建物の間々を足急に迂り回り、最も裏手に建たる化学堂の前に到り、直ちに扉を排きて裡に入れば、広々とせる室内のソコ、ココには大小幾つとなき長方形の卓子《テーブル》の並べ散され、そが上には湾頸器《レトーツ》、試臭器《テスト、チューグ》、其他種々の形ちせる玻璃器の参差として置かれ、アルコホル燈具《ランプ》よりは藍色の焔の燃え立てり、（略）【「倫敦通信 新陰陽博士」より】

もとより案内を知っている中央病院の事故《ことゆえ》取次を頼むまでもなく、幾棟かの建物の間々を足急に回り、最も裏手に建った化学室の前に行き、直ぐ扉を開いて裡に入ると、広々とした室内の其処、此処には大小幾つと無く長方形の卓子《ていぶる》が並べ散され、其上に湾頸器《レトーヅ》、試臭器《テスト、チューグ》、其他種々の形をした玻璃《がら》器《すき》が参差《まばら》に置かれている。アルコール洋燈《ランプ》には藍色の焔が燃え立っている。【「肖像の秘密」より】

——いかがだろうか。原作があるので同じ内容になるのは当たり前だとして、何もナシでここまで文章が似るだろうか。似通っているのはここだけではない。本書『シャーロック・ホームズの古典事件帖』には幸いにして「倫敦通信 新陰陽博士」も収録されているので、読者諸兄におかれても是非読み比べてみて頂きたい。原作からの文章の省略の仕方がそっくりそのままの部分もある。

決定的なのは、本作における下宿の描写。

「家は老《としとっ》た寡婦《ごけ》さんの持物で一人の孫娘と一人の下婢《げじょ》と都合三人暮し」となっているが、原作のハドスン夫人に孫娘はいない。そこで「倫敦通信 新陰陽博士」を見てみよう。

「家は老寡婦の所有に係り、一個《ひとり》の孫娘と一個《ひとり》の下婢《かひ》と都合三人暮し」である。

これはもう、「肖像の秘密」の作者が「倫敦通信 新陰陽博士」を読んでおり、参考にしたのは間違いあるまい。

ふたりの出会いが描かれた『緋色の研究』ベースのパートの後に、『四つの署名』ベースの時計推理のくだりがあるのも、「倫敦通信 新陰陽博士」に従ったがゆえだったのである。

かような次第なので、本筋の「六つのナポレオン」についても、本書〝以前〟の翻訳を参照してみた。今井信之訳注「偶像破壊奇譚」（《英語世界》明治四十一年二月から四十二年十二月）と郡山経堂訳「那翁狂」（『続 英国探偵奇聞録』明治四十四年十一月）である。これらについては、訳文の相似は見られなかった。

本作の著者（編者）は「高等探偵協会」となっており、正体は不明……なのだが。実は、その候補がひとりいる。それが、西條八十なのである。八十は随想「むだがき」（一九四七年）の中で、若い頃に日夏耿之介と同人雑誌《仮面》を発刊したものの経営が難しく、探偵物の翻案で費用を補おうと中興館で『斑の蛇』と『六個のナポレオン』を訳した、と書いているのだ（植田弘隆氏の指摘による。『文人、ホームズを愛す』参照）。これが事実とすると、〈大正探偵叢書〉は中興館の発行なので、条件に合致するのだ。

西條八十が「六つのナポレオン」を翻訳して編集部に渡し、編集部が冒頭に「倫敦通信 新陰陽博士」を参考にした部分を付け加えて、『肖像の秘密』に仕立て上げたのではないか――というのが、わたしの推理である。

いずれにせよ、横溝正史が若かりし日に読んだ幻のシャーロック・ホームズを訳したのが、西條八十だったかもしれない。実に、ロマンあふれる話である。

しかし、謎は残る。横溝正史は『探偵小説昔話』中の「続槿槿先生夢物語」（一九三五）では、昔、〈立川《たつかわ》文庫〉のような探偵文庫で翻案された「六つのナポレオン」を読んだが、原作にはない別な筋が絡ませてあった、と語っているのだ。そのストーリーは「ある青年が有名な実業家の別荘の奥座敷で、主人である実業家が殺されているのを発見する。青年はその死体をもっとよく見ようとして側へ近寄ってゆくと、ふいに何者かに後頭部を殴られて気絶する。数分後に彼が意識を恢復すると、実業家の首がなくなっているというふうな、まことにドギツイ筋であった」という。「肖像の秘密」には、そのような筋は混ぜ込まれていない。横溝正史が何か他の本と勘違いしたのか。それとも横溝が読んだ「六つのナポレオン」は「肖像の秘密」ではなく、また違うものがあるのか。……更なる検証が必要である。

そして〈大正探偵叢書〉の『不思議の膏薬』の原作が『緋色の研究』であるがゆえ、これにもまた疑いが浮上してきた。そこで『不思議の膏薬』を「倫敦通信 新陰陽博士」と比較してみたところ……やはり似通った部分が見つかったのである。例えば、被害者の遺留品について原作ではただ順番に述べているところを、「倫敦通信 新陰陽博士」では「便宜のため」と番号を振って一覧にしているのだが、『不思議の膏薬』ではそれを踏襲している。

その他、原作にはない「倫敦通信 新陰陽博士」の特徴を確認すると話が早い。呉礼具遜（グレグソン）とレストレードはグラスゴーとロンドンの探偵対決ということになっていたが、『不思議の膏薬』では水森（レストレードに相当）は大阪一の探偵だったが東京へ転任になり、東京一の探偵と言われる普賢寺（グレグソンに相当）と張り合っている、という設定。

また死体を発見した警官の住居が「巡査合宿所」に改変されていることは「倫敦通信 新陰陽博士」のところで述べたとおりだが、ここでも全く同じく「巡査合宿所」とされている。後半の過去パートが簡単に語られるのみになっているところも同様。

そしてタイトルにまでなっている「膏薬」。「倫敦通信 新陰陽博士」『不思議の膏薬』とも、丸薬のことを「膏薬棒」と言っているのだ。

かくして『不思議の膏薬』もまた「倫敦通信 新陰陽博士」がベースだったことが確認された。この検証に関しては、『不思議の膏薬』を所持しておられる植田弘隆氏に多大なるご協力を頂いた。厚く御礼申し上げる。

ちなみに西條八十は「日夏君が訳した探偵物」も確かあったはず、と記している。これも〈大正探偵叢書〉のどれかということか。今後の調査を待ちたい。

「ボヘミヤ国王の艶禍」（矢野虹城訳）

『探偵王　蛇石博士』（山本文友堂／大正四年＝一九一五年）所収。

原作は「ボヘミアの醜聞」（『シャーロック・ホームズの冒険』所収）。scandalを「艶禍」と訳すセンスが素晴らしい。

『探偵王　蛇石博士』は、『シャーロック・ホームズの冒険』十二篇を全て収録した日本初の単行本。探偵の名は「へびいし」ではなく「じゃせき」と読む。下の名前は「大牟田」。「シャーロック・ホームズ」の語呂をもじって「ジャセキ・オームタ」なのである。また石＝ロックなので「蛇石」→「ジャロック」→「シャーロック」という駄洒落なのかもしれない。

「第一篇」「第二篇」ではなく「第一章」「第二章」となっており、要するに本書は「長篇」として訳されているのだ。蛇石博士に関する説明もなされるため、「第一章」である「ボヘミヤ国王の艶禍」を選んだ。第二章「赤髪団の怪広告」は「我輩は其後非常に御無沙汰をしたので、一日飄然博士を訪ねた。」と始まっており、前章からの連続性が示されている。

ワトスン博士は、和田医学士。蛇石博士に対して敬語を使っており、我々の持つ「対等なパートナー」ホームズ&ワトスンのイメージとはちょっと違う。

彼らの住むのはベーカア街（もしくはベーカー街と不統一）で原作そのまま。その他の地名もそのままで、人名のみ日本人名に置き換えているパターン。依頼人ボヘミア王の名乗る偽名フォン・クラム伯爵は「凡倉《ぼんくら》伯爵」。洒落ていて、思わず噴き出してしまった。だがボヘミア王の本名は長すぎるので置き換えられなかったのか、カットされている。

アイリーン・アドラーは「多羅尾伊梨子《たらおいりこ》」。

ゴドフリー・ノートンは「範戸吾平《のりとごへい》」。彼が「インナー、テンプルに住んでいる」は誤訳ですね。「インナー、テンプルで働いている」とすべき。

名前以外は全くそのままの翻訳——というわけではない。ところどころ、わかりやすく改変している。初めの方で、ワトスンが語られざる事件「オデッサのトレポフ殺人事件」「トリンコマリーのアトキンスン兄弟の奇怪な惨劇」「オランダ王室に依頼された慎重な手際を要した使命」について触れるくだりは、「実に博士は警察にとりては、闇夜《あんや》の燈明台であり、犯罪者にとりては照魔鏡を手にする閻魔王である。しかれば上《かみ》王侯より下穢多乞食《えたこつじき》の徒に至るまで、博士に窮厄の判断解決を乞わぬ者なく、その盛名は雷霆《らいてい》の如く、四方に震いおる。」と、具体名なしに蛇石博士の活躍ぶりを讃える文章となっている。

多羅尾伊梨子が馬車に飛び乗る際のセリフは、「セント、モニカ教会まで、大急ぎでネ、二十分以内に遣っておくれだったら、五円奮発《はず》むヨ」と、なかなかの名調子だ。

アイリーンの名セリフ「おやすみなさい、ホームズさん」は、「先生、今晩は」と、ちょっと普通になってしまっている。その際、ホームズは「あれは誰だったか」といぶかしむだけだが、蛇石博士は「這奴《きやつ》怪しい奴じゃゾ」と、完全に怪しんでいる。

多羅尾伊梨子から蛇石博士への手紙の表記は「大牟田蛇石殿」となっている。作者が最後まで「蛇石大牟田」にしようか、「大牟田蛇石」にしようか、悩んだ形跡かもしれない。

物語は、王が報酬として指輪を差し出したところで終わっており、原作におけるそれを断って写真を所望するくだり、後々ホームズはアイリーンを「あの女性《ひと》」と呼ぶようになった、というくだりはカットされている（物語冒頭でも「あの女性」に関する部分ナシ）。

章題（訳題）が非常に凝っているので、一覧にしておこう（後ろのカッコ内は現在の訳題）。

第一章　ボヘミヤ国王の艶禍……（ボヘミアの醜聞）
第二章　赤髪団の怪広告……（赤毛連盟）
第三章　式場前で花婿の紛失……（花婿の正体）
第四章　湖畔の暗殺……（ボスコム谷の謎）
第五章　秘密結社暗殺団……（五つのオレンジの種）
第六章　旦那乞食……（唇のねじれた男）
第七章　鵞鳥胃袋の夜光珠……（青いガーネット）
第八章　神秘の娘殺……（まだらの紐）
第九章　殺人水圧機……（技師の親指）
第十章　新婚貴婦人の失踪……（独身の貴族）
第十一章　国宝の行方……（緑柱石の宝冠）

第十二章　身代の家庭教師……（ぶな屋敷）

矢野虹城については詳細不明。奥付では「編著者　矢野運美」とあるので、こちらが本名と推測される。〝運美〟の読みは〝かずよし〟らしい。その他の訳書に『長楽夜話　アラビヤンナイト』（山本完蔵・発行／明治四十三年＝一九一〇年）、A・M・ウィリアムスン『怪屋の奇美人』（文友堂書店／大正九年＝一九二〇年）などがある。余談になるが、黒岩涙香が翻案し、江戸川乱歩が再翻案した『幽霊塔』の原作である『灰色の女』（邦訳は〈論創海外ミステリ〉）の作者がA・M・ウィリアムスンである。

本書は大正十一年に春江堂〈探偵怪奇叢書〉から『大魔王』『天魔の呪』の二分冊で再刊行されるが（訳者は原史朗名義）、作者名がモーリス・ルブランとなっている。未入手ゆえ、いつかは手にしたいと思っているのだが……。

「毒蛇」（加藤朝鳥訳）

『シヤロック・ホルムス　第2編』（天弦堂書房／大正五年＝一九一六年）所収。

原作は「まだらの紐」（『シャーロック・ホームズの冒険』所収）。

加藤朝鳥《あさとり》（一八八六～一九三八）は、大正から昭和初期にかけて活躍した翻訳家。ポーランド文学の翻訳に尽力したため、ポーランド政府から勲章を授けられた。訳書はH・G・ウエルズの『黎明（ジアンとピイタア）』、『世界は動く』、『世界はこうなる』、『革命草案』など。著書は『英文學夜話』

など。

探偵小説作家ではないためにミステリ界でも忘れられがちだが、翻訳史に興味のあるシャーロッキアンにとってはビッグネームである。わたしなど、加藤朝鳥が訳したからとゼロムスキ『祖國』という本を買ってしまったり、創作『十字軍』という本まで買ってしまったりしている。「爆弾以後」(《寸鐵》連載)のような科学小説を書いたり、翻訳したりもしているので、古典SF研究とも絡んでくるのだが、それはまた別な話。

さて本作であるが、丹念に見てみると、ちょこちょこと誤訳がある。

冒頭、「ロイロット一族のサーレー家」とあるが、これは「サリー州」を一家の名前と誤解している。もう少し後に「サーレーの西境にあるストック・モーラン」という記述があるのだが。

「私もホルムスも未だ独身時代で」というのも、これではワトスンだけでなくホームズまで結婚したかのようだ。「私がまだホームズと独身生活を送っていた時代で」辺りが正解。

“dog cart”を「犬馬車」と訳してしまうのも問題ありだ。そもそもは狩猟家用の馬車で、御者席の後ろに猟犬を乗せられるようになっていたのが語源らしいから犬と関係がないわけではないが、「犬馬車」ではまるで犬が牽いているかのようだ。昔はそういう訳語を使っていた可能性も考慮し、大正八年の『模範新英和大辞典』(三省堂)を引いてみたところ「一種ノ一頭牽(ビキ)二輪馬車」とあった。犬の牽く小車である「犬車」も“dog cart”と呼ぶが、依頼人が乗ったのがそれでないのは確かだ。単純に「馬車」もしくは「二輪馬車」としておけば、間違いなかったのだが。

最近では「ロマ」と訳されることの多い“gypsy”を「無頼漢《ごろつき》」としているのは、加藤朝鳥のせいというよりも、時代のせいであろう。先の『模範新英和大辞典』でも、まず「一派ノ無頼民」とある。

“top-hat”を「先のとがった帽子」としたのも残念。いわゆるシルクハットのことなので、とがってはいない。

ホルムスの言う「漁夫籃《ぎょふらん》」は謎である（漁夫は漁師、籃は籠の意。「漁師籠」?）。原文では「クロッカス」なのだが。「泊夫藍《サフラン》」の誤植かもしれない（クロッカスもサフランもアヤメ科）。

作中、普通ならば「紐よ、紐よ、まだらの紐よ！」と訳す被害者のセリフは、原文ままに「バンドよ、バンドよ、スペックルド、バンドよ」としている。実は「まだらの紐」としてしまうと意味が限定されるため、この方が正しい（当時の読者が「スペックルド、バンド」の意味が分かるとして）。しかしその一方で、タイトルを「毒蛇」としてしまい、身も蓋もない。

加藤朝鳥訳の『シヤロック・ホルムス』は、まず天弦堂書房から全三巻（大正五年＝一九一六年）で刊行された。それが四版から芳文堂書店へ移り、七版から合本版が『全訳シヤロック・ホルムス』（芳文堂出版部）として刊行される（中原英一氏の研究による）。合本版も当初は紙型を天弦堂版から流用しており、ノンブルも元のまま（次の巻のパートへ移ると数字がリセットされる）。しかし後の版では、活字を組みなおし、ノンブルも通しで振ったものに変わる。何版でそれが変化したかは、今後の調査を待ちたい。ともあれ、少なくとも大別して四つのヴァージョンがあるわけで、今回はその四つ目のもの（正確には昭和四年四月五日発行の第十五版）を底本とした。

この収録作の訳題もなかなか素敵なので、一覧を示しておこう。（後ろのカッコ内は現在の訳題）。

〈第一篇〉

「鴉片窟」……（唇のねじれた男）

「老嬢」……（花婿の正体）
「赤頭組」……（赤毛連盟）
「蜜柑の種子が五つ」……（五つのオレンジの種）
〈第二篇〉
「幽谷の秘」……（ボスコム谷の謎）
「好敵手（女優アドラ）」……（ボヘミアの醜聞）
「鵞鳥」……（青いガーネット）
「毒蛇」……（まだらの紐）
〈第三篇〉
「技師の親指」……（技師の親指）
「緑玉冠」……（緑柱石の宝冠）
「花嫁紛失」……（独身の貴族）
「椈の樹蔭」……（ぶな屋敷）

またそれとは別に、長篇ホームズの翻訳『名犬物語』（天弦堂書房／大正五年）や『四つの暗号』（昭文堂・文武堂／大正七年）がある。前者は『バスカヴィル家の犬』が原作なのだが、〝魔犬〟〝妖犬〟ならともかく、〝名犬〟とはどういうことか。犯人にとっての名犬ということか……という具合に、ホームズ翻訳史研究は、タイトルを追求するだけでネタになるのである。

「書簡のゆくえ」（田中貢太郎訳）

《新小説》大正六年（一九一七年）十月号掲載。題名に「探偵実話」とツノ書きが付いていた。

原作は「第二のしみ」（『シャーロック・ホームズの生還』所収）。

田中貢太郎（一八八〇～一九四一）は「桃葉」の号も用いた作家。実録物や情話物も書いていたが、やはり「田中貢太郎と言えば怪談」という印象が強い。昭和世代の読者にとっては、一九七〇年代に桃源社から『支那怪談全集』『日本怪談実話』『日本怪談全集』が様々なヴァージョンで刊行され続けたおかげが大きいだろう。

それ以降も、田中貢太郎怪談は繰り返しリバイバルされ続けている。一九八〇年代には河出文庫から『日本の怪談』全二巻、『中国の怪談』全二巻が出たし、一九九五年には『日本怪談大全』全五巻（国書刊行会）が刊行された。今世紀に入ってからでも、東雅夫編『田中貢太郎日本怪談事典』（学研M文庫 伝奇ノ匣／二〇〇三年）、『日本怪談実話〈全〉』（河出文庫／二〇一七年）が刊行されている。没後五十年以上を経て著作権が切れているため、青空文庫にも作品が多数登録されているので、全く読んだことがないという方はそちらで試し読みしてみるのもよいだろう。

その田中貢太郎が、シャーロック・ホームズの翻案をしていた。その事実だけでも珍しいのに、それが「探偵実話」として発表されていたというのは非常に興味深いので、本書に収録することにした。

面白いのは、原作では終わりのほうに来る、女性の告白内容（告白そのものではなく、告白で語られる出来事）を冒頭に持ってきていること。しかし全ては書いてしまわず、これが後の盗難事件とどうつながってくるのか、というところで読者の興味を惹いているのが非常にうまい。人名や地名の類を置き換えるだけでなく、構成そのものまで変えてしまうパターンの大胆な翻案である。ここまで来ると「換骨奪胎」と言ってもよいかもしれない。またその部分のやりとりは「恐喝王ミルヴァートン」でベイカー街に訪れたミルヴァートンとホームズのやりとりを参考にしているようにも思われる。

シャーロック・ホームズは、私立探偵事務所の所長・山中清作。山中探偵に二人の部下がいることにはなっているが名前はなく、ワトスン博士の存在はほぼカットされている。

依頼人のヨーロッパ問題担当大臣トリローニー・ホープが、奥田銀行の頭取・奥田市三郎。

スコットランド・ヤードのレストレード警部に相当するのが、某警察の菅野《すげの》刑事。

ヒルダ・トリローニー・ホープ夫人が、奥田市三郎の夫人・澄江。

原作では「ある外国の君主からの親書」が盗まれるのだが、本作では北京日本公使館の青柳明から某市某区某町の三島慎三宛ての手紙である。

殺人被害者エドアルド・ルーカスは、大沼鶴太郎。

「南方派の手に這入れば、北京政府攻撃の材料になる」などという設定は、原作をうまく当時の日本に置き換えている。大正六年（一九一七年）と言えば、第一次世界大戦（一九一四～一七年）の最中なのである。

冒頭のシーンと同様に、原作では警官が回想して語る内容も、本作では（時系列的に遡る形ではあるが）出来事として普通に描写される。

原作と完全に違っている部分もある。原作では、エドアルド・ルーカスはアンリ・フールネイという別名を持っており、ロンドンとパリで二重生活を送っていたのだが、フールネイ夫人が夫の浮気を疑い、嫉妬のあまりフールネイ（つまりルーカス）を殺害してしまう。しかし本作では、殺人犯は千頭清次という青年。彼は大沼と交流があったのだが、大沼が妻と浮気していると疑って殺してしまったのだ。

だが、被害者宅の敷き物の血痕は床の血痕とズレていたこと、それを知った探偵が床下の隠し場所に気づくこと、しかし既に探し物はなくなっていたこと、その在り処を知った探偵が、そもそも盗まれた書類入れに戻すように画策することなど、重要な骨子はそのままである。

初出誌《新小説》は、明治二十二年（一八八九年）に創刊された春陽堂の文芸雑誌。

本作は、雑誌掲載の二か月後、大正六年十二月刊行の『奇話哀話』（米山堂）の最後の一話として収録された。（今回は初出を底本としたが、誤植は適宜この単行本を参照した。）

その二年後、大正八年十二月に日新閣から『奇話哀話』が再刊されているが、その際は最後の三篇が削除されたため、「書簡のゆくえ」は収録されていない。本作を目的として『奇話哀話』を探す場合は、ご注意を。

「十二時」（一花訳）

『美人の変死』（昭文館／大正七年＝一九一六年）所収。

原作「ライゲイトの大地主」（『シャーロック・ホームズの回想』所収）。

『美人の変死』は〈探偵文庫〉の一冊として刊行された。この時期、〈立川《たつかわ》文庫〉に端を発する小型講談文庫ブームの真っ最中で、〈探偵文庫〉も同形態で発行されたもの。大きさはいわゆる文庫サイズ（Ａ６判）よりも小さい四六判半裁。その後半に「十二時」も同時収録された。

作品冒頭では作者名として「一花生」（「生」は謙称）と記されているが（表題作の作者は潮風）、奥付では「昭文舘編輯部」とあり、詳細は不明。同時期に、一花著として『現代の女学生』（大正六年）が出ているが、同一人物と確定はできない。どちらも大阪で発行されているので、同じ人物である可能性はあるが……。

ホームズは「伊村」。ワトスンは「相川」。ヘイター大佐は「羽田《はだ》大佐」と、やや原語に近い。アクトン老人は「瀬尾老人」。フォレスター警部は「荒井刑事」。

キャラクターは日本人名になっているのに、地名は日本ではない。けれども舞台はアメリカに移し変えられており、サリー州ライゲイトが「米国南海岸のワット」ということになっている。

この時期のこの手の翻案は、先行するものを名詞のみ変えて流用する場合もあるので、「十二時」もその可能性は考慮しつつ、読み進めた。

盗まれた本が原作では「ポープ訳の『ホメロス』の端本」なのだが、それが「紅葉全集一冊」となっていた。もちろん、尾崎紅葉である。

……と、ここで記憶に触れるものがあった。同じような書き換えを読んだ記憶があったのである。確認すると、それは先に紹介した「快漢ホルムス　黄色の顔」の夜香郎＝本間久四郎による『神通力』（祐文社／明治四十年）収録の「田紳邸」である。両者を比較すると、文章がそっくりだった。以下はその一例である。

牧田大佐といふのは数年前私が韓國に行つて居つた時に、私の患者となつた事のある人だが、今は休職の身となつて小田原に一家を構へて居るさうで、是非遊びに來いと手紙を寄こす事も度々なんだ。（「田紳邸」）

羽田大佐といふのは数年前私がメキシコに行つて居つた時に、私の患者となつた事のある人だが、今は休職の身となつて米國南海岸ワツトに一家を構へて居るさうで、是非遊びに來いと手紙を寄こす事も度々なんだ。（「十二時」）

……いかがだろうか。原文が同じだから、というレベルではない。
更に先に進み、二本杉で馭者の音公が殺された、という辺りはもう固有名詞まで全く同じ。「先行するものを名詞のみ変えて流用する場合がある」と思って読んでいたが、それは正解だった。「十二時」は、本間久四郎の「田紳邸」の〝パクリ〟だったのだ。

こんないい加減な造りの本であるにもかかわらず、講談本ブームに乗って大いに売れたらしく、わたしの手元にあるものは三十五版となっている。それとは別に初版のものも所持しているが、二者は口絵が変わっている。

「サン・ペドロの猛虎」（森下雨村訳）

『第一短編名作集』（博文館／大正十二年＝一九二三年）所収。
原作は「ウィステリア荘」（『シャーロック・ホームズ最後の挨拶』所収）。

森下雨村（一八九〇～一九六五）は、探偵小説作家、翻訳家、編集者。別な名義に、佐川春風がある。博文館で《冒険世界》の編集に携わった後、《新青年》編集長を務めた。江戸川乱歩はじめ、日本の探偵小説作家の育成に貢献した一方、自らも創作や翻訳を行なった。『青斑猫』、『丹那殺人事件』などが有名。

現在では『森下雨村探偵小説選』（論創ミステリ叢書／二〇〇八年）や、河出文庫版『白骨の処女』、『消えたダイヤ』（共に二〇一六年）が手に取りやすい。

ジュヴナイルSFを書いていたことも近年判明しており、それらの一部が『怪星の秘密　森下雨村空想科学小説集』（盛林堂ミステリアス文庫／二〇一七年）としてまとめられた。

訳業では、ヴァン・ダイン『甲虫殺人事件』、ジョン・ロード『プレード街の殺人』、クリストファー・ブッシュ『１００％アリバイ』などがある。

ちなみにSF作家の森下一仁氏は雨村の親類に当たり、関係はやや遠いものの同じ一族ゆえ家は隣り合っており、「隣のおんちゃん」として親しんでいたそうだ。

『第一短編名作集』は《探偵傑作叢書》の第十二編で、森下雨村編のアンソロジー。

「サン・ペドロの猛虎」は翻案ではなく、きちんとした翻訳である。ホームズの言及する「赤頭団事件」は、原文では「赤毛の男たちの、ちょっとした事件」となっているが、もちろん「赤毛連盟」のこと。

アリバイを「アリビ（犯罪の現場に居あわさぬこと）」としてあるのは、まだ「アリバイ」という言葉が定着していない時代ゆえだろう。

しかし、きちんとした翻訳であるがゆえに、幾つかの粗が目立ってしまう。スコット・エックルスを「老人」としているが、原文では年寄りであるとの記述は一切ない。「灰色の頬髯」から、灰色↓白髪↓老人、と考えたのかもしれないが。

またホームズの受け取った電報での固有名詞を「深谷村《ヂングル》」、「パルディー村」、「ハイゲーブル村」などとしているが、これは村ではなく建物の名前であり「ディングル荘」、「パーディー屋敷」、「ハイ・ゲーブル荘」などとすべきである。

固有名詞の判断が難しかったのだろう。ホームズが現地へ向かった際の「イーシャの美しいサレー村に着いた」とあるのは「サリー州の美しいエシャー村」が正解だし、「ブルの町で居心地のよい宿屋」とあるのは「居心地のよい宿屋ブル亭」とすべきだ。

また終盤「ギルドフォードの巡回裁判が開かれれば」云々というところに（訳者曰く、欠席裁判を行うの意味）と付け加えられているが、これは勇み足。そこまでの裏の意味はない。当時、治安判事裁判所では扱えない重大犯罪については年二回、サリー州の州都（当時）であるギルフォードで裁判が行なわれたのである。

「虎猛《もうこ》」など、明らかな単純誤植は訂正した。

本作のテキスト入手には、森下雨村研究家の湯浅篤志氏にご協力頂いた。厚く御礼申し上げる。

「這う人」（妹尾アキ夫訳）

《新青年》大正十二年（一九二三年）九月号掲載。

原作は「這う男」（『シャーロック・ホームズの事件簿』所収）。

訳者は妹尾アキ夫（本名・韶夫《あきお》、一八九二～一九六二）で、作家、翻訳家。主に探偵小説関係の仕事で知られる。初期は本名で活動しており、本作も「妹尾韶夫」名義で発表された。

妹尾アキ夫は一九二二年から《新青年》で翻訳を行なうようになり、一九二三年からはホームズ物を訳し始める。その第一弾となるのが、本作である。一九二三年九月号の掲載だが、特筆すべきは《ストランド・マガジン》に原作が掲載されたのが同年の三月号だということ。ほぼリアルタイムでの翻訳だったのだ。

これは、妹尾アキ夫が《ストランド・マガジン》を（少なくともこの時期は）新刊で取り寄せていたがゆえに可能だったことである。彼は《ストランド・マガジン》に関しては思い入れが強く、戦時中に疎開するため本を処分した際も、同誌だけは残したと、随想「ストランド誌の表紙」（一九四七年）の中で触れている。また同誌の表紙がずっとストランド街を描いていること、但し時代時代によって描かれている事物が変遷していることなどを述べている。《ストランド・マガジン》の表紙の件は妹尾アキ夫の頭に強く刷り込まれていたらしく、そのイメージは後に幻想短篇「リラの香のする手紙」（一九五二年）として結実する。この短篇も先の随想も〈論創ミステリ叢書〉55『妹尾アキ夫探偵小説選』に収録されているので、是非お読み頂きたい。

妹尾アキ夫は「這う人」以降も、《新青年》でシャーロック・ホームズの翻訳をしている。

「白面鬼」一九二五年（大正十四年）六～七月……（高名の依頼人）

「三破風館」一九二七年（昭和二年）新春増刊号……（三破風館）

「秘密の離家」一九二七年（昭和二年）三月……（白面の兵士）

「老絵具師」一九二七年（昭和二年）五月……（隠居絵具師）

「覆面の下宿人」一九二八年（昭和三年）十二月……（ヴェールの下宿人）
タイトル的に、「白面鬼」の原作が「白面の兵士」ではないところが面白い。数か月遅れながらも、コナン・ドイルによるシャーロック・ホームズの新作を常に供給されている状況は、今から見ると夢のようである。しかし、当時編集長だった森下雨村は、「三破風館」掲載号の編集後記「編輯局から」中でコナン・ドイルについて「幾多の立派な作品があること故、もうなまじっかの作など書かない方が、この老大家のためには望ましいが、ストランドほどの雑誌でも販売政策の上からは、老人を引っ張り出さずにはいられないと見える。でも、「三破風館」位の出来栄なら、まだまだ一読の価値はありと云うべきであろう。」（引用にあたり、漢字・仮名遣を改めた）と述べている。これは推測だが、「なまじっかの作」とは、それこそ「這う人」のような作品を指しているのではあるまいか。当時の読者は、一体どのような謎が解明されるのかと思いきや、なんと空想怪奇の領域に足を踏み入れた結末となり、さぞかし啞然としたことであろう（……という意味合いも込めて、本書での「這う人」収録を決めた）。
妹尾アキ夫訳の「這う人」は、原作冒頭におけるワトスンがホームズからの「都合ヨケレバスグ来イ、悪クテモ来イ」という電報を受け取るくだりや、ワトスンがホームズとの関係を語るくだりが省略され、いきなりワトスンがベイカー街を訪ねるところから始まる。しかしそれ以外は概ね省略や改変はなく、翻訳としては全体としてほぼ忠実なものとなっている。他の妹尾訳ホームズも、ほぼ原文に忠実である。
妹尾アキ夫は、A・A・ミルン『赤い家の秘密』やジョン・ディクスン・カー『蠟人形館の殺人』、『剣の八』（以上早川書房）、エラリー・クィーン『Yの悲劇』（東京創元社）など、訳業多数。改造社の『ドイル全集 第一巻』（一九三二年）では、ホームズ長篇『恐怖の谷』を訳している。またコナン・ドイルのＳＦ『毒ガス帯』も、『世界の終り』（春秋社／昭和十二年＝一九三七年）として訳している。

以上の収録作を決定するに当たっては、日本シャーロック・ホームズ・クラブの〝三賢人〟こと、新井清司氏・植田弘隆氏・中原英一氏による書誌学的先行研究を大いに参考にさせて頂いた。特に新井氏のホームズ翻訳書誌という〝礎《いしずえ》〟なくしては、本書は成立し得なかった。

また、シャーロック・ホームズ及びコナン・ドイルの古典的翻案・翻訳は、『明治翻訳文学全集《新聞雑誌編》8巻 ドイル集』『明治期シャーロック・ホームズ翻訳集成 全三巻』『明治の翻訳ミステリー 翻訳編 第3巻』でも読むことができる。これは高額ゆえ個人で所蔵している方は少ないかもしれないが、図書館でリクエストなどして頂きたい。

横溝正史訳、江戸川乱歩訳のシャーロック・ホームズを収録することも考えたが、これらは代作者ならぬ代訳者のいる「名義貸し」と判明しているため、今回は採らなかった（それはそれで面白いとは思うので、また別な機会があれば）。探偵小説作家ということならば、水谷準や木々高太郎訳の児童向けホームズもあるが、これは戦後で新しすぎるために収録を見送った。

本書では、読み易さを優先し底本テキストを新字体・新仮名遣で復刻したが、句点の欠けを補い、訳者の個性を活かすため当て字を残した箇所もある。

また、訳者の癖とも誤植とも判断しかねる表記の不統一も多々見られたが、明らかな誤植を除き、編集部との相談のうえ、基本的には不統一表記も残した。

例を挙げれば、妹尾アキ夫訳「這う男」では「扉」のルビに「ドア」と「ドアー」が混在していたり、「寝台」と「ベット」と「寝台《ベット》」が混在していたりするが、あえて統一はしなかった。

ホームズ登場百三十年の二〇一七年十二月、そして《論創海外ミステリ》二百巻という、二重に記念すべき時に本書を編むことができた。本書を編纂したおかげで見つかった、〝新発見〟もあった。色々な意味で、意義深い一冊となったことと思う。

（参考文献）

新井清司「日本におけるコナン・ドイル、シャーロック・ホームズ書誌」（コナン・ドイル『詳注版シャーロック・ホームズ全集10』ちくま文庫／一九九八年）

新井清司『ホームズ、ドイル文献目録【増補版】１９８３～２００４年』（日本シャーロック・ホームズ・クラブ／二〇〇四年）

新井清司『ホームズ、ドイル文献目録【増補版】２００４～２０１６年』（日本シャーロック・ホームズ・クラブ／二〇一六年）

『明治翻訳文学全集《新聞雑誌編》8巻　ドイル集』（大空社／一九九六年）

『明治期シャーロック・ホームズ翻訳集成 全三巻』（アイアールディー企画／二〇〇一年）

川戸道昭・新井清司・榊原貴教編『日本におけるシャーロック・ホームズ』（ナダ出版センター／二〇〇一年）

藤元直樹「コナン・ドイル小説作品邦訳書誌」（《未来趣味》第8号／日本古典ＳＦ研究会／二〇〇

○年）
植田弘隆『文人、ホームズを愛す。』（青土社／二〇一五年）
長谷部史親『探偵小説談林』（六興出版／一九八八年）
中島河太郎『日本推理小説史 第一巻』（東京創元社／一九九三年）
三津木春影／末國善己編『探偵奇譚 呉田博士【完全版】』（作品社／二〇〇八年）
権田萬治・新保博久監修『日本ミステリー事典』（新潮社／二〇〇〇年）
東雅夫編『日本幻想文学事典』（ちくま文庫／二〇一三年）

〔著者〕

アーサー・コナン・ドイル

1859年、スコットランド、エディンバラ生まれ。エディンバラ大学医学部卒業。1887年に初登場したシャーロック・ホームズの生みの親として知られるほか、歴史小説、怪奇小説、ＳＦ、心霊研究など多岐にわたり書き続けた。1930年死去。

〔編者〕

北原尚彦（きたはら・なおひこ）

1962年、東京都生まれ。青山学院大学理工学部物理学科卒。作家、翻訳家、シャーロック・ホームズ研究家。日本推理作家協会員、日本古典ＳＦ研究会会長。主要著書は小説『ジョン、全裸連盟へ行く』（ハヤカワ文庫）、『ホームズ連盟の事件簿』（祥伝社文庫）、エッセイ『シャーロック・ホームズ 秘宝の研究』（宝島社SUGOI文庫）、編書『怪盗対名探偵初期翻案集』（論創社）、訳書『シャーロック・ホームズの栄冠』（創元推理文庫）ほか。『シャーロック・ホームズの蒐集』（東京創元社）で日本推理作家協会賞候補となる。

シャーロック・ホームズの古典事件帖《こてんじけんちょう》

――論創海外ミステリ 200

2018年 1月15日　初版第1刷発行
2018年 3月17日　初版第2刷発行

著　者　アーサー・コナン・ドイル
編　者　北原尚彦
装　画　佐久間真人
装　丁　宗利淳一
発行所　論 創 社

〒101-0051 東京都千代田区神田神保町2-23 北井ビル
電話 03-3264-5254 振替口座 00160-1-155266

印刷・製本　中央精版印刷
組版　フレックスアート

ISBN978-4-8460-1672-2